BEST THRILLER

JEFFERY DEAVER

LA DODICESIMA CARTA

SUPERPOCKET

Titolo originale:
The Twelfth Card
Traduzione di Andrea Carlo Cappi

Prima edizione: Sonzogno 2005

Edizione su licenza di RCS Libri S.p.A.

ISBN 978-88-462-1175-0

www.superpocket.it

In memoria di Christopher Reeve,
una lezione di coraggio, un simbolo di speranza.

"Certe persone sono tuoi parenti,
ma altre sono tuoi antenati,
e sei tu che scegli quelli
che vuoi avere come antenati.
Crei te stesso sulla base di quei valori."

RALPH ELLISON

Parte Prima

TRE QUINTI D'UOMO

Martedì 9 ottobre

1

Il volto bagnato di sudore e lacrime, l'uomo corre per salvarsi la vita.

"Eccolo! Eccolo là!"

L'ex schiavo non capisce bene da dove venga la voce. Dalle sue spalle? Da sinistra o da destra? Dal tetto di una delle case decrepite che si allineano lungo queste sordide strade acciottolate? Nell'aria di luglio calda e densa come paraffina, l'uomo smilzo salta un cumulo di sterco di cavallo. I netturbini non arrivano qui, in questa parte della città. Charles Singleton si ferma presso un bancale con un'alta pila di barilotti appoggiata sopra, tentando di riprendere fiato.

La detonazione di una pistola. Il proiettile si perde chissà dove. L'eco secca dell'arma da fuoco lo riporta di colpo alla guerra: quei momenti assurdi e folli in cui manteneva la sua posizione con indosso una polverosa divisa blu, puntando un pesante moschetto su uomini dalla polverosa divisa grigia, che a loro volta puntavano i fucili su di lui.

Adesso corre più veloce. Quelli sparano di nuovo. Anche stavolta mancano il bersaglio.

"Qualcuno lo fermi. Cinque dollari in oro per chi lo prende."

Ma i pochi già per strada a quest'ora, irlandesi per lo più, stracciaioli o operai che se ne vanno al lavoro con le piccozze e i secchi per la calce, non pensano affatto a fermare il negro, che ha lo sguardo feroce, muscoli grossi e una determinazione spaventosa. Quanto alla ricompensa, a offrirla a gran voce è stato un poliziotto, il che significa che la promessa non sarà mantenuta.

All'altezza delle impalcature sulla 23rd Street, Charles svolta in direzione ovest. Scivola sulla superficie liscia dei ciottoli e stramazza a terra. Uno sbirro a cavallo gira l'angolo, solleva il manganello e lo abbatte su di lui. E a questo punto…

E a questo punto? pensò la ragazza.

A questo punto?

Che cosa gli era capitato?

Geneva Settle, sedici anni, ruotò nuovamente la manopola del lettore di microfiche, ma non accadde nulla. Era arrivata all'ultima pagina di quel carrello. Sfilò il rettangolo metallico contenente l'articolo principale di apertura del *Coloreds' Weekly Illustrated* del 23 luglio 1868 e passò in rassegna le altre microfiche nella cassetta polverosa. Temeva che le rimanenti pagine dell'articolo mancassero all'appello. In quel caso, non avrebbe mai saputo che cosa fosse successo al suo antenato, Charles Singleton. Come aveva avuto modo di constatare, spesso gli archivi riguardanti la storia dei neri erano incompleti, quando non erano andati irrimediabilmente perduti.

Dov'era il resto della storia?

Ah… Lo trovò, finalmente. Sistemò con cura la scheda nel lettore, un apparecchio grigio e malconcio, e regolò la manopola, impaziente di leggere il seguito. Quello riportato dalla rivista era uno spoglio resoconto della fuga dell'ex schiavo nella New York del XIX secolo. Ma la fervida immaginazione di Geneva e gli anni passati a immergersi nei libri le consentivano di arricchire la vicenda di dettagli. Aveva quasi la sensazione di trovarsi in quelle strade sporche e afose di circa centoquarant'anni prima, anziché sulla 55th Street, al quarto piano, deserto, del Museum of African-American Culture and History di Midtown Manhattan.

Le pagine scorrevano sgranate sullo schermo, finché Geneva non trovò il resto dell'articolo, intitolato:

IGNOMINIA

LA STORIA DEL CRIMINE DI UN LIBERTO

IL VETERANO DELLA GUERRA FRA NORDISTI E SUDISTI

CHARLES SINGLETON

TRADISCE LA CAUSA DELLA NOSTRA GENTE

IN INCRESCIOSE CIRCOSTANZE

Una fotografia mostrava Charles Singleton a ventotto anni, con indosso la divisa della Guerra Civile. Era alto e aveva mani grandi. L'uniforme tesa sul petto e sulle braccia lasciava intuire muscoli possenti. Labbra grosse, zigomi alti, viso tondo e pelle molto scura.

Fissando quel volto serio, con quegli occhi calmi e penetranti, la ragazza credette di trovare qualche somiglianza tra sé e lui. Si riconobbe nei lineamenti dell'antenato, nella rotondità del viso, nell'intensa sfumatura della pelle. Tuttavia, del fisico di Singleton le era rimasto ben poco: come le ragazze di Delano Project amavano farle notare, Geneva Settle era magra quanto un ragazzino delle elementari.

Riprese a leggere, ma un rumore la interruppe. Un *click* nella sala. Lo scatto di una serratura? Poi dei passi. Una pausa. Un altro passo. Poi silenzio. Geneva guardò dietro di sé, tuttavia non vide nessuno.

Provò un brivido, ma disse a se stessa che non doveva avere paura. Erano stati i brutti ricordi a innervosirla: le ragazze di Delano che la picchiavano nel cortile della Langston Hughes High School e quella volta che Tonya Brown e la sua banda delle St. Nicholas Houses l'avevano trascinata in un vicolo e massacrata di botte, tanto da farle saltare un molare. I ragazzi erano quelli che mettevano le mani addosso, quelli che facevano gli stronzi. Ma era con le ragazze che scorreva il sangue.

Falla a fette. Falla a fette, la troia...

Ancora passi. Un'altra pausa.

Silenzio.

Non che il posto fosse per sua natura rassicurante. Buio, silenzioso, con un sentore di muffa nell'aria. E non c'era nessun altro, non alle otto e un quarto del martedì mattina. Il museo era ancora chiuso (i turisti erano a letto o stavano facendo colazione), ma la biblioteca apriva alle otto. Geneva era fuori ad aspettare già da prima: moriva dalla voglia di leggere quell'articolo.

In quel momento occupava un cubicolo in fondo a una grande sala da esposizioni, tra manichini senza volto che indossavano costumi dell'Ottocento. Alle pareti erano appesi dipinti di uomini e donne dai cappelli bizzarri e di cavalli dalle zampe ossute.

Un altro passo, un'altra pausa.
Geneva pensò di andarsene, di raggiungere il dottor Barry, il bibliotecario, e starsene con lui fin quando quello strano tipo non se ne fosse andato.
Udì una risata.
Non una risata folle, una risata divertita.
E una voce maschile disse: "Okay, ti chiamo dopo".
Il rumore di un cellulare che si chiudeva. Ecco perché l'uomo faceva un passo e poi si fermava. Stava ascoltando la persona dall'altra parte.
Te l'avevo detto di non preoccuparti, ragazza. Non c'è niente da temere dalle persone che ridono. Non c'è niente da temere dalle persone che chiacchierano al cellulare con gli amici. Lo sconosciuto camminava piano perché è questo che si fa quando si parla.
Anche se non è buona educazione parlare al telefono in biblioteca. Geneva tornò allo schermo del lettore di microfiche, chiedendosi: *Te la sei cavata, Charles? Amico mio, spero di sì.*

Si rimetteva in piedi e, anziché affrontare le conseguenze del suo misfatto, come avrebbe fatto un uomo coraggioso, riprese la sua vile fuga.

Alla faccia dell'obiettività del giornalismo, pensò lei, rabbiosa.

Riusciva per breve tempo a distanziare gli inseguitori, ma non per molto. Da un portone, un commerciante negro vedeva il liberto e lo implorava di fermarsi, nel nome della giustizia, dichiarandosi a conoscenza del crimine del signor Singleton e rimproverandolo di avere portato il disonore su tutta la gente di colore della nazione. Quindi il cittadino, di nome Walker Loakes, lanciava un mattone all'indirizzo del fuggiasco, con l'intento di fermarlo. Non di meno…

…Charles evita il mattone e si rivolge a Loakes, gridando: "Sono innocente! Non è vero quello che dice la polizia!"
L'immaginazione di Geneva aveva ripreso il sopravvento e, ispirata dal testo, stava riscrivendo la storia.

Ma Loakes, sordo alle proteste di Charles, corre in mezzo alla strada e segnala ai poliziotti che il fuggiasco è diretto verso i docks. Con la morte nel cuore e l'immagine di Violet e del loro figlio Joshua nella mente, lo schiavo liberato continua la sua fuga disperata.

E corre, corre...

Alle sue spalle galoppano gli agenti a cavallo. Altri ne appaiono davanti a lui, agli ordini di un poliziotto con l'elmetto in testa, che brandisce una pistola. "Alt! Fermo dove sei, Charles Singleton! Sono il capitano Walter Simms. Sono due giorni che ti cerco."

Il liberto obbedisce. Le spalle forti si incurvano, le braccia pendono lungo i fianchi, i polmoni si riempiono dell'aria umida e rancida che sale dal fiume Hudson. Charles è vicino agli uffici dei rimorchiatori. Lungo il corso del fiume, vede svettare gli alberi dei velieri, a centinaia, con la loro promessa di libertà. Si appoggia, ansante, alla grande insegna della Swiftsure Express Company e guarda il capitano avvicinarsi. Gli zoccoli del cavallo fanno un sonoro *clop, clop, clop* sull'acciottolato.

"Charles Singleton, sei in arresto per furto. Arrenditi, o ti prenderemo con la forza. In un caso o nell'altro, finirai in catene. Se scegli la resa non ti verrà fatto del male. Se invece scegli di resistere ne pagherai care le conseguenze. A te la decisione."

"Sono accusato di un crimine che non ho commesso!"

"Te lo ripeto: arrenditi o muori. Non hai altra scelta."

"Nossignore, ne ho un'altra", grida Charles. E riprende la fuga, verso il molo.

"Fermati o spariamo!" intima il capitano Simms.

Ma il liberto si lancia oltre il parapetto del molo, come un cavallo che salta un ostacolo. Per un momento sembra sospeso in aria, poi precipita per una decina di metri e si tuffa nelle acque torbide dell'Hudson, mormorando alcune parole: forse una preghiera a Gesù, forse una dichiarazione d'amore alla moglie e al figlio. Qualunque cosa sia, gli inseguitori non riescono a sentirlo.

Una ventina di metri più in là, il quarantunenne Thompson Boyd fece un passo verso la ragazza dopo essersi sistemato il passamontagna sulla faccia, con i buchi in corrispondenza degli occhi. Controllò che il tamburo del revolver non si inceppasse. L'aveva già fatto prima, ma nel suo mestiere non si poteva mai essere sicuri. Rimise in tasca l'arma ed estrasse lo sfollagente dal taglio praticato nel suo impermeabile scuro.

Fra lui e il tavolo del lettore di microfiche c'erano gli scaffali di libri della sala dei costumi. Premette le dita infilate nei guanti di lattice sugli occhi, che quella mattina bruciavano più del solito. Batté le palpebre dal dolore.

Si guardò intorno di nuovo, per assicurarsi che la sala fosse effettivamente deserta.

Non c'erano guardiani, né lì né al piano di sotto. Non c'erano videocamere di sicurezza né registri dei visitatori. Tutto bene. Ma qualche problema logistico c'era lo stesso. Poiché nella sala regnava un silenzio di tomba e Thompson non poteva avvicinarsi in silenzio alla sua vittima, il rischio era che la ragazza, sapendo che c'era qualcuno nella sala, si mettesse in allarme.

Perciò, dopo essere entrato in quell'ala della biblioteca e avere chiuso a chiave la porta dietro di sé, si era prodotto in una risata. Thompson Boyd aveva smesso di ridere da parecchi anni. Ma era un artigiano che capiva il potere della risata e sapeva come impiegarlo a proprio vantaggio, nel suo lavoro. Una risata, un saluto amichevole e il rumore di un cellulare che veniva chiuso l'avrebbero di sicuro tranquillizzata, lo sapeva.

Il trucco sembrava funzionare. Sbirciò oltre la lunga fila di scaffali e scorse la ragazza concentrata sullo schermo. La vide stringere i pugni nervosamente, mentre leggeva.

Fece per avvicinarsi.

Si fermò. Lei si stava allontanando dal tavolo. Aveva sentito la sedia strisciare sul linoleum. Dov'era diretta? Se ne stava andando? No, sentì scorrere l'acqua dal distributore e la ragazza che ne beveva qualche sorso. Poi il rumore di libri che venivano sfilati dagli scaffali e appoggiati sul tavolo, accanto al lettore di microfiche.

Un attimo dopo, la ragazza tornava agli scaffali per prendere ancora libri. Li appoggiò sugli altri con un tonfo, poi si sedette, strisciando di nuovo la sedia sul pavimento. E infine il silenzio.

Thompson sbirciò l'ennesima volta. La ragazza era tornata a sedersi e stava leggendo uno dei libri, aperto in cima alla pila. Ne aveva una dozzina davanti a sé.

Con il sacchetto in cui aveva messo preservativi, taglierino e nastro adesivo nella mano sinistra e con lo sfollagente nella destra, si avviò verso di lei.

Le si avvicinò da dietro: sei metri, cinque, trattenendo il respiro.

Tre metri. Anche se si fosse voltata di scatto, ora lui avrebbe potuto raggiungerla con un balzo, rompendole un ginocchio o colpendola alla testa.

Due metri, uno e mezzo...

Si fermò e depose il set da stupro su uno scaffale. Afferrò lo sfollagente di lucido legno di rovere con entrambe le mani e lo sollevò in aria. Fece un passo avanti.

La ragazza, intenta a leggere, non si era minimamente accorta del suo aggressore, ormai a un metro da lei. Con tutte le sue forze, Thompson abbatté lo sfollagente sul berretto di maglia della ragazza.

Crack...

All'impatto sordo del legno sulla testa, una dolorosa vibrazione si riverberò nelle mani di Thompson.

Ma qualcosa non andava. Il suono, la sensazione, non erano quelli giusti. Che cosa stava succedendo?

Thompson Boyd balzò all'indietro, mentre il corpo cadeva sul pavimento.

E andava in pezzi.

Il torso del manichino cadde da una parte, la testa rotolò da un'altra. Thompson rimase a fissarlo attonito per un istante. Sulla metà inferiore dello stesso manichino era drappeggiato un vestito rigonfio, uno di quelli in mostra come esempi di abbigliamento delle donne nell'America della Ricostruzione.

No...

In qualche modo, la ragazza doveva avere intuito la minaccia che incombeva su di lei. Aveva sfilato i libri dagli scaffali come alibi per alzarsi, prendere un manichino, vestirne la metà superiore con la sua felpa e il suo berretto e infine sistemarlo sulla sedia.

Ma adesso dov'era?

Il rumore dei passi in corsa era la risposta alla sua domanda.

Thompson Boyd la sentì scappare verso l'uscita di sicurezza. Rimise lo sfollagente nel taglio dell'impermeabile, estrasse la pistola e si lanciò all'inseguimento.

2

Geneva Settle correva.

Era in fuga, come Charles Singleton.

Ansimava. Come Charles.

Ma era sicura di non avere nulla della dignità dimostrata dal suo antenato quando era scappato dalla polizia centoquarant'anni prima. Geneva singhiozzava e gridava per chiamare aiuto. In preda al panico, urtò contro un muro, graffiandosi il dorso di una mano.

Eccola, eccola là, la maschietta pelle e ossa... Prendetela!

Il pensiero dell'ascensore la terrorizzava. Si sarebbe sentita in trappola. Per questo aveva scelto le scale antincendio. L'impatto contro la porta, a tutta velocità, la lasciò stordita. Un bagliore giallo le annebbiò la vista, tuttavia Geneva continuò a correre. Sul pianerottolo del terzo piano afferrò la maniglia della porta. Ma quelle erano uscite di emergenza e non si aprivano dalle scale. Sarebbe dovuta passare dalla porta al pianterreno.

Continuò la discesa, a perdifiato. *Perché?* si chiese. Che cosa voleva da lei, quell'uomo?

La troietta Oreo *pelle e ossa non ha tempo da perdere con ragazze come noi...*

La pistola. Era stata quella a insospettirla. Geneva Settle non era una *gangsta girl*, ma non si può studiare alla Langston Hughes High School, nel cuore di Harlem, senza vedere girare qualche arma. Quando aveva riconosciuto quel *click* caratteristico, così diverso dallo *snap* della chiusura di un cellulare, si era chiesta se la risata dell'uomo non fosse una finta e se non avesse cattive intenzioni. Perciò si era alzata, facendo finta di niente, ed era andata a bere un bicchiere d'acqua, pronta alla fuga. Poi, sbirciando tra gli scaffali, aveva intravisto il passamontagna. E aveva capito che non sarebbe mai riuscita a raggiungere le porte, se non avesse mantenuto l'attenzione dell'intruso fissa sul tavolo delle microfiche. Allora aveva ammucchiato i libri e aveva spogliato un manichino, rivestendolo con la felpa e il berretto, per poi sistemarlo davanti all'apparecchio. Quindi aveva atteso che lui si avvicinasse e gli era girata intorno.

Dalle una lezione, fagliela vedere alla troietta...

Geneva scese a rotta di collo un'altra rampa.

Rumore di passi sulle scale. Gesù, le stava venendo dietro! La stava inseguendo e ora era solo un piano sopra di lei. Un po' correndo, un po' cadendo, tenendosi la mano ferita con quella sana, Geneva si precipitò giù per i gradini. I passi dell'uomo erano sempre più vicini.

Quando fu quasi al pianterreno, saltò con un balzo gli ultimi quattro scalini e atterrò sul cemento. Le gambe le cedettero. Geneva si scontrò con la superficie ruvida del muro. Con una smorfia di dolore, si rimise in piedi. Sentiva i passi dell'inseguitore, ne vedeva l'ombra sul muro.

Guardò l'uscita di emergenza. Singhiozzò alla vista della catena intorno alla sbarra.

No, no, no... La catena era illegale, certo, ma questo non impediva ai gestori del museo di servirsene per tenere alla larga i ladri. Oppure era stato lo stesso inseguitore a metterla, prevedendo la sua fuga in quella direzione. Ma la porta era davvero chiusa?

C'è un solo modo per saperlo. Vai, ragazza!

Geneva si gettò verso la sbarra.

La porta si aprì.

Oh, grazie a...

D'un tratto un suono assordante le riempì le orecchie. Il dolore le attanagliò l'anima. Urlò. Le aveva forse sparato alla testa? Ma si rese conto che era solo l'allarme della porta, che strillava acuto come i cuginetti neonati di Keesh. Geneva si ritrovò nel vicolo. Richiuse la porta dietro di sé e cercò la migliore via di fuga: a destra, a sinistra...?

Mettetela sotto, fatela a fette, quella troia...

Scelse la destra e, con passo incerto, corse verso la 55th Street, infilandosi tra la gente che andava al lavoro e attirando su di sé gli sguardi curiosi di alcuni e inquieti di altri. Ma la maggior parte dei passanti ignorò la ragazzina dalla faccia spaventata. Poi sentì l'allarme antincendio aumentare di intensità. L'aggressore aveva aperto la porta. Sarebbe scappato, oppure avrebbe continuato a inseguirla?

Geneva corse lungo il marciapiede. Corse da Keesh, che teneva in mano un bicchiere di carta con il caffè della tavola calda greca e cercava di accendersi una sigaretta a dispetto del vento. La sua compagna di classe, con la pelle color moka, l'accurato make-up violetto e una cascata di extension bionde, aveva la stessa età di Geneva, anche se la superava di tutta la testa e aveva tutte le curve al punto giusto: tette che le tendevano i vestiti come la pelle di un tamburo, fianchi scoperti alla moda del ghetto, e tutto quanto. Keesh l'aspettava per strada. Non le interessavano i musei, né, se era per questo, qualsiasi altro edificio in cui fosse vietato fumare.

"Gen!" L'amica gettò il bicchiere di carta per terra e le corse incontro. "Che ti prende? Sei sconvolta."

"Quell'uomo..." Geneva ansimò, in preda a un attacco di nausea. "Quell'uomo, lì dentro, mi ha aggredita."

"Merda, no!" Lakeesha si guardò intorno. "Dov'è andato?"

"Non lo so. Mi è corso dietro."

"Calma, ragazza. Va tutto bene. Alziamo il culo. Vieni." L'amica, che bigiava tutte le lezioni di educazione fisica e fumava da due anni, si mise a correre meglio che poteva, ansimando, con le braccia che rimbalzavano sui fianchi.

Ma dopo un breve tratto, Geneva rallentò fino a fermarsi. "Aspetta."

"Ma che fai, Gen?"

Il panico era svanito e un altro sentimento aveva preso il suo posto.

"Andiamo, ragazza", disse Keesh, senza fiato. "Muovi le chiappe."

Ma Geneva Settle aveva preso una decisione. La rabbia si era sostituita alla paura. Stava pensando: *Non deve passarla liscia.* Girò sui tacchi e si guardò indietro. Quando vide quello che cercava, vicino all'imbocco del vicolo da cui era sbucata, si incamminò in quella direzione.

A un isolato dal museo afroamericano, in mezzo alla folla dell'ora di punta, Thompson Boyd rallentò il passo. Era un uomo medio. In ogni senso. Aveva capelli di un castano medio, corporatura, statura e peso normali e aspetto mediamente gradevole. In prigione lo chiamavano "Tipo Qualunque". La gente aveva la tendenza a non notarlo.

Ma un uomo che corre nel mezzo di Midtown attira l'attenzione, a meno che non stia cercando di prendere al volo un autobus, un taxi o la metropolitana.

Al semaforo rosso sull'angolo tra la 6th Avenue e la 53rd Street si concesse un momento di riflessione e stabilì il da farsi. Si sfilò l'impermeabile e lo ripiegò sul braccio, assicurandosi in ogni caso di avere le armi a portata di mano. Si voltò e tornò verso il museo.

Thompson Boyd era un artigiano che seguiva le regole. Ciò che stava facendo, tornare sul luogo di un'aggressione fallita, poteva apparire strano. Non era una buona idea, visto che senza dubbio la polizia sarebbe arrivata presto.

Ma lui sapeva che era in situazioni come questa, con gli sbirri dappertutto, che tutti erano distratti. Spesso avvicinarsi al bersaglio era più facile in queste occasioni, piuttosto che in altre. L'uomo medio passeggiò con noncuranza tra la folla, in direzione del museo, un pendolare come tanti altri, un Tipo Qualunque che andava al lavoro.

Non era altro che un miracolo.

Da qualche parte nel cervello o nel corpo si genera uno stimolo, mentale o fisico: voglio prendere il bicchiere, devo deporre la padella che mi scotta le dita. Quello stimolo dà origine a un impulso nervoso che attraversa il corpo lungo le membrane di neuroni. L'impulso non è, come credono i più, semplice elettricità, bensì un'onda che si crea quando la superficie dei neuroni passa brevemente dalla carica positiva a quella negativa. L'intensità di questo impulso non varia mai.

O c'è o non c'è. E la propagazione è rapida: quattrocento chilometri orari.

L'impulso arriva alla sua destinazione, muscolo, ghiandola o organo che sia, e ottiene una risposta. E così i nostri cuori battono, i nostri polmoni pompano aria, i nostri corpi danzano, le nostre mani piantano fiori e scrivono lettere d'amore e pilotano astronavi.

Un miracolo.

A meno che qualcosa non vada come dovrebbe. A meno, poniamo, di essere il capo di una CSU, una Crime Scene Unit, incaricato di esaminare la scena di un crimine in un cantiere della metropolitana, e di trovarsi sotto una trave che cade sulla nuca e spezza la quarta vertebra cervicale, quattro ossa dalla base del cranio. Come accadde a Lincoln Rhyme qualche anno fa.

Quando si verifica un caso del genere, *rien ne va plus*.

Anche se il colpo non è sufficiente a spezzare la spina dorsale, il sangue invade l'area e la pressione aumenta fino a schiacciare o soffocare i neuroni. Come se ciò non bastasse, alla loro morte i neuroni, per ragioni sconosciute, rilasciano un aminoacido tossico che ne uccide altri ancora. Alla fine, se il paziente sopravvive, lo spazio intorno ai nervi si riempie di tessuto cicatrizzato come una fossa si colma di terra, metafora appropriata dal momento che, a differenza dei neuroni nel resto del corpo, quelli del cervello e della spina dorsale non si rigenerano. Una volta morti, lo rimangono per sempre.

Dopo un simile "evento catastrofico" (per usare un eufemismo caro agli uomini e alle donne della medicina), certi pazienti, quelli più *fortunati*, scoprono che i neuroni preposti a organi vitali quali i polmoni e il cuore continuano a funzionare. Sono i pazienti che sopravvivono.

Ma forse loro sono quelli più *sfortunati*.

Perché alcuni di loro avrebbero preferito che i loro cuori smettessero di battere, risparmiando loro infezioni, piaghe di decubito, contrazioni e spasmi. Risparmiando loro gli attacchi di disreflessia autonomica, che può portare a un ictus. Risparmiando loro l'irreale e strisciante dolore fantasma, il cui tormento è pari al dolore autentico, ma non può essere placato né dall'aspirina né dalla morfina.

Per non menzionare il radicale cambiamento di vita: i fisioterapeuti, gli infermieri, il polmone artificiale, i cateteri, i pannoloni, la dipendenza... e, naturalmente, la depressione.

In tali circostanze, certe persone si arrendono e cercano la morte. Il suicidio è sempre un'alternativa possibile, anche se non facilmente realizzabile. Provate voi a suicidarvi, se tutto quello che potete muovere è la testa.

Altre persone, invece, passano al contrattacco.

"Ne hai avuto abbastanza?" domandò il giovanotto in pantaloni, camicia bianca e cravatta a disegni floreali color vino.

"No", rispose Rhyme, senza fiato per l'esercizio. "Voglio andare avanti." Era imbracato su una complessa cyclette, in una delle stanze libere al piano superiore della sua residenza a Central Park West.

"Io direi che ne hai avuto abbastanza", lo smentì Thom, il suo aiutante. "È passata più di un'ora e il tuo ritmo cardiaco è piuttosto alto."

"È come salire in bicicletta sul Matterhorn", ansimò Rhyme. "Ed essere Lance Armstrong."

"Il Matterhorn non è sul percorso del Tour de France. È una montagna. La puoi scalare, non andarci in bicicletta."

"Grazie per l'informazione turistica, Thom. Non intendevo alla lettera. Quanto ho percorso?"

"Trentacinque chilometri."

"Facciamone un'altra ventina."

"Non credo proprio. Otto."

"Dodici", mercanteggiò Rhyme.

Il giovanotto che gli faceva da infermiere inarcò un sopracciglio, con fare accondiscendente. "Okay."

Dodici, del resto, era il vero obiettivo di Rhyme, che si sentì soddisfatto. Viveva per vincere.

Continuò a pedalare. I muscoli si rinforzavano, sì, ma c'era una grossa differenza tra quell'attività e quella su una cyclette al Gold's Gym. Lo stimolo che inviava un impulso da un neurone all'altro non veniva dal cervello di Rhyme, bensì da un computer, attraverso elettrodi collegati ai muscoli delle sue gambe. L'apparecchio era noto come bicicletta ergometrica FES, sigla di Functional Electrical Stimulation.

La stimolazione elettrica funzionale impiega un computer, cavi ed elettrodi per imitare il sistema nervoso e trasmettere piccole scariche elettriche ai muscoli, inducendoli a comportarsi esattamente come se a comandarli fosse il cervello. Non viene utilizzata per l'attività quotidiana e non sostituisce una passeggiata o l'uso di utensili. Il suo scopo principale è terapeutico: il miglioramento delle condizioni di pazienti fortemente disabili.

A Rhyme l'idea di cominciare gli esercizi era stata ispirata dalla sua ammirazione per il defunto attore Christopher Reeve, vittima di un trauma ancora più drammatico del suo a seguito di una caduta da cavallo. Con la forza di volontà e un incessante esercizio fisico, e con grande sorpresa della comunità medica, Reeve aveva recuperato una certa capacità motoria e la sensibilità in punti in cui non ne aveva più. Dopo anni di discussioni sull'opportunità o meno di rischiare operazioni chirurgiche sperimentali alla spina dorsale, alla fine Rhyme aveva optato per un regime di esercizi analogo a quello di Reeve.

La morte prematura dell'attore lo aveva spinto a profondere energie ancora maggiori al suo programma di esercizi. Thom aveva rintracciato uno dei migliori esperti sulla East Coast, il dottor Robert Sherman, specialista di traumi alla colonna vertebrale. Il medico aveva preparato un programma personalizzato per Rhyme, che includeva l'ergometro, l'acquaterapia e il *tapis roulant*, in effetti un grosso apparecchio munito di gambe robotiche che operavano sotto il controllo di un computer e facevano "camminare" Rhyme.

Complessivamente, la terapia aveva prodotto risultati. Il cuore e i polmoni di Rhyme si erano rafforzati. La sua densità ossea era quella di un uomo non disabile della sua età. La massa muscolare era aumentata. Aveva quasi raggiunto la forma fisica di quando era a capo delle Risorse Investigative del dipartimento di polizia di New York, da cui dipendeva la Crime Scene Unit. All'epoca percorreva chilometri ogni giorno, talvolta esaminando di persona le scene dei crimini, cosa rara per un capitano, talvolta perlustrando le strade della città in cerca di campioni di pietre, terra, cemento o fuliggine da catalogare nel suo database forense.

Grazie agli esercizi di Sherman, Rhyme soffriva meno delle piaghe derivanti da ore e ore di contatto con la sedia o il letto. Le funzioni dell'intestino e della vescica erano migliorate e le infezioni al condotto urinario erano diminuite. Quanto alla disreflessia autonomica, da quando aveva cominciato il trattamento si era verificato un solo episodio.

Naturalmente restava una domanda in sospeso: tutti quei mesi di severo esercizio avrebbero fatto qualcosa per risolvere la sua situazione, o si sarebbero limitati a dare un po' di tono ai muscoli e alle ossa? Un semplice test delle funzioni motorie e sensorie sarebbe bastato a dare una risposta istantanea. Ma avrebbe richiesto una visita in ospedale, per la quale Rhyme sembrava non riuscire mai a trovare il tempo.

"Non puoi prenderti un'ora di libertà?" gli domandava Thom.

"Un'ora? Un'ora? Da quando, in tempi recenti, una visita in ospedale richiede solo un'ora? E dove si troverebbe questo particolare ospedale, Thom? Nella Terra-che-non-c'è? A Oz?"

Tuttavia, l'insistenza del dottor Sherman aveva finalmente obbligato Rhyme a sottoporsi all'esame. Di lì a mezz'ora si sarebbe recato al New York Hospital insieme a Thom, per avere l'ultima parola sui suoi progressi.

Al momento, non era a questo che pensava Lincoln Rhyme, ma alla corsa in bicicletta nella quale era impegnato, una corsa *sul* Matterhorn, grazie tante. E si dava il caso che stesse battendo Lance Armstrong.

Quando ebbe finito, Thom lo sollevò dalla cyclette, lo lavò e lo vestì con una camicia bianca e pantaloni neri. Sistemato sulla sedia a rotelle, Rhyme entrò nello stretto ascensore e scese in laboratorio, un tempo il salotto di casa. La testa rossa di Amelia Sachs era china sui reperti che stava etichettando, in relazione a uno dei casi su cui Rhyme stava fornendo consulenza.

Con l'unico dito funzionante, l'anulare sinistro, sul controllo *touch pad*, Rhyme manovrò abilmente la sedia a rotelle Storm Arrow rosso fiammante, attraversando il laboratorio fino a raggiungere Amelia, che si protese a baciarlo sulla bocca. Lui ricambiò il bacio, premendo con forza le labbra su quelle di lei. Rimasero così per un momento. A Rhyme piaceva il calore della sua vicinanza, il dolce profumo di fiori del suo sapone, il solletico dei capelli di lei sulla guancia.

"Quanta strada hai fatto, oggi?" chiese lei.

"A quest'ora sarei a Westchester nord... se non mi avessero fermato." Un'occhiata severa a Thom, che strizzò l'occhio ad Amelia. Era una battaglia persa.

Alta e snella, Amelia Sachs indossava giacca e pantaloni blu marina sopra una delle camicie scure che era solita portare da quando era stata promossa detective. (Un manuale tattico per gli agenti di polizia ammoniva: *indossare una camicia o blusa che faccia contrasto rende l'area pettorale un bersaglio più chiaro.*) Era un abbigliamento funzionale e poco attraente, l'esatto contrario degli abiti che indossava nel suo lavoro prima di entrare in polizia: per alcuni anni aveva fatto la modella. Un rigonfio sotto la giacca, all'altezza del fianco, indicava la posizione della sua pistola automatica Glock. I pantaloni erano da uomo: non poteva fare a meno della tasca posteriore, l'unico posto in cui si sentiva comoda a tenere il coltello a serramanico, illegale ma spesso utile. E, come al solito, indossava semplici scarpe con la suola di gomma. Camminare era piuttosto doloroso per Amelia Sachs, a causa dell'artrite.

"Quando andiamo?" chiese a Rhyme.

"All'ospedale? Oh, non devi per forza venire anche tu. Meglio che resti qui a catalogare i reperti."

"Ho quasi finito. E poi non è che *devo*, è che *voglio* venire."

"Un circo", borbottò lui. "Sta diventando un circo. Lo sapevo che finiva così." Tentò di lanciare uno sguardo di rimprovero a Thom, ma il suo aiutante non c'era più.

Suonò il campanello della porta. Thom andò ad aprire e riapparve poco dopo seguito da Lon Sellitto. "Salve a tutti." Il tenente, tarchiato e corpulento, con indosso il solito vestito stropicciato, fece un allegro cenno di saluto con la testa. Rhyme si domandò a cosa fosse dovuto il suo buonumore. Forse a qualcosa che aveva a che fare con un arresto recente, o il budget del dipartimento per i nuovi agenti. O forse Sellitto aveva solo perso qualche chilo. Il suo peso era come uno yo-yo e lui se ne lamentava di continuo. Data la sua situazione, Lincoln Rhyme non era molto tollerante con chi si preoccupava di imperfezioni fisiche quali troppa pancia o troppo pochi capelli.

Ma quel giorno sembrava che l'entusiasmo del detective avesse a che fare con il lavoro. Sellitto sventolò in aria un fascio di documenti. "Giudizio confermato in appello."

"Ah", fece Rhyme. "Il caso della scarpa?"

"Già."

Rhyme ne fu lieto, naturalmente, anche se non era una sorpresa. Come poteva essere altrimenti? Era stato lui a strutturare il caso contro l'omicida e l'accusa non poteva non reggere. L'indagine si era rivelata interessante: due diplomatici dei Balcani erano stati assassinati su Roosevelt Island, quella curiosa striscia di terreno residenziale nel mezzo dell'East River, e l'assassino aveva sottratto loro la scarpa destra. Come spesso accadeva di fronte a casi senza soluzione, il dipartimento di polizia di New York si era rivolto a Rhyme nelle sue vesti di "criminalista", la definizione corrente per i consulenti della polizia scientifica.

Era stata Amelia Sachs a effettuare i rilievi sulla scena del delitto. Ogni indizio era stato raccolto e analizzato, ma non se ne era ricavata alcuna pista precisa. La polizia era giunta alla conclusione che dovesse trattarsi di una questione politica europea. Per un po' il caso era rimasto aperto, ma fermo, fino al giorno in cui al dipartimento era circolato un memo dell'FBI riguardo una valigia abbandonata all'aeroporto JFK. All'interno di essa si trovavano articoli riguardanti la tecnologia GPS, due dozzine di circuiti elettronici e una scarpa destra da uomo il cui tacco era cavo. Dentro vi era alloggiato il chip di un computer. Rhyme si era chiesto se la scarpa non potesse essere una di quelle di Roosevelt Island. Aveva indovinato. Anche altri indizi nella valigia erano riconducibili alla scena del delitto.

Roba da spie... una storia alla Robert Ludlum. Aveva cominciato a circolare qualche teoria e tanto l'FBI quanto il dipartimento di Stato avevano premuto l'acceleratore. Si era fatto avanti persino un emissario di Langley: la prima volta, per quanto ne sapeva Rhyme, che la CIA si interessava a uno dei suoi casi.

Gli veniva ancora da ridere, ripensando alla delusione dei federali quando le loro ipotesi di complotto globale erano andate a farsi benedire: in capo a una settimana, la detective Amelia Sachs aveva guidato una squadra tattica sulle tracce di un uomo d'affari di Paramus, New Jersey, un individuo grezzo la cui competenza in fatto di politica estera non doveva andare oltre le pagine di *USA Today*.

In base all'umidità e all'analisi della composizione chimica del tacco, Rhyme aveva dimostrato che la cavità era stata aperta alcune settimane *dopo* il duplice omicidio. Aveva scoperto inoltre che il microchip era stato acquistato presso il negozio PC Warehouse e che le informazioni sulla tecnologia GPS, oltre a non essere segrete, erano state scaricate da siti Internet che non venivano aggiornati da uno o due anni.

Una messinscena, aveva concluso Rhyme. E aveva collegato i granelli di polvere sulla valigia a una fabbrica di rivestimenti per bagni e cucine nel Jersey. Una rapida occhiata ai tabulati della compagnia telefonica aveva permesso di capire che la moglie del proprietario della fabbrica dormiva con uno dei due diplomatici. Il marito aveva scoperto la relazione e, insieme a un aspirante Tony Soprano che lavorava con lui in fabbrica, aveva assassinato il rivale e il suo sfortunato collega a Roosevelt Island, poi aveva costruito i falsi indizi per accreditare la tesi di un movente politico.

"Una relazione, sì, ma non diplomatica", aveva suggerito Rhyme, teatrale, al termine della sua testimonianza in aula. "Un'azione clandestina, ma niente a che vedere con lo spionaggio."

"Obiezione", aveva detto, stancamente, l'avvocato della difesa.

"Accolta", aveva concesso il giudice, trattenendo a stento le risate.

La giuria aveva impiegato quarantadue minuti a condannare l'uomo d'affari. Gli avvocati, naturalmente, avevano fatto ricorso. Lo facevano sempre. Ma, come aveva appena annunciato Sellitto, la corte d'appello aveva confermato il giudizio.

"Allora", disse Thom, "celebriamo la vittoria con una gita all'ospedale. Sei pronto?"

"Non avere fretta", borbottò Rhyme.

Fu in quel momento che il cercapersone di Sellitto si mise a suonare. Il detective guardò il numero sul display e corrugò la fronte, quindi prese il cellulare appeso alla cintura e fece una chiamata.

"Qui Sellitto. Che succede?" Assentì piano, massaggiandosi distrattamente i rotoli di grasso della pancia. Di recente aveva provato l'Atkins: la dieta a base di bistecche e uova non sembrava avere avuto grande effetto. "Sta bene? E l'aggressore? Sì... niente di buono. Resta in linea." Alzò lo sguardo. "È appena arrivata una chiamata 10-24. Quel museo afroamericano sulla 55. Vittima: una ragazza. Una teenager. Tentato stupro."

Amelia Sachs fece una smorfia, provando un'immediata simpatia nei confronti della vittima. Rhyme ebbe una reazione diversa: la sua mente si domandò, automaticamente, quante fossero le scene del crimine; se l'aggressore avesse inseguito la vittima, lasciando eventuali tracce; se ci fosse stata una colluttazione, con conseguente scambio di indizi; se l'aggressore si fosse servito di mezzi pubblici o avesse raggiunto in auto la scena del crimine.

Gli venne in mente anche un'altra cosa, ma non aveva intenzione di farvi cenno.

"Ferite?" domandò la poliziotta.

"Un graffio su una mano, nient'altro. La ragazza è riuscita a scappare e si è rivolta a un agente di pattuglia nelle vicinanze, il quale ha controllato che la bestia se ne fosse andata. Potreste esaminare voi la scena?"

Sachs guardò Rhyme. "Lo so che cosa stai per dire: che abbiamo già molto da fare."

L'intero dipartimento era sotto pressione. Molti agenti erano stati rimossi dai compiti abituali e assegnati a incarichi di antiterrorismo, dopo che l'FBI aveva ricevuto parecchie informazioni anonime su possibili attentati dinamitardi a bersagli israeliani nell'area. Quegli spostamenti da un incarico all'altro ricordavano a Rhyme le storie che Amelia aveva sentito dal nonno a proposito della vita nella Germania prebellica. Il suocero di nonno Sachs era stato un investigatore nella polizia criminale di Berlino, e ogni volta che sorgeva una crisi il governo nazionale gli sottraeva agenti. Al momento, Rhyme e la detective stavano occupandosi di due indagini su frodi in campo economico, una rapina a mano armata e un caso freddo di omicidio risalente a tre anni prima.

"Appunto, troppo da fare", sintetizzò Rhyme.

"Piove sempre se è bagnato..." disse Sellitto. Aggrottò la fronte. "Non mi ricordo mai come si dice."

"Credo sia 'Piove sempre sul bagnato'. Un'espressione ironica." Rhyme scosse la testa. "Vorrei proprio esserti d'aiuto. Abbiamo tutti quegli altri casi. E guarda l'ora: ho un appuntamento, adesso. In ospedale."

"Andiamo, Linc", disse Sellitto. "Non hai niente del genere tra le mani. La vittima è una ragazzina. Brutta cosa, quando l'aggressore se la prende con le teenager. Toglilo dalla strada e chissà quante ragazze potrai salvare. La conosci la città: non importa che altro stia succedendo, ma se una bestia se la prende coi ragazzini, la polizia ti darà tutto l'appoggio che ti serve per inchiodarla."

"Ma questo sarebbe il mio *quinto* caso", ribatté il criminalista, petulante. Lasciò crescere il silenzio. Poi, con riluttanza, chiese: "Quanti anni ha?"

"Sedici, per l'amor di Dio. Andiamo, Linc."

Un sospiro. Poi, alla fine, Rhyme disse: "Va bene. Me ne occupo io".

"Davvero?" chiese Sellitto, sorpreso.

"Pensano tutti che io abbia un brutto carattere", scherzò Rhyme, "che sono un peso morto e un guastafeste. Eccoti un altro cliché, Lon. Volevo solo dire che dobbiamo considerare le priorità. Ma penso che tu abbia ragione. Questo è più importante."

Fu l'aiutante a chiedere: "Il tuo slancio di altruismo ha qualcosa a che vedere con il fatto che dovremo rimandare la visita in ospedale?"

"Certo che no. A quello non avevo nemmeno pensato. Ma ora che me lo fai notare, credo sia meglio annullarla. Buona idea, Thom."

"Non è un'idea mia. L'hai fatto apposta."

Vero, pensò Rhyme. Ma chiese indignato: "Io? Da come

lo dici, sembra quasi che sia stato io ad aggredire quella ragazzina a Midtown".

"Lo sai che cosa intendo", disse Thom. "Puoi fare l'esame e tornare qui prima che Amelia abbia finito il lavoro sulla scena del crimine."

"Potrebbero esserci ritardi in ospedale. Ma perché dico 'potrebbero'? Ci sono sempre."

Intervenne Sachs: "Chiamerò il dottor Sherman e gli dirò di riprogrammare la visita".

"Cancellala, sì, ma non riprogrammarla. Non abbiamo idea di quanto ci vorrà. L'aggressore potrebbe essere uno stupratore organizzato."

"Io la riprogrammo", insistette lei.

"Facciamo tra due o tre settimane."

"Vedrò quando è disponibile", rispose lei, con decisione.

Ma Lincoln Rhyme sapeva essere ostinato quanto la sua partner. "Ce ne preoccuperemo dopo. Adesso abbiamo uno stupratore, là fuori. Thom, chiama Mel Cooper e digli di venire qui. Muoviamoci. Ogni minuto di ritardo è un regalo all'aggressore. Ehi, com'è quell'altra espressione, Lon? La genesi di un cliché... e tu c'eri."

3

Istinto.

Gli agenti di sorveglianza sviluppano un sesto senso per capire se qualcuno nasconde una pistola. A detta dei veterani, tutto sta nel comportamento del sospetto: non è tanto il peso in chilogrammi della pistola, quanto il peso delle conseguenze di averne una addosso. Il potere che ti conferisce.

E anche il rischio di farsi beccare. Il porto abusivo di armi a New York ha una conseguenza automatica: la galera. Hai una pistola addosso? Vedi il sole a scacchi. Semplice equazione.

No, Amelia Sachs non sapeva dire con certezza da cosa l'avesse capito, ma non aveva dubbi che l'uomo appoggiato a un muro sul marciapiede opposto all'African-American Museum of Culture and History fosse armato. Fumava una sigaretta, a braccia conserte, e guardava le transenne, le luci lampeggianti e gli agenti di polizia.

Al suo arrivo sulla scena, Sachs fu accolta da un biondino in uniforme dell'NYPD, così giovane da dover essere una recluta. "Salve", disse questi, "ero io il primo agente. Io..."

Sachs gli sorrise e sussurrò: "Non guardare me. Tieni gli occhi sul mucchio di rifiuti sulla strada".

La recluta guardò lei, batté le palpebre e disse: "Prego?"

"I rifiuti", ripeté lei, sottovoce ma severa. "Non me."

"Scusi, detective", disse il biondino, coi capelli tagliati di fresco e la targhetta sul petto con la scritta R. PULASKI, nuova di zecca, senza neppure un graffio o un'ammaccatura.

Lei indicò i rifiuti. "Alza le spalle."

Lui alzò le spalle.
"Dammi retta. Continua a guardarli."
"C'è...?"
"Sorridi."
"Io..."
"Quanti sbirri ci vogliono per cambiare una lampadina?" chiese Sachs.
"Non lo so", fece il biondino. "Quanti?"
"Non lo so neanch'io. Non è una barzelletta. Ma ridi come se te ne avessi raccontata una grandiosa."
Lui rise. Un po' nervoso. Ma rise.
"Continua a guardarli."
"I rifiuti?"
Sachs si sbottonò la giacca. "Adesso non ridiamo più. Ci preoccupiamo dei rifiuti."
"Perché...?"
"Avanti."
"Va bene. Non rido. Guardo i rifiuti."
"Bravo."
L'uomo con la pistola rimaneva appoggiato al muro. Era sui quaranta, solido, coi capelli tagliati a rasoio. Dal gonfiore sul fianco doveva avere una pistola piuttosto lunga, probabilmente a tamburo, a giudicare dalla sagoma.
"Così stanno le cose", annunciò Sachs alla recluta. "L'uomo a ore due davanti a noi. Ha una pistola."
La benedetta recluta, coi suoi capelli ritti da ragazzino di un beige lucente del colore del caramello, non tolse gli occhi dai rifiuti. "L'aggressore? Crede che sia lui l'aggressore?"
"Non so. Non importa. Mi interessa che è armato."
"Che si fa?"
"Continuiamo. Gli passiamo davanti, guardando i rifiuti. Decidiamo che non ci interessano. Torniamo indietro. Tu rallenti e mi chiedi se voglio un caffè. Io dico di sì. Tu vai alla sua destra. Lui terrà gli occhi su di me."
"Perché terrà gli occhi su di lei?"
Rassicurante ingenuità. "Fidati. Tu torni indietro. Ti avvicini a lui. Fai rumore, tipo schiarirti la gola. Lui si volta. Poi io gli arrivo alle spalle."

"Certo, ho capito... Devo... ecco, devo tirare fuori la pistola?"

"No. Fagli solo vedere che ci sei e stai in piedi dietro di lui."

"E se *lui* tira fuori la pistola?"

"*Allora* tu tiri fuori la tua."

"E se comincia a sparare?"

"Non credo che lo farà."

"Ma se lo fa?"

"Allora spari anche tu. Come fai di nome?"

"Ronald. Ron."

"Da quanto sei in giro?"

"Tre settimane."

"Te la caverai benissimo. Andiamo."

Raggiunsero il cumulo di rifiuti e lo esaminarono con aria preoccupata. Ma poi decisero che non fosse un pericolo per nessuno e tornarono sui loro passi. D'un tratto Pulaski si fermò sui due piedi. "Ehi, che ne dice di un caffè, detective?"

Era un po' sopra le righe. Non gli avrebbero mai dato chance all'Actor's Studio. Ma, tutto considerato, l'interpretazione era credibile. "Certo, grazie."

Lui fece per allontanarsi, poi aggiunse, a voce alta: "Come lo prende?"

"Uhm... con lo zucchero", rispose lei.

"Quanto?"

Gesù Cristo... Disse: "Uno".

"Ricevuto. Ehi, vuole anche una ciambella?"

Okay, frena l'entusiasmo, disse lei con gli occhi. "Basta il caffè." Si voltò verso la scena del crimine. Poteva sentire lo sguardo dell'uomo con la pistola sui suoi lunghi capelli rossi, stretti in una coda di cavallo, poi sul suo petto, poi sulle natiche.

Perché terrà gli occhi su di lei?

Fidati.

Amelia Sachs proseguì verso il museo, guardando il riflesso sulla vetrina di un negozio. Quando gli occhi del fumatore si spostarono su Pulaski, si voltò rapidamente e si avvicinò, aprendo la giacca come lo spolverino di un pistolero per estrarre la Glock con la rapidità necessaria.

"Signore", disse lei, con decisione, "tenga le mani dove posso vederle."

"Faccia come dice la signora." Pulaski era sull'altro fianco dell'individuo, la mano vicina al calcio della pistola.

L'uomo occhieggiò Sachs. "Bella mossa, agente."

"Non muova quelle mani. Lei è armato?"

"Sì", rispose l'uomo. "Ho una pistola più grossa di quella che avevo al Trentacinque."

Il numero di un distretto di polizia. Era un ex poliziotto. Probabilmente.

"Vigilanza privata?"

"Proprio così."

"Mi faccia vedere il porto d'armi. Con la sinistra, se non le spiace. Tenga la destra dov'è."

L'uomo estrasse il portafoglio e lo consegnò a Sachs. Il porto d'armi e la licenza di guardia di sicurezza erano in ordine, ma per buona misura lei fece una telefonata di verifica. Tutto a posto. "Grazie." Sachs si rilassò e gli restituì i documenti.

"Nessun problema, detective. Bella scena del crimine avete qui, direi." L'uomo annuì in direzione delle auto di pattuglia che bloccavano la strada davanti al museo.

"Vedremo", ribatté lei, senza compromettersi.

La guardia rimise in tasca il portafoglio. "Sono stato di pattuglia per dodici anni. Pensione anticipata per motivi di salute. Mi sentivo in gabbia." Accennò al palazzo alle sue spalle. "Vedrete un altro paio di ragazzi armati, qui intorno. Questo è uno dei più grossi mercati di gioielli della città, una filiale della American Jewelry Exchange, reparto diamanti. Ogni giorno ci arrivano due milioni di dollari in pietre da Amsterdam e Gerusalemme."

Amelia Sachs alzò lo sguardo verso l'edificio. Non sembrava particolarmente imponente. Un palazzo di uffici, come tanti.

L'uomo rise. "Pensavo che sarebbe stato un gioco da ragazzi, questo lavoro, invece è tosto quanto il servizio di ronda. Be', in bocca al lupo con la scena. Vorrei potervi essere di aiuto, ma sono arrivato che lo spettacolo era già finito." Si voltò verso la recluta. "Ehi, ragazzo." Ammiccò alla volta di

Sachs. "Sul lavoro, di fronte a terzi, non chiamarla 'signora'. Chiamala 'detective'."

La recluta lo guardò, a disagio. Ma Sachs intuì che il messaggio era stato recepito. Glielo avrebbe detto lei stessa, una volta che fossero stati a quattr'occhi.

"Mi scusi", le disse Pulaski.

"Non lo sapevi. Adesso lo sai." Poteva essere il motto della polizia, ovunque.

Fecero per andarsene. La guardia li richiamò. "Oh, ehi, recluta?"

Pulaski si voltò.

"Hai scordato il caffè." L'uomo sogghignò.

Sulla porta del museo, Lon Sellitto teneva d'occhio la strada mentre parlava con un sergente. Il corpulento detective lesse il nome sulla targhetta del giovanotto. "Pulaski, sei tu il primo agente?"

"Sissignore."

"Dimmi tutto."

Il ragazzo si schiarì la voce e indicò un vicolo. "Ero in posizione sull'altro lato della strada, più o meno in quel punto, in servizio di pattuglia. Intorno alle otto e trenta la vittima, femmina, afroamericana, sedici anni, mi si avvicinava per riferire di..."

"Dillo pure con parole tue", lo invitò Sachs.

"Certamente. Okay. Ero fermo lì e questa ragazza mi è venuta incontro, sconvolta. Si chiama Geneva Settle, studentessa liceale. Stava preparando una tesina per la scuola. Era al quarto piano." Pulaski indicò il museo. "E quel tipo l'ha aggredita. Bianco, un metro e ottanta, con un passamontagna sulla faccia. Voleva violentarla."

"Come fai a saperlo?"

"Ho trovato il suo set da stupro, di sopra."

"Ci hai guardato dentro?" chiese Sachs, preoccupata.

"Aiutandomi con una penna. Tutto qui. Non ho toccato niente."

"Bravo. Va' avanti."

"La ragazza scappa, scende le scale antincendio e corre nel vicolo. Lui la insegue, ma poi fugge nella direzione opposta."

"Qualcuno ha visto dov'è andato?" volle sapere Sellitto.
"Nossignore."
Il detective guardò la strada. "L'hai messo tu il perimetro per la stampa?"
"Sissignore."
"Be', è troppo stretto, di quindici metri. Tienili fuori dai piedi. I giornalisti sono come sanguisughe."
"Certo, detective."
Non lo sapevi. Adesso lo sai.
La recluta corse a spostare le transenne.
"Dov'è la ragazza?" chiese Sachs.
Il sergente, un solido ispanico coi capelli radi e grigi, rispose: "Un agente ha portato lei e la sua amica a Midtown North. Stanno chiamando i suoi genitori". La nitida luce autunnale faceva luccicare le sue numerose decorazioni dorate. "Quando si saranno messi in contatto con loro, qualcuno le porterà dal capitano Rhyme per interrogarle." Il sergente rise. "È sveglia, la ragazza. Lo sa cos'ha fatto?"
"Cosa?"
"Ha capito che le cose si mettevano male. Allora ha vestito un manichino con la sua felpa e il berretto. L'aggressore c'è cascato. E lei ha avuto il tempo di tagliare la corda."
Sachs rise a sua volta. "E ha solo sedici anni? Furba."
"Pensa tu alla scena", le disse Sellitto. "Io metto i ragazzi a setacciare la zona." Il detective raggiunse un gruppo di agenti sul marciapiede, uno in uniforme e due dell'Anticrimine, in borghese. Li spedì tra la folla e nei negozi dei dintorni a cercare testimoni. Poi raccolse un'altra squadra perché interrogasse i cinque o sei ambulanti impegnati a vendere caffè e ciambelle dai loro carretti o a preparare hot dog, pretzel, sandwich e falafel per l'ora di pranzo.
Un clacson attirò l'attenzione di Amelia Sachs. Era arrivato il furgone dal quartier generale della Crime Scene Unit del Queens.
"Ehi, detective", fece l'autista, scendendo dal veicolo.
Sachs rivolse un cenno di saluto a lui e al suo collega. Li aveva incontrati in casi precedenti. Si sfilò la giacca e la fondina per indossare la tuta in tyvek, che minimizzava la contaminazione della scena. Si rimise la Glock alla cintola, ripen-

sando alle ammonizioni di Rhyme alle squadre CSU: *Perquisite con cura, ma guardatevi alle spalle*.

"Mi date una mano coi bagagli?" chiese lei, sollevando una delle valigette metalliche con l'equipaggiamento base per la raccolta e il trasporto di indizi.

"Ci puoi scommettere." Un tecnico della CSU si fece carico di altre due valigette.

Sachs prese una cuffia e la collegò al suo Handi-Talkie, proprio mentre Ron Pulaski tornava indietro dopo aver messo in riga la stampa. La recluta condusse lei e la squadra nell'edificio. Uscirono dall'ascensore al quarto piano e si diressero a destra, verso la porta a due ante sotto l'insegna SALA BOOKER T. WASHINGTON.

"Questa è la scena."

Sachs e i tecnici aprirono le valigette e ne estrassero l'equipaggiamento.

"Sono quasi certo che sia entrato da qui", continuò Pulaski. "L'unica altra uscita è la scala antincendio, ma non si può aprire dall'esterno e non è stata manomessa. Quindi lui entra da questa porta, la chiude a chiave e punta la ragazza, che scappa dall'uscita di sicurezza."

"Chi ti ha aperto la porta?" domandò Sachs.

"Un tipo di nome Don Barry, il direttore della biblioteca."

"È entrato con te?"

"No."

"Adesso dov'è?"

"Nel suo ufficio, al secondo piano. Mi è venuto in mente che potesse essere un lavoro dall'interno, sa com'è. Gli ho chiesto una lista di tutti i dipendenti bianchi maschi e dove si trovavano al momento dell'aggressione."

"Bene." Sachs aveva avuto la stessa idea.

"Ci consegna la lista appena è pronta."

"Adesso dimmi che cosa troveremo lì dentro."

"La ragazza era al lettore di microfiche, dietro l'angolo, sulla destra. Lo vedrete subito." Pulaski indicò il fondo della grande sala: tra gli alti scaffali si apriva un'area occupata da manichini con vestiti d'epoca, dipinti alle pareti e vetrine di gioielli antichi, borsette, scarpe e accessori. La tipica sala da museo, con il genere di oggetti cui si dedica una modesta attenzione mentre si pensa in quale ristorante andare a mangiare quando ci si sarà stufati della cultura.

"Come stiamo a sicurezza?" domandò Sachs, guardando verso il soffitto in cerca di videocamere.

"Zero. Niente videosorveglianza, niente guardie, niente registri dei visitatori. Si entra e basta."

"Mai niente di facile, vero?"

"Nossign... No, detective."

Sachs fu sul punto di dirgli che in quel contesto "nossignora" andava benissimo, ma non sapeva come spiegargli la differenza. "Una domanda: hai chiuso la porta di emergenza al piano terra?"

"No. L'ho lasciata come l'ho trovata. Aperta."

"Quindi la scena potrebbe essere calda."

"Calda?"

"L'aggressore potrebbe essere tornato."

"Io..."

"Non hai fatto niente di sbagliato, Pulaski. Voglio solo sapere."

"Be', immagino che avrebbe potuto, sì."

"D'accordo. Rimani qui sulla porta. Voglio che tu tenga le orecchie tese."

"Per sentire cosa?"

"Be', lui che mi spara addosso, per dirne una. Ma forse sarebbe meglio se prima tu riuscissi a sentire un rumore di passi o lo scatto di un'arma da fuoco."

"Vuol dire... guardarle le spalle?"

Lei gli strizzò l'occhio. Ed entrò sulla scena del crimine.

E così è una della Crime Scene, pensò Thompson Boyd, guardando la donna che andava avanti e indietro per la biblioteca, studiando il pavimento e cercando impronte digitali, indizi e tutto quello che i poliziotti dovevano trovare in quei casi. Quello che avrebbe potuto trovare la donna non lo preoccupava. Lui aveva fatto attenzione, come sempre.

Thompson era a una finestra nel palazzo di fronte al museo. Dopo che la ragazza gli era sfuggita, aveva fatto un giro di un paio di isolati ed era entrato nell'edificio situato sul lato opposto della 55th Street. Aveva salito le scale fino al corridoio del quinto piano, da dove poteva tenere d'occhio la strada.

Pochi minuti prima aveva avuto una seconda possibilità di uccidere la ragazza mentre si trovava in strada, di fronte al museo, a colloquio con i poliziotti. Ma c'erano intorno troppi agenti per consentirgli di spararle e farla franca. Tuttavia era riuscito a fotografarla con il suo telefono cellulare, prima che lei e la sua amica salissero a bordo di un'auto di pattuglia, partita in direzione ovest. E poi Thompson aveva ancora da fare sul posto. Era il motivo per cui aveva scelto quella posizione strategica.

Dai suoi giorni in galera, Thompson aveva imparato molte cose sul conto della polizia. Era in grado di distinguere gli sbirri perditempo, quelli spaventati e quelli stupidi, facili da ingannare. E sapeva anche riconoscere quelli di talento, quelli furbi, quelli che potevano costituire una minaccia.

Come la donna che stava osservando in quel momento.

Mentre si metteva il collirio, per dare sollievo ai suoi occhi tormentati, Thompson provò una certa curiosità nei confronti della detective. La donna esaminava la scena con concentrazione, quasi con devozione. Era lo stesso sguardo che aveva ogni tanto la madre di Thompson quando era in chiesa.

La perse di vista, ma continuò a guardare dalla finestra, fischiettando sommessamente. Finalmente la donna in bianco riapparve. Thompson notò con quale precisione la poliziotta compiva ogni azione, con quale cura camminava nella sala, con quale delicatezza raccoglieva gli oggetti per esaminarli, come se non volesse danneggiare alcun possibile indizio. Un altro uomo avrebbe potuto eccitarsi per la sua bellezza, per il corpo che si poteva immaginare sotto la tuta. Ma quei pensieri, come sempre, erano lontani dalla mente di Thompson. Anche se effettivamente provava un certo gusto nel vederla all'opera.

Gli tornò in mente qualcosa dal passato… Corrugò la fronte, mentre osservava la detective che andava avanti e indietro per la sala… Sì, ecco cos'era: lo schema dei suoi movimenti gli ricordava i crotali che suo padre gli indicava quando andavano insieme a caccia o a passeggio per le sabbie del Texas, vicino alla roulotte di famiglia, fuori Amarillo.

Guardali, figliolo. Guarda quei serpenti. Non fanno impressione? Ma non ti avvicinare: ti possono dare la morte, rapida come un bacio.

Thompson Boyd si appoggiò alla parete e rimase a studiare la donna in bianco che continuava ad andare avanti e indietro, avanti e indietro.

4

"Che aria tira, Sachs?"

"Buona", rispose lei, in collegamento radio con Rhyme.

Stava finendo proprio in quel momento di percorrere la griglia, il termine con cui si definiva un particolare metodo di esame della scena del crimine, consistente nel camminarvi come se si stesse tagliando l'erba di un prato: da un lato all'altro, per poi tornare indietro dopo un leggero spostamento laterale. Una volta esaminata l'intera scena, si ricominciava daccapo, stavolta in direzione perpendicolare alla ricerca precedente. Inoltre, si doveva guardare in alto e in basso, dal soffitto al pavimento, in modo da controllare ogni angolo. Ci sono molte tecniche per l'esame delle scene dei crimini, ma Rhyme insisteva sempre perché si impiegasse il metodo a griglia.

"Cosa intendi per buona?" sondò lui. A Rhyme non piacevano le generalizzazioni o quelle che definiva affermazioni "morbide".

"Si è scordato il set da stupro", rispose lei. Dal momento che il collegamento mediante la radio Motorola tra Rhyme e Sachs era più che altro un modo di garantire la presenza virtuale del criminalista sulla scena, nelle loro conversazioni solitamente facevano a meno delle convenzioni dell'NYPD, quali concludere ogni trasmissione con il segnale "K".

"Sul serio? Tanto valeva che lasciasse il portafoglio con i documenti. Che cosa c'è dentro?"

"Piuttosto strano, Rhyme. C'è il classico rotolo di nastro adesivo. Poi un taglierino, preservativi e una carta dei tarocchi, quella che raffigura un uomo sul patibolo."

"Mi domando se è uno psicopatico genuino, o solo un *copycat*", rifletté Rhyme. In passato era capitato varie volte che gli assassini lasciassero sul luogo del delitto una carta dei tarocchi o qualche altro oggetto collegato all'occulto. Il caso recente più clamoroso era quello dei cecchini di Washington D.C., di diversi anni prima.

Sachs proseguì. "La buona notizia è che ha tenuto tutto in un bel sacchetto di plastica."

"Eccellente." Non era insolito che un criminale, pur ricordandosi di indossare un paio di guanti sulla scena del crimine, si dimenticasse tuttavia delle impronte rimaste sugli "attrezzi" che portava con sé. La bustina lacerata di un preservativo aveva portato all'arresto di parecchi stupratori, che pure si erano preoccupati di non lasciare né impronte né fluidi corporei sulla scena del crimine. In questo caso, anche se l'aggressore si fosse ricordato di ripulire il rotolo di nastro adesivo, il coltello e i preservativi, era possibile che avesse trascurato di cancellare le impronte dal sacchetto.

Amelia lo collocò in un contenitore di carta, materiale solitamente più adatto della plastica a conservare gli indizi, e lo mise da parte. "L'ha lasciato su uno scaffale vicino al punto in cui era seduta la ragazza. Controllo le tracce latenti." La detective cosparse gli scaffali di polvere fluorescente, indossò gli occhiali arancioni e accese la sorgente luminosa alternativa. L'ALS, sigla di Alternative light source, è in grado di evidenziare tracce di sangue o sperma, così come impronte digitali altrimenti invisibili. Esplorando l'area con la luce, Amelia riferì: "Nessuna impronta. Ma vedo che usava guanti di lattice".

"Ah, buono a sapersi. Per due ragioni." La voce di Rhyme aveva assunto un tono professorale. La stava mettendo alla prova.

Due? si chiese lei. A lei ne veniva subito in mente *una*: se fossero stati in grado di recuperare il guanto, avrebbero potuto rilevare un'impronta *dall'interno*, un altro dettaglio spesso trascurato dai criminali. Ma la seconda ragione?

Glielo chiese.

"Ovvio. Significa che probabilmente è già schedato, quindi, quando riusciremo a trovare un'impronta, l'AFIS ci dirà chi è." Il sistema statale di identificazione automatica delle impronte digitali, così come l'AFIS integrato dell'FBI, era un database informatico che poteva comprovare la corrispondenza delle impronte nel volgere di pochi minuti, cosa che con l'esame manuale avrebbe richiesto invece giorni o addirittura settimane.

"Certo", replicò Sachs, dispiaciuta per non avere indovinato la risposta.

"Che cos'altro rientra nella definizione 'buona'?"

"Ieri sera hanno incerato il pavimento."

"E l'aggressione ha avuto luogo stamattina presto. Un ottimo fondale per le sue impronte."

"Vero. E ce ne sono alcune ben distinte." Amelia Sachs si inginocchiò e rilevò un'immagine elettrostatica delle impronte dei passi dell'uomo. Non aveva dubbi che fossero le sue: si distingueva chiaramente il percorso dell'uomo verso il tavolo di Geneva, il punto in cui si era bilanciato per stringere l'arma prima di vibrare il colpo, l'inseguimento tra gli scaffali. Sachs confrontò inoltre le impronte con quelle dell'unico altro uomo che fosse entrato nella sala quella mattina, Ron Pulaski, le cui scarpe lucidate a specchio lasciavano tracce del tutto diverse.

Sachs raccontò a Rhyme dell'espediente del manichino, con cui la ragazza aveva tratto in inganno l'aggressore per fuggire. Il criminalista rise.

"Rhyme, l'ha colpita... be', non lei, il manichino, lo ha colpito con violenza, servendosi di un oggetto contundente. Ha vibrato il colpo con forza tale da sfondare la plastica sotto il berretto della ragazza. Deve averla odiata, per come lei lo ha preso in giro. Se l'è presa anche con il lettore di microfiche."

"Oggetto contundente", le fece eco Rhyme. "Puoi rilevarne le tracce?"

Quando era a capo della Crime Scene Unit dell'NYPD, prima dell'incidente, Rhyme aveva compilato un gran numero di cartelle per organizzare un database che permettesse di identificare gli indizi lasciati sulle scene di crimini. La cartella relativa ai corpi contundenti conteneva centinaia di fotografie di segni di impatto lasciati sulla pelle delle vittime o su superfici inanimate da oggetti di vario genere, dai cerchioni alle ossa umane, fino al ghiaccio. Ma, dopo avere esaminato accuratamente tanto il manichino quanto i resti del lettore di microfiche, Amelia concluse: "No, Rhyme, non ne vedo. Il berretto che Geneva ha messo in testa al manichino..."

"Geneva?"

"Così si chiama."

"Oh. Prosegui."

Come accadeva di frequente, Sachs provò una momentanea irritazione. La disturbava il fatto che Rhyme non esprimesse alcun interesse nei confronti della ragazza o delle sue condizioni. Le capitava spesso: lui era sempre tanto distaccato dal crimine e dalle sue vittime. Era così, diceva, che doveva essere un criminalista: nessuno avrebbe voluto che un pilota si lasciasse distrarre da un bel tramonto o si spaventasse di fronte a una tempesta e finisse con l'aereo contro una montagna. Amelia Sachs comprendeva il suo punto di vista, ma per lei le vittime erano esseri umani e i crimini non erano esperimenti scientifici. Erano eventi orribili. Specie quando la vittima era una ragazza di sedici anni.

"Il berretto che la ragazza ha messo sulla testa del manichino", riprese lei, "ha disperso la forza del colpo. Quanto al lettore di microfiche, è stato fatto a pezzi."

"Be'", ribatté Rhyme, "portami un po' di quei pezzi. Potrebbe esserci stato qualche trasferimento."

"Certo."

Dietro quella di Rhyme, c'erano altre voci in sottofondo. "Finisci in fretta e sbrigati a rientrare, Sachs", disse lui, in tono inquieto.

"Ho quasi fatto", rispose lei. "Percorro la griglia verso la via di fuga... Rhyme, qual è il problema?"

Silenzio. Quando il criminalista parlò di nuovo, le parve ancora più inquieto. "Devo andare, Sachs. Pare che ci siano visite."

"Chi?"

Ma Rhyme aveva già chiuso la comunicazione.

La donna in bianco, la professionista, era scomparsa dalla finestra della biblioteca.

Ma Thompson Boyd non aveva più interesse per lei. Dal suo punto di osservazione, a una ventina di metri sopra la strada, stava seguendo i movimenti di un poliziotto più anziano che si dirigeva verso alcuni testimoni: un uomo di mezz'età, sovrappeso, con un vestito in condizioni pietose. Thompson conosceva anche quella tipologia. Non doveva trattarsi di un individuo particolarmente brillante, ma aveva tutta l'aria di essere un bulldog. Nulla gli avrebbe impedito di andare fino in fondo.

Quando lo sbirro grasso fece cenno a un nero alto in abito marrone che usciva dal museo, Thompson abbandonò la sua postazione e scese rapidamente le scale. Si fermò prima di arrivare al piano terra, estrasse la pistola e la controllò, verificando che nulla ostruisse la canna o inceppasse il tamburo. Si domandò se non fosse stato quello, il rumore dell'apertura e della chiusura del revolver nella biblioteca, a mettere la ragazza sul chi vive.

Stavolta, anche se intorno non sembrava esserci nessuno, controllò l'arma in assoluto silenzio.

Imparare dai propri errori.

Seguire le regole.

La pistola era a posto. Thompson la nascose sotto l'impermeabile, scese nell'ombra l'ultima rampa di scale e uscì dal lato più lontano, sulla 56th Street, per imboccare il vicolo che lo avrebbe riportato al museo.

Non c'era nessuno a guardia del vicolo, né all'una né all'altra estremità, sulla 55th Street. Invisibile, Thompson si avvicinò a un malconcio cassonetto verde che puzzava di cibo fermentato. Guardò verso la strada: la polizia l'aveva riaperta al traffico, ma alcune decine di curiosi, dagli uffici e dai negozi vicini, erano rimaste sui marciapiedi, nella speranza di vedere qualcosa di emozionante da raccontare poi ai colleghi o ai famigliari. La maggior parte dei poliziotti se n'erano andati. La donna in bianco, dal bacio di crotalo, era ancora di sopra. Fuori, oltre a un paio di auto di pattuglia e a un furgone della Crime Scene Unit, erano rimasti tre agenti in uniforme, altri due in borghese e il detective grasso coi vestiti spiegazzati.

Thompson strinse le dita intorno alla pistola. Sparare era un modo poco efficace per uccidere qualcuno. Ma in certe situazioni, come quella, era l'unica opzione. La procedura raccomandava di mirare al cuore. Mai alla testa. Il cranio è un bersaglio relativamente piccolo e difficile e, in alcuni casi, abbastanza solido da deviare i proiettili.

Sempre al petto.

Gli occhi azzurri e penetranti dell'uomo scrutarono lo sbirro grasso e male in arnese, intento a leggere un foglietto.

Calmo e imperturbabile, Thompson appoggiò la pistola sull'avambraccio sinistro e mirò attentamente, con mano salda. Sparò quattro colpi in rapida successione.

Il primo colpì alla coscia una donna ferma sul marciapiede.

Gli altri centrarono il bersaglio designato, esattamente dove voleva lui. Tre puntini apparvero al centro del petto della vittima, fiorendo come piccole rose rosse mentre il corpo cadeva a terra.

Rhyme aveva di fronte le due ragazze. Anche se completamente diverse nel fisico, la prima cosa che notò fu la differenza nei loro sguardi.

Gli occhi di quella più in carne, che portava vestiti chiassosi e bigiotteria lucente e aveva le unghie lunghe smaltate di arancione, danzavano come insetti frenetici, incapaci di soffermarsi su Rhyme o su qualsiasi altra cosa per più di un secondo. Lo sguardo correva vertiginosamente dagli strumenti scientifici alle provette, dai prodotti chimici ai computer, dai monitor alla ragnatela di cavi. E, naturalmente, dalle gambe di Rhyme alla sedia a rotelle. La ragazza masticava rumorosamente un chewing-gum.

L'altra, bassa, magra e poco femminile, sembrava più calma. Guardò Lincoln Rhyme, concesse solo una rapida occhiata alla sedia a rotelle e poi tornò a fissarlo negli occhi. Il laboratorio non la interessava.

"Lei è Geneva Settle", spiegò con voce tranquilla la poliziotta, Jennifer Robinson, accennando all'adolescente magra dallo sguardo calmo. L'agente Robinson era un'amica di

Amelia Sachs, che le aveva affidato il compito di accompagnare le ragazze da Rhyme, a Midtown North. "E lei è la sua amica", continuò la poliziotta, "Lakeesha Scott. Togliti quella gomma di bocca, Lakeesha."

La ragazza rispose con uno sguardo infastidito, ma ficcò la gomma da qualche parte nel suo grosso zaino, senza nemmeno preoccuparsi di avvolgerla in un pezzo di carta.

L'agente Robinson disse: "Lei e Geneva sono andate insieme al museo stamattina".

"Solo che io non ho visto niente", si affrettò a dire Lakeesha, preventivamente. Che fosse nervosa per l'aggressione, o per il fatto che Rhyme era uno storpio? Probabilmente per entrambe le cose.

Geneva indossava una T-shirt grigia, un paio di pantaloni neri larghi e scarpe da ginnastica, che Rhyme sospettò essere la moda corrente tra le liceali. Sellitto aveva detto che la ragazza aveva sedici anni, ma a vederla si sarebbe detta più giovane. Mentre i capelli di Lakeesha erano raccolti in una massa di treccine sottili, nere e dorate, così strette da lasciar intravedere la cute, quelli di Geneva erano tagliati cortissimi.

"Ho detto loro chi è lei, capitano", spiegò l'agente Robinson, rivolgendosi a lui con un grado che non era più in uso ormai da parecchi anni. "E che avrebbe fatto loro alcune domande riguardo a quanto è successo. Geneva vuole tornare a scuola, ma le ho detto che dovrà aspettare."

"Ho i compiti in classe", disse la ragazza.

Lakeesha fece *tsk*, schioccando la lingua tra i denti candidi.

La poliziotta continuò: "I genitori di Geneva sono fuori dal Paese, ma torneranno con il primo aereo. In loro assenza, con lei è rimasto uno zio".

"Dove sono?" chiese Rhyme. "I tuoi genitori?"

"Mio padre tiene un corso a Oxford."

"È un professore?"

Lei annuì. "Letteratura. All'Hunter College."

Rhyme biasimò se stesso per essersi sorpreso che una ragazzina di Harlem potesse avere per genitori due giramondo intellettuali. Più che per essersi lasciato ingannare da uno stereotipo, era seccato per essere giunto a una deduzione errata. Era vero che la ragazza era abbigliata da *gangsta*, ma non ci voleva molto per intuirne le radici intellettuali. Dopotutto, era stata aggredita durante una visita in biblioteca di prima mattina, non mentre bighellonava su un angolo di strada o guardava la tv prima di andare a scuola.

Lakeesha pescò un pacchetto di sigarette dallo zaino.

Rhyme cominciò: "Qui è..."

Thom entrò dalla porta. "... vietato fumare." L'assistente prese il pacchetto dalle mani della ragazza e glielo rimise nello zaino. Senza dare segno di stupore per l'apparizione delle due teenager, Thom sorrise. "Una bibita?"

"Ne ha di caffè?" chiese Lakeesha.

"Certo che ne ho." Thom occhieggiò Jennifer Robinson e Rhyme, che scossero il capo.

"A me piace forte", annunciò la ragazza più grande.

"Davvero?" fece Thom. "Anche a me." Poi, rivolto a Geneva: "Tu vuoi qualcosa?"

La ragazza fece cenno di no.

Rhyme guardò con desiderio la bottiglia di scotch su un vicino scaffale. Thom se ne accorse e ridacchiò, prima di scomparire. Con ulteriore disappunto del criminalista, l'agente Robinson disse: "Devo tornare al distretto, signore".

"Deve proprio?" chiese Rhyme, desolato. "Sicura di non poter restare ancora un po'?"

"Non posso, signore. Ma se ha bisogno di qualcos'altro, mi chiami."

Che ne direbbe di una babysitter?

Rhyme non credeva nel destino ma, se così fosse stato, non gli sarebbe sfuggita l'ironia della situazione: aveva accettato il caso per sfuggire all'esame in ospedale e ora veniva punito con una buona mezz'ora, o giù di lì, in compagnia di due liceali. I teenager non erano il suo forte.

"Arrivederci, capitano." L'agente Robinson guadagnò l'uscita.

Thom riapparve qualche minuto dopo con un vassoio. Versò il caffè a Lakeesha e offrì a Geneva una grossa tazza che, a giudicare dall'odore, conteneva cioccolata calda. "Ho pensato che forse ti sarebbe piaciuta", disse l'aiutante. "Se non la vuoi, lasciala."

"No, va bene, grazie." Geneva guardò la superficie del liquido caldo. Bevve un sorso, poi un altro, abbassò la tazza e fissò il pavimento. Bevve qualche altro sorso.

"Stai bene?" volle sapere Rhyme.

Geneva assentì.

"Anch'io", disse Lakeesha.

"Ha aggredito tutt'e due?" chiese il criminalista.

"No, me no." Lakeesha lo guardò. "Lei è come quell'attore che si è rotto il collo?" Assaporò rumorosamente il suo caffè e ci aggiunse altro zucchero. Poi lo riassaggiò, altrettanto rumorosamente.

"Proprio così."

"E non può muovere niente?"

"Non molto."

"Accidenti."

"Keesh", sussurrò Geneva. "Datti una calmata."

"Sì, ma sai, accidenti..."

Di nuovo silenzio. Erano trascorsi solo otto minuti dal loro arrivo, ma sembravano ore. Che cosa doveva fare? Mandare Thom a comprare un gioco da tavolo?

C'erano, naturalmente, alcune domande da fare. Ma Rhyme era riluttante a occuparsene di persona. I colloqui e gli interrogatori non erano la sua specialità. Quando era in servizio ne aveva effettuati forse una dozzina, non di più, e non aveva mai vissuto quel momento liberatorio in cui il sospetto messo sotto torchio cede e confessa. Amelia Sachs, invece, era un'artista in quel campo. Le veniva naturale. E ammoniva le reclute che poteva bastare una sola parola fuori posto a mandare all'aria un intero caso. Lo definiva "contaminare la mente", l'equivalente del peccato numero uno secondo Rhyme: contaminare la scena di un crimine.

Lakeesha domandò: "Come fa a muoversi su quella sedia?"

"Shhh", cercò di zittirla Geneva.

"Chiedevo soltanto."

"Be', non farlo."

"Non c'è niente di male a *chiedere*."

Lakeesha era più calma, adesso. Rhyme stabilì che fosse più acuta di quanto volesse far pensare. All'inizio dava l'impressione di essere ingenua e vulnerabile, lasciava credere che fossero gli altri a trovarsi in vantaggio, ma intanto soppesava ogni cosa. Una volta che aveva il controllo della situazione, sapeva fino che punto poteva permettersi di tirare la corda.

In effetti, Rhyme le fu grato per avergli fornito uno spunto di conversazione. Parlò alle ragazze dell'unità di controllo ambientale e del *touch pad* grazie al quale poteva regolare i movimenti e la velocità della sedia a rotelle, usando esclusivamente l'anulare sinistro.

"Un dito solo?" Lakeesha si guardò una delle unghie arancioni. "Non può muovere nient'altro?"

"Proprio così. A parte la testa e le spalle."

"Signor Rhyme", disse Geneva, guardando lo Swatch rosso che spiccava al suo polso sottile. "Quei compiti in classe. Il primo è fra due ore. Quanto ci metteremo?"

"La scuola?" chiese Rhyme, sorpreso. "Oh, oggi potete saltarla, ne sono sicuro. Dopo quello che è successo, i vostri insegnanti capiranno."

"Ma io non voglio proprio saltare la scuola! Li devo fare, quei compiti in classe."

"*Yo, yo*, bella, tempo scaduto. L'uomo, qui, dice che puoi saltare la scuola, tutto liscio al cento per cento, e tu dici no. Andiamo. Sei sballata?"

Geneva guardò l'amica negli occhi. "No. E li fai anche tu i compiti in classe. Non bigiare."

"Non è bigiare, quando hai il permesso", sottolineò Lakeesha con logica irrefutabile.

Il telefono squillò e Rhyme fu grato dell'interruzione.

"Comando: rispondere al telefono", disse al microfono.

"Tosto!" proruppe Lakeesha. "Hai visto, Gen? Ne voglio uno anch'io."

Geneva strinse le palpebre e sussurrò qualcosa all'amica, che alzò gli occhi al cielo e bevve un altro rumoroso sorso di caffè.

"Rhyme", disse la voce di Amelia Sachs.

"Le ragazze sono qui, Sachs", disse il criminalista, con voce incerta. "Geneva e la sua amica. E spero che tu..."

"Rhyme", ripeté lei. C'era un che di strano nel suo tono di voce. Qualcosa non andava.

"Che cosa c'è?"
"La scena era calda, dopotutto."
"*Era ancora lì?*"
"Esatto. Non se n'era andato. O forse è tornato indietro."
"Stai bene?"
"Sì. Non era con me che ce l'aveva."
"Cos'è successo?"
"Si è avvicinato da un vicolo. Ha sparato quattro colpi. Ha ferito una passante... e ha ucciso un testimone. Si chiamava Don Barry: era l'incaricato della biblioteca del museo. È stato colpito tre volte al cuore. È morto all'istante."
"Sei sicura che sia stata la stessa persona a sparare?"
"Sì. Le impronte delle scarpe nel punto da cui ha sparato coincidono con quelle rilevate in biblioteca. Lon stava per interrogarlo. Era davanti alla vittima quando è successo."
"Hai visto chi è stato?"
"No. Nessuno lo ha visto. Era nascosto dietro un cassonetto. Un paio di agenti sulla scena erano impegnati a soccorrere la donna ferita, che stava perdendo molto sangue. E il killer si è dileguato tra la folla. Sparito."
"Qualcuno si occupa del servizio?"
Un eufemismo. *Il servizio*. Avvisare il parente più prossimo del defunto.
"Lon stava per chiamare, ma aveva problemi col telefono. C'era un sergente sulla scena. Ci ha pensato lui."
"Va bene, Sachs. Porta qui quello che hai trovato... Comando: disconnettere." Rhyme alzò lo sguardo e vide le due ragazze che lo fissavano. "Sembra che l'uomo che ha aggredito Geneva non se ne sia andato", spiegò. "O che sia tornato indietro. Ha ucciso il bibliotecario e..."
"Il signor Barry?" gemette Geneva Settle. Era rimasta paralizzata.
"Proprio lui."
"Merda", mormorò Lakeesha. Chiuse gli occhi e fu scossa da un brivido.
Un attimo dopo la bocca di Geneva si irrigidì. La ragazza abbassò gli occhi a terra. Depose la tazza di cioccolata su un tavolo. "No, no..."
"Mi spiace", disse Rhyme. "Era tuo amico?"

Lei scosse la testa. “Non proprio. Mi stava solo aiutando con la mia tesina.” Geneva si sedette sul bordo della sedia. “Ma non importa se fosse un amico o no. È morto... È una cosa terribile.” Parlava sottovoce, con rabbia. “Perché? Perché lo ha fatto?”

“Era un testimone, presumo. Forse era in grado di identificare il tuo aggressore.”

“Allora è colpa mia se è morto.”

Rhyme mormorò qualcosa di rassicurante: no, come poteva essere colpa sua? Non era stata lei a voler essere aggredita. Barry era stato sfortunato. Si era trovato nel posto sbagliato, al momento sbagliato.

Ma quelle parole non ebbero alcun effetto. Il viso di Geneva si era irrigidito, gli occhi si erano fatti di ghiaccio. Rhyme non aveva idea di cosa fare. Non bastava dover sopportare la presenza delle due teenager: ora doveva anche consolarle, distogliere le loro menti da quella tragedia. Avvicinò la sedia alle ragazze e mise a dura prova la propria pazienza cercando di chiacchierare con loro.

5

Venti interminabili minuti dopo, Sachs e Sellitto arrivarono da Rhyme, accompagnati da un agente di pattuglia, un giovanotto biondo di nome Pulaski.

Sellitto spiegò che aveva ordinato al giovanotto di portare le prove da Rhyme e di dare una mano nell'indagine. Pulaski, chiaramente una recluta, aveva la parola "zelante" scritta a chiare lettere sulla sua fronte senza rughe. Era evidente che lo avevano preavvisato della disabilità di Rhyme: il giovane fingeva di ignorare il fatto che fosse paralizzato. Il criminalista detestava la falsità di reazioni come quella. Preferiva di gran lunga l'approccio insolente di Lakeesha.

Sì, ma sai, accidenti...

I due detective salutarono le ragazze. Pulaski le guardò con simpatia e si rivolse a loro in tono amichevole, chiedendo come l'avessero presa. Rhyme notò una fede nuziale con un'incisione all'anulare del poliziotto e ne dedusse che doveva essersi sposato appena finite le scuole superiori: solo chi aveva figli suoi poteva avere quello sguardo.

"Incasinata, ecco come sono. Incazzata... Uno stronzo ha cercato di saltare addosso alla mia amica. Cosa crede?"

Geneva rispose che stava bene.

"Ho sentito che stai con un parente", disse Amelia Sachs.

"Mio zio. Sta da me, finché i miei non tornano da Londra."

Rhyme guardò Sellitto. C'era qualcosa che non andava. Era molto diverso, rispetto a due ore prima. Il suo buonumore era svanito, lo sguardo era spaventato, le dita nervose. Continuava a grattarsi la guancia, nello stesso punto, tanto da arrossare la pelle.

"Ti sei preso del piombo?" gli chiese, ricordando che il detective era a un passo dal bibliotecario quando l'aggressore aveva sparato. Forse Sellitto era stato colpito da una scheggia di piombo, o di pietra, se uno dei proiettili che avevano centrato Barry aveva finito la propria corsa contro un edificio.

"Come?" Poi Sellitto si accorse che si stava grattando la guancia e abbassò la mano. Sottovoce, per non farsi sentire dalle ragazze, disse: "Ero molto vicino alla vittima. Uno schizzo di sangue. Tutto qui. Non è niente".

Ma un attimo dopo si stava grattando di nuovo.

A Rhyme quel gesto rammentò Sachs, che aveva il vizio di grattarsi la testa e mangiarsi le unghie, una compulsione intermittente che doveva avere qualcosa a che fare col suo desiderio di riuscire, la sua ambizione, quell'indefinibile tormento interiore che perseguita molti poliziotti. Gli agenti possono farsi del male in cento modi diversi: si andava dalle piccole torture che Sachs infliggeva a se stessa, al distruggere matrimoni, allo sgridare i figli, fino al sentire in bocca l'acre sapore della canna della pistola di ordinanza. Ma Rhyme non aveva mai visto nessuno di quegli atteggiamenti in Lon Sellitto.

"Non si sono sbagliati?" chiese Geneva a Sachs.

"Sbagliati?"

"Sul dottor Barry."

"Mi dispiace, no. È morto."

La ragazza era immobile. Rhyme poteva avvertire l'intensità del suo dolore.

E anche della sua rabbia. Gli occhi di Geneva erano punti neri carichi di furia. Geneva guardò l'orologio. "Quei compiti in classe di cui le ho parlato?..."

"Be', cominciamo a rispondere a qualche domanda e poi vediamo. Sachs?"

Ordinati i reperti sul tavolo e completate le etichette, Amelia si mise su una sedia accanto a Rhyme e cominciò a interrogare le ragazze. Chiese a Geneva di raccontarle con precisione che cosa fosse accaduto. La ragazza spiegò che stava leggendo un articolo su una vecchia rivista quando qualcuno era entrato nella sala. Aveva sentito passi esitanti, poi una risata e la voce di un uomo che concludeva una conversazione telefonica, cui aveva fatto seguito lo scatto di un cellulare che veniva chiuso.

La ragazza strinse gli occhi. "Ehi, sapete, forse potreste controllare le compagnie di telefonia mobile della città e vedere chi stava parlando al cellulare in quel momento."

Rhyme rise. "Buona idea. Ma in ogni momento, a Manhattan, ci sono circa cinquantamila chiamate in corso via cellulare. E non credo che lui stesse davvero parlando con qualcuno."

"Faceva finta? Come lo sa?" chiese Lakeesha, ficcandosi furtivamente in bocca due chewing-gum.

"Non posso *saperlo*. Lo sospetto. Come per la risata: probabilmente cercava di far abbassare la guardia a Geneva. Si tende a non fare caso alla gente che parla al cellulare. E raramente la si considera una minaccia."

Geneva annuì. "Sì. Quando è entrato nella sala mi sono presa paura, ma poi l'ho sentito al cellulare e, be'... ho pensato che non è buona educazione telefonare in una biblioteca, ma non ero più spaventata."

"E poi cos'è successo?" tornò a chiedere Sachs.

Geneva raccontò di avere sentito un secondo scatto, che le era sembrato quello di una pistola, e aveva visto un uomo con un passamontagna. Poi spiegò come aveva smantellato il manichino, rivestendolo coi propri abiti.

"Tutto liscio", intervenne Lakeesha, orgogliosa. "Dritta, la sorella."

Puoi dirlo forte, pensò Rhyme.

"Mi sono nascosta tra gli scaffali e ci sono rimasta finché non l'ho visto avvicinarsi al lettore di microfiche. Poi sono corsa verso l'uscita di sicurezza."

"Non hai visto nient'altro di lui?" domandò Sachs.

"No."

"Di che colore era il passamontagna?"

"Scuro. Non saprei esattamente."

"Altri vestiti?"

"Non ho visto altro, davvero. Non che mi ricordi. Me la facevo sotto."

"Non ne dubito", commentò Sachs. "Quando eri nascosta tra gli scaffali, lo tenevi d'occhio per sapere quando scappare?"

Geneva corrugò la fronte per un momento. "Be', sì, è vero. Lo tenevo d'occhio. Me n'ero scordata. Lo guardavo attraverso i ripiani in basso, per mettermi a correre appena fosse stato vicino alla sedia."

"Quindi forse hai potuto notare qualcos'altro."

"Oh, sì, ha ragione. Credo che le scarpe fossero marroni. Sì, marroni. Di un marrone chiaro, non scuro."

"Bene. E cosa mi dici dei pantaloni?"

"Scuri. Ne sono abbastanza sicura. Ma non sono riuscita a vedere altro, solo le gambe."

"Hai sentito qualche odore?"

"No... Aspetti. Forse sì. Sa, qualcosa di dolce, come dei fiori."

"E poi?"

"Lui si è avvicinato alla sedia e si è sentito un *crack*, poi degli altri rumori. Qualcosa che si rompeva."

"Il lettore di microfiche", disse Sachs. "Lo ha fracassato."

"A quel punto mi sono messa a correre più veloce che potevo. Verso l'uscita di sicurezza. Ho sceso le scale e quando sono arrivata in strada ho trovato Keesh e siamo scappate. Ma poi ho pensato che forse quel tipo avrebbe potuto fare del male a qualcun altro, allora sono tornata indietro e..." Guardò Pulaski. "Abbiamo visto lui."

Sachs si rivolse a Lakeesha. "Tu l'hai visto l'aggressore?"

"Per niente. Stavo fuori e poi è arrivata Gen che correva con una faccia da paura e tutto quanto. Non ho visto un accidente."

Rhyme interpellò Sellitto. "Barry è stato ucciso perché era un testimone. Ma che cosa avrà visto?"

"A sentire lui, niente. Mi ha dato i nomi dei dipendenti maschi della biblioteca, nel caso l'aggressore fosse uno di loro. Sono due, ma hanno un alibi: uno stava accompagnando a scuola la figlia, l'altro era in ufficio, in mezzo agli altri."

"Quindi l'aggressore è un opportunista", mormorò Sachs. "L'ha vista entrare e le è andato dietro."

"In un museo?" considerò Rhyme. "Strana scelta."

Sellitto si rivolse a entrambe le ragazze. “Avete notato se qualcuno vi seguiva, stamane?”

Fu Lakeesha a rispondere. “Abbiamo preso la C, all’ora di punta. La linea della 8th Avenue. C’era un casino di gente. Non ho visto niente di strano. E tu?”

Geneva fece cenno di no con la testa.

“E di recente? Qualcuno ti ha molestato? Ti hanno dato fastidio?”

Né l’una né l’altra ricordavano qualcuno che potesse rappresentare una minaccia. Imbarazzata, Geneva disse: “Non è che mi stiano dietro in tanti. Di solito cercano una più tosta, ecco, una che ha più *bling*”.

“Più *bling*?”

“Che dà più nell’occhio”, tradusse Lakeesha, che corrispondeva perfettamente alla descrizione. La ragazza si accigliò e si voltò verso Geneva. “Perché fai così, bella? Non buttarti giù.”

Sachs guardò Rhyme, che aveva le sopracciglia inarcate. “Tu che ne pensi?”

“I conti non tornano. Esaminiamo subito le prove, con Geneva presente. Potrebbe aiutarci a capire qualcosa.”

La ragazza scosse il capo. “E i compiti in classe?” Mostrò l’orologio.

“Non ci vorrà molto”, promise Rhyme.

Geneva guardò l’amica. “Tu puoi arrivare in tempo.”

“Io resto qui. Non posso starmene in classe a preoccuparmi per te e tutto quanto.”

Geneva fece una risatina amara. “Non fare la furba.” Si rivolse a Rhyme: “Di lei non ha bisogno, vero?”

Il criminalista guardò Sachs, che fece cenno di no.

Sellitto prese nota dell’indirizzo e del telefono di Lakeesha. “Ti chiameremo, se avremo bisogno.”

“Prenditela comoda, ragazza”, disse lei all’amica. “Molla il colpo e torna a casa.”

“Ci vediamo a scuola”, replicò Geneva, decisa. “Ci sarai?” Poi sollevò un sopracciglio. “Parola?”

Due schiocchi di chewing-gum. Un sospiro. “Parola.” Sulla porta, Lakeesha si voltò indietro e disse a Rhyme: “*Yo*, mister, quanto le ci vorrà per alzarsi da quella sedia?”

Nessuno disse nulla, nell'imbarazzo generale.

"Probabilmente molto tempo", rispose lui.

"Uomo, che rottura."

"Vero", disse Rhyme. "A volte lo è."

Lakeesha andò in corridoio. Si sentì un: "Accidenti, sta' attento, tu". La porta dell'ingresso si richiuse rumorosamente.

Mel Cooper entrò nella stanza. Stava ancora guardando verso il corridoio, dove era stato quasi investito da una ragazza più grande e grossa di lui. "Okay", disse, senza rivolgersi a nessuno in particolare, "non faccio domande." Si sfilò la giacca a vento verde e fece un cenno di saluto ai presenti.

Magro e stempiato, alcuni anni prima Cooper lavorava come esperto forense per un dipartimento di polizia nello Stato di New York quando aveva detto a Rhyme, all'epoca direttore della Scientifica dell'NYPD, che aveva sbagliato una delle sue analisi. Il criminalista aveva molto più rispetto per chi lo contraddiceva che per i signorsì. A patto, s'intende, che avessero ragione. Cooper l'aveva. Rhyme aveva cominciato immediatamente una campagna per portarlo a New York City e alla fine l'aveva avuta vinta.

Cooper era nato per la scienza, ma, cosa più importante, era nato per la Scientifica, il che era molto diverso. Si pensa spesso che il lavoro di un esperto forense si limiti alla scena del crimine, ma non è così: i suoi compiti si estendono alle aule dei tribunali. Per avere successo come criminalista occorre tradurre i nudi fatti in termini utili per la pubblica accusa. Non basta, per esempio, determinare semplicemente, sulla presunta scena di un crimine, la presenza di tracce di *nux vomica*, una pianta usata per innocui scopi medici quali il trattamento delle infezioni all'orecchio. Un vero scienziato forense come Mel Cooper sa immediatamente che da quella stessa pianta si ricava l'alcaloide letale noto con il nome di stricnina.

Cooper aveva tutte le caratteristiche di un fanatico dei videogiochi: viveva con la madre, vestiva casual e aveva un fisico alla Woody Allen. Ma non ci si doveva lasciar ingannare dalle apparenze. La fidanzata storica di Cooper era una bionda alta e formosa, con la quale lui volteggiava all'unisono nelle gare di ballo, spesso vincendo il primo premio. Di recente, Cooper si era dedicato al tiro al piattello e alla produzione di vino, attività nella quale applicava meticolosamente i principi della chimica e della fisica.

Rhyme lo aggiornò sul caso e invitò i presenti a occuparsi dei reperti. "Diamo un'occhiata al set", stabilì.

Indossati i guanti di lattice, Cooper guardò Sachs, che gli indicò il sacchetto di carta contenente il set da stupro. L'esperto lo aprì sopra un foglio di giornale per raccogliere eventuali tracce ambientali, ed estrasse il contenuto. Era una borsa di plastica sottile, senza marchi di alcun negozio: c'era solo la faccia gialla sorridente di uno *smiley*. Il tecnico si accinse ad aprirla, ma esitò. "Sento un odore." Inalò a fondo. "Fiori. Che cos'è?" Cooper portò la borsa a Rhyme che l'annusò. C'era qualcosa di familiare in quella fragranza, ma non riuscì a identificarla.

"Geneva?"

"Sì?"

"È questo l'odore che hai sentito in biblioteca?"

Lei annusò a sua volta. "Sì, è questo."

"Gelsomino", disse Sachs. "Credo sia gelsomino."

"Sul tabellone", ordinò Rhyme.

"Quale tabellone?" chiese Cooper, guardandosi intorno.

In ciascuno dei suoi casi, Rhyme faceva elencare su un tabellone tutti gli indizi trovati sulla scena del crimine e i profili dei colpevoli. "Cominciamone uno. Dobbiamo battezzare il sospetto in qualche modo. Qualcuno mi dica un nome."

Nessuno dei presenti ebbe un'ispirazione.

Rhyme tagliò corto. "Non c'è tempo per essere creativi. Siamo in ottobre. Oggi è il 9, giusto? Dieci-nove. Lo chiameremo Soggetto Sconosciuto Uno-zero-nove. Thom! Ci serve la tua elegante calligrafia."

"Non serve la vaselina", disse l'aiutante, presentandosi nella stanza con un'altra caffettiera.

"Sosco 109. Tabella delle prove, tabella del profilo. È un maschio bianco. Altezza?"

Geneva rispose: "Non lo so. A me sembrano tutti alti. Un metro e ottanta, direi".

"Hai spirito di osservazione. Diamola per buona. Peso?"
"Né grasso né magro." Geneva tacque per un istante, triste e pensosa. "Più o meno come il dottor Barry."
"Facciamo ottanta chili", suggerì Sellitto. "Età?"
"Non saprei. Non l'ho visto in faccia."
"Voce?"
"Non ci ho fatto caso. Normale, direi."
Rhyme continuò: "Scarpe marrone chiaro, pantaloni scuri, passamontagna scuro. Il set profuma di gelsomino. E anche lui. Sapone o lozione, forse".
"Quale set?" chiese Thom. "In che senso?"
"Il set da stupro", disse Geneva. Un'occhiata a Rhyme. "Non dovete indorarmi la pillola. Se è questo che intendete."
"Siamo d'accordo", rispose Rhyme, con un cenno di assenso. "Andiamo avanti." Notò l'espressione cupa di Sachs mentre Cooper prendeva il sacchetto. "Cosa c'è che non va?"
"La faccina sorridente. Su un set da stupro. Che razza di bastardo malato può scegliere un sacchetto come quello?"
Rhyme era stupito dalla sua reazione. "Ti sfugge forse che è un bene che lo abbia usato, Sachs?"
"Un bene?"
"Limita il numero di negozi da controllare. Sarebbe stato più facile se ci fosse stato il logo di un negozio particolare, ma sempre meglio di un sacchetto anonimo."
"Suppongo di sì", fece lei, sempre cupa. "Però..."
Mel Cooper esplorò il sacchetto con le dita guantate. Per prima cosa tirò fuori la carta dei tarocchi, su cui era raffigurato un uomo appeso a un patibolo per un piede. Raggi di luce gli si irradiavano dalla testa. L'espressione del viso sembrava stranamente passiva, non certo quella di un uomo che soffre. In cima alla carta c'era il numero dodici, in cifre romane: XII.
"Ti dice qualcosa?" chiese Rhyme a Geneva.
Lei scosse la testa.
"Una specie di rituale?" mormorò Cooper. "Una forma di culto?"
Sachs disse: "Ho un'idea". Tirò fuori il cellulare e fece una chiamata. Rhyme dedusse che la persona con cui stava parlando sarebbe arrivata presto. "Ho chiamato una specialista. Per la carta."

"Bene."

Cooper verificò se vi fossero impronte, ma non ne trovò. Né rilevò alcuna traccia utile.

"Che altro c'è nel sacchetto?" chiese Rhyme.

"Okay", rispose il tecnico. "Abbiamo un rotolo di nastro adesivo nuovo di zecca, un taglierino, preservativi Trojan. Niente di rintracciabile. E... bingo!" Cooper ostentò una striscia di carta. "Uno scontrino."

Rhyme spostò la sedia per guardare da vicino. Non c'era il nome del negozio. Era lo scontrino di un normale registratore di cassa. L'inchiostro era sbiadito.

"Non ci potrà dire molto", disse Pulaski, che subito dopo parve pensare che avrebbe fatto meglio a tacere.

Ma lui che cosa ci fa qui? si chiese Rhyme. *Ah, già. Sta dando una mano a Sellitto.*

"Spiacente di contraddirti", lo smentì il criminalista, "ma ci dice moltissimo. L'aggressore ha acquistato tutto in un unico negozio: basta confrontare lo scontrino con i prezzi. E ci dice anche che ha comprato qualcosa del valore di 5,95 dollari che nel sacchetto non c'è. Forse il mazzo di tarocchi. Quindi abbiamo un negozio che vende nastro adesivo, taglierini e preservativi. Dev'essere un minimarket o una drogheria. Non appartiene a una grande catena, altrimenti ci sarebbe il logo sul sacchetto e sullo scontrino. Dev'essere un negozietto a buon mercato, perché ha solo un registratore di cassa e non una cassa computerizzata. Per non parlare dei prezzi bassi. E l'imposta sul valore aggiunto ci dice che il negozio è a..." Strinse gli occhi, mentre cercava di confrontare il subtotale con la tassa. "Dannazione, chi è bravo in matematica?"

Cooper disse: "Io ho una calcolatrice".

Geneva sbirciò lo scontrino. "8,625", disse.

"Come hai fatto?" chiese Sachs.

"Mi viene così."

"8,625", ripeté Rhyme. "La percentuale dello Stato di New York sommata a quella delle vendite in città. Il che colloca il negozio a New York City." Occhieggiò Pulaski. "Allora, agente, pensa ancora che non ci dica nulla?"

"Ho capito, signore."

"Non sono più in servizio. Non occorre il 'signore'. Va bene. È ora di raccogliere le impronte e vedere cosa abbiamo."

"Dice a me?" chiese Pulaski, insicuro.

"No, a loro."

Cooper e Sachs impiegarono una varietà di tecniche per il rilievo delle impronte sui reperti: polvere fluorescente, spray Ardrox, fumi di supercolla, vapori di iodio, ninidrina sulle superfici porose. Alcune tecniche evidenziavano direttamente le impronte, altre le rendevano visibili all'ALS.

Voltandosi a guardare il gruppo con indosso gli occhiali arancioni, Cooper riferì: "Impronte sullo scontrino, impronte sulla merce. Tutte uguali. L'unico problema è che sono piccole, troppo per corrispondere a un uomo di un metro e ottanta. Una donna minuta o una teenager. La cassiera, direi. Vedo anche delle sbavature. Ho idea che il Sosco abbia cancellato le proprie impronte".

Mentre era difficile rimuovere i grassi e i residui lasciati dalle dita umane, le impronte erano facilmente cancellabili, strofinando brevemente.

"Falle passare allo IAFIS."

Cooper passò allo scanner le impronte. Dieci minuti più tardi lo IAFIS, il sistema integrato automatico per l'identificazione di impronte dell'FBI, segnalava che le impronte non erano registrate in nessuno degli archivi principali, cittadino, statale o federale. Cooper le trasmise anche ai database locali non collegati al sistema dell'FBI.

"Scarpe", disse Rhyme.

Sachs esibì il rilievo elettrostatico. Le impronte lasciate dalla suola erano deboli: le scarpe dovevano essere molto vecchie.

"Calza il quarantaquattro", annunciò Cooper.

"Fabbricante?"

Cooper confrontò l'immagine con il database del dipartimento e trovò una corrispondenza. "Scarpe marca Bass. Vecchie almeno di tre anni. Il modello è uscito di produzione quest'anno."

"I segni di consunzione", osservò Rhyme, "ci dicono che ha il piede destro leggermente storto, verso l'esterno. Non zoppica visibilmente. Nessun gonfiore serio, né unghie incarnite o altre *maladies des pieds.*"

"Non sapevo che parlassi francese, Lincoln", disse Cooper.

Solo limitatamente alle indagini. Quel termine particolare era spuntato durante l'inchiesta sulle scarpe scomparse. Rhyme ne aveva parlato in varie occasioni con un poliziotto francese.

"Qual è la situazione dei residui?"

Cooper stava scrutando i sacchetti in cui Sachs aveva raccolto tutti i residui rimasti attaccati alla sua spazzola adesiva, uno strumento analogo alle spazzole rotanti usate per togliere lanugine e peli di animali dai vestiti. Le spazzole avevano preso il posto degli aspiratori DustBuster come strumenti ideali per la raccolta di fibre, capelli e residui secchi.

Rimessi gli occhiali da vista, il tecnico recuperò a uno a uno gli elementi servendosi di un paio di pinzette sottili. Preparò un vetrino e lo collocò sotto il microscopio, quindi regolò l'ingrandimento e il fuoco. Simultaneamente, l'immagine apparve sugli schermi piatti dei monitor distribuiti nella stanza.

Rhyme girò la sedia e la esaminò più da vicino. Poteva distinguere alcuni granelli, presumibilmente di polvere, diverse fibre, alcuni oggetti bianchi e filamentosi e qualche frammento ambrato, in apparenza resti di esoscheletri di insetti. Quando Cooper spostò il vetrino, apparvero alcune pallottoline di materiale spugnoso e biancastro.

"Questi reperti da dove vengono?"

Sachs guardò l'etichetta. "Due fonti: il pavimento vicino al tavolo a cui era seduta Geneva e accanto al cassonetto dietro cui il killer si è appostato per sparare a Barry."

I residui raccolti in luoghi pubblici spesso erano inutili: con buona probabilità, potevano essere di persone estranee ai fatti. Ma indizi simili raccolti in due ambienti diversi in cui si era trovato il colpevole facevano sospettare che a lasciarli fosse stato lui.

"Grazie, Signore", mormorò Rhyme, "per la tua saggezza, quando hai creato le scarpe con le suole di gomma."

Sachs e Thom si scambiarono un'occhiata.

"Vi chiedete il perché del mio buonumore?" domandò Rhyme, senza togliere gli occhi dallo schermo. "Era questa la ragione di quell'occhiata complice? Qualche volta anch'io posso essere contento, sapete?"

"Una volta al secolo", mormorò l'aiutante.

"Occhio al cliché, Lon. Capito? Ora torniamo ai residui. Sappiamo che è stato lui a depositarli. Che cosa sono? Possono condurci alla sua tana?"

Gli esperti della Scientifica seguono uno schema a piramide nell'analisi delle prove. La fase iniziale, solitamente la più facile, consiste nell'*identificare* una sostanza, constatando per esempio che una certa macchia marrone è sangue e verificando se sia umano o animale, oppure se un frammento di piombo provenga da un proiettile.

La seconda fase consiste nel *classificare* il campione, vale a dire collocarlo nell'ambito di una sottocategoria, per esempio determinando che il sangue è 0 positivo, o che il proiettile da cui proviene il frammento è un calibro 38. Stabilire che la prova rientra in un ambito particolare può avere un certo valore per la polizia e l'accusa, qualora il sospetto possa esservi collegato, perché sulla sua camicia ci sono macchie di sangue del tipo 0 positivo o perché possiede una pistola calibro 38.

La fase finale, il fine ultimo di tutti gli scienziati forensi, consiste nell'*individuare* la prova, ossia collegare in modo incontestabile quel particolare indizio a un luogo preciso o a un individuo specifico, per esempio perché il DNA del sangue sulla camicia corrisponde a quello della vittima, o perché il proiettile reca dei segni caratteristici che corrispondono unicamente alla pistola del sospetto.

In quel momento la squadra era ancora alla base della piramide forense. Per cominciare, i filamenti erano una fibra di qualche genere, questo lo sapevano. Ma ogni anno negli Stati Uniti si fabbricano oltre un migliaio di fibre differenti e per tingerle vengono utilizzati più di settemila pigmenti diversi. Tuttavia era possibile restringere il campo. L'analisi di Cooper rivelò che le fibre lasciate dal killer erano di origine vegetale, non animale o minerale, ed erano molto fitte.

"Scommetto che è una corda di cotone", suggerì Rhyme.

Cooper annuì, mentre scorreva un database delle fibre di origine vegetale. "Sì, eccola qui. Generica, però. Nessun fabbricante."

Una fibra era priva di pigmenti, mentre sull'altra era presente un agente colorante di qualche tipo. Era marrone e Cooper ipotizzò che potesse trattarsi di sangue. Un test alla fenolftaleina lo confermò.

"Il suo?" si chiese Sellitto.

"Chissà", fu la risposta di Cooper, mentre continuava a studiare il campione. "Di sicuro è sangue umano. Viste la compressione e le estremità fratturate, posso supporre che si tratti di una garrotta. Ne abbiamo viste in precedenza. Forse questa doveva essere l'arma del delitto."

L'oggetto contundente poteva servire unicamente a sopraffare la vittima, non a ucciderla: ammazzare qualcuno spaccandogli il cranio è un lavoro duro e sanguinoso. L'aggressore aveva anche una pistola, un'arma tuttavia troppo rumorosa se si voleva tenere nascosto l'omicidio per un tempo sufficiente alla fuga. Una garrotta aveva senso.

Geneva sospirò. "Signor Rhyme? I miei compiti..."

"Compiti?"

"A scuola."

"Oh, certo. Solo un minuto..." fece il criminalista. "Voglio sapere da quale insetto proviene quell'esoscheletro."

"Agente", disse Sachs a Pulaski.

"Sissign... detective."

"Che ne direbbe di aiutarci?"

"Subito."

Cooper stampò un'immagine a colori dei frammenti di esoscheletro e la passò alla recluta. Sachs lo mise a sedere di fronte a uno dei computer e digitò i comandi per entrare nel database entomologico del dipartimento. L'NYPD era uno dei pochi dipartimenti di polizia a disporre non solo di un vasto archivio sugli insetti, ma anche di un entomologo forense in servizio nello staff. Dopo una breve pausa, lo schermo cominciò a riempirsi di icone corrispondenti a parti di insetto.

"Dio, ce n'è un mucchio. Sapete, non l'ho mai fatto prima." L'agente guardò preoccupato le fotografie che saettavano sullo schermo.

Sachs soffocò un sorriso. "Non è proprio come in *CSI*, vero? Fai passare lentamente le immagini e cerca qualcosa che secondo te corrisponde. La parola chiave è *lentamente*."

"La maggior parte delle sviste nell'analisi forense", sentenziò Rhyme, "sono dovute più che altro alla fretta dei tecnici."

"Non lo sapevo."

Sachs disse: "Adesso lo sai".

6

“Fammi un GC di quelle bolle biancastre laggiù”, ordinò Rhyme. “Che diavolo sono?”

Mel Cooper raccolse dal nastro parecchi campioni e li passò al gascromatografo/spettrometro di massa, il cavallo da tiro di tutti i laboratori di polizia scientifica, che separa ogni residuo sconosciuto in tutti i suoi componenti di base identificabili. L’attesa dei risultati durava all’incirca un quarto d’ora. Nel frattempo, Cooper assemblò tutti i frammenti di proiettile che il medico del pronto soccorso aveva rimosso dalla gamba della donna ferita dal killer. Secondo Sachs, l’arma doveva essere un revolver e non una pistola automatica, dato che sulla scena non erano stati trovati bossoli.

“Oh, questi sì che sono dei bastardi”, osservò Cooper a bassa voce, esaminando i frammenti che teneva tra le pinzette. “La pistola è piccola, una calibro 22. Ma i proiettili sono magnum.”

“Bene”, fu il commento di Rhyme. Era compiaciuto: la potente versione magnum della pallottola calibro 22 *rimfire* era un proiettile raro e quindi più facile da rintracciare. Il fatto che l’arma fosse una pistola a tamburo lo rendeva ancora più raro. Questo significava che identificarne il fabbricante sarebbe stato semplice.

Sachs, con la sua esperienza nelle competizioni di tiro a segno, non ebbe nemmeno bisogno di controllare gli archivi. “La North American Arms è l’unica che conosco che fabbrichi questo tipo di pistola. Potrebbe essere il modello Black Widow, ma io direi piuttosto la Mini-Master. Ha una canna da quattro pollici ed è più accurata. Il killer ha raggruppato quattro colpi molto ravvicinati."

Rhyme si rivolse al tecnico, chino sul tavolo dei reperti. "Che cosa intendi per 'bastardi'?"

"Dai un'occhiata."

Rhyme, Sachs e Sellitto si fecero avanti. Con le pinzette, Cooper stava maneggiando piccole schegge di metallo insanguinato. "Si direbbe che se li sia fatti da solo."

"Proiettili esplosivi?"

"No, ma quasi altrettanto pericolosi. O forse di più. Il guscio esterno è di piombo sottile. All'interno, la pallottola è riempita di questi."

C'era una mezza dozzina di aghi finissimi, lunghi circa nove millimetri. All'impatto, il proiettile si frammentava e gli aghi penetravano nel bersaglio con una traiettoria divergente. Per quanto piccole fossero le cartucce, potevano fare più danni di un proiettile convenzionale. Non erano pallottole progettate per fermare un avversario: il loro obiettivo era danneggiare i tessuti interni. E, dal momento che non procuravano l'insensibilità conseguente all'impatto di un proiettile di grosso calibro, quei proiettili causavano ferite particolarmente dolorose.

Lon Sellitto scosse la testa, tenendo gli occhi fissi sugli aghi e continuando a grattarsi l'invisibile macchia sulla faccia. Probabilmente stava pensando quanto quei proiettili gli fossero passati vicino. "Gesù", mormorò. La voce gli venne meno e dovette schiarirsi la gola, coprendo il tutto con una specie di risata, mentre si allontanava dal tavolo.

Curiosamente, la reazione del detective era più emotiva di quella della ragazza. Geneva non sembrava fare molto caso ai dettagli dei proiettili impiegati dal suo aggressore. Continuava a guardare l'orologio con aria impaziente, standosene scomposta sulla sedia.

Cooper passò allo scanner i frammenti più grossi del proiettile e passò l'informazione al sistema integrato di identificazione balistica, l'IBIS, cui erano abbonati quasi un migliaio di dipartimenti di polizia di tutto il Paese, così come al sistema DRUGFIRE dell'FBI. Quegli enormi database permettevano di abbinare una pallottola, un frammento o un bossolo ai proiettili e alle armi registrate in archivio. Per esempio, una pistola rinvenuta su un sospetto oggi può essere rapidamente ricollegata a un proiettile estratto da una vittima cinque anni fa.

I risultati sui frammenti di proiettile, tuttavia, furono negativi. Gli aghi stessi sembravano ricavati dalla punta di normali aghi da cucito, del tipo acquistabile ovunque. Irrintracciabili.

"Mai niente di facile, vero?" mormorò Cooper. Su ordine di Rhyme, esaminò la lista dei possessori dichiarati delle pistole Mini-Master e delle più piccole Black Widow che usassero il calibro 22 magnum. Ottenne un elenco di un migliaio di persone, nessuna delle quali aveva precedenti penali. La legge non richiede ai negozi di armi di registrare gli acquirenti di munizioni, pertanto nessuno lo faceva. Per il momento, l'arma era un vicolo cieco.

"Pulaski", gridò Rhyme. "Come va con l'insetto?"

"L'esoscheletro... è così che lo ha chiamato? Era questo che diceva, signore?"

"Sì, sì, sì. *Allora?*"

"Nessuna corrispondenza, ancora. Che cos'è esattamente un esoscheletro?"

Rhyme non gli rispose. Guardò il monitor e constatò che il giovanotto era solo a metà strada dell'ordine degli emitteri. Aveva ancora molto da fare. "Continua."

Il computer del gascromatografo/spettrometro di massa emise un *beep*. L'analisi delle bolle bianche era completa. Lo schermo era ora occupato da un diagramma a picchi e vallate, sotto il quale era apparsa una striscia di testo.

Cooper si protese in avanti e disse: "Abbiamo curcumina, demetoxicurcumina, bis-demetoxicurcumina, olio volatile, aminoacidi, lisina e triptofano, teromina e isoleucina, cloruro, varie altre proteine in tracce e poi, in grandi proporzioni, amidi, oli, trigliceridi, sodio, polisaccaridi... Non ho mai visto questa combinazione."

Il GC/SM era miracoloso quando si trattava di isolare e identificare le sostanze, ma non sempre era capace di dire a che cosa corrispondesse l'insieme. Il criminalista era spesso in grado di desumere la natura delle sostanze più comuni, come la benzina o gli esplosivi, a partire da una lista dei loro ingredienti. Ma l'insieme di quei componenti era nuovo per lui. Chinò il capo da un lato e cominciò a suddividere le sostanze sulla lista in due categorie: quelle che, come scienziato, gli sarebbe parso logico trovare insieme, e quelle che invece non c'entravano nulla. "La curcumina, i suoi composti e i polisaccaridi, ovviamente, concordano gli uni con gli altri."

"Ovviamente", fu la replica sbrigativa di Amelia Sachs, che era solita bigiare le lezioni di scienze per andare a correre in automobile.

"La chiameremo Sostanza Uno. Poi gli aminoacidi, le altre proteine, gli amidi e i trigliceridi... si trovano spesso insieme. Li chiameremo Sostanza Due. Il cloruro..."

"Veleno, giusto?" si intromise Pulaski.

"... e il sodio", completò Rhyme, "sono molto probabilmente sale da cucina." Un'occhiata alla recluta. "Pericoloso solo per i soggetti che soffrono di pressione sanguigna alta. O per le lumache da giardino."

Il giovanotto tornò al database sugli insetti.

"Per cui, con gli aminoacidi, gli amidi e gli oli... credo che la Sostanza Due sia un cibo. Un cibo salato. Vai online, Mel, e trovami che cosa diavolo è la curcumina."

Cooper obbedì. "Hai ragione. È un colorante vegetale per prodotti alimentari. Solitamente reperibile insieme ad altri componenti della Sostanza Due. Anche gli oli volatili."

"Che tipo di prodotti alimentari?"

"Centinaia."

"Che ne diresti di fare qualche esempio?"

Cooper cominciò a leggere da una lunga lista, ma Rhyme lo interruppe. "Aspetta. C'è anche il popcorn, sulla lista?"

"Vediamo... sì, c'è."

Rhyme si voltò e chiamò Pulaski. "Puoi smettere."

"Smettere?"

"Non è un esoscheletro. È un guscio di popcorn. Sale, olio e popcorn. Avrei dovuto capirlo prima, maledizione!" Ma l'imprecazione era temperata dalla soddisfazione. "Sul tabellone, Thom. Al nostro ragazzo piace mangiare schifezze."

"Devo scrivere proprio così?"

"Certo che no. Magari lo odia, il popcorn. Ma potrebbe

lavorare in una fabbrica di popcorn o in un cinema. Tu aggiungi semplicemente 'popcorn'." Rhyme guardò il tabellone. "Ora troviamo qualcosa sull'altro residuo, il materiale biancastro."

Cooper eseguì un altro test con il GC/SM. I risultati furono saccarosio e acido urico. "L'acido è concentrato", precisò il tecnico. "Lo zucchero è puro, non si tratta di cibo. E la struttura cristallina è particolare: non l'ho mai vista così."

La notizia turbò Rhyme profondamente. "Mandala agli esperti di bombe dell'FBI."

"Bombe?" fece Sellitto.

Rhyme disse: "Non l'hai letto il mio libro, eh?"

"No", ribatté il corpulento detective, "ero troppo occupato a mettere al fresco i cattivi."

"*Touché*. Ma potrebbe essere utile dare un'occhiata almeno ai titoli dei capitoli. Per esempio: 'Ordigni esplosivi fatti in casa'. Lo zucchero ne è spesso un ingrediente. Mescolalo con il nitrato di sodio e ottieni una bomba fumogena. Con il permanganato è un esplosivo a basso potenziale, che tuttavia può ancora fare danni, se lo spingi dentro un tubo. Non so esattamente che ruolo abbia l'acido urico, ma il Bureau ha il miglior database del mondo in fatto di esplosivi. Ce lo diranno."

Il laboratorio dell'FBI per l'analisi di reperti è gratuitamente a disposizione tanto delle polizie di Stato quanto di quelle locali, a condizione che l'agenzia richiedente sia d'accordo su due punti: accettare i risultati finali del Bureau e mostrarli all'avvocato dell'imputato. Data la loro generosità e il loro talento, gli agenti dell'FBI sono inondati di richieste: eseguono più di settecentomila analisi all'anno.

Anche il dipartimento di polizia di New York si sarebbe dovuto mettere in coda come tutti gli altri, per ottenere l'analisi del campione di zucchero. Tuttavia Lincoln Rhyme aveva un aggancio: Fred Dellray, agente speciale presso l'ufficio di Manhattan dell'FBI, che aveva lavorato spesso al fianco del criminalista e di Sellitto e godeva di grande credito presso il Bureau. Non meno importante era il fatto che Rhyme avesse contribuito all'allestimento del sistema PERT, sigla di Physical Evidence Response Team, la squadra di risposta per le prove fisiche dell'FBI.

Sellitto telefonò a Dellray, che al momento era distaccato presso la task force impegnata nella verifica di potenziali attentati terroristici a New York. Dellray si mise a sua volta in contatto con il quartier generale dell'FBI a Washington D.C. e, nel volgere di pochi minuti, fu reclutato un tecnico per il caso del Sosco 109. Per mezzo di una linea e-mail di sicurezza, Cooper gli trasmise i risultati delle analisi e le immagini digitali compresse della sostanza.

Non trascorse che una decina di minuti prima che il telefono squillasse.

"Comando: rispondere", ordinò Rhyme al suo sistema di riconoscimento vocale.

"Il detective Rhyme, per favore."

"Qui Rhyme."

"Sono l'esaminatore Phillips, giù sulla 9th Street." Si riferiva alla 9th Street di Washington, la sede dell'FBI.

"Che cos'ha per noi?"

"E grazie per averci richiamato subito", si affrettò ad aggiungere Sachs, cui a volte toccava il compito di compensare il tono scorbutico del criminalista.

"Prego, signora. Be', quello che mi avete inviato mi è sembrato piuttosto strano. L'ho trasmesso all'Analisi dei Materiali. Ho fatto centro: abbiamo un'identificazione della sostanza con una certezza del novantasette per cento."

Quanto è pericoloso l'esplosivo? si chiese Rhyme. E disse: "Vada avanti. Di che si tratta?"

"Zucchero filato."

Quello non era uno dei nomi gergali a lui noti nel campo degli esplosivi. Ma c'erano un'infinità di prodotti di nuova generazione che avevano un tasso di detonazione di quasi un chilometro al secondo, dieci volte la velocità di un proiettile. Che fosse uno di questi? Domandò: "Quali sono le sue proprietà?"

Una pausa. "Ha un buon sapore."

"In che senso?"

"È dolce. È buono."

Rhyme chiese: "Intende dire che è *vero* zucchero filato? Come quello delle fiere?"

"Sì, che cosa aveva capito?"

"Non importa." Con un sospiro, il criminalista domandò: "E l'acido urico significa che il Sosco ha calpestato del piscio di cane sul marciapiede?"

"Non saprei dire *dove*", rispose l'esaminatore, ostentando la precisione per cui il Bureau andava famoso, "ma il campione risulta effettivamente positivo al test sull'urina di cane."

Rhyme lo ringraziò e chiuse la comunicazione. Si rivolse alla squadra. "Popcorn e zucchero filato sulle sue scarpe, contemporaneamente", mormorò. "Dove sarà andato?"

"Una partita di baseball?"

"Le squadre di New York non hanno giocato in casa, ultimamente. Può darsi che il Sosco sia passato in un quartiere in cui negli ultimi giorni c'era una fiera o un circo." Guardando Geneva, aggiunse: "Può averti visto in un posto del genere?"

"Me? No. Non vado mai al circo."

Rhyme si rivolse allora a Pulaski. "Dato che non devi più occuparti degli insetti, chiama chi puoi e scopri quali permessi siano stati rilasciati per fiere, circhi, festival, celebrazioni religiose, qualsiasi cosa."

"Provvedo subito", garantì la recluta.

"Che altro abbiamo?" chiese Rhyme.

"Scaglie in prossimità del tavolo del lettore di microfiche, dove ha colpito con l'oggetto contundente."

"Scaglie?"

"Di vernice, direi, provenienti dall'oggetto che ha usato."

"Okay, passale al Maryland."

L'FBI disponeva di un vasto database di campioni di vernice passata e presente, localizzato presso i propri uffici nel Maryland. Normalmente veniva usato per identificare vernici di autoveicoli, ma vi erano immagazzinate altre centinaia di campioni. Dopo un'altra telefonata a Dellray, Cooper inviò al Bureau l'analisi della composizione effettuata con il GC/SM e altri dati relativi alle scaglie di vernice.

In capo a qualche minuto, il telefono squillò e l'esaminatore dell'FBI riferì che il reperto corrispondeva a un prodotto venduto esclusivamente alle manifatture di attrezzi per le arti marziali, come *nunchaku* e bastoni, alcuni dei quali venivano usati anche da guardie di sicurezza. L'esaminatore aggiunse una nota scoraggiante: nella sostanza non erano riconoscibili tracce che riconducessero a un particolare fabbricante e la vernice era venduta in grandi quantità, sicché era virtualmente irrintracciabile.

"Okay, abbiamo uno stupratore con un *nunchaku*, proiettili stravaganti e una corda insanguinata. Quell'uomo è un incubo ambulante."

Suonarono alla porta.

Un attimo dopo, Thom entrò in compagnia di una donna snella sui vent'anni, tenendole un braccio sulle spalle. "Guardate chi c'è", annunciò l'assistente.

I capelli tinti di viola della donna incorniciavano un viso grazioso. I suoi pantaloni aderenti e il maglione rivelavano un fisico da atleta, che, come Rhyme sapeva, le era utile nelle sue esibizioni.

"Kara", la salutò il criminalista. "Sono lieto di rivederti. Deduco che sei tu la specialista che ha chiamato Sachs."

"Salve." La giovane donna abbracciò Sachs, salutò gli altri e strinse entrambe le mani a Rhyme. La detective le presentò Geneva, che la guardò con aria riservata.

Kara era il suo nome d'arte: la donna si rifiutava di rivelare quello vero. Era un'illusionista e aveva fatto da consulente a Rhyme e Sachs nelle indagini su un recente caso di omicidio, in cui l'assassino si serviva del proprio talento come mago e prestidigitatore per avvicinarsi alle sue vittime, ucciderle e allontanarsi indisturbato. La giovane donna viveva al Greenwich Village ma, come spiegò, quando Sachs le aveva telefonato era in visita alla madre in un pensionato. Kara raccontò che stava preparando uno show da solista alla Performance Warehouse di Soho e che usciva con un acrobata.

Dopo qualche minuto di conversazione, Rhyme venne al punto: "Abbiamo bisogno delle tue conoscenze".

"Eccomi", rispose Kara. "Sono a vostra completa disposizione..."

Sachs le illustrò il caso. Kara si accigliò e, quando seppe dell'aggressione e Geneva, le si rivolse dicendo sottovoce: "Mi dispiace".

La studentessa si strinse nelle spalle.

“L’uomo aveva questo con sé”, disse Cooper, mostrando la carta dell’Impiccato.

“Forse puoi dirci qualcosa in proposito.”

Kara aveva spiegato a Rhyme e a Sachs che il mondo della magia si divideva in due campi: quello degli intrattenitori, che non affermavano di possedere capacità sovrannaturali, e quello di coloro che invece asserivano di avere poteri occulti. Kara, come illusionista, non aveva simpatia per questi ultimi, ma dalla sua esperienza nei negozi di magia, dove aveva lavorato per pagarsi vitto e alloggio, sapeva qualcosa anche di cartomanzia.

“Okay”, spiegò, “i tarocchi sono un metodo di divinazione che risale all’Antico Egitto. Un mazzo di tarocchi è formato dagli arcani minori, che corrispondono alle cinquantadue carte da gioco, e dagli arcani maggiori, che vanno dallo zero al ventuno e rappresentano il viaggio nella vita. L’Impiccato è il dodicesimo degli arcani maggiori.” Scosse il capo. “Ma c’è qualcosa che non mi convince.”

“E cioè?” domandò Sellitto, passandosi un dito sulla guancia.

“Non è affatto una carta negativa. Guardate l’immagine.”

“In effetti, l’Impiccato sembra molto tranquillo”, commentò Sachs, “per essere appeso a testa in giù.”

“La figura si ispira al dio norvegese Odino, che rimase appeso a testa in giù per nove giorni, alla ricerca della conoscenza interiore. Se esce questa carta, nella lettura dei tarocchi, significa che stai per cominciare un cammino di illuminazione spirituale.” Kara indicò un computer. “Vi spiace?”

Cooper la invitò ad accomodarsi. Kara lanciò una ricerca con Google e dopo qualche secondo trovò un sito Internet. “Come faccio a stampare?”

Amelia la aiutò e dopo un secondo un foglio uscì dalla stampante laser. Cooper lo appese al tabellone degli indizi.

“Questo è il significato”, disse Kara.

L’Impiccato non si riferisce a un uomo soggetto a punizione. La sua apparizione in una lettura indica una ricerca spirituale che conduce a una decisione, una transizione, un cambio di direzione. Frequentemente, la carta predice la resa di fronte all’esperienza, la fine di una lotta, l'accettazione. Quando questa carta appare nella tua lettura, devi dare ascolto al tuo io interiore, anche se il messaggio può sembrare contrario alla logica.

Kara aggiunse: "Non ha niente a che vedere con la violenza o con la morte. Piuttosto, sottintende la sospensione spirituale e l'attesa". Scosse la testa. "Non è il tipo di carta che potrebbe lasciare un assassino, sempre che sappia qualcosa in materia di tarocchi. Se avesse voluto indicare qualcosa di distruttivo, avrebbe scelto la Torre, o una delle carte del seme delle spade tra gli arcani minori. Quelle sì che sono cattive notizie."

"Quindi ha scelto questa solo perché ha un aspetto inquietante", concluse Rhyme. "E perché aveva intenzione di strangolare Geneva, ossia 'impiccarla'."

"Immagino di sì."

"Ci sei stata di grande aiuto", considerò il criminalista.

Sachs la ringraziò a sua volta.

"Devo andare. Mi aspettano le prove." Kara strinse la mano a Geneva. "Spero che vada tutto bene."

"Grazie."

La donna si diresse alla porta, si fermò e si voltò verso la studentessa. "Ti piacciono gli spettacoli di illusionismo?"

"Non esco molto", rispose la ragazza. "Ho molto da fare a scuola."

"Be', io ho uno spettacolo, fra tre settimane. Se ti interessa, trovi tutti i dettagli sul biglietto."

"Il...?"

"... biglietto."

"Non ce l'ho un biglietto."

"Invece sì", disse Kara. "Nel tuo zainetto. Oh, c'è anche un fiore. Consideralo un portafortuna."

Kara uscì di scena. Sentirono la porta richiudersi.

"Di che cosa stava parlando?" chiese Geneva, guardando lo zainetto, ancora chiuso.

"Aprilo", suggerì Sachs.

Geneva aprì la cerniera lampo e batté le palpebre dalla sorpresa. Nello zainetto c'era un biglietto per lo spettacolo di Kara, insieme a una viola essiccata. "Come ha fatto?" sussurrò.

“Non riusciamo mai ad accorgercene”, disse Rhyme. “Sappiamo solo che è dannatamente brava.”

“Accidenti.” La studentessa tenne tra le dita il fiore essiccato.

Gli occhi del criminalista corsero alla carta dei tarocchi, mentre Cooper la appendeva al tabellone accanto alla spiegazione del suo significato. “Dunque, *sembra* il tipo di carta che un assassino potrebbe lasciare come messaggio occulto sul luogo di un’aggressione. Solo che lui non ha la minima idea di che cosa voglia dire. L’ha scelta per il suo effetto. Il che significa...” ma la voce di Rhyme sfumò mentre esaminava gli altri dati sul tabellone. “Gesù!”

Gli altri lo guardarono.

“Cosa c’è?” chiese Cooper.

“Abbiamo sbagliato tutto.”

Sellitto smise per un istante di grattarsi la faccia e chiese: “Cosa vuoi dire?”

“Guarda le impronte sugli oggetti nel set da stupro. Ha cancellato le proprie impronte, giusto?”

“Giusto”, confermò Cooper.

“Ma *ci sono* delle impronte”, rammentò il criminalista. “E probabilmente appartengono alla cassiera, dato che sono le stesse presenti sullo scontrino.”

“Va bene.” Sellitto si strinse nelle spalle. “E allora?”

“Allora il Sosco ha cancellato le proprie impronte *prima* di arrivare alla cassa. Mentre era ancora nel negozio.”

Silenzio nella stanza.

Irritato dal fatto che nessuno ci arrivasse, Rhyme riprese: “Perché *voleva* che ci fossero le impronte della cassiera”.

Sachs comprese. “Aveva intenzione di abbandonare il set da stupro. Perché noi lo trovassimo.”

Pulaski annuì. “Altrimenti avrebbe cancellato tutto dopo averlo portato a casa.”

“Esatto!” esclamò trionfalmente Rhyme. “Credo che questi siano indizi preconfezionati. Per indurci a pensare che si trattasse di uno stupro, con qualche sfumatura di occultismo. Okay, okay, facciamo un passo indietro.” Rhyme fu divertito dallo sguardo imbarazzato che Pulaski rivolse alle sue gambe quando lui usò quell’espressione. “Un aggressore segue Geneva in un museo: un luogo aperto al pubblico, scenario insolito per una violenza sessuale. Poi la colpisce... be', colpisce il manichino, con una violenza tale da ucciderla o quantomeno da metterla knock out per ore. Allora, a che cosa gli servivano il nastro adesivo e il taglierino? E perché lasciare una carta che considera inquietante, ma che significa soltanto ricerca spirituale? No, non è affatto un tentativo di stupro."

"E allora che cosa sta combinando?" chiese Sellitto.

"Questo è ciò che faremo bene a scoprire." Rhyme rifletté per un momento, poi domandò: "Hai detto che il dottor Barry non aveva visto niente?"

"Così sosteneva", rispose il tenente.

"Tuttavia il Sosco torna indietro per ucciderlo." Rhyme corrugò la fronte. "Inoltre, Mister 109 ha fatto a pezzi il lettore di microfiche. È un professionista, eppure gli scatti d'ira sono tutt'altro che professionali. La sua vittima sta scappando, non si può permettere di perdere tempo facendo a pezzi tutto quanto solo perché è una brutta mattinata." Si rivolse alla ragazza. "Hai detto che stavi leggendo qualcosa su un vecchio giornale?"

"Una rivista", corresse lei.

"Sul lettore di microfiche?"

"Sì."

"Quelle?" Rhyme accennò a un contenitore di plastica in cui Sachs aveva sistemato una scatola di microfiche. Due vani, il numero uno e il numero tre, erano vuoti.

Geneva guardò la scatola. Annuì. "Le microfiche che mancano sono proprio quelle su cui c'era l'articolo che stavo leggendo."

Il criminalista si rivolse a Sachs. "Hai preso quella che stava nel lettore?"

"Non c'era", rispose lei. "Deve averla portata via."

"E ha fatto a pezzi il lettore perché non notassimo che mancava all'appello. Oh, la cosa si fa interessante. Che cosa aveva in mente? Qual è il suo dannato movente?"

Sellitto rise. "Pensavo che non ti interessasse il movente. Solo gli indizi."

"Bisogna fare una distinzione, Lon, tra usare un movente per *provare* un caso in tribunale, cosa che non va oltre la speculazione, e usare un movente per arrivare alle prove che alla fine inchiodano il colpevole. Un uomo uccide il suo socio in affari con una pistola che riconduciamo al *suo* garage, traboccante di proiettili che *lui* ha comprato, con tanto di scontrino con le *sue* impronte: in questo caso, a chi importa se ha ucciso il socio perché credeva che fosse un cane parlante o perché andava a letto con sua moglie? Sono le prove quelle che fanno il caso. Ma quando non ci sono né proiettili, né pistola, né scontrino, né tracce di pneumatici? Allora è più che legittimo domandarsi *perché* la vittima sia stata uccisa. Dare una risposta a questa domanda può condurci alle prove che alla fine inchioderanno il colpevole." Poi aggiunse: "Scusate per la conferenza". Ma, come si evinceva dal tono, non si stava affatto scusando.

"Il buonumore se n'è andato, vero?" fece Thom.

"Mi sfugge qualcosa", borbottò Rhyme, "e questo non mi piace."

Geneva aveva un'espressione preoccupata. Il criminalista se ne accorse. "Cos'hai?" le domandò.

"Ecco, stavo pensando... Il dottor Barry ha detto che qualcun altro era interessato allo stesso numero della rivista che stavo consultando. Lo voleva leggere, ma il dottor Barry gli ha detto di aspettare che avessi finito."

"Ti ha detto chi era?"

"No."

Rhyme soppesò l'informazione. "Ragioniamo: il bibliotecario dice a *qualcuno* che sei interessata a quella rivista. Il Sosco vuole rubarla e decide di ucciderti perché l'hai letta, o stai per leggerla." Il criminalista non era affatto certo che le cose fossero andate in quel modo, naturalmente, ma una delle ragioni del suo successo era la disponibilità a prendere in considerazione qualsiasi teoria, per quanto azzardata e improbabile. "E l'unico articolo che ha preso era proprio quello che stavi leggendo."

La studentessa annuì.

"Si direbbe che sapesse esattamente che cosa cercare... Di che cosa parlava quell'articolo?"

"Niente di importante. Solo di un mio antenato. Il mio insegnante è un fanatico del genere *Radici* e ci fa fare una tesina sulle figure del nostro passato."

"Chi era, questo antenato?"

"Il mio bis-bis-non-so-cosa. Uno schiavo liberato. La scorsa settimana sono andata al museo e ho scoperto che c'era un articolo su di lui in un numero di *Coloreds' Weekly Illustrated*. La rivista non c'era in biblioteca, ma il signor Barry mi ha detto che avrebbe recuperato le microfiche dal magazzino. Le ha trovate giusto ieri."

"Di che cosa parlava l'articolo, con precisione?" insistette Rhyme.

Geneva esitò. Poi, con impazienza, disse: "Charles Singleton, il mio antenato, era schiavo in Virginia. Poi il suo padrone aveva cambiato idea e aveva liberato tutti gli schiavi. Dato che Charles e sua moglie erano stati a lungo con quella famiglia e avevano insegnato ai figli a leggere e scrivere, il padrone diede loro una fattoria nello Stato di New York. Charles combatté nella Guerra Civile, tornò a casa e, nel 1868, fu accusato di avere rubato denaro da un fondo per l'educazione dei neri. Questo è tutto. Ero appena arrivata alla parte in cui Charles Singleton si tuffa nel fiume per sfuggire alla polizia, quando è arrivato quell'uomo".

Rhyme notò che la ragazza si esprimeva con proprietà, anche se tratteneva le parole come se potessero sfuggirle da un momento all'altro. Con genitori colti da un lato e amiche come Lakeesha dall'altro, era naturale che Geneva soffrisse, linguisticamente, di personalità multiple.

"Quindi non sai che cosa sia stato di lui", disse Sachs.

La studentessa scosse la testa.

"Dovremo presumere che il Sosco abbia qualche interesse nell'oggetto della tua ricerca. Chi sapeva dell'argomento della tua tesina? Il tuo insegnante, suppongo."

"No. Non gliel'ho mai detto con precisione. Credo di non averlo detto a nessuno, a parte Lakeesha. Potrebbe essere stata lei a parlarne con qualcuno, ma ne dubito: non fa molto caso ai compiti… nemmeno ai propri. La scorsa settimana sono andata in un ufficio legale ad Harlem, per sapere se avessero vecchi registri dei crimini del diciannovesimo secolo, ma non ho detto molto neanche all'avvocato. Naturalmente, lo sapeva il dottor Barry."

"Che ne ha parlato con l'altra persona interessata all'articolo", puntualizzò Rhyme. "Ora, giusto come ipotesi, supponiamo che in quell'articolo ci sia qualcosa che il Sosco non vuole che si sappia... qualcosa riguardo al tuo antenato, o qualcosa di completamente diverso." Guardò Sachs. "C'è ancora qualcuno sulla scena?"

"Un agente di sorveglianza."

"Fagli interrogare i dipendenti. Che scopra se Barry ha parlato con qualcuno della persona interessata all'articolo. E che guardi anche nella sua scrivania." Rhyme rifletté per un istante e aggiunse: "E voglio i tabulati delle sue telefonate dell'ultimo mese".

Sellitto scosse il capo. "Linc, sul serio, mi sembra che stiamo brancolando nel buio, non ti pare? Di che cosa stiamo parlando? Del milleottocento? Questo non è un caso freddo. È un caso *congelato*."

"Un professionista che confeziona la scena del crimine, che ha quasi ucciso una persona e ha eliminato un testimone, sotto gli occhi di una mezza dozzina di agenti... solo per rubare un articolo? Non è buio, Lon, è illuminato a giorno."

Il corpulento detective alzò le spalle e telefonò al distretto per trasmettere l'ordine all'agente rimasto al museo. Poi richiese un mandato per il controllo dei tabulati delle chiamate personali di Barry e quelle del museo.

Rhyme tornò a guardare l'esile ragazzina e decise che non aveva altra scelta: doveva darle le cattive notizie. "Tu sai che cosa implica, tutto questo?"

Una pausa. Dallo sguardo inquieto di Sachs si capiva che quanto meno lei lo sapeva. Fu la detective a dirlo alla ragazza: "Lincoln vuole dire che probabilmente ti sta ancora dando la caccia".

"Quel pazzo", fu il commento di Geneva Settle, accompagnato da un cenno sconsolato del capo.

Dopo un istante di silenzio, Rhyme replicò, solenne: "Temo proprio che non lo sia affatto".

Seduto a un terminale Internet in una copisteria del centro di Manhattan, Thompson Boyd stava leggendo le notizie sul sito di una stazione televisiva locale, aggiornate di minuto in minuto.

Il titolo dell'articolo proclamava:

DIRETTORE DI MUSEO ASSASSINATO:
ERA TESTIMONE DELL'AGGRESSIONE A UNA STUDENTESSA

Fischiettando quasi impercettibilmente, Thompson esaminò la fotografia che accompagnava il pezzo, in cui si vedeva l'uomo che aveva appena ucciso a colloquio con un poliziotto davanti al museo. La didascalia diceva:

Il dottor Donald Barry parla con la polizia poco prima di essere ucciso.

In quanto minorenne, il nome di Geneva Settle non era riportato, anche se veniva descritta come studentessa liceale residente ad Harlem. Thompson fu grato all'articolo per l'informazione: fino a quel momento ignorava in quale quartiere vivesse la ragazza. Collegò il telefono alla porta USB e vi trasferì la fotografia che le aveva scattato, per spedirla a un anonimo account e-mail.

Si disconnesse, pagò per il tempo che aveva passato su Internet e si incamminò lungo la Lower Broadway, nel cuore del distretto finanziario. Prese un caffè a un chiosco, ne bevve metà, quindi infilò nel bicchiere di plastica le microfiche rubate al museo, rimise il coperchio e gettò il tutto in un cestino dei rifiuti.

Si fermò a un telefono pubblico, si guardò intorno per constatare che nessuno gli stesse facendo caso e compose un numero. La segreteria telefonica che gli rispose non aveva messaggi uscenti, solo un segnale acustico. "Sono io. Problemi con la situazione Settle. Devi scoprire dove va a scuola o dove vive. Studente liceale di Harlem. Non so altro. Ti ho spedito una sua foto via e-mail... Oh, un'ultima cosa. Se dovessi avere modo di occupartene personalmente, riceverai cinquantamila dollari in più. Dammi un colpo di telefono quando senti questo messaggio. Ne riparliamo." Thompson recitò il numero del telefono pubblico da cui stava chiamando, quindi riagganciò. Dopo di che fece un passo indietro, incrociò le braccia e attese, riprendendo a fischiettare sommessamente. Non era andato oltre le prime tre battute di *You're the Sunshine of My Life* di Stevie Wonder che l'apparecchio prese a squillare.

7

Il criminalista guardò Sellitto. "Dov'è Roland?"

"Bell? Doveva scortare qualcuno in Protezione Testimoni fuori città, ma ormai dovrebbe essere rientrato. Dici che lo devo chiamare?"

"Sì", stabilì Rhyme.

Sellitto telefonò al detective Bell sul cellulare. Dalla conversazione, il criminalista dedusse che si trovasse al Police Plaza e che li avrebbe raggiunti a breve.

Rhyme notò l'aria preoccupata di Geneva. "Il detective Bell si prenderà cura di te. È una specie di guardia del corpo. Starà al tuo fianco finché non sarà tutto risolto... Dimmi: hai idea di che cosa Charles avrebbe rubato, secondo le accuse?"

"Stando all'articolo, monete d'oro o qualcosa del genere."

"Oro scomparso. Ah, questo è interessante. Avidità: uno dei migliori moventi."

"Tuo zio può saperne di più?" le chiese Sachs.

"Mio zio? Oh, no, lui è il fratello di mia madre. Charles è della famiglia di mio padre. Papà ne sa giusto qualcosina. La mia prozia mi ha dato qualche lettera di Charles, ma nemmeno lei aveva più informazioni a riguardo. "

"Dove si trovano quelle lettere?" chiese Rhyme.

"Ne ho qui una." Geneva rovistò nello zainetto e la prese. "Le altre le ho a casa. La mia prozia pensa di avere degli scatoloni con altre cose di Charles, ma non li ha ancora cercati." Tacque. Il suo viso tondo assunse un'espressione corrucciata, quando disse a Sachs: "Forse c'è una cosa che potrà servire..."

"Diccela", la invitò Sachs.

"Mi ricordo che in una delle lettere Charles parlava di questo suo segreto."

"Segreto?" le fece eco la detective.

"Sì. Diceva che gli spiaceva di non poter rivelare la verità. Ma, se lo avesse fatto, sarebbe stato un disastro, una tragedia. Qualcosa del genere."

"Forse si riferiva al furto", ipotizzò Rhyme.

Geneva si irrigidì. "Non credo che fosse lui il ladro. Secondo me l'hanno incastrato."

"Come mai?" domandò il criminalista.

La ragazza si strinse nelle spalle. "Legga la lettera." Stava per porgerla a Rhyme, ma si trattenne e la consegnò a Mel Cooper, senza scusarsi della gaffe.

Il tecnico la collocò su un lettore ottico e un attimo dopo una grafia elegante del diciannovesimo secolo apparve sugli schermi piatti dei monitor del ventunesimo.

Sig.ra Violet Singleton,
presso Sig. e Sig.ra Dodd
Essex Farm Road
Harrisburg, Pennsylvania
14 luglio 1863

Mia carissima Violet,

di certo hai avuto notizia dei terribili eventi accaduti di recente a New York. Posso dirti ora che la pace è tornata, ma a caro prezzo.

Il clima è incandescente, con centinaia di cittadini tra i meno fortunati che ancora soffrono del panico economico di parecchi anni fa. Il Tribune *del signor Greeley ha riferito che speculazioni irresponsabili e prestiti imprudenti hanno "fatto scoppiare le bolle" dei mercati finanziari del mondo.*

In tale atmosfera, è bastata una semplice scintilla a scatenare le recenti sommosse: l'ordine di reclutare uomini per l'Esercito Federale, da molti ritenuto necessario per la nostra lotta contro i Ribelli, date le sorprendenti forza e pervicacia del nemico. Non di meno, l'opposizione alla leva obbligatoria si è rafforzata, rivelandosi più letale di quanto si fosse immaginato.

E noi, gente di colore, abolizionisti e repubblicani, siamo divenuti il bersaglio del loro odio quanto il sovrintendente alla coscrizione e i suoi uomini, se non di più.

I rivoltosi, irlandesi per la maggior parte, si sono scatenati per la città, assalendo tutte le persone di colore che vedevano, saccheggiando case e luoghi di lavoro. Il caso ha voluto che mi trovassi in compagnia di due insegnanti e del direttore dell'Orfanotrofio per Bambini di Colore, quando una banda ha assaltato l'edificio, dandolo alle fiamme! E con oltre duecento bambini all'interno! Con l'aiuto di Dio, siamo riusciti a portare in salvo i piccoli presso una vicina stazione di polizia, ma i rivoltosi ci avrebbero uccisi tutti, se li si avesse lasciati fare.

Gli scontri sono proseguiti per tutto il giorno. La sera sono cominciati i linciaggi. Dopo avere impiccato un negro, i rivoltosi gli hanno dato fuoco, ballandogli intorno in preda all'ebbrezza. Ero sgomento!

Mi sono dunque rifugiato nella nostra fattoria, a nord della città, e d'ora innanzi rivolgerò le mie attenzioni alla mia missione di educare i bambini nella nostra scuola, lavorando nel frutteto e promuovendo, per quanto mi è possibile, la causa della nostra gente.

Mia carissima moglie, dopo questi terribili eventi, la vita mi appare fragile e precaria e, se sei propensa ad affrontare il viaggio, è ora mio desiderio che tu e nostro figlio mi raggiungiate. Nella lettera troverai i biglietti e dieci dollari per le spese. Verrò a prenderti alla stazione nel New Jersey e risaliremo il fiume in battello, fino alla nostra fattoria. Potrai assistermi nell'insegnamento, mentre Joshua potrà proseguire i suoi studi e aiutarci al mulino e al negozio di sidro. Qualora ti si facessero domande riguardo ai tuoi affari e alla tua destinazione, rispondi come faccio io: che la fattoria ci è stata data in cura da Padron Trilling, in sua assenza. Vedere l'odio negli occhi dei rivoltosi mi ha portato a capire che nessun luogo è sicuro e che persino in questa località idilliaca potrebbero verificarsi incendi dolosi, furti e saccheggi, qualora si sapesse che i proprietari della fattoria sono negri.

Sono giunto qui da un luogo in cui ero tenuto in cattività e considerato solo tre quinti d'uomo. Avevo sperato che trasferirsi al Nord avrebbe cambiato le cose. Ma, ahimè, ancora non è così. I tragici eventi degli ultimi giorni mi hanno insegnato che né tu, né io, né quelli della nostra razza sono ancora trattati come uomini e donne per intero. E la nostra battaglia per l'identità agli occhi degli altri deve proseguire con instancabile determinazione.

I miei più cordiali saluti a tua sorella e a William, così come naturalmente ai loro figli. Di' a Joshua che sono assai orgoglioso dei suoi risultati nella materia della geografia.

Vivo nell'attesa del giorno, che prego sia ora prossimo, in cui rivedrò te e nostro figlio.

Con amore, tuo
Charles

Geneva recuperò la lettera dallo scanner ottico, alzò lo sguardo e disse: "Le rivolte alla coscrizione del 1863. La più grave sommossa nella storia degli Stati Uniti".

"Non dice nulla del suo segreto", rilevò Rhyme.

"Ne parla in una delle lettere che ho a casa. Le ho fatto leggere questa perché capisse che non era un ladro."

Rhyme aggrottò la fronte. "Ma il furto risale a… quando? Cinque anni dopo questa lettera. Che cosa ti fa pensare che dimostri che non è colpevole?"

"Il fatto è", disse Geneva, "che queste non sono le parole di un ladro, le pare? Non sono le parole di un uomo che può mettersi a rubare i fondi per l'educazione degli ex schiavi."

Rhyme si limitò a dire: "Non è una prova".

"Io credo di sì." La ragazza riguardò la lettera e la lisciò con la mano.

"Che cos'è quella storia dei tre quinti d'uomo?" chiese Sellitto.

Rhyme ricordava qualcosa dai suoi studi di storia americana. Ma, a meno che le informazioni non fossero rilevanti per la sua carriera di criminalista, di solito le considerava inutili. Scosse la testa.

Fu Geneva a spiegare. "Prima della Guerra Civile, ai fini della rappresentanza al Congresso, ogni schiavo non contava come una persona intera, ma come tre quinti. E questo non era frutto di una malefica cospirazione sudista, come si potrebbe pensare. Fu un'idea dei *nordisti*, che avrebbero preferito non conteggiare del tutto gli schiavi, dato che ciò avrebbe conferito al Sud un maggior numero di rappresentanti al Congresso e al collegio elettorale. I sudisti avrebbero voluto che gli schiavi fossero conteggiati per intero. La regola dei tre quinti fu un compromesso."

"Erano conteggiati per la rappresentanza", puntualizzò Thom, "ma non avevano diritto al voto."

"Oh, certo che no", disse Geneva.

"Come le donne, del resto", aggiunse Sachs.

Al momento, la storia sociale degli Stati Uniti non rivestiva alcun interesse per Rhyme. "Vorrei vedere le altre lettere. E trovare un'altra copia di quella rivista, *Coloreds' Weekly Illustrated*. Che numero?"

"23 luglio 1868", rispose Geneva. "Ma per me era già stato difficile trovarne una."

"Farò del mio meglio", assicurò Mel Cooper, e subito dopo si sentì il battere frenetico delle sue dita sulla tastiera del computer, come un treno in corsa.

Geneva guardò lo Swatch un po' ammaccato che aveva al polso. "Io dovrei proprio..."

"Salve a tutti", fece una voce maschile, sulla soglia. Con indosso una giacca sportiva di tweed, una camicia azzurra e un paio di jeans, il detective Roland Bell fece il suo ingresso nel laboratorio. Era entrato in polizia nella sua terra natale, il North Carolina, e si era trasferito poi a New York per ragioni personali. Aveva un ciuffo di capelli castani, occhi gentili e un atteggiamento calmo che talvolta spazientiva i suoi colleghi di città. Tuttavia Rhyme sospettava che la ragione per cui a volte Bell si muoveva lentamente non fosse dovuta alle sue origini sudiste, quanto piuttosto alla sua natura meticolosa e all'importanza dei suoi compiti presso l'NYPD. La specialità di Bell era la protezione di testimoni e vittime potenziali. Non aveva un ruolo ufficiale in un'unità del dipartimento, tuttavia al suo gruppo era stato trovato un nome, SCAT, che malgrado l'assonanza non aveva nulla a che fare con la squadra tattica SWAT: l'acronimo stava per Salva il Culo Al Testimone.

"Roland, ti presento Geneva Settle."

"Salve, miss", disse Bell con un marcato accento, stringendole la mano.

“Non mi serve una guardia del corpo”, sentenziò la ragazza, con decisione.

“Non preoccuparti, non ti sarò di intralcio”, la rassicurò lui. “Hai la mia parola d’onore. Sarò invisibile come un ago in un pagliaio.” Occhieggiò Sellitto. “Con chi ce la dobbiamo vedere?”

Il corpulento detective lo ragguagliò sul caso. Bell non batté ciglio, ma Rhyme notò il suo sguardo attento, sintomo di preoccupazione. Quando il tenente ebbe finito di aggiornarlo, Bell riassunse la sua espressione cordiale e pose a Geneva una serie di domande su di lei e sulla sua famiglia, per avere un’idea di come allestire un servizio di protezione. Lei rispose, esitante, come se le costasse un certo sforzo.

Quando le domande si esaurirono, la studentessa disse, impaziente: “Devo proprio andare. Qualcuno mi può portare a casa in macchina? Così potrò prendere le altre lettere di Charles. Ma poi devo assolutamente tornare a scuola”.

“Ti accompagnerà il detective Bell”, disse Rhyme. Poi, ridendo, aggiunse: “Ma per quanto riguarda la scuola, pensavo fossimo d’accordo che l’avresti saltata. Puoi sempre fare dei compiti di recupero”.

“No”, disse lei, irremovibile. “Io non ero *d’accordo*. Lei ha detto: ‘Cominciamo a rispondere a qualche domanda e poi vediamo’.”

Non erano in molti a riutilizzare le parole di Rhyme alla lettera per smentirlo. Il criminalista borbottò: “Qualunque cosa io abbia detto, penso che tu debba proprio startene a casa, ora che sappiamo che l’aggressore potrebbe starti ancora alle calcagna. Non è sicuro”.

“Signor Rhyme, io non posso perdere quei compiti in classe. Alla mia scuola i compiti di recupero non sempre vengono messi in programma, i libri di testo vanno perduti, si rischia di non avere un voto.” Geneva stringeva le mani intorno alla cintura dei jeans, decisamente larga per lei. Era troppo magra. Rhyme si chiese se i suoi fossero salutisti a oltranza e se le imponessero una dieta stretta a base di cereali biologici e tofu. Sembrava che molti professori fossero orientati in quella direzione.

"Chiamo subito la scuola", disse Sachs. "Diremo che c'è stato un incidente e che..."

"Io voglio proprio andare", la interruppe Geneva sottovoce, gli occhi fissi in quelli di Rhyme. "Subito."

"Resta a casa per un giorno o due, intanto che noi scopriamo qualcosa di più. O, meglio", il criminalista rise, "finché non gli inchiodiamo il culo."

Nelle intenzioni voleva essere una battuta, un tentativo di conquistarla usando un linguaggio da teenager. Ma Rhyme se ne pentì immediatamente. Non era riuscito a intendersi con lei, solo perché era giovane. Era come la gente che veniva a fargli visita e che parlava in modo esageratamente allegro perché lui era uno storpio. Lo facevano incazzare.

Proprio come lui aveva fatto incazzare Geneva.

La ragazza disse: "Vi sarei grata se qualcuno mi accompagnasse in macchina. Ma posso anche prendere la metropolitana. Devo andarmene subito, se vuole quelle lettere".

Irritato per dover affrontare quella battaglia, Rhyme replicò con fermezza: "Devo dirti di no".

"Posso fare una telefonata?"

"Perché?" chiese lui.

"Devo chiamare un uomo."

"Un uomo?"

"L'avvocato di cui le dicevo. Wesley Goades. Una volta lavorava per le più grosse compagnie di assicurazioni del Paese, adesso gestisce un servizio di soccorso legale ad Harlem."

"E tu vuoi chiamarlo?" intervenne Sellitto. "Per quale motivo?"

"Perché gli voglio chiedere se potete trattenermi dall'andare a scuola."

Rhyme si risentì. "È per il tuo bene."

"Questo dovrei deciderlo io, non le pare?"

"Semmai i tuoi genitori o tuo zio."

"Non sono loro che devono passare gli esami a primavera."

Sachs si mise a ridere. Rhyme le lanciò un'occhiataccia.

"Solo un giorno o due, miss", le fece presente Bell.

Geneva lo ignorò. "Il signor Goades ha fatto uscire John David Colton da Sing-Sing, dopo che era stato dieci anni in carcere per un crimine che non aveva commesso. E ha fatto causa a New York. Allo Stato, voglio dire, due o tre volte. Ha vinto tutti i processi. E ha avuto una causa alla Corte Suprema, per i diritti degli homeless."

"Ha vinto anche quella, vero?" chiese Rhyme, in tono secco.

"Di solito vince. In effetti, non credo che abbia mai perso."

"Questa è una pazzia", si lamentò Sellitto, spazzolandosi distrattamente con le dita una macchia di sangue sulla giacca. "Sei una ragazzina..."

La cosa sbagliata da dire.

Geneva si infervorò. "Non volete nemmeno lasciarmi fare una telefonata? Non la si concede anche a chi viene arrestato?"

Il tenente sospirò e le indicò il telefono.

Lei andò all'apparecchio, guardò nella sua agendina e compose un numero.

"Wesley Goades", rimuginò Rhyme.

Geneva chinò il capo da un lato quando sentì il segnale di libero. Si rivolse a Rhyme. "Ha studiato ad Harvard. Oh, ha fatto anche causa all'esercito. Per i diritti dei gay, mi pare." Poi, al telefono: "L'avvocato Goades, per favore... Può dirgli che sono Geneva Settle? Sono stata testimone di un crimine e sono trattenuta dalla polizia". Diede l'indirizzo di Rhyme e aggiunse: "Sono trattenuta contro la mia volontà e..."

Il criminalista guardò Sellitto, che alzò gli occhi al cielo e sbottò: "Va bene".

"Resti in linea", disse Geneva al telefono. Poi si rivolse al grosso detective che torreggiava sopra di lei. "Posso andare a scuola?"

"Per il compito in classe. Solo per quello."

"Ce ne sono due."

"E va bene. Tutti e due", disse il tenente, a voce bassa. Si voltò verso Bell. "Tu stalle dietro."

"Come un'ombra", garantì questi.

Al telefono, Geneva disse: "Dica all'avvocato Goades che non importa. Abbiamo risolto". E riagganciò.

"Ma prima voglio quelle lettere", le rammentò Rhyme.

"Affare fatto." Geneva si mise in spalla lo zainetto.

"Tu", Sellitto abbaiò alla volta di Pulaski, "vai con lei."

"Sissignore."

Quando Bell, Geneva e la recluta se ne furono andati, Sachs guardò verso la porta e scoppiò a ridere. "Quella ragazza sì che è un osso duro."

"Wesley Goades." Rhyme sorrise. "Ho idea che se lo sia inventato. Secondo me ha telefonato al servizio meteorologico." Accennò alla tabella degli indizi. "Mettiamoci in moto. Mel, riprendi la ricerca dei permessi per le fiere. E voglio che fatti e profilo raccolti finora siano inviati al VICAP e all'NCIC. Voglio che tutte le biblioteche e le scuole di questa città siano passate al setaccio, nel caso che il Sosco, oltre a Barry, abbia chiesto ad altri di Singleton o del *Coloreds' Weekly Illustrated*. Oh, e trovatemi chi fabbrica i sacchetti con lo *smiley*."

"Ordini dall'alto", disse Cooper.

"La sai una cosa? Qualche volta *la vita* è un ordine dall'alto. Poi manda un campione del sangue sulla corda al CODIS."

"Pensavo che avessi abbandonato l'ipotesi dello stupro." Il CODIS era un database contenente il DNA rilevato in crimini a sfondo sessuale.

"La parola d'ordine è 'io penso', Mel, non 'sono fottutamente sicuro'."

"E tanti saluti al buonumore", commentò Thom.

"Ancora una cosa..." Rhyme spostò la sedia a rotelle ed esaminò le fotografie del corpo del bibliotecario e il diagramma balistico della scena del delitto tracciato da Sachs. "Quanto era lontana la donna da Barry?"

"Chi, la passante? Credo cinque metri."

"Chi è stato colpito per primo?"

"Lei."

"E quanto erano raggruppati i colpi? Quelli che hanno ucciso il bibliotecario?"

"A pochi centimetri l'uno dall'altro. Quel tipo sa come si spara."

"La donna non è stata colpita per sbaglio", rifletté Rhyme. "Le ha sparato intenzionalmente."

Il criminalista si rivolse al miglior tiratore presente nella stanza. "Sachs, quando spari in rapida successione, qual è il tiro che ha maggiore precisione?"

"Il primo, perché non devi compensare il rinculo."

"Le ha sparato intenzionalmente", ribadì Rhyme, "per distrarre il maggior numero di agenti e guadagnare la fuga indisturbato."

"Gesù", sussurrò Cooper.

"Avvisate Bell. E chiamate Bo Haumann e i suoi all'Emergency Service. Fategli sapere con che tipo di killer abbiamo a che fare: uno che non ci pensa due volte a sparare a un innocente."

Parte Seconda

GRAFFITI KING

8

L'omone camminò lungo il marciapiede di Harlem, ripensando alla conversazione che aveva avuto un'ora prima. Lo rendeva felice, lo rendeva nervoso, lo rendeva guardingo. Ma, soprattutto, gli faceva pensare: *Forse le cose, finalmente, si mettono bene.*

Be', una botta di culo se la meritava: qualunque cosa, pur di rimettersi in pista.

Jax non ne aveva avuto molto di culo, ultimamente. Sicuro, era contento di essere uscito dal sistema. Ma i due mesi trascorsi fuori di prigione erano stati duri come pietre: solo come un cane, senza un briciolo di fortuna. Ma oggi era diverso. La telefonata che riguardava Geneva Settle avrebbe cambiato la sua vita per sempre.

Stava percorrendo l'Upper 5th Avenue alla volta di St. Ambrose Park, con una sigaretta nell'angolo della bocca, godendosi l'aria fresca dell'autunno, godendosi il sole. Godendosi il fatto che la gente intorno a lui gli girasse alla larga. Un po' lo si doveva alla sua faccia, che non sorrideva mai. Un po' ai tatuaggi fatti in carcere. Un po' anche alla gamba zoppa. Anche se, a onor del vero, non zoppicava da tipo tosto culo-duro. Non zoppicava da *gangsta* di rispetto. Zoppicava da "Oh, cazzo, mi hanno sparato". Ma lì nessuno lo sapeva.

Jax indossava gli abiti di sempre: jeans, una consunta giacca militare mimetica e un paio di scricchiolanti scarpe da lavoro in cuoio, usuratissime. In tasca aveva una mazzetta di dollari da 100, i *benjamins*, e anche qualche banconota da venti, un coltello dal manico di corno, un pacchetto di sigarette e un portachiavi con una chiave sola, quella del suo appartamentino sulla 136th Street. Il bilocale disponeva di un letto, un tavolo, due sedie, un computer di seconda mano e un fornello comprato a metà prezzo. Solo poco meglio della sua recente residenza presso il New York State Department of Correction.

Si fermò a guardarsi intorno.

Eccolo lì, il tipo ossuto con la pelle di un colore marrone polveroso, un uomo che poteva avere trentacinque come sessant'anni, appoggiato alla malferma recinzione di quel parco nel cuore di Harlem. Dietro di lui, il sole luccicava sulla bocca umida di una bottiglia di malto o di vino, seminascosta nell'erba gialla.

"Come butta, uomo?" chiese Jax, accendendosi un'altra sigaretta e fermandoglisi di fronte.

Il tipo ossuto batté le ciglia. Guardò il pacchetto che Jax gli offriva. Non sapeva come fosse la storia, ma prese una sigaretta e se la mise in tasca.

Jax continuò: "Sei tu Ralph?"

"E tu chi sei?"

"Un amico di DeLisle Marshall. Eravamo insieme al Blocco S."

"Lisle?" Il tipo ossuto appoggiato alla rete metallica si sciolse. Un po'. Distolse lo sguardo dall'uomo che avrebbe potuto spezzarlo in due e scrutò il mondo intorno a sé. "È uscito, Lisle?"

Jax scoppiò in una risata. "Lisle ha piazzato quattro colpi nella testa di un triste figlio di puttana. Fa prima a esserci un negro alla Casa Bianca che Lisle a uscire."

"C'è anche la libertà sulla parola", disse Ralph, cercando senza successo di mascherare la propria indignazione: la domanda trabocchetto era stata fin troppo evidente. "Allora, cosa dice Lisle?"

"Manda i suoi saluti. Mi ha detto di cercarti. È lui che mi presenta."

"Ti presenta, ti presenta. Okay. Dimmi, com'è il suo tatuaggio?"

L'ossuto Ralph con la sua barbetta caprina stava tirando fuori le palle. Jax era di nuovo sotto esame.

"Quale?" ribatté lui. "La rosa o la lama? E mi dicono che ne abbia anche uno vicino all'uccello, ma non sono mai stato abbastanza intimo da vederlo."

Ralph annuì, senza sorridere. "Come ti chiami?"

"Jackson. Alonzo Jackson. Ma mi chiamano Jax." Al nomignolo corrispondeva una reputazione tosta. Si domandò se Ralph avesse sentito parlare di lui. Apparentemente no: il tipo ossuto non sollevò nemmeno un sopracciglio. Jax cominciava a rompersi i coglioni. "Se vuoi controllare con DeLisle, forza, fatti avanti. Solo non usare il mio nome al telefono, sai cosa voglio dire. Digli solo che Graffiti King è venuto a far due chiacchiere con te."

"Graffiti King", ripeté Ralph, che si stava chiaramente domandando cosa fosse *quella* storia. Forse che Jax spruzzava in giro sangue di figli di puttana come pittura spray? "Okay, magari controllo. Dipende. Allora, sei uscito."

"Sono uscito."

"Perché eri dentro?"

"AR e armi." Poi, aggiunse a bassa voce: "Cercavano di piazzarmi un 25-25, tentato, ma me lo sono fatto abbassare ad aggressione". Un'allusione all'articolo del Codice Penale sull'omicidio: Sezione 125.25.

"E ora sei un uomo libero. Tutto liscio."

Jax lo trovava divertente. Ecco qui Ralph culo-triste, che diventa nervoso e tutto quanto appena vede arrivare Jax con una sigaretta e un *Come butta?* Ma poi si scioglie quando sente che gli hanno fatto il culo per rapina a mano armata, possesso abusivo di armi e tentato omicidio. Un tipo che sparge sangue come vernice.

Harlem. Non era un cazzo di paradiso?

Dentro, poco prima di essere rilasciato, si era rivolto a DeLisle in cerca di una mano e il fratello gli aveva detto di agganciare Ralph. Lisle gli aveva spiegato che quel mucchietto d'ossi era una buona conoscenza. "Quello arriva dappertutto. Tipo la strada è sua. Sa tutto quanto. O se no lo scopre."

Graffiti King, il pittore sanguinario, risucchiò la sigaretta e venne al sodo. "Mi serve una mano, uomo", disse a bassa voce.

"Sì? Per che cosa?"

Che voleva dire sia *Che ti serve?* sia *Che ci guadagno?* Era giusto così.

Un'occhiata intorno. Erano soli, a parte i piccioni e un paio di dominicane niente male di passaggio. Nonostante il freddo, indossavano top inconsistenti e short attillati su curve che l'avrebbero fatto venir duro a un morto. "*Ay, papi*", fece una di loro a Jax, sorridendo, senza fermarsi. Le ragazze attraversarono la strada e svoltarono a est, sul loro terreno. Da anni la 5th Avenue era la linea di confine tra la Harlem nera e Spanish Harlem, *el barrio*. A est della 5th c'era l'Altra Parte. Non meno povera, non meno tosta, ma tutta un'altra Harlem.

Jax le seguì con lo sguardo finché non sparirono. "Cazzo." Era stato in galera troppo a lungo.

"L'hai detto", fece Ralph. Cambiò posizione e si mise a braccia conserte, come una specie di principe egizio.

Jax attese un minuto, poi si chinò a parlare all'orecchio del faraone. "Mi serve un pezzo."

"Stai fresco, uomo", replicò Ralph, dopo un momento. "Se ti beccano con un pezzo, ti fanno il culo in un minuto. E ti becchi un anno a Rikers per il solo possesso."

Jax chiese, paziente: "Puoi trovarlo o no?"

Il tipo ossuto si aggiustò sulla rete metallica e lo fissò. "Tutto liscio tra noi, uomo. Ma non so dove trovare quello che cerchi."

"Allora io non so a chi dare questi." Tirò fuori il rotolo di dollari e ne sfilò qualche venti, che porse a Ralph. Con molta cautela, naturalmente. Un nero che passa dei soldi a un altro nero per le strade di Harlem fa drizzare subito le antenne ai poliziotti, anche quando uno dei due è un ministro della Chiesa Battista Pentecostale dell'Ascensione.

Ma l'unico a drizzare le antenne fu Ralph, che intascò i biglietti e occhieggiò il resto della mazzetta. "Ne hai di carta tra le mani."

"L'hai detto. E adesso ne hai anche tu. E puoi averne ancora. Giornata buona, vero?" E si rimise in tasca i soldi.

"Che tipo di pezzo?" grugnì Ralph.

"Piccolo. Facile da nascondere, mi capisci?"

"Te ne costa cinque."

“Me ne costa due. Se no mi arrangio.”

“Freddo?” chiese Ralph.

Come se Jax potesse volere una pistola con il numero di matricola non limato. “Cosa credi?”

“Due col cazzo”, disse il piccolo egizio. Si era fatto coraggio, ora: non si ammazza uno che ti può procurare quello che ti serve.

“Tre”, offrì Ralph.

“Posso arrivarci per tre e mezzo.”

Jax ci pensò. Strinse la mano a pugno e la batté sulle nocche di Ralph. Un’altra occhiata intorno. “Ora, mi serve qualcos’altro. Conosci qualcuno nelle scuole?”

“Qualcuno. Di che scuole parli? Non so niente di BK o del Bronx. Solo qui nell’*hood.*”

Jax sogghignò. *Hood*, come *neighborhood*, vicinato. *Merda*, pensò. Era cresciuto ad Harlem e non aveva mai vissuto da nessun’altra parte, eccetto la caserma e la galera. Si poteva chiamare il posto “vicinato”, se proprio si doveva, ma non era un vero *hood*. A Los Angeles, a Newark, c’erano gli *hoods*. In qualche parte di BK, persino. Ma Harlem era un altro universo e a Jax stava sulle palle che Ralph usasse quella parola, anche se immaginò che il tipo non volesse mancare di rispetto al posto. Probabilmente era che guardava un sacco di tv spazzatura.

Jax disse: “Qui. Un liceo”.

“Posso chiedere in giro.” Non sembrava troppo a suo agio. Non c’era da sorprendersi, visto che aveva di fronte un ex detenuto con un arresto 25-25, interessato a una pistola e a un liceo. Jax sfilò altri quaranta dollari dalla mazzetta. La coscienza di Ralph si acquietò considerevolmente.

“Okay, dimmi che cosa dovrei cercare.”

Da una tasca della sua giacca militare, Jax tirò fuori lo stampato di una pagina scaricata dall’edizione online del *Daily News* di New York. Passò a Ralph l’articolo, intestato ULTIME NOTIZIE. Batté un grosso dito sul foglio. “Devo trovare la ragazza. Quella di cui parlano.”

Ralph lesse l’articolo, sotto il titolo

DIRETTORE DI MUSEO UCCISO A MIDTOWN

Alzò lo sguardo. "Non dice niente di lei. Dove abita, dove va a scuola, niente. Non dice nemmeno come cazzo si chiama."

"Il nome è Geneva Settle. Quanto al resto..." Jax indicò la tasca in cui Ralph aveva ficcato i soldi "... è per questo che ti pago."

"Perché la vuoi trovare?" chiese Ralph, fissando l'articolo.

Jax rimase zitto per un po', poi si chinò a parlargli all'orecchio. "Certe volte la gente fa domande, si guarda intorno, e trova più merda del necessario."

Ralph stava per chiedere qualcos'altro, ma si trattenne. Forse Jax si riferiva a qualcosa che aveva combinato la ragazza. Ma il sanguinario Graffiti King poteva anche sottintendere che lo stesso Ralph fosse un ficcanaso testa di cazzo. "Dammi un'ora o due."

Il piccolo faraone lasciò a Jax il suo numero di telefono e si staccò dalla recinzione. Recuperò la bottiglia di malto dall'erba e si avviò lungo la strada.

La Crown Vic senza contrassegni di Roland Bell entrò a Central Harlem, un misto di edifici residenziali e commerciali. Le filiali delle grandi catene, Pathmark, Duane Reade, Popeyes, McDonald's, coesistevano fianco a fianco con i negozietti a gestione famigliare in cui si potevano cambiare assegni, pagare bollette e comprare parrucche ed extension di capelli umani, artigianato africano, liquori o mobilio. Molti degli edifici più vecchi erano deserti e parecchi erano recintati o sigillati da porte metalliche coperte di graffiti. Dietro le strade più affollate, elettrodomestici a pezzi aspettavano che qualcuno li razziasse e la spazzatura si ammonticchiava agli angoli delle case e davanti ai marciapiedi. Erbacce e giardini di fortuna invadevano i lotti abbandonati. Le affissioni reclamizzavano gli spettacoli all'Apollo e in qualche altra grande sala, mentre centinaia di manifestini coprivano pareti e staccionate, annunciando gli show di rapper, DJ e attori semisconosciuti. I ragazzi si raccoglievano a gruppetti. Alcuni di loro tenevano d'occhio l'auto di pattuglia che seguiva la Crown Vic con cautela, diffidenza e, in qualche caso, aperto disprezzo.

L'auto con a bordo Bell, Geneva e Pulaski proseguì verso ovest. Lo scenario cambiò: gli edifici deserti erano stati abbattuti o ristrutturati, i cartelloni fuori dai cantieri mostravano quali residenze idilliache avrebbero presto rimpiazzato le costruzioni preesistenti. Il quartiere di Geneva, non lontano dal ripido e roccioso Morningside Park e dalla Columbia University, era bello e alberato, con marciapiedi puliti. Le file di vecchi edifici erano in buone condizioni. C'erano i bloccasterzo ai volanti delle auto, ma il parco macchine includeva Lexus e Beemer.

Geneva indicò un immacolato palazzo di arenaria, con la facciata ricca di decorazioni scolpite nella pietra e il ferro battuto di un nero lucente sotto il sole della tarda mattinata. "Quella è casa mia."

Bell si fermò due porte più avanti e lasciò la macchina in doppia fila.

"Uhm, detective", disse Ron Pulaski, "credo che si riferisse alla casa là dietro."

"Lo so", replicò Bell. "Una delle mie preoccupazioni è non rendere noto a tutti dove vivono quelli che proteggo."

La recluta annuì, come se stesse memorizzando l'informazione.

È giovane, pensò Bell, *e ha ancora molto da imparare.* "Staremo dentro qualche minuto. Fai attenzione."

"Sissignore. A che cosa, esattamente?"

Il detective non poteva perdere tempo a educare la recluta sulle finezze del servizio di guardia del corpo. Per il momento, sarebbe bastata la sua presenza come deterrente. "Ai cattivi", rispose.

L'auto di pattuglia che li aveva seguiti si fermò davanti alla Crown Vic, come aveva chiesto Bell. L'agente che la guidava aveva il compito di portare a Rhyme le lettere di Charles Singleton. Un momento dopo giunse un'altra macchina senza contrassegni, con a bordo due elementi della squadra protezione testimoni di Bell, che sarebbero rimasti di guardia fuori dalla casa. Il detective aveva chiesto rinforzi, appena aveva saputo che il Sosco non esitava a sparare a passanti innocenti al solo scopo di creare diversivi. Gli agenti che aveva scelto per l'incarico erano Luis Martinez, un solido detective di poche parole, e Barbe Lynch, un'agente in borghese giovane e brillante, nuova al servizio protezione ma dotata di un radar istintivo che l'avvertiva di ogni pericolo imminente.

Bell sgusciò dall'auto e si guardò intorno, abbottonandosi il giaccone sportivo per nascondere le due pistole che portava alla cintola. Era stato un buon poliziotto quando lavorava in una piccola città ed era un valido detective nella metropoli. Ma era quando si trattava di proteggere i testimoni che si trovava davvero nel proprio elemento. Era un talento innato, il suo, come quello di scovare la preda nei campi quando andava a caccia da ragazzo. Istinto. Bell era in grado di percepire più di quanto saltasse all'occhio, come il bagliore di luce su un mirino telescopico, o lo scatto del carrello di una pistola, o qualcuno che sorvegliava il suo testimone nel riflesso di una vetrina. Si accorgeva se un uomo camminava in una precisa direzione quando secondo ogni logica doveva essere il contrario. O se un'auto innocentemente in divieto di sosta si trovava in realtà nella posizione perfetta per garantire la via di fuga a un potenziale killer. Gli bastava vedere una configurazione di strade, edifici e finestre per pensare: *È qui che qualcuno si potrebbe appostare.*

Ma per il momento non notava alcuna minaccia incombente. Fece uscire Geneva dalla macchina e l'accompagnò al portone, invitando Martinez e Lynch a seguirlo. Presentò loro la ragazza e li mandò a controllare il circondario. Salirono le scale.

"Zio Bill", si annunciò Geneva, bussando alla porta del proprio appartamento. "Sono io."

Un uomo robusto sui cinquant'anni, con una serie di voglie su una guancia, venne ad aprire. Sorrise, nel salutare Bell. "Piacere di conoscerla. Mi chiamo William."

Il detective si identificò e gli strinse la mano.

"Stai bene, tesoro? È terribile quello che ti è successo."

"Sto bene. Solo che avrò la polizia intorno per un po'. Pensano che il tipo che mi ha aggredito potrebbe riprovarci."

Il viso tondo dello zio si fece corrucciato. "Dannazione." Poi indicò il televisore. "Hai fatto notizia, ragazza."

"Hanno detto il suo nome?" chiese Bell, preoccupato.
"No, per via dell'età. Niente nome e niente foto."
"Bene, è già qualcosa."

La libertà di stampa andava benissimo, ma certe volte Bell avrebbe applicato volentieri un minimo di censura, specie quando venivano rivelati nomi e indirizzi dei testimoni. "Aspettatemi qui, io controllo la casa."

"Sissignore."

Bell esplorò l'interno dell'appartamento. La porta d'ingresso era sicura: c'erano due catenacci e una barra di ferro trasversale. Le finestre sulla facciata guardavano verso le case dall'altra parte della strada. Il detective tirò giù le tapparelle. Le finestre laterali si aprivano su un vicolo e sulla casa accanto: un solido muro di mattoni e nessuna apertura utile a un cecchino. Per buona misura, Bell si assicurò che le finestre fossero ben chiuse e abbassò le tapparelle.

Era un appartamento spazioso. C'erano due porte nell'anticamera: una, la prima, dava su un salotto, l'altra, in fondo, su uno stanzino con una lavatrice. Bell verificò ogni serratura e tornò all'ingresso. "Sembra sicuro. In ogni caso, tenete chiuse porte e finestre e lasciate giù le tapparelle."

"Sissignore", assicurò lo zio. "Ci starò attento."

"Prendo le lettere", disse Geneva, e sparì in una delle camere da letto.

Ora che aveva esaminato la casa dal punto di vista della sicurezza, Bell la osservò come abitazione. Ebbe una sensazione di freddezza. Mobili bianchi, immacolati, poltrone e tovaglie candide, tutto coperto da teloni protettivi di plastica. Tonnellate di libri. Sculture e dipinti africani e caraibici, una vetrina piena di stoviglie e servizi di bicchieri che avevano l'aria di essere piuttosto costosi. Maschere africane. Non c'era quasi niente che denotasse qualcosa di sentimentale, di personale. Quasi non c'erano foto di famiglia.

La casa di Bell traboccava di istantanee di parenti, in particolare dei suoi due ragazzi, ma anche dei cugini del North Carolina. E c'erano fotografie della sua defunta moglie, ma per rispetto nei confronti della nuova fidanzata, Lucy Kerr, che faceva lo sceriffo nel North Carolina, non ce n'era nessuna in cui Bell e la moglie apparissero insieme, solo quelle di lei con i figli. Lucy, anche lei ben rappresentata sulle pareti di casa Bell, aveva visto quelle foto e gli aveva detto che apprezzava il fatto che le avesse tenute in mostra. E una cosa andava detta di Lucy: diceva sempre quello che pensava.

Bell chiese allo zio di Geneva se di recente avesse notato qualche sconosciuto che girava intorno alla casa.

"Nossignore. Neanche un'anima."

"Quando torneranno i suoi genitori?"

"Non saprei. È Geneva che ci ha parlato."

La ragazza ricomparve dopo cinque minuti e consegnò a Bell due fogli di carta ingiallita. "Eccole qui." Esitò. "Fateci attenzione. Non ne ho delle copie."

"Non conosci il signor Rhyme, ragazza. Tratta gli indizi come fossero il Santo Graal."

Geneva si rivolse allo zio: "Torno dopo la scuola". Poi, a Bell: "Sono pronta".

"Senti, ragazza", la redarguì lo zio. "Fatti vedere educata, come ti ho sempre detto. Quando parli con la polizia, devi dire 'signore'."

Lei squadrò lo zio e ribatté: "Non ricordi che cos'ha detto mio padre? Che bisogna guadagnarsi il diritto di farsi chiamare 'signore'. Sono convinta che abbia ragione".

Bill rise. "Ecco mia nipote. Pensa sempre con la sua testa. Per questo le vogliamo bene. Fatti abbracciare dallo zio, piccola."

Imbarazzata, come i figli di Bell quando lui li abbracciava in pubblico, la ragazza subì rigidamente quella manifestazione di affetto.

Sulla porta, Bell consegnò le lettere all'agente in divisa. "Portale a casa di Rhyme, immediatamente."

"Sissignore."

Quando se ne fu andato, Bell chiamò via radio Martinez e Lynch, che segnalarono via libera. Il detective scortò la ragazza fino alla Crown Vic. Pulaski si affrettò a salire a bordo con loro.

Mentre avviava il motore, Bell si voltò verso la studentessa. "Oh, senti, miss, quando hai un momento, guarda nello zaino se hai un libro che oggi non ti serve."

"Un libro?"

"Di scuola."

Lei gliene prese uno. "Studi sociali? È un po' noioso."

"Oh, non è per leggerlo. È per fingere di essere un supplente."

Lei annuì. "Vuole una facciata da insegnante. Bella trovata."

"L'ho pensato anch'io. Adesso ti spiace metterti quella cintura di sicurezza? Lo apprezzerei molto. Anche tu, recluta."

9

Che fosse o meno un maniaco sessuale, il DNA del Sosco 109 non era nell'archivio del CODIS.

Il risultato negativo era tipico della mancanza di piste in quel caso, rifletté Rhyme, in preda alla frustrazione. Avevano ricevuto i resti dei proiettili che il medico legale aveva estratto dal corpo del dottor Barry, ma erano ancora più frammentati di quelli della passante e non si sarebbero qualificati per una verifica ai sistemi IBIS e DRUGFIRE.

Avevano anche ricevuto notizie dal museo. Il dottor Barry non aveva fatto cenno a nessuno dei dipendenti riguardo all'interesse di qualcuno, a parte Geneva, nei confronti del *Coloreds' Weekly Illustrated* del 1868. Né il tabulato delle chiamate telefoniche al museo aveva rivelato nulla: tutte le chiamate venivano smistate da un centralino ai vari interni. Un altro vicolo cieco.

Cooper comunicò alla squadra ciò che aveva saputo dalla Trenton Plastic – uno dei maggiori fabbricanti di sacchetti per la spesa del Paese –, inclusa la storia dell'icona dello *smiley*, così come gli era stata raccontata dal proprietario della compagnia. "Pare che in origine la faccina sia apparsa negli anni Sessanta sulle spillette fabbricate per una sussidiaria della State Mutual Insurance, come gadget promozionale e al tempo stesso per sollevare il morale dei dipendenti. Negli anni Settanta, due fratelli disegnarono una faccia simile con lo slogan BE HAPPY, una specie di alternativa al simbolo della pace. Dopodiché è apparsa su cinquanta milioni di oggetti prodotti ogni anno da decine di compagnie."

"L'obiettivo di questa lezione sulla cultura pop?"

"Che anche se fosse protetta da copyright, cosa che nessuno sembra sapere, esistono chissà quante compagnie che fabbricano sacchetti con lo *smiley*. Non è possibile rintracciarle."

Vicolo cieco...

Delle decine tra musei e biblioteche interpellati da Cooper, Sachs e Sellitto, due riferirono che un uomo aveva chiamato nel corso delle settimane precedenti, chiedendo di un numero del *Coloreds' Weekly Illustrated* del 1868. Un'informazione incoraggiante, poiché andava a sostegno della teoria di Rhyme che fosse la rivista la vera ragione dell'aggressione a Geneva. Ma né l'una né l'altra istituzione disponevano di una copia della pubblicazione. Il Museum of African-American Journalism di New Haven comunicò invece che ne avevano una collezione completa su microfiche, che tuttavia era scomparsa.

Rhyme storse il naso alla notizia. In quel momento un computer emise un segnale elettronico e Cooper annunciò: "Abbiamo una risposta dal VICAP".

Premette un pulsante e trasmise l'e-mail a tutti i monitor. Il criminalista guardò il suo schermo piatto. Era un messaggio da un detective del laboratorio forense nel Queens, su una linea sicura di posta elettronica.

Detective Cooper,
a seguito della sua richiesta abbiamo confrontato il profilo da lei fornito con gli archivi VICAP e HITS e abbiamo riscontrato due corrispondenze.

Evento Uno: Omicidio in Amarillo, Texas, Caso N. 3451-01 (Texas Rangers).
Cinque anni fa, Charles T. Tucker, 67 anni, dipendente statale in pensione, è stato trovato morto sul retro di un centro commerciale, vicino a casa sua. Era stato colpito alle spalle con un oggetto contundente, presumibilmente per sopraffarlo, poi linciato. Intorno al collo gli era stata stretta una corda di fibra di cotone con un nodo scorsoio. La corda passava sopra un ramo d'albero ed era

stata tirata con forza dall'assassino. Segni di abrasioni sul collo indicavano che la vittima era rimasta cosciente per alcuni minuti, prima della morte.
Analogie con il caso del Sosco 109:
Vittima sopraffatta con un colpo singolo alla nuca.
Sospetto indossa scarpe misura 44, probabilmente marca Bass.
Arma del delitto è corda di fibra di cotone con macchie di sangue; fibre simili a quelle trovate sulla scena presente.
Messinscena del movente: l'omicidio appariva con connotazioni ritualistiche. Sul terreno ai piedi della vittima sono state disposte candele, e un pentacolo è stato tracciato sul terreno. Ma indagini sul passato della vittima e il profilo del crimine hanno condotto gli investigatori a concludere che tali prove sono state seminate allo scopo di depistare le indagini. Nessun altro movente è stato stabilito.
Non sono state rilevate impronte digitali. Il sospetto indossava guanti di lattice.

Stato: attivo.

"E il secondo caso?" volle sapere Rhyme.
Cooper fece scorrere l'e-mail sullo schermo.

Evento Due: Omicidio a Cleveland, Ohio. Caso N. 2002-34554F (Ohio State Police).
Tre anni fa un uomo d'affari di quarantacinque anni, Gregory Tallis, è stato trovato morto nel suo appartamento, ucciso da colpi di arma da fuoco.
Analogie con il caso del Sosco 109:
Vittima sopraffatta con colpi alla nuca mediante corpo contundente.
Impronte di scarpe identiche a quelle delle scarpe marca Bass, con piede destro piegato verso l'esterno.

Causa della morte: tre colpi di arma da fuoco al cuore. Piccolo calibro, probabilmente 22 o 25, analogamente al caso presente.
Nessuna impronta digitale di rilievo. Il sospetto indossava guanti di lattice.
I pantaloni della vittima sono stati rimossi e una bottiglia gli è stata inserita nel retto, con l'intento apparente di suggerire che fosse vittima di uno stupro omosessuale. La vittima avrebbe dovuto testimoniare in un imminente processo riguardante il crimine organizzato. L'estratto conto della banca dell'imputato indicava che una settimana prima del delitto questi aveva ritirato cinquantamila dollari in contanti. Il denaro non è stato tuttavia rintracciato. Le autorità presumono che si trattasse del compenso destinato a un killer a pagamento per l'eliminazione di Tallis.
Stato: aperto, ma inattivo a seguito di errata collocazione dei reperti.

Errata collocazione dei reperti, ragionò Rhyme. *Gesù*... Guardò lo schermo. "Indizi seminati allo scopo di depistare le indagini su un movente falso. E un altro delitto ritualistico simulato." Accennò alla carta dell'Impiccato. "Sopraffazione della vittima con un corpo contundente, prima di strangolarla o spararle. Guanti di lattice, scarpe Bass, il piede destro... Potrebbe proprio essere il nostro uomo. E si direbbe che sia un assassino su commissione. In questo caso probabilmente abbiamo due colpevoli: il Sosco e il mandante. D'accordo. Voglio tutto il materiale di cui Texas e Ohio dispongono sui due casi."

Cooper fece qualche telefonata. Le autorità del Texas promisero che avrebbero fatto una ricerca e avrebbero inviato il dossier il più presto possibile. In Ohio, tuttavia, un detective confermò che i reperti erano andati perduti, insieme a quelli di dozzine di altri casi freddi, durante un trasloco in una nuova sede un paio di anni prima. Li stavano cercando. "Ma", aggiunse il detective, "non trattenete il fiato nell'attesa." Rhyme fece una smorfia e disse a Cooper di spronarli alla ricerca.

Un attimo dopo, Cooper ricevette una chiamata sul cellulare. "Pronto?" rispose. "Mi dica..." Prese alcuni appunti, ringraziò e chiuse la comunicazione. "Era il Traffico. Hanno finalmente rintracciato i permessi di occupazione del suolo pubblico per circhi o fiere di dimensioni tali da chiudere strade, negli ultimi giorni. Due nel Queens: un'associazione di quartiere e una confraternita greca. Un festival per il Columbus Day a Brooklyn e un altro a Little Italy. Questo era quello più grosso. Mulberry Street."

"Ci servono quattro squadre, una per ogni zona", stabilì Rhyme. "Che passino al setaccio i minimarket che usano sacchetti con gli *smiley*, che vendono tanto preservativi quanto nastro adesivo da pacchi e taglierini e che si servono di vecchi registratori di cassa. Diamo alle squadre una descrizione del Sosco e vediamo se qualche cassiera si ricorda di lui."

Il criminalista notò che Sellitto si stava fissando una macchiolina sulla giacca. Un'altra traccia di sangue del dottor Barry, presumibilmente. Il corpulento detective era immobile. Dal momento che era il poliziotto con maggiore anzianità tra i presenti, toccava a lui mobilitare ESU e pattuglia per organizzare le squadre di ricerca. Ma non dava segno di avere sentito ciò che Rhyme aveva appena detto.

Rhyme ammiccò a Sachs, che fece un cenno di assenso e chiamò la centrale perché trasmettessero l'ordine. Quando riagganciò il ricevitore, la detective si accorse che Rhyme stava fissando accigliato il tabellone degli indizi. "Qualcosa non va?"

Lui non rispose subito. Stava chiedendosi che cosa effettivamente non andasse. Poi comprese. *Un pesce fuor d'acqua...*

"Credo che ci serva aiuto."

Uno dei maggiori problemi per i criminalisti è il non conoscere il territorio in cui si devono muovere. La capacità di un analista della scena del crimine è pari alla sua conoscenza dell'area in cui risiede il sospetto: geologia, sociologia, storia, cultura popolare, tasso di occupazione... ogni cosa.

Lincoln Rhyme stava rendendosi conto di quanto poco sapesse del mondo in cui viveva Geneva Settle: Harlem. Aveva letto le statistiche, naturalmente: la maggioranza della popolazione era costituita in pari misura da afroamericani (tanto di antica quanto di recente immigrazione) e ispanici neri e non neri (prevalentemente originari di Puerto Rico, Santo Domingo, El Salvador e Messico), seguiti da bianchi e qualche asiatico.

C'era povertà, c'erano gang e droga e violenza, con epicentro nelle case popolari, ma buona parte del quartiere era generalmente sicura, molto più di certe zone di Brooklyn, del Bronx o di Newark. Ad Harlem c'erano più chiese, moschee e organizzazioni che operavano a favore della comunità che nel resto della città. Era la mecca dei diritti civili dei neri, come lo era dell'arte e della cultura nera e ispanica. Ed era attualmente il centro di un nuovo movimento: quello per l'equità fiscale. Erano in corso programmi di risviluppo, e investitori di ogni razza e nazionalità portavano soldi ad Harlem, approfittando in particolare del mercato edilizio in crescita.

Ma quelli erano i dati che si potevano ricavare dal *New York Times* e dall'NYPD. E a Rhyme non servivano affatto a comprendere per quale motivo un killer professionista intendesse uccidere una sedicenne di Harlem. La sua ricerca del Sosco 109 era fortemente penalizzata da queste limitazioni. Il criminalista ordinò al suo telefono di comporre un numero e il software, obbediente, lo mise in comunicazione con una linea degli uffici dell'FBI a New York City.

"Qui Dellray."

"Fred, sono Lincoln. Mi serve di nuovo il tuo aiuto."

"I miei simpatici colleghi del distretto ti hanno dato una mano?"

"Sì, molto. E anche quelli del Maryland."

"Ne sono felice. Resta in linea: devo scacciare una persona."

A Rhyme era capitato di fare visita all'agente nel suo ufficio, in qualche occasione. La tana di Dellray, un nero alto e allampanato, traboccava di libri di letteratura e di filosofia esoterica e i suoi armadi erano pieni di vestiti che indossava quando agiva sotto copertura, anche se da qualche tempo a quella parte lavorava di meno sul campo.

Ironicamente, era in mezzo a quei travestimenti che teneva i suoi completi Brooks Brothers, le camicie bianche e le cravatte a righe, praticamente una divisa per gli agenti dell'FBI. L'abbigliamento abituale di Dellray era quantomeno bizzarro, per usare un eufemismo: tute da jogging, maglioni e giacche sportive. I suoi colori preferiti erano il verde, l'azzurro e il giallo. Se non altro evitava i cappelli, che lo avrebbero fatto sembrare un magnaccia in un film *blaxploitation* degli anni Settanta.

L'agente tornò al telefono. Rhyme gli chiese: "Come va con le bombe?"

"Un'altra telefonata anonima, stamattina: al consolato israeliano. Come la settimana scorsa. Solo che i miei confidenti, anche i migliori, non riescono a cavare un ragno dal buco. Mi girano le palle. E cosa bolle in pentola da te?"

"Il caso ci ha portato ad Harlem. Ci hai lavorato molto?"

"Ci sono passato, qualche volta. Ma non sono un'enciclopedia. Nato e cresciuto a BK."

"BK?"

"Brooklyn. Originariamente il villaggio di Breuchelen, portato in America per gentile concessione della Compagnia Olandese delle Indie Occidentali nel 1640. La prima città ufficiale dello Stato di New York, se la cosa ti interessa. Luogo natale di Walt Whitman. Ma non mi avrai chiamato per sentire questo genere di curiosità."

"Riesci a liberarti e a fare due passi per le strade?"

"Mi posso organizzare. Ma non so se ti potrò essere d'aiuto."

"Be', Fred, rispetto a me hai un vantaggio. Puoi passare inosservato."

"Va bene, va bene. Non ho il culo inchiodato a una sedia a rotelle rosso fiammante."

"Con questo sono *due* vantaggi", rispose Rhyme, la cui carnagione era pallida quanto quella dell'agente Pulaski.

Arrivarono le altre lettere di Charles Singleton recuperate da Geneva.

Nel corso degli anni non erano state conservate con grande cura ed erano ormai sbiadite e fragili. Mel Cooper le inserì con grande cura tra due sottili fogli di acrilico, dopo avere trattato chimicamente le pieghe in modo che la carta non si tagliasse.

"Che cosa abbiamo?" gli chiese Sellitto.

Il tecnico mise a fuoco lo scanner ottico sulla prima lettera, premette un tasto e l'immagine apparve sui monitor.

Mia carissima Violet,

ho solo un momento per scriverti qualche parola nel caldo e nella calma delle prime ore di questa domenica mattina. Il nostro reggimento, il trentunesimo New York, ha davvero fatto molta strada da quando eravamo solo reclute inesperte radunate ad Hart's Island. Siamo ora sulle tracce del generale Robert E. Lee in persona: il suo esercito è in ritirata, dopo la sua sconfitta del 2 aprile a Petersburg, Virginia.

Ora il generale si è assestato con le sue truppe, trentamila uomini, nel cuore della Confederazione, e al nostro reggimento, come ad altri, tocca il compito di vegliare sul fronte occidentale, nel caso tentasse la fuga, cosa molto probabile dacché il generale Grant e il generale Sherman gli muovono contro forze soverchianti.

Stiamo vivendo la quiete prima della tempesta e siamo dislocati in una grande fattoria. Intorno a noi ci osservano schiavi dai piedi scalzi, vestiti del cotone da loro stessi raccolto. Alcuni non dicono una parola, ci guardano con occhi vacui. Altri festeggiano.

Non molto tempo fa il nostro capitano ci ha raggiunti, è sceso da cavallo e ci ha spiegato i piani di battaglia per questa giornata. Dopodiché ha citato a memoria le parole del signor Frederick Douglass, parole che, per quanto ricordo, sono le seguenti: "Una volta che un negro ha su di sé le lettere US*, un'aquila sui suoi bottoni, un moschetto in spalla e proiettili in tasca, nessuno sulla terra può negare che si sia guadagnato il diritto di cittadinanza negli Stati Uniti".*

Ci ha rivolto il saluto militare e ha detto che era un privilegio per lui avere servito con noi in questa campagna voluta da Dio per riunire la nazione.

Un urrà si è levato dal trentunesimo, come mai lo avevo udito.

E ora, mia cara, sento i tamburi in lontananza e le esplosioni dei cannoni che segnalano l'inizio della battaglia. Dovessero es-

sere queste le ultime parole che ti posso inviare da questa sponda del fiume Giordano, sappi che amo te e nostro figlio oltre ogni dire. Continua a occuparti della fattoria e attieniti alla nostra finzione di essere mezzadri e non proprietari. Rifiuta ogni invito a vendere. Vorrei che la terra passasse intatta a nostro figlio e alla sua discendenza. Professioni e commerci vanno e vengono, i mercati finanziari sono incerti, ma la terra è la grande costante di Dio, e sarà la nostra fattoria, un giorno, a dare alla nostra famiglia la rispettabilità che ancora non abbiamo agli occhi di molti. Sarà la salvezza dei nostri figli e delle generazioni a venire.

Adesso, mia cara, devo imbracciare il moschetto ancora una volta e seguire la volontà di Dio, per assicurare la nostra libertà e preservare il nostro sacro Paese.

Tuo in eterno,
Charles,
9 aprile 1865,
Appomattox, Virginia.

Sachs alzò lo sguardo. "Questa sì che è suspense."

"Non proprio", disse Thom.

"In che senso?"

"Be', sappiamo che hanno tenuto le posizioni."

"Come?"

"Perché il 9 aprile è la data della resa dei sudisti."

"Non mi interessano le lezioni di storia", tagliò corto Rhyme. "Voglio sapere del segreto."

"È in questa", disse Cooper, passando allo scanner la seconda lettera.

Mia carissima Violet,

sento la tua mancanza, mia amata, e anche del nostro giovane Joshua. Mi rincuora la notizia che tua sorella si sia ripresa dalla malattia dopo la nascita del tuo nipotino e ringrazio Nostro Signore Gesù Cristo che tu abbia potuto starle accanto in questo difficile momento.

Non di meno, credo sia meglio che tu rimanga a Harrisburg, al presente. Sono tempi critici e più perigliosi, lo sento, di quelli della Guerra di Secessione.

Molte cose sono accadute durante la tua assenza. Quanto è cambiata la mia vita, da semplice agricoltore e insegnante alla mia attuale situazione! Sono impegnato in questioni difficili e rischiose e, oserei dire, di vitale importanza per la nostra gente.

Stasera i miei colleghi e io ci incontreremo di nuovo a Gallows Heights, che ha assunto le sembianze di un castello sotto assedio.

I giorni sembrano eterni, il viaggio sfiancante. Sono ore ardue per me, costretto ad andare e venire col favore delle tenebre e a sfuggire a coloro che vorrebbero farci del male, che sono tanti e non solo ex ribelli. Anche molti nordisti sono ostili alla nostra causa. Ricevo frequenti minacce, alcune velate, altre esplicite.

Questa mattina mi sono svegliato dopo un altro incubo. Non rammento le immagini che hanno tormentato il mio sonno, ma una volta desto non mi è stato possibile riaddormentarmi. Sono rimasto a giacere sveglio fino all'alba, pesando quanto sia difficile tenere per me questo segreto.

Vorrei metterne a parte il mondo intero, ma so di non poterlo fare. Non ho alcun dubbio che rivelarlo potrebbe avere conseguenze tragiche.

Perdona il mio tono cupo. Mi mancate, tu e nostro figlio, e mi sento terribilmente stanco. Domani forse potrò vedere rinascere la speranza. Prego per questo.

Con profondo affetto,
Charles,
3 maggio 1867

"Be'", commentò Rhyme, "qui parla del segreto. Ma di che cosa si tratta? Deve avere qualcosa a che fare con quegli incontri a Gallows Heights 'di vitale importanza per la nostra gente'. Diritti civili o politica. Diceva qualcosa di simile anche nella prima lettera. Che cosa diavolo è Gallows Heights?"

Colline delle forche. Gli occhi del criminalista corsero alla carta dell'Impiccato, appeso per un piede al patibolo.

"Do un'occhiata", si fece avanti Cooper, connettendosi a

Internet. Poco dopo comunicò: “Era un quartiere della Manhattan del diciannovesimo secolo, Upper West Side, il cui centro era intorno a Bloomingdale Road e la 8th Street. La Bloomingdale diventò poi il Boulevard e infine Broadway”. Inarcò un sopracciglio. “Non lontano da qui.”

“Gallows senza apostrofo o Gallows’ con l’apostrofo?”

“Niente apostrofo. Almeno così è scritto sul sito.”

“Non c’è altro?”

Cooper esplorò il sito della Historical Society. “Un paio di cose. Una carta topografica del 1872...” Orientò il monitor verso Rhyme, che la esaminò, notando che la zona racchiudeva un’area piuttosto vasta. C’erano alcune tenute di proprietà di magnati e finanzieri newyorkesi di antica famiglia e centinaia di case più piccole.

“Ehi, guarda, Lincoln”, disse Cooper, indicando un punto nei pressi di Central Park. “Qui c’è casa tua. Dove siamo adesso. All’epoca era una palude.”

“Interessante”, commentò il criminalista, sarcastico.

“L’unico altro riferimento è un articolo sul *Times* del mese scorso: parla dell’inaugurazione di un nuovo archivio presso la Sanford Foundation, quel vecchio palazzo sulla 81st Street.”

Rhyme ricordava un’antica costruzione vittoriana vicino al Sanford Hotel, uno spettrale edificio in stile gotico che ricordava il vicino Dakota, il palazzo in cui era stato ucciso John Lennon.

Cooper proseguì: “Il direttore della Sanford Foundation, William Ashberry, ha tenuto un discorso alla cerimonia. Ha ricordato quanti cambiamenti abbia subito l’Upper East Side dai tempi in cui era noto come Gallows Heights. Ma questo è tutto. Nulla di specifico”.

Troppi puntini ancora da congiungere, rifletté Rhyme. Fu in quel momento che il computer di Cooper segnalò l’arrivo di un’e-mail. Il tecnico la lesse e si voltò verso la squadra. “Sentite questa. Riguarda il *Coloreds’ Illustrated Weekly*. Il curatore del Booker T. Washington College, giù a Philadelphia, mi ha inviato questo: la loro biblioteca possedeva l’unica collezione completa della rivista in tutto il Paese. E...”

“Possedeva?” proruppe Rhyme. “Hai detto ‘possedeva’, cazzo?”

“La scorsa settimana un incendio ha distrutto la sala in cui veniva conservata.”

“Che cosa dicono i rapporti sull’incendio doloso?” domandò Sachs.

“Non è stato considerato doloso. Pare che sia bruciata una lampadina, dando fuoco a delle carte. Nessuno è rimasto ferito.”

“Col cazzo che non è stato doloso. Qualcuno gli ha dato fuoco. Be’, il curatore avrà qualche suggerimento su dove possiamo trovare...”

“Stavo per arrivarci.”

“Allora continua!”

“La scuola ha l’abitudine di fare scansioni di tutto il materiale conservato negli archivi e di registrarlo come file pdf di Adobe.”

“Stai per darci buone notizie, Mel? O stai solo menando il can per l’aia?”

Cooper premette qualche tasto e indicò lo schermo. “Voilà: 23 luglio 1868, *Coloreds’ Weekly Illustrated.*”

“Non mi dire. Be’, leggicelo, Mel. Innanzitutto: il signor Singleton è annegato nell’Hudson oppure no?”

Cooper trafficò con il computer, inforcò gli occhiali e si protese in avanti. “Ecco qua. Il titolo recita: IGNOMINIA. LA STORIA DEL CRIMINE DI UN LIBERTO. IL VETERANO DELLA GUERRA FRA NORDISTI E SUDISTI CHARLES SINGLETON TRADISCE LA CAUSA DELLA NOSTRA GENTE IN INCRESCIOSE CIRCOSTANZE.” Continuò la lettura: “‘Martedì 14 luglio un mandato d’arresto per Charles Singleton, liberto e veterano della Guerra di Secessione, è stato emesso dal tribunale di New York, con l’accusa di avere sottratto una rilevante somma in oro e altro conio al National Education Trust for Freedmen’s Assistance sulla 23rd Street a Manhattan, New York. Il signor Singleton eludeva l’arresto. Si riteneva che fosse fuggito in Pennsylvania, ove risiedevano la sorella della moglie e la di lei famiglia. Tuttavia, nelle prime ore di giovedì mattina, giorno 16, è stato scorto da un agente di polizia mentre si dirigeva verso i moli sul fiume Hudson. L’agente ha dato l’allarme e il signor Singleton ha preso la fuga, inseguito dal poliziotto.

"'All'inseguimento si univano ben presto altri agenti, così come gli stracciaioli e i lavoratori irlandesi, animati dal dovere civico (e incoraggiati dalla promessa di cinque dollari in oro per chiunque avesse fermato il delinquente). Il percorso della tentata fuga attraversava le file di tristi baracche in prossimità del fiume. In corrispondenza delle impalcature degli imbianchini sulla 23rd Street, il signor Singleton inciampava. Un agente a cavallo gli si avvicinava, ma benché prossimo alla cattura, il fuggitivo si rimetteva in piedi e, anziché affrontare le conseguenze del suo misfatto, da uomo coraggioso, riprese la sua vile fuga.

"'Riusciva per breve tempo a distanziare gli inseguitori, ma non per molto. Da un portone, un commerciante negro vedeva il liberto e lo implorava di fermarsi, nel nome della giustizia, dichiarandosi a conoscenza del crimine del signor Singleton e rimproverandolo di avere portato il disonore su tutta la gente di colore della nazione. Quindi il cittadino, di nome Walker Loakes, lanciava un mattone all'indirizzo del fuggiasco, con l'intento di fermarlo. Non di meno, il signor Singleton evitava l'oggetto e, proclamandosi innocente, continuava a scappare. Il liberto, la cui robusta costituzione derivava dal lavoro in un frutteto, correva come un fulmine. Ma il signor Loakes lo additava alla polizia. Sui moli nei pressi della 28th Street, vicino agli uffici dei rimorchiatori, il fuggitivo trovava sul suo cammino un altro contingente di diligenti poliziotti. Qui egli si fermava, esausto, aggrappandosi all'insegna della Swiftsure Express Company. L'uomo che da due giorni era alla testa dei suoi inseguitori, il Detective Capitano William P. Simms, puntava la pistola sul ladro.

"'Eppure, in un estremo tentativo di fuga, o forse convinto che avrebbe presto pagato per le sue malefatte e desideroso di porre fine alla propria vita, a detta dei testimoni, il signor Singleton, dopo un istante di esitazione, si gettava nel fiume, pronunciando parole che nessuno riusciva a sentire'".

Rhyme lo interruppe. "Qui è dove è arrivata a leggere Geneva, prima dell'aggressione. Altro che la Guerra Civile, Sachs, *questa* è vera suspense. Continua, Mel."

"'Scompariva alla vista tra le onde. Gli astanti si convincevano che fosse perito. Tre agenti requisivano un'imbarcazione da un molo vicino e remavano tra i pontili per sincerarsi del destino del negro. Lo trovarono alfine aggrappato a un pezzo di legno galleggiante, mentre, con pathos che molti suppongono fosse frutto di calcolo, invocava la moglie e il figlio.'"

"Se non altro è sopravvissuto", osservò Sachs. "Geneva sarà contenta."

"'Veniva affidato alle cure di un medico e successivamente condotto in tribunale. Il processo ha avuto luogo martedì scorso: la Corte ha provato che il signor Singleton ha rubato una somma inimmaginabile di oro e banconote, per un totale di trentamila dollari.'"

"Era a questo che pensavo", interloquì Rhyme. "Ecco il movente: il bottino scomparso. Valore odierno?"

Cooper ridusse la finestra con l'articolo su Charles Singleton e fece una ricerca su Internet, annotando cifre su un block-notes. Alzò gli occhi dai calcoli. "Sugli ottocentomila dollari."

Rhyme grugnì. "'Inimmaginabile.' D'accordo, prosegui."

Cooper riprese la lettura. "'Il custode della casa antistante il Freedmen's Trust aveva visto il signor Singleton introdursi negli uffici dalla porta di servizio e uscirne venti minuti più tardi con due grossi sacchi. Quando il direttore del Trust era arrivato, poco dopo, avvisato dalla polizia, si era scoperto che la cassaforte Exeter Strongbow del Trust era stata scassinata con un martello e un piede di porco, identici a quelli di proprietà dell'imputato, in seguito ritrovati in prossimità dell'edificio.

"'Successivamente, si è dimostrato che il signor Singleton, presenziando a numerosi incontri nel quartiere di Gallows Heights, si era ingraziato luminari quali gli Onorevoli Charles Sumner, Thaddeus Stevens e Frederick Douglass, e il figlio di questi, Lewis Douglass, con il pretesto di assistere quei nobiluomini nel sostenere la causa della nostra gente davanti al Congresso.'"

"Ah, gli incontri di cui parlava Charles nella lettera. Era proprio una questione di diritti civili. E quelli devono essere i colleghi cui faceva riferimento. Pezzi grossi, si direbbe. Che altro?"

"'La ragione per cui si proponeva come assistente a tali famosi personaggi, secondo il valente Pubblico Accusatore, non era tuttavia sostenere la causa dei negri, bensì procurarsi informazioni riguardo al Trust e alle sue finanze.'"

"Era questo, allora, il segreto?" si domandò Sachs.

"'Durante il processo, il signor Singleton non ha fatto commenti in merito a tali accuse, limitandosi a proclamarsi innocente e a dichiarare il suo amore per la moglie e il figlio. Il capitano Simms è riuscito a recuperare la maggior parte degli illeciti proventi. Si è speculato che il negro abbia occultato le rimanenti migliaia di dollari in un nascondiglio segreto, del quale si è rifiutato di svelare l'ubicazione. Di questi, nulla è stato trovato, eccetto un centinaio di dollari in monete d'oro, scoperte sulla persona del signor Singleton al momento della cattura.'"

"Addio alla teoria del tesoro sepolto", si rammaricò Rhyme. "Peccato, mi piaceva."

"'Il processo è giunto a una rapida conclusione. Alla lettura della sentenza, il giudice ha esortato il liberto a restituire i fondi di cui si era appropriato, la cui ubicazione si ostinava a tenere nascosta, continuando ad affermare la propria innocenza e sostenendo che le monete d'oro sarebbero state messe tra i suoi oggetti personali solo dopo la cattura. Di conseguenza il giudice, nella sua saggezza, ha ordinato che gli averi del ladro fossero confiscati, a titolo di parziale risarcimento, e lo ha condannato a cinque anni di reclusione.'" Cooper alzò gli occhi. "Nient'altro."

"Perché qualcuno dovrebbe ricorrere all'omicidio per tenere nascosta questa storia?" chiese Sachs.

"Già, questa è la domanda chiave..." Rhyme guardò il soffitto. "Dunque, che cosa sappiamo di Charles? Che era un insegnante e un veterano della Guerra Civile. Che era proprietario di una fattoria fuori città, in cui lavorava. Che è stato arrestato e condannato per furto. Che aveva un segreto la cui rivelazione avrebbe avuto tragiche conseguenze. Che presenziava a incontri semiclandestini a Gallows Heights. Che era impegnato nella causa e frequentava alcuni pezzi grossi della politica e del sostegno ai diritti civili della sua epoca."

Spostò la sedia a rotelle verso lo schermo, per esaminare l'articolo. Non riusciva a vedere alcun legame tra quella vicenda e il caso del Sosco 109.

Il telefono di Sellitto trillò. Il tenente ascoltò per un momento, sollevò un sopracciglio e disse: "Okay, grazie". Tolse la comunicazione e guardò Rhyme. "Bingo."

"Bingo cosa?" fece il criminalista.

"La squadra di ricerca a Little Italy, a mezzo isolato da dove si è tenuta la fiera del Columbus Day, è appena stata in un negozio su Mulberry Street. La commessa ricorda un uomo bianco di mezz'età che qualche giorno fa ha comprato tutto il contenuto del sacchetto del Sosco. Le è rimasto in mente per via del berretto."

"Portava un berretto?"

"No, lo ha comprato. Un berretto con passamontagna. Se lo è ricordato perché quando lo ha provato se lo è calato sulla faccia. Lo ha visto nello specchio di sorveglianza. Lei ha temuto che volesse rapinarla. Ma poi lui lo ha preso e lo ha messo nel cestello insieme al resto, ha pagato e se n'è andato."

Probabilmente era quello l'articolo da 5,95 dollari sullo scontrino. Se lo era provato per verificare che funzionasse come passamontagna. "Dev'essere con quello che ha cancellato le impronte dagli altri oggetti. La commessa sa come si chiama?"

"No, ma è in grado di descriverlo."

"Facciamo un identikit e setacciamo le strade", suggerì Sachs. Prese la borsetta e andò alla porta, rendendosi conto che il tenente non l'aveva seguita. Si fermò e si voltò. "Lon, tu non vieni?"

Sellitto era distratto.

Lei ripeté la domanda e il detective batté le palpebre. Abbassò la mano dalla guancia arrossata. "Scusa. Certo che vengo. Inchiodiamolo, quel bastardo!"

MUSEO AFROAMERICANO SCENA DEL CRIMINE

- Set da stupro:
  * Carta dei tarocchi, dodicesima del mazzo, l'Impiccato; significato: ricerca spirituale.
  * Sacchetto con *smiley*.
    – Troppo generico per rintracciarlo.
  * Taglierino.
  * Preservativi Trojan.
  * Nastro da pacchi.
  * Profumo di gelsomino.
  * Articolo ignoto da 5,95$.
    – Probabilmente passamontagna.
  * Scontrino, indicante negozio o minimarket a New York City.
  * Probabile acquisto in negozio in Mulberry Street, Little Italy. Sosco identificato da commessa.

- Impronte digitali:
  * Sosco indossa guanti di lattice o vinile.
  * Impronte su oggetti in set da stupro appartenenti a persona con mani piccole, probabilmente cassiera.

- Residui:
  * Fibre di corda di cotone, alcune con tracce di sangue umano. Garrotta?
    – Nessun fabbricante.
    – Inviato a CODIS. Nessuna corrispondenza DNA a CODIS.
  * Popcorn e zucchero filato con tracce di urina di cane.

- Armi:
  * Manganello o arma arti marziali.
  * Pistola North American Arms cal. 22, rimfire magnum, Black Widow o Mini-Master.
  * Fabbrica da solo i proiettili, cartucce riempite di aghi. Nessuna corrispondenza IBIS o DRUGFIRE.

- Movente:
  * Incerto. Stupro: probabilmente messinscena.
  * Vero movente potrebbe essere furto microfiche con *Coloreds' Weekly Illustrated*, numero del 23 luglio 1868, e assassinio G. Settle per suo interesse in articolo, ragioni sconosciute. Articolo riguarda suo antenato Charles Singleton (vedi tabella corrispondente).
  * Vittima bibliotecario riferì interesse di altra persona per articolo.
    – Richiesti tabulati telefono bibliotecario per verificare. Nessuna pista.
    – Richieste informazioni da dipendenti su altre persone interessate articolo. Nessuna pista.
  * Ricerca copia articolo.
    – Da molte fonti conferma interesse altra persona per articolo. Nessuna indicazione di sua identità. Maggior parte di copie sparite o distrutte. Localizzata una. (Vedi tabella corrispondente.)
  * Conclusione: G. Settle presumibilmente ancora in pericolo.

- Profilo di episodio inviato a VICAP e NCIC:
  * Omicidio ad Amarillo, TX, cinque anni fa. Simile M.O.: messinscena (apparente delitto rituale, vero movente ignoto).
  * Omicidio in Ohio, tre anni fa. Simile M.O.: messinscena (apparente delitto sessuale, vero movente probabile assassinio su commissione). Materiale scomparso.

PROFILO SOSCO 109

- Maschio bianco.
- Altezza 1,80 m. Peso 90 kg.
- Voce media.
- Usa cellulare per avvicinarsi a vittima.
- Indossa scarpe marrone chiaro Bass, vecchie di tre anni o più. Piede destro rivolto leggermente verso l'esterno.
- Profumo di gelsomino.
- Pantaloni scuri.
- Passamontagna scuro.
- Colpisce innocenti come diversivo per uccidere e fuggire.
- Probabile assassino a pagamento.

PROFILO MANDANTE DI SOSCO 109

- Nessuna informazione disponibile.

PROFILO DI CHARLES SINGLETON

- Ex schiavo, antenato di G. Settle. Sposato, un figlio. Frutteto fuori New York donato da ex padrone. Lavora come insegnante. Sostiene movimento diritti civili.
- Accusato di furto nel 1868, argomento dell'articolo sulla microfiche rubata.
- Ha un segreto possibilmente collegato al caso. Preoccupato per tragiche conseguenze se rivelato.
- Partecipa a incontri a Gallows Heights, quartiere di New York.
  * Coinvolto in attività rischiose?
- Crimine, come riferito da *Coloreds' Weekly Illustrated*:
  * Charles arrestato da Det.

William Simms per furto grossa somma da Freedmen's Trust, New York: scassinata cassaforte, visto allontanarsi da testimoni. Suoi attrezzi trovati nei pressi. Maggior parte di somma recuperata. Condannato a cinque anni di carcere. Nessuna notizia dopo scarcerazione. Possibile uso di contatti con leader diritti civili allo scopo di avere accesso al Trust.

- Corrispondenza di Charles:
  - * Lettera 1, a moglie. Re: Ribellione alla leva, 1863. Forte sentimento anti-nero nello Stato di NY, linciaggi, incendi. Proprietà di neri a rischio.
  - * Lettera 2, a moglie. Re: Charles in battaglia Appomattox, alla fine di Guerra Civile.
  - * Lettera 3, a moglie. Re: Coinvolto in movimento diritti civili. Minacciato per questo lavoro. Preoccupato da segreto.

10

Negli anni Venti del ventesimo secolo, il New Negro Movement, in seguito ribattezzato Harlem Renaissance, esplose a New York City.

Il movimento coinvolgeva un numero stupefacente di pensatori, artisti, musicisti e, soprattutto, scrittori, che si avvicinavano all'arte guardando la vita dei neri non più dal punto di vista dell'America bianca, bensì da una prospettiva autonoma. Di questa corrente innovativa facevano parte uomini e donne come gli intellettuali Marcus Gravey e W.E.B. DuBois, scrittori come Zora Neale Hurston, Claude McKay e Contee Cullen, pittori come William H. Johnson e John T. Biggers e, naturalmente, i musicisti che ne crearono la colonna sonora, figure come Duke Ellington, Josephine Baker, W.C. Handy, Eubie Blake.

In un pantheon così risplendente, era difficile che emergesse la voce di un singolo artista. Tuttavia, se qualcuno ci riuscì, fu probabilmente il poeta e romanziere Langston Hughes, il cui pensiero e il cui messaggio erano sintetizzati in queste semplici parole:

Che cosa accade a un sogno rimandato?
Si prosciuga come un chicco d'uva al sole?
... Oppure esplode?

Molti luoghi e istituzioni sono oggi intitolati a Hughes, in tutto il Paese. Ma di sicuro uno dei più grandi e dinamici, e probabilmente, quello di cui lui stesso sarebbe andato più orgoglioso, è un vecchio fabbricato di quattro piani, in mattoni rossi, situato ad Harlem nei pressi di Lennox Terrace, sulla 135th Street.

Come tutte le scuole cittadine, la Langston Hughes High aveva i suoi problemi. Era perennemente sovraffollata e sottofinanziata, e lottava disperatamente per ottenere e mantenere buoni insegnanti… e per tenere in classe gli alunni. Soffriva di una bassa media di voti, violenza, droghe, gang, gravidanze tra teenager e assenteismo. Tuttavia, dalle sue aule erano usciti avvocati, imprenditori di successo, dottori, scienziati, scrittori, ballerini, musicisti, politici e professori. Aveva squadre sportive vincenti, dozzine di società scolastiche e club artistici.

Ma per Geneva Settle la Langston Hughes High era qualcosa di più. Era il cuore della sua salvezza, l'isola della sua consolazione. Quando vide avvicinarsi i suoi muri di mattoni, la paura e l'ansia che l'avevano tormentata da quella mattina al museo diminuirono sensibilmente.

Il detective Bell parcheggiò la sua macchina e, dopo avere controllato l'area, le permise di scendere. Accennò a un angolo e ordinò al giovane agente, il signor Pulaski: "Aspetta qui fuori".

"Sissignore."

Geneva aggiunse, rivolta al detective: "Anche lei può aspettare qui, se vuole".

Bell rise. "Se non ti spiace, ti seguo. Be', okay, vedo che ti spiace. Ma credo che verrò lo stesso." Si abbottonò la giacca per nascondere le pistole. "Nessuno mi noterà." E ostentò il testo di studi sociali.

Geneva non rispose. Fece una smorfia e si avviò verso l'edificio, scortata dal detective. Mostrò il suo tesserino al metal detector, mentre Bell esibì il suo tesserino e passò a sua volta dall'altra parte.

Mancava poco all'inizio della quinta ora, che cominciava alle 11,37. I corridoi erano gremiti di ragazzi che vagabondavano, diretti alla caffetteria o in cortile o ai fast food dall'altra parte della strada. Scherzavano, si sfottevano, flirtavano, si davano arie. Erano in corso un paio di risse. Il caos regnava sovrano.

"Questa è l'ora di pranzo, per me", disse Geneva, al di sopra del baccano. "Vado alla caffetteria a studiare. Da questa parte."

Tre sue amiche accorsero e le si affiancarono: Ramona, Challette e Janet. Come lei, erano ragazze sveglie. Simpatiche, non facevano casino e si tenevano al passo con lo studio. Malgrado ciò, o forse proprio per questo, non erano troppo intime. Non uscivano mai insieme. Dopo la scuola tornavano a casa, si esercitavano al violino o al pianoforte, facevano le volontarie per i gruppi di alfabetizzazione, i corsi di sillabazione, i concorsi scientifici Westinghouse. E, naturalmente, studiavano. Lo studio comportava solitudine. Geneva un po' invidiava le combriccole della scuola, le *gangsta girls*, le *blingstas*, le *jock-girls* e le *activist sistas* del gruppo Angela Davis. Ma ora le tre le si erano incollate come fossero le sue migliori amiche, tempestandola di domande. *Ti ha messo le mani addosso? Gli hai visto l'uccello? Ce l'aveva duro? Era fatto? Quanto eri vicina?*

Lo avevano saputo tutti, dai compagni che erano entrati più tardi o da quelli che avevano bigiato le prime ore e l'avevano sentito alla tv. Anche se nessun giornalista aveva fatto il nome di Geneva, tutti erano al corrente che si trattava di lei, grazie probabilmente a Keesh.

Marella, una sua compagna di classe bravissima in atletica, si fece avanti dicendo: "Come va? Sei okay?"

"Sì, tutto a posto."

La ragazza alta lanciò un'occhiata al detective Bell e le disse: "Perché lo sbirro ha in mano un tuo libro, Gen?"

"Chiedilo a lui."

Il poliziotto ridacchiò, a disagio.

Vuole una facciata da insegnante. Bella trovata...

Keesha Scott, in gruppo con la sorella e alcune delle sue amiche *blingstas*, accolse teatralmente Geneva con un: "Ehi, sei proprio sballata. Hai l'occasione di bigiare, e bigia! Potevi startene a casa a guardare le soap-opera". Sorrise e fece un cenno verso la caffetteria. "Ci becchiamo dopo."

Altri studenti non furono altrettanto simpatici. "*Yo*, *yo*, ma quella non è la troietta di Fox News? Ma è ancora viva?"

"Non le avevano fatto la festa?"

"Cazzo, quella *debbie* è così magra che non ci si può infilare niente dentro."

Risate rauche tutt'intorno.

Il detective Bell si voltò, ma gli autori dei commenti erano spariti in un mare di felpe, maglioni, jeans, pantaloni da scaricatore e teste scoperte, dato che nei corridoi della Langston Hughes era proibito portare cappelli.

"Tutto okay", disse Geneva, mascella serrata e occhi bassi. "A qualcuno non va giù quando si prende la scuola sul serio e ci si mette in luce." Era stata eletta varie volte studentessa del mese e in tutti gli anni precedenti aveva vinto il premio di frequenza. La primavera precedente era stata iscritta alla National Honor Society nel corso di una cerimonia formale. "Non importa."

Persino gli insulti più subdoli come biondina o *debbie*, o l'ancora più dispregiativo *oreo*, di solito rivolti a una ragazza nera che aspira a essere bianca, non le facevano né caldo né freddo. Anche perché in parte rispondevano al vero.

Alle porte della caffetteria una donna nera alta e attraente, vestita di viola, con un tesserino del consiglio insegnanti appeso al collo, si avvicinò al detective Bell. Si identificò come signora Barton. Aveva saputo dell'aggressione e voleva sapere se Geneva stesse bene e se volesse parlarne con qualcuno in dipartimento.

Accidenti, una consulente, pensò la ragazza, sentendosi sprofondare. *Non ho voglia di queste stronzate proprio adesso.* "No", rispose. "Sto bene."

"Sicura? Potremmo incontrarci nel pomeriggio."

"No, sul serio. Sono a posto."

"Dovrei chiamare i tuoi genitori."

"Sono via."

"Non sarai sola in casa, vero?" chiese la donna, preoccupata.

"C'è mio zio."

"E ce ne prendiamo cura noi", disse il detective. Geneva si rese conto che la signora Barton non gli aveva nemmeno chiesto di mostrarle un distintivo. Che fosse un poliziotto si vedeva lontano un miglio.

"Quando tornano i tuoi?"

"Sono in arrivo. Erano in Europa."

"Non era necessario che venissi a scuola, oggi."

"Ho due compiti in classe. Non volevo perderli."

La donna fece una risatina e disse al signor Bell: "Io non ho mai preso così sul serio la scuola. Forse avrei dovuto". Guardò Geneva. "Sei sicura che non vuoi andare a casa?"

"Ho studiato un bel po' per prepararmi. Voglio farli, quei compiti in classe."

"D'accordo. Ma quando hai finito farai bene a tornartene a casa e a restarci per qualche giorno. Ti faremo sapere noi cosa studiare, mentre sei assente." Poi la signora Barton corse a sedare una discussione tra due ragazzi che si stavano dando spintoni.

"Hai qualche problema con lei?" chiese il poliziotto.

"È solo che... I consulenti ti stanno sempre addosso, sa."

Lui fece la faccia di quello che, no, non sapeva, ma come avrebbe potuto? Quello non era il suo mondo.

Entrarono nella rumorosa sala della caffetteria. Geneva indicò l'anticamera del bagno delle ragazze. "Posso andarci?"

"Certo. Solo un minuto."

Bell si rivolse a un'insegnante e le spiegò sottovoce la situazione, o almeno così presunse Geneva. La donna assentì ed entrò in bagno. Ne uscì un momento dopo. "È vuoto", disse.

Il signor Bell si mise sulla porta. "Controllo che entrino solo le studentesse."

Geneva andò in bagno, lieta di avere un momento di quiete, lontano dagli sguardi di tutti. Lontano dalla tensione di sapere che qualcuno voleva farle del male. In un primo momento aveva provato rabbia. Ma ora il senso della realtà cominciava a farsi strada, lasciandola confusa e spaventata.

Uscì dal gabinetto e andò a lavarsi le mani e la faccia. Un'altra ragazza era entrata: si stava truccando. Una di quelle più grandi, pensò Geneva. Alta, bella, con le sopracciglia regolate ad arte e i capelli e la frangia stirati alla perfezione. La ragazza la squadrò da capo a piedi, ma non perché anche lei avesse sentito le notizie. La stava inventariando. Era sempre così, ogni minuto: una competizione continua in cui tutte si tenevano d'occhio. Che cosa indossava una ragazza, quanti piercing aveva, se fossero di oro vero oppure d'argento, se era troppo truccata, se le trecce erano ben strette o si stavano sfaldando, quali e quanti gioielli aveva indosso, se le extension erano vere o finte, se cercava di nascondere una gravidanza.

Geneva, che spendeva i suoi soldi in libri, non in trucco o vestiti, era sempre in basso nella classifica.

Non che ciò che Dio aveva creato le servisse molto. Doveva respirare a fondo per riempire il reggiseno, che di solito non si preoccupava nemmeno di indossare. Le ragazze di Delano Project l'avevano chiamata "tette a chiara d'uovo" e "maschietto" parecchie volte, nell'ultimo anno. Ma era anche peggio quando qualcuno la scambiava sul serio per un maschio, senza intenzione di prenderla in giro. Poi c'erano i capelli: fitti e spinosi come lana grezza. Non aveva tempo per farli crescere e pettinarli. Trecce ed extension erano troppo impegnative e, anche se Keesh sarebbe stata disposta a farle il lavoro gratis, l'avrebbero fatta sembrare ancora più giovane, come una bambina vestita a festa dalla mamma.

Eccola lì, eccola, la ragazza-maschietto... Mettetela sotto...

La ragazza più grande, in piedi davanti al lavabo accanto a lei, si guardò allo specchio. Era bella e ben sviluppata, sexy, con le spalline del reggiseno e l'elastico degli slip bene in vista, i capelli lunghi e stirati, le guance lisce di un tenue violetto. Era tutto ciò che Geneva Settle non era.

Ma fu quando la porta si spalancò che Geneva si sentì gelare il cuore.

Stava entrando Jonette Monroe, un'altra ragazza più grande. Non era molto più alta di lei, ma era più forte, con seno grosso, spalle larghe, muscoli ben delineati e tatuaggi su entrambe le braccia. Una faccia lunga color caffè. E occhi freddi come il ghiaccio, divenuti due sottili fessure appena avvistò Geneva, che si affrettò a distogliere lo sguardo.

Jonette voleva dire guai. Una *gangsta girl*. Correva voce che spacciasse: poteva trovarti tutto quello che volevi, che fosse *meth*, crack, *smack*, ma se non arrivavi con i soldi, ci pensava lei a metterti in riga, oppure se la prendeva con la tua migliore amica o perfino con tua madre, finché non saldavi il debito. Quell'anno i poliziotti l'avevano beccata ben due volte. Lei ne aveva preso uno a calci nelle palle.

Geneva tenne gli occhi bassi, pensando: *Il detective Bell*

non immagina quanto sia pericolosa Jonette, altrimenti non l'avrebbe fatta passare. Con le mani e la faccia ancora bagnate, Geneva andò verso l'uscita.

"*Yo*, *yo*, ragazza", l'apostrofò Jonette, con un'occhiata gelida. "Sì, dico a te, biondina. Non vai da nessuna parte."

"Io..."

"Zitta tu." Poi squadrò la ragazza con le guance viola. "E tu levati dalle palle."

La ragazza era più alta e larga di Jonette, ma smise di truccarsi e raccolse le sue cose. Per salvare la faccia, disse: "Non prendertela con me..."

Jonette non disse una parola. Le bastò fare un passo e la ragazza afferrò la borsetta e guadagnò l'uscita, lasciando cadere una matita per le labbra. Jonette la raccolse e se la mise in tasca.

Geneva fece per uscire a sua volta, ma l'altra alzò una mano e le fece cenno di avvicinarsi. Geneva non si mosse e Jonette la strattonò per un braccio e spalancò la porta di un gabinetto, per assicurarsi che fossero sole.

"Cosa vuoi?" chiese Geneva, a bassa voce, in un tono al tempo stesso di sfida e di terrore.

"Chiudi il becco", intimò Jonette.

Merda, pensò Geneva, furiosa. Il signor Rhyme aveva ragione! Quell'uomo terribile che l'aveva inseguita in biblioteca le stava ancora dando la caccia. In qualche modo doveva avere scoperto quale fosse la sua scuola e aveva assunto Jonette perché finisse il lavoro. Chi glielo aveva fatto fare di andare a scuola, quel giorno? *Grida*, si disse Geneva.

E così fece.

O quasi.

Jonette la prevenne e in un lampo le fu alle spalle, con una mano sulla sua bocca, soffocando il grido sul nascere. "Zitta!" Con l'altra mano la strinse alla vita e la trascinò in fondo al bagno. Geneva cercò di liberarsi, afferrandole un braccio, ma non poteva competere con Jonette. Guardò la croce sanguinante tatuata sull'avambraccio della ragazza e gemette: "Per favore..."

L'altra stava cercando qualcosa nella borsa o nella tasca. *Cosa?* si chiese Geneva, in preda al panico. Ci fu un bagliore di metallo. Un coltello o una pistola? A che cosa servivano i metal detector all'ingresso, se poi era così facile contrabbandare un'arma all'interno della scuola?

Geneva gemette e si divincolò.

Poi il braccio della *gangsta* scattò in avanti.

No, no…

E Geneva si trovò sotto gli occhi un distintivo d'argento del dipartimento di polizia.

"Vuoi stare zitta, stupida?" mormorò Jonette, esasperata.

"Io…"

"Zitta!"

Un cenno di assenso.

"Non voglio che nessuno fuori senta una parola. Allora, ti sei calmata?"

Un altro cenno di assenso.

Jonette la lasciò andare.

"Ma tu sei…?"

"Della polizia, già."

Geneva si staccò da lei e si appoggiò al muro, respirando a fondo. Jonette andò alla porta, l'aprì leggermente e disse qualcosa. Il detective Bell entrò a sua volta e chiuse la porta a chiave.

"Così, avete fatto conoscenza", disse lui.

"Più o meno", rispose Geneva. "Davvero è una poliziotta?"

"In tutte le scuole ci sono agenti in borghese", spiegò il detective. "Di solito ragazze che si fingono studentesse. Una facciata, come dici tu."

"E perché non me lo avete detto prima?" protestò Geneva.

Jonette guardò i gabinetti. "Non ero sicura che fossimo sole. Scusa i modi spicci. Ma non potevo far saltare la mia copertura." La poliziotta squadrò Geneva e scosse il capo. "Peccato che sia capitato proprio a te. Sei una di quelle brave. Di te non mi sono mai dovuta preoccupare."

"Una poliziotta", ripeté Geneva, incredula.

Jonette rise e, con voce da ragazzina, disse: "Sono una sbirra, già".

"Sembri proprio una *gangsta*", commentò Geneva. "Non l'avrei mai indovinato."

Il signor Bell disse: "Ti ricordi quando hanno arrestato gli studenti che hanno portato a scuola le armi, qualche settimana fa?"

Geneva annuì. "E anche una specie di bomba, o qualcosa del genere."

"Si rischiava un'altra Columbine, proprio qui", disse il detective, con il suo accento del North Carolina. "È stata Jonette a scoprirli e a fermarli."

"Dovevo mantenere la mia copertura, quindi non potevo essere io ad arrestarli", disse, come se le dispiacesse di non aver potuto partecipare di persona alla retata. "Ora, finché sei a scuola, e io penso che sia una cazzata ma questa è un'altra storia... finché sei a scuola io ti terrò d'occhio. Appena vedi qualcosa che non ti va a genio, fammi un cenno."

"Un segnale da gang?"

Jonette scoppiò in una risata. "Saresti un disastro in una gang, Gen, niente di personale. Se cerchi di farmi un segnale, se ne accorgono tutti. Meglio se ti gratti un orecchio. Che ne dici?"

"Va bene."

"Io arrivo e faccio casino. Mi incazzo con te. E ti tiro fuori, ovunque ti trovi. Okay? Non ti farò del male. Ti darò solo qualche spintone."

"Sì, va bene... Senti, grazie per quello che stai facendo. Non dirò niente di te."

"Non ne dubitavo", dichiarò Jonette. Poi si rivolse al detective. "Vogliamo cominciare?"

"Subito." E il poliziotto dalla voce gentile si fece scuro in volto e gridò: "Che diavolo stai combinando, tu?"

Jonette strillò: "Toglimi quelle cazzo di mani di dosso, stronzo!" Era tornata nel suo personaggio.

Il detective la prese per un braccio e la trascinò fuori dalla porta. Lei andò a sbattere contro il muro.

"Vaffanculo. Ti faccio causa e ti faccio saltare il culo per abuso di potere." Jonette si massaggiò il braccio. "Non mi puoi toccare. È un reato, figlio di puttana!" E se ne andò, su tutte le furie.

Poco dopo, il detective Bell e Geneva riapparvero nella caffetteria.

"Brava attrice", sussurrò Geneva.

"Una delle migliori", concordò il poliziotto.
"Ma ha fatto saltare la sua, di copertura."
Lui le restituì il testo di studi sociali, sorridendo. "Tanto non ci cascava nessuno."
Geneva si sedette a un tavolo d'angolo e prese dallo zainetto un libro di linguistica.
"Non mangi?" chiese il detective Bell.
"No."
"Lo zio si è scordato di darti i soldi per il pranzo?"
"Non è che abbia molta fame."
"Se lo è scordato, vero? Con tutto il rispetto, non ha l'esperienza di un padre di famiglia, si vede. Ti prendo io qualcosa."
"No, davvero..."
"A dire la verità, sono più affamato di un contadino al tramonto. E sono anni che non mangio i *terrazzini* al tacchino delle mense scolastiche. Me ne prendo un paio. Non ho bisogno del secondo. Ti piace il latte?"
"Okay. Mi sdebiterò."
"Lo mettiamo in conto alla città di New York."
Bell si mise in coda. Geneva stava per chinare la testa sul libro, quando vide un ragazzo che guardava verso di lei e faceva un cenno con la mano. Si voltò, per vedere a chi si rivolgesse. Deglutì, rendendosi conto che era proprio lei.
Kevin Cheaney si alzò dal tavolo a cui era seduto con i suoi compagni e si avviò a lunghi passi verso di lei. *Oh, mio Dio! Viene davvero qui?* Kevin, praticamente un sosia di Will Smith, con labbra perfette e un corpo ancora più perfetto. Un ragazzo che era in grado di sfidare la forza di gravità con la palla da basket e che si muoveva come un breakdancer in uno show di B-Boy Summit. Kevin era un mito.
In coda, il detective Bell si irrigidì e fu sul punto di reagire, ma Geneva gli fece un cenno con la testa. Andava tutto bene. Più che bene. Da sballo.
Il destino di Kevin era una borsa di studio per il Connecticut o il Duke. Forse grazie all'atletica, visto che l'anno prima aveva capitanato la squadra che aveva vinto il campionato scolastico di basket. Ma se la cavava bene anche negli studi. Forse non amava quanto Geneva i libri e la scuola, ma

era pur sempre tra i primissimi della classe. Loro due si conoscevano appena: si erano trovati insieme a lezione di matematica e ogni tanto si incrociavano in cortile. Per pura coincidenza, si diceva lei. Okay, doveva ammetterlo, era lei che gli gravitava intorno.

La maggior parte dei ragazzi più fichi la ignoravano o la sfottevano, ma Kevin di quando in quando le diceva ciao. Le chiedeva qualcosa di matematica o di storia, o si fermava a parlare per qualche minuto. Non le chiedeva di uscire con lui, naturalmente: sarebbe stato impossibile. Ma almeno la trattava da essere umano. E un giorno, la primavera precedente, l'aveva persino accompagnata a casa dalla Langston Hughes.

Una bella giornata limpida, il cui ricordo nella memoria di Geneva era ancora chiarissimo, come se l'avesse registrato su DVD.

21 aprile.

Di solito lo si vedeva in giro con le aspiranti modelle, snelle e agili, o con le ragazze più impudenti, le *blingsta*. Una volta aveva flirtato persino con Lakeesha, cosa che aveva fatto infuriare Geneva, costretta a sopportare la bruciante gelosia con un sorriso a denti stretti.

Cosa voleva adesso, allora?

"*Yo*, ragazza. Tutto a posto?" le chiese, con aria preoccupata, mentre trascinava verso di lei una malconcia sedia cromata e distendeva le lunghe gambe.

"Sì." Geneva deglutì. Era andata in palla.

"Ho sentito cos'è successo. Accidenti, roba da pazzi. Ero preoccupato per te."

"Davvero?"

"Parola."

"È stata una cosa strana."

"Se tu sei okay, allora tutto liscio."

Geneva sentì una vampata di calore al viso. Kevin stava dicendo questo *a lei*?

"Perché non te ne torni a casa? Che cosa ci fai qui a scuola?"

"Il compito di linguistica. E quello di matematica."

Kevin rise. "Accidenti. Pensi ancora alla scuola, dopo quello che ti è successo?"

"Sì. Non posso bucare quei compiti."

"Sei pronta in matematica?"

Allora era questo che gli interessava. Tutto lì. "Sì. Mi sono preparata. Non era difficile."

"Brava. Comunque, volevo dire solo che lo so che un sacco di gente qui intorno ti rompe le palle. E che tu li sopporti senza fare casino. Ma nessuno di loro avrebbe fatto come te, oggi. Tutti insieme, non valgono la metà di te. Sei tosta, ragazza."

Lasciata senza fiato dai complimenti di Kevin, Geneva abbassò gli occhi e alzò le spalle.

"Adesso che ho visto che tipo sei, penso che dovremmo vederci di più, tu e io. Solo che non sei mai in giro."

"Sai, con la scuola e tutte le stronzate..." *Attenta*, si disse. *Non è così che devi parlare*.

"No, ragazza, niente palle", scherzò Kevin. "Lo so cosa combini. Spacci roba a BK."

"Io..." Stava per dire "non spaccio", ma si fermò in tempo. Fece un sorrisetto e, con gli occhi fissi sul pavimento polveroso, replicò: "Non a Brooklyn. Solo nel Queens. Girano più *benjamins*". *Non fai ridere nessuno. Oh, quanto sei patetica*. Sentì le mani grondare sudore.

Ma Kevin scoppiò a ridere. Scosse la testa. "No, lo so perché mi sono confuso. È tua mamma che spaccia a BK."

Poteva sembrare un'offesa, ma in realtà era un invito. Kevin le stava chiedendo di giocare al rilancio. Era così che dicevano i vecchi. Oggi si chiamava *snapping*, ossia scambiarsi *snaps*, insulti. Faceva parte di un'antica tradizione di poesia nera e sfide tra cantastorie: lo *snapping* era un duello verbale, una battaglia a colpi di frecciate.

Gli *snapper* più seri si esibivano su palcoscenico, anche se di solito lo *snapping* si faceva nei salotti, nei cortili delle scuole, nelle pizzerie, nei bar, nei club o sui portoni di casa. La battuta di inizio poteva essere qualcosa di stupido, tipo: "Tua mamma è così scema che chiede lo sconto anche quando incassa un assegno", oppure: "Tua sorella è talmente brutta che nessuno se la porterebbe a letto, nemmeno se fosse un materasso".

Ma in quel momento, lì nella caffetteria, il punto non era

essere spiritosi. Perché di solito al rilancio si giocava uomini contro uomini o donne contro donne. Quando un ragazzo invitava una ragazza allo *snapping*, voleva dire solo una cosa: flirt.

E Geneva pensò: *Avanti, ragazza, rilancia.* Era un gioco puerile, stupido, ma sapeva come si faceva. Lei, Keesh e la sorella di Keesh potevano andare avanti per un'ora: "Tua mamma è così grassa che il suo gruppo sanguigno è Ragù". "La tua Chevrolet è così vecchia che ti hanno rubato il crick e lasciato la macchina"... Ma quello era nientemeno che Kevin Cheaney. Anche se fosse riuscita a trovare il coraggio di sparare uno *snap* su sua madre, la sua mente era *tabula rasa.* Guardò l'orologio, poi il libro di linguistica. Si arrabbiò con se stessa. *Gesù santo, cretina, di' qualcosa!*

Ma dalla sua bocca non uscì una sillaba. Sapeva che da un momento all'altro Kevin avrebbe potuto rivolgerle quell'occhiata che vuol dire "Non ho tempo da perdere con le cretine" e andarsene. E invece no, sembrava capire che lei non era in vena di giocare e che probabilmente era ancora traumatizzata da quanto era successo quel mattino. Non se ne faceva un problema.

Le disse solo: "Sul serio, Gen, per te non ci sono solo DJ, treccine e *bling*. Tu sei intelligente. Ed è bello parlare con una persona intelligente. I miei amici", accennò al tavolo della sua banda, "non sono proprio scienziati atomici, mi capisci?"

Un lampo di intuizione. *Prendilo al volo, ragazza!* "Già. Sono così stupidi, che se dovessero dire quello che pensano, resterebbero muti."

"Brava ragazza! Bel colpo." Kevin rise e batté il pugno su quello di lei. Una scarica elettrica le attraversò la spina dorsale.

Geneva cercò di non sorridere come una scema. Non si usa ridere dei propri *snaps*.

Poi, nell'esaltazione del momento, le venne da pensare quanto Kevin avesse ragione: non capita quasi mai di parlare con una persona intelligente, una persona che si interessa a quello che dici.

Kevin sollevò un sopracciglio e guardò il detective Bell,

che nel frattempo era arrivato alla cassa. "Ho sentito che il tipo che si finge un professore in realtà è un piedipiatti."

"Quello ha la parola 'sbirro' scritta sulla fronte", disse lei, sottovoce.

"Davvero", rise Kevin. "Lo so che è qui per proteggerti, è okay. Ma voglio che tu sappia che ci sono anch'io. E i miei ragazzi. Se qualcuno se la prendesse con te, gliela faremmo vedere."

Quella frase la commosse.

Ma nel contempo la preoccupò. E se a Kevin o a qualcuno dei suoi amici fosse successo qualcosa, scontrandosi con quel terribile uomo della biblioteca? Provava ancora una stretta al cuore per quello che, a causa sua, era capitato al dottor Barry, e non aveva dimenticato la donna ferita sul marciapiede. Ebbe un'orribile premonizione: Kevin in una bara nella sala della Williams Funeral Home, come tanti altri ragazzi di Harlem, uccisi a colpi di pistola per la strada.

"Non sei tenuto a farlo", disse lei, seria.

"Lo so. Ma voglio. Nessuno ti farà del male. Parola. Okay, adesso torno dai ragazzi. Ci si vede dopo? Prima di matematica?"

Col cuore che batteva all'impazzata e la voce tremante, lei rispose: "Certo".

Lui batté di nuovo il pugno su quello di lei. Mentre lo guardava tornare al suo tavolo, Geneva si sentì febbricitante. Le mani ancora le tremavano. *Ti prego, fa' che non gli accada niente…*

"Miss?"

Alzò la testa e batté le palpebre.

Il detective Bell stava appoggiando un vassoio sul tavolo. Il cibo aveva un ottimo profumo… Geneva si accorse di avere più fame di quanto immaginasse. Guardò il piatto fumante.

"Lo conosci?" domandò il poliziotto.

"Sì, è uno a posto. Siamo in classe insieme. Lo conosco da anni."

"Ti vedo un po' tesa, miss."

"Ecco… Non so. Forse un po' sì."

“Ma non c’entra quello che è successo oggi al museo?” chiese lui, sorridente.

Lei distolse lo sguardo, sentendosi arrossire.

“Be’”, disse il detective, spingendo il piatto di fronte a lei. “Mangia. Non c’è niente come i *terrazzini* di tacchino per placare un’anima tormentata. Sai, quasi quasi gli chiedo la ricetta.”

11

Avrebbero fatto al caso suo.

Thompson Boyd guardò i suoi acquisti nel cestello e si diresse verso la cassa. Gli piacevano i negozi di ferramenta e si domandava perché. Forse perché suo padre lo portava tutti i sabati all'Ace Hardware, fuori Amarillo, per procurarsi quello che gli serviva nella baracca-laboratorio accanto alla roulotte.

O forse perché nella maggior parte dei negozi di ferramenta, come quello, tutti gli attrezzi erano puliti e ordinati. Vernici, colle e nastri adesivi erano sistemati secondo logica e facili da trovare.

Tutto secondo le regole.

A Thompson piaceva persino l'odore, quel misto di fertilizzante, olio e solvente, impossibile da descrivere, ma che si riconosceva all'istante.

Il killer se la cavava bene, con gli attrezzi. Era un talento ereditato dal padre, che anche se passava tutto il giorno tra condotte petrolifere, derrick, valvole e vecchie pompe con la testa da dinosauro, trovava il tempo di insegnare al figlio come usare e rispettare gli attrezzi, come prendere le misure, come tracciare schemi. Thompson aveva trascorso ore a imparare come aggiustare le cose, come trasformare legno, metallo o plastica in qualcosa che prima non esisteva. Lavoravano insieme al camion o alla roulotte, sistemavano la recinzione, fabbricavano mobili, si inventavano regali per la mamma o per la zia: un mattarello, un portasigarette, un tagliere. "Grandi o piccole", gli aveva spiegato suo padre, "ci vuole la stessa abilità per fare le cose, figliolo. Non ce n'è una migliore o più facile delle altre. È solo questione di dove metti la virgola dei decimali."

Suo padre era un buon insegnante ed era orgoglioso di ciò che faceva suo figlio. Quando era morto, Hart Boyd aveva con sé un kit da lustrascarpe e un portachiavi a forma di testa di indiano con la scritta PAPÀ, fabbricati da Thompson.

Era stata una fortuna per lui poter acquisire quell'abilità manuale, perché su questo si basava il mestiere del killer: meccanica e chimica. Né più né meno di un carpentiere, un imbianchino o un tecnico.

Dove metti la virgola dei decimali.

Alla cassa pagò in contanti, naturalmente, e ringraziò il commesso. Prese il sacchetto con le mani guantate. Sulla porta si soffermò a guardare un piccolo tagliaerba elettrico, giallo e verde. Era pulitissimo, lucido come uno smeraldo. Stranamente, lo attraeva. *Chissà perché?* si domandò. Be', forse perché ripensare a suo padre gli aveva riportato alla mente quando tagliava l'erba del piccolo cortile dietro la roulotte dei genitori, la domenica mattina, prima di rientrare per guardare papà e mamma che cucinavano la selvaggina.

Ricordava l'odore dolce del gas dallo scappamento, il suono scoppiettante della lama quando colpiva un sasso e lo scagliava in aria, il torpore nelle mani dovuto alle vibrazioni sul manubrio.

Il torpore, come quando si muore per il morso di un crotalo. Così immaginava.

Si accorse che il commesso gli aveva rivolto la parola.

"Come?" fece Thompson.

"Le faccio un buon prezzo", disse il commesso, alludendo al tagliaerba.

"No, grazie."

Uscì dal negozio, chiedendosi perché si fosse distratto e che cosa lo attraesse di quel tagliaerba. Gli venne il sospetto che non fosse affatto qualcosa legato ai ricordi di famiglia. Forse era perché, in realtà, quella macchina era una piccola ghigliottina, un modo molto efficiente di uccidere.

Forse era per quello.

Quel pensiero non gli piaceva, ma non poteva farci niente.

Torpore...

Fischiettando sommessamente una canzone di quando era ragazzo, Thompson si incamminò, con il sacchetto in una mano e, nell'altra, la valigetta in cui teneva lo sfollagente, la pistola e qualche altro ferro del mestiere.

Proseguì fino a Little Italy, dove gli spazzini stavano ripulendo le strade dopo la fiera del giorno prima. Notò parecchie auto della polizia e si fece cauto. Due agenti stavano parlando con una negoziante coreana. Il killer si chiese che cosa ci fosse sotto. Raggiunse un telefono pubblico e controllò di nuovo la segreteria telefonica. Ancora nessun messaggio su dove trovare Geneva. Questo lo preoccupò. Il suo contatto conosceva Harlem piuttosto bene. Doveva essere solo questione di ore e Thompson avrebbe saputo dove la ragazza abitava e dove andava a scuola. Il tempo libero, dopotutto poteva tornargli utile. Aveva un altro lavoro in sospeso, un lavoro che aveva richiesto una preparazione più lunga della morte di Geneva Settle e che era altrettanto importante.

Più importante, in effetti.

Ed era curioso, ora che ci pensava, che anche in quel caso ci fossero di mezzo delle ragazzine.

"Sì?" disse Jax al cellulare.

"Ralph."

"Come butta, *dog*?" Jax si domandò a che cosa si stesse appoggiando in quel momento il piccolo faraone. "Hai sentito il tuo amico?" Si riferiva al loro intermediario, DeLisle Marshall.

"Seh."

"E ti ha dato l'okay per Graffiti King?"

"Seh."

"Bene. A che punto siamo?"

"Buono, ho trovato quello che ti serve. È una..."

"Non dire niente." I cellulari erano un'invenzione diabolica, quando si trattava di raccogliere prove a carico. Diede appuntamento all'uomo sulla 116th Street. "Dieci minuti."

Jax chiuse la comunicazione e affrettò il passo. Due signore, con lunghi soprabiti, elaborati cappelli per andare a messa e bibbie consunte sottobraccio, lo schivarono. Lui ignorò i loro sguardi inquieti.

Fumando e camminando rapido con la sua andatura claudicante troppo poco *gangsta*, Jax inspirò l'aria, entusiasta di essere tornato a casa. Harlem... Guardò i negozi, i ristoranti e i chioschi intorno a sé. Ci si poteva comprare di tutto: dai vestiti fatti a mano in Africa occidentale, *kente* e *malinke*, agli *ankh* egizi, cestini Bolga, maschere, bandiere, silhouette incorniciate gialle, rosse e verdi di uomini e donne dell'African National Congress. E anche poster: Malcolm X, Martin Luther King jr., Tina, Tupac, Beyoncé, Chris Rock, Shaq... E foto a dozzine di Jam Master Jay, il brillante e generoso rapper di successo dei Run-DMC, steso a colpi di pistola da qualche stronzo nel suo studio di registrazione del Queens, qualche anno prima.

Jax era bersagliato dai ricordi. Notò un negozio su un angolo. *Be', guarda un po'*. Adesso era un fast food, ma quando aveva quindici anni era lì che aveva fatto il suo primo furto, l'inizio di una carriera che gli aveva procurato una fama meritata. Perché non aveva rubato liquori, sigarette, armi o contanti, ma una scatola di Krylon, con la quale aveva trascorso le successive ventiquattr'ore a dipingere a spray il suo graffito personale, JAX 157, per tutta Manhattan e il Bronx, aggiungendo al reato iniziale anche la violazione di proprietà privata e il danneggiamento di proprietà pubblica.

Negli anni successivi, Jax aveva spruzzato la sua firma su migliaia di superfici, tra sovrappassi, ponti, viadotti, muri, cartelloni, negozi, autobus pubblici e privati, palazzi. Era arrivato a lasciare il suo marchio al Rockefeller Center, accanto alla statua d'oro, prima che due robusti mastini della sicurezza lo placcassero, neutralizzandolo a forza di spray Mace e manganelli.

Se il giovane Alonzo Jackson aveva cinque minuti di privacy e una superficie piatta, ecco che appariva la scritta JAX 157.

Figlio di genitori divorziati, tirava a campare al liceo, annoiandosi con lavori normali e mettendosi sempre nei guai. Trovava conforto come "scrittore": i guerriglieri dei graffiti erano "scrittori", non "artisti", come raccontavano Keith Haring, le gallerie di Soho e le agenzie pubblicitarie. Per un po' era stato con le locali *posse* dei Blood, ma aveva cambiato idea un giorno in cui se ne stava col suo set sulla 140th ed erano comparsi i Trey-Sevens in macchina e *pop-pop-pop*, Jimmy Stone, in piedi accanto a lui, era andato giù con due buchi nella tempia, morto prima ancora di toccare terra. Tutto per una bustina di crack, o forse neanche per quella.

Vaffanculo. Jax si era messo in proprio. Meno soldi. Ma dannatamente molto più sicuro. Tranne quando spruzzava la sua sigla sul Ponte di Verrazzano o su un treno della linea A *in movimento*, una storia che persino i suoi compagni di galera avevano sentito raccontare.

Alonzo Jackson, non ufficialmente ma permanentemente ribattezzato Jax, si era buttato sul lavoro. Aveva cominciato col *bombing* in giro per la città, ma aveva imparato presto che se si limitava a lasciare la sua sigla in giro, anche se ci riempiva New York City, non sarebbe rimasto altro che un *toy* e i *graffiti kings* non avrebbero perso tempo con lui.

Per cui, bigiando la scuola, durante il giorno lavorava nei fast food per pagarsi la vernice, oppure rubacchiava quello che poteva, e intanto passava ai *throw-ups*, più frettolosi ma molto più grandi del *bombing*. Era diventato un maestro del "da cima a fondo", coprendo l'intera altezza di un treno della metropolitana. La linea A, probabilmente la più lunga di tutta New York, era la sua preferita. Migliaia di persone avevano viaggiato dall'aeroporto Kennedy fino al centro a bordo di un treno su cui non si leggeva BENVENUTI NELLA GRANDE MELA, ma la misteriosa sigla JAX 157.

A ventun anni, Jax aveva già fatto due totali, coprendo l'intera fiancata di un vagone della metropolitana, ed era arrivato vicino a fare tutto un treno, il sogno di tutti i *graffiti kings*. E aveva fatto anche qualche "lavoro". Una volta aveva cercato di descrivere che cosa fosse un "lavoro", un capolavoro dei graffiti, ma tutto quello che era riuscito a dire era che un "lavoro" era qualcosa *di più*. Qualcosa di mozzafiato. Qualcosa che tanto un tossico strafatto di crack seduto su un marciapiede quanto un operatore di Wall Street sulla New Jersey Transit potessero guardare dicendo: "Cazzo, questo sì che è *cool*!"

Che bei tempi, rifletteva Jax. Era un *graffiti king* nel pieno del più forte movimento culturale nero dai tempi dell'Harlem Renaissance: l'hip-hop.

Certo, il Renaissance doveva essere fico. Ma era per le persone intelligenti. Una cosa di testa. L'hip-hop veniva dall'anima e dal cuore. Non era nato nei college e nei loft dei letterati, veniva dalle fottute strade, dai ragazzi rabbiosi, a disagio, disperati che vivevano vite impossibili in famiglie difficili e camminavano su marciapiedi costellati di fiale lasciate dai tossici e di sangue secco e marrone. Era l'urlo di rabbia di quelli che dovevano gridare per farsi sentire. L'hip-hop aveva tutto: musica dai DJ, poesia dai rapper MC, danza dai b-boys della breakdance, e arte dal settore di Jax, i graffiti.

Si fermò sulla 116th Street, dove una volta c'erano i magazzini Woolworth, chiusi dopo il caos del famoso black-out del 1977. Ma quello che era sorto al loro posto aveva del miracoloso: il club hip-hop numero uno di tutta la nazione, l'Harlem World. Tre piani con tutta la musica che si potesse immaginare, radicale, coinvolgente, elettrizzante. B-boys che roteavano come trottole, agitandosi come il mare in tempesta, DJ che giravano i vinili davanti a piste da ballo gremite, MC che corteggiavano i microfoni e riempivano le stanze con le loro poesie incazzose, che battevano al ritmo del cuore. Era dall'Harlem World che erano partite le battaglie dei rapper. Jax aveva avuto la fortuna di assistere a quella che era considerata la più famosa di tutti i tempi: i Cold Crush Brothers con i Fantastic Five...

L'Harlem World se n'era andato da un pezzo, naturalmente. Come se n'erano andati, scrostati o ridipinti, molti dei marchi e dei lavori di Jax, insieme a quelli di tutte le altre leggende dei graffiti della prima era hip-hop, Julio e Kool e Taki. I re dei graffiti.

Oh, c'erano quelli che deploravano l'estinzione dell'hiphop, che era diventato BET, rapper multimilionari su fuoristrada cromati, *Bad Boys II*, ragazzi bianchi delle zone residenziali, iPods, MP3 e radio satellitare. Ecco: giusto a proposito. Davanti a Jax si fermò un autobus a due piani con la scritta RAP/HIP-HOP TOURS. SCOPRITE LA VERA HARLEM sulla fiancata. I passeggeri erano turisti neri, bianchi e asiatici. Si sentivano brandelli del discorso ripetitivo dell'autista, con la promessa che presto si sarebbero fermati a un autentico ristorante *soul food*.

Ma Jax non era d'accordo con quelli che dicevano che i bei giorni erano finiti. Il cuore dell'Uptown restava puro. Niente avrebbe potuto toccarlo. Come il Cotton Club, pensava, che negli anni Venti era stato un'istituzione per il jazz, lo swing e lo *stride piano*. Pensavano tutti che quella fosse la vera Harlem, giusto? Quanti sapevano che era un locale riservato ai bianchi e che persino W.C. Handy, musicista residente ad Harlem e uno dei più grandi compositori americani di tutti i tempi, era stato respinto alla porta, mentre dentro si suonava la sua musica?

Be', guarda un po', il Cotton Club era sparito, Harlem no. E sarebbe rimasta sempre lì. Il Renaissance aveva chiuso e l'hip-hop era cambiato. Ma per le strade già fermentava un nuovo movimento. Jax si domandava che cosa sarebbe diventato e se lui sarebbe stato in giro per scoprirlo: se non risolveva la faccenda di Geneva, sarebbe finito morto o in galera nel giro di ventiquattr'ore.

Che i turisti si godessero il loro *soul food*, pensò vedendo i turisti giapponesi sull'autobus che stava ripartendo.

Proseguì per qualche isolato e trovò Ralph, prevedibilmente appoggiato alla recinzione di un edificio abbandonato.

"*Dog*", lo salutò Jax.

"Come butta?"

Jax continuò a camminare.

"Dove andiamo?" chiese Ralph, cercando di tenere il passo.

"Facciamo due passi. È una bella giornata."

"Fa freddo."

"Ti scalderai camminando."

Percorsero un lungo tratto. Jax ignorava i lamenti di Ralph, qualunque cazzata avesse da dire. Si fermò al Papaya King e prese quattro hot dog e due bibite alla frutta, senza chiedere a Ralph se avesse fame, o se fosse vegetariano, o se il succo di mango lo facesse vomitare. Pagò e uscì, consegnando a Ralph il suo pranzo. "Non mangiarlo qui. Vieni." Jax si guardò a destra e a sinistra. Nessuno li stava pedinando. Riprese la strada, seguito dall'altro.

"Camminiamo perché non ti fidi di me?"
"Seh."
"Com'è che adesso non ti fidi?"
"Perché da quando ci siamo visti hai avuto tutto il tempo di vendermi. Dov'è il mistero?"
"Bella giornata per fare due passi", fu la risposta di Ralph, prima di addentare l'hot dog.
Proseguirono per mezzo isolato, fino a una strada che sembrava deserta. Svoltarono in direzione sud. Jax si fermò. Ralph lo imitò e si appoggiò alla rete metallica davanti a una costruzione di arenaria. Jax mangiò i suoi hot dog, sorseggiando il succo di mango. Ralph finì rapidamente il suo pranzo.
Mangiavano e bevevano come due operai o lavavetri in pausa pranzo. Non c'era niente di sospetto.
"Cazzo, li fanno buoni gli hot dog in quel posto", disse Ralph.
Jax finì a sua volta, si pulì le mani sulla giacca e tastò la T-shirt e i pantaloni di Ralph. Niente microfoni. "Al lavoro. Cos'hai trovato?"
"La ragazza Settle, okay? Va al Langston Hughes. Lo conosci? Il liceo."
"Certo che lo conosco. È lì adesso?"
"Non so. Si chiede dove, non quando. Solo che ho sentito qualcos'altro dai ragazzi dell'*hood*."
Hood.
"Dicono che ha dietro qualcuno. Ventiquattr'ore su ventiquattro."
"Chi? Sbirri?" Ma non c'era bisogno di chiederlo. Certo che erano sbirri.
"Così pare."
Jax finì il succo di frutta. "E l'altra cosa?"
Ralph lo guardò interrogativo.
"Quella che mi serve."
"Oh." Il faraone si guardò intorno. Poi tirò fuori di tasca un sacchetto di carta e lo mise nelle mani di Jax.
Gli bastò sentire il peso per capire che era un'automatica, piccola. Bene. Come aveva chiesto. In fondo al sacchetto tintinnavano proiettili sfusi.

"Allora?" fece Ralph, cauto.

"Allora." Jax prese di tasca i *benjamins* e li passò a Ralph. Poi gli si avvicinò. Sentì odore di malto, cipolle e mango. "Adesso stammi bene a sentire. Il nostro affare è finito. Se vengo a sapere che ne hai parlato con qualcuno, o anche solo che hai fatto il mio nome, ti trovo e ti ficco la testa su per il culo. Chiedi a DeLisle: ti dirà che non sono un tipo che si deve fare incazzare. Capito?"

"Sissignore", mormorò Ralph, rivolto al suo succo di mango.

"Adesso levati dalle palle. No, da quella parte. E non ti voltare."

Jax si incamminò nella direzione opposta, verso la 116th Street, per confondersi tra la gente che faceva la spesa. Testa bassa, passo rapido nonostante la gamba zoppa, ma non troppo da destare attenzione.

Sulla strada un altro autobus si fermò di fronte al palazzo che aveva ospitato l'Harlem World. Un rap anemico risuonava da un altoparlante all'interno del veicolo. Ma in quel momento il sanguinario Graffiti King non stava pensando ad Harlem, all'hip-hop o al suo passato criminale. Aveva la sua pistola. Sapeva dove trovare la ragazza. Il suo unico pensiero era quanto gli ci sarebbe voluto per arrivare alla Langston Hughes High School.

12

La minuta donna orientale occhieggiò la detective Sachs, sospettosa.

Non c'era da stupirsi che si sentisse a disagio, rifletté la detective, visto che era circondata da sei poliziotti alti il doppio di lei, e un'altra dozzina era sul marciapiede fuori dal negozio.

"Buon giorno", le disse Amelia. "L'uomo che stiamo cercando... vede, è molto importante che lo troviamo. Potrebbe avere commesso delitti molto gravi." Le aveva parlato più lentamente di quanto si presumesse fosse politicamente corretto.

Il che si rivelò un passo falso.

"Mi rendo conto", rispose la donna, in perfetto inglese, con accento francese, nientemeno. "Ho detto agli agenti tutto quello che mi è venuto in mente. Ero piuttosto spaventata, capisce, con quell'uomo che indossava il passamontagna, come se fosse una maschera. Spaventoso."

"Ne sono certa", concordò Sachs, assumendo lo stesso ritmo verbale. "Le spiace se rileviamo le sue impronte digitali?"

L'intento era di verificare che le impronte sullo scontrino e sugli oggetti trovati al museo coincidessero con le sue. La donna non ebbe da ridire e un analizzatore portatile diede la conferma.

"È sicura", chiese allora Sachs, "di non avere idea di chi sia o di dove viva?"

"Nessuna. L'ho visto qui una o due volte. Forse di più, ma è il tipo di persona che passa inosservata. Un uomo medio.

Non sorride, non si arrabbia, non dice niente. Uno come tanti altri."

Niente male come look per un killer, rifletté Sachs. "E gli altri dipendenti?"

"Gliel'ho chiesto. A tutti. Nessuno se lo ricorda."

Sachs aprì la valigetta, rimise a posto l'analizzatore di impronte digitali ed estrasse un computer Toshiba. Lo avviò e caricò il software Electronic Facial Identification Technique, una versione informatica dell'identikit, usata per ricostruire i volti dei sospetti. Il vecchio sistema manuale impiegava schede prestampate di tratti umani e capelli, che gli agenti combinavano e mostravano ai testimoni per ricreare le sembianze di un individuo. L'EFIT otteneva lo stesso risultato mediante software, arrivando a produrre un'immagine quasi fotografica.

In capo a cinque minuti, Amelia Sachs aveva davanti a sé il ritratto di un uomo bianco sulla quarantina, ben rasato, con un accenno di doppio mento e capelli castano chiari corti. A New York City se ne poteva trovare un milione di tipi come lui, tra uomini d'affari, imprenditori o commessi di negozio.

Un uomo medio...

"Si ricorda che cosa avesse indosso?"

Abbinato all'EFIT c'era un programma complementare, che aggiungeva all'immagine del sospetto vari capi di abbigliamento, come i vestitini di una bambola di carta. Ma la donna non rammentava niente, a parte un impermeabile scuro. "Oh, un'altra cosa: aveva un accento del sud", aggiunse.

Sachs annuì e annotò il dato sul suo taccuino. Poi collegò al computer una piccola stampante laser e ben presto ebbe due dozzine di copie formato A4 dell'immagine del Sosco 109, accompagnate da una nota sull'altezza, il peso, la possibilità che indossasse un impermeabile scuro e l'accento del sud. Senza dimenticare il fatto che non esitava a colpire vittime innocenti.

La detective consegnò le copie a Bo Haumann, l'ex istruttore dai capelli a spazzola brizzolati che ora era a capo dell'Emergency Service Unit, il gruppo tattico di New York. A sua volta, Haumann distribuì le immagini agli agenti in uniforme e agli uomini della sua squadra. Quindi li suddivise in gruppi, mescolando agenti di pattuglia e uomini dell'ESU, che disponevano di armi più potenti, e ordinò loro di setacciare il quartiere.

I poliziotti si dispersero.

L'NYPD non forniva alle proprie squadre tattiche autoblindo di foggia militare, bensì auto e furgoni convenzionali, spostando l'equipaggiamento a bordo di un anonimo autobus blu e bianco, in quel momento parcheggiato nei pressi del negozio.

Sachs e Sellitto indossarono un giubbotto antiproiettile con placche antiurto all'altezza del cuore e si inoltrarono in Little Italy. Negli ultimi quindici anni, il quartiere era cambiato radicalmente. Un tempo era una vasta enclave di immigrati italiani, prevalentemente operai. Ora gli italiani si erano ridotti parecchio, mentre Chinatown si era estesa da sud e le zone yuppie da nord e ovest. Sulla Mulberry Street, i due detective passarono davanti a un emblema di quel cambiamento: l'ex Ravenite Social Club, già centro degli affari criminali della famiglia Gambino, capitanata dall'ormai da tempo defunto John Gotti, era ora un qualsiasi edificio commerciale sfitto, requisito dal governo federale. Da cui l'inevitabile nomignolo di Club Fed.

Sachs e Sellitto scelsero un isolato e cominciarono l'esplorazione, mostrando i loro distintivi e il ritratto del Sosco ai venditori ambulanti, ai commessi dei negozi, ai teenager che bigiavano la scuola e bevevano caffè da Starbucks, ai pensionati sulle panchine o sui gradini dei portoni. Di tanto in tanto ricevevano rapporti via radio dagli agenti: "*Niente... Negativo su Grand, K... Ricevuto... Negativo su Hester, K... Proviamo a est...*"

Sellitto e Sachs proseguirono lungo il loro percorso. Ma non ebbero più fortuna degli altri.

Una detonazione risuonò alle loro spalle.

Sachs si spaventò. Non per lo scoppio, che aveva riconosciuto immediatamente come quello dello scappamento di un camion, ma per la reazione di Sellitto, che aveva fatto un balzo di lato, riparandosi dietro una cabina telefonica, con la mano sul calcio del revolver.

Il tenente batté le palpebre e deglutì. Fece una risatina imbarazzata. "Camion del cazzo", mormorò.

"Già", fece Sachs.

Sellitto si asciugò la faccia e i due ripresero il cammino.

Seduto al sicuro in casa propria, tra gli effluvi di aglio di un vicino ristorante italiano, Thompson Boyd stava studiandosi un libro, confrontandone le istruzioni con quanto aveva acquistato dal ferramenta un'ora prima.

Lasciava dei post-it gialli su alcune pagine e tracciava annotazioni ai margini. Le procedure che stava imparando erano alquanto complesse, ma lui sapeva come cavarsela. Non c'era niente che non si riuscisse a fare, bastava prendersi il tempo necessario. Glielo aveva insegnato suo padre. *Lavori facili, lavori difficili*…

Si alzò dalla scrivania, che, insieme a quell'unica sedia, a una lampada e una branda, costituiva tutto l'arredamento dell'alloggio. Un piccolo televisore, un frigorifero, un cestino dei rifiuti. E l'attrezzatura che gli serviva per il suo lavoro. Sollevò il guanto di lattice dal polso destro e vi soffiò dentro, per rinfrescare la pelle. Poi fece lo stesso col sinistro. Bisognava sempre presumere che una "casa sicura" prima o poi sarebbe stata abbandonata e quindi prendere opportune precauzioni per non lasciare tracce di sorta, che potessero portare alla propria incriminazione. Quindi si usavano i guanti, oppure ci si lasciava dietro una trappola.

Gli occhi davano particolarmente fastidio a Thompson, quel giorno. Li strinse, si mise il collirio e sentì il bruciore recedere. Chiuse le palpebre.

Fischiettò sommessamente una canzone che continuava a tornargli in mente, quella del film *Cold Mountain*. Soldati che sparavano ad altri soldati, quella grande esplosione, i baronetti… Immagini del film gli piovevano a cascata nella mente.

Wssst…

La canzone sfumò, insieme alle immagini, lasciando il posto al classico tema del *Bolero*.

Da dove venissero quei brani musicali, non l'avrebbe saputo dire. Era come se in testa avesse un selettore di CD programmato da qualcun altro. Per quanto riguardava il *Bolero*, ricordava la fonte: suo padre aveva quel pezzo su un vecchio album. Rammentava quell'uomo grosso coi capelli a spazzola che lo sentiva e risentiva sul giradischi di plastica Sears, nel suo laboratorio.

"Senti questa parte, figliolo. Cambia tono. Aspetta... aspetta... *Ecco!* L'hai sentito?"

Il ragazzo pensava di sì.

Thompson riaprì gli occhi e tornò al libro.

Cinque minuti dopo: *Wssst...* Il *Bolero* svanì e un'altra melodia gli spuntò dalle labbra. *Time After Time*, quella canzone che Cindy Lauper aveva reso famosa negli anni Ottanta.

A Thompson Boyd la musica era sempre piaciuta. Fin da ragazzino avrebbe voluto imparare a suonare uno strumento. Sua madre lo aveva portato a lezione di chitarra e di flauto, per diversi anni. Ma dopo che lei aveva avuto l'incidente, era stato suo padre a pensarci, anche se rischiava di fare tardi al lavoro. Ma Thompson non faceva molti progressi: le sue dita erano troppo grosse per le corde, i tasti del flauto, la tastiera di un pianoforte. E non aveva voce. Che fosse un coro di chiesa, o Willie, o Waylon, o Asleep at the Wheel, niente da fare: dalla cassa toracica non riusciva a far uscire che un gracchiare indistinto. Sicché, dopo un anno o due, aveva detto addio alla musica e aveva riempito il suo tempo con ciò che facevano di solito i ragazzi di Amarillo, nel Texas: famiglia, lavoro di lima, martello e carta vetrata nella baracca, qualche partita di football, la caccia, le passeggiate nel deserto, qualche appuntamento con le timide ragazze del luogo.

E la sua passione per la musica era finita nella tomba delle speranze perdute.

Che di solito non è molto in profondità. Presto o tardi, quelle speranze riemergono da sottoterra.

Nel suo caso, era successo in prigione, qualche anno prima. Un giorno un secondino del braccio di massima sicurezza gli aveva domandato: "Che cazzo era quella?"

"Che cosa?" aveva chiesto il placido Tipo Qualunque.

"Quella canzone. Quella che stavi fischiando."

"Stavo fischiando?"

"Cazzo, sì. Non te n'eri accorto?"

"L'ho fatto senza pensarci."

"Non era niente male." Il secondino se n'era andato, lasciando Thompson a ridere tra sé. Curioso. Aveva sempre avuto con sé uno strumento, ci era nato, se lo era sempre portato dietro. Thompson si era documentato nella biblioteca della prigione, scoprendo di essere ciò che veniva definito un *orawhistler*, un fischio solista, ben diverso dai *tin-whistlers* che si potevano ascoltare nelle bande irlandesi. Gli *orawhistlers* erano rari (la gente di norma aveva un'estensione limitata) e potevano fare soldi come musicisti di professione, tenere concerti, lavorare nella pubblicità, alla tv, nei film. Lo conoscevano tutti il tema de *Il ponte sul fiume Kwai*, non ci si poteva pensare senza mettersi subito a fischiettarne le prime note, almeno mentalmente. Si tenevano persino delle gare, tra cui, la più famosa, l'International Grand Championship, a cui partecipavano dozzine di solisti del fischio, molti dei quali si esibivano con orchestre di tutto il mondo e in spettacoli di cabaret.

Wssst...

Gli venne alla mente un'altra melodia. Thompson Boyd ne fischiò piano le note. Si accorse di non avere la calibro 22 a portata di mano. Quello non era affatto secondo le regole... Tirò a sé la pistola e tornò al volumetto di istruzioni, mettendo altri post-it nelle pagine. Cominciava a pensare di avere capito la tecnica. Ma, come tutte le volte che affrontava un argomento nuovo, voleva sapere tutto a menadito prima di passare all'esecuzione.

"Niente, Rhyme", comunicò Sachs al microfono che le pendeva davanti alle labbra carnose.

Che il suo buonumore del mattino fosse ormai svanito senza lasciare traccia fu evidente dal tono della sua risposta: "*Niente?*"

"Non l'ha visto nessuno."

"Dove ti trovi?"

"Abbiamo praticamente setacciato tutta Little Italy. Lon e io siamo al confine sud, Canal Street."

"Maledizione", imprecò Rhyme.
"Potremmo..." Sachs si interruppe. "E quello cos'è?"
"Cosa?" chiese Rhyme.
"Aspetta un momento." Poi Sachs si rivolse a Sellitto. "Andiamo."

La detective esibì il distintivo e tra i colpi di clacson si fece largo tra le quattro corsie dense di traffico. Si guardò intorno e puntò verso sud, su Elizabeth Street, un oscuro canyon di edifici, negozi e magazzini. Si fermò di nuovo.

"Lo senti questo odore?"

"Odore?" fece Rhyme, caustico.

"Lo sto chiedendo a Lon."

"Sì", rispose il tenente. "Che diavolo è? Ha un che di dolce."

Sachs indicò un'erboristeria che vendeva sapone e incenso, il secondo portone dall'angolo con Canal Street. Dal negozio fuoriusciva un forte odore di fiori. Gelsomino, lo stesso profumo che emanava dal set da stupro e che Geneva aveva sentito al museo.

"Potrebbe essere una pista, Rhyme. Ti richiamo."

"Sì, sì", disse il cinese magro che gestiva l'erboristeria, di fronte all'identikit del Sosco 109. "Vedo ogni tanto. Di sopra. Non qui molto. Cosa lui fatto?"

"È di sopra, adesso?"

"Non so. Non so. Credo visto lui oggi. Cosa lui fatto?"

"Quale appartamento?"

L'orientale si strinse nelle spalle.

L'erboristeria, sede di una compagnia di importazione, occupava il piano terra, ma in fondo all'ingresso, appena visibile nella semioscurità, c'era una porta di sicurezza che dava su una ripida rampa di scale che spariva nel buio.

Sellitto prese la radio e fece una chiamata sulla frequenza operativa. "Ce l'abbiamo."

"Chi parla?" volle sapere Haumann, secco.

"Oh, scusa. Qui Sellitto. Siamo sulla Elizabeth, al secondo portone a sud dell'angolo con Canal. Abbiamo un ID positivo sull'inquilino. Potrebbe essere in casa, al momento."

"Comando ESU a tutte le unità. Avete ricevuto, K?"

Risposte affermative riempirono l'etere.

Amelia si identificò e trasmise: "Avvicinatevi in silenzio e tenetevi fuori dalla Elizabeth. Può vedere la strada dalle finestre sulla facciata".

"Roger, 5-8-8-5. Qual è l'indirizzo? Richiedo mandato per irruzione, K."

La detective comunicò il numero civico. "Chiudo."

Le squadre furono sul luogo in meno di un quarto d'ora. Gli agenti della Ricerca e Sorveglianza controllarono facciata e retro dell'edificio con binocoli, infrarossi e sensori sonori. Poi il capo della R&S annunciò: "Il magazzino di importazioni è al piano terra. Ci sono altri tre piani. Possiamo vedere all'interno del primo e del terzo. Sono occupati da famiglie asiatiche. Una coppia anziana al primo. All'ultimo una donna con quattro o cinque bambini".

"E al secondo?" chiese Haumann.

"Tende alle finestre, ma lo scan infrarosso è positivo al calore. Potrebbe essere una tv come un calorifero. O un essere umano. Riceviamo dei suoni. Musica. E quelli che sembrano scricchiolii sul pavimento."

Sachs guardò i nomi sulla pulsantiera del citofono. Non c'era scritto niente in corrispondenza del secondo piano.

Un agente consegnò a Haumann un foglio di carta. Era il mandato firmato da un giudice del tribunale statale, trasmesso via fax al comando mobile dell'ESU. Haumann lo lesse, accertandosi che l'indirizzo fosse corretto. Un errore nel mandato di irruzione poteva compromettere tutta l'operazione e il processo a carico del Sosco. Ma il documento era perfetto.

"Due squadre di entrata", stabilì Haumann, "ognuna di quattro persone, scale anteriori e scale antincendio. Un ariete alla porta." Selezionò otto agenti dal gruppo e li divise in due gruppi. La Squadra A fu indirizzata alla scala anteriore, la Squadra B a quella antincendio. A quest'ultima Haumann disse: "Al tre sfondate la finestra e dopo due secondi lanciate una *flash-bang*". Le granate stordenti avevano il potere di abbagliare e assordare il bersaglio.

"Roger."

"Allo zero, buttate giù la porta", disse Haumann al capo

della Squadra A. Poi assegnò altri poliziotti a guardia delle porte degli innocenti e a compiti di rinforzo. "E adesso in posizione. Muoversi, muoversi, muoversi!"

Gli agenti, tra cui due donne, si disposero rapidamente secondo gli ordini. La Squadra B andò sul retro dell'edificio, mentre Sachs e Haumann si univano alla Squadra A, insieme a un poliziotto munito di ariete.

In circostanze normali, uno specialista della Scientifica non sarebbe stato ammesso in una squadra di entrata. Ma Haumann aveva visto Amelia Sachs in azione e conosceva le sue capacità. E, cosa più importante, gli agenti dell'ESU erano ben lieti di averla al loro fianco. Non lo avrebbero mai ammesso, quantomeno non in sua presenza, ma consideravano Sachs praticamente una di loro. E naturalmente il fatto che fosse una delle migliori pistole della polizia giocava a suo favore.

E a lei piaceva buttare giù le porte.

Sellitto si offrì volontario per restare di sotto a sorvegliare la strada.

Con le ginocchia doloranti per l'artrite, la detective salì le scale insieme agli altri, fino al secondo piano. Si avvicinò alla porta e ascoltò. Fece un cenno a Haumann. "Sento qualcosa", sussurrò.

"Squadra B, rapporto", comunicò Haumann.

"Siamo in posizione", udì Sachs nell'auricolare. "Non vediamo niente dalla finestra. Ma siamo pronti ad agire."

Il comandante guardò la squadra A. Il robusto agente con l'ariete, un pesante tubo lungo circa un metro, fece un cenno di assenso. Un altro poliziotto si accovacciò di fianco a lui e strinse la maniglia della porta, per verificare che fosse chiusa a chiave.

Al microfono, Haumann mormorò: "Cinque... quattro... tre..."

Silenzio.

Quello era il momento in cui si sarebbe dovuto sentire il vetro della finestra che andava in frantumi, seguito dallo scoppio della granata stordente.

Nulla.

E anche nella Squadra A c'era qualcosa che non andava.

L'agente con la mano sulla maniglia stava tremando visibilmente e si lamentava.

Gesù, pensò la poliziotta, guardandolo. Stava avendo un attacco. Possibile che un agente assegnato alle irruzioni soffrisse di epilessia? Perché non risultava dalla sua cartella medica?

"Cosa succede?" gli chiese Haumann, sottovoce.

L'agente non rispose. Il tremito peggiorò. Gli occhi dilatati mostravano il bianco.

"Squadra B, rapporto", disse il comandante via radio. "Che succede, K?"

"Comando, la finestra è sbarrata da una tavola di legno", trasmise il capo della Squadra B. "Non possiamo lanciare la granata. Stato di Alpha, K?"

L'agente alla porta era appoggiato alla parete, con la mano congelata sulla maniglia. Haumann, severo, esclamò sottovoce: "Stiamo sprecando tempo! Toglietelo di lì e buttate giù la porta. Subito!"

Un altro agente afferrò l'uomo sulla porta.

E anche lui cominciò a tremare.

Gli altri fecero un passo indietro. Uno mormorò: "Ma cosa..."

Fu in quel momento che i capelli del primo agente cominciarono a bruciare.

"Ha elettrizzato la porta!" Haumann indicò una placca metallica sul pavimento. Se ne vedevano spesso in quei vecchi edifici: servivano come pezze per i buchi nel pavimento. Questa, tuttavia, era stata utilizzata dal Sosco 109 per preparare una trappola: i due agenti erano attraversati da una corrente ad alto voltaggio.

Le fiamme si sprigionavano dalla testa del primo agente, dalle sopracciglia, dal dorso delle mani, infine dal colletto. L'altro poliziotto era ormai in stato di incoscienza, in preda a un tremito spaventoso.

"*Jesús*", sussurrò un agente, in spagnolo.

Haumann passò la sua mitraglietta H&K a un altro poliziotto, afferrò l'ariete e colpì con forza il polso dell'uomo sulla porta. Probabilmente gli ruppe qualche osso, ma riuscì a liberargli le dita dalla maniglia. Spezzato il circuito, i due uomini stramazzarono a terra. Sachs spense le fiamme. Il pianerottolo era invaso dall'acre e rivoltante odore di carne e capelli bruciati.

Due agenti di rinforzo prestarono soccorso ai colleghi incoscienti, mentre uno dei poliziotti della Squadra A si impadronì dell'ariete e, tenendolo per le maniglie, colpì con forza la porta, che si spalancò. La squadra fece irruzione all'interno, con le armi spianate. Sachs entrò subito dopo.

Occorsero cinque secondi per constatare che l'appartamento era vuoto.

13

Bo Haumann comunicò via radio: "Squadra B, Squadra B, siamo dentro. Nessun segno del sospetto. Scendete al pianterreno, perlustrate il vicolo. Ma tenete presente che nell'ultima scena è tornato sul luogo. Spara agli innocenti. E ai poliziotti".

Sachs constatò che la lampada da tavolo scottava e la sedia era ancora calda. Sulla scrivania c'era il piccolo monitor di una televisione a circuito chiuso. Sullo schermo si vedeva l'immagine appannata dell'ingresso dell'edificio. Il killer doveva avere una videocamera nascosta da qualche parte e li aveva visti arrivare. Doveva essere andato via da pochissimo. Ma dove? Gli agenti cercarono una via di fuga. La finestra che dava sulla scala antincendio era sbarrata da un pannello di legno, l'altra era scoperta, ma si apriva una decina di metri sopra la strada. "Era qui. Come diavolo ha fatto ad andarsene?"

La risposta arrivò poco dopo.

"Guardate qui", disse un agente, dopo avere sbirciato sotto il letto. Spostò la branda, rivelando un buco sulla parete grande abbastanza per permettere a un uomo di passarci. A quanto pareva, il Sosco aveva perforato l'intonaco e i mattoni tra la casa e l'edificio adiacente. Quando li aveva visti arrivare sul monitor, gli era bastato abbattere con un calcio l'intonaco dall'altra parte per spostarsi nell'altro edificio.

Haumann spedì alcuni agenti a controllare il tetto e le strade vicine, e altri ancora a coprire le uscite del palazzo accanto. "Qualcuno passi dal buco", ordinò.

"Vado io, signore", si offrì un poliziotto basso. Ma, con

indosso l'ingombrante giubbotto antiproiettile, non riusciva a passare dall'apertura.

"Vado io, signore", decise Sachs, la più magra fra tutti i presenti. "Ma ho bisogno che questa stanza si svuoti, per conservare intatte le prove."

"Roger. Ti facciamo entrare e ci ritiriamo." Haumann fece spostare il letto dall'altra parte della stanza.

La detective si inginocchiò e illuminò l'apertura con la sua torcia elettrica. Dall'altra parte si vedeva una passerella. Doveva trattarsi di un magazzino o di una fabbrica. Il passaggio era lungo un metro e trenta. "Merda", imprecò Amelia Sachs. La donna che poteva guidare a 260 chilometri all'ora e affrontare in uno scontro a fuoco criminali in trappola, rischiava la paralisi a ogni minimo accenno di claustrofobia.

Prima la testa o prima i piedi?

Sospirò.

Entrare di testa sarebbe stato più inquietante ma anche più sicuro. Se non altro, le avrebbe dato qualche secondo di tempo per localizzare la posizione del Sosco prima che questi potesse fare di lei un bersaglio. Guardò nello spazio buio e angusto. Un respiro profondo. Pistola alla mano, entrò nel passaggio.

Che diavolo mi sta capitando? Pensò Lon Sellitto, a guardia di fronte al magazzino adiacente all'importatore di erbe. Fissava la porta e le finestre, in attesa del Sosco in fuga. Pregava che passasse di lì, dandogli la possibilità di inchiodarlo.

Pregava nel contempo che ciò non avvenisse.

Che diavolo mi sta capitando?

In tutti i suoi anni nella polizia, Sellitto aveva preso parte a una dozzina di sparatorie, aveva disarmato psicopatici furiosi, aveva persino recuperato con la forza un aspirante suicida dal tetto del Flatiron Building, con soli dodici centimetri di cornicione ornato a separarlo dal paradiso. Qualche volta aveva provato paura, certo, ma aveva sempre saputo tenerla a bada. Niente l'aveva mai impressionato quanto la morte di Barry, quella mattina. La sensazione di trovarsi sulla linea di tiro lo spaventava terribilmente, non poteva negarlo. Ma stavolta era diverso. Era il trovarsi così vicino a una persona in quel momento... il momento della morte. Non riusciva a togliersi dalla mente la voce del bibliotecario, le sue ultime parole da essere vivente.

Non ho visto proprio...

Non riusciva a dimenticare il rumore dei tre proiettili che penetravano nel petto di quell'uomo.

Tap... tap... tap...

Colpetti lievi, quasi impercettibili. Lon Sellitto non aveva mai sentito un rumore del genere. Provò un brivido e un senso di nausea.

Rivedeva gli occhi castani di quell'uomo, che guardavano dritti nei suoi quando i proiettili lo avevano colpito. In una frazione di secondo erano passati dalla sorpresa al dolore e infine... al nulla. Era la scena più strana a cui Sellitto avesse mai assistito. Non era lo sguardo di chi si addormenta, o di chi è distratto. L'unico modo per descriverlo era dire che il momento prima c'era qualcosa di complesso e reale dietro quegli occhi, e un momento dopo, prima ancora che Barry cadesse sul marciapiede, non c'era più niente.

Il detective era rimasto raggelato, lo sguardo fisso sul manichino scomposto ai suoi piedi, anche se sapeva che avrebbe dovuto cercare di inseguire il killer. I medici avevano dovuto spostarlo a forza, per raggiungere la vittima. Il tenente non era in grado di muoversi.

Tap... tap... tap...

Poi, quando era stato il momento di dare la notizia alla famiglia di Barry, Sellitto aveva esitato. Ne aveva fatte tante di chiamate come quella, nel corso degli anni. Nessuna era mai stata facile. Ma quel giorno non se la sentiva proprio. Aveva accampato qualche banale scusa sul telefono che non funzionava e passato il difficile compito a qualcun altro. Temeva che la voce gli si sarebbe incrinata. Temeva che si sarebbe messo a piangere, cosa che non gli era mai capitata in decenni di servizio.

Sentiva *tap... tap... tap...*

Cazzo, voglio solo tornarmene a casa.

Voleva tornare da Rachel, bere una birra con lei sul loro portico a Brooklyn. Be', forse era troppo presto per una birra. Un caffè. Ma forse non era poi così presto per una birra. O uno scotch. Voleva starsene seduto sotto il portico, a guardare l'erba e gli alberi. Parlare. O anche non dire niente. Solo stare con lei. D'un tratto i pensieri di Sellitto si concentrarono sul figlio, teenager, che viveva con la sua ex moglie. Erano tre o quattro giorni che non lo chiamava. Doveva farlo.

Doveva...

Merda. Il tenente si accorse che era in mezzo a Elizabeth Street, perso nei suoi pensieri, dando le spalle all'edificio che avrebbe dovuto sorvegliare. *Gesù Cristo, ma che stai facendo? Il killer è qui intorno e tu te ne stai a sognare a occhi aperti?* L'assassino poteva essere in agguato in un vicolo o nell'altro, proprio come quella mattina.

Con le spalle curve, Sellitto si voltò verso le finestre buie dell'edificio. Dietro, occultato dallo sporco o da una tenda, poteva esserci il killer, che forse in quello stesso momento lo stava tenendo sotto tiro con quella sua fottuta pistola di piccolo calibro. *Tap... tap...* Gli aghi dei proiettili laceravano la pelle, facendola a brandelli quando si aprivano a ventaglio. Sellitto rabbrividì e fece un passo indietro, rifugiandosi tra due furgoni parcheggiati, tenendosi fuori tiro. Sbirciando da dietro un furgone, osservò le finestre nere, osservò la porta.

Non ho visto...

Tap... tap...

La vita che diviene non vita.

Quegli occhi...

Sellitto passò il palmo della mano con cui sparava sui pantaloni, raccontandosi che stava sudando solo per colpa del giubbotto antiproiettile. Era quel cazzo di tempo, troppo caldo per essere ottobre. Chiunque avrebbe sudato.

"Non lo vedo, K", sussurrò Sachs al microfono.

"Ripeti." Fu la risposta di Haumann, tra le scariche di statica.

"Nessun segno di lui, K."

Il magazzino in cui era fuggito il Sosco 109 era un grande *open space* con un reticolo di passerelle. Sul pavimento erano impilati pallet con olio di oliva e lattine di pelati, sigillati nel cellofan. La passerella su cui si trovava Sachs era a una decina di metri da terra, all'altezza dell'appartamento occupato dal Sosco nella casa accanto. Il magazzino doveva essere usato solo sporadicamente: sembrava che nessuno ci avesse lavorato di recente. Le luci erano spente, ma i lucernari sporchi e unti sul tetto erano sufficienti a illuminare lo spazio.

I pavimenti erano puliti, ma non c'era nessuna impronta che indicasse la strada presa dal Sosco. Oltre al portone principale e a quello di carico e scarico sul retro, c'erano altre due porte su una parete all'altezza del pianterreno. Su una delle due c'era una targhetta TOILETTE. Sull'altra non c'era scritto niente.

Amelia Sachs si mosse lentamente, spostando la Glock a sinistra e a destra davanti a sé e cercando un bersaglio con la torcia elettrica. Non le occorse molto per esplorare le passerelle e l'area aperta del magazzino. Riferì a Haumann. Poco dopo, gli agenti dell'ESU entrarono dal portone sul retro e si dispersero nell'area. Rassicurata dall'arrivo dei rinforzi, la detective indicò le due porte, facendovi convergere i poliziotti.

Via radio, Haumann comunicò: "Controllati i dintorni. Nessuno lo ha visto all'esterno. Potrebbe essere ancora dentro, K".

Sachs segnalò ricevuto. Scese le scale e raggiunse i colleghi.

Accennò al bagno. "Al tre", mormorò.

I poliziotti risposero con cenni di assenso. Uno di loro indicò se stesso, ma lei scosse il capo: sarebbe stata lei la punta. La infuriava che il killer fosse riuscito a fuggire, che tenesse un set da stupro in un sacchetto con lo *smiley*, che avesse sparato a un innocente solo per creare un diversivo. Lo voleva inchiodato e voleva essere lei a farlo.

Aveva indosso il giubbotto antiproiettile, ma non poteva fare a meno di pensare che effetto avrebbero fatto quegli aghi se l'avessero colpita al viso o a un braccio.

O alla gola.

Sollevò un dito. *Uno...*

Entrare veloce, tenendosi bassa, con una pressione di 0,90 chili sul grilletto, che reagiva a 1,12.

Sei sicura di volerlo fare, ragazza?

Le venne in mente un'immagine di Lincoln Rhyme.

Due...

Poi il ricordo di suo padre, agente di pattuglia, che dal letto di morte le impartiva la sua filosofia: "Ricorda, Amie, se ti muovi in fretta, non ti possono prendere".

Allora muoviti!

Tre.

Un cenno. Un poliziotto spalancò la porta con un calcio. Ormai nessuno aveva intenzione di toccare maniglie metalliche. Sachs si gettò in avanti, provando fitte alle ginocchia quando si accovacciò in posizione di tiro. La torcia illuminò la piccola stanza da bagno priva di finestre.

Vuota.

Amelia tornò fuori e passò alla porta successiva. Stessa routine.

Al tre, un altro calcio possente. La porta cedette e si spalancò verso l'interno.

Pistole e torce puntate. *Mai niente di facile, fratello*, pensò la detective. Davanti a lei si apriva una lunga scala che spariva nel buio, verso il basso. Nero come la pece. Notò che la scala non aveva ringhiera, e per il Sosco sarebbe stato facile sparare loro nelle caviglie o nei polpacci mentre scendevano.

"Buio", mormorò.

Gli agenti spensero le torce montate sulle canne dei loro mitragliatori. Sachs scese per prima, ignorando il dolore alle articolazioni. Per due volte fu sul punto di inciampare sui gradini ripidi e irregolari. Dietro di lei venivano quattro agenti dell'ESU.

"Formazione d'angolo", sussurrò, sapendo di non essere lei, tecnicamente, al comando. Ma a quel punto non si poteva fermare. I poliziotti obbedirono senza discussioni. Toccandosi le spalle per stabilire le posizioni reciproche, si disposero secondo un quadrato approssimativo, ciascuno a guardia di un quadrante della cantina.

"Luci!"

I raggi delle potenti alogene illuminarono lo spazio ristretto. Le armi cercarono il loro bersaglio.

Ma non si vedeva nessuna minaccia, non si sentiva nessun rumore. *Tranne il mio fottuto battito cardiaco*, pensò lei.

Nella cantina trovarono un forno, tubi, barili d'olio e un migliaio di bottiglie vuote. Cumuli di spazzatura. Cinque o sei topi nervosi.

Due agenti sondarono i sacchi delle immondizie, ma era chiaro che non era lì che si nascondeva il killer.

La detective comunicò a Haumann ciò che avevano trovato. Nessuno aveva scorto alcuna traccia del Sosco. Tutti gli agenti si stavano raccogliendo al veicolo del comando per riprendere la perlustrazione del quartiere, mentre a Sachs toccava l'esame della scena. Ma nessuno si era dimenticato che, come quella mattina al museo, il killer poteva ancora trovarsi nelle vicinanze.

...ma guardati le spalle.

Con un sospiro, Sachs rimise la pistola nella fondina e fece per risalire le scale. Si fermò. Se avesse ripercorso le scale in salita per tornare di sopra, un incubo per le sue ginocchia artritiche, avrebbe poi dovuto salire un'altra rampa per arrivare al livello della strada. Un'alternativa più semplice sarebbe stata prendere la scala più breve, che l'avrebbe portata direttamente al marciapiede.

Certe volte, pensò, *bisogna concedersi qualche indulgenza.*

Per Lon Sellitto quella particolare finestra stava diventando un'ossessione.

Aveva sentito la trasmissione: il magazzino era libero. Ma si domandava se l'ESU avesse guardato in tutti gli angoli. Dopotutto quella mattina, al museo, nessuno aveva visto il Sosco, che era riuscito ad avvicinarsi quanto bastava per sparare.

Tap, tap, tap.

Quella finestra, l'ultima a destra, al primo piano... A Sellitto era parso di cogliere un movimento, in un paio di occasioni.

Forse era solo il vento. Oppure era qualcuno che stava cercando di aprirla.

O di prendere la mira.

Tap.

Rabbrividì e fece un passo indietro.

Chiamò uno degli uomini dell'ESU, appena uscito dall'erboristeria. "Ehi! Dai un'occhiata. Non vedi niente a quella finestra?"

"Dove?"

"Quella." Sellitto si portò allo scoperto, solo un po', per indicare il quadrato nero del vetro.

"No. Ma il magazzino è vuoto, non ha sentito?"

Sellitto era ormai allo scoperto. Sentiva nelle orecchie *tap, tap, tap*, vedeva quegli occhi castani che restavano senza vita. Strinse le palpebre e riguardò la finestra. Poi, con la coda dell'occhio, colse un movimento alla sua sinistra. Una porta cigolò. Qualcosa di metallico rifletté il sole freddo con un bagliore di luce.

È lui!

"Dio", mormorò Sellitto. Portò la mano alla pistola, chinandosi e voltandosi di scatto nella direzione del bagliore. Ma anziché seguire la procedura per estrarre rapidamente l'arma, con l'indice sopra la guardia del grilletto, strappò fuori la Colt dalla fondina in preda al panico.

Fu per questo che la pistola, un attimo dopo, sparò un colpo, esattamente verso la porta del magazzino da cui stava uscendo Amelia Sachs.

14

Sull'angolo tra Canal Street e la 6th Avenue, a una dozzina di isolati dalla casa sicura, Thompson Boyd aspettava che il semaforo diventasse verde. Riprese fiato e si asciugò il viso sudato.

Non era scosso, non aveva paura. Era ansante e sudato solo perché aveva dovuto allontanarsi di corsa. Ma era *curioso* di sapere come avessero fatto a trovarlo. Era sempre molto attento con i suoi contatti e con i telefoni che usava. Controllava sempre di non essere seguito. Quindi dovevano averlo localizzato dalle prove fisiche. Aveva senso: Thompson era piuttosto sicuro che all'ingresso della casa in Elizabeth Street ci fosse la stessa donna in bianco che aveva esplorato la scena al museo muovendosi come un crotalo. Che cosa era rimasto di compromettente al museo? Qualcosa nel set da stupro? Qualche traccia lasciata dalle sue scarpe o dai vestiti? Quelli erano i migliori investigatori con cui avesse mai avuto a che fare. Doveva tenerlo a mente.

Osservando il traffico, rifletté sulla fuga. Quando aveva visto i poliziotti sulle scale, si era affrettato a rimettere il libro e i suoi acquisti nel sacchetto del negozio, aveva preso la valigetta e la pistola e girato l'interruttore per dare tensione alla maniglia. Aveva abbattuto lo strato di intonaco del muro ed era fuggito nel magazzino adiacente, salendo sul tetto. Da lì si era velocemente spostato verso il lato sud dell'isolato, era sceso in strada da una scala antincendio e aveva cominciato a correre in direzione ovest, seguendo un percorso prestabilito e collaudato dozzine di volte.

Ora, sull'angolo tra la Canal e la 6th, confuso in mezzo alla folla al semaforo, sentiva le sirene della polizia. Gli stavano dando la caccia. Il suo viso era impassibile, le mani non gli tremavano. Non provava né ira né panico. Era così che andavano le cose. Lo aveva visto mille volte: molti dei killer professionisti che aveva conosciuto si erano fatti fregare per avere ceduto al panico, per avere perso la loro lucidità davanti agli sbirri e per essere crollati sotto un interrogatorio di routine. Quando non avevano commesso un errore sul lavoro, lasciandosi dietro una traccia o un testimone ancora in vita. Le emozioni, l'amore, la rabbia, la paura, portano a sbagliare. Bisogna essere freddi, distanti.

Torpore...

Thompson strinse le dita intorno alla pistola, nascosta nella tasca dell'impermeabile, mentre davanti a lui le auto di pattuglia acceleravano lungo la 6th Avenue e svoltavano sulla Canal, bruciando i semafori. Non c'era da sorprendersi. Se lo aspettava. Agli sbirri di New York non andava giù che qualcuno gli folgorasse uno dei loro. Anche se, dal punto di vista del killer, era colpa del poliziotto: doveva stare più attento.

Con una lieve preoccupazione, notò che un veicolo di pattuglia si fermava tre isolati più in là. I poliziotti ne scesero e si misero a fare domande ai passanti. Un altro si fermò a neanche cento metri da lui. Gli agenti stavano venendo dalla sua parte. Thompson aveva lasciato la macchina parcheggiata vicino all'Hudson, a cinque minuti da lì. Doveva arrivarci al più presto. Ma il semaforo si ostinava a rimanere rosso.

Altre sirene riecheggiarono nell'aria.

Cominciava a profilarsi un problema.

Il killer occhieggiò la folla intorno a sé. La maggior parte stava guardando le auto della polizia e gli agenti sui marciapiedi. Gli occorreva un diversivo, qualcosa che gli permettesse di attraversare la strada. Una cosa qualunque, non c'era bisogno di una trovata spettacolare. Bastava distogliere l'attenzione della gente per un po'. Un cestino dei rifiuti che andava a fuoco, l'antifurto di un'automobile, il rumore di un vetro infranto... Qualche altra idea? A sud, alla sua sinistra, Thompson notò un grosso autobus che risaliva la 6th Avenue, diretto verso l'incrocio gremito di pedoni. Il cestino dei rifiuti… o quello? Il killer prese una decisione. Si avvicinò al bordo del marciapiede, alle spalle di una ragazza orientale, magra, sui vent'anni. Bastò una lieve spinta alla schiena per mandarla sulla traiettoria dell'autobus. Terrorizzata, la giovane si ritrovò sulla strada.

"È caduta!" gridò Thompson, senza accento. "Prendetela!"

L'urlo della ragazza fu interrotto dallo specchio retrovisore esterno dell'autobus, che la colpì alla spalla e alla testa. Il corpo volò in aria, atterrando sul marciapiede. Il sangue schizzò i finestrini e le persone. I freni stridettero, acuti, come il grido che si era levato dalle donne tra la folla.

L'autobus si fermò in mezzo a Canal Street, bloccando il traffico. Non si sarebbe mosso di lì finché l'indagine sull'incidente non si fosse conclusa. Un cestino dei rifiuti incendiato, piuttosto che una bottiglia rotta o un antifurto, avrebbero potuto funzionare. Ma Thompson Boyd aveva stabilito che uccidere la ragazza sarebbe stato un metodo più efficiente.

Il traffico si paralizzò all'istante, bloccando anche due auto della polizia in arrivo sulla 6th Avenue.

Thompson attraversò la strada con calma, lasciandosi alle spalle le urla e gli strepiti della folla terrorizzata che si stava raccogliendo intorno al corpo inerte e insanguinato, addossato a una recinzione. Gli occhi della vittima guardavano vacui il cielo. Apparentemente, nessuno si era accorto che la tragedia era qualcosa di più di un terribile incidente.

C'era chi correva verso la vittima, chi chiamava il 911 col cellulare… Thompson, imperturbabile, si faceva largo tra le auto intrappolate nell'ingorgo. Si era già dimenticato della ragazza orientale e stava considerando problemi più importanti. Aveva perso una casa sicura. Ma, se non altro, era riuscito a portare in salvo le armi e gli attrezzi, insieme al volumetto di istruzioni. Non aveva lasciato tracce che potessero permettere di rintracciarlo e ricondurlo all'uomo che lo aveva assunto. Nemmeno la donna in bianco sarebbe riuscita a stabilire un collegamento. No, di quello non c'era da preoccuparsi.

Si fermò a un telefono pubblico, ascoltò la segreteria telefonica e finalmente ricevette buone notizie: Geneva Settle frequentava la Langston Hughes High School, ad Harlem. Come prevedibile, era sotto sorveglianza da parte della polizia. Thompson avrebbe presto avuto ulteriori dettagli: dove la ragazza abitasse, per esempio, oppure, con un po' di fortuna, che si era presentata un'occasione per ucciderla e il lavoro era concluso.

Thompson Boyd raggiunse la sua macchina, una Buick vecchia di tre anni, di un blu anonimo. Un'auto qualunque per il Tipo Qualunque. Si immise nel traffico e aggirò l'ingorgo provocato dall'autobus, dirigendosi verso il ponte della 59th Street, riflettendo sul libro che aveva studiato nel corso dell'ultima ora, traboccante di post-it gialli, ansioso di mettere in pratica quanto aveva imparato.

"Io non… non so cosa dire."

Sentendosi miserabile, Lon Sellitto guardava in faccia il capitano venuto direttamente dal Police Plaza, appena si era saputo dello sparo accidentale. Più sfatto che mai, il tenente era seduto sul marciapiede, spettinato, con la pancia che debordava sopra la cintura, la pelle rosa che spuntava tra i bottoni della camicia e le punte delle scarpe dritte davanti a sé.

"Che cosa è successo?" chiese il capitano, un afroamericano grosso e stempiato. Aveva requisito il revolver di Sellitto e lo teneva lungo il fianco, scarico e col tamburo aperto, seguendo le procedure dell'NYPD.

Il tenente guardò l'uomo negli occhi e rispose: "Stavo estraendo la mia arma".

Il capitano assentì e si voltò verso Amelia Sachs. "Lei sta bene?"

La detective si strinse nelle spalle. "Non è stato niente. Il proiettile non mi è neanche passato vicino."

Sellitto comprese che il capitano non si lasciava ingannare: Sachs stava solo minimizzando l'incidente. Il fatto che lei cercasse di coprirlo lo faceva sentire ancora più miserabile.

"Ma lei era sulla linea del fuoco", obiettò il capitano.

"Non mi è…"

"Lei *era* sulla linea del fuoco?"

"Sissignore", dovette rispondere Amelia.

Il proiettile calibro 38 l'aveva mancata di un metro. Sellitto lo sapeva. Sachs lo sapeva.

Neanche passato vicino.

Il capitano rivolse lo sguardo al magazzino. "Se ciò non fosse accaduto, il ricercato sarebbe fuggito comunque?"

"Sì", confermò Haumann.

"Siete certi che questo episodio non gli abbia permesso la fuga? Prima o poi verrebbe fuori."

Il comandante dell'ESU assentì. "In base alla nostra ricostruzione, il Sosco è salito sul tetto e si è diretto a nord o a sud, probabilmente a sud. Il colpo", accennò al revolver di Sellitto, "è partito dopo che avevamo controllato gli edifici adiacenti."

Sellitto pensò di nuovo: *Ma che cosa mi sta succedendo?*

Tap, tap, tap...

Il capitano domandò: "Perché ha estratto l'arma?"

"Non mi aspettavo che uno dei nostri uscisse dalla porta della cantina."

"Non ha sentito alla radio che l'area era sicura?"

Un istante di esitazione. "Non l'ho sentito." L'ultima volta che Lon Sellitto aveva mentito a un superiore era stato per coprire una recluta che aveva trascurato le procedure per salvare la vittima di un sequestro, riuscendo nell'intento. Era stata una menzogna a fin di bene. Questa invece era una menzogna per proteggersi il culo ed era dannatamente dolorosa.

Il capitano si guardò intorno. C'erano parecchi agenti dell'ESU, in giro, e tutti ignoravano Sellitto, come se fosse motivo di imbarazzo.

"Nessun ferito", concluse il capitano. "Nessun danno serio alla proprietà. Farò un rapporto, ma non raccomanderò una revisione."

Sellitto si sentì pervaso di sollievo. Per la reputazione di un poliziotto, una revisione per un colpo accidentale era disastrosa quasi quanto un'indagine da parte degli Affari Interni. Anche se si veniva prosciolti, il fango restava appiccicato addosso per molto, molto tempo. A volte per sempre.

"Vuole prendersi un periodo di riposo?" chiese il capitano.

"Nossignore", rispose Sellitto.

La cosa peggiore al mondo per lui e per qualsiasi poliziotto sarebbe stata rimanere a casa dopo un episodio del genere. Non avrebbe fatto che ripensarci, ubriacarsi o mangiare schifezze e avrebbe trattato di merda tutti quelli che gli stavano intorno. E si sarebbe messo più paura di quella che aveva già. Ricordava ancora quando era sobbalzato come una donnicciola sentendo lo scoppio di quello scappamento.

"Non so..." Il capitano aveva la facoltà di obbligarlo a prendersi una licenza. Avrebbe voluto chiedere l'opinione di Sachs, ma non sarebbe stato opportuno: era una detective di fresca nomina. Il silenzio del capitano puntava a darle una chance di dire la sua. Qualcosa come: "Ehi, Lon, sarebbe una buona idea". Oppure: "Ce la possiamo cavare anche senza di te".

Ma lei non aprì bocca. Cosa che tutti interpretarono come un voto a favore del tenente.

Il capitano chiese: "Mi risulta che stamattina un testimone sia stato ucciso davanti a lei, giusto? Non è che ha qualcosa a che fare con quello che è successo?"

Cazzo sì, cazzo no...

"Non saprei dirle."

Un altro silenzio. Ma qualunque cosa si dicesse sui superiori, non si faceva carriera nei ranghi dell'NYPD se non si sapeva tutto della vita nelle strade e dei suoi effetti sui poliziotti. "D'accordo, la tengo in servizio. Ma vada a parlare con un consulente."

Sellitto si sentì bruciare la faccia. Uno strizzacervelli. Ma disse: "Certo. Prendo subito un appuntamento".

"Bene. E mi tenga al corrente."

"Sissignore. Grazie."

Il capitano gli restituì il revolver e tornò verso il comando mobile insieme a Bo Haumann. Sellitto e Sachs raggiunsero il veicolo di risposta rapida della Crime Scene Unit, appena arrivato sul posto.

"Amelia..."

"Lascia perdere, Lon. Cose che capitano. Chiusa la questione. Succede di continuo di spararsi a vicenda." Secondo le statistiche, un poliziotto aveva più probabilità di essere colpito da un collega che da un criminale.

Il corpulento detective scosse la testa. “È solo che...” Ma non sapeva come continuare.

Rimasero a lungo in silenzio. Poi Sachs disse: “Una cosa, Lon. Se ne parlerà in giro. Lo sai come vanno queste cose. Ma nessun civile lo saprà. Non da me”. Tagliato fuori dai pettegolezzi della polizia, c'era solo un modo in cui Lincoln Rhyme avrebbe potuto venirne a conoscenza: da uno di loro.

“Non chiedevo tanto.”

“Lo so”, disse lei. “Era solo per farti sapere le mie intenzioni.” E cominciò a scaricare l'attrezzatura per i rilievi.

“Grazie”, disse lui, con voce cupa. E si rese conto che le dita della mano sinistra erano ritornate alle stigmate di sangue sulla guancia.

Tap, tap, tap...

“È una scena semplice, Rhyme.”

“Procedi”, le disse lui, attraverso l'auricolare.

Con indosso la tuta bianca di tyvek, Amelia Sachs stava percorrendo la griglia nell'appartamento. Era la casa sicura del killer, lo si capiva dall'arredo spartano: il tipo di alloggio in cui un professionista teneva armi e attrezzatura, per usarlo come base per un attentato nelle vicinanze o come nascondiglio se qualcosa andava storto.

“Che cosa c'è dentro?”

“Una branda, una scrivania spoglia, una sedia. Una lampada. Un televisore collegato a una videocamera di sicurezza montata nell'ingresso dell'edificio: è un sistema Video-Tect, ma il Sosco ha asportato gli adesivi con i numeri di serie, quindi non possiamo sapere dove e quando lo abbia acquistato. Ho trovato i cavi e i relais che ha usato per collegare la corrente elettrica alla porta. Il rilievo elettrostatico corrisponde alle scarpe Bass. Ho passato la polvere su tutto ma non ho trovato neppure un'impronta. Porta i guanti anche nel suo rifugio. Ma che razza di uomo è?”

“Un uomo maledettamente furbo”, considerò Rhyme.

"Probabilmente non teneva la casa sotto stretto controllo e sapeva di doverla abbandonare da un momento all'altro. Quanto mi piacerebbe trovare un'impronta. Di sicuro è schedato, in qualche posto. Forse in molti posti."

"Ho trovato il resto del mazzo di tarocchi, ma non ci sono etichette di negozi. E l'unica carta mancante è la dodicesima, quella che ha lasciato sulla scena. Okay, continuo la ricerca."

Proseguì attentamente lungo la griglia, anche se l'appartamento era così piccolo che sarebbe bastato stare in mezzo e girarsi di trecentossessanta gradi. Sachs riuscì a trovare un piccolo indizio nascosto: mentre passava accanto alla branda, notò l'angolo bianco di un foglietto di carta che spuntava da sotto un cuscino. Lo raccolse e lo aprì con cautela.

"Qui c'è qualcosa, Rhyme. Uno schizzo della strada del museo afroamericano, con parecchi dettagli su vicoli, entrate degli edifici vicini, zone di carico, aree di parcheggio, idranti, tombini, telefoni pubblici. Quell'uomo è un perfezionista." Non erano in molti i killer che si prendevano tanto disturbo per un lavoro a pagamento. "Ci sono anche delle macchie. E qualche briciola. Marroncina." Sachs annusò. "Aglio. Le briciole si direbbero di cibo."

Infilò la cartina in una busta di plastica e riprese la ricerca. "Ci sono delle fibre, uguali alle altre: una corda di cotone, suppongo. Polvere e sporcizia. Tutto qui, in ogni caso."

"Vorrei poterlo vedere di persona." La voce del criminalista sfumò nel silenzio.

"Rhyme?"

"Sto visualizzando", sussurrò lui. Un altro intervallo di silenzio. Poi: "Che cosa c'è sulla superficie della scrivania?"

"Non c'è niente, ti ho de…"

"Non intendo che cosa c'è *appoggiato* sopra. Ci sono macchie di inchiostro? Scarabocchi? Segni di un coltello? Anelli lasciati da tazze di caffè?" Aggiunse, in tono severo: "Quando un criminale è così scortese da non lasciare in giro la bolletta della luce, dobbiamo accontentarci di quello che troviamo".

Sì, il buonumore era ufficialmente defunto.

La detective esaminò la superficie di legno della scrivania. "Hai ragione, ci sono delle macchie. Graffi e incisioni."

"È legno?"

"Sì."

"Prendi qualche campione. Usa un coltello per raschiare la superficie."

Sachs prese un bisturi dal kit. Era sterilizzato, esattamente come quelli usati in chirurgia, e sigillato in carta e plastica. La detective raschiò con cura la superficie della scrivania e depose i campioni in sacchetti di plastica.

Abbassò gli occhi e notò un riflesso luminoso sul bordo del piano. Guardò più da vicino. "Rhyme, ho trovato delle gocce. Un liquido chiaro."

"Prima di prenderne un campione, spruzzaci sopra del Mirage. Usa l'Exspray Due. A questo tipo piacciono troppo i giochetti mortali."

La Mirage Technologies prepara degli utili ritrovati per identificare gli esplosivi. L'Exspray numero due viene usato per riconoscere gli esplosivi del Gruppo B, compresa la nitroglicerina, un liquido chiaro altamente instabile di cui basta una goccia per far esplodere una mano.

Sachs fece il test. Se la sostanza fosse stata esplosiva, sarebbe diventata di colore rosa. Ma non ci fu alcun cambiamento. Per sicurezza, vi spruzzò sopra anche l'Exspray numero tre, che evidenziava la presenza di nitrati di qualsiasi genere, elemento chiave della maggior parte degli esplosivi, non solo della nitroglicerina.

"Negativo." La detective raccolse una seconda goccia di liquido e la trasferì in una provetta, che sigillò. "Credo di avere finito, Rhyme."

"Porta tutto qui, Sachs. Dobbiamo stargli dietro. Se è riuscito a sfuggire così facilmente a una squadra ESU, può avvicinarsi a Geneva altrettanto rapidamente."

15

Aveva fatto centro.

Niente male.

Ventiquattro domande a scelta multipla. Geneva Settle sapeva che le sue risposte erano tutte corrette. E aveva scritto una risposta di sette pagine a una domanda-saggio che ne richiedeva solo quattro.

Liscio…

Lo stava raccontando al detective Bell, che annuiva in risposta. Dal che lei intuì che il poliziotto non la stesse ascoltando: stava solo tenendo d'occhio i corridoi. Ma se non altro sorrideva, quindi Geneva finse che le stesse dando retta. Le sembrava strano sentirsi così bene, mentre gli raccontava della domanda trabocchetto che aveva fatto in modo che la professoressa Lynette Thompkins le facesse quando si era resa conto di avere studiato l'argomento sbagliato. Nessuno, a parte Keesh, sembrava mai interessato agli sproloqui di Geneva.

Adesso doveva affrontare il compito di matematica. Non era la sua materia preferita, ma aveva studiato e sapeva cavarsela con le equazioni.

"Ragazza!" disse Lakeesha, raggiungendola. "Accidenti, sei ancora qui?" Sgranò gli occhi. "Ti sei fatta quasi ammazzare, stamattina, e non ne approfitti nemmeno. Sei proprio matta, ragazza."

"Cos'è, l'ora delle critiche?"

Keesh continuò con gli *snaps*, come Geneva si aspettava. "Prendi sempre 'ottimo'. A che ti serve fare tutti e due i compiti?"

"Se non li faccio tutti e due, smetto di prendere ottimo."
L'altra guardò il detective Bell con un'espressione torva. "Se fossi in lei, andrei a dare la caccia a quel bastardo che ha aggredito la mia amica."
"Ci sono un sacco di poliziotti che gli danno la caccia."
"Quanti? E dove stanno?"
"Keesh!" la rimproverò Geneva, sottovoce.
Ma il signor Bell fece un sorrisetto. "Un bel po'."
Snap, snap.
"Hai fatto il tuo compito di Educazione Civica?" chiese Geneva.
"Non c'è niente di civico. Il mondo è un casino."
"Non avrai bigiato!"
"Ti ho detto che ci andavo. Tutto liscio, dai. Mi ci sono buttata. Di sicuro ho preso un 'sufficiente'. Forse persino un 'buono'."
"Grande."
Lakeesha girò a sinistra in un corridoio. "A dopo, ragazza. Chiamami più tardi."
"Okay."
Geneva rise tra sé, guardando l'amica che correva via. Keesh sembrava una come tante, con i suoi pantaloncini aderentissimi e appariscenti, le unghie da paura, le treccine strettissime, il suo *bling* da quattro soldi. Sempre pronta a ballare come una matta al ritmo di L.L. Cool J., Twista e Beyoncé. Sempre pronta a gettarsi nella mischia, anche quando c'erano di mezzo le *gangsta girls* (ma ogni tanto Keesh si portava dietro un taglierino o un coltellino). Talvolta faceva la DJ, sotto il nome di Def Mistress K, quando faceva girare i vinili ai balli della scuola e persino nei club, se il buttafuori decideva di credere che avesse già ventun anni.
Ma non era una ragazza da ghetto come voleva far pensare. Quell'atteggiamento sarebbe passato, come le unghie finte e le extension. I segni erano lampanti per Gen. Tanto per cominciare, bastava ascoltarla per accorgersi che la sua prima lingua era l'inglese standard. A volte sembrava uno di quei personaggi dei fumetti che cercavano di imitare il linguaggio dei neri, senza riuscirci. Si poteva dire: "Io essere da Sammy", ma chi parlava sul serio l'*ebonics* – la nuova defini-

zione politicamente corretta era "inglese vernacolare afroamericano" – diceva: "Io sono da Sammy". "Essere" si usava solo per il futuro, come "Io essere al lavoro da Blockbuster tutti i weekend" o "Io essere a Houston da mia zia il mese prossimo".

Oppure Keesh poteva dire: "Io la prima a iscrivermi", ma non era esatto: nell'inglese vernacolare non si ometteva il verbo essere nella prima persona, solo nella seconda e nella terza: "Lui il primo a iscriversi" era giusto. Ma a un orecchio inesperto Keesh poteva passare per una ragazza cresciuta nell'*hood*.

C'erano altre cose: le ragazze delle case popolari si vantavano di praticare il taccheggio, ma Keesh non aveva rubato niente di più di uno smalto per le unghie. Non comprava gioielli per la strada da gente che poteva averli rubati ai turisti e non esitava a chiamare il 911 quando vedeva qualche ragazzo sospetto nell'atrio di una casa durante la "stagione di caccia", il periodo in cui arrivavano per posta gli assegni dei sussidi di disoccupazione. Keesh lavorava per pagarsi le cose: faceva extension e treccine in proprio e quattro giorni alla settimana era al bancone di un ristorante di Manhattan, scelto però parecchi chilometri a sud di Harlem, per evitare di incontrare qualcuno che potesse riconoscerla come la DJ e *bling*-diva della 124th Street. Spendeva poco e risparmiava per aiutare la famiglia.

C'era un altro aspetto di Keesh che la distingueva da molte ragazze di Harlem. Lei e Geneva erano entrambe "Sorelle di Nessuno". Insomma, niente sesso. Be', sì, flirtare era okay, ma, come diceva un'amica di Geneva: "Nessun ragazzo mi mette il suo schifo dentro, parola". Geneva e Keesh avevano mantenuto il patto di verginità fatto alle medie e per questo erano una rarità. Una elevata percentuale delle ragazze alla Langston Hughes andavano a letto coi ragazzi da due anni.

Le teenager di Harlem rientravano in due categorie e la differenza era data dalla gravidanza. C'erano quelle che spingevano carrozzine per la strada e quelle che non lo facevano. Non importava se si leggeva Ntozake Shange e Sylvia Plath o se si era analfabete; non contava se si portavano canotte arancioni e treccine, oppure camicette bianche e gonne pieghettate. Se si finiva dal lato della gravidanza, il destino era diverso da quello delle rappresentanti dell'altra categoria. Un bambino non comportava automaticamente la fine degli studi e il doversi cercare un lavoro, ma spesso non c'era alternativa. E anche in caso contrario, una ragazza madre doveva affrontare tempi decisamente duri.

L'obiettivo irrinunciabile di Geneva Settle era andarsene da Harlem alla prima occasione, con tappe a Boston o a New Haven per prendersi una o due lauree, e poi partire per l'Inghilterra, la Francia o l'Italia. Il rischio anche solo remoto che una gravidanza potesse compromettere i suoi piani era inaccettabile. Lakeesha era meno entusiasta al pensiero dell'università, ma anche lei aveva le sue ambizioni. Dopo quattro anni di college intendeva trasformarsi in un'abile imprenditrice e dare l'assalto ad Harlem. Voleva diventare la Frederick Douglass o la Malcolm X del mondo degli affari di Uptown.

Erano questi obiettivi comuni a trasformare in sorelle due ragazze altrimenti così diverse. E, come tutte le amicizie più profonde, la loro sfuggiva a qualsiasi definizione. Keesh l'aveva detta giusta una volta, agitando il braccio pieno di braccialetti e le dita con le unghie a pois: "Accidenti, amica. Funziona, no?"

E sì, funzionava.

Geneva e il detective Bell arrivarono all'aula di matematica. Il poliziotto si mise sulla porta. "Io resto qui. Dopo il compito, aspetta dentro. Farò portare l'auto davanti all'entrata."

La ragazza annuì e fu sul punto di entrare in aula, ma esitò. Si girò verso Bell. "Volevo dire una cosa, detective."

"Che cosa?"

"Lo so che a volte posso essere antipatica. Testarda, magari. Be', diciamo pure rompipalle. Ma grazie per quello che sta facendo."

"È solo il mio lavoro, miss. E poi, la maggior parte dei testimoni e della gente che proteggo non vale l'asfalto su cui cammina. Sono lieto di potermi occupare di una persona onesta. E adesso vai a rispondere alle prossime ventiquattro domande."

Geneva batté le palpebre. "Mi stava ascoltando? Credevo che facesse solo finta."

"Ti stavo ascoltando, certo, e intanto mi guardavo intorno. Posso fare due cose nello stesso tempo, ma questo è il mio limite. Non ti aspettare di più. Adesso vai. Aspetto che tu abbia finito."

"La ripagherò per il pranzo."

"Te l'ho detto: offre il sindaco."

"Solo che ha pagato lei. E non ha tenuto lo scontrino."

"Be', guarda un po'. Le noti le cose."

In aula c'era Kevin Cheaney, in uno dei banchi sul fondo, che parlava con i suoi amici. Quando lei entrò, alzò la testa e l'accolse con un grande sorriso, andandole incontro. Quasi tutte le ragazze presenti, belle o normali che fossero, lo seguirono con lo sguardo. La sorpresa, e poi lo choc, balenò nei loro sguardi quando videro da chi fosse diretto.

Ehi, pensò lei trionfante, rivolgendosi mentalmente alle ragazze. *Vedete di farvene una ragione.*

Era come essere in paradiso. Geneva abbassò gli occhi, sentendo il sangue che affluiva al viso.

"*Yo*, ragazza", fece Kevin, avvicinandosi. Geneva sentì il profumo del suo dopobarba e si chiese di che marca fosse. Se scopriva quando era il suo compleanno, poteva essere un regalo adatto.

"Ciao", gli disse, con voce incerta. Si schiarì la gola. "Ciao."

Okay, aveva avuto il suo momento di gloria di fronte a tutta la classe. Ma ora doveva tenerlo a distanza, perché non gli capitasse nulla di male per colpa sua. Gli avrebbe detto quanto fosse pericoloso starle vicino. Doveva lasciare perdere lo *snapping* e gli scherzi su "Tua mamma...". Bisognava essere seri. Doveva dirgli quanto fosse preoccupata per lui.

Ma prima che lei potesse aprire bocca, lui la invitò a seguirlo in fondo all'aula. "Vieni qui. Ho una cosa per te."

Per me? pensò Geneva. Respirò a fondo e lo seguì.

"Ecco. Un regalo." Le consegnò un oggetto di plastica nera.

Che cos'era? Un cellulare? Un cercapersone? Non era consentito tenere oggetti del genere a scuola. Geneva sentiva il cuore battere all'impazzata, mentre si chiedeva lo scopo di quel regalo. Era per chiamarlo nel caso lei fosse stata in pericolo? O perché lui potesse mettersi in contatto con lei quando voleva?

"Okay", disse, osservando l'oggetto. Non era un cellulare, doveva essere una specie di palmare.

"Ci sono giochi, Internet, e-mail, tutto senza cavi. Incredibile come funzionano queste cose."

"Grazie, solo... Be', mi pare costoso, Kevin. Non so se..."

"Oh, va tutto bene, ragazza. Te lo guadagnerai."

Lei lo guardò. "Me lo guadagnerò?"

"Stammi a sentire. Non è difficile. I ragazzi e io lo abbiamo collaudato. È già collegato al mio." Si batté una mano sul taschino della camicia. "Prima cosa da ricordare: tienilo tra le gambe. Meglio se hai una gonna. Lì gli insegnanti non ci guardano, se no gli fanno il culo, sai. Allora, alla prima domanda del compito, premi questo bottone qui, l'uno, vedi? Poi premi lo spazio e digiti la risposta. Ci sei?"

"La risposta?"

"Sì. Ascolta, è importante. Tu premi questo bottone e me la mandi. Questo qui con l'antenna. Se non lo premi, lui non manda niente. Seconda domanda, premi il bottone due. Poi la risposta."

"Non capisco."

Lui rise, chiedendosi perché non ci arrivasse. "Cosa credi? Abbiamo un patto, ragazza. Io ti copro le spalle in strada, tu le copri a me in classe."

Quando capì, fu come uno schiaffo. Alzò lo sguardo e lo fissò dritto negli occhi. "Questo è copiare."

Lui si accigliò. "Non dire certe cazzate a voce alta." Si guardò intorno.

"Mi prendi in giro. È uno scherzo."

"Scherzo? No, ragazza. Tu mi aiuti."

Non era una richiesta. Era un ordine.

A Geneva venne un senso di nausea, di soffocamento. Il respiro le si accelerò. "Non ci sto." Gli porse il palmare. Lui non lo prese.

"Che problema c'è? Un sacco di ragazze mi aiutano."

"Alicia", mormorò Geneva, con rabbia. Annuì, ricordando una ragazza che era stata loro compagna di classe fino a poco tempo prima, Alicia Goodwin, intelligente, un genio in matematica. Aveva lasciato la scuola quando i genitori si erano trasferiti nel Jersey. Lei e Kevin erano spesso insieme. Quindi era quello il gioco di Kevin: aveva perso la sua complice e gliene serviva un'altra. Perciò aveva scelto Geneva, più brava di Alicia anche se non altrettanto carina. Geneva si domandò a quale posizione in classifica fosse scesa. Rabbia e dolore le bruciavano dentro. Era peggio persino di quello che le era successo quella mattina al museo. Se non altro, l'uomo con il passamontagna non aveva finto di essere suo amico.

Giuda...

"Hai tutto un harem di ragazze che ti passano le risposte..." si infuriò Geneva. "Che media avresti se non fosse per loro?"

"Non è che sono stupido, ragazza", sibilò Kevin. "Solo che non mi serve imparare quelle stronzate. Io voglio giocare a basket e fare un sacco di soldi per il resto della mia vita. Meglio per tutti se mi alleno, invece di perdere tempo a studiare."

"Per tutti?" Geneva fece una risatina amara. "Allora è così che prendi i voti: rubandoli. Come uno che scippa catenine d'oro in Times Square."

"*Yo*, ragazza, occhio a come parli", intimò il ragazzo a bassa voce.

"Io non ti aiuto", mormorò lei.

Kevin sorrise e fece uno sguardo sornione. "Ne varrà la pena, vedrai. Vieni da me quando vuoi. Ti scopo per bene. Ti do anche una bella leccata: è la mia specialità."

"Vai all'inferno", gridò lei. Qualche testa si voltò.

"Sentimi bene", ringhiò Kevin, afferrandola con forza per un braccio, tanto da farle male. "Hai il corpo di una di dieci anni e ti dai arie da biondina di Long Island, pensando di essere meglio di tutti quanti. Una troietta spennata come te non può fare la schizzinosa quando si tratta di uomini, mi segui? Dove lo trovi uno bello come me?"

Geneva incassò l'insulto. "Sei disgustoso."

"Okay, ragazza, okay. Sei frigida? *Cool*. Ti pago per aiutarmi. Quanto vuoi? Cento? Duecento? Di soldi ne ho. Dimmi il tuo prezzo. Devo passarlo, questo compito."

"Allora studia", sbottò lei, gettandogli addosso il palmare. Lui lo prese al volo con una mano, tirandola a sé con l'altra.

"Kevin", tuonò una voce.

"Cazzo", mormorò il ragazzo, seccato. Chiuse gli occhi per un istante, lasciando andare il braccio di Geneva.

Il professor Abrams si avvicinò e requisì il palmare. "E questo cos'è?"

"Voleva che lo aiutassi a copiare", disse Geneva.

"È fuori di testa. È suo e..."

"Andiamo in direzione", disse il professore, rivolto a Kevin.

Il ragazzo fissò Geneva con occhi gelidi. Lei sostenne il suo sguardo.

"Tu stai bene, Geneva?" chiese l'insegnante.

Lei stava massaggiandosi il braccio, nel punto in cui Kevin l'aveva stretto. Abbassò la mano e annuì. "Vorrei solo andare ai servizi qualche minuto."

"Vai pure." Il professor Abrams si rivolse alla classe. Tutti guardavano la scena in silenzio. "Ripassate per una decina di minuti prima del compito." Poi l'insegnante scortò Kevin fuori dall'aula, dalla porta posteriore. Come se qualcuno avesse premuto il pulsante del volume su un telecomando, in classe partirono commenti a raffica. Geneva attese qualche secondo e uscì a sua volta.

Guardò il corridoio e vide il detective Bell con le braccia conserte davanti alla porta principale. Lui non si accorse di lei. Geneva si mescolò alla folla di studenti in corridoio, diretti alle loro classi, ma non andò in bagno. In fondo al corridoio, spinse la porta che dava sul cortile deserto, pensando: *Così nessuno mi vedrà piangere.*

Eccola! A nemmeno cento metri da lui.

Il cuore sobbalzò nel petto di Jax, appena vide Geneva Settle da sola nel cortile del liceo.

Graffiti King era allo sbocco di un vicolo, dall'altro lato della strada, dove era rimasto appostato per mezz'ora nella speranza di scorgerla da qualche parte. Ma questo era molto meglio di quanto sperasse. La ragazza era sola. Jax diede uno sguardo intorno. C'era un'auto della polizia senza contrassegni, con un poliziotto a bordo, parcheggiata davanti alla scuola, ma era piuttosto distante e lo sbirro non guardava il cortile. Da dove si trovava, non avrebbe visto la ragazza nemmeno se si fosse voltato. Poteva andare più liscia del previsto.

Allora non stare qui a dormire, si disse. *Muovi il culo.*

Tirò fuori un berretto dalla tasca e se lo calcò in testa. Scrutò il cortile nascosto dietro un vecchio furgone. Gli ricordò quello della prigione, solo che non c'erano il filo spinato e la torretta. Decise di attraversare la strada in quel punto, al riparo di un autoarticolato di Food Emporium in sosta sul ciglio della strada, con il motore acceso. Così sarebbe potuto arrivare a meno di dieci metri dal bersaglio senza essere visto né dalla ragazza né dal poliziotto. Sarebbe stato vicino quanto bastava.

Finché Geneva Settle teneva gli occhi bassi, Jax poteva avvicinarsi alla recinzione senza che lei se ne accorgesse. Dopo quello che le era successo, doveva essere in tensione: se lo avesse visto arrivare, sarebbe schizzata via chiamando aiuto.

Vai piano e fai attenzione.

Ma adesso muoviti. Non ti capiterà mai un'altra occasione come questa.

Jax entrò in azione, attento a non strascicare il piede zoppo sulle foglie secche, per non tradirsi.

16

Era così che andavano le cose?

I ragazzi volevano *sempre* qualcosa in cambio?

Nel caso di Kevin, lui voleva il suo cervello. Be', non ci sarebbe rimasta di merda allo stesso modo se fosse stata fatta come Lakeesha e lui avesse voluto solo le sue tette o il suo culo?

No, pensò lei, con rabbia, *non era la stessa cosa.* Quello era normale. I consulenti, a scuola, ti facevano una testa così sullo stupro, sul dire no, su cosa fare se un ragazzo diventava troppo insistente e cosa fare dopo se succedeva qualcosa.

Ma non dicevano mai una parola su come reagire se qualcuno ti voleva stuprare il cervello.

Merda, merda, merda!

Strinse i denti e si asciugò le lacrime, scuotendole dalla punta delle dita. *Scordatelo! Non è altro che una testa di cazzo.* Il compito di matematica, quello sì che era una cosa importante.

d su dx elevato alla nona…

Un movimento alla sua sinistra. Geneva si voltò e, controsole, intravide una sagoma sull'altro lato della strada, all'ombra di una casa. Un uomo con un berretto in testa e una giacca verde mimetica. Stava venendo verso la recinzione, ma poi era sparito dietro un camion. Per un attimo Geneva cedette al panico: che l'uomo della biblioteca fosse tornato a darle la caccia? Ma no: questo tipo era nero. Si rilassò. Guardò lo Swatch. *Torna dentro.*

Solo che…

Pensò disperata agli sguardi che avrebbe attirato su di sé. I ragazzi di Kevin le avrebbero lanciato il malocchio. Le *bling girls* le avrebbero riso dietro.

Mettetela sotto, la troietta...

Doveva lasciarli perdere. Che cosa le fregava di quello che pensavano? L'unica cosa importante era il compito.

d su dx elevato alla nona uguale a nx meno uno...

Mentre tornava alla porta, si chiese se Kevin sarebbe stato sospeso. O addirittura espulso dalla scuola. Dentro di sé, lo sperava.

d su dx elevato...

Fu allora che sentì di nuovo i passi, più affrettati. Qualcuno stava correndo proprio nella sua direzione. Non riusciva a vederlo. Chi era? Si mise una mano sulla fronte per proteggere gli occhi dal sole abbagliante.

E sentì la voce del detective Bell. "Geneva, stai ferma, non muoverti!"

Il poliziotto stava correndo da lei, insieme a qualcun altro. L'agente Pulaski.

"Miss, che è successo? Cosa ci fai qui fuori?"

"Io stavo..."

Poco lontano, tre auto della polizia frenarono in uno stridore di pneumatici. Il detective Bell alzò gli occhi, due fessure sotto il sole, e guardò verso il camion: "Pulaski! È lui! Vai, vai, vai!"

L'uomo in giacca verde si stava allontanando di corsa, zoppicando. Lo videro rifugiarsi nel vicolo.

"Vado", disse l'agente Pulaski, lanciandosi all'inseguimento. Passò di stretta misura dal cancello semiaperto e sparì a sua volta nel vicolo.

Nel cortile apparvero altri cinque o sei poliziotti, che si disposero a ventaglio intorno a Geneva e al detective.

"Che succede?" chiese la studentessa.

Scortandola rapidamente fino alle auto, il detective le spiegò che un agente dell'FBI che collaborava con il signor Rhyme, un certo Dellray, aveva passato loro la soffiata di uno dei suoi informatori: quella mattina ad Harlem un uomo aveva chiesto in giro di Geneva, cercando di scoprire quale scuola frequentasse e dove abitasse. Era un afroamericano che indossava una giacca verde militare. L'individuo era stato arrestato qualche anno prima sotto l'accusa di tentato omicidio e si era appena procurato una pistola. Il signor Rhyme aveva concluso che, dato che l'aggressore di quella mattina era bianco e probabilmente non sapeva muoversi ad Harlem, doveva essersi trovato un complice più pratico del quartiere.

Appena lo aveva saputo, il signor Bell era corso in classe a prenderla, scoprendo che lei era uscita dalla porta sul retro. Ma Jonette Monroe, la poliziotta sotto copertura, l'aveva tenuta d'occhio e l'aveva indicata al detective.

"Dobbiamo tornare subito da Rhyme", disse Bell.

"Ma il compito..."

"Niente compito e niente scuola, finché non lo prendiamo", disse Bell, irremovibile. "Andiamo, miss."

Furiosa per il tradimento di Kevin e per il casino in cui si ritrovava, Geneva incrociò le braccia. "Io lo devo fare, quel compito."

I gentili occhi scuri del detective divennero duri come pietre.

"Va bene", si arrese lei.

Proseguirono verso le auto. Bell non smetteva di guardarsi intorno, scrutando nell'ombra. Geneva notò che teneva la mano sul fianco, probabilmente pronto a estrarre la pistola.

Il poliziotto biondo li raggiunse poco dopo. "L'ho perso", disse, ansimante. "Mi spiace."

Bell sospirò. "Puoi descriverlo?"

"Nero, un metro e ottanta, zoppo. Berretto nero. Niente barba né baffi. Più sui quaranta che sui trenta."

"Hai notato qualcos'altro, Geneva?"

Lei scosse il capo, imbronciata.

"Okay", disse Bell. "Andiamocene."

La studentessa salì a bordo della Crown Vic del detective e si mise sul sedile posteriore, accanto all'agente Pulaski. Bell stava per mettersi al volante, quando vide la consulente, la signora Barton, correre verso di loro con espressione preoccupata.

"Detective, che cosa succede?"

"Dobbiamo portare via Geneva. Sembra che uno degli

uomini che vogliono farle del male fosse qui intorno. Potrebbe essere ancora nelle vicinanze, per quanto ne sappiamo."

La donna si guardò intorno, inquieta. "Qui?"

"Non ne siamo sicuri. Dico solo che è una possibilità. Meglio evitare rischi." Il detective aggiunse: "Pensiamo che fosse qui cinque minuti fa. Un afroamericano, piuttosto robusto, con una giacca verde militare e un berretto. Niente baffi. Era fuori dal cortile, dietro quel camion. Le spiace chiedere a studenti e insegnanti se lo conoscono o se vedono qualcos'altro di sospetto?"

"Ma certo."

Bell le chiese anche di controllare se qualche videocamera di sicurezza lo avesse ripreso. Si scambiarono i numeri di telefono. Poi il detective salì in macchina e avviò il motore. "Mettetevi la cintura. Partiremo a razzo."

Geneva fece appena in tempo ad allacciare la sua che Bell schiacciò l'acceleratore a tavoletta e la macchina attraversò Harlem come un ottovolante. In un attimo la Langston Hughes High School, l'ultimo baluardo della salute mentale e delle sicurezze interiori di Geneva, scomparve alle loro spalle.

Mentre Amelia Sachs e Lon Sellitto catalogavano i reperti raccolti nella casa sicura di Elizabeth Street, Rhyme rifletteva sul complice del Sosco 109, l'uomo che si era avvicinato così pericolosamente a Geneva, fuori dalla scuola.

C'era la possibilità che il Sosco avesse impiegato quell'individuo solamente a scopo di sorveglianza, anche se il fatto che fosse un ex detenuto e si fosse procurato una pistola lasciava intendere che fosse pronto a ucciderla lui stesso. Rhyme aveva sperato che l'uomo avesse lasciato qualche traccia nei pressi del cortile, ma non aveva avuto fortuna: una squadra della CSU aveva esaminato attentamente l'area, senza trovare niente.

E il gruppo di agenti che aveva setacciato la zona in lungo e in largo non aveva trovato nessun testimone che lo avesse visto andarsene. Forse...

"Ciao, Lincoln", disse una voce maschile.

Colto di sorpresa, il criminalista vide torreggiare sopra di sé un uomo sui quarantacinque anni, con spalle larghe e corti capelli argentati che ricadevano a ciuffi sulla fronte. Indossava un vestito scuro piuttosto costoso.

"Dottore. Non avevo sentito il campanello."

"Thom era fuori. Mi ha fatto entrare lui."

Robert Sherman, il medico che seguiva la terapia di Rhyme, gestiva una clinica specializzata nel trattamento di vittime di lesioni alla spina dorsale. Era stato lui a elaborare il programma comprendente la cyclette, il *tapis roulant*, l'acquaterapia e gli altri esercizi più tradizionali che Thom faceva eseguire al paziente.

Il dottore e Sachs si salutarono. Poi Sherman notò il trambusto nel laboratorio. Da un punto di vista terapeutico, era lieto che Rhyme fosse impegnato: diceva sempre che il lavoro aumentava la volontà di migliorare del paziente, anche se aveva suggerito sarcasticamente al criminalista di evitare qualsiasi attività che includesse, per esempio, l'essere bruciato vivo, cosa a cui era andato vicino durante una recente indagine.

Il dottore era una persona di talento, cordiale e dannatamente intelligente. Ma Rhyme non aveva tempo da dedicargli, in quel momento, proprio ora che i criminali armati che davano la caccia a Geneva erano diventati due. Salutò il medico distrattamente.

"Dalla reception mi hanno comunicato che hai annullato il tuo appuntamento di oggi. Volevo soltanto sapere se stavi bene."

Al dottore sarebbe bastata una telefonata per avere una risposta, rifletté il criminalista, ma una chiamata non avrebbe avuto lo stesso impatto. Sherman stava facendo pressioni su Rhyme perché si sottoponesse agli esami. Forti pressioni. Voleva sapere se il programma di esercizi stesse dando risultati, non solo nell'interesse del paziente, ma anche ai fini dei suoi studi.

"No, va tutto bene", lo rassicurò il criminalista. "Ci è capitato un caso tra capo e collo." Indicò i reperti sul tavolo. Sherman li guardò.

Thom si affacciò sulla soglia. "Dottore, vuole un caffè? Una bibita?"

"Non vorremmo fargli perdere del tempo prezioso, vero?" si affrettò a dire Rhyme. "Adesso che sa che non ci sono problemi, di sicuro vorrà..."

"Un caso?" domandò Sherman, continuando a guardare il tavolo.

"Piuttosto difficile", disse Rhyme, dopo un momento di esitazione. "Un brutto tipo. Stavamo cercando di catturarlo, quando lei è arrivato."

Il criminalista non voleva fare concessioni e non intendeva scusarsi per i suoi modi bruschi. Ma i medici specializzati in quel tipo di pazienti erano abituati agli effetti collaterali delle lesioni alla spina dorsale: rabbia, ostilità e linguaggio caustico. Sherman non era minimamente toccato dall'atteggiamento di Rhyme. Continuò a guardarlo, mentre rispondeva: "No, non prendo niente, Thom, grazie. Non mi posso trattenere".

"Davvero?" disse l'aiutante, accennando a Rhyme. "Non gli faccia caso."

"Sono a posto, sì."

Ma anche se non voleva il caffè, anche se non si poteva trattenere, Sherman non dava cenno di volersene andare. Anzi, prese una sedia e ci si mise sopra.

Sachs guardò Rhyme, che rispose con un'occhiata vacua. Il dottore spostò la sedia più vicino a lui e a bassa voce gli disse: "Lincoln, ormai sono mesi che cerchi di evitare gli esami".

"Be', sta succedendo di tutto. Stavamo lavorando su quattro casi, che ora sono diventati cinque. Casi che mi hanno fatto perdere tempo, come può immaginare. E, a loro modo, affascinanti. Senza precedenti." Si augurava che Sherman gli chiedesse qualche dettaglio, il che avrebbe cambiato, se non altro, il tema della conversazione.

Ma il dottore non ci cascò. Quelli come lui non abboccavano mai all'amo. Ne avevano viste troppe. "Fammi dire una cosa."

E adesso come faccio a fermarti? pensò il criminalista.

"Ti sei dato agli esercizi con più dedizione di qualsiasi altro mio paziente. Lo so che non vuoi sottoporti agli esami per paura di scoprire che non ci sono stati miglioramenti. Ho ragione?"

"Non proprio, dottore. Ho avuto da fare."

Come se nemmeno lo avesse sentito, Sherman proseguì: "So che dei miglioramenti ci sono stati, nelle tue condizioni generali e funzionali".

Il linguaggio dei medici poteva essere insinuante quanto quello dei poliziotti, rifletté Rhyme. Rispose: "Lo spero. Ma se così non fosse, mi creda, non importa. La massa muscolare è aumentata, la densità delle ossa è aumentata... Cuore e polmoni vanno meglio. Non chiedo altro. Non pretendo di rimettermi a camminare".

Il dottore lo squadrò da capo a piedi. "La pensi davvero così?"

"Assolutamente", Rhyme si guardò intorno e sottovoce aggiunse: "Non saranno certo questi esercizi a rimettermi in piedi".

"No, questo no."

"E allora perché dovrei desiderare un modesto miglioramento al mio alluce sinistro? Sarebbe inutile. Farò gli esercizi, mi terrò nelle migliori condizioni possibili e in capo a cinque o dieci anni, quando voialtri inventerete una cura miracolosa o la clonazione, sarò pronto a ricominciare a camminare."

Il dottore sorrise e batté il palmo della mano su una gamba di Rhyme, un gesto che lui non poteva sentire. Sherman fece un cenno di approvazione. "Mi fa piacere sentirtelo dire, Lincoln. Il mio problema maggiore sono quei pazienti che si arrendono perché pensano che tutta quella fatica e tutti quegli esercizi non possano cambiare di molto le loro vite. Vogliono risultati subito, vogliono cure. Non si rendono conto che questa guerra si vince solamente a forza di piccole battaglie."

"Io credo di avere già vinto."

Il dottore si alzò in piedi. "Ma voglio sempre che tu faccia quegli esami. Ci servono i dati."

"Appena... Ehi, Lon, stai ascoltando? Cliché in arrivo! Appena avremo fatto piazza pulita."

Sellitto, che non aveva idea di che cosa Rhyme stesse dicendo, o non gliene importava, gli rivolse un'occhiata distratta.

"Va bene", Sherman si diresse alla porta. "E in bocca al lupo con il caso."

"Crepi il lupo", rispose Rhyme, in tono allegro.

L'uomo delle piccole vittorie lasciò la casa e il criminalista tornò immediatamente a dedicarsi al tavolo dei reperti.

Sachs ricevette una chiamata, che durò alcuni secondi. "Era Bo Haumann. I due della squadra, quelli che sono rimasti folgorati: il primo ha subito gravi ustioni, ma se la caverà. L'altro è già stato dimesso."

"Grazie a Dio", disse Sellitto, chiaramente sollevato. "Dev'essere stato tremendo." Chiuse gli occhi per un istante. "Le ustioni. E l'odore. Gesù. Gli si sono bruciati i capelli. Gli manderò qualcosa. Anzi, gli porterò un regalo di persona. Magari dei fiori. Pensi che gli andranno dei fiori?"

Quella reazione, come il suo comportamento di tutta la giornata, non era da Sellitto. I poliziotti restavano feriti, venivano ammazzati. Tutti loro accettavano quella realtà, ognuno a proprio modo. Molti avrebbero detto: "Grazie a Dio se l'è cavata", si sarebbero fatti il segno della croce e sarebbero entrati nella chiesa più vicina a dire una preghiera. Ma Lon Sellitto era il tipo che avrebbe fatto cenno di sì e sarebbe andato avanti con il suo lavoro. Non era da lui comportarsi in quel modo.

"Non ne ho idea", disse Rhyme.

Fiori?

Mel Cooper richiamò la sua attenzione. "Lincoln, ho in linea il capitano Ned Seely." Il tecnico aveva chiamato i Texas Rangers per avere informazioni sul delitto ad Amarillo che, secondo il VICAP, aveva alcuni punti in comune con l'aggressione al museo.

"Mettilo in viva voce."

Cooper obbedì.

"Pronto, capitano?" disse Rhyme.

"Sissignore", disse una voce dal marcato accento texano. "Il signor Rhyme?"

"Sono io."

"Ho ricevuto la richiesta del suo assistente riguardo al caso Charlie Tucker. Ho tirato fuori quello che abbiamo, che non è molto. Pensa che sia lo stesso tipo che sta facendo casino dalle vostre parti?"

"Il *modus operandi* è analogo. Le scarpe sono della stessa marca e le tracce sono identiche. Ha lasciato indizi falsi per depistarci, come era successo con le candele e i simboli occulti nel caso Tucker. Oh, e il nostro soggetto ha un accento del sud. Qualche anno dopo c'è stato un caso simile anche in Ohio. Un lavoro su contratto."

"Quindi, secondo lei, qualcuno lo ha assoldato per fare fuori Tucker?"

"Può darsi. Chi era la vittima?"

"Tucker? Una persona qualsiasi. Un pensionato del dipartimento della giustizia, il nostro sistema carcerario. Felicemente sposato, con dei nipotini. Non si era mai messo nei guai e andava in chiesa regolarmente."

Rhyme aggrottò la fronte. "Che cosa faceva al dipartimento?"

"Il secondino. Nel carcere di sicurezza ad Amarillo... Hmmm, lei sta pensando che un detenuto abbia commissionato il delitto per regolare qualche conto in sospeso? Qualche abuso in galera, o roba del genere?"

"Può darsi", valutò Rhyme. "Hanno mai fatto rapporto a Tucker?"

"Dal dossier non risulta niente. Vuole chiedere alla prigione?"

Rhyme si fece dare il nome del direttore del carcere in cui lavorava Tucker. "Grazie, capitano."

Pochi minuti dopo, era in linea con il direttore J.T. Beauchamp della Northern Texas Maximum Security Facility di Amarillo. Rhyme si identificò come collaboratore dell'NYPD. "Allora, direttore..."

"Mi chiami pure J.T., signore."

"D'accordo, J.T." E Rhyme gli illustrò la situazione.

"Charlie Tucker? Certo, il secondino che hanno ammazzato. O linciato, piuttosto. Non ero io il direttore, a quell'epoca. Tucker è andato in pensione poco prima che io arrivassi da Houston. Prendo il suo fascicolo. La metto in attesa." Poco dopo il direttore tornò in linea. "Ho tutto qui. No, non ci sono proteste formali nei suoi confronti, a parte quella di un detenuto secondo il quale Tucker ce l'aveva con lui. Charlie non la piantò e finì a botte."

"Potrebbe essere lui il nostro uomo", rilevò Rhyme.

"Solo che il detenuto è stato giustiziato la settimana dopo. E Charlie è stato ucciso un anno più tardi."

"Ma non potrebbe darsi che Charlie avesse maltrattato un altro detenuto, che poi ha assunto un killer per pareggiare i conti?"

"Possibile. Ma perché ingaggiare un professionista? Un po' sofisticato, per la gente di queste parti."

Rhyme era d'accordo con lui. "Forse l'assassino era lui stesso un ex detenuto ed è andato a cercare Tucker una volta fuori. E ha allestito la messinscena per far pensare a un delitto rituale. Le spiace chiedere ai suoi agenti di custodia e agli altri dipendenti? Stiamo cercando un maschio bianco, sui quarant'anni, corporatura media, capelli castano chiaro, forse in carcere per un reato di violenza. E probabilmente rilasciato, o evaso..."

"Nessuno evade, non da qui", sentenziò il direttore.

"Okay, allora *rilasciato* poco prima che Tucker fosse ucciso. Non sappiamo altro. Oh, sì: che se ne intende di pistole ed è un buon tiratore."

"Questo non ci è d'aiuto. Siamo nel Texas." Si sentì una risatina.

Rhyme proseguì: "Abbiamo fatto un identikit al computer. Le mando una copia via e-mail. Se per favore potesse fare un confronto con le foto dei detenuti scarcerati in quel periodo..."

"Sissignore, lo dico alla mia segretaria. Ha buoni occhi. Ma ci vorrà un po'. Ne abbiamo parecchi di detenuti, qui." Il direttore diede al criminalista un indirizzo e-mail e riagganciò.

Geneva, Bell e Pulaski arrivarono poco dopo. Il detective riferì della fuga del complice, fornì qualche nuovo dettaglio e disse che qualcuno avrebbe fatto domande a studenti e insegnanti e recuperato, se c'era, una videoregistrazione delle telecamere di sicurezza.

"Non ho potuto fare l'ultimo compito", si lamentò Geneva, arrabbiata, come se fosse colpa di Rhyme. La ragazza cominciava a dargli sui nervi.

Il criminalista fece appello alla propria pazienza. "Ho una

notizia che potrebbe interessarti. Il tuo antenato è sopravvissuto al tuffo nell'Hudson."

"Davvero?" Il viso della ragazza si illuminò. Corse subito a leggere lo stampato dell'articolo del 1868. Ma poi si rattristò di nuovo. "Lo hanno trattato veramente male. Hanno fatto sembrare che avesse pianificato tutto da tempo. Non è andata così, ne sono sicura." Alzò lo sguardo. "E non sappiamo che ne è stato di lui quando è stato scarcerato."

"Stiamo ancora cercando informazioni. Speriamo di trovarne."

Il computer del tecnico emise un segnale. "Forse abbiamo qualcosa", disse Cooper. "Mi è arrivata una e-mail da un professore di Amherst che gestisce un sito di storia afroamericana. È una delle persone a cui ho chiesto notizie di Charles Singleton."

"Leggi."

"Viene dal diario di Frederick Douglass."

"Chi era?" domandò Pulaski. "Scusate, forse dovrei saperlo. C'è persino una strada a suo nome."

"Un ex schiavo", rispose Geneva. "Fu il leader assoluto dell'abolizionismo e dei diritti civili nel diciannovesimo secolo. Scrittore e conferenziere."

La recluta arrossì. "Come dicevo, avrei dovuto saperlo."

Cooper si chinò sul monitor e lesse: "'3 maggio 1866. Un'altra serata a Gallows Heights…'"

"Ah", lo interruppe Rhyme, "il nostro quartiere misterioso." La parola *gallows*, forche, gli riportò alla mente la carta dell'Impiccato, la figura placida appesa per un piede al patibolo. Lanciò un'occhiata al tabellone, poi tornò ad ascoltare Cooper.

"'…a discutere dell'obiettivo vitale, il Quattordicesimo Emendamento. Mi sono incontrato con numerosi esponenti della comunità di colore di New York, *inter alia* con l'Onorevole Governatore Fenton e i membri del Comitato Congiunto per la Ricostruzione, inclusi i senatori Harris, Grimes e Fessenden e i congressisti Stevens e Washburn e il rappresentante democratico Andrew T. Rogers, che si è dimostrato assai meno partigiano di quanto si temesse. Il governatore Fenton ha esordito con una commovente invocazione, dopo di che abbiamo presentato ai membri del comitato le nostre opinioni riguardo alle varie bozze dell'Emendamento. La presentazione si è protratta per lungo tempo. Particolarmente articolato è stato il signor Charles Singleton, il quale ha suggerito che l'Emendamento dovrebbe incorporare una richiesta di suffragio universale per tutti i cittadini, i neri come i bianchi, le donne come gli uomini, proposta soppesata da tutti i membri del Comitato. Il dibattito si è prolungato fino a tarda notte.'"

Geneva sbirciò da sopra la spalla del tecnico e rilesse: "'Particolarmente articolato.' Ed era favorevole al voto alle donne".

"Douglass ne riparla in un'altra annotazione", disse Cooper. "'25 giugno 1867. Sono preoccupato dalla lentezza dei progressi. Il Quattordicesimo Emendamento è stato presentato agli Stati per la ratificazione ormai un anno fa e ventidue di essi gli hanno concesso la loro approvazione. Ne rimangono ancora sei, che oppongono un'incrollabile resistenza. Willard Fish, Charles Singleton e Elijah Walker stanno viaggiando per gli Stati che ancora non hanno dato la ratifica, facendo il possibile per implorare il favore dei legislatori. Ma a ogni passo si scontrano con l'ignoranza di chi non comprende la saggezza di questa legge, con il disprezzo, le minacce e la rabbia... Dopo tanti sacrifici, ancora non abbiamo raggiunto il nostro obiettivo. Che il nostro trionfo nella Guerra sia destinato a diventare una vittoria di Pirro? Prego che la causa della nostra gente non venga sopraffatta da questo imponente sforzo.'" Cooper alzò gli occhi dallo schermo. "Non c'è altro."

Geneva disse: "Dunque, Charles lavorava con Douglass e gli altri al Quattordicesimo Emendamento. Erano amici, a quanto pare".

Lo erano davvero? si chiese Rhyme. Che avesse ragione l'articolo della rivista? Che Charles si fosse infiltrato nella cerchia degli attivisti al solo scopo di raccogliere informazioni per poi derubare il Trust? Anche se, per Lincoln Rhyme, la verità era l'unico obiettivo in un'indagine forense, albergava in lui la segreta speranza, insolitamente sentimentale, che Charles Singleton fosse innocente.

Fissò il tavolo dei reperti, vedendovi più domande che risposte.

"Geneva, puoi chiamare la tua prozia e chiederle di cercare le altre lettere di Charles o altro materiale?"

La studentessa telefonò alla donna con cui viveva Zia Lilly. Nessuno rispose, ma Geneva lasciò un messaggio in segreteria, chiedendo che la richiamassero al numero di Rhyme. Poi fece un'altra telefonata. Gli occhi le si illuminarono. "Mamma! Sei a casa?"

Grazie a Dio, pensò il criminalista. Finalmente erano tornati i suoi genitori.

Ma la gioia della ragazza svanì presto. "No... Cos'è successo? Quando?"

Un ritardo di qualche genere, ne dedusse Rhyme.

Geneva aggiornò la madre e la rassicurò, garantendo che era sotto sorveglianza da parte della polizia. Poi passò il telefono a Bell, che si dilungò in spiegazioni. Quindi restituì il telefono alla ragazza, che salutò entrambi i genitori e, riluttante, chiuse la comunicazione.

"Sono bloccati a Londra", disse Bell. "Il loro volo è stato cancellato e oggi non ce ne sono altri. Partiranno domattina presto, per Boston, e da lì prenderanno la prima coincidenza."

Geneva alzò le spalle, ma Rhyme le leggeva la delusione in volto. "Dovrei tornare a casa", disse la ragazza. "Devo studiare."

Bell fece un controllo con l'agente di protezione e con lo zio. Tutto sembrava tranquillo. "Non andrai a scuola, domani, vero?"

Un'esitazione. Una smorfia. Ci sarebbe stata un'altra discussione?

Poi qualcuno parlò. Era Pulaski, la recluta. "Geneva, il fatto è che questa storia non riguarda più solo te. Se oggi quel tipo in giacca mimetica ti si fosse avvicinato e si fosse messo a sparare, anche altri studenti avrebbero potuto restare feriti o uccisi. Potrebbe riprovarci quando esci da scuola o sei per strada, in mezzo alla gente."

Rhyme notò che le parole dell'agente facevano effetto. Forse la ragazza stava ripensando al dottor Barry.

Allora è colpa mia se è morto...

"Va bene", si arrese. "Non andrò a scuola."

Bell assentì. "Grazie." E fece un cenno di ringraziamento alla recluta.

Il detective e l'agente accompagnarono la ragazza, mentre gli altri tornavano a occuparsi dei reperti prelevati nella casa sicura del Sosco.

A Rhyme dava fastidio che non si fosse trovato molto. Sul diagramma della strada del museo scovato da Sachs sotto il cuscino non c'erano impronte. La carta era di tipo comune, reperibile in qualsiasi cartoleria. L'inchiostro era da poco prezzo, irrintracciabile. Nello schizzo c'erano molti più dettagli sui vicoli e sugli edifici vicini che sul museo. La mappa serviva alla fuga, concluse Rhyme. Ma Sachs ne aveva già ispezionato attentamente tutti i punti e i detective avevano già interrogato tutti i potenziali testimoni dell'American Jewelry Exchange e degli altri palazzi indicati sulla mappa.

C'erano altre fibre di corda: la garrotta, presumibilmente.

Cooper passò una porzione della mappa al gascromatografo/spettrometro di massa, ma l'unica traccia presente era puro carbonio. "Carbonella da un chioschetto?" si domandò il tecnico.

"Può darsi", fece Rhyme. "Oppure ha bruciato delle prove. Mettiamolo sulla tabella. Potrebbe risultare un collegamento, più avanti."

Le altre tracce visibili sulla mappa, le macchie e le briciole, corrispondevano a cibo: yogurt, ceci, aglio e olio di granturco.

"Falafel", suggerì Thom, cuoco dilettante. "Dal Medio Oriente. Spesso servito con yogurt. Ottimo, tra parentesi."

"E molto comune", deplorò Rhyme. "Possiamo ridurne le fonti a duemila nella sola Manhattan, non credi? Che diavolo c'è d'altro?"

Tornando da Elizabeth Street, Sachs e Sellitto erano passati dall'agenzia immobiliare che affittava l'appartamento per avere informazioni. La donna che gestiva l'ufficio aveva detto che l'inquilino aveva pagato tre mesi anticipati di affitto in contanti, più altri due mesi come deposito, che le aveva detto di tenersi. I contanti, purtroppo, erano stati spesi: troppo tardi per ricavarne impronte digitali. L'inquilino aveva dato come nome Billy Todd Hamill e come precedente domicilio la Florida. La donna aveva riconosciuto l'identikit, anche se ricordava che l'uomo portava occhiali e un berretto da baseball. E che aveva un accento del sud.

Una ricerca sul database rivelò che in tutto il Paese risultavano centosettantatré Billy Todd Hamill negli ultimi cinque anni. Tra i bianchi di età compresa fra i trentacinque e i cinquant'anni, nessuno risiedeva nell'area di New York. Quelli in Florida erano più vecchi o più giovani. Quattro Billy Todd avevano precedenti penali, ma di questi tre erano ancora in carcere e uno era morto da sei anni.

"Ha scelto un nome a caso", concluse Rhyme, guardando l'identikit al computer.

Chi sei, Sosco 109?

E dove *sei?*

"Mel, manda l'immagine via e-mail a J.T."

"Chi?"

"Il nostro caro vecchio direttore del carcere di Amarillo." Rhyme accennò all'identikit. "Sono ancora dell'idea che il Sosco possa essere un ex detenuto che odiava il secondino e lo ha linciato."

"Ricevuto", rispose Cooper. Completato l'invio, si occupò del liquido che Sachs aveva trovato nella casa sicura. Aprì con cura la provetta e preparò il campione per il gascromatografo/spettrometro di massa.

Dopo la consueta attesa, i dati apparvero sullo schermo.

"Questa mi giunge nuova. Alcool polivinilico, povidone, cloruro di benzalconio, destrosio, cloruro di potassio, acqua, bicarbonato di sodio, cloruro di sodio..."

"Ancora sale", intervenne Rhyme, "ma stavolta non si tratta di popcorn."

"Citrato di sodio, fosfato di sodio e qualcos'altro."

"Per me è turco", bofonchiò Sellitto, e uscì in corridoio, diretto verso il bagno.

Cooper indicò la lista dei componenti. "Qualche idea?"

Rhyme scosse la testa. "Il nostro database?"

"Niente."

"Mandalo a Washington."

"Provvedo." Il tecnico trasmise l'informazione al laboratorio dell'FBI, quindi si dedicò all'ultimo reperto raccolto da Sachs: i frammenti di legno raschiati dalla scrivania. Cooper preparò un campione per il cromatografo.

Mentre aspettavano i risultati, Rhyme esaminò la tabella degli indizi. Stava ricontrollando i vari punti quando con la coda dell'occhio notò un movimento rapido. Sorpreso, si voltò in quella direzione. Ma non c'era nessuno in quell'angolo del laboratorio. Che cosa aveva visto?

Poi colse di nuovo un movimento e comprese di che cosa si trattava: un riflesso sul vetro di uno degli armadietti. Era Lon Sellitto, solo in anticamera, apparentemente convinto che nessuno lo vedesse. Il detective si stava esercitando a estrarre rapidamente la pistola. Rhyme non lo vedeva chiaramente in faccia, ma la sua espressione appariva molto tesa.

E questo cosa significava?

Il criminalista intercettò lo sguardo di Amelia Sachs e ammiccò verso l'anticamera. Lei si avvicinò alla porta e guardò fuori. Il tenente continuò a esercitarsi per tre o quattro minuti, poi rimise la pistola nella fondina, andò in bagno e, senza chiudere la porta, tirò lo sciacquone e tornò in laboratorio.

"Gesù, Linc", disse, "quando ti deciderai a sistemare il bagno in modo decente? Pensavo che il giallo e il nero fossero fuori moda dagli anni Settanta."

"Sai com'è, non tengo molte riunioni alla toilette."

Il detective fece una sonora risata. Decisamente falsa, come la battuta che l'aveva preceduta.

Ma qualsiasi preoccupazione tormentasse Sellitto, Rhyme vi perse ogni interesse appena arrivarono i risultati del GC/SM. Il criminalista inarcò le sopracciglia. Dall'analisi risultava che la sostanza era acido solforico puro, una notizia che trovò scoraggiante. In primo luogo, era una sostanza facile da procurarsi e quindi difficile da ricondurre a una fonte precisa.

Ma ancora più sconvolgente era il fatto che si trattasse dell'acido più potente e pericoloso sul mercato. Come arma, anche una minima quantità era sufficiente, nel giro di pochi secondi, a uccidere o a sfigurare in modo permanente.

ELIZABETH STREET
SCENA DELLA CASA SICURA

- Usato trappola elettrica.
- Impronte digitali: nessuna. Solo impronte di guanti.
- Videocamera di sicurezza e monitor: nessuna traccia.
- Mazzo di tarocchi, mancante della dodicesima carta: nessuna traccia.
- Schizzo di mappa del museo dove G. Settle è stata aggredita e di edifici vicino.
- Tracce:
  - * Falafel e yogurt.
  - * Frammenti di legno della scrivania con tracce di acido solforico.
  - * Liquido chiaro, non esplosivo. Inviato a laboratorio FBI.
  - * Altre fibre di corda. Garrotta?
  - * Carbonio puro sulla mappa.
- Casa sicura affittata in contanti a Billy Todd Hamill. Corrisponde a descrizione di Sosco 109. Nessuna traccia su un vero Hamill.

MUSEO AFROAMERICANO
SCENA DEL CRIMINE

- Set da stupro:
  - * Carta dei tarocchi, dodicesima del mazzo, l'Impiccato, significato: ricerca spirituale.
  - * Sacchetto con *smiley*.
    - – Troppo generico per rintracciarlo.
  - * Taglierino.
  - * Preservativi Trojan.
  - * Nastro da pacchi.
  - * Profumo di gelsomino.
  - * Articolo ignoto da 5,95$.
    - – Probabilmente passamontagna.
  - * Scontrino, indicante negozio o minimarket a New York City.
  - * Probabile acquisto in negozio in Mulberry Street, Little Italy. Sosco identificato da commessa.
- Impronte digitali:
  - * Sosco indossa guanti di lattice o vinile.
  - * Impronte su oggetti in set da stupro appartenenti a persona con mani piccole, probabilmente cassiera.
- Residui:
  - * Fibre di corda di cotone, alcune con tracce di sangue umano. Garrotta?
    - – Nessun fabbricante.
    - – Inviato a CODIS. Nessuna corrispondenza DNA a CODIS.
  - * Popcorn e zucchero filato con tracce di urina di cane.
- Armi:
  - * Manganello o arma arti marziali.
  - * Pistola North American Arms cal. 22, rimfire magnum, Black Widow o Mini-Master.
  - * Fabbrica da solo i proiettili, cartucce riempite di aghi. Nessuna corrispondenza IBIS o DRUGFIRE.
- Movente:
  - * Incerto. Stupro: probabilmente messinscena.
  - * Vero movente potrebbe essere furto microfiche con *Colored's Weekly Illustrated*, numero del 23 luglio 1868, e assassinio G. Settle per suo interesse in articolo, ragioni sconosciute. Articolo riguarda suo antenato Charles Singleton (vedi tabella corrispondente).
  - * Vittima bibliotecario riferì interesse di altra persona per articolo.
    - – Richiesti tabulati telefono bibliotecario per verificare. Nessuna pista.
    - – Richieste informazioni da dipendenti su altre persone interessate articolo. Nessuna pista.
  - * Ricerca copia articolo.
  - * Da molte fonti conferma interesse altra persona per articolo. Nessuna indicazione di sua identità. Maggior parte di copie sparite o distrutte. Localizzata una. (Vedi tabella corrispondente.)
  - * Conclusione: G. Settle presumibilmente ancora in pericolo.
- Profilo di episodio inviato a VICAP e NCIC:
  - * Omicidio ad Amarillo, TX, cinque anni fa. Simile M.O.: messinscena (apparente delitto rituale, vero movente ignoto).
  - * Omicidio in Ohio, tre anni fa. Simile M.O.: messinscena (apparente delitto sessuale, vero movente probabile assassinio su commissione). Materiale scomparso.

PROFILO SOSCO 109

- Maschio bianco.
- Altezza 1,80 m. Peso 90 kg.
- Voce media.
- Usa cellulare per avvicinarsi a vittima.
- Indossa scarpe marrone chiaro Bass, vecchie di tre anni o più. Piede destro rivolto leggermente verso l'esterno.
- Profumo di gelsomino.
- Pantaloni scuri.
- Passamontagna scuro.
- Colpisce innocenti come diversivo per uccidere e fuggire.

- Probabile assassino a pagamento.
- Forse ex detenuto di Amarillo, Texas.
- Parla con accento del sud.
- Capelli corti, castano chiaro. Non ha baffi né barba.
- Aspetto anonimo.
- Visto indossare impermeabile scuro.

PROFILO MANDANTE DI SOSCO 109

- Nessuna informazione disponibile.

PROFILO COMPLICE DI SOSCO 109

- Maschio nero.
- Tra i 35 e i 45 anni.
- Altezza 1,80 m.
- Corporatura robusta.
- Indossa giacca verde mimetica militare.
- Ex detenuto.
- Zoppica.
- Risulta armato.
- Non ha baffi né barba.
- Berretto nero.
- In attesa di altri testimoni e videoregistrazioni.

PROFILO DI CHARLES SINGLETON

- Ex schiavo, antenato di G. Settle. Sposato, un figlio. Frutteto fuori New York donato da ex padrone. Lavora come insegnante. Sostiene movimento diritti civili.
- Accusato di furto nel 1868, argomento dell'articolo sulla microfiche rubata.
- Ha un segreto possibilmente collegato al caso. Preoccupato per tragiche conseguenze se rivelato.
- Partecipa a incontri a Gallows Heights, quartiere di New York.
  * Coinvolto in attività rischiose?
- Crimine, come riferito da *Coloreds' Weekly Illustrated*:
  * Charles arrestato da Det. William Simms per furto grossa somma da Freedmen's Trust, New York: scassinata cassaforte, visto allontanarsi da testimoni. Suoi attrezzi trovati nei pressi. Maggior parte di somma recuperata. Condannato a cinque anni di carcere. Nessuna notizia dopo scarcerazione. Possibile uso di contatti con leader diritti civili allo scopo di avere accesso al Trust.
- Corrispondenza di Charles:
  * Lettera 1, a moglie. Re: Ribellione alla leva, 1863. Forte sentimento anti-nero nello Stato di NY, linciaggi, incendi. Proprietà di neri a rischio.
  * Lettera 2, a moglie. Re: Charles in battaglia Appomattox, alla fine di Guerra Civile.
  * Lettera 3, a moglie. Re: Coinvolto in movimento diritti civili. Minacciato per questo lavoro. Preoccupato da segreto.

17

Thompson Boyd si fermò di colpo in una strada del Queens, con il sacchetto in una mano e la valigetta nell'altra. Finse di leggere i titoli di un giornale a un distributore automatico e, scuotendo il capo preoccupato per come andava il mondo, guardò alle proprie spalle.

Nessuno lo stava seguendo, nessuno faceva caso al Tipo Qualunque.

Non che pensasse sul serio di poter essere pedinato. Ma Thompson Boyd preferiva ridurre i rischi al minimo. Quando il proprio mestiere è la morte, non ci si possono permettere disattenzioni. E lui era particolarmente attento, dopo il suo incontro quasi ravvicinato con la donna in bianco.

Ti possono dare la morte, rapida come un bacio...

Il killer si voltò, sull'angolo. Non vide nessuno che si tuffasse in un portone o si girasse frettolosamente. Soddisfatto, riprese il cammino nella direzione originaria.

Guardò l'orologio. Era l'ora concordata. Raggiunse una cabina e chiamò un altro telefono pubblico, nel centro di Manhattan. Dopo uno squillo sentì rispondere: "Pronto?"

"Sono io." Thompson e il suo interlocutore si scambiarono alcune frasi di prammatica per accertarsi l'uno dell'identità dell'altro: una procedura di sicurezza, come parole d'ordine tra spie. Thompson controllava il proprio accento e anche il cliente stava alterando la propria voce. Niente che potesse trarre in inganno un analizzatore vocale, naturalmente. Ma si cercava sempre di fare il possibile.

Dal momento che i notiziari locali avevano riferito la notizia, il cliente era già al corrente del fatto che il primo tentativo di uccidere Geneva Settle era andato a vuoto. Chiese infatti: "Quanto è grave? Abbiamo un problema?"

Il killer rovesciò la testa all'indietro per mettersi il collirio. Batté le palpebre e il dolore si affievolì. Poi rispose con una voce neutra, come la sua anima: "Oh, be', deve capire la situazione. È come tutto il resto, nella vita. Niente funziona al cento per cento. Niente va come vorremmo. La ragazza è stata più furba di me".

"Una liceale?"

"Una ragazza abituata a cavarsela nelle strade di Harlem, ecco cos'è. Riflessi pronti. Vive in una giungla." A Thompson dispiacque di avere fatto quel commento. L'interlocutore poteva pensare che lo dicesse perché Geneva era nera e ci fosse un sottinteso razzista. Ma lui intendeva solo che la ragazza viveva in un quartiere difficile. Ci doveva stare attento. Thompson Boyd era la persona con meno pregiudizi sulla faccia della terra. Aveva incontrato persone di tutte le razze e di tutte le origini, trattandole solo in base al loro comportamento e all'atteggiamento che avevano nei suoi confronti, non in base al colore. Aveva lavorato per bianchi, neri, arabi, orientali, latini, e aveva ucciso gente di ogni etnia. Non ci vedeva alcuna differenza. Tutti quelli che lo assoldavano sfuggivano il suo sguardo, erano tesi e cauti. Quelli che morivano per mano sua se ne andavano ognuno a suo modo, con paura o dignità, indipendentemente dal colore o dalla nazionalità.

Riprese: "Non è quello che voleva lei. Non è nemmeno quello che volevo io, ci può scommettere fino all'ultimo dollaro. Ma rientrava nelle possibilità ragionevoli. C'è gente che la sorveglia, gente capace. Ora lo sappiamo. C'è solo da rimettersi in carreggiata. La prossima volta la prendiamo. Ho messo sulle sue tracce uno che conosce bene Harlem. Abbiamo già saputo dove va a scuola; presto sapremo dove vive. Mi creda, è tutto sotto controllo".

"Aspetto un messaggio più tardi", disse il cliente, prima di mettere giù. Avevano parlato per tre minuti, non di più. Quello era il limite, per Thompson Boyd.

Secondo le regole...

Thompson riagganciò. Non occorreva che cancellasse le

impronte: indossava guanti di pelle. Proseguì lungo la strada. Sul lato est c'era una serie di piacevoli bungalow, sul lato ovest un isolato di vecchi condomini. In giro c'era qualche ragazzino di ritorno da scuola. Dalle finestre delle case si intravedeva il bagliore dei televisori, sintonizzati sulle soap-opera o sui talk show pomeridiani mentre le casalinghe stiravano e cucinavano. Comunque andassero le cose nel resto della città, la vita in quel quartiere non doveva essere cambiata dagli anni Cinquanta. Thompson ricordò i tempi della roulotte e del bungalow della sua infanzia: una bella vita, una vita rassicurante.

La sua vita prima del carcere, prima di provare quella sensazione, il torpore di un braccio mozzato o di una gamba morsa da un serpente.

Un isolato più avanti, Thompson scorse una ragazzina bionda in divisa scolastica che rientrava nel suo bungalow. Il suo cuore accelerò, solo un poco, mentre la guardava salire i pochi gradini di cemento, prendere una chiave dallo zaino, aprire la porta ed entrare in casa.

Proseguì verso la costruzione, linda come le altre, forse anche di più. Sul prato ingiallito dall'autunno c'erano una statuetta con tratti da negro, dipinta però di un colore anonimo e politicamente corretto, e decorazioni in ceramica con disegni di cervi. Thompson la oltrepassò, sbirciando alle finestre, e proseguì oltre. Una raffica di vento sollevò il sacchetto di plastica con un tintinnio di latta. *Attenzione*, si disse il killer, risistemando il contenuto.

In fondo all'isolato si voltò indietro. Un uomo che faceva jogging, una donna che cercava di parcheggiare parallelamente al marciapiede, un ragazzo che faceva rimbalzare una palla sul marciapiede ingombro di foglie secche. Nessuno che gli prestasse attenzione.

Thompson Boyd tornò sui suoi passi, in direzione della casa.

All'interno del suo bungalow del Queens, Jeanne Starke disse alla figlia: "Non lasciare lo zaino sulla porta, Brit. Portalo in camera".

"Mamma", sospirò la ragazzina di dieci anni. Gettò all'indietro i capelli biondi, appese la giacchina dell'uniforme al gancio dell'attaccapanni e sollevò il pesante zaino, esasperata.

"Compiti?" chiese la madre, una donna graziosa sui trent'anni con una massa di capelli ricci e neri, raccolti quel giorno da un elastico rosso.

"Non ne ho", rispose Britney.

"Nessuno?"

"No."

"L'ultima volta che hai detto di non avere compiti, poi li avevi, i compiti", le ricordò la madre.

"Be', oggi non ne ho."

Ma Jeanne non si lasciava ingannare. Sollevò un sopracciglio.

"Devo solo portare qualcosa di italiano. Sai, per il Columbus Day. Lo sapevi che Colombo era italiano? Io pensavo che fosse spagnolo, o roba del genere."

Si dava il caso che Jeanne, madre di due figlie, lo sapesse. Aveva fatto il liceo e aveva un diploma di infermiera. Avrebbe potuto lavorare, se avesse voluto, ma il suo ragazzo guadagnava bene come commesso viaggiatore ed era felice che lei si occupasse della casa, dello shopping con le amiche e dell'educazione delle figlie. Di cui faceva parte anche l'assicurarsi che facessero i compiti, di qualsiasi genere.

"Tutto qui? Hai detto *tutta tutta* la verità?"

"Mammmma..."

"La verità?"

"Seh."

"Sì. Non 'seh'. Che cosa pensi di portare?"

"Non lo so. Qualcosa del negozio di Barrini. Lo sapevi che Colombo si era sbagliato? Pensava di avere scoperto l'Asia, non l'America? Ci è venuto tre volte e non l'ha mai capito."

"Sul serio?"

"Seh... Sì." Britney scomparve.

Jeanne ritornò in cucina, pensando che quello no, non lo sapeva. Davvero Colombo credeva di avere scoperto il Giappone o la Cina? Mentre disponeva sul tavolo farina, uova sbattute e pan grattato, si perse a fantasticare di viaggi in Asia, su immagini cortesemente fornite dalla tv via cavo. Alle ragazze sarebbe piaciuto. Chissà... Fu in quel momento che le capitò di guardare fuori dalla finestra e, attraverso la tenda opaca, di notare la sagoma di un uomo che si avvicinava lentamente alla casa.

Si inquietò. Il suo ragazzo, la cui compagnia fabbricava componenti per computer e aveva appalti dallo Stato, le aveva scatenato una certa paranoia. Si doveva stare sempre attenti agli estranei, diceva. Se si notava qualcuno che rallentava quando passava davanti alla casa, qualcuno che sembrava avere un interesse insolito nei confronti delle ragazze... lo si doveva avvisare subito. Non molto tempo prima, ai giardini, mentre le figlie erano sulle altalene, Jeanne aveva visto un'auto che rallentava e l'uomo al volante, con gli occhiali da sole, che guardava verso di loro. Il suo ragazzo si era messo in allarme e le aveva fatte rientrare in casa di corsa.

"Spie", le aveva detto lui.

"Cosa?"

"No, non come le spie della CIA, spie *industriali*, dei nostri concorrenti. Lo scorso anno la mia compagnia ha incassato sei miliardi di dollari, anche per merito mio. Ai nostri rivali piacerebbe molto scoprire cosa sappiamo del mercato."

"Davvero farebbero questo?"

"Non si sa mai, con certa gente", aveva risposto lui.

E Jeanne Starke, che aveva un perno nel braccio, dove anni prima era stata colpita da una bottiglia di whisky, aveva pensato: *Vero, non si sa mai.*

Si asciugò le mani nel grembiule, andò alla finestra e scostò la tenda.

L'uomo se n'era andato.

Okay, smetti di preoccuparti. È...

Un momento... Notò un movimento sui gradini di casa. Le parve di vedere un sacchetto, un sacchetto della spesa, appoggiato nel portico. Era ancora lì!

Che cosa stava succedendo?

Doveva chiamare il suo ragazzo?

Doveva chiamare la polizia?
Ma non sarebbero arrivati prima di una decina di minuti.
"C'è qualcuno lì fuori, mamma", l'avvisò Britney.
Jeanne corse all'ingresso. "Brit, resta in camera tua, vado io a…"
Ma la ragazza stava già aprendo la porta.
"No!" gridò Jeanne.
E sentì dire: "Grazie, tesoro". Era l'accento cordiale di Thompson Boyd, che entrava in casa raccogliendo il sacchetto dal portico.
"Mi hai fatto paura", disse Jeanne, correndo ad abbracciarlo. Si diedero un bacio.
"Non trovavo le chiavi."
"Sei tornato presto."
Lui fece una smorfia. "Problemi con i contratti, stamattina. Li hanno rimandati a domani. Ho pensato di tornarmene a casa e fare qualche lavoretto."
L'altra figlia di Jeanne, Lucy, di otto anni, corse in anticamera. "Tommy! Possiamo guardare *Judge Judy*?"
"Oggi no."
"Oh, per favore. Cosa c'è nel sacchetto?"
"Il lavoretto che devo fare. E mi serve il vostro aiuto." Depose il sacchetto sul pavimento, guardò le ragazzine con solennità e disse: "Siete pronte?"
"Io sono pronta!" disse Lucy.
Brit non disse nulla, ma solo perché non sarebbe stato *cool* essere d'accordo con la sorella. Anche lei era pronta a dare una mano.
"Dopo che la mia riunione è stata rinviata, sono uscito a comprare questo. Ho passato tutto il santo giorno a leggerlo."
Thompson frugò nel sacchetto e ne tirò fuori barattoli di vernice, spugne, rulli e pennelli. Poi mostrò alle ragazze un volumetto pieno di post-it gialli:

DECORAZIONI DOMESTICHE FACILI
VOLUME 3: LA CAMERA DEI VOSTRI FIGLI.

"Tommy!" disse Britney. "Per le nostre camere?"
"Già", disse Thompson, con il suo marcato accento texano. "Tua mamma e io non vogliamo certo Dumbo sulle nostre pareti."
"Vuoi dipingere *Dumbo*?" fece Lucy, contrariata. "Io non lo voglio Dumbo."
Neanche Britney lo voleva.
"Dipingo tutto quello che volete."
"Voglio guardare prima io." Lucy gli prese il libro dalle mani.
"No, io."
"Guardiamo tutti insieme", disse Thompson. "Lasciatemi appendere l'impermeabile e mettere via la valigetta." Andò nel suo studio, con vista sulla strada.
Quando la raggiunse in cucina, Jeanne Starke pensò che, malgrado Thompson fosse sempre in viaggio, malgrado avesse la paranoia del lavoro, malgrado non esprimesse mai né gioia né tristezza e non fosse granché come amante... be', lei sapeva che, quanto a fidanzati, poteva capitarle di peggio.

In fuga dalla Langston Hughes High School, Jax aveva preso un taxi al volo, ordinando all'autista di andare verso sud, veloce, dieci dollari extra se bruciava quel semaforo. Cinque minuti dopo aveva detto al taxista di tornare indietro e si era fatto lasciare non lontano dalla scuola.
Aveva avuto fortuna. Gli sbirri erano chiaramente pronti a tutto pur di impedire a chiunque di avvicinarsi a quella ragazza.
Jax non era tranquillo. Si sarebbe quasi detto che la polizia sapesse di lui. Che quello stronzo di Ralph avesse fatto una soffiata, alla fine? Be', Jax doveva mostrarsi più furbo. Ci stava provando proprio in quel momento. Era come in prigione: non fare la tua mossa finché non hai controllato tutto quanto.
E lui sapeva dove cercare aiuto.
Gli uomini di città avevano sempre la tendenza a gravitare negli stessi posti, che fossero giovani o vecchi, neri o ispanici, residenti a East New York o a Bay Ridge o ad Astoria. Ad

Harlem si riunivano in chiese, bar, club di rap o di jazz, caffè, salotti e panchine. D'estate si ritrovavano sugli scalini dei portoni o sotto le scale antincendio, d'inverno intorno ai falò accesi in vecchi bidoni. Si incontravano anche dai barbieri, come in un film di qualche anno prima. Jax del resto doveva il suo vero nome ad Alonzo Henderson, l'ex schiavo della Georgia divenuto milionario per avere creato una popolare catena di botteghe di barbiere: un uomo la cui intraprendenza e il cui talento il padre di Jax sperava si trasmettessero al figlio. Invano, come poi si era dimostrato.

Ma il luogo di incontro più popolare ad Harlem erano i campi da basket.

Ci si andava per giocare, certo, ma anche per cazzeggiare, per risolvere i problemi del mondo, per parlare di donne belle e brutte, per discutere di sport, prendersi per il culo a vicenda o darsi delle arie. Una versione più libera e moderna della tradizionale arte di raccontare storie sui personaggi mitici della cultura nera, come il criminale Stackolee o il fuochista del *Titanic* salvatosi a nuoto dal naufragio. Jax cercò i campi da basket più vicini alla Langston Hughes.

Nonostante l'aria fredda dell'autunno e il sole basso, nel parco c'era parecchia gente. Si sfilò la giacca mimetica, su cui probabilmente gli sbirri avevano già avuto una dritta, la rivoltò e la ripiegò su un braccio. Si appoggiò alla recinzione, fumando una sigaretta: un po' come Ralph il Faraone, solo più grosso. Si tolse il berretto e si ravviò i capelli ricci con le dita.

Mentre cambiava il proprio look, vide un'auto di pattuglia di passaggio sulla strada, a bassa velocità. Jax non si mosse. Niente attira l'attenzione di uno sbirro più di un nero che se ne va. Lui stesso era stato fermato decine di volte con l'accusa di NCC: Negro Che Cammina. Nel campo davanti a lui, un manipolo di liceali si muovevano magicamente sulla superficie di asfalto grigio, mentre un'altra dozzina li stavano a guardare. Jax osservò la palla marrone e polverosa che rimbalzava, le mani che si aggrovigliavano, i corpi che collidevano. E infine vide la palla decollare verso il canestro.

L'auto della polizia era svanita. Jax si staccò dalla rete metallica e si avvicinò ai ragazzi che assistevano alla partita a bordo campo. L'ex detenuto li passò in rassegna: non erano una *posse*, non erano *gangstas* armati di Glock. Solo un gruppetto di ragazzi, qualcuno con dei tatuaggi, altri no; qualcuno con una catenina al collo, qualcuno con una semplice croce; qualcuno con cattive intenzioni, qualcuno no. Cercavano le ragazze, spadroneggiavano sui più piccoli, chiacchieravano, fumavano. Facevano i giovani.

A guardarli, Jax provò una certa malinconia. Aveva sempre voluto avere una grande famiglia, ma anche quello, come tante altre cose, gli era andato male. Un figlio gliel'aveva preso il sistema di adozioni e l'altro era morto prima di nascere all'ospedale sulla 125th Street. Un gennaio di qualche anno prima, la sua ragazza gli aveva detto di essere incinta. Jax ne era stato felice. Poi, a marzo, lei aveva cominciato a soffrire di dolori. Erano andati in una clinica gratuita, la loro unica possibilità di trattamento medico. Avevano passato ore in una sala d'attesa sporchissima e stracolma. Quando finalmente la ragazza era riuscita a farsi visitare da un dottore, la gravidanza si era interrotta.

Jax aveva afferrato il medico per il camice ed era stato sul punto di massacrarlo di botte. "Non è colpa mia", aveva detto il piccolo dottore indiano, rifugiandosi dietro una barella. "Hanno tagliato il budget. Il municipio, voglio dire." Alonzo Jackson era sprofondato nella rabbia e nella depressione.

Doveva farla pagare a qualcuno, doveva impedire che accadesse di nuovo, alla sua ragazza o a chiunque altro. Non era una consolazione che il dottore gli dicesse che quantomeno aveva salvato la vita alla ragazza, cosa che forse nemmeno sarebbe accaduta se fossero passati tutti i tagli programmati alla sanità pubblica per i poveri.

Come cazzo poteva il governo fare questo alla gente? Il Comune e lo Stato non dovevano preoccuparsi della salute dei cittadini? Come potevano lasciar crepare un bambino?

Né il dottore, né i poliziotti che quella sera lo avevano condotto via dall'ospedale in manette avevano saputo rispondere alla sua domanda.

Il dolore e la rabbia che ancora gli ribollivano dentro a

quel ricordo lo rendevano ancora più deciso a portare a termine ciò che aveva cominciato.

Scuro in volto, Jax guardò i ragazzi intorno al campo e fece un cenno a quello che presumeva fosse in qualche modo il leader. Indossava pantaloncini corti e larghi, scarpe da ginnastica alte e un maglione sportivo. I capelli erano in stile *gumby*, corti da un lato e più lunghi dall'altro. Il ragazzo lo guardò. "Come butta, nonno?"

Gli altri ridacchiarono.

Nonno.

Nella vecchia Harlem, ma forse dappertutto, essere adulti comportava rispetto, una volta. Adesso ti pigliavano per il culo. Un duro avrebbe estratto la pistola dal calzino e ci avrebbe fatto ballare lo stronzetto. Ma Jax, stagionato da anni nelle strade e in galera, sapeva che non era quello il modo di agire, non in quel momento. Ci rise sopra. Poi, a bassa voce disse: "Soldi. Tanti".

"Cerchi soldi?"

"Pago soldi. A te, se t'interessa, coglione." Jax si batté una mano sulla tasca, dove teneva la gonfia mazzetta di *benjamins*.

"Io non vendo niente."

"E io non voglio comprare quello che pensi. Vieni, facciamo due passi."

Il ragazzo fece un cenno di assenso. Si incamminarono, lasciandosi alle spalle il campo di basket. Jax sentì lo sguardo del ragazzo su di sé: non zoppicava da *gangsta*, ma lui che ne sapeva? Poi il ragazzo guardò gli occhi gelidi di Jax e i tatuaggi sui bicipiti. Forse pensava che alla sua età Jax poteva essere un OG di alto livello, uno con cui era pericoloso scherzare. Gli *Original Gangstas* avevano AK, Uzi e Hummer, e decine di culi-duri ai loro ordini. Gli OG erano quelli che ordinavano a ragazzini di dodici anni di stendere i testimoni e gli spacciatori concorrenti, perché sotto i diciassette un tribunale non poteva dare l'ergastolo.

Un OG si incazzava forte se lo chiamavi "nonno".

Il ragazzo cominciava a essere nervoso. "*Yo*, *yo*, cosa vuoi esattamente, eh? Dove si va?"

"Da nessuna parte. Non volevo parlare davanti a tutti."

Jax si fermò dietro una siepe. Il ragazzo si guardò intorno preoccupato. Jax rise. "Non voglio mettertelo in culo, ragazzo. Stai tranquillo."

Anche il ragazzo rise. Una risata nervosa. "Okay."

"Devo trovare dove abita una persona. Va alla Langston Hughes. Ci vai anche tu?"

"Sì, ci andiamo quasi tutti." Accennò con lo sguardo ai campi di basket.

"Sto cercando la ragazza che era nei notiziari stamattina."

"Geneva? Quella che ha visto qualcuno fatto fuori? La dannata prima della classe?"

"Non saprei. È la prima della classe?"

"Sì. È intelligente."

"Dove abita?"

Il ragazzo si zittì, prudente. Dubbioso. Gli avrebbero fatto il culo per quella storia? Decise di no. "Stavi parlando di soldi."

Jax sfilò qualche banconota.

"Io non la conosco di persona, quella troietta. Ma ti posso mettere in contatto con un fratello che la conosce. Si chiama Kevin. È amico mio. Vuoi che lo chiami?"

"Seh."

Dai pantaloncini del ragazzo spuntò un piccolo cellulare. "*Yo, dog*. Sono Willy… Al campo di basket. Seh. Senti, c'è qui un tipo con dei *benjamins* che cerca la tua troietta… Geneva, la zoccola Settle… Ehi, frena, uomo. Scherzavo, sai?… Okay. Allora c'è 'sto tipo…"

Jax tolse il telefono dalla mano di Willy. "Duecento se mi dai il suo indirizzo."

Un momento di esitazione.

"Contanti?" chiese Kevin.

"No", sbottò Jax. "American Express del cazzo. Già, contanti."

"Vengo ai campi. Ce li hai i duecento?"

"Sì, in tasca vicino alla mia Colt, se vuoi saperlo. E non mi riferisco alla marca di whisky."

"Tutto liscio, uomo, chiedevo soltanto."

"Ti aspetto qui con la mia truppa", disse Jax, sorridendo alla volta del nervoso Willy. Tolse la comunicazione e lanciò il telefonino al ragazzo. Poi tornò alla recinzione e guardò la partita.

Kevin si presentò dieci minuti più tardi. A differenza di Willy, faceva la sua figura: alto, bello, calmo. A Jax ricordava un attore, ma non avrebbe saputo dire quale. Kevin se la prese comoda, per fargli vedere che non aveva fretta di guadagnarsi i due centoni e, già che c'era, per impressionare qualche *bling girl*. Rallentò il passo, batté il pugno con qualcuno, abbracciò un paio di amici, lanciò qualche "*Yo, yo*, uomo". Poi entrò in campo, si fece passare la palla e fece un paio di canestri impressionanti.

Sapeva giocare, nessun dubbio, pensò Jax.

A tempo debito, Kevin gli si avvicinò e lo squadrò, perché era questo che si faceva quando arrivava uno nuovo, che fosse al campo di basket o in un bar o anche, supponeva Jax, nei negozi di barbiere dell'era vittoriana di Alonzo Henderson. Kevin stava cercando di capire dove tenesse il pezzo, quanti soldi avesse, che cosa volesse.

Jax gli disse: "Fammi sapere quando hai finito di farmi il malocchio, okay? Comincio ad annoiarmi".

Kevin non sorrise. "Dove sono i *benjamins*?"

Jax gli passò i duecento. "Dov'è la ragazza?"

"Vieni, ti faccio vedere."

"Solo l'indirizzo."

"Hai paura di me?"

"Solo l'indirizzo", ripeté Jax, con lo sguardo fisso.

Kevin sogghignò. "Non lo so il numero, uomo. Conosco la casa perché la scorsa primavera ce l'ho accompagnata. Te la faccio vedere."

Jax annuì.

Si diressero prima a ovest, poi a sud, il che sorprese Graffiti King: credeva che la ragazza vivesse in una delle zone toste, più a nord verso l'Harlem River, o a est. Qui le strade non erano eleganti, ma erano pulite e molti degli edifici sembravano ristrutturati. C'erano pure un sacco di cantieri. "Sicuro che stiamo andando da Geneva Settle?" chiese, dubbioso.

"La troietta che hai chiesto. È da lei che ti porto... *Yo*, uomo, non è che vuoi comprare del fumo, un po' di roba?"

"No."
"Sicuro? Ho della merda buona."
"Peccato essere così sordo, alla tua età."
Kevin alzò le spalle.
Arrivarono a un isolato vicino a Morningside Park. In cima al pendio roccioso c'era il campus della Columbia University, dove anni prima Graffiti King aveva spruzzato parecchie volte la sua sigla JAX 157. Svoltarono un angolo, ma si fermarono di colpo.
"Guarda lì", disse Kevin.
C'era una Crown Vic, di sicuro un'auto della polizia senza contrassegni, parcheggiata in doppia fila davanti a un vecchio edificio.
"È quella casa sua? Dove c'è l'auto?"
"Nah. La sua è due portoni prima. Quella lì." Indicò un condominio vecchio ma pulito, ben tenuto e ridipinto di fresco, con vasi di fiori alle finestre e belle tende.
Kevin chiese: "Vuoi farle il culo?" E squadrò Jax.
"Sono affari miei."
"Affari tuoi, affari tuoi... Sicuro", disse Kevin sottovoce. "Solo... te lo chiedo perché se qualcuno le fa il culo, e a me non me ne frega niente, ti dico... Be', io lo so che sei stato tu. E qualcuno può venirmi a fare delle domande. Allora io penso: con tutta la carta che hai in tasca, se me ne dai ancora un po', posso dimenticarmi che ti ho visto. Altrimenti potrei ricordarmi un sacco di cose, tipo che ti interessava la troietta."
Jax ne aveva viste tante in vita sua. Era stato un *graffiti king*, aveva fatto il soldato nella Desert Storm, aveva conosciuto *gangstas* dentro e fuori, si era fatto sparare... Se c'era una regola, in questo pazzo mondo, era che se pensavi che uno fosse stupido, scoprivi che riusciva a essere ancora più stupido.
In una frazione di secondo, Jax afferrò il colletto del ragazzo con la sinistra e lo colpì allo stomaco con forza, tre, quattro, cinque volte.
"Cazzo", fu tutto quello che riuscì a dire Kevin.
Era così che si picchiava, in galera. Mai dare un secondo di respiro. Ancora, ancora, ancora...

Jax lasciò andare il ragazzo, che rotolò sull'asfalto, gemendo di dolore. Con mossa lenta e sicura, come un giocatore di baseball che prende la sua mazza, Jax sfilò l'automatica dal calzino e, sotto gli occhi atterriti di Kevin, tirò indietro il carrello per mettere un colpo in canna. Quindi ci girò intorno varie volte il suo berretto. Questo lo aveva imparato da DeLisle Marshall nel blocco S: uno dei modi migliori e più economici per silenziare un colpo di pistola.

18

Quella sera, alle sette e trenta, Thompson Boyd finì di dipingere un orsetto sul muro della cameretta di Lucy. Fece un passo indietro e contemplò il proprio lavoro. Aveva seguito le istruzioni del libro e in effetti il risultato assomigliava a un orsetto. Era la prima volta nella sua vita che dipingeva, dai tempi della scuola. Per questo aveva studiato attentamente il volumetto, ore prima, nella casa sicura.

Alle ragazze piaceva. Thompson pensò che avrebbe dovuto essere soddisfatto del risultato. Ma non ne era sicuro. Guardò a lungo l'orsetto, aspettandosi di provare orgoglio. Non accadde. *Oh, be'*. Uscì dalla stanza e guardò il cellulare. "Ho un messaggio", disse, in tono distratto. Compose un numero. "Ehi, sono Thompson. Come va? Ho visto che hai chiamato."

Jeanne lo guardò, poi tornò ad asciugare i piatti.

"Sul serio?" Thompson si mise a ridere. Per essere uno che non rideva, gli parve una risata credibile. Certo, lo aveva fatto anche quella mattina, per ingannare Geneva Settle, ma in quel caso non aveva funzionato. Ricordò a se stesso che non doveva esagerare. "Bel colpo, accidenti", disse al telefono muto. "Certo. Non ci vorrà molto, vero? Devo far firmare quel contratto, domani... Già, quello che è stato rimandato... Dammi dieci minuti e ci vediamo lì."

Richiuse il cellulare e disse a Jeanne: "Vern è al Joey's. Ha una gomma a terra."

Vernon Harber esisteva, una volta, ma ora non più. Lo aveva ucciso Thompson, anni prima. Ma, dal momento che prima di eliminarlo lo conosceva, il killer lo aveva trasformato in un amico immaginario, che vedeva di tanto in tanto. Come il Vern reale ma defunto, quello vivo ma immaginario guidava una Supra, aveva una fidanzata di nome Renee e raccontava un sacco di storie divertenti sulla vita ai docks, al bar e nel quartiere. Thompson sapeva molte altre cose di Vern e teneva a mente i dettagli. Quando si racconta una bugia, lo sapeva, bisognava spararla grossa ed essere specifici.

"È passato con la Supra su una bottiglia rotta."

"Sta bene?" chiese Jeanne.

"Stava parcheggiando. Da solo non riesce nemmeno a tirare fuori la gomma di scorta, quel deficiente."

Vivo o morto, Vern Harber non era molto abile in certi lavori.

Thompson portò il pennello e la sagoma di cartone nel bagno di servizio, li mise nel catino e risciacquò le setole. Poi indossò la giacca.

Jeanne chiese: "Quando torni, puoi fermarti a comprare il latte?"

"Un quarto?"

"Perfetto."

"E dei *roll-ups*", si fece sentire Lucy.

"Che gusto?"

"Uva."

"Okay. Brit?"

"Ciliegia!" rispose la ragazzina. Poi si ricordò. Aggiunse: "Per favore".

"Uva, ciliegia e latte", ripeté lui, indicando ciascuna delle tre.

Thompson uscì e cominciò un percorso labirintico per le strade del Queens, guardandosi intorno di tanto in tanto per assicurarsi di non essere seguito. Inspirò l'aria fredda nei polmoni, espirandola più calda sotto forma di note musicali: la canzone di Celine Dion dal film *Titanic*.

Il killer aveva tenuto d'occhio Jeanne quando le aveva detto che usciva. Sembrava quasi preoccupata per Vern. Non sospettava minimamente che lui la ingannasse, nonostante uscisse per incontrare una persona che lei non aveva mai conosciuto. Ma questo era tipico. Stasera doveva aiutare un amico, un'altra volta doveva andare in sala corse, o a bere una birra con gli amici al Joey's. Usava le sue bugie a rotazione.

La brunetta magra dai capelli ricci non gli chiedeva mai dove andasse, né faceva domande sul suo immaginario lavoro di commesso viaggiatore per una ditta di computer, che lo costringeva a stare spesso lontano da casa. Non chiedeva mai perché il suo lavoro fosse così segreto da fargli chiudere a chiave la stanza che usava come studio. Jeanne era furba e intelligente, due cose molto diverse. Qualsiasi altra ragazza furba e intelligente avrebbe insistito per essere più integrata nella sua vita. Ma non Jeanne.

L'aveva incontrata qualche anno prima in una tavola calda greca, lì ad Astoria. Si era appena dato alla macchia dopo avere eliminato su commissione un mercante di droga di Newark. Si era trovato seduto vicino a Jeanne e le aveva chiesto se gli passava il ketchup, ma poi si era scusato, vedendo che aveva un braccio rotto e non avrebbe potuto. Le aveva domandato che cosa le fosse successo. Lei si era mostrata evasiva, ma gli occhi le si erano fatti lucidi. Avevano continuato a parlare.

Poi avevano cominciato a uscire insieme. La verità sul braccio rotto era venuta fuori, alla fine. E un weekend, Thompson aveva fatto visita all'ex marito di lei. Qualche giorno dopo, Jeanne gli aveva detto che era accaduto un miracolo: l'ex marito aveva lasciato la città e non chiamava nemmeno più le bambine, cosa che faceva una volta la settimana, ubriaco, lanciando invettive contro la loro madre.

Un mese dopo, Thompson era andato a vivere con lei e le bambine.

A quanto pareva, Jeanne e le figlie erano d'accordo: finalmente un uomo che non urlava e non prendeva nessuno a cinghiate, che pagava l'affitto e che era presente quando c'era bisogno di lui. Per loro doveva essere come toccare il cielo con un dito. In prigione, del resto, Thompson aveva imparato che cosa volesse dire abituarsi al peggio.

Erano d'accordo loro, ma anche lui. Per uno che faceva il killer professionista, era molto meno sospetto apparire come un uomo con moglie e figli che come un single.

Ma c'era un'altra ragione per cui lui stava con quella donna, e non si trattava di semplice logistica o convenienza. Thompson Boyd era in attesa. C'era qualcosa che mancava nella sua vita da molto tempo e di cui aspettava il ritorno. Era convinto che una persona come Jeanne Starke, una donna senza eccessive pretese e con aspettative limitate, potesse aiutarlo a trovarla.

Che cosa gli mancava? Semplice: Thompson Boyd aspettava che il torpore se ne andasse e che nella sua anima tornassero le emozioni, come quando un piede addormentato riprende vita.

Thompson aveva molti ricordi della sua infanzia nel Texas, immagini dei suoi genitori e della zia Sandra, dei cugini, dei compagni di scuola. E delle partite in tv, di quando accendeva l'organo elettrico Sears su cui sua zia e suo padre, con le loro dita tozze (tipiche della famiglia Boyd), cercavano di suonare al meglio *Onward Christian Soldiers* o *Tie a Yellow Ribbon* o il tema de *I berretti verdi*. Di quando si giocava a carte. Di quando suo padre gli insegnava a usare gli attrezzi nel suo ordinatissimo laboratorio. Di quando passeggiava con lui nel deserto, meravigliandosi dei tramonti, dei coyote, dei crotali che si muovevano come se danzassero, ma potevano ucciderti in un lampo.

Ricordava sua madre quando andava in chiesa, preparava i sandwich, faceva i bagni di sole, spazzava la polvere del Texas dalla porta della roulotte o sedeva con le amiche sulle seggiole di alluminio. Ricordava anche suo padre in chiesa, così come la sua collezione di LP, i sabati passati insieme e gli altri giorni trascorsi a lavorare ai derrick. E rammentava quei meravigliosi venerdì sera al Goldenlight Café, sulla Route 66, tra Harleyburger, patatine fritte e swing texano dagli altoparlanti.

Thompson Boyd non provava torpore, a quei tempi.

Nemmeno nei tempi difficili, dopo che un mese di giugno un tornado si era portato via la roulotte e il braccio destro di sua madre, che aveva rischiato di morire. Né quando suo padre aveva perso il lavoro in una di quelle crisi che spazzavano regolarmente il Texas come tempeste di sabbia.

Ed era sicuro di non avere provato torpore quando aveva visto sua madre in lacrime, dopo che per strada l'avevano chiamata “braccio solo”. Thompson aveva fatto in modo che il ragazzo non si prendesse mai più gioco di lei.

Ma poi c’erano stati gli anni della prigione. E da qualche parte, in quei corridoi che puzzavano di lisoformio, il torpore aveva sopraffatto i suoi sentimenti e li aveva messi a dormire. Così profondamente che Thompson non aveva battuto ciglio quando gli era stato comunicato che un guidatore assopitosi al volante di una Peterbilt gli aveva ucciso in un colpo solo i genitori e la zia. L’unica cosa rimasta era il kit per lucidare le scarpe che Thompson aveva fabbricato per il quarantesimo compleanno del padre. E quando aveva lasciato la prigione e aveva rintracciato il secondino, Charlie Tucker, non aveva provato nulla guardandolo morire lentamente appeso al cappio, vedendolo cercare disperatamente di afferrare la corda. Impossibile issarsi per interrompere lo strangolamento, per quanto forti si possa essere.

Torpore, mentre guardava il corpo del secondino che oscillava come un pendolo, sempre più inerte, con gli occhi vitrei nel viso violaceo. Torpore, mentre disponeva le candele ai piedi di Tucker perché l’omicidio fosse attribuito a qualche psicopatico satanista.

Torpore…

Ma Thompson era convinto di poter guarire, con la stessa facilità con cui sistemava la porta del bagno o aggiustava il corrimano delle scale del bungalow (l’unica differenza era dove mettere la virgola dei decimali). Jeanne e le bambine gli avrebbero restituito le emozioni. Doveva solo fare quello che facevano gli altri, la gente normale, quella che non provava il torpore. Dipingere orsetti nella cameretta, guardare *Judge Jude* con le bambine, fare picnic nel parco, portare loro quello che avevano chiesto: uva, ciliegia e latte. Uva, ciliegia e latte. Di quando in quando, provare a dire una parolaccia: cazzo, cazzo, merda… Perché era questo che diceva la gente quando si arrabbiava. Perché la gente, le cose, le sentiva.

Questa era anche la ragione per cui fischiava. La musica, riteneva, poteva farlo tornare a quei giorni prima della prigione. La gente che amava la musica non soffriva di torpore. La gente che fischiava provava sentimenti, aveva famiglia.

Per strada gli sconosciuti si voltavano a guardarli. Era gente con cui ci si poteva fermare a parlare su un angolo, a cui offrire patatine fritte dal proprio piatto di Harleyburger, mentre la musica suonava nella sala accanto, e a cui dire: "Non sono bravi quei musicisti, che ne dici?"

Segui le regole e il torpore se ne andrà.

Ma stava funzionando, quella dieta che si era imposto per recuperare le proprie emozioni? Fischiettare, recitare le battute che riteneva di dover recitare, uva e ciliegia, parolacce, risate? Forse un pochino, si rispondeva lui. Ricordava la donna in bianco che aveva visto andare avanti e indietro, avanti e indietro, quel mattino. Doveva ammettere che aveva provato piacere a guardarla. Un modesto piacere, ma pur sempre un'emozione. Molto bene.

Aspetta. "Molto bene, *cazzo*!" mormorò tra sé.

Ecco, una parolaccia.

Forse avrebbe dovuto riprovare con il sesso: di solito ci riusciva, una volta al mese, la mattina, ma la verità era che non ne aveva voglia e senza quella non c'era Viagra che tenesse. *Ecco cosa devo fare*, si disse, *aspetto un paio di giorni e ci riprovo con Jeanne*. Quel pensiero lo mise a disagio. Ma forse meritava un tentativo. Sarebbe stato un buon esame. Sì, ci avrebbe provato, per vedere se le cose miglioravano.

Uva, ciliegia e latte.

Thompson si fermò a un telefono pubblico davanti a una tavola calda greca, per ascoltare di nuovo la segreteria telefonica. Compose il numero, digitò il codice e sentì il nuovo messaggio: c'era stata una possibilità di uccidere Geneva Settle a scuola, ma la ragazza era sorvegliata da troppi poliziotti. Il messaggio proseguiva con l'indirizzo della studentessa, un condominio sulla 118th Street nelle cui vicinanze stazionavano un'auto di pattuglia e un'altra senza contrassegni. Di tanto in tanto i veicoli cambiavano posizione. Il numero di poliziotti di guardia variava, all'apparenza, da uno a tre.

Thompson memorizzò l'indirizzo e cancellò il messaggio. Poi riprese il suo tortuoso cammino verso un edificio di sei piani molto meno grazioso del bungalow di Jeanne. Passò dal retro e salì le scale, fino all'appartamento che costituiva la sua casa sicura principale. Entrò, chiuse la porta a chiave e disattivò il sistema di allarme che aveva installato per evitare intrusioni.

Era meglio dell'appartamento di Elizabeth Street, con il parquet chiaro e un tappeto marrone, ruvido e peloso, che aveva l'odore tipico di un tappeto marrone, ruvido e peloso. A Thompson faceva pensare al piccolo studio di registrazione che suo padre e lui avevano allestito nel bungalow in cui erano andati ad abitare dopo che il tornado aveva portato via la roulotte.

Da un armadietto il killer prese alcuni contenitori di vetro, che appoggiò con delicatezza sulla scrivania, fischiando il tema di *Pocahontas*. Le bambine lo avevano adorato, quel film. Aprì la cassetta degli attrezzi, indossò gli spessi guanti di gomma e una maschera antigas, quindi si mise ad assemblare l'ordigno che l'indomani avrebbe ucciso Geneva Settle. E tutti quelli che le stavano intorno.

Wssst…

La canzone cambiò: non era più Disney, era Bob Dylan, *Forever Young*.

Quando l'ordigno fu pronto, Thompson lo controllò fino a esserne soddisfatto. Ripose tutto quanto e andò in bagno a togliersi i guanti. Si lavò le mani tre volte. Il fischio sfumò, mentre riprendeva a recitare mentalmente il mantra di quel giorno.

Uva, ciliegia e latte… Uva, ciliegia e latte…

Continuava a prepararsi al giorno in cui il torpore se ne sarebbe andato.

"Come andiamo, miss?"

"Okay, detective."

Il signor Bell, sulla porta della stanza di Geneva, guardava il letto ingombro di libri e quaderni. "Ne hai di lavoro da fare."

Geneva si strinse nelle spalle.

"Vado dai miei ragazzi", le annunciò lui.

"Ha dei figli?"

"Esatto. Due. Magari un giorno li conoscerai."

"Certo", disse lei, pensando: *Non accadrà mai.* "Sono a casa con sua moglie?"

“Sono dai nonni, adesso. Ero sposato, ma mia moglie è morta.”

Quelle parole colpirono Geneva. Vedeva il dolore che nascondevano, anche se il detective non aveva cambiato espressione. Era come se si fosse esercitato a pronunciare quelle parole senza piangere. “Mi dispiace”, gli disse.

“Oh, è successo qualche anno fa.”

“Dov’è l’agente Pulaski?”

“A casa. Ha una figlia e una moglie incinta.”

“Maschio o femmina?” chiese Geneva.

“Proprio non lo so. Tornerà domattina presto. Glielo potremo chiedere. Tuo zio è nella stanza accanto e la signorina Lynch resterà qui stanotte.”

“Barbe?”

“Sissignora.”

“È simpatica. Mi ha raccontato dei suoi cani. E mi ha parlato dei nuovi programmi televisivi.” Geneva indicò i libri. “Non ho molto tempo per guardare la tv.”

“Ai miei ragazzi farebbe bene un po’ della tua influenza, miss”, rise il detective Bell. “Vi farò conoscere, poco ma sicuro. Per qualsiasi cosa, chiama Barbe.” Esitò. “Anche se fai un brutto sogno. Lo so che non è facile, con i tuoi genitori via.”

“Sto bene da sola.”

“Non ho dubbi. In ogni caso, per qualunque cosa, tu chiama. È per questo che siamo qui.” Il detective andò alla finestra, si assicurò che fosse chiusa e scostò le tende per sbirciare fuori. “Arrivederci, miss. Non ti preoccupare: lo prenderemo. È solo questione di tempo. Nessuno batte Rhyme e la sua squadra.”

“Arrivederci”, disse Geneva, felice che lui se ne andasse. Malgrado le sue buone intenzioni, a lei non piaceva che la si trattasse come una bambina, né che le si ricordasse la sua terribile situazione. Tolse i libri dal letto e li impilò vicino alla porta. Nel caso avesse dovuto andarsene di corsa, li avrebbe trovati subito anche al buio e avrebbe potuto portarli con sé. Lo faceva tutte le sere.

Aprì lo zainetto e ritrovò la viola essiccata che le aveva lasciato Kara, l’illusionista. La guardò a lungo, poi la mise delicatamente nel libro in cima alla pila.

Una rapida visita al bagno, dove risciacquò il lavabo color perla dopo essersi lavata i denti. Rise tra sé, pensando alle pietose condizioni del bagno di Keesh. Tornata in camera, chiuse a chiave la porta, poi, sentendosi un po' stupida, vi mise davanti la sedia della scrivania, sotto la maniglia. Si spogliò, per indossare un paio di pantaloncini e una T-shirt stinta, e si mise a letto. Spense la luce e per venti minuti rimase sdraiata sulla schiena, in preda all'ansia e alla tensione. Ripensò a sua madre, a suo padre, a Keesh.

Kevin Cheaney fece una rapida apparizione, ma fu allontanato rabbiosamente.

Poi i pensieri di Geneva corsero al suo antenato, Charles Singleton.

Che correva, correva, correva...

Il tuffo nell'Hudson.

Il suo segreto. Era così importante da rischiare tutto per tenerlo nascosto?

L'amore che provava per la moglie e il figlio.

Ma quell'uomo terribile della biblioteca continuava a tornarle in mente. Oh, Geneva si era data delle arie, davanti alla polizia, ma in quel momento moriva dalla paura. Il passamontagna, il tonfo dello sfollagente sul manichino, i suoi passi quando la inseguiva. E poi quell'altro, il nero con la pistola, fuori dal cortile della scuola.

Quei pensieri le tolsero definitivamente il sonno.

Riaprì gli occhi, sveglia, inquieta, e ricordò un'altra notte insonne di molti anni prima. Aveva sette anni e si era alzata, approdando in salotto. Aveva acceso la televisione e per dieci minuti aveva guardato una stupida sitcom. Poi suo padre l'aveva raggiunta, battendo le palpebre, semiaddormentato.

"Che cosa ci fai davanti alla tv?"

"Non riesco a dormire."

"Leggi un libro. Ti fa meglio."

"Non ho voglia."

"Okay, allora te lo leggo io." Era andato alla libreria e aveva preso un tascabile. "Questo ti piacerà: è uno dei più bei libri che siano mai stati scritti."

Suo padre si era seduto sulla poltrona, che aveva scricchiolato e sibilato sotto il suo peso. Geneva non era riuscita a vedere la copertina.

"Sei comoda?" le aveva chiesto lui.
"Sì", aveva risposto lei, sdraiata sul divano.
"Chiudi gli occhi."
"Non ho sonno."
"Chiudi gli occhi, così ti puoi immaginare che cosa sto leggendo."
"Okay. Cosa..."
"Silenzio."
"Okay."

E suo padre aveva cominciato a leggerle *Il buio oltre la siepe*. Per tutta la settimana seguente, la lettura ad alta voce all'ora di andare a letto era divenuta un loro rituale.

Geneva Settle, che malgrado l'età aveva già letto o sentito leggere parecchi libri, aveva deciso che quello fosse davvero uno dei più belli di tutti i tempi. Amava il protagonista, quel padre vedovo calmo e forte, e i personaggi del fratello e della sorella (Geneva avrebbe tanto voluto avere un fratellino). La storia stessa, che parlava di coraggio contrapposto all'odio e alla stupidità, era un incanto.

Il ricordo del libro di Harper Lee era sempre rimasto con lei. Curiosamente, quando lo aveva riletto a undici anni, le era piaciuto di più. E a quattordici poteva comprenderlo ancora meglio. Lo aveva riletto ancora l'anno precedente: ci aveva scritto una tesina per inglese e aveva preso un "ottimo più".

Il buio oltre la siepe era uno dei libri nella pila accanto alla porta, quelli da salvare in caso di incendio. A volte lo teneva nello zaino, anche se non lo stava leggendo. Era in quel libro che aveva messo la viola portafortuna di Kara.

Quella notte ne scelse un altro dalla pila: *Oliver Twist*, di Charles Dickens. Sdraiata a letto, lo aprì in corrispondenza del segnalibro (non faceva mai le orecchie, nemmeno sui tascabili) e si mise a leggere. Dapprima gli scricchiolii della casa la spaventarono, rievocando l'immagine dell'uomo con il passamontagna, ma ben presto si perse nella storia. E circa un'ora più tardi sentì gli occhi pesanti e si addormentò, non per il bacio della buona notte della madre, non per la voce del padre che recitava una preghiera, ma per le belle parole di uno sconosciuto.

19

"Ora di andare a letto."

"Cosa?" fece Rhyme, alzando lo sguardo dal computer.

"A letto", ribadì Thom, in tono cauto. A volte doveva combattere per strapparlo al lavoro.

Ma stavolta il criminalista rispose: "Sì. A letto".

In effetti era esausto e anche un po' scoraggiato. Stava leggendo un messaggio e-mail da J.T. Beauchamp di Amarillo, secondo cui nessuno dei detenuti corrispondeva all'identikit del Sosco 109. Rhyme digitò un breve ringraziamento e spense il computer. "Solo una telefonata, poi faccio il bravo", disse a Thom.

"Io mi porto avanti", replicò l'aiutante. "Ti aspetto su."

Amelia Sachs era andata a trovare la madre, che viveva poco lontano da casa sua e ultimamente aveva avuto problemi cardiaci. Molto spesso, Amelia passava la notte da Rhyme, ma continuava a tenere il suo appartamento a Brooklyn, dove aveva altri famigliari e gli amici. Jennifer Robinson, per esempio: la poliziotta che quella mattina aveva accompagnato le teenager da Rhyme abitava nella stessa via. D'altra parte Amelia, come lui, ogni tanto aveva bisogno di solitudine. Quella sistemazione li trovava entrambi d'accordo.

Rhyme le telefonò a casa della madre e le comunicò le ultime novità, per quanto scarse.

"Stai bene?" gli chiese lei. "Mi sembri preoccupato."

"Stanco."

"Ah." Amelia non gli credeva. "Vai a letto."

"Anche tu. Dormi bene."

"Ti amo, Rhyme."

"Ti amo."

Chiusa la comunicazione, il criminalista si spostò davanti al tabellone. Ma non guardò i dati annotati da Thom con la sua grafia precisa. Rilesse invece il tabulato sulla dodicesima carta dei tarocchi e il suo significato. Studiò il viso placido dell'uomo appeso a testa in giù. Poi voltò la sedia e raggiunse l'ascensore che collegava il laboratorio con la camera da letto. Ordinò all'ascensore di salire e, una volta al piano superiore, uscì dalla cabina.

Stava riflettendo sulla carta dei tarocchi. Come Kara, la loro amica illusionista, Rhyme non credeva nello spiritismo. Erano entrambi, ciascuno a suo modo, scienziati. Ma non poteva ignorare il fatto che la carta dell'Impiccato apparisse in un caso in cui ricorreva la parola *gallows*, forche. I criminalisti devono conoscere tutti i metodi per uccidere, e Rhyme sapeva come funzionava un'impiccagione: il collo della vittima si spezzava in corrispondenza della base del cranio. L'effettiva causa della morte nelle esecuzioni per impiccagione era il soffocamento, ma non dovuto alla stretta intorno al collo, bensì all'interruzione della comunicazione tra neuroni e polmoni. Era quello che per poco non era capitato a lui nell'incidente durante il sopralluogo in un tunnel della metropolitana, anni prima.

Gallows Heights... L'Impiccato...

Tuttavia il significato della carta era l'aspetto più significativo. Lesse: "'La sua apparizione in una lettura indica una ricerca spirituale che conduce a una decisione, una transizione, un cambio di direzione. Frequentemente, la carta predice la resa di fronte all'esperienza, la fine di una lotta, l'accettazione. Quando questa carta appare nella tua lettura, devi dare ascolto al tuo io interiore, anche se il messaggio può sembrare contrario alla logica'".

Quel pensiero lo divertiva: ultimamente ne aveva fatte parecchie di ricerche, prima della caccia al Sosco 109 e dell'apparizione della carta. Lincoln Rhyme doveva prendere una decisione.

Un cambio di direzione...

Si spostò dalla camera da letto all'epicentro dei suoi dubbi: la stanza della terapia, dove aveva trascorso ore a seguire il programma di esercizi del dottor Sherman. Fermo sulla soglia, guardò l'attrezzatura per la riabilitazione, nella semioscurità: l'ergometro, il *tapis roulant*... Poi guardò la mano destra, bloccata all'altezza del polso sul bracciolo imbottito della sedia a rotelle Storm Arrow.

Una decisione...

Avanti, si disse.

Provaci. Adesso. Muovi la mano.

Il suo respiro accelerò. Gli occhi fissavano la mano.

No...

Curvò le spalle, per quanto gli era possibile, e guardò la stanza. Ripensò a tutte quelle ore di esercizi. Certo, lo sforzo aveva portato miglioramenti alle ossa, ai muscoli e alla circolazione, riducendo le infezioni e i rischi di episodi neurovascolari.

Ma la vera questione che riguardava gli esercizi poteva essere riassunta in un eufemismo di due parole usato dagli specialisti: beneficio funzionale. La traduzione di Rhyme era meno nebulosa: sentire e muoversi.

Due aspetti della guarigione che, secondo quanto aveva detto quello stesso giorno al dottor Sherman, non gli interessavano.

In realtà aveva mentito. Dentro di sé, inconfessata, provava la bruciante necessità di sapere una cosa: quelle ore di tortura gli avrebbero fatto recuperare la sensibilità e restituito la capacità di muovere muscoli che non aveva usato per anni? Poteva ruotare la manopola di un microscopio Bausch & Lomb per mettere a fuoco una fibra o un pelo? Poteva sentire il contatto della mano di Amelia Sachs?

Quanto alla sensibilità, forse c'era stato qualche lieve miglioramento. Ma un tetraplegico con lesioni di livello C4 fluttua in un mare di dolori fantasma e sensazioni fasulle, create dal cervello per tormentare e confondere. Sente il solletico di una mosca anche se non c'è nessuna mosca. Non avverte nulla e si rende conto in ritardo che una tazza di caffè bollente gli si è rovesciata addosso e lo sta ustionando. Eppure Rhyme era convinto che la sua sensibilità fosse aumentata.

Ma per quanto riguardava l'obiettivo principale, il movimento? Quello era il gioiello della corona, per la guarigione da una lesione alla colonna vertebrale.

Guardò di nuovo la mano destra, rimasta immobile dal giorno dell'incidente.

La domanda aveva una risposta semplice e definitiva. Non aveva a che fare con i dolori fantasma o una supposta maggiore sensibilità. Si poteva rispondere da solo, in quello stesso momento. Sì o no. Non gli servivano risonanza magnetica o misurazioni di resistenza dinamica o altri trucchi del repertorio medico. Gli bastava inviare un minimo impulso a un muscolo, lungo l'autostrada dei neuroni, e vedere che cosa succedeva.

Il messaggio sarebbe arrivato al dito, facendolo piegare, cosa che per lui equivaleva a un record mondiale di salto in lungo? O si sarebbe schiantato in fondo a un nervo morto?

Rhyme si riteneva un uomo coraggioso, fisicamente e moralmente. Nei giorni che avevano preceduto l'incidente, era sempre pronto a tutto nel suo lavoro. Una volta, per proteggere una scena del crimine, lui e un suo collega avevano dovuto tenere a bada una folla inferocita di quaranta persone che cercava di saccheggiare un negozio in cui aveva avuto luogo una sparatoria. In un'altra occasione, Rhyme ne aveva esaminata una a cinquanta metri da un criminale che gli sparava addosso dal rifugio in cui si era barricato, pur di trovare gli indizi necessari a scoprire dove fosse tenuta una ragazza sequestrata. E un'altra volta aveva messo a repentaglio la sua carriera arrestando un poliziotto più anziano che stava compromettendo la scena di un crimine semplicemente per farsi bello con la stampa.

Ma ora il suo coraggio veniva meno.

Gli occhi erano sempre fissi sulla mano destra.

Sì, no...

Se cercava di muovere il dito e non ci riusciva, se nella sua incessante battaglia non raggiungeva nemmeno una delle piccole vittorie di cui parlava il dottor Sherman, era convinto che per lui sarebbe stata la fine.

Sarebbero tornati i pensieri più oscuri, che lo avrebbero sommerso come una marea crescente. E alla fine avrebbe chiamato un altro dottore, diverso da Sherman, molto diverso. Uno della Lethe Society, il gruppo a favore dell'eutanasia. Qualche anno prima, quando aveva tentato di porre fine alla propria vita, non era indipendente come adesso: non c'erano così tanti computer, non c'era il sistema di riconoscimento vocale che gli permetteva di telefonare. Era paradossale che il miglioramento del suo stile di vita gli offrisse molte più possibilità di uccidersi. Il dottore poteva collegare qualche apparecchio al sistema ECU, o lasciargli qualche pillola o un'arma pronta all'uso.

Certo, a differenza di qualche anno prima, adesso c'era qualcuno nella sua vita. Il suo suicidio sarebbe stato devastante per Amelia Sachs, ma la morte era sempre stata presente nella loro storia d'amore. Con il sangue di poliziotti che le scorreva nelle vene, Sachs era sempre la prima nelle irruzioni e negli arresti, anche quando non era necessaria. Era stata decorata per il suo coraggio negli scontri a fuoco e guidava in modo spericolato. Qualcuno avrebbe potuto sospettare che anche lei avesse una propensione al suicidio.

Quando si erano incontrati, nel corso di un'indagine molto difficile, un crogiolo di violenza e di morte, Rhyme era andato molto vicino a uccidersi e lei aveva compreso le sue ragioni.

Persino Thom lo accettava. Al loro primo colloquio, Rhyme gli aveva detto: "Potrei non durare molto. Affrettati a incassare gli assegni".

Ciononostante, lo disturbava pensare a come loro e le altre persone che conosceva avrebbero reagito alla sua morte. Per non parlare dei casi che sarebbero rimasti irrisolti e delle vittime che non si sarebbero salvate se non ci fosse stato lui a dedicarsi a quel lavoro che era parte essenziale della sua anima.

Era quello il motivo per cui cercava di sfuggire agli esami. Se non ci fossero stati miglioramenti, sarebbe potuto precipitare nell'abisso.

Sì...

La carta predice la resa di fronte all'esperienza, la fine di una lotta, l'accettazione...

... o no?

Quando questa carta appare nella tua lettura, devi dare ascolto al tuo io interiore...

E fu in quel momento che Lincoln Rhyme prese la sua decisione. Si sarebbe arreso. Avrebbe interrotto gli esercizi. Avrebbe smesso di prendere in considerazione l'operazione alla colonna vertebrale.

Dopotutto, se non c'è una speranza, non la si può perdere. Avrebbe ricavato il meglio dalla propria vita. La sua esistenza non era perfetta, ma era tollerabile. Lincoln Rhyme avrebbe accettato il proprio destino e si sarebbe accontentato di ciò che Charles Singleton rifiutava: essere un uomo solo in parte, tre quinti di un uomo.

Si sarebbe accontentato, più o meno.

Usando l'anulare sinistro, Rhyme girò la sedia e tornò in camera da letto, in tempo per trovare Thom ad attenderlo sulla porta.

"Pronto per andare a letto?" gli chiese l'aiutante.

"Proprio così", rispose Rhyme, di buon umore. "Sono pronto."

Parte Terza

GALLOWS HEIGHTS

Mercoledì 10 ottobre

20

Alle otto del mattino, Thompson Boyd recuperò la sua auto da un garage non lontano dal bungalow ad Astoria. Era lì che l'aveva lasciata dopo la fuga da Elizabeth Street. La Buick blu si immise nel traffico congestionato, diretta verso il Queensborough Bridge e poi a Uptown Manhattan.

Memore dell'indirizzo lasciatogli in segreteria, raggiunse la zona ovest di Harlem e parcheggiò a un paio di isolati dal condominio in cui abitavano i Settle. Aveva con sé l'American North Arms calibro 22, lo sfollagente e il sacchetto di plastica che quel giorno non conteneva più il libro sulle decorazioni domestiche, bensì l'ordigno che aveva preparato la sera precedente, da trasportare con estrema cautela. Camminava lentamente, guardandosi intorno: c'erano bianchi e neri in uguale misura, vestiti in giacca e cravatta e diretti al lavoro, e studenti in bicicletta con le barbe incolte e gli zaini in spalla, che andavano alla Columbia University. Nessuno che potesse rappresentare un pericolo.

Thompson Boyd si fermò sul marciapiede e studiò la casa in cui abitava Geneva Settle.

Qualche portone più in là c'era una Crown Vic. Astuto da parte dei poliziotti, non parcheggiare davanti all'edificio giusto, per non identificarlo. Vicino a un idrante era parcheggiata un'altra macchina senza contrassegni. A Thompson parve di notare un movimento sul tetto della casa. Un tiratore scelto? Forse no, ma di sicuro c'era qualcuno, senz'altro uno sbirro. Avevano preso quel caso molto sul serio.

Il Tipo Qualunque tornò alla sua macchina qualunque, si mise al volante e avviò il motore. Doveva avere pazienza.

Era troppo rischioso fare un tentativo sul posto: avrebbe fatto meglio ad aspettare un'occasione propizia. Dall'altoparlante, Harry Chapin si mise a cantare *Cat's in the Cradle*. Thompson spense la radio, ma continuò a fischiettare tra sé la canzone, senza perderne una nota e senza cambiare tonalità.

La prozia aveva trovato qualcosa.

Roland Bell ricevette una telefonata nell'appartamento di Geneva: la zia del padre della ragazza, Lilly Hall, aveva scovato in solaio alcuni scatoloni di vecchie lettere, oggetti e souvenir. Ignorava se ci fosse qualcosa di utile, non ci vedeva più come una volta, ma gli scatoloni erano pieni di carte. Se Geneva o la polizia ci volevano dare un'occhiata, erano a loro disposizione. Rhyme voleva mandare a ritirare tutto il materiale, ma l'anziana donna aveva detto di no: lo avrebbe consegnato solo ed esclusivamente alla pronipote, di persona. Non si fidava di nessun altro.

"Nemmeno della polizia?" chiese Bell al criminalista.

"Soprattutto della polizia."

Amelia Sachs era intervenuta nella conversazione, per dare quella che a Bell parve la spiegazione più credibile. "Credo che voglia vedere Geneva."

"Ah, ho capito."

Non fu una sorpresa che la ragazza fosse più che desiderosa di andare dalla prozia. Roland Bell preferiva proteggere persone nervose, che non osavano mettere piede per le strade di New York e sceglievano di starsene in compagnia di un videogioco o di un lungo libro. L'ideale per il detective era rinchiuderli in una stanza priva di finestre, inaccessibile dal tetto, senza visitatori, e ordinare cibo cinese o pizza tutti i giorni.

Ma Geneva Settle era diversa da qualsiasi altra persona gli fosse capitato di proteggere.

L'avvocato Goades, per favore... Sono stata testimone di un crimine... Sono trattenuta contro la mia volontà...

Il detective stabilì che si sarebbero mossi su due auto, per sicurezza: lui, Geneva e Pulaski sarebbero saliti sulla sua

Crown Vic, mentre Luis Martinez e Barbe Lynch avrebbero preso la loro Chevy. Un poliziotto su un'auto blu e bianca sarebbe rimasto a guardia della casa in loro assenza.

Mentre aspettava l'arrivo di una seconda auto della polizia, Bell chiese se ci fossero notizie dai genitori di Geneva. La ragazza rispose che erano all'aeroporto di Heathrow, in attesa del loro volo.

Bell, padre di due figli, aveva le sue opinioni sui genitori che lasciavano le figlie alle cure di uno zio mentre viaggiavano in Europa. Specie di *quello* zio. Niente soldi per il pranzo? Non era così che si faceva. Nonostante fosse un padre single con un lavoro molto impegnativo, Bell preparava personalmente la colazione ai figli la mattina e non li lasciava mai senza qualcosa per pranzo. Cucinava persino la cena, anche se come cuoco non era il massimo. La parola "rosticceria" non esisteva nel suo dizionario gastronomico.

Ma il suo compito era proteggere Geneva Settle, non dare giudizi su genitori che non sembravano preoccuparsi troppo dei figli. Bell lasciò perdere le questioni personali e uscì dal portone, la mano pronta sulla sua Beretta. Scrutò le facciate, le finestre, i tetti e le macchine, pronto a cogliere qualsiasi dettaglio insolito.

L'auto della polizia arrivò a dare il cambio, mentre Martinez e Lynch salivano sulla Chevrolet, dietro l'angolo.

Bell parlò al suo Handi-Talkie: "Via libera. Portala fuori".

L'agente Pulaski scortò Geneva fino alla Crown Victoria e si sedette accanto a lei. Bell salì a sua volta. In tandem, le due auto attraversarono Harlem e raggiunsero un vecchio edificio sulla 5th Avenue, nel *barrio*.

La maggioranza degli abitanti erano portoricani o dominicani, ma c'erano haitiani, boliviani, ecuadoriani, giamaicani e centroamericani in genere, neri e non, così come gruppi di nuovi immigrati, legali e illegali, provenienti dal Senegal, dalla Liberia e dalle nazioni dell'Africa centrale. Le tensioni razziali non si creavano tra ispanici e neri, ma tra gli americani di nascita e gli immigrati, o tra gruppi di diverse nazionalità. *Così va il mondo*, rifletté Bell, malinconico.

Il detective parcheggiò dove gli indicò Geneva e attese

che gli altri due agenti scendessero dalla Chevrolet. Al segnale di okay di Martinez, Bell e Pulaski accompagnarono Geneva nell'edificio.

Non era granché come casa. L'atrio puzzava di birra e carne rancida. Geneva si sentì imbarazzata. Come quando era andata a scuola, insistette perché il detective restasse fuori, ma con minore convinzione, come se già si aspettasse la risposta.

"Meglio se vengo con te."

Al primo piano, la studentessa bussò a una porta.

Una voce anziana le rispose: "Chi è?"

"Geneva. Sono venuta a trovare Zia Lilly."

Si udì il rumore di due catene e due chiavistelli. La porta si aprì. Una donna secca con indosso un vestito dai colori sbiaditi guardò Bell, sospettosa.

"Buon giorno, signora Watkins", disse la ragazza.

"Ciao, tesoro. La zia è in salotto." La donna occhieggiò nuovamente il detective.

"Lui è un mio amico."

"Un tuo amico?"

"Esatto", confermò Geneva.

Dall'espressione della donna si capiva che non approvava che la ragazza frequentasse un uomo tanto più vecchio di lei, nemmeno se si trattava di un poliziotto.

"Roland Bell, signora", si presentò lui, mostrandole il distintivo.

"Lilly mi ha detto che c'era qualcosa che riguardava la polizia", disse la signora Watkins, a disagio.

Bell non smise di sorridere e non aggiunse altro.

"Be', la zia è in salotto", ripeté la donna.

La prozia di Geneva, una fragile donna anziana vestita di rosa, stava guardando la televisione con un paio di occhiali dalle lenti spesse. Quando vide la ragazza, fece un ampio sorriso. "Geneva cara, come stai? E chi è quel signore?"

"Roland Bell, signora. Lieto di conoscerla."

"Sono Lilly Hall. È a lei che interessa Charles?"

"Infatti."

"Vorrei poterle dire di più. Ho raccontato a Geneva tutto quello che ricordavo, della fattoria, dell'arresto. Tutto quello che ho sentito raccontare. Ma non so nemmeno se poi è andato in prigione oppure no."

"Pare di sì, zietta. Ma non sappiamo che cosa gli è successo dopo. Speriamo di riuscire a scoprirlo."

Sulla tappezzeria a fiori piena di macchie c'erano tre fotografie: Martin Luther King Jr., John Fitzgerald Kennedy e la celebre foto di Jackie Kennedy in lutto con accanto John John e Caroline.

"È tutto lì." La donna indicò tre grossi scatoloni di cartone, pieni di carte, libri polverosi e oggetti di legno e plastica, ai piedi di un tavolino dalle gambe rotte e aggiustate con nastro adesivo. Geneva si chinò a ispezionare la scatola più grossa, sotto gli occhi di Lilly.

Dopo un momento, la donna disse: "A volte lo sento".

"Lo...?" fece Bell.

"Il nostro parente, Charles. Lo sento, come gli altri *haints*."

Haints... Bell aveva sentito quella parola nel North Carolina. Un vecchio termine usato dai neri, che significava fantasmi.

"Lo sento inquieto", aggiunse la prozia.

"Non saprei", replicò la ragazza, con un sorriso.

No, pensò Bell. Geneva non sembrava il tipo da credere ai fantasmi o al soprannaturale. Ma il detective non ne era sicuro. Disse: "Be', forse quello che stiamo cercando di fare potrà dargli un po' di pace".

"Ecco", disse la donna, spingendo gli occhiali più in alto sul naso, "se siete così interessati a Charles, potete chiedere anche agli altri parenti in altre città. Te lo ricordi il cugino di tuo padre a Madison? E sua moglie, Ruby? O Genna-Louise, a Memphis. Li chiamerei io stessa, ma non ho un telefono mio." E gettò un'occhiata in direzione di un antiquato apparecchio modello Princess, sottintendendo un passato di dispute con la donna che viveva insieme a lei. Aggiunse: "E le schede telefoniche sono così costose".

"Possiamo chiamare noi, zietta."

Bell infilò una mano nella tasca dei jeans. "Signora, dato che su questa vicenda stiamo lavorando Geneva e io, lasci che le offra io una scheda telefonica."

"No", intervenne Geneva. "Faccio io."

"Non devi…"

"Ce l'ho", obiettò lei, con decisione.

Bell rimise via i soldi, mentre Geneva consegnava alla prozia un biglietto da venti dollari.

La donna guardò la banconota con riverenza e disse: "Prendo una scheda e li chiamo oggi stesso".

Geneva disse: "Se scopri qualcosa, chiamaci allo stesso numero che ti ho dato ieri".

"Perché la polizia si interessa al caso di Charles? Ormai è morto almeno da un secolo."

Geneva intercettò lo sguardo di Bell e scosse il capo. L'anziana donna non era al corrente dei pericoli corsi dalla ragazza e lei pensava che fosse meglio così. Da dietro le sue lenti, spesse come il fondo di una bottiglia di Coca-Cola, la prozia non aveva visto lo scambio di occhiate.

"Mi stanno aiutando a dimostrare che non ha commesso il crimine di cui è stato accusato", raccontò Geneva.

"Davvero? Dopo tutti questi anni?"

Bell non era sicuro che la donna fosse troppo convinta. Il detective aveva una zia pressappoco della stessa età, astuta come una volpe. Non le sfuggiva nulla.

Ma Lilly disse: "Molto gentile da parte vostra". Si rivolse alla signora Watkins. "Bella, prepariamo un caffè per questo signore e una tazza di cioccolata per Geneva. Me lo ricordo che le piace."

E mentre Roland Bell sbirciava attraverso le tendine della finestra, Geneva tornò a rovistare nello scatolone.

Su quella strada di Harlem: due ragazzi gareggiavano sullo skateboard, sui grossi parapetti di un palazzo di arenaria, sfidando la legge di gravità e gli orari di scuola; una donna nera stava in piedi su un portone, innaffiando uno spettacolare geranio rosso sopravvissuto al gelo degli ultimi giorni; uno scoiattolo seppelliva o disseppelliva qualcosa sotto l'erba ingiallita nel più vicino rettangolo di terra, un metro per un metro e mezzo, al centro del quale troneggiava la carcassa di una lavatrice.

E sull'East 123rd Street, vicino all'Iglesia Adventista, con l'ingombrante presenza del Triborough Bridge sullo sfondo, tre poliziotti vegliavano diligenti su una vecchia costruzione di arenaria, piuttosto mal conservata, e sulle strade circostanti. Due, un uomo e una donna, erano in borghese, mentre il terzo era in uniforme e marciava avanti e indietro lungo il vicolo di fianco all'edificio, come una sentinella al suo primo turno di servizio.

Queste erano le osservazioni di Thompson Boyd, che aveva seguito Geneva Settle e i suoi guardiani fino a lì. Si era appostato in un edificio abbandonato, qualche portone più a ovest, sul lato opposto della strada, e stava guardando attraverso le crepe di un cartellone sbiadito che reclamizzava finanziamenti per la casa a tasso equo.

Era curioso che avessero portato la ragazza allo scoperto. Non era secondo le regole. Ma quello era un problema loro.

Thompson considerò la logistica. Aveva subito immaginato che il tragitto non sarebbe stato lungo: mordi e fuggi, per così dire. La Crown Victoria e l'altra macchina erano parcheggiate in doppia fila e nessuno aveva cercato di nasconderle. Il killer decise di non perdere tempo: doveva approfittare della situazione.

Si affrettò a uscire dall'edificio abbandonato, passando da una finestra sul retro. Girò intorno all'isolato, facendo solo una sosta per acquistare un pacchetto di sigarette in una *bodega*, e si avvicinò al vicolo dietro l'edificio in cui era entrata Geneva. Appoggiò con cautela il sacchetto a terra e avanzò di un paio di metri. Nascosto dietro a un cumulo di sacchi della spazzatura, scorse il poliziotto biondo che pattugliava il vicolo laterale. Thompson si mise a contare i passi del giovane. *Uno, due…*

Al *tredici*, l'agente fece dietro-front. Copriva un terreno piuttosto esteso: dovevano avergli detto di sorvegliare l'intero tratto, dalla facciata al retro, tenendo d'occhio anche le finestre della casa sull'altro lato.

Al *dodici* il poliziotto arrivò in fondo, sulla strada, e tornò indietro. *Uno, due, tre…*

Gli ci vollero altri dodici passi per coprire il percorso. L'agente si guardò intorno e fece di nuovo dietro-front. Tredici passi. Nel viaggio di ritorno ne fece undici.

Non era preciso come un cronometro, ma quasi.

Thompson aveva il tempo di undici passi per raggiungere il retro della casa senza essere visto, mentre il giovane agente gli voltava le spalle. E altri undici prima che questi si riaffacciasse di nuovo.

Il killer si calò il passamontagna sulla faccia.

In un attimo uscì allo scoperto e cominciò a contare.

...tre, quattro, cinque, sei...

Silenzioso nelle sue scarpe Bass, Thompson tenne gli occhi fissi sulla schiena dell'agente. All'*otto* raggiunse il muro sul retro della casa e vi aderì, trattenendo il fiato. Si voltò verso il vicolo da cui presto sarebbe spuntato di nuovo il poliziotto.

Undici.

L'agente doveva avere raggiunto la strada ed essersi voltato.

Uno, due, tre...

Thompson Boyd rallentò il ritmo del respiro.

...sei, sette...

Strinse lo sfollagente con entrambe le mani.

...nove, dieci, undici...

Udì lo scalpiccio dei piedi sul ruvido acciottolato.

Thompson scattò, maneggiando lo sfollagente come una mazza da baseball, veloce come un crotalo. Vide lo choc sul viso del ragazzo. Sentì il sibilo del bastone nell'aria e l'esclamazione soffocata del poliziotto, che si interruppe all'impatto dello sfollagente sulla sua fronte. Il ragazzo cadde in ginocchio, emettendo un gorgoglio dalla gola. Il killer lo colpì nuovamente sulla sommità del cranio.

L'agente stramazzò a faccia in giù sul suolo lurido, ancora semicosciente. Thompson ne trascinò il corpo, scosso da tremiti, sul retro dell'edificio, dove nessuno poteva vederlo.

Quando sentì lo sparo, Roland Bell balzò alla finestra e guardò fuori. Sbottonò la giacca e afferrò la radio, ignorando gli occhi sgranati di Zia Lilly, che disse: "Santo cielo, che cosa succede?" La vecchia signora si zittì alla vista di una grossa pistola sul fianco del detective.

"Bell", si identificò alla radio. "Che succede?"

Gli rispose Luis Martinez, ansante. "Uno sparo, boss, dal

retro dell'edificio. Dove stava Pulaski. Barbe è andata a controllare."

"Pulaski", chiamò Bell. "Rispondi."

Niente.

"Pulaski!"

"Che succede?" domandò Zia Lilly. "Santo cielo."

Bell sollevò un dito e disse alla radio: "Posizioni. Rispondete".

"Sono ancora sul portone", rispose Martinez. "Niente da Barbe."

"Vai in mezzo al corridoio del pianterreno e tieni d'occhio il retro. È da lì che entrerei, se fossi in lui. Ma copri entrambe le porte."

"Roger."

Bell si voltò verso Geneva e le due anziane donne. "Ce ne andiamo. Subito."

"Ma..."

"Subito, miss. Ti sollevo di peso, se necessario, ma sarebbe più rischioso."

Finalmente Barbe Lynch comunicò: "Pulaski a terra". Segnalò un 10-13, il codice che indica un agente che necessita assistenza, e richiese personale medico.

"Ingresso sul retro intatto?" volle sapere Bell.

Rispose Barbe Lynch: "Porta chiusa a chiave. Non posso dire altro".

"Resta in posizione. La porto fuori." Poi, a Geneva: "Muoviamoci".

Ma lei, irremovibile, dichiarò: "Io non le abbandono". E accennò alle due donne.

"Adesso mi dica che cosa succede", protestò la prozia.

"Questioni di polizia. Qualcuno potrebbe cercare di fare del male a Geneva. Voglio che vi allontaniate. Avete amici in un altro appartamento?"

"Ma..."

"Devo insistere, signore. Potete andare da qualche vicino? Presto."

Le due donne si scambiarono uno sguardo spaurito. "Ann-Marie, magari", disse Lilly. "In fondo al corridoio."

Bell andò alla porta e guardò fuori. Il corridoio era deserto.

"Okay. Adesso andate."

Le due donne percorsero il corridoio. Bell le vide bussare a una porta. Un'altra donna anziana venne ad aprire e, dopo uno scambio di sussurri concitati, sparirono tutte e tre all'interno. La porta si richiuse con un rumore di chiavistelli e serrature.

Il detective e la ragazza scesero di corsa le scale. A ogni piano, Bell si fermava per controllare le rampe sottostanti, con la grossa automatica nera in pugno.

Geneva non disse nulla. Stringeva i denti, infuriata.

Si fermarono nell'atrio. Il detective tenne Geneva dietro di sé. "Luis?" gridò.

"Via libera, boss, almeno per ora", sussurrò il poliziotto nella semioscurità.

Si udì la voce calma di Barbe. "Pulaski è vivo. L'ho trovato con la pistola in mano. Gli è partito un colpo, lo sparo che abbiamo sentito. Non sembra avere colpito niente."

"Lui cosa dice?"

"È incosciente."

Quindi il killer è scappato, pensò Bell.

Oppure aveva in mente qualcos'altro. Era sicuro restare lì in attesa di rinforzi? Quella era la scelta più logica, ma la vera domanda era un'altra: era la scelta giusta, per quello che il Sosco 109 aveva in mente?

Bell prese una decisione. "Luis, io la porto via. Subito. Mi serve il tuo aiuto."

"Sono con te, boss."

Thompson Boyd era di nuovo nell'edificio abbandonato sull'altro lato della strada.

Fino a quel momento, il suo piano aveva funzionato.

Dopo avere steso il poliziotto, aveva estratto un proiettile dalla sua Glock e lo aveva legato con un elastico a una sigaretta accesa, una miccia, di fatto. Poi aveva messo l'arma in mano all'agente.

Si era tolto il passamontagna, poi si era infilato in un altro vicolo, sul lato est dell'edificio. Era in strada quando la sigaretta si era consumata, provocando la detonazione. I due sbirri in borghese avevano lasciato il portone, dandogli il tempo di correre alla Crown Victoria. Thompson aveva con sé un grimaldello con cui all'occorrenza avrebbe potuto scassinare la portiera, ma non gli era servito: l'auto era aperta. Dal sacchetto aveva preso il materiale preparato la sera prima, lo aveva assemblato e quindi nascosto sotto il sedile del guidatore. Poi aveva richiuso la portiera.

L'ordigno improvvisato era piuttosto semplice: un contenitore basso e largo, pieno di acido solforico, in cui era collocato un basso portacandele di vetro. In cima, un foglio di alluminio appallottolato, contenente alcuni cucchiaini di polvere finissima di cianuro. Qualsiasi movimento della macchina avrebbe fatto cadere la pallina nell'acido, che avrebbe dissolto l'involucro e sciolto il veleno. Il gas letale si sarebbe sprigionato, uccidendo tutti gli occupanti del veicolo prima che avessero il tempo di aprire una portiera o un finestrino. Sarebbero morti in breve tempo, o avrebbero subito danni irreparabili al cervello.

Thompson guardò fuori dalla crepa nel cartellone e da ciò che restava della facciata. Il detective dai capelli castani, quello che sembrava a capo del servizio di protezione, era all'ingresso, con accanto gli altri due agenti in borghese. Dietro di loro c'era la ragazza.

Il terzetto rimase sul portone mentre il detective controllava la strada, i tetti, le auto, i vicoli. Aveva una pistola in una mano e un mazzo di chiavi nell'altra. Si apprestavano a correre verso la macchina. Verso la trappola.

Perfetto.

Thompson Boyd lasciò rapidamente l'edificio. Altri poliziotti erano in arrivo: le sirene erano sempre più forti. Sentì avviarsi il motore dell'auto, seguito dallo stridore degli pneumatici.

Respirate a fondo, pensò, rivolto agli occupanti del veicolo. Per due ragioni. Primo: voleva farla finita con questo scomodo lavoro. Secondo: morire per avvelenamento da cianuro poteva essere estremamente spiacevole. Una persona dotata di sentimenti, una persona che non provasse torpore, avrebbe augurato loro una morte rapida e indolore.

Uva, ciliegia, latte.

Respirate a fondo.

Sentendo il rombo selvaggio del motore che le vibrava nelle mani, nelle gambe e nella schiena, Amelia Sachs corse a tutta velocità in direzione di Spanish Harlem. Superò i novanta prima di passare in terza.

Era a casa di Rhyme quando era arrivata la notizia: Pulaski era a terra e il killer era riuscito a nascondere una strana apparecchiatura a bordo dell'auto di Roland Bell. La detective si era precipitata fuori e, avviata la sua Camaro rossa del 1969, si era fiondata verso East Harlem, passando i semafori a tutta velocità e rallentando a cinquanta quando trovava il rosso: *Guarda a sinistra, guarda a destra, cambia marcia e buttati.*

Dieci minuti dopo, entrava contromano sulla 123rd Street. Evitò un camion per pochi centimetri. Davanti a sé vedeva i lampeggiatori delle ambulanze e le tre auto mandate dal distretto locale. E anche una dozzina di agenti in uniforme e una squadra dell'ESU, che si faceva largo sui marciapiedi. Avanzavano cauti, come soldati sotto il fuoco nemico.

Guardatevi le spalle...

Inchiodò, facendo fumare gli pneumatici, e saltò fuori dalla Camaro, controllando strade e finestre nel caso che il killer fosse appostato da qualche parte con la sua pistola e i suoi proiettili ad aghi. Corse nel vicolo, mostrando il distintivo. Vide i medici intorno a Pulaski, disteso di schiena. Il giovane agente respirava: almeno era vivo, anche se era coperto di sangue e aveva il viso spaventosamente gonfio. La detective sperava che potesse dirle qualcosa, ma lui era ancora in stato di incoscienza.

Doveva essere stato colto di sorpresa dal suo aggressore, in agguato in fondo al vicolo. La recluta si era tenuta troppo vicina al muro: l'aggressore aveva potuto assalirlo senza preavviso. Era sempre consigliabile camminare al centro dei marciapiedi e dei vicoli, perché nessuno potesse spuntare a sorpresa da un angolo.

Non lo sapevi...

Amelia Sachs si domandò se Pulaski sarebbe vissuto abbastanza da fare tesoro di quella lezione.

"Come sta?"

Il medico non alzò la testa. "Non posso dirlo. È già abbastanza fortunato a essere ancora tra noi." Poi si rivolse a un infermiere. "Okay, portiamolo via, adesso."

Mentre Pulaski veniva caricato su una barella, Sachs allontanò tutti dalla scena, per preservare ogni possibile traccia. Quindi uscì dal vicolo e indossò la sua tuta bianca di tyvek.

Mentre tirava su la cerniera lampo, un sergente del distretto le si avvicinò. "È lei Amelia Sachs, vero?"

Lei annuì. "Qualcuno ha avvistato il soggetto?"

"Niente. È lei che si occupa delle scene?"

"Già."

"Vuole vedere l'auto del detective Bell?"

"Certo." La poliziotta si incamminò.

"Aspetti", disse il sergente. E le porse una maschera antigas.

"È così grave?"

Il sergente indossò la propria maschera. Attraverso la gomma disse, turbato: "Mi segua".

21

Sotto la copertura della squadra ESU, due artificieri della Bomb Squad Unit del Sesto Distretto erano accovacciati sul sedile posteriore della Crown Victoria di Roland Bell. Non indossavano le tute antibomba, ma la tenuta protettiva completa per le contaminazioni biochimiche.

Con indosso la sua più sottile tuta di tyvek, Amelia Sachs si teneva a una decina di metri.

"Che cosa abbiamo, Sachs?" chiese Rhyme via radio.

Lei sobbalzò. Poi abbassò il volume. Il segnale radio era collegato con uno spinotto direttamente alla maschera antigas. "Non mi sono ancora avvicinata", rispose. "Stanno rimuovendo l'ordigno. Cianuro e acido."

"Probabilmente l'acido solforico di cui abbiamo trovato tracce sulla scrivania", considerò lui.

Un'altra trasmissione, da uno degli uomini della Bomb Squad: "Detective Sachs, abbiamo reso sicuro l'abitacolo. Non ci sono gas, ma i fumi dell'acido possono essere pericolosi".

"Bene, grazie." Si avviò verso l'auto.

La voce di Rhyme gracchiò di nuovo dalla radio. "Aspetta un minuto..." Si allontanò dal microfono per un istante. "Sono al sicuro, Sachs. Li hanno portati al distretto."

"Bene."

Loro erano le vittime designate del veleno lasciato nella Crown Victoria: Roland Bell e Geneva Settle erano stati molto prossimi alla morte. Ma fortunatamente, al momento di allontanarsi dalla casa della prozia, Bell aveva intuito che qualcosa non tornava sulla scena dell'aggressione a Pulaski.

Barbe Lynch aveva trovato la recluta con la pistola in mano. Ma il Sosco era troppo astuto per lasciare una pistola nelle mani di un poliziotto, per quanto in stato di incoscienza. No, gliel'avrebbe tolta di mano, forse se ne sarebbe appropriato lui stesso. Da questo Bell aveva concluso che in qualche modo doveva essere stato il Sosco a sparare il colpo, lasciando l'arma in mano a Pulaski per trarli in inganno. Lo scopo? Allontanare gli agenti di guardia davanti alla casa. Il motivo? La risposta era ovvia: in questo modo, nessuno avrebbe tenuto d'occhio le auto.

Le portiere della Crown Vic non erano bloccate, pertanto il Sosco avrebbe avuto modo di collocare a bordo un ordigno esplosivo. Perciò Bell aveva preso la Chevy di Martinez e Lynch per portare in salvo Geneva, avvisando tutti di tenersi lontani dalla Crown Vic, fino a quando gli artificieri non l'avessero controllata. La Bomb Squad aveva esplorato l'interno della macchina con le videocamere a fibra ottica, fino a trovare l'ordigno sotto il sedile del guidatore.

Ora toccava a Sachs esaminare le scene: l'auto, il marciapiede, il vicolo in cui Pulaski era stato aggredito. Vi trovò le impronte delle scarpe Bass del Sosco 109, a conferma della sua presenza, e un altro piccolo ordigno di fortuna: il killer aveva preso un proiettile dalla pistola automatica di Pulaski, vi aveva legato una sigaretta accesa con un elastico, lasciando il tutto nel vicolo. Quando si era udita la detonazione, era tornato in strada e aveva lasciato la trappola nell'auto di Bell.

Accidenti se è furbo, pensò Sachs, con una certa ammirazione.

Non c'erano tracce, invece, della presenza del suo complice, il nero con la giacca mimetica. Anche se non si poteva escludere che fosse stato in zona, o vi fosse tuttora.

Rimettendosi la maschera antigas, la detective esaminò le parti in vetro dell'ordigno velenoso: nessuna impronta, il che non era una sorpresa. Forse dal cianuro o dall'acido si sarebbe potuto ricavare qualcosa. Scoraggiata, riferì tutto a Rhyme.

"Che cosa hai esaminato?" chiese lui.

"Be', la macchina e il vicolo intorno a Pulaski. Le vie di

entrata e uscita del vicolo, il percorso di avvicinamento alla Crown Vic da entrambe le direzioni…"

Un momento di silenzio, mentre Rhyme soppesava le sue parole.

Sachs non si sentiva tranquilla. Aveva trascurato qualcosa? "Che cosa stai cercando di dirmi, Rhyme?"

"Hai fatto una ricerca da manuale, Sachs. Nei posti giusti. Ma hai considerato la totalità della scena?"

"Capitolo due del tuo libro."

"Brava. Almeno c'è qualcuno che lo ha letto. Ma hai *fatto* come nel libro?"

Anche se il tempo era un fattore essenziale nell'esame della scena di un crimine, una delle pratiche su cui Rhyme insisteva era prendersi qualche momento per dare un senso all'intera scena, alla luce del particolare crimine su cui si stava lavorando. L'esempio che citava nel suo manuale di scienza forense era un omicidio commesso al Greenwich Village. La scena primaria era il punto in cui era stato trovato il cadavere di un uomo strangolato: il suo appartamento. La scena secondaria era la scala antincendio che l'assassino aveva usato per allontanarsi. Ma era nella scena *terziaria*, per quanto improbabile, che Rhyme aveva trovato le impronte digitali dell'omicida: era un locale per gay a tre isolati di distanza. Nessuno aveva pensato di ispezionarlo, ma in casa della vittima il criminalista aveva trovato alcune cassette porno gay. Era bastato fare domande al bar per gay più vicino per trovare un barista in grado di identificare la vittima e ricordare di averla vista in compagnia di un uomo, quella sera. Il laboratorio aveva portato alla luce le impronte latenti su una bustina di fiammiferi rimasta sul bancone, davanti agli sgabelli su cui i due erano seduti. E le impronte avevano portato all'identificazione del colpevole.

"Continuiamo a pensare, Sachs. Il Sosco prepara il suo piano, improvvisato ma complesso, per distrarre i nostri e mettere a bordo l'ordigno. Quindi doveva identificare tutte le persone in gioco e che cosa facevano. Poi stabilire come procurarsi il tempo sufficiente per preparare la trappola. Che cosa si capisce da questo?"

Sachs stava ancora esaminando la strada. "Che li stava osservando."

"Precisamente, Sachs. Bene. E da dove poteva farlo?"

"Sull'altro lato della strada avrebbe avuto la visuale migliore. Ma ci sono dozzine di edifici in cui poteva entrare. Non ho idea di quale abbia usato."

"Vero. Ma ti trovi ad Harlem, giusto?"

"Io..."

"Capisci quello che dico?"

"Non esattamente."

"Famiglie, Sachs. Ci vivono famiglie allargate. Persone che abitano insieme. Non single yuppie. Un individuo che entra in una casa non passerebbe inosservato. Così come un uomo che si aggirasse furtivo nell'atrio o in un corridoio. La parola chiave è 'furtivo'. Bella parola, vero? Pregnante."

"Dove vuoi andare a parare, Rhyme?" chiese lei. Al criminalista era tornato il buonumore, ma la irritava che lui fosse più interessato all'aspetto enigmistico del caso, rispetto, per esempio, alle probabilità di guarigione di Pulaski o ai rischi corsi da Roland Bell e da Geneva Settle.

"Non era un appartamento. Nemmeno un tetto: i ragazzi di Bell li controllano sempre. Doveva guardare da un altro punto, Sachs. Tu dove pensi che si sia appostato?"

La detective scrutò nuovamente la strada. "C'è un cartellone su un edificio abbandonato. È pieno di manifestini e graffiti. Un casino: difficile notare qualcuno appostato là dentro. Vado a dare un'occhiata."

Attenta ai segni di un'eventuale presenza del Sosco, la detective attraversò la strada e raggiunse il retro del vecchio edificio, all'apparenza un grande magazzino distrutto da un incendio. Entrò da una finestra buia e vide subito che il pavimento era coperto di polvere: un terreno ideale per le impronte di scarpe. Riconobbe all'istante le Bass del Sosco 109. Ma per sicurezza mise gli elastici intorno agli stivaletti della sua tuta in tyvek, un espediente escogitato da Rhyme per non confondere le impronte di chi esaminava la scena con quelle lasciate dal sospetto. Sachs si incamminò, con la Glock in pugno.

Seguì le impronte del Sosco, fermandosi di tanto in tanto per sentire se ci fossero rumori. Udì qualche lieve fruscio, ma non se ne preoccupò: i topi erano intrusi abituali nelle zone più povere di New York. Quando arrivò dietro il cartellone, capì immediatamente che era il punto di osservazione ideale. Dalle crepe nel legno si vedeva perfettamente la strada.

Tornò a prendere la sua attrezzatura di base e spruzzò le pareti con spray ultravioletto, esaminandole alla luce dell'ALS.

Ma le uniche impronte che trovò erano quelle di guanti di lattice.

Riferì tutto a Rhyme e aggiunse: "Ho rilevato le tracce nel punto in cui si è appostato, ma non c'è molto. Non lascia mai niente dietro di sé".

"Troppo professionale", si lamentò Rhyme. "Ogni volta che riusciamo a scoprire i suoi trucchi, lui ci ha già prevenuti. Be', porta qui quello che hai trovato, Sachs. Ci daremo un'occhiata."

In attesa del ritorno di Sachs, Rhyme e Sellitto giunsero a una decisione. Anche se erano convinti che il Sosco avesse lasciato l'area, era opportuno che la prozia di Geneva e la donna che viveva con lei fossero trasferite in albergo per qualche giorno.

Quanto a Pulaski, era in rianimazione, ancora in stato di incoscienza. Secondo i dottori non era ancora fuori pericolo. A quella notizia, Sellitto riagganciò rabbioso il ricevitore. "È solo una recluta. Non avrei dovuto metterlo nella squadra di Bell. Avrei dovuto andarci io."

Strana cosa da dire. "Lon", fece il criminalista, "hai un grado. Hai smesso di fare il servizio di pattuglia... quando, vent'anni fa?"

Ma il tenente non si lasciava consolare. "Gli ho affidato un compito superiore alla sua esperienza. Dio, quanto sono stato stupido!" E tornò a grattarsi la guancia. Quel giorno Sellitto era più teso e sfatto del solito. Rhyme notò che, per quanto i suoi vestiti fossero sempre spiegazzati, il tenente sembrava avere ancora indosso quelli del giorno prima. Infatti c'era ancora la macchia di sangue del dottor Barry sulla manica della giacca. Sembrava che Sellitto portasse quei vestiti come penitenza.

Suonò il campanello.

Thom apparve poco dopo, in compagnia di un uomo alto e magro. Pallido, con i vestiti stazzonati, con la barba non troppo curata e i capelli castani ricci. Indossava una giacca scura di velluto a coste e pantaloni marroni. Birkenstock ai piedi.

Il nuovo arrivato si guardò in giro, poi si concentrò su Rhyme. "È qui Geneva Settle?" domandò, con espressione seria.

"Lei chi è?" chiese Sellitto.

"Sono Wesley Goades."

Ah, l'avvocato-Terminator, ricordò Rhyme, sorpreso di scoprire che non era un personaggio immaginario.

Sellitto gli controllò i documenti e fece un cenno di assenso.

Con le sue lunghe dita, l'avvocato si aggiustò sul naso un paio di occhiali dalle lenti spesse con la montatura metallica. Ogni tanto si accarezzava distrattamente la barba. Non guardava mai nessuno negli occhi per più di mezzo secondo. A Rhyme tornò in mente l'amica di Geneva, Lakeesha Scott, che continuava a guardare a destra e a sinistra mentre masticava il chewing-gum.

L'avvocato porse il proprio biglietto da visita a Thom, che lo mostrò al criminalista. Goades era il direttore della Central Harlem Legal Service Corporation ed era affiliato all'American Civil Liberties Union. In basso, in piccolo, si leggeva che era autorizzato a esercitare le pratiche legali nello Stato di New York, a Washington D.C. e davanti alla Corte Suprema degli Stati Uniti. Il tempo che aveva passato a rappresentare quei baluardi del capitalismo che erano le compagnie di assicurazioni lo aveva convertito al fronte opposto.

In risposta agli sguardi interrogativi di Rhyme e di Sellitto, Goades disse: "Ero fuori città. Ho saputo che Geneva ha chiamato il mio ufficio, ieri, dicendo di essere una testimone. Volevo conoscere la situazione".

"Geneva sta bene", rispose il criminalista. "Qualcuno ha attentato alla sua vita, ma la teniamo sotto protezione continua."

“Viene trattenuta qui? Contro la sua volontà?”

“Non è *trattenuta*, no”, replicò Rhyme, in tono deciso. “È a casa sua.”

“Con i suoi genitori?”

“Con uno zio.”

“Che cos'è questa storia?” chiese l'avvocato senza sorridere, continuando a guardare ora l'uno ora l'altro, le attrezzature e i cavi.

Rhyme era sempre riluttante a discutere di un caso attivo con un estraneo, ma l'avvocato poteva disporre di informazioni utili. “Riteniamo che qualcuno sia preoccupato dalla ricerca che Geneva sta facendo per la scuola sul conto di un suo antenato. Gliene ha mai parlato?”

“Qualcosa che riguarda un ex schiavo?”

“Esatto.”

“È così che l'ho conosciuta. È venuta da me in ufficio la scorsa settimana e mi ha chiesto se potevo procurarmi gli schedari di vecchi crimini commessi in città nel diciannovesimo secolo. Le ho lasciato guardare qualcuno dei miei vecchi libri, ma è quasi impossibile rintracciare i verbali di processi che risalgono a oltre un secolo fa. Non ho potuto esserle d'aiuto.” L'avvocato inarcò un sopracciglio. “Voleva pagarmi per la consulenza. Cosa che la maggior parte dei miei *clienti* nemmeno mi chiede.” Goades si diede un'altra occhiata intorno e parve soddisfatto della situazione. “State per prenderlo, quell'individuo?”

“Abbiamo qualche pista”, rispose Rhyme, senza compromettersi.

“Be', le dica che sono passato, le spiace? E se Geneva ha bisogno di qualcosa, mi faccia chiamare.” Indicò il biglietto da visita e se ne andò.

Mel Cooper scoppiò a ridere. “Cento dollari che in un momento o l'altro della sua carriera ha difeso i diritti della civetta nana perlata.”

“Non sto neanche a scommettere”, borbottò Rhyme. “Be', non ci meritiamo tutte queste distrazioni. Torniamo al lavoro. *Muoviamoci!*”

Venti minuti più tardi arrivarono Bell e Geneva, con gli scatoloni del materiale recuperato dalla prozia, che un poliziotto aveva ritirato e consegnato loro al distretto. Rhyme disse alla ragazza della visita di Wesley Goades.

"Per chiedere di me? Le avevo detto che era bravo. Se devo fare causa a qualcuno, chiamo lui."

L'avvocato di distruzione di massa…

Amelia Sachs sopraggiunse con i nuovi reperti e salutò i presenti.

"Vediamo cos'abbiamo", disse Rhyme, curioso.

La sigaretta che il Sosco 109 aveva usato come miccia per il diversivo dello "sparo" era una Merit, comune e irrintracciabile. Era stata accesa, ma non fumata, o quantomeno non si vedevano tracce di saliva o denti sul filtro. Presumibilmente, il Sosco non era un fumatore. Come prevedibile, non c'erano neppure impronte digitali. Non c'era niente di particolare neppure sull'elastico con cui aveva legato la sigaretta al proiettile. Il cianuro non aveva tracce particolari che potessero ricondurlo a un determinato produttore. L'acido poteva essere acquistato troppo facilmente. Gli oggetti utilizzati per mettere insieme l'ordigno erano di uso domestico: un contenitore di vetro, un foglio di alluminio e un portacandele. Niente che potesse essere ricollegato a un luogo particolare.

Nell'edificio abbandonato dove il killer si era nascosto, Sachs aveva trovato ulteriori tracce del misterioso liquido di cui aveva preso un campione in Elizabeth Street, e del quale Rhyme attendeva con impazienza l'analisi dal laboratorio dell'FBI. Inoltre la detective aveva raccolto piccole scaglie di vernice arancione, simile a quella usata sui cartelli stradali o dei cantieri. Sachs era sicura che venissero dal Sosco, dal momento che ne aveva trovate in due punti diversi e solo in corrispondenza delle impronte delle scarpe. Rhyme ipotizzò che il killer si fosse travestito da operaio. O che fosse quello il suo vero lavoro.

Nel frattempo, Sachs e Geneva avevano aperto gli scatoloni dei ricordi di famiglia. C'erano vecchi libri e riviste, carte, ritagli, appunti, ricette, souvenir e cartoline.

E venne fuori anche una lettera ingiallita, con la grafia caratteristica di Charles Singleton, anche se meno elegante rispetto alla sua corrispondenza precedentemente esaminata.

Era comprensibile, viste le circostanze.

Sachs lesse ad alta voce: "'15 luglio 1868'".

"Il giorno dopo il furto al Freedmen's Trust", osservò Rhyme. "Vai avanti."

"'Violet, che follia è questa! Da quanto mi è dato di capire, questi eventi fanno parte di un piano per screditarmi, per gettare infamia su di me agli occhi dei miei colleghi e degli onorevoli soldati della Guerra di Liberazione. Oggi ho saputo dove forse avrei potuto trovare giustizia e questa sera sono andato a Potter's Field, armato con la mia Navy Colt. Ma i miei sforzi sono stati vani e tutto si è risolto in un disastro. La mia unica speranza di salvezza ora giace nascosta per sempre sotto l'argilla e la terra. Trascorrerò un'altra notte cercando di nascondermi ai poliziotti. Domattina viaggerò clandestinamente fino al New Jersey. Tu e nostro figlio dovete fuggire a vostra volta, perché temo vorranno riversare la loro ira anche su di voi. Domani a mezzogiorno raggiungimi al Molo John Stevens, nel New Jersey. Ci rifugeremo in Pennsylvania, se tua sorella e suo marito acconsentiranno a darci asilo. Un uomo che abita nella casa sopra la stalla in cui mi sono nascosto sembra non essere sordo alle mie suppliche. Mi ha promesso che ti farà avere questo messaggio.'"

Sachs alzò gli occhi. "C'è una parte cancellata qui, non riesco a capire. Poi prosegue: 'Ora è buio. Ho fame e sono stanco, la mia pazienza è messa a dura prova, quanto quella di Giobbe. Eppure la fonte delle mie lacrime, le macchie che vedi su questo foglio, mia cara, non sono di dolore, ma di dispiacere per la miseria che si è abbattuta su di noi. E tutto a causa del mio dato segreto! Avessi gridato la verità dal tetto del Municipio, forse questi tristi eventi ci sarebbero stati risparmiati. Ma ora è troppo tardi per la verità. Ti imploro di perdonare il mio egoismo e la rovina provocata dai miei inganni'. Si firma solamente 'Charles'."

Il mattino dopo, rammentò Rhyme, c'erano stati l'inseguimento e l'arresto descritti nella rivista che Geneva stava leggendo al momento dell'aggressione.

"La sua unica speranza? 'Nascosta per sempre sotto l'argilla e la terra'?" Rhyme rilesse la lettera, che Sachs gli tenne davanti. "Non dice nulla di preciso riguardo al segreto... E cosa è accaduto a Potter's Field? Era il cimitero dei poveri, se non sbaglio."

Cooper si collegò a Internet e fece una breve ricerca. Il cimitero cittadino riservato agli indigenti si trovava ad Hart's Island, vicino al Bronx. L'isola era stata una base militare e il cimitero era stato aperto poco prima che Charles vi andasse per la sua misteriosa missione, armato della sua Colt.

"Base militare?" ripeté Rhyme. Qualcosa gli era scattato nella memoria. "Mostrami le altre lettere."

Cooper obbedì.

"Guarda: la divisione di Charles si trovava proprio lì. Mi domando se non ci sia un collegamento. Si sa altro sul cimitero?"

Cooper guardò lo schermo. "No, c'erano solo due o tre siti."

Rhyme fissò il tabellone. "Che diavolo stava combinando Charles? Gallows Heights, Potter's Field, Frederick Douglass… Leader dei diritti civili, congressisti, politici, il Quattordicesimo Emendamento… Che cos'hanno in comune tutti questi elementi?" Dopo una lunga pausa di silenzio, il criminalista concluse: "Dobbiamo chiamare un esperto".

"Chi è più esperto di te, Lincoln?"

"Non serve un esperto forense, Mel. Sto parlando di storia. Esiste qualche argomento su cui persino io non sono ferrato."

22

Il professor Richard Taub Mathers era magro e alto, con la pelle scura come il mogano, occhi penetranti, capelli corti ma tipicamente afro, modi poco formali e un intelletto proporzionale ai numerosi titoli di studio acquisiti dopo la laurea. Il suo abbigliamento era quantomai professorale: giacca di tweed e papillon. Mancavano solo le toppe di cuoio ai gomiti *de rigueur*. Il docente fece un cenno di saluto rivolto a Rhyme, con solo un lieve tentennamento di fronte alla sedia a rotelle, e strinse le mani ai presenti.

Occasionalmente, Rhyme teneva conferenze sulla scienza forense nei college locali, soprattutto al John Jay e al Fordham. Era raro che si presentasse alla Columbia University, ma un professore di sua conoscenza alla George Washington, nel District of Columbia, lo aveva messo in contatto con Mathers, che, a quanto pareva, era un'istituzione a Morningside Heights. Docente alla facoltà di legge, insegnava diritto criminale e diritto costituzionale, ma anche altre materie quali diritti civili e studi afroamericani.

Mathers ascoltò con attenzione il resoconto del criminalista sulle vicende di Charles Singleton e del movimento per i diritti civili, sul misterioso segreto e sulla possibilità che l'ex schiavo fosse stato accusato di un crimine che non aveva commesso. Infine, Rhyme riferì al professore quanto era accaduto a Geneva negli ultimi due giorni.

Il professore fu sconvolto da quelle notizie. "Hanno cercato di uccidere *te*?"

Geneva non replicò, limitandosi a ricambiare lo sguardo e a fare un lieve cenno di assenso.

Rhyme si rivolse a Sachs. "Mostragli quello che abbiamo. Le lettere."

Mathers si sbottonò la giacca, si mise un paio di occhiali dall'elegante montatura sottile e si dedicò senza fretta alla lettura della corrispondenza di Charles Singleton. Annuì un paio di volte e a un certo punto abbozzò un sorriso. Quando ebbe finito, tornò a guardare i presenti. "Un uomo affascinante", fu il suo commento. "Uno schiavo liberato, un contadino, un soldato nelle truppe di colore, Trentunesimo Battaglione. E combatté ad Appomattox."

Il professore rilesse le lettere e Rhyme dovette trattenersi dal dirgli di sbrigarsi. Poi Mathers si tolse gli occhiali, pulì con cura le lenti con un panno e disse: "Sicché, Charles Singleton ha fatto parte del movimento a favore del Quattordicesimo Emendamento". Sorrise di nuovo. Si stava appassionando al caso. "Be', potrebbe essere interessante. Potrebbe voler dire qualcosa."

Sforzandosi di mantenersi paziente, Rhyme chiese: "E che cosa potrebbe voler dire, di interessante?"

"Mi riferisco alla controversia, beninteso."

Se avesse potuto, Rhyme lo avrebbe afferrato per la collottola per indurlo a spiegarsi. "In che senso controversia?"

"Un po' di storia?" propose.

Rhyme sospirò. Sospinto da un'occhiata di rimprovero da parte di Sachs, concesse: "Prego".

"La Costituzione degli Stati Uniti è il documento su cui si basano il governo americano, la presidenza, il Congresso e la Corte Suprema. Vi si basano tuttora le leggi e i regolamenti del Paese. Orbene, si è sempre cercato un equilibrio: un governo in grado di proteggerci dalle potenze straniere e di dare ordine alle nostre vite, ma non tanto da diventare oppressivo. Quando i padri della nazione hanno firmato la Costituzione, hanno temuto che essa potesse rivelarsi troppo forte, che potesse condurre all'oppressione. Quindi ne fecero una revisione, approvandone dieci emendamenti: il Bill of Rights. I primi otto sono gli emendamenti cruciali, che riguardano i diritti di base che proteggono i cittadini dagli abusi del governo federale. Per esempio, l'FBI non può effettuare un arresto in assenza di causa probabile. Il Congresso non può requisire una casa per farci passare un'autostrada senza sborsare un adeguato risarcimento. Si ha il diritto a un processo equo con una giuria imparziale. Non si può essere sottoposti a punizioni insolite e crudeli. E così via. Ma avete fatto caso alla parola chiave?"

Rhyme ebbe la sensazione di essere a scuola.

Tuttavia Mathers riprese prima che chiunque tra i presenti avesse il tempo di rispondere. "*Federale*. In America siamo sottoposti a due governi: il governo federale a Washington e il governo dello Stato in cui viviamo. Il Bill of Rights delimita solo le responsabilità del governo federale, quindi del Congresso e delle agenzie federali quali il Federal Bureau of Investigation, l'FBI, o la Drug Enforcement Agency, la DEA. Il Bill of Rights non ci garantisce protezione *alcuna* riguardo alle violazioni dei diritti umani e civili da parte del governo *statale*. E le leggi statali sono quelle che influenzano maggiormente le nostre vite, molto più direttamente rispetto al governo federale: polizia, lavori pubblici, edilizia, automobili, relazioni domestiche, testamenti, codice civile e tutte le questioni statali. Mi seguite fin qui? La Costituzione e il Bill of Rights ci proteggono solo da Washington, non dallo Stato di New York piuttosto che dell'Oklahoma."

Rhyme assentì.

Il docente si allungò su uno sgabello del laboratorio, guardando con sospetto una muffa verde su un vassoio, e proseguì. "Torniamo agli anni Sessanta del diciannovesimo secolo. Il Sud, favorevole allo schiavismo, perde la Guerra Civile, sicché viene approvato il Tredicesimo Emendamento, che proibisce la schiavitù. Il Paese viene riunito, la servitù involontaria è messa fuori legge... Libertà e armonia regnano sovrane... Giusto?" Una risata cinica. "Sbagliato. Bandire la schiavitù non è sufficiente. C'è un'avversione verso i neri, anche al nord, persino più forte rispetto a prima della guerra, perché molte giovani vite sono state sacrificate per la loro liberazione. Si approvano centinaia di leggi che discriminano i neri, cui è proibito di votare, di svolgere incarichi, di avere proprietà, di usare attrezzature pubbliche, di testimoniare in tribunale... La loro vita non è migliorata dai tempi della schiavitù. Ma quelle sono leggi dello *Stato*, pertanto non soggette al Bill of Rights. Dunque il Congresso decide che i cittadini necessitano protezione anche dal governo statale. Per porvi rimedio, viene proposto il Quattordicesimo Emendamento." Mathers guardò un computer. "Le spiace se vado su Internet?"

"Per niente."

Il professore digitò una ricerca su Alta Vista e poco dopo scaricò un testo. Fece un copia e incolla in una finestra a parte, che tutti nel laboratorio potevano vedere sugli schermi piatti.

Nessuno Stato potrà approvare o sostenere una legge che limiti i privilegi o le immunità dei cittadini degli Stati Uniti; né alcuno Stato potrà privare qualsiasi persona della vita, della libertà o della proprietà senza un debito processo di legge; né potrà negare a qualsiasi persona nella sua giurisdizione l'equa protezione della legge.

"Questo è il paragrafo uno del Quattordicesimo Emendamento", spiegò il docente, "che limita drasticamente ciò che gli Stati possono fare ai loro cittadini. Un'altra parte, che non ho riportato, imponeva incentivi statali per dare ai neri... be', agli *uomini* neri, il diritto di voto. Mi avete seguito fin qui?"

"L'abbiamo seguita", assicurò Sachs.

"Ora, perché un emendamento alla Costituzione divenga attivo, deve essere prima approvato dal Congresso e quindi ratificato da tre quarti degli Stati. Il Congresso approvò il Quattordicesimo Emendamento nella primavera del 1866, dopo di che lo passò agli Stati per la ratificazione. Due anni dopo, risultò approvato dal numero richiesto di Stati." Il professore scosse la testa. "Ciononostante, da allora si sostiene che non sia mai stato ratificato correttamente. Questa è la controversia a cui mi riferivo. Molti pensano che l'emendamento non sia valido."

Rhyme aggrottò la fronte. "Davvero? Per quale ragione?"

"Ve ne sono alcune. Diversi Stati ritirarono la loro approvazione, dopo che avevano già votato a favore. Il Congresso ignorò il ritiro. C'è chi pensa che l'emendamento non sia stato presentato e approvato in termini corretti già a Washington. C'è persino chi sostiene vi siano state frodi, corruzioni e minacce nei voti presso i vari Stati."

"Minacce?" Sachs indicò le lettere. "Come diceva Charles."

Mathers spiegò: "La vita politica era diversa a quei tempi. Era un'epoca in cui il finanziere J.P. Morgan assoldava un esercito privato per combattere le truppe arruolate dai rivali Jay Gould e Jim Fisk allo scopo di impadronirsi di una rete ferroviaria, mentre polizia e governo stavano seduti a guardare. E dovete comprendere che la gente prendeva molto sul serio il Quattordicesimo Emendamento: il Paese era rimasto pressoché distrutto dalla guerra, erano morte mezzo milione di persone, quantità pari alle perdite complessive di tutte le altre guerre. Senza il Quattordicesimo Emendamento, il Congresso avrebbe potuto ritrovarsi sotto il controllo del Sud e il Paese avrebbe rischiato di essere nuovamente diviso. Avrebbe potuto persino scatenarsi una seconda Guerra Civile".

Il professore sollevò le lettere. "Il vostro signor Singleton sembra essere tra coloro che si misero in viaggio da uno Stato all'altro allo scopo di raccogliere sostegno a favore del Quattordicesimo Emendamento. Che cosa sarebbe successo se avesse avuto le prove che l'emendamento non era valido? Un segreto come quello di certo lo avrebbe tormentato."

"Quindi, forse", ragionò il criminalista, "un gruppo a favore dell'emendamento ha organizzato il falso furto per screditarlo. Cosicché, se anche avesse rivelato ciò che sapeva, nessuno gli avrebbe creduto."

"Non può essere stato nessuno dei grandi leader di allora, naturalmente, non Frederick Douglass, o Stevens o Sumner. Ma in effetti erano molti i politici che volevano che l'emendamento passasse e che per questo sarebbero stati pronti a tutto." Il professore si rivolse a Geneva. "E ci spiegherebbe perché questa signorina è in pericolo."

"Perché?" domandò Rhyme. Aveva seguito la storia punto per punto, ma quell'ultima, vasta implicazione gli sfuggiva.

Fu Thom a dire: "Non devi fare altro che aprire un giornale".

"E questo che cosa significa?" protestò il criminalista.
Rispose Mathers: "Significa che ogni giorno si può vedere come il Quattordicesimo Emendamento influenzi le nostre vite. Non lo sentirà menzionare direttamente, ma è tuttora l'arma più potente nel nostro arsenale dei diritti umani. Il linguaggio può essere vago. Che cosa s'intende per 'debito processo'? O per 'equa protezione'? O per 'privilegi e immunità'? I termini vaghi erano intenzionali, beninteso, dimodoché il Congresso o la Corte Suprema potessero di volta in volta creare nuove protezioni per adeguarsi alle circostanze di ogni generazione. Da quelle poche parole sono nate centinaia di leggi, su ogni argomento immaginabile, ben oltre la sola discriminazione razziale. L'emendamento è stato usato per invalidare leggi fiscali discriminatorie, per tutelare gli homeless e proibire il lavoro minorile, per garantire assistenza medica ai poveri. È la base per i diritti dei gay e per le migliaia di battaglie legali combattute ogni anno per i diritti dei detenuti. Forse il suo uso più controverso è stato nella protezione del diritto all'aborto. Senza di esso, gli Stati potevano stabilire che un medico che pratica l'aborto potesse essere equiparato a un assassino ed essere condannato alla pena capitale. E ora, dopo l'11 settembre e la mentalità che si è venuta a creare con la legge sulla Sicurezza della Patria, è il Quattordicesimo Emendamento che impedisce agli Stati di rastrellare qualsiasi islamico innocente e tenerlo sotto detenzione finché pare e piace alla polizia". Il volto del professore divenne una maschera di tormento. "Se il Quattordicesimo Emendamento non risultasse valido a seguito di ciò che Charles Singleton ha scoperto, potrebbe essere la fine della libertà come noi la conosciamo."
"Ma", propose Sachs, "diciamo che sia proprio questo il segreto di Charles e che l'emendamento non sia valido. Non basterebbe semplicemente ratificarlo di nuovo?"
Questa volta la risata del professore fu inequivocabilmente cinica. "Impossibile. Quello su cui tutti gli studiosi sono d'accordo è che il Quattordicesimo Emendamento è stato proposto e approvato nell'unica finestra della nostra storia in cui una legge del genere poteva passare. No, se la Corte Suprema invalidasse l'emendamento, oh, sì, potremmo ri-

proporre qualche legge, ma l'arma più efficace per i diritti e le libertà civili sparirebbe per sempre."

"Se fosse questo il movente", domandò Rhyme, "chi potrebbe esserci dietro l'aggressione a Geneva? Chi dovremmo cercare?"

Mathers scosse il capo. "Be', la lista è lunga. Decine di migliaia di persone vogliono che l'emendamento rimanga valido. Liberali, radicali, membri delle minoranze tanto sul piano razziale quanto sull'orientamento sessuale, sostenitori dei programmi sociali, dell'assistenza sanitaria pubblica per i poveri, del diritto all'aborto, dei diritti dei gay, dei detenuti, dei lavoratori... Si pensa sempre che gli estremisti siano fanatici religiosi, antiabortisti o quelli che mettono le bombe negli edifici federali. Ma quella gente non ha il monopolio, quando si tratta di uccidere per i propri principi. In Europa buona parte del terrorismo è stato opera di radicali di sinistra." Il professore scosse il capo. "Non sto nemmeno a fare un elenco dei possibili mandanti."

"Dobbiamo pur restringere la cerchia dei sospetti", gli fece presente Sachs.

Rhyme era d'accordo. Il punto nodale del loro caso era la cattura del Sosco 109, nella speranza che lui potesse rivelare l'identità del mandante o di trovare prove che permettessero loro di identificarlo. Ma l'istinto suggeriva al criminalista che anche quella fosse una pista importante. Se non si trovavano risposte nel presente, occorreva cercarle nel passato. "Chiunque sia, è ovvio che ne sa più di noi su quanto è accaduto nel 1868. Se riusciamo a scoprire che cosa sapesse Charles, che cosa stesse combinando, quale fosse il suo segreto e che cosa ci fosse dietro il furto, potremo avere qualche indicazione. Mi servono altre informazioni su quel periodo di New York: Gallows Heights, Potter's Field, qualsiasi cosa si riesca a trovare." Gli tornò in mente una cosa e aggrottò la fronte. Disse a Cooper: "Quando hai cercato Gallows Heights, ti è venuto fuori un articolo sulla Sanford Foundation".

"Infatti."

"Ce l'hai ancora?"

Mel Cooper salvava tutto. Richiamò sul computer l'articolo del *Times*. Il testo apparve sullo schermo. "Eccolo qui."

Rhyme lesse l'articolo, apprendendo che la Sanford Foundation disponeva di un vasto archivio sulla storia dell'Upper West Side. "Chiama il direttore, William Ashberry, e digli che abbiamo bisogno di esaminare il loro archivio."

"Provvedo." Cooper sollevò il ricevitore e chiamò la fondazione. Dopo una breve conversazione, riagganciò e riferì: "Saranno lieti di collaborare. Ashberry ci metterà in contatto con un curatore dell'archivio".

"Qualcuno dovrà andare a darci un'occhiata", disse Rhyme, guardando Sachs.

"*Qualcuno?* Sono stata sorteggiata senza nemmeno tirare a sorte?"

Ma chi altri potevano mandare, secondo lei? Pulaski era in ospedale, Bell e i suoi vegliavano su Geneva, Cooper era un topo di laboratorio e Sellitto era troppo anziano per lasciarsi affibbiare un lavoro di ricerca. "Non ci sono scene del crimine piccole", la rimbeccò Rhyme, "solo piccoli analisti di scene del crimine."

"Divertente", commentò lei amaramente. Si mise la giacca e prese la borsetta.

"Una cosa", disse Rhyme, facendosi serio.

Lei sollevò un sopracciglio.

"Sappiamo che anche noi diventeremo suoi bersagli." Si riferiva alla polizia. "Tieni a mente quella vernice arancione. Stai attenta a operai di cantiere e dei lavori stradali. Be', dato il personaggio, stai attenta a chiunque."

"Capito", rispose Sachs. Si fece dare l'indirizzo della fondazione e se ne andò.

Il professor Mathers riesaminò le lettere e gli altri documenti, poi li restituì a Cooper. Quindi si rivolse a Geneva: "Quando avevo la tua età, nelle scuole non si studiava la storia afroamericana. Come sono i programmi? Avete due semestri?"

Geneva lo guardò corrucciata. "AAS? Non c'è nel mio piano di studi."

"Allora per quale materia stai preparando la tesina?"

"Linguistica."

"Ah. Dunque seguirai AAS l'anno prossimo?"

Un'esitazione. "Non è nelle mie intenzioni."

"Sul serio?"

Geneva percepì una sfumatura critica nella domanda. "È un pro forma. Basta la frequenza. Non voglio una materia del genere nel mio curriculum."

"Male non fa."

"Ma a cosa serve?" ribatté lei. "La sappiamo a memoria: gli schiavisti dell'*Amistad*, John Brown, le leggi 'Jim Crow', la causa Brown contro il Consiglio di Educazione, Martin Luther King Jr., Malcolm X..." Tacque.

Con il distacco di un docente professionista, Mathers le chiese: "Sei stanca del passato?"

Geneva annuì. "Credo di sì. Voglio dire, siamo nel ventunesimo secolo. È ora di andare avanti. Tutte quelle battaglie sono finite."

Il professore sorrise, poi si voltò verso Rhyme. "Be', buona fortuna. Fatemi sapere se posso esservi d'aiuto."

"Non mancheremo."

Il professore andò alla porta, ma prima di uscire si voltò. "Oh, Geneva?"

"Sì?"

"Pensa solo una cosa. Te lo dice uno che ha qualche anno più di te. A volte mi chiedo se quelle battaglie siano davvero finite." Indicò le lettere di Charles e i tabelloni di Rhyme. "Forse è solo difficile riconoscere il nemico."

23

Sai una cosa, Rhyme? Ci sono delle piccole *scene del crimine.*

Lo so perché ne ho una davanti.

Amelia Sachs era arrivata poco prima sulla West 82nd Street, a un passo dalla Broadway, davanti alla maestosa Hiram Sanford Mansion, il grande e tenebroso edificio vittoriano che ospitava la Sanford Foundation. Intorno a lei c'erano altre vestigia della New York storica: oltre alla Mansion, c'erano un museo d'arte che risaliva al 1910 e una serie di belle case d'epoca. E non le serviva un Sosco con indosso una tuta macchiata di vernice arancione per avere paura. L'edificio adiacente alla fondazione era l'inquietante Sanford Hotel, con le sue decorazioni gotiche. Si diceva che quella dovesse essere la location originariamente prevista per le riprese di *Rosemary's Baby*. Una dozzina di gargoyle la scrutavano dai cornicioni, quasi a farsi beffe del suo attuale incarico.

All'interno le era stato indicato l'uomo con cui Mel Cooper aveva parlato al telefono: William Ashberry, direttore della fondazione e manager anziano della Sanford Bank and Trust, proprietaria dell'organizzazione non-profit. Questi, un uomo elegante di mezz'età, l'aveva accolta emozionato e divertito. "Non abbiamo mai avuto un poliziotto, qui, anzi, una poliziotta. Voglio dire, né l'uno né l'altra." Era parso deluso quando lei gli aveva spiegato, in termini generici, che le occorreva solo un background storico del quartiere e che non intendeva usare la fondazione come base per un'operazione segreta.

Ashberry era in ogni caso disponibile a lasciarla rovistare

tra gli archivi e la biblioteca, anche se non poteva aiutarla personalmente: il suo campo erano la finanza, le proprietà immobiliari e le leggi fiscali, non la storia. "In realtà sono un banchiere", aveva confessato, come se Sachs non ci potesse arrivare da sola, guardando il suo vestito scuro, la camicia bianca e la cravatta a righe, o i documenti e le carte incomprensibili, raccolti in pile ordinate, che occupavano la sua scrivania.

Quindici minuti dopo, Sachs era nelle mani di un curatore, un giovane in tweed che l'aveva guidata attraverso corridoi oscuri fino agli archivi nel sotterraneo. Sachs gli aveva mostrato l'identikit del Sosco 109, nell'eventualità che il killer fosse approdato alla fondazione in cerca dell'articolo su Charles Singleton. Ma lui non aveva riconosciuto l'immagine, né ricordava di avere ricevuto richieste per *Coloreds' Weekly Illustrated* in tempi recenti. Il giovane le aveva indicato il materiale e l'aveva lasciata seduta su una sedia scomoda, in un cubicolo angusto come una bara. Stanca e tesa, Sachs si ritrovò dunque alle prese con dozzine di libri, riviste, tabulati, carte topografiche e disegni.

Affrontò la ricerca con le stesse tecniche che Rhyme le aveva insegnato per le scene del crimine: prima guardare l'insieme, poi stabilire un programma di massima, quindi eseguire l'analisi. Per prima cosa, Sachs suddivise il materiale in quattro gruppi: informazioni generali, storia del West Side e di Gallows Heights, diritti civili dell'Ottocento e Potter's Field. Cominciò dal cimitero. Lesse ogni pagina ed ebbe conferma che il reggimento di Charles Singleton, come questi aveva scritto, aveva fatto base ad Hart's Island. Scoprì come era nato il cimitero e quanti vi erano stati sepolti, specie durante le epidemie di colera e di influenza a metà e alla fine del diciannovesimo secolo, quando sull'isola si ammonticchiavano le une sulle altre misere bare in legno di pino in attesa di sepoltura.

Dettagli affascinanti, ma inutili ai fini dell'indagine. Sachs passò al materiale sui diritti civili. Si seppellì in un cumulo di informazioni, fino a non capirci più nulla. Trovò anche riferimenti alla controversia sul Quattordicesimo Emendamento, ma niente che toccasse gli argomenti indicati dal professor Mathers come possibili moventi per incastrare Charles Singleton. In un articolo del *New York Times* del 1867 lesse che Frederick Douglass e altri illustri esponenti dei movimenti per i diritti civili dell'epoca si erano incontrati in una chiesa di Gallows Heigths. Dopo di che Douglass aveva dichiarato al giornalista di essere venuto nel quartiere per incontrare varie persone impegnate nella lotta per l'approvazione dell'emendamento. Ma questo lei lo sapeva già, dalle lettere di Charles. Il nome di Singleton non era citato dal *Times*, tuttavia Sachs trovò un riferimento a un pezzo del *New York Sun* a proposito degli ex schiavi che collaboravano con Douglass. Quel particolare articolo, però, non era negli archivi.

Pagina dopo pagina, avanti e ancora avanti... con qualche momento di esitazione, nel timore che le fosse sfuggita qualche frase di importanza vitale per il caso. Più di una volta rilesse qualche paragrafo che le era passato sotto gli occhi senza che lei vi prestasse la necessaria attenzione. Si stiracchiò, giocherellò con le dita, si mordicchiò le unghie, si grattò la testa.

E si rituffò nei documenti. Il cumulo del materiale letto aumentava, ma sul suo taccuino non c'era ancora neppure una annotazione.

Sachs si dedicò alla storia di New York e si informò su Gallows Heights, una delle cinque o sei colonie originali dell'Upper West Side, di fatto villaggi separati, come Manhattanville e Vandewater Heights (oggi Morningside). Gallows Heights si estendeva verso ovest dall'attuale Broadway fino all'Hudson River e verso nord all'incirca dalla 72nd all'86th Street. Il nome risaliva ai tempi coloniali, l'epoca in cui gli olandesi avevano innalzato le forche in cima a una collina al centro del villaggio. Quando i britannici avevano acquisito la terra, i loro boia avevano giustiziato dozzine di streghe, criminali, schiavi ribelli e coloni, prima che altri luoghi, nel centro della città, fossero destinati alla giustizia e al castigo.

Nel 1811 gli urbanisti avevano diviso l'intera Manhattan negli isolati tuttora esistenti, anche se, per quanto riguardava Gallows Heigths (e molte altre zone) per il successivo mezzo secolo quelle griglie erano esistite solo sulla carta. Nel primo Ottocento, la terra era un labirinto di strade di campagna, campi vuoti, foreste, baracche, fabbriche e cantieri navali sull'Hudson, con qualche villa elegante qua e là. A metà del diciannovesimo secolo, Gallows Heigths aveva sviluppato una personalità multipla, rispecchiata nella carta topografica che Mel Cooper aveva trovato su Internet: grandi tenute coesistevano con case popolari e piccole abitazioni individuali. I sobborghi più poveri, infestati dalle gang, dilagavano da sud con l'ingrandirsi della città. E, non meno disonesto dei ladri di strada, anche se su scala più grande e con mezzi più astuti, dai bar e dai ristoranti di Gallows Heights William "Boss" Tweed gestiva la corrotta macchina politica della Tammany Hall. Tweed era ossessionato dai profitti per lo sviluppo del quartiere: mediamente si metteva in tasca 6000 dollari per la vendita alla città di un appezzamento che ne valeva meno di 35.

Oggi Gallows Heights era uno dei quartieri migliori dell'Upper West Side e uno dei più eleganti della città; lì, gli appartamenti avevano affitti che raggiungevano le migliaia di dollari al mese. E, rifletté Amelia Sachs, intrappolata nella "piccola scena del crimine" del suo cubicolo, nella Gallows Heights del presente c'erano alcuni dei migliori ristoranti e pasticcerie della città. Quel giorno non aveva ancora mangiato.

Pagine di storia le scorrevano davanti, ma niente che potesse gettare luce sul caso. Maledizione, avrebbe dovuto essere su qualche scena del crimine o, meglio ancora, per le strade intorno alla casa sicura del Sosco, cercando di scoprire dove abitasse e come si chiamasse.

Che cosa era venuto in mente a Rhyme?

Finalmente la detective giunse all'ultimo libro nella pila. Cinquecento pagine, valutò (ormai ci aveva fatto l'occhio). Controllò: erano cinquecentoquattro. Dall'indice non risultava niente che potesse essere importante ai fini della sua ricerca. Sachs lo sfogliò, ma ormai non ne poteva più. Mise da parte il volume, si alzò in piedi, si massaggiò le palpebre e distese le membra. La sua claustrofobia cominciava a farsi sentire. L'archivio, due piani sottoterra, le sembrava soffocante. Anche se l'edificio era stato ristrutturato solo un mese prima, quello, suppose Sachs, doveva essere il sotterraneo originale della Sanford Mansion, con soffitti bassi, dozzine di colonne di pietra e pareti che rendevano l'ambiente ancora più angusto.

Ma il peggio era restare seduta. Amelia Sachs detestava restare a lungo su una sedia. *Se ti muovi in fretta non ti possono prendere…*

Non ci sono piccole scene del crimine, Rhyme? Davvero?

Fece per andarsene.

Ma si fermò sulla porta. Riguardò il materiale e rifletté. Qualche frase di quei libri ammuffiti o di quei giornali ingialliti poteva fare la differenza tra la vita e la morte di Geneva Settle… e degli altri innocenti che il Sosco 109 avrebbe potuto avere sulla coscienza.

Risentì la voce di Rhyme.

Quando percorri la griglia sulla scena del crimine, la esamini una volta e poi un'altra e, quando hai finito, ricominci daccapo. E quando hai finito, ancora daccapo. E…

Sachs guardò l'ultimo volume, la goccia che aveva fatto traboccare il vaso. Sospirò, tornò a sedersi, tirò a sé il libro di cinquecentoquattro pagine e lo riconsiderò con la dovuta attenzione, sfogliando l'inserto centrale delle tavole illustrate.

Il che si rivelò un'ottima idea.

Rimase immobile a contemplare una fotografia della West 80th Street, scattata nel 1867. Scoppiò a ridere, lesse la didascalia e il testo sulla pagina accanto. Poi sfilò il cellulare dalla cintura e premette il tasto 1 per la chiamata rapida.

"Ho trovato Potter's Field, Rhyme."

"*Sappiamo* già dov'è", ribatté lui, al microfono vicino alla bocca.

"Ce n'è un'altra."

"Un secondo cimitero?"

"Non è un cimitero, è una taverna. A Gallows Heights."

"Una taverna?" *Be', questo è interessante*, pensò il criminalista.

"Ho sotto gli occhi una fotografia… o un dagherrotipo, comunque sia. Si vede un bar chiamato Potter's Field. Stava sulla West 80th Street."

Allora ci siamo sbagliati, considerò Rhyme. L'incontro fatale di Charles Singleton non aveva avuto luogo ad Hart's Island, dopotutto.

"Ma c'è di più. Il locale è andato a fuoco. Sospetto incendio doloso. Colpevoli e movente sconosciuti."

"Ho ragione a supporre che l'incendio abbia avuto luogo nella stessa data in cui Charles Singleton andò... come scrisse? A 'trovare giustizia'?"

"Esatto. 15 luglio."

Per sempre nascosto sotto l'argilla e la terra...

"Qualcos'altro su Charles? O sulla taverna?"

"Ancora no."

"Continua a scavare."

"Ci puoi scommettere, Rhyme."

La telefonata era conclusa.

Geneva aveva sentito la voce di Sachs dall'altoparlante. "Pensa che sia stato Charles a incendiare la taverna?" domandò, ostile.

"Non necessariamente. Ma uno degli scopi principali di un incendio doloso è la distruzione di prove. Forse era questo l'obiettivo di Charles: coprire qualcosa relativo al furto."

Geneva disse: "Guardi questa lettera. Charles dichiara che il furto è stato una messinscena per screditarlo. Lei ancora non crede che fosse innocente?" La studentessa parlava con decisione, guardando Rhyme negli occhi.

Il criminalista sostenne il suo sguardo. "Ci credo."

Geneva fece un lieve sorriso. Poi guardò il suo Swatch ammaccato. "Dovrei tornare a casa."

Bell non era tranquillo: temeva che il Sosco avesse scoperto dove abitava la ragazza. Aveva cercato di procurare una casa sicura, ma non l'avrebbe avuta pronta prima di quella sera. Per il momento, il detective e la squadra di protezione si sarebbero dovuti tenere particolarmente vigili.

Geneva raccolse le lettere dell'antenato.

"Dovremo tenerle noi, ancora per un po'", le disse Rhyme.

"Tenerle? Come prove?"

"Solo fino a quando arriveremo in fondo a questa storia."

Geneva le guardò, esitante, un po' dispiaciuta di non poterle prendere con sé.

"Le terremo in un luogo sicuro."

"Okay." Geneva le consegnò a Cooper.

Al quale non sfuggì l'espressione inquieta della ragazza. "Vuoi che ti faccia delle copie?"

Lei parve imbarazzata. "Sì, grazie. Solo che… ecco, sono della mia famiglia, è questo che le rende, come dire… importanti."

"Nessun problema." Cooper fece delle copie sulla Xerox e gliele consegnò. Lei le ripiegò con cura e le mise nello zaino.

Bell ricevette una telefonata. Ascoltò per un istante, poi disse: "Ottimo. Fatemelo avere appena possibile. Molte grazie". E diede l'indirizzo di Rhyme, prima di chiudere la comunicazione. "Era la scuola. Hanno trovato la videoregistrazione del cortile di ieri, all'ora in cui è comparso il complice del Sosco. Ce la mandano."

"Oh, mio Dio", fece Rhyme, sarcastico, "vuoi dire che potrebbe esserci una vera pista, in questo caso, che non sia vecchia di un secolo?"

Bell passò alla frequenza dello *scrambler* e comunicò via radio prima con Martinez, poi con Barbe Lynch, di guardia davanti al condominio di Geneva, che rispose che tutto era tranquillo e li aspettava.

Poi il detective del North Carolina premette il pulsante del vivavoce sull'apparecchio telefonico di Rhyme e chiamò lo zio di Geneva, per accertarsi che fosse a casa.

"… nto?" rispose l'uomo.

Bell si identificò.

"Sta bene?" chiese lo zio.

"Sta benissimo. Gliela riportiamo. Tutto sotto controllo, lì?"

"Sissignore, certo."

"Notizie dei genitori?"

"I suoi? Mi ha chiamato mio fratello dall'aeroporto. Hanno avuto un ritardo. Ma dovrebbero partire tra poco."

Rhyme aveva viaggiato spesso tra New York e Londra, per fare da consulente a Scotland Yard e altre polizie europee. Viaggiare all'estero, a quei tempi, non era diverso che andare a Chicago o in California. Ora non più. *Benvenuti al mondo dopo l'11 settembre*, pensò. Lo indispettiva che ai genitori di Geneva ci volesse così tanto per tornare a casa. Anche se era una delle ragazze più mature che avesse mai incontrato, era pur sempre una sedicenne e avrebbe dovuto stare con i suoi.

Poi la radio di Bell gracchiò e tra una scarica e l'altra la voce di Luis Martinez comunicò: "Sono qui fuori in macchina, boss, con la portiera aperta".

Bell concluse la sua telefonata e si voltò verso la studentessa. "Quando sei pronta, miss..."

"Ecco a lei", disse Jon Earle Wilson a Thompson Boyd, seduto in un ristorante di Broad Street, nel centro di Manhattan.

Il tipo magro con la pettinatura *mullet*, capelli cortissimi davanti e lunghissimi dietro, e un paio di jeans grigi non troppo puliti, consegnò a Boyd un sacchetto di plastica. Lui ci guardò dentro.

Wilson si sedette a tavola di fronte a lui, mentre Boyd esaminava il contenuto, una grossa scatola dell'UPS e un sacchetto più piccolo con il marchio DONKIN' DONUTS, anche se dentro non c'erano affatto dolci. Wilson usava quei sacchetti perché erano lievemente incerati e costituivano un'efficace protezione dall'umidità.

"Si mangia?" chiese Wilson, vedendo passare un vassoio di insalata. Aveva fame. Ma, benché lui e Boyd si incontrassero spesso in caffè e ristoranti, non avevano mai spezzato il pane insieme. Il pasto preferito di Wilson era a base di pizza e Coca-Cola, di solito consumato da solo nel suo appartamento invaso da attrezzi, cavi e microchip. Tuttavia presumeva che, con tutto il lavoro che faceva per lui, Boyd avrebbe anche potuto sopportare la sua compagnia per il tempo di un sandwich del cazzo, o qualcosa del genere.

Ma il killer rispose: "Uno o due minuti e devo andare".

Boyd aveva davanti a sé uno shish kebab di agnello, mangiato a metà. Wilson si chiese se gliene avrebbe offerto. Boyd non ci pensò neanche. Si limitò a sorridere alla cameriera quando venne a ritirare il piatto. Boyd che sorrideva? Questa era una novità. Wilson non glielo aveva mai visto fare, anche se doveva ammettere che come sorriso, cazzo, era piuttosto inquietante.

"Pesante, eh?" fece Wilson, occhieggiando il sacchetto con orgoglio.

"Già."

"Credo che ti piacerà." Wilson era soddisfatto del risultato e lo faceva incazzare che Boyd non lo apprezzasse. "Allora, come va?"

"Va."

"Tutto okay?"

"Non esattamente. È per questo..." Accennò al sacchetto, senza aggiungere altro. E si mise a fischiettare, cercando di seguire le note che uscivano dagli altoparlanti sopra di loro. La musica era bizzarra: sitar indiani, pakistani o di chissà dove. Ma Boyd era bravo a fischiare. Ammazzare la gente e fischiare: due cose che quell'uomo sapeva fare bene.

La ragazza al bancone scaricò rumorosamente una pila di piatti nel lavandino. I clienti si voltarono e Wilson sentì qualcosa battergli sulla gamba sotto il tavolo. Toccò la busta e la fece scivolare in tasca. Per essere cinquemila dollari, erano sorprendentemente sottili. Ma Wilson non aveva bisogno di controllare. Una cosa andava detta di Boyd: pagava sempre il dovuto. E pagava puntuale.

Trascorse qualche secondo. Così, anche stavolta non avrebbero mangiato insieme. Rimasero seduti, Boyd a bere il tè e Wilson a tenersi la fame. Anche se il killer se ne doveva andare dopo "un minuto o due".

Che cosa c'era in ballo?

Poi ebbe la risposta. Boyd guardò fuori dalla vetrata e notò un vecchio furgone bianco, senza contrassegni di sorta, che rallentava e imboccava il vicolo che portava sul retro del ristorante. Wilson intravide l'autista, un ometto con la pelle color caffellatte e la barba.

Gli occhi di Boyd erano attenti. Quando il furgone sparì nel vicolo, lui si alzò, prendendo il sacchetto con sé. Lasciò sul tavolo i soldi del conto e fece un cenno di saluto a Wilson. Stava per andarsene, ma si fermò. "Ti ho detto grazie?"

Wilson batté le palpebre. "Come?"

"Ti ho detto grazie?" Boyd accennò al sacchetto.

"Be', no."

Thompson Boyd che sorrideva e ringraziava? Cazzo, doveva esserci la luna piena.

"Lo apprezzo", disse il killer. "Il tuo duro lavoro, voglio dire. Sul serio." Pronunciava quelle parole come un pessimo attore. Poi, e anche questo era strano, fece un cenno di saluto anche alla ragazza al bancone e uscì dal locale, mescolandosi alla folla del distretto finanziario. Girò intorno al vicolo, con il pesante sacchetto che gli pendeva dalla mano sul fianco.

24

A bordo della sua nuova Crown Victoria, Roland Bell rallentò sulla 118th Street, in vista del condominio di Geneva.

Dalla sua postazione, a bordo della Chevrolet Malibu che Bell le aveva restituito, Barbe Lynch gli fece un cenno di saluto. Il detective scortò Geneva fuori dall'auto e sulle scale, fino all'appartamento. Lo zio abbracciò la ragazza e strinse di nuovo la mano a Bell, ringraziandolo per essersi occupato di lei, poi disse che sarebbe uscito per andare a fare la spesa e si congedò.

Geneva andò in camera sua. Bell la vide seduta sul letto, intenta a guardare nello zaino. "C'è qualcosa che posso fare per te, miss? Hai fame?"

"Sono stanca. Faccio i compiti e poi magari un sonnellino."

"Ottima idea. Con quello che hai passato."

"Come sta l'agente Pulaski?"

"Ho parlato prima con il suo comandante. È ancora in stato di incoscienza. Non sanno ancora se migliorerà. Vorrei poterti dare notizie migliori, ma non ce ne sono. Più tardi passo in ospedale a vedere come sta."

Lei prese un libro e lo porse a Bell. "Gli può dare questo?"

Il detective lo prese. "Sicuro, stanne certa... Ma per essere sincero non so se, quando si sveglierà, sarà in condizioni di leggere."

"Speriamo in bene. Ma, se si sveglia, qualcuno glielo può leggere. Potrebbe fargli bene sentirsi leggere una storia. A volte funziona. Oh, e dica a lui o ai suoi familiari che dentro c'è un portafortuna."

“Molto gentile da parte tua.” Bell chiuse la porta e andò in salotto per chiamare i suoi figli e dire loro che di lì a non molto sarebbe tornato. Poi comunicò con le altre guardie del servizio di protezione. Tutto era sotto controllo, riferirono.

Si mise in salotto, augurandosi che lo zio di Geneva facesse la spesa sul serio. Quella povera ragazza doveva mettere un po’ di carne su quelle ossa.

Diretto verso il condominio di Geneva, Alonzo “Jax” Jackson si infilò in uno degli stretti passaggi tra una casa e l’altra di West Harlem.

In quel particolare momento non era Jax l’ex detenuto zoppicante, né il Graffiti King sanguinario della vecchia Harlem. Era un barbone anonimo e mentalmente disturbato, con indosso un paio di jeans polverosi e una T-shirt grigia, che spingeva un carrello rubato a un supermercato, carico di giornali arrotolati per un valore complessivo di cinque dollari. E anche un po’ di vuoti che aveva razziato da un cassonetto per il riciclaggio del vetro. Dubitava di poter ingannare chicchessia: a uno sguardo ravvicinato, era troppo pulito per essere il tipico homeless. Ma lui doveva preoccuparsi solo di poche persone: per esempio gli sbirri che sorvegliavano Geneva Settle.

Fuori da un vicolo, attraversare la strada, dentro un altro vicolo. Ormai era a tre isolati dalla porta sul retro del condominio indicatogli da quel povero coglione di Kevin Cheaney.

Niente male, accidenti.

Jax si sentì di nuovo di merda, ripensando al suo sogno infranto di avere una famiglia.

Signore, le devo parlare. Mi spiace. Il bambino... Non abbiamo potuto salvarlo.

Era un maschietto?

Mi spiace, abbiamo fatto il possibile, le assicuro, ma...

Era un maschietto.

Ricacciò indietro quei ricordi. Mentre cercava di tenere dritto il carrello, che aveva una rotella storta e continuava a piegare verso sinistra, Jax procedeva lento ma con determinazione, borbottando tra sé. E pensava: *Cazzo, sarebbe da ri-*

dere farsi beccare per il furto di un carrello. Ma poi si disse che non c'era niente da ridere. Sarebbe stato tipicamente da sbirro fermarlo per quella cazzata del carrello e trovargli addosso la pistola. Poi controllargli i documenti e spedirlo a prenderlo in culo a Buffalo. O in qualche posto anche peggiore.

L'acciottolato ingombro di rifiuti era il peggio che ci potesse essere, con quella rotella storta. Jax cercò di tenere la rotta. Ma non poteva uscire da quel canyon oscuro. Se si fosse avvicinato a quella bella casa lungo il marciapiede, nella zona di lusso del quartiere, avrebbe destato immediatamente sospetti. Non era strano, invece, che si aggirasse nei vicoli. I ricchi buttavano via più vuoti dei poveri. Quanto ai rifiuti, intorno ce n'erano di qualità superiore. Era naturale che un barbone preferisse la pattumiera di West Harlem a quella di Central Harlem.

Quanto mancava ancora?

Jax il barbone guardò davanti a sé, stringendo le palpebre.

Quasi arrivato. Quasi fatta.

Sentiva un prurito.

In qualche caso poteva essere letterale: Lincoln Rhyme provava sensazioni al collo, alle spalle e alla testa, e del prurito avrebbe fatto volentieri a meno. Per un tetraplegico, l'impossibilità di grattarsi era una delle peggiori frustrazioni che ci fossero al mondo.

Ma quello che sentiva in quel momento era un prurito in senso figurato. C'era qualcosa che non gli tornava. Ma cosa?

Thom gli fece una domanda. Rhyme non gli badò.

"Lincoln?"

"Sto pensando, non vedi?"

"Da fuori no."

"Be', fai silenzio."

Qual era il problema?

Riguardò i tabelloni, i profili, le vecchie lettere, i ritagli, la curiosa espressione sul viso capovolto dell'Impiccato... Ma per qualche ragione il prurito non sembrava avere a che fa con gli indizi.

Nel qual caso, forse, avrebbe dovuto ignorarlo.

Tornare a…

Rhyme inclinò la testa. C'era quasi andato vicino, ma il pensiero gli era sfuggito.

Era un'anomalia, qualche parola che qualcuno aveva detto di recente e che stonava col resto.

E poi: "Oh, dannazione!" esclamò. "Lo zio!"

"Cosa?" fece Mel Cooper.

"Gesù! Lo zio di Geneva!"

"Cosa c'entra lo zio?"

"Geneva ha detto che era il fratello della madre."

"E allora?"

"Prima, quando lo abbiamo sentito, lui ha detto che lo aveva chiamato suo *fratello*."

"Sarà stato un modo di dire."

"Se vuoi dire cognato, dici cognato. Comando: chiamare Bell."

Il detective rispose al primo squillo, riconoscendo la suoneria abbinata al numero di Rhyme. "Qui Bell."

"Roland, sei a casa di Geneva?"

"Esatto."

"Il tuo cellulare non ha un altoparlante, vero?"

"No. Dimmi." Il detective, d'istinto, scostò la giacca e aprì la fondina contenente la più grossa delle sue due pistole. La voce era ferma, come la mano, anche se il suo cuore aveva accelerato.

"Dov'è Geneva?"

"In camera sua."

"Lo zio?"

"Non so. Ha detto che andava a fare la spesa."

"Ha commesso un errore: a noi ha detto che è il fratello
padre. Geneva ha detto che è il fratello della madre."
ccidenti, non mi piace."
da Geneva e resta con lei finché non chiariamo la sto-
ndo qualche radiopattuglia."
recipitò dalla ragazza. Bussò alla porta, ma non

Con il cuore che batteva all'impazzata, sfoderò la Beretta. "Geneva?"

Niente.

"Roland", gli chiese Rhyme, "che succede?"

"Solo un momento", sussurrò il detective.

Assunse la posizione di tiro, spinse avanti la porta, sollevò l'arma ed entrò.

La stanza era vuota. Geneva Settle era sparita.

25

"Centrale, ho un 10-29, possibile sequestro."

Con la sua voce calma segnata dall'accento del North Carolina, Bell ripeté il suo messaggio e diede la propria posizione. Poi aggiunse: "Vittima femmina nera, età sedici anni, quarantacinque chili. Sospetto è maschio nero, tarchiato, quaranta-quarantacinque anni, capelli corti".

"Roger. Unità in arrivo. K."

Bell riappese la radio alla cintura e spedì Martinez e Lynch a perlustrare il condominio, mentre lui scendeva al pianterreno. Lynch aveva sorvegliato la strada mentre Martinez era sul tetto. Ma quello che dovevano evitare era che il Sosco o il suo complice si avvicinassero al palazzo, non che qualcuno se ne andasse. A Martinez era parso di vedere una ragazza e un uomo, che avrebbe potuto anche essere lo zio, allontanarsi dal condominio circa tre minuti prima. Non vi aveva prestato attenzione.

Per strada, Bell vide solo qualche uomo in giacca e cravatta. Corse nel vicolo sul lato dell'edificio. Notò un barbone che spingeva un carrello della spesa, ma a due isolati di distanza. Inutile come testimone. Optò per un gruppo di ragazzine che saltavano la corda. "Ehi, voi", le chiamò.

"Salve." La corda si afflosciò mentre gli sguardi convergevano su Bell.

"Sono un poliziotto. Sto cercando una teenager. Nera, magra, capelli corti. È con un uomo più grande."

Le sirene della polizia si stavano avvicinando.

"Ce l'ha un distintivo?" chiese una ragazzina.

Bell represse l'ansia, continuò a sorridere e mostrò il distintivo.

"Wow!"

"Sì, li abbiamo visti", confermò una ragazzina minuta e graziosa. "Sono andati in quella via e hanno girato a destra."

"No, a sinistra."

"Non stavi neanche guardando."

"Invece sì. Ce l'ha una pistola, mister?"

Bell corse nella via indicatagli. Un isolato più in là, sulla destra, avvistò un'auto che si staccava dal marciapiede. Prese la radio. "Unità di risposta al 10-29, chiunque vicino a 1-1-7 Street... Berlina marrone diretta a ovest. Sospetto è maschio nero, quarant'anni, K. Da presumere armato."

"Pattuglia 772. Ci siamo quasi, K... In vista. Lo fermiamo."

"Roger, 772."

Bell vide l'auto della polizia con il lampeggiatore acceso che accelerava verso la berlina, che si fermò. Con il cuore che batteva forte, Bell si diresse verso le due macchine, mentre un agente scendeva dall'auto, andava alla berlina e si chinava verso il finestrino del guidatore, con la mano pronta sul calcio della pistola.

Ti prego, fa' che sia lei.

L'agente fece cenno alla berlina che poteva ripartire.

Maledizione, si disse il detective, furibondo. Raggiunse l'agente.

"Detective."

"Non erano loro?"

"Nossignore. Femmina nera, trent'anni, da sola."

Bell ordinò alla pattuglia di controllare le vie a sud e comunicò via radio alle altre di coprire la zona opposta. Si rimise a correre e scelse una strada a caso.

Sentì suonare il cellulare. "Qui Bell."

Era Rhyme, che voleva sapere cosa stesse succedendo.

"Nessuno l'ha vista. Non capisco, Rhyme. Come fa Geneva a non conoscere suo zio?"

"Oh, mi viene in mente qualche scenario in cui il Sosco può essere riuscito a piazzare un sostituto. Oppure lo zio *lavora* con il Sosco. Non lo so. Ma c'è qualcosa di sbagliato. E poi quel tipo non parla come il fratello di un professore. Si esprime come uno che viene dalla strada."

"Questo è vero... Sento la mia squadra e ti richiamo." Bell

mise via il cellulare e riprese la radio. “Luis, Barbe, a rapporto. Cos’avete trovato?”

Barbe rispose che nessuna delle persone che aveva interrogato sulla 118th Street aveva visto la ragazza o lo zio. Martinez comunicò che non si trovavano nelle aree comuni del condominio e che non c’erano segni di effrazione né di intrusi. Chiese a Bell: “Tu dove sei?”

“Isolato a est dell’edificio, diretto a est. Ho messo le pattuglie a spazzare le strade. Uno di voi mi raggiunga, l’altro copra l’appartamento.”

“K.”

“Chiudo.”

Bell attraversò la strada e guardò a sinistra. Rivide il barbone, fermo, che lo guardava, poi si chinava a grattarsi una caviglia. Il detective fece un passo verso di lui, con l’intenzione di chiedergli se avesse visto qualcosa.

Ma poi sentì il rumore di una portiera che sbatteva. Da dove veniva? Il suono riecheggiava sui muri e non se ne distingueva la provenienza.

Un motore si avviò.

Davanti a lui… Bell corse da quella parte.

No, a destra.

Accelerò. Fece in tempo a vedere una vecchia Dodge grigia e ammaccata che si metteva in moto. In quel momento un’auto della polizia imboccò l’incrocio a bassa velocità. L’autista della Dodge inchiodò, mise la marcia indietro e si infilò in un posto vuoto, passando inosservato alla pattuglia. A Bell sembrava di vedere due persone a bordo. Sforzò la vista. Sì, erano Geneva e l’uomo che diceva di essere suo zio. L’auto sobbalzò prima di rimettersi in movimento.

Belle prese la radio e ordinò alle pattuglie di bloccare entrambi gli incroci.

Ma l’agente al volante dell’auto più vicina, anziché bloccare la strada, fece un’inversione e si infilò nella strada. Lo zio di Geneva lo vide. Con la marcia indietro innestata e l’acceleratore a tavoletta, partì a razzo e si infilò in un vicolo dietro le case. Bell perse di vista la Dodge. Non sapeva in quale direzione avesse svoltato. Si precipitò verso il punto in cui aveva visto scomparire la macchina, ordinando alle pattuglie di girare intorno all'isolato.

Si tuffò nel vicolo e guardò a destra, appena in tempo per intravedere il paraurti posteriore di un'auto. Corse da quella parte, estraendo la Beretta dalla fondina, e svoltò l'angolo.

Si immobilizzò.

Con gli pneumatici che stridevano sull'asfalto, la vecchia Dodge stava correndo a marcia indietro verso di lui, per sfuggire all'auto della polizia all'altro capo della strada.

Bell mantenne la propria posizione. Sollevò la Beretta. Vide lo sguardo dello zio, in preda al panico, e l'espressione terrorizzata di Geneva, con la bocca aperta in un grido. Il detective non poteva sparare. Dietro la Dodge arrivava l'auto di pattuglia: se Bell avesse aperto il fuoco, anche se avesse colpito solo il rapitore, i proiettili potevano passare attraverso il bersaglio e la macchina, colpendo gli agenti.

Bell si scostò con un balzo. Scivolò sui ciottoli ingombri di rifiuti e cadde su un fianco, con una rabbiosa esclamazione di dolore. Ora si trovava esattamente sulla traiettoria della Dodge. Cercò di rimettersi in piedi. Ma con l'auto che andava così veloce, non ce l'avrebbe fatta.

Eppure... cosa stava succedendo?

Lo zio stava frenando. L'auto slittò sull'acciottolato e si fermò a un metro e mezzo da Bell. Le portiere si spalancarono. Autista e passeggera scesero dalla Dodge e corsero verso di lui.

"Sta bene? Sta bene?" chiese l'uomo.

"Detective Bell", disse preoccupata Geneva, chinandosi su di lui per aiutarlo a rialzarsi.

Con una smorfia di dolore, Bell puntò la grossa Beretta sullo zio. "Non muovere un muscolo."

L'uomo batté le palpebre e aggrottò la fronte.

"A terra, faccia in giù, e allarga le braccia."

"Detective Bell..."

"Un minuto solo, miss."

Lo zio obbedì. Bell lo ammanettò mentre gli agenti di pattuglia, scesi dall'auto, li raggiungevano.

"Perquisitelo."

"Sissignore."

Lo zio disse: "Guardi che lei non sa che cosa sta facendo, signore".

"Zitto", ordinò Bell, allontanando Geneva. La lasciò al riparo in un portone, in modo che non rischiasse di trovarsi su una linea di tiro dai tetti circostanti.

"Roland!" lo chiamò Barbe Lynch, imboccando di corsa il vicolo.

Bell si appoggiò a un muro e riprese fiato. Guardò alla propria sinistra e scorse di nuovo il barbone, che alla vista della polizia preferì andare nella direzione opposta. Il detective lo ignorò.

"Non c'è bisogno delle manette", disse Geneva a Bell.

"Ma non è tuo zio", replicò il detective, calmandosi un po' alla volta. "Vero?"

"No."

"Che cosa stava combinando?"

La ragazza abbassò gli occhi, rattristata.

"Geneva", disse Bell, severo. "È una cosa seria. Dimmi che cosa succede."

"Gli ho chiesto di portarmi in un posto."

"Dove?"

Lei rimase a testa bassa. "Al lavoro. Non potevo permettermi di perdere il mio turno." Aprì la giacca, rivelando un'uniforme di McDonald's. L'allegra targhetta con il nome diceva: CIAO, MI CHIAMO GEN.

26

"Com'è la storia?" chiese Rhyme. Era inquieto ma, nonostante lo spavento causato dalla sparizione della ragazza, non aveva un tono accusatorio.

Geneva era seduta su una sedia accanto alla Storm Arrow del criminalista. Sachs era accanto a lei, a braccia conserte. Era appena tornata dagli archivi della Sanford Foundation, dove aveva fatto la scoperta sul Potter's Field, portando con sé parecchio materiale. Ma nessuno vi faceva caso: la squadra era concentrata su quanto era appena accaduto.

La ragazza guardava Rhyme negli occhi, quasi con aria di sfida. "L'ho assunto perché facesse la parte di mio zio."

"E i tuoi genitori?"

"Non li ho."

"Non..."

"... *li ho*", ripeté lei, a denti stretti.

"Racconta", la invitò Sachs, con voce gentile.

Geneva esitò. Poi si decise. "Quando avevo dieci anni, mio padre ci abbandonò, mia madre e me. Se ne andò a Chicago con un'altra donna e la sposò. Si fece una nuova famiglia. Io ero distrutta. Soffrivo, tanto. Ma dentro di me non gliene facevo una colpa. La nostra vita era un disastro. Mia mamma... dipendeva dal crack, non ce la faceva a uscirne. Litigavano di brutto, be', *lei* litigava. Mio padre non faceva altro che cercare di liberarla dalla tossicodipendenza e lei se la prendeva con lui. Lei rubava nei negozi, per pagarsi la droga." Geneva non abbassò gli occhi quando aggiunse: "Andava dalle amiche, invitavano uomini, può immaginare per cosa. Papà lo sapeva. Ha resistito finché ha potuto, ma poi se n'è andato".

La ragazza tirò un profondo respiro, poi riprese. "La mamma si ammalò. Era sieropositiva, ma non prendeva medicine. Morì di un'infezione. Io ho vissuto per un po' con sua sorella nel Bronx, ma poi lei tornò in Alabama e mi lasciò a casa di Zia Lilly. Solo che nemmeno lei aveva un soldo, continuavano a sfrattarla e doveva farsi ospitare dalle sue amiche, come adesso. Non poteva permettersi di tenermi a vivere con lei. Così sono andata a parlare con l'amministratore della casa in cui mia madre aveva fatto qualche volta le pulizie. Mi disse che potevo stare in cantina, se lo pagavo. Giù ho una branda, un vecchio armadio, un forno a microonde e uno scaffale. E uso l'indirizzo del suo appartamento per la posta."

Bell disse: "Non sembravi a casa tua, in quell'appartamento. Di chi è?"

"Di una coppia in pensione. Vivono qui metà dell'anno e l'altra metà in South Carolina. Willy ha una chiave extra. Li ripagherò per la bolletta dell'elettricità e rimpiazzerò la birra e le cose che ha consumato Willy."

"Di questo non ti devi preoccupare."

"Invece sì", disse lei, con decisione.

"Allora io con chi ho parlato, se non era tua madre?" chiese Bell.

"Mi spiace", sospirò Geneva. "Era Lakeesha. Le ho chiesto di fingersi mia madre. È una specie di attrice."

"Ci sono cascato in pieno", rise il detective.

"E il modo in cui parli?" chiese Rhyme. "Sembri davvero la figlia di un professore."

Lei si esibì nel suo linguaggio da strada. "*Yo*, non parlo *cool*, uomo?" Una risata amara, che lasciò presto spazio a un'espressione malinconica. "Sto lavorando sul mio inglese standard da quando ho sette o otto anni. L'unica cosa buona di mio padre è che mi ha sempre spinto verso i libri. Ogni tanto mi leggeva lui stesso qualcosa."

"Potremmo rintracciarlo e..."

"No!" lo interruppe Geneva. "Non voglio averci niente a che fare. E poi adesso ha degli altri figli. Nemmeno lui vuole saperne di me."

"E nessuno ha mai scoperto che non avevi una casa?" domandò Sachs.

"Come avrebbero potuto? Non ho mai chiesto sussidi o tessere alimentari, per cui nessun assistente sociale mi è mai venuto a cercare. Non ho mai nemmeno richiesto i pasti gratis a scuola, perché sarebbe saltata la mia facciata. Quando servivano le firme dei genitori, le falsificavo. E ho un servizio di casella vocale: sempre Keesh, che ha finto di essere mia madre."

"La scuola non ha mai sospettato niente?"

"Qualche volta mi hanno chiesto perché non c'era mai nessuno dei miei agli incontri genitori-insegnanti, ma nessuno se n'è mai preoccupato: prendo sempre 'ottimo'. Non ho sussidi, ho una media alta, non ho problemi con la polizia... Nessuno ti nota, finché non va storto qualcosa." Lei rise. "Conoscete quel libro di Ralph Ellison, *Uomo Invisibile*? No, non il film di fantascienza. Un libro che dice che essere nero in America è come essere invisibile. Ecco, io sono la ragazza invisibile."

Ora tutto aveva senso: i vestiti dimessi e l'orologio da quattro soldi non erano ciò che avrebbero comprato alla loro figlia due genitori del jet-set, i quali oltretutto l'avrebbero mandata a una scuola privata, non a quella pubblica. E la sua amica, Keesh, non era il tipo che può fare comunella con la figlia di un professore universitario.

Rhyme annuì. "In effetti non ti abbiamo mai visto chiamare i tuoi genitori in Inghilterra. Ma ieri, dopo quello che è successo al museo, hai telefonato all'amministratore del condominio, vero? E gli hai chiesto di fingersi tuo zio?"

"Ha detto che ci stava, se gli pagavo un extra. Mi ha detto che potevo stare da lui, ma non sarebbe stata una buona idea. Gli ho suggerito di usare il 2B, visto che i Reynolds sono via. Gli ho fatto togliere la loro etichetta dalla cassetta delle lettere."

"Non mi aveva mai convinto come tuo parente", disse Bell.

Geneva rispose con una risata di scherno.

"E cosa avresti detto, quando i tuoi genitori non fossero riapparsi?"

"Non lo sapevo." Per un attimo la voce le venne meno e apparve disperatamente giovane e sperduta. Ma si riprese.

"Ho dovuto improvvisare tutto. Anche ieri, quando sono andata a prendere le lettere di Charles: sono dovuta uscire dal retro per scendere in cantina. Era lì che le tenevo."

"Non hai proprio nessun parente qui, a parte la prozia?" chiese Sachs.

"Non c'ho..."

Rhyme notò per la prima volta un lampo di orrore negli occhi della ragazza. Ma non era perché la stesse inseguendo un assassino a pagamento. Era solo che le stava sfuggendo una frase grammaticalmente scorretta.

Geneva scosse il capo. "Non ho nessuno."

"Ma perché non ti rivolgi ai Servizi Sociali?" intervenne Sellitto. "È a questo che servono."

Bell aggiunse: "Ne hai più diritto tu di molti altri".

Gli occhi della ragazza si fecero ancora più scuri. "Non mi faccio regalare niente. E poi un assistente sociale dovrebbe venire a informarsi sulla mia situazione. Mi spedirebbero da mia zia in Alabama. Lei vive in una cittadina fuori Selma, con trecento abitanti. Vi immaginate che razza di scuole ci saranno? Oppure mi terrebbero qui e mi manderebbero in un orfanotrofio a Brooklyn, per vivere nella stessa stanza insieme a quattro *gangsta girls*, con hip-hop e BET a tutto volume ventiquattr'ore su ventiquattro, e per trascinarmi in chiesa..." Geneva rabbrividì.

"Ecco il perché del tuo lavoro." Rhyme guardò l'uniforme.

"Ecco il perché del mio lavoro. Ho trovato uno che fabbrica patenti false. Ne ho una da cui risulto avere diciotto anni." Rise. "Non li dimostro, lo so. Ma ho cercato lavoro in un posto il cui direttore è un vecchio bianco che non riesce a capire quanti anni ho solo guardandomi. Ho sempre lavorato lì. Mai perso un turno. Fino a oggi." Un sospiro. "Il boss mi scoprirà. Mi dovrà licenziare. Merda. E la scorsa settimana ho perso anche l'altro lavoro."

"Avevi *due* lavori?"

Geneva annuì. "Cancellare graffiti. Ci sono un sacco di ristrutturazioni in corso, ad Harlem. Si vedono dappertutto. Una grossa compagnia rimette in sesto un edificio e rincara gli affitti. Prendono ragazzi a ripulire le facciate. Ci si fa i soldi. Ma mi hanno licenziata."

"Perché sei minorenne?" chiese Sachs.

"No, perché ho visto dei bianchi, tipi grossi che lavoravano per una compagnia immobiliare, che se la prendevano con una coppia anziana che viveva in una casa da sempre. Gli ho detto che se non la smettevano avrei chiamato la polizia..." Si strinse nelle spalle. "Mi hanno licenziata. Avevo chiamato la polizia, ma non gliene è importato niente. Così imparo a fare le buone azioni."

"Per questo non volevi che la signora Barton, la consulente, ti aiutasse", disse Bell.

"Se scopre che non ho una casa, *bang*, mi mandano in orfanotrofio a calci in culo." Geneva fu scossa da un brivido. "C'ero così vicina! Potevo farcela! Un anno e mezzo e me ne sarei andata. Ad Harvard o al Vassar. E ieri arriva quel tipo al museo e rovina tutto!"

Geneva si alzò e andò davanti al tabellone con i dati relativi a Charles Singleton. "Per questo volevo fare la tesina su di lui. *Dovevo* dimostrare la sua innocenza. Volevo che fosse una persona onesta, un buon marito e padre di famiglia. Le sue lettere erano così belle, scriveva così bene. Mi piaceva persino la sua calligrafia." Aggiunse, quasi senza fiato: "Ed era un eroe della Guerra Civile, insegnava ai bambini, aveva salvato gli orfani durante la rivolta. Finalmente avevo qualcuno in famiglia che poteva essere una brava persona, dopotutto. Un uomo intelligente, che conosceva personaggi famosi. Volevo qualcuno da ammirare, non come mio padre o mia madre".

Luis Martinez si affacciò sulla soglia. "Tutto a posto per quell'uomo. Nome e indirizzo corrispondono, nessun precedente, nessun problema." Il poliziotto aveva fatto un controllo sul falso zio. A quel punto né Rhyme né Bell erano disposti a fidarsi di chicchessia.

"Devi sentirti sola", disse Sachs.

Un attimo di silenzio. Poi Geneva replicò: "Ogni tanto mio padre mi portava in chiesa, prima di andarsene. Mi ricordo un gospel, era il nostro preferito. Dice: 'Non ho tempo di morire'. Ecco, la mia vita è così: non ho tempo di sentirmi sola".

Ma Rhyme cominciava a conoscere Geneva. Stava fingendo. Disse: "Quindi anche tu hai un segreto, come il tuo antenato. Chi lo conosce, il tuo?"

"Keesh, l'amministratore, sua moglie. Nessun altro." Era tornato lo sguardo di sfida. "Non andrete a dirlo a nessuno, vero?"

"Non puoi vivere da sola", le fece presente Sachs.

"L'ho fatto per due anni", rispose lei, secca. "Ho i miei libri, la scuola. Non ho bisogno di nessun altro."

"Ma..."

"No. Se lo dite in giro, mi rovinate tutto." Aggiunse: "Per favore". Pronunciò quelle due parole a bassa voce, come se le costasse sforzo.

Un altro momento di silenzio. Sachs e Sellitto guardarono Rhyme, l'unica persona in quella stanza che non dovesse rispondere alle autorità e ai regolamenti. "Non dobbiamo prendere subito una decisione. Abbiamo già troppo da fare con la caccia al Sosco. Ma sto pensando che faresti meglio a stare qui, invece che in una casa sicura." Si rivolse a Thom. "Credo che potremmo trovarle posto di sopra, non credi?"

"Ci puoi scommettere."

"Io preferirei..." cominciò la ragazza.

Rhyme la interruppe con un sorriso. "Credo che stavolta dovrò insistere."

"Ma il mio lavoro... Non posso permettermi di perderlo."

"Me ne occupo io."

Rhyme si fece dare il numero e chiamò il suo datore di lavoro. Gli spiegò dell'aggressione, mantenendosi vago, e gli comunicò che per qualche giorno non si sarebbe potuta presentare al lavoro. Il direttore parve sinceramente preoccupato e gli disse che Geneva era la sua dipendente più coscienziosa. Poteva prendersi tutto il tempo necessario, senza doversi preoccupare di perdere il posto.

"È la nostra migliore dipendente", ribadì l'uomo, dall'altoparlante. "È solo una teenager, ma è molto più responsabile di gente che ha il doppio dei suoi anni. Non capita molto spesso."

Rhyme e Geneva si scambiarono un sorriso, alla fine della telefonata.

Fu in quel momento che suonò il campanello. Bell e Sachs

si misero subito sul chi vive, portando le mani alle pistole. Sellitto era ancora inquieto, notò Rhyme, ma si limitò a guardare la propria arma, senza fare una mossa. La sua mano rimase appoggiata sulla guancia, continuando ad accarezzarsela, come se quel gesto potesse evocare un genio in grado di placare il suo cuore tormentato.

Thom apparve sulla soglia. "C'è una certa signora Barton, della scuola", disse a Bell. "Ha portato il video della sicurezza."

La ragazza scosse la testa, desolata. "No", mormorò.

"Falla entrare", disse Rhyme.

Una donnona afroamericana, con indosso un vestito viola, entrò in laboratorio. Bell fece le presentazioni. La signora Barton rivolse a ciascuno un cenno di saluto e, come la maggior parte dei consulenti di quel genere che Rhyme aveva incontrato, non batté ciglio di fronte alla sua disabilità. "Ciao, Geneva", disse.

La ragazza accennò a sua volta un saluto. Il suo viso era una maschera rigida. Rhyme intuì che Geneva vedeva in quella donna una minaccia, un biglietto di sola andata per l'Alabama o l'orfanotrofio.

"Come va?" le chiese la consulente.

"Okay, bene, grazie", rispose la studentessa, con una deferenza per lei insolita.

"Dev'essere un momento difficile per te."

"Ne ho avuti di meglio." Geneva tentò una risata, che le uscì stentata. Guardò per un istante la signora Barton, poi distolse gli occhi.

"Ho parlato con una dozzina di persone di quell'uomo fuori dal cortile. Solo due o tre ricordavano di avere visto qualcuno. Non hanno saputo descriverlo, a parte dire che era di colore e che aveva una giacca verde militare e scarpe vecchie."

"Una novità", disse Rhyme. "Quella delle scarpe." Thom l'annotò sul tabellone.

"E questo è il nastro della sicurezza." La donna consegnò una VHS a Cooper, che la mise in un videoregistratore.

Rhyme si spostò davanti allo schermo. Mentre visionava le immagini, sentì una certa tensione al collo.

La registrazione non era di grande aiuto. La videocamera inquadrava essenzialmente il cortile, non i marciapiedi e le strade circostanti. Alla periferia dello schermo era possibile cogliere la vaga immagine di un passante, ma niente di definito. Rhyme ordinò a Cooper di inviare la cassetta al laboratorio nel Queens, per verificare se fosse possibile ampliarla digitalmente. Il tecnico compilò l'apposito modulo di custodia, impacchettò la cassetta e dispose che qualcuno la venisse a ritirare.

Bell ringraziò la signora Barton per il suo aiuto.

"Ho fatto del mio meglio." Tornò a rivolgersi alla ragazza. "Ma dovrei proprio parlare con i tuoi genitori, Geneva."

"I miei genitori?"

La signora Barton annuì, lentamente. "Devo dire una cosa. Ho parlato con alcuni studenti e qualche insegnante. Dicono tutti che i tuoi non si sono mai presentati alle udienze. In effetti, nessuno li ha mai visti."

"I miei voti sono buoni."

"Oh, lo so. Siamo molto soddisfatti dei tuoi risultati, Geneva. Ma la scuola riguarda tanto i figli quanto i genitori. Vorrei poter parlare con loro. Qual è il loro numero di cellulare?"

La ragazza si raggelò.

Il silenzio era palpabile.

Fu Lincoln Rhyme a decidere di romperlo. "Le dico io la verità."

Geneva abbassò gli occhi e strinse i pugni.

Rhyme disse: "Ho appena parlato al telefono con suo padre".

Tutti i presenti si voltarono verso di lui.

"Stanno tornando a casa?"

"No, e resteranno via per un po'."

"No?"

"Gliel'ho chiesto io."

"Lei? E per quale motivo?" chiese la signora Barton, perplessa.

"Una mia decisione. L'ho fatto per la sicurezza di Geneva. Come le può confermare Roland Bell..." Lanciò un'occhiata al detective della Carolina, che fece un cenno di assenso piuttosto credibile, considerando che non sapeva di che cosa Rhyme stesse parlando, "quando organizziamo un servizio di protezione, a volte dobbiamo separare le persone che sorvegliamo dalle loro famiglie."

"Non lo sapevo."

"Altrimenti gli aggressori potrebbero cercare di servirsi dei famigliari per attirarli allo scoperto."

"Ha ragione", concordò la signora Barton.

"Come la chiamate, Roland?" domandò Rhyme, nuovamente rivolto a Bell. Ma fornì da solo la risposta. "Isolamento Operativo Dipendenze, giusto?"

"IOD", confermò il detective. "Così lo chiamiamo. Una tecnica molto importante."

"Be', mi fa piacere saperlo", disse la consulente. "Ma c'è tuo zio a prendersi cura di te, giusto?"

Intervenne Sellitto. "No, pensiamo sia meglio se Geneva rimane qui finché non tornano i suoi."

"Abbiamo sottoposto a IOD anche lo zio", precisò Bell. La menzogna suonava particolarmente credibile, dalla voce di un poliziotto con un accento del sud. "Teniamo al sicuro anche lui."

La signora Barton si bevve tutto. "Bene", disse a Geneva, "quando questa storia sarà finita, per favore di' ai tuoi di chiamarmi. A quanto sembra la situazione è sotto controllo. Ma il prezzo dev'essere alto, sul piano psicologico. Ci dovremo mettere tutti intorno a un tavolo per affrontare la situazione." Poi, con un sorriso, aggiunse: "Non c'è niente di rotto che non si possa aggiustare".

Una frase che doveva avere scritta su una targa o su una tazza da caffè in ufficio.

"Okay", mormorò Geneva. "Vedremo."

Quando la consulente se ne fu andata, la ragazza si voltò verso il criminalista. "Non so che dire. Significa molto per me, quello che ha fatto."

Messo a disagio dalla gratitudine, Rhyme si schermì: "Più che altro l'ho fatto per la nostra convenienza. Non posso certo setacciare gli orfanotrofi tutte le volte che ti devo fare una domanda sul caso".

Geneva rise. "Facciata a parte, grazie comunque." Poi si

mise a parlare con Bell, spiegandogli quali libri, vestiti e altri oggetti le occorrevano dalla cantina della casa sulla 118th Street. Il detective le promise anche che si sarebbe fatto restituire dall'amministratore il denaro che lei aveva pagato per fargli fare la parte dello zio.

"Non lo restituirà. Non lo conosce."

Bell sorrise e rispose amabilmente: "Oh, lo restituirà". Detto da un uomo con due pistole...

Geneva telefonò a Lakeesha e le disse che sarebbe stata da Rhyme. Poi seguì Thom di sopra, nella camera degli ospiti.

Sellitto domandò: "E se la consulente lo scopre, Linc?"

"Scopre cosa?"

"Be', che ti sei inventato una nuova procedura del dipartimento. Come l'hai chiamata? DUI?"

"IOD", gli ricordò Bell.

"E allora?" borbottò il criminalista. "Cosa può farmi? Mettermi una nota sul registro?" Accennò con la testa al tabellone. "Potremmo tornare al lavoro, adesso? C'è un killer, là fuori. Che ha un complice. E pure un mandante. Ricordate? Mi piacerebbe sapere chi sono, nel corso di questo decennio."

Sachs andò al tavolo e mise in ordine le cartellette e le fotocopie del materiale della fondazione che William Ashberry le aveva dato in prestito, quello che la detective aveva trovato nella "piccola scena del crimine". "La maggior parte riguarda Gallows Heights: cartine, disegni, articoli. C'è anche qualcosa sul Potter's Field."

Diede i documenti a Cooper, uno alla volta. Il tecnico fece qualche scansione e passò parecchi disegni e cartine sullo schermo. Mentre Rhyme li esaminava, Sachs gli riferiva quanto aveva scoperto a proposito del quartiere. Indicò un edificio di due piani, su una delle immagini. "Il Potter's Field era proprio qui. West 80th Street. Non doveva avere una grande reputazione: era frequentato da loschi personaggi quali Jim Fisk e Boss Tweed e da politici corrotti del giro della Tammany Hall."

"Visto quanto possono essere preziose le piccole scene del crimine, Sachs? Ora sei una miniera di informazioni."

Lei fece una smorfietta e prese in mano una fotocopia. “Qui c’è un articolo che parla dell’incendio. Risulta che la notte in cui il Potter’s Field andò a fuoco alcuni testimoni sentirono un’esplosione in cantina. Un attimo dopo, il locale è stato invaso dalle fiamme. Si sospettò un incendio doloso, ma nessuno fu mai arrestato. Non ci furono vittime.”

“Perché Charles ci era andato?” ragionò Rhyme. “Che cosa intendeva dire con ‘trovare giustizia’? E che cosa è rimasto per sempre ‘sotto l’argilla e la terra’?”

Doveva pur esserci da qualche parte un indizio, un brandello di documento che potesse dare una risposta alla domanda principale: chi voleva uccidere Geneva Settle?

Sellitto scosse la testa. “Peccato che sia successo centoquarant’anni fa. Qualsiasi cosa fosse, ora è perduta. Non lo sapremo mai.”

Rhyme guardò Sachs. Lei intercettò la sua occhiata e sorrise.

27

“Oh, in un certo senso siete fortunati”, spiegò David Yu, un giovane ingegnere dai capelli dritti che lavorava per il municipio.

“Un po’ ci servirebbe”, rispose Amelia Sachs. “Di fortuna, intendo.”

Erano in piedi accanto a un veicolo della CSU, sulla West 80th Street, all’incirca mezzo isolato a est di Riverside Park. Davanti a loro sorgeva una casa di arenaria di tre piani. Un’amica di Sachs, la poliziotta Gail Davis dell’unità K9, teneva al guinzaglio il suo cane, Vegas. La maggior parte dei cani poliziotto erano pastori tedeschi, malinois e, per gli artificieri, labrador. Vegas, invece, era un briard, una razza francese con un lungo passato di servizi militari: quei cani avevano la fama di avere buon fiuto e un talento inimitabile per intuire minacce a esseri umani e bestiame. Rhyme e Sachs avevano pensato che per l’esame di una scena del crimine di centoquarant’anni prima sarebbe stato opportuno abbinare qualche metodo di ricerca vecchio stile agli strumenti ad alta tecnologia.

Yu indicò la costruzione che sorgeva sul lotto precedentemente occupato dal Potter’s Field. La data indicata sulla pietra d’angolo era 1879. “All’epoca, per costruire un edificio come questo non si usavano fondamenta. Ci si limitava a scavare il perimetro delle fondazioni, gettarvi il cemento e tirare su i muri portanti. Sotto la cantina doveva esserci il terreno. Ma poi i regolamenti edilizi sono cambiati. Nel primo Novecento possono avere aggiunto una base di cemento, più che per ragioni strutturali per igiene e sicurezza. Perciò anche in quel caso non devono avere scavato a fondo."

"Quindi la nostra fortuna è che, qualsiasi cosa ci fosse là sotto nell'Ottocento, potrebbe esserci ancora."

Per sempre nascosto...

"Esatto."

"E la sfortuna è che lo strato di terreno si trova sotto il cemento."

"Direi di sì."

"Trenta centimetri?"

"Forse meno."

Sachs girò intorno all'edificio, semplice e piuttosto cupo, anche se l'affitto in un appartamento in quella casa doveva aggirarsi sui 4000 dollari al mese. Sul retro c'era un ingresso di servizio che portava alla cantina.

Stava tornando sulla 80th Street quando le suonò il telefono. "Detective Sachs."

Era Lon Sellitto. Aveva scoperto il nome del proprietario dell'edificio, un uomo d'affari che viveva a parecchi isolati da lì. Il proprietario stava arrivando, per farli entrare. Un attimo dopo, Rhyme si fece passare la comunicazione. La detective gli riferì quanto le aveva detto Yu.

"Fortuna, sfortuna", disse il criminalista, chiaramente indispettito. "Be', ho chiamato una squadra S&S con SPR e ultrasuoni."

Il proprietario, un ometto con pochi capelli, con indosso una giacca e una camicia dal colletto aperto, arrivò in quel momento. Sachs concluse la telefonata e gli spiegò che dovevano esaminare il sotterraneo. L'uomo la squadrò sospettoso. Poi andò ad aprire la porta della cantina e si fece da parte, incrociando le braccia. Vegas, accanto a lui, non diede segno di prenderlo troppo in simpatia.

Da una Chevy Blazer scesero tre membri della S&S, l'unità di ricerca e sorveglianza del dipartimento di polizia di New York. I membri della S&S erano un incrocio tra poliziotti, tecnici e scienziati, il cui lavoro consisteva nel fornire appoggio alle forze tattiche, localizzando i criminali con telescopi, visori notturni, infrarossi, microfoni e altre attrezzature. Salutarono i colleghi della Scientifica e scaricarono dall'auto le loro valigette usurate, molto simili a quella in cui Sachs teneva la propria attrezzatura per i rilievi. Il proprietario assisteva preoccupato alla scena.

Gli agenti della S&S discesero nella cantina umida e gelida, fetida di muffa e gasolio, seguiti da Sachs e dal proprietario. Innestarono sonde simili a tubi di aspirapolvere sulle loro attrezzature computerizzate.

"Tutta l'area?" chiese a Sachs uno degli agenti.

"Già."

"Non si rovinerà niente, vero?" volle sapere il proprietario.

"Nossignore", garantì un tecnico.

Si misero all'opera, usando innanzitutto l'SPR: il Surface Penetrating Radar inviava onde radio e restituiva informazioni sugli oggetti che queste incontravano sul loro cammino, come il radar tradizionale a bordo di una nave o un aereo. L'unica differenza era che il radar a penetrazione superficiale poteva passare attraverso terra e pietrisco. Operava alla velocità della luce e, diversamente dagli ultrasuoni, non doveva essere a contatto con la superficie per poter eseguire una lettura.

Gli agenti scandagliarono il pavimento per un'ora, premendo pulsanti e prendendo annotazioni, mentre Sachs si teneva in disparte, cercando di non battere nervosamente il piede o tamburellare con le dita, per non interferire con gli strumenti. Dopo avere esplorato tutto il pavimento con il radar, gli agenti consultarono lo schermo del computer dell'unità, quindi, sulla base di quanto avevano ricavato, ripercorsero l'area sfiorando il cemento con il sensore a ultrasuoni nei punti che ritenevano più significativi.

Quando ebbero finito, chiamarono Sachs e Yu e mostrarono loro alcune immagini al computer. Lo schermo grigio scuro risultava incomprensibile alla detective: era pieno di macchie e di strisce, molte delle quali accompagnate da gruppi indecifrabili di numeri e lettere.

Uno dei tecnici disse: "Più che altro, c'è quello che ci si può aspettare da un edificio di questa età: massi, un letto di ghiaia, sacche di legno marcio. Qui c'è anche un segmento di fogna". Indicò una zona dello schermo.

"C'è lo scarico di un pluviale che finisce nella condotta

principale che sfocia nell'Hudson", disse Yu. "Dev'essere quello."

Il proprietario sbirciò da dietro la sua spalla.

"Le spiace?" disse Sachs, senza troppa cortesia.

Seccato, l'uomo si scostò.

Poi il tecnico aggiunse: "Ma qui..." Indicò un punto vicino alla parete di fondo. "Abbiamo un *ping* non identificato."

"Un..."

"Quando il computer riceve un segnale che già conosce, propone un'identificazione. Ma in questo caso la risposta è negativa."

Sachs vedeva solo un'area più scura sullo schermo.

"Perciò, passando gli ultrasuoni, abbiamo ottenuto questo."

Un collega del tecnico digitò un comando e sul monitor apparve un'altra schermata, con un'immagine più chiara: un anello approssimativo, all'interno del quale si trovava un oggetto opaco e rotondo da cui sembrava spuntare un filo. Nell'anello, nello spazio al di sotto dell'oggetto, c'era qualcosa che appariva come una pila di bastoni o di assi. Forse, ipotizzò Sachs, una cassa che con gli anni si era disfatta.

Uno degli agenti disse: "L'anello esterno ha un diametro di circa settanta centimetri. Quello interno è un oggetto tridimensionale, sferico, più o meno del diametro massimo di una ventina di centimetri".

"È vicino alla superficie?"

"Il piano di cemento arriva a venti centimetri di profondità e questo è sotto di un'altra ventina."

"Dove, con precisione?"

L'uomo guardò dal computer al pavimento della cantina e poi di nuovo al computer. Andò verso la parete di fondo, vicino alla porta che conduceva all'esterno, e tracciò un segno con un gessetto. L'oggetto era in prossimità della parete. Chiunque avesse eretto il muro lo aveva mancato di pochi centimetri.

"Potrebbe essere un pozzo o una cisterna. Forse un camino."

"Che cosa occorre per scavare nel cemento?" chiese Amelia a Yu.

"Il mio permesso", si fece avanti il proprietario. "Che non intendo darvi. Non scaverete nel mio pavimento."

"Signore", disse Sachs, paziente, "è una questione di polizia."

"Qualunque cosa sia, il pavimento è mio."

"Non è un problema di proprietà. Può essere rilevante ai fini di un'indagine."

"E allora procuratevi un mandato del tribunale. Sono un avvocato. Non lo sfondate, il mio pavimento."

"È molto importante scoprire di che cosa si tratta."

"Importante?" chiese l'uomo. "E perché?"

"Riguarda un caso di alcuni anni fa."

"*Alcuni?*" L'uomo aveva colto al volo il punto debole. "Alcuni *quanti*?" Doveva essere bravo, come avvocato.

Mentire a una persona del genere poteva avere un effetto boomerang. "Centoquaranta, più o meno", rispose Sachs.

Il padrone di casa si mise a ridere. "Questa non è un'indagine, è Discovery Channel. Scordatevi i martelli pneumatici. Ah-ah!"

"Un minimo di cooperazione?"

"Procuratevi un mandato. Non sono tenuto a cooperare se non sono costretto."

"Allora non si può definire cooperazione, le pare?" ribatté Sachs. Telefonò a Rhyme.

"Che cosa succede?" chiese il criminalista.

La detective lo aggiornò sugli ultimi sviluppi.

"Una cassa in un pozzo o una cisterna sotto un edificio andato a fuoco. Non si può immaginare un nascondiglio migliore." Rhyme disse alla squadra S&S di trasmettergli le immagini via e-mail. La richiesta fu accolta immediatamente.

Intanto Amelia lo informò del cittadino poco disposto a cooperare.

"Mi opporrò", si intromise l'avvocato. "Apparirò personalmente davanti al magistrato. Li conosco tutti, ci diamo del tu."

Sachs sentì che Rhyme ne stava discutendo con Sellitto. Quando tornò in linea, il criminalista non era di ottimo umore. "Lon cercherà di ottenere un mandato, ma ci vorrà tempo. E non è nemmeno sicuro che il giudice darà l'autorizzazione, per un caso come questo."

"Non posso obbligarlo?" mormorò lei. Si rivolse al proprietario. "Le ripareremo il pavimento. Come nuovo."

"Ho degli inquilini. Si lamenteranno. E poi sarò io a dover fare i conti con loro. Niente da fare. Andatevene pure."

Sachs fece un cenno seccato. Stava prendendo in considerazione l'eventualità di arrestarlo per… be', per qualcosa, e poi mettersi a scavare ugualmente. Quanto tempo avrebbe richiesto un mandato? Un'eternità, probabilmente, considerando che a un giudice occorreva un interesse "pressante" per consentire alla polizia di invadere la casa di qualcuno.

Il telefono squillò di nuovo. La detective rispose.

"Sachs", chiese Rhyme. "C'è lì quell'ingegnere?"

"David? Sì. È qui di fianco a me."

"Ho una domanda."

"Quale?"

"Chiedigli chi è il proprietario delle strade."

La risposta, in quelle particolari circostanze anche se non in tutte, era: la città. L'avvocato era proprietario solo dell'edificio e di quello che c'era dentro.

Rhyme disse: "Chiedi ai tecnici di portare le attrezzature accanto al muro esterno e scavarci sotto un tunnel. Potrebbe funzionare?"

Lontana dalle orecchie del proprietario, Sachs girò la domanda a Yu, che rispose: "Sì, si può fare. Se il tunnel è stretto non si corrono rischi di danni strutturali".

Un tunnel stretto, pensò la poliziotta claustrofobica. *Ci mancava proprio questo…*

Chiuse la comunicazione e si rivolse all'ingegnere. "Okay, voglio un…" Sachs cercò di ricordare. "Come si chiamano quelle cose con una grossa pala?"

"Scavatrice?"

"Credo di sì. Quanto ci vuole per averne una qui?"

"Mezz'ora."

Lei gli rivolse un'occhiata supplice. "Dieci minuti?"

"Vedo quello che posso fare."

Venti minuti dopo, segnalando rumorosamente la marcia indietro, una scavatrice comunale si accostò al fianco dell'edificio. A quel punto sarebbe stato impossibile nascondere la loro strategia. Il proprietario accorse, agitando le braccia: "Volete arrivare dall'esterno, passando sotto il muro! Non potete fare nemmeno quello. Questa proprietà è mia, dal cielo al centro della terra. Così dice la legge".

"Vede, signore", disse il giovane e snello ingegner Yu, "c'è uno scarico di pubblica utilità al di sotto dell'edificio. E noi abbiamo il diritto di accedervi. Sono certo che lei ne è al corrente."

"Ma quello scarico del cazzo è dall'altra parte della proprietà."

"Non credo proprio."

"C'è sullo schermo, qui." L'avvocato indicò un computer. Lo schermo divenne nero proprio in quell'istante.

"Ooops", disse l'agente dell'S&S che lo aveva appena spento. "Questi dannati arnesi si rompono sempre."

Il padrone dell'edificio lo guardò torvo. Poi si rivolse a Yu. "Non c'è nessuno scarico nel punto in cui volete scavare."

Yu si strinse nelle spalle. "Ecco, vede, quando qualcuno mette in dubbio la posizione di uno scarico, tocca *a lui* procurarsi un mandato del tribunale per fermarci. Forse vorrà chiamare qualcuno dei magistrati suoi amici. E sa una cosa? Farà bene a sbrigarsi, perché noi cominciamo subito."

"Ma..."

"Avanti!" gridò l'ingegnere.

"È vera?" gli chiese Sachs sottovoce. "Quella storia degli scarichi."

"Non lo so. Ma a quanto pare ci è cascato."

"Grazie."

La scavatrice si mise al lavoro. Non ci volle molto. Dieci minuti più tardi, sotto la guida della squadra S&S, la macchina aveva aperto una buca larga un metro e venti e profonda tre. Le fondazioni dell'edificio arrivavano a due metri di profondità e sotto c'era una parete di terriccio nero e argilla grigia. Il compito di Sachs era scendere fino al fondo della buca e scavare orizzontalmente per circa mezzo metro, fino a trovare il pozzo o la cisterna. Indossò la tuta di tyvek e un casco con lampada incorporata. La detective chiamò Rhyme via radio: dubitava che il suo cellulare avrebbe funzionato, là sotto.

"Sono pronta", gli annunciò.

Gail Davis teneva al guinzaglio Vegas sull'orlo della buca. Il cane sembrava volersi tuffare nel pozzo. "C'è qualcosa, là sotto", disse l'agente dell'unità cinofila.

Come se non avessi già abbastanza paura, pensò Sachs, notando l'espressione allarmata del cane.

"Cos'è quel rumore, Sachs?"

"C'è qui Gail. Il suo cane ha qualche problema con il sito." Si rivolse all'agente. "Qualcosa di specifico?"

"No. Potrebbe essere qualsiasi cosa."

Vegas ringhiò e sfiorò con la zampa la gamba di Amelia. Gail Davis le aveva detto che i briard venivano usati sui campi di battaglia, per identificare quali feriti potessero ancora essere salvati e per quali invece fosse troppo tardi. Sachs si domandò se Vegas la stesse identificando anzitempo come appartenente a quest'ultima categoria.

Yu si era offerto volontario per scendere al posto suo (cosa incredibile per Sachs, le aveva detto che gli piacevano i tunnel e le grotte), ma la detective gli aveva detto di no. Quella, per quanto vecchia di centoquarant'anni, era pur sempre la scena di un crimine. La sfera e la cassa, o qualsiasi altra cosa fossero, erano prove da raccogliere e preservare in base alla procedura CS.

Gli operai municipali calarono una scala nella buca. Lei guardò in basso, con un sospiro.

"Stai bene?" si informò Yu.

"Benissimo", rispose, sdrammatizzando, e cominciò la discesa. E intanto pensava che la claustrofobia che aveva provato negli archivi della Sanford Foundation non era niente in confronto a ciò che l'aspettava. In fondo alla buca, prese la vanga e la piccozza che Yu le aveva consegnato e cominciò a scavare.

Tra il sudore per lo sforzo e i brividi di panico, la detective scavò, scavò, aspettandosi che a ogni colpo di vanga la buca potesse crollare, intrappolandola.

Asportò pietre, scosse il terriccio denso.

Per sempre nascosto sotto l'argilla e la terra...

"Che cosa vedi, Sachs?" chiese Rhyme via radio.

"Terra, sabbia, vermi, qualche lattina, pietre."

Avanzava sotto l'edificio: trenta centimetri, quaranta...

La vanga si scontrò con un ostacolo. Sachs asportò lo strato di terra e riportò alla luce una parete curva, con la calce debordata tra un mattone e l'altro.

"C'è qualcosa qui. La parete della cisterna."

Dalle pareti, la terra sbriciolata cadeva sul fondo della buca. Se un topo le avesse sfiorato le cosce non le avrebbe fatto altrettanta paura. Le passò nella mente, rapida, un'immagine: si vide immobilizzata, mentre il terriccio l'avvolgeva, premendole sul petto, riempiendole il naso e la bocca. Annegare nella terra...

Okay, ragazza, rilassati. Amelia inspirò ripetutamente. Rimosse altra terra e altrettanta gliene cadde sopra le ginocchia. "Pensi che dovremmo puntellare?" chiese a Yu.

"Cosa?" fece Rhyme.

"Sto parlando con l'ingegnere."

Yu rispose: "Dovrebbe reggere. Il suolo è umido quanto basta a garantire la coesione".

Dovrebbe...

L'ingegnere proseguì: "Se vuoi possiamo farlo, ma ci vorrebbero diverse ore per mettere in piedi la struttura".

"Non importa", rispose Sachs. Poi, al microfono, disse: "Lincoln?"

Silenzio.

Amelia si sorprese di avere usato il nome di battesimo. Nessuno dei due era superstizioso, ma quello era un dogma a cui si attenevano sempre: non portava fortuna usare i nomi di battesimo sul lavoro. L'esitazione di Rhyme testimoniava che anche lui si era accorto che aveva infranto la regola.

"Procedi", le ordinò lui.

Pietrisco e terriccio piovvero dalle pareti della buca, sul collo e sulle spalle della detective. La tuta di tyvek amplificò il rumore. Con un gemito soffocato, lei scattò all'indietro, temendo che il tunnel le stesse franando addosso.

"Sachs? Tutto bene?"

Lei si guardò intorno. No, le pareti reggevano. "Bene", confermò. E continuò a liberare la cisterna di mattoni dalla terra. Poi prese la piccozza e cominciò a lavorare sulla calce.

"Qualche idea su cosa ci sia dentro?" chiese a Rhyme, più per il conforto di sentire la sua voce che per avere una risposta.

Una sfera con la coda.

"Nessuna."

Un colpo di piccozza. Un mattone cedette. Poi un altro. Dall'interno del pozzo fuoriuscì una cascata di terra, che le ricoprì le ginocchia.

Che schifo, maledizione.

Altri mattoni, ancora sabbia, terriccio, pietrisco. Sachs si interruppe, si liberò le ginocchia dalla terra e tornò al lavoro.

"Come procedi?" le chiese Rhyme.

"Ci sto arrivando", rispose sottovoce, asportando altri mattoni. Ne aveva davanti una dozzina. Proiettò il raggio di luce dal casco su ciò che si trovava dietro: una parete di terra nera, cenere, legno e carbone.

Finalmente cominciò a scavare all'interno della cisterna.

In *quella* maledetta terra, di coesione proprio non ce n'era, pensò la detective, vedendo i rivoletti marrone scuro che scivolavano fuori, lucenti sotto il raggio del casco.

"Sachs!" gridò Rhyme. "Fermati!"

Le sfuggì un singhiozzo. "Cosa...?"

"Ho appena riletto la storia dell'incendio doloso. Dice che ci fu un'esplosione nella cantina della taverna. A quei tempi le granate erano sfere con una miccia. Charles deve averne portate *due* con sé. Ecco cos'è la sfera nel pozzo! Sei a un passo da una bomba inesplosa. Potrebbe essere instabile come la nitroglicerina. Ecco che cosa sentiva il cane: l'esplosivo! Esci di lì più svelta che puoi."

Sachs si appoggiò al bordo della cisterna per rimettersi in piedi.

Ma il mattone cedette all'improvviso sotto le sue dita e lei cadde all'indietro, mentre una valanga di terra fuoriusciva dal pozzo e invadeva lo scavo. Pietrisco e terriccio le scorrevano intorno, imprigionandole le gambe doloranti e arrivando ben presto all'altezza del petto e del viso.

La detective urlò, mentre cercava disperatamente di rialzarsi. Ma le era impossibile: la frana le aveva sepolto anche le braccia.

"Sa..." La voce di Rhyme scomparve, appena l'auricolare fu strappato dalla radio.

La terra continuava a franare sul corpo di Amelia, immobilizzato dal peso che le rovinava addosso come una cascata d'acqua.

La detective urlò di nuovo, quando la sfera, trascinata dalla corrente di terra, sbucò dall'apertura nella cisterna e rotolò sopra di lei.

Jax era fuori dal suo elemento.

Si era lasciato alle spalle Harlem, tanto il luogo quanto l'atmosfera. Si era lasciato alle spalle i lotti vacanti ingombri di bottiglie di malto vuote, gli altarini nelle vetrine dei negozi, i vecchi poster sbiaditi che reclamizzavano la brillantina Red Devil, di moda per lisciarsi i capelli ai tempi di Malcolm X, gli aspiranti rapper minorenni e i percussionisti di bidoni del Marcus Gravey Park, i banchetti che vendevano giocattoli, sandali, bigiotteria e arazzi *kente.* Si era lasciato alle spalle i cantieri e le ristrutturazioni. E gli autobus dei turisti.

In quel momento si trovava in uno dei pochi luoghi in cui non avesse mai lasciato il suo marchio JAX 157: la zona elegante di Central Park West.

E stava guardando la casa in cui si era rifugiata Geneva Settle. Abbandonato il vicolo vicino alla 118th Street, dopo aver visto Geneva e l'altro tipo a bordo della macchina grigia, Jax era saltato su un taxi e aveva seguito gli sbirri fino a quella casa. Non sapeva di che cosa si trattasse. Fuori c'erano due auto della polizia. Dai gradini del portone al marciapiede scendeva una rampa per sedie a rotelle.

Zoppicando lentamente per il parco, Jax studiò il terreno. Che cosa ci faceva la ragazza, là dentro? Cercò di sbirciare nella casa, ma le tapparelle erano abbassate.

Arrivò un'altra macchina, una Crown Vic, un modello usato spesso dagli sbirri. Ne scesero due agenti con una malconcia valigia da quattro soldi tenuta insieme dal nastro adesivo e alcuni scatoloni di libri. Roba di Geneva, immaginò Jax. La ragazza stava traslocando in quella casa.

La protezione era sempre più stretta, pensò lui, scoraggiato.

Quando la porta si aprì, si infilò tra i cespugli per avere una visuale migliore. Ma in quel momento, lenta, passò un'altra auto della polizia. Sembrava che l'agente al volante stesse scrutando i giardini e il marciapiede. Jax memorizzò il numero civico della casa, quindi scomparve nel parco. Si diresse a nord, tornando a piedi ad Harlem.

Sentiva la pistola pesare nel calzino. E, da trecento chilometri più a nord, sentiva incombere il sorvegliante della sua libertà sulla parola, che in quel preciso istante poteva decidere di fargli una visita a sorpresa nel suo appartamento a Buffalo. A Jax tornò in mente un problema sollevato da Ralph, il principe egizio: valeva la pena di correre quei rischi?

Ci rifletté, mentre tornava a casa.

E pensò: ne era valsa la pena, vent'anni prima, quando si era appeso alla sbarra di ferro del sovrappasso della Grand Central Parkway, per lasciare il marchio JAX 157 dieci metri sopra il traffico a novanta chilometri orari?

Ne era valsa la pena sei anni prima, quando aveva puntato il fucile a pompa in faccia al guidatore del furgone blindato, solo per portarsi via 50.000 o 60.000 dollari? Era bastato, quello, a rimetterlo in pista?

E lui sapeva che, cazzo, la domanda di Ralph non aveva senso, perché implicava che lui avesse un'alternativa. Allora od oggi, giusto o sbagliato, non aveva importanza. Alonzo "Jax" Jackson sarebbe andato dritto per la sua strada. Se gli andava liscia, si sarebbe ripreso il suo posto ad Harlem, il suo quartiere, il luogo che nel bene e nel male aveva fatto di lui quello che era. E il luogo che lui stesso aveva contribuito a rendere quello che era, con qualche migliaio di bombolette di vernice spray. Non stava facendo altro che quello che doveva fare.

Attento.

Nella sua casa sicura nel Queens, Thompson Boyd indossava una maschera antigas e un paio di guanti spessi. Stava mescolando lentamente acido e acqua, verificando la concentrazione.

Attento...

Quella era la parte più difficile. Certo, la polvere di cianuro di potassio era pericolosa: ce n'era a sufficienza per uccidere trenta o quaranta persone. Ma una volta secca era relativamente stabile. Come nell'ordigno che aveva piazzato nell'auto del poliziotto, la polvere bianca doveva essere mescolata all'acido solforico per produrre il letale gas cianidrico, l'infame Zyklon-B che i nazisti impiegavano nelle loro docce di sterminio.

Ma il grande interrogativo riguardava l'acido solforico. Una concentrazione troppo bassa comportava una produzione di gas piuttosto lenta, che avrebbe dato alle vittime l'opportunità di sentirne l'odore e mettersi in salvo. D'altro canto, una concentrazione troppo elevata, al di sopra del venti per cento, avrebbe provocato l'esplosione del cianuro prima che si potesse dissolvere, dissipando molto dell'effetto desiderato.

Thompson doveva avvicinarsi il più possibile a una concentrazione del venti per cento. Per una ragione molto semplice: il luogo in cui intendeva collocare quell'ordigno, la vecchia casa su Central Park West in cui si era rifugiata Geneva Settle, non era certo un ambiente a tenuta stagna. Il killer l'aveva controllata di persona, dopo la segnalazione del suo complice. Aveva notato le finestre, non sigillate, e un sistema antiquato di riscaldamento e condizionamento. Sarebbe stata una vera sfida trasformare tutta quella casa in una camera a gas.

...deve capire la situazione. È come tutto il resto, nella vita. Niente funziona al cento per cento. Niente va come vorremmo.

Il giorno prima aveva garantito al suo cliente che il prossimo attentato a Geneva avrebbe avuto successo. Ma in quel momento non ne era più tanto sicuro. La polizia se l'era cavata troppo bene.

C'è solo da rimettersi in carreggiata. Non ci si può permettere di essere emotivi.

Be', lui non era né emotivo né preoccupato. Ma doveva prendere provvedimenti drastici, su parecchi fronti. Se il gas venefico uccideva Geneva nella casa, tanto meglio. Ma non era quello il suo obiettivo principale. Doveva eliminare almeno qualcuna delle altre persone, gli investigatori che in quel momento stavano dando la caccia a lui e al suo mandante. Doveva lasciarli morti, in coma, vittime di danni cerebrali… non importava come. Ciò che contava era debilitarli.

Thompson verificò nuovamente la concentrazione e l'aumentò un po', valutando le variazioni di pH provocate dall'aria. Le mani gli tremavano lievemente e dovette interrompere il lavoro, per calmarsi.

Wssst…

La canzone che stava fischiando diventò *Stairway to Heaven*.

Thompson si appoggiò allo schienale, riflettendo su come introdurre l'ordigno nella casa. Aveva qualche idea, incluse una o due che avrebbero potuto funzionare piuttosto bene. Controllò una volta di più la concentrazione dell'acido, fischiettando nel respiratore della maschera antigas. Secondo l'analizzatore aveva raggiunto il 19,99394 per cento.

Perfetto.

Wssst…

La nuova melodia che gli venne alle labbra fu l'*Inno alla gioia* dalla Nona Sinfonia di Beethoven.

Amelia Sachs non era stata schiacciata dall'argilla e dal terriccio, né le era esplosa addosso un'instabile granata del diciannovesimo secolo. Ora era in piedi nel laboratorio di Rhyme, dopo una doccia e un cambio d'abito, davanti all'oggetto che le era rotolato addosso dalla cisterna.

Non era una vecchia bomba, l'oggetto che ora si trovava nel contenitore di cartone sopra il tavolo. Ma non c'era alcun dubbio che a lasciarlo in quel pozzo fosse stato Charles Singleton, la notte del 15 luglio 1868.

La sedia di Rhyme era parcheggiata di fianco alla detective, davanti al tavolo dei reperti. Cooper, accanto a loro, stava indossando un paio di guanti di lattice.

"Dovremo dirlo a Geneva", osservò Rhyme.

"Dobbiamo?" fece Sachs, riluttante. "Io non me la sento."

"Dirmi cosa?"

Amelia si voltò. Rhyme indietreggiò e, riluttante, girò la Storm Arrow. *Maledizione*, pensò. *Avrei dovuto stare più attento.*

Geneva Settle era sulla porta.

"Avete scoperto qualcosa che riguarda Charles, nella cantina della taverna. Vero? Avete scoperto che ha davvero rubato quei soldi. Era questo il suo segreto, dopotutto?"

Rhyme scambiò un'occhiata con Sachs, poi disse: "No, Geneva, no. Abbiamo trovato qualcos'altro". Accennò al contenitore di cartone. "Vieni. Dai un'occhiata."

La ragazza si avvicinò. Si fermò, batté le palpebre e guardò il teschio umano annerito sul fondo della scatola. Era quello l'oggetto sferico che i tecnici avevano localizzato con l'immagine a ultrasuoni e che era rotolato in grembo a Sachs. Ciò che avevano scambiato per i resti di una cassa erano in realtà ossa. Di un uomo, a detta di Rhyme. Il corpo doveva essere stato infilato verticalmente nella cisterna, nella cantina del Potter's Field, poco prima che Charles vi desse fuoco. L'immagine a ultrasuoni aveva visualizzato il cranio e una costola, sotto di esso, che avevano dato la falsa impressione di una bomba con una miccia. Le ossa si trovavano ora in un secondo contenitore, sopra il tavolo.

"Siamo piuttosto sicuri che sia stato Charles a uccidere quest'uomo."

"No!"

"E poi ha dato fuoco alla taverna per nascondere il delitto."

"Questo non potete saperlo", ribatté Geneva.

"No, non lo sappiamo. Ma è una deduzione ragionevole." Rhyme spiegò: "Nella lettera, diceva di essere andato al Potter's Field, armato del suo revolver Navy Colt. Era una pistola della Guerra Civile. Non funzionava come le pistole moderne, in cui si inserisce il proiettile dalla parte posteriore del tamburo. Bisognava caricare ogni camera di scoppio con una pallottola e polvere da sparo".

Geneva annuì, senza staccare gli occhi da quelle ossa annerite e da quel teschio dalle orbite vuote.

"Abbiamo trovato nel nostro database alcune informazioni sulle pistole di quel genere. Erano calibro 36, ma la maggior parte dei soldati della Guerra Civile impararono a caricarle con proiettili calibro 39, più grossi, quindi con minore gioco. Ciò rendeva la pistola più precisa."

Sachs le mostrò una bustina di plastica. Dentro c'era una

sferetta di piombo. “Questo era nella cavità del cranio: è una pallottola calibro 39, sparata da una pistola calibro 36.”

“Ma questo non prova niente.” Geneva stava guardando il foro del proiettile sulla fronte del teschio.

“No”, concesse Rhyme. “*Suggerisce* soltanto. Ma suggerisce che sia stato Charles a spararli.”

“Chi era?” chiese Geneva.

“Non ne abbiamo idea. Se aveva addosso qualcosa che potesse identificarlo, è bruciata nell’incendio o si è disintegrata insieme ai vestiti. Abbiamo trovato la pallottola, una piccola pistola che la vittima aveva con sé, qualche moneta d’oro e un anello con la parola... Qual era la parola, Mel?”

“Winskinskie.” Cooper teneva in mano la bustina contenente l’anello d’oro. Accanto all’iscrizione era inciso il profilo stilizzato di un indiano d’America.

L’esperto non aveva impiegato molto per scoprire che quella parola significava “custode” o “guardiano della porta” nella lingua degli indiani Delaware. Poteva essere il nome del morto, anche se dalla struttura del cranio non sembrava essere un nativo americano. Per Rhyme era più probabile che fosse un nomignolo di qualche genere. Cooper aveva interpellato via e-mail antropologi e docenti di storia, nella speranza che conoscessero quella parola.

“Charles non poteva fare una cosa del genere”, disse con voce flebile la sua discendente. “Non era un assassino.”

“Il proiettile ha colpito la vittima alla fronte”, precisò Rhyme. “Non alle spalle. E la Derringer, la pistola che Sachs ha trovato nella cisterna e che probabilmente apparteneva al morto, lascia pensare che possa essersi trattato di legittima difesa.” Anche se non si poteva ignorare che Charles si era presentato armato all’appuntamento, dunque già prevedeva la possibilità di uno scontro violento.

“Non avrei mai dovuto cominciarla, questa ricerca”, mormorò la studentessa. “Che stupida. Nemmeno mi piace, la storia. È una cosa inutile. La detesto!” Si voltò e corse in corridoio. Si sentirono i suoi passi sulle scale.

Sachs la seguì. Ricomparve dopo qualche minuto. “Si è messa a leggere. Dice che vuole restare sola. Credo che si riprenderà." Ma dalla voce la detective non ne sembrava troppo sicura.

Rhyme riconsiderò le informazioni a sua disposizione, riguardo la scena del crimine più antica che gli fosse mai capitato di analizzare. L'obiettivo di quell'indagine retrospettiva era scoprire qualcosa che potesse condurli al mandante del Sosco 109. Ma gli unici risultati sinora erano che Sachs aveva rischiato la vita e che Geneva era rimasta delusa dalla notizia che il suo antenato aveva ucciso un uomo.

Il criminalista guardò l'Impiccato che lo fissava placido dal tabellone degli indizi. Come se si stesse facendo beffe della sua frustrazione.

"Ehi", fece Cooper, guardando il monitor, "qui c'è qualcosa."

"Winskinskie?" si augurò Rhyme.

"No. Sentite: c'è l'analisi della nostra sostanza misteriosa, il liquido che Sachs ha trovato in Elizabeth Street e vicino alla casa della prozia di Geneva."

"Era ora, maledizione. Che diavolo è? Una tossina?" chiese il criminalista.

"Il nostro ragazzaccio ha gli occhi infiammati."

"Cosa?"

"È Murine."

"Collirio?"

"Precisamente. La composizione è la stessa."

"Okay, mettiamolo tra gli indizi", ordinò Rhyme a Thom. "Potrebbe essere un fatto occasionale, dato che ha lavorato con l'acido, ma potrebbe essere anche cronico. Questo sì che ci farebbe comodo."

I criminalisti adorano i sospetti che soffrono di malattie. Nel suo libro, Rhyme aveva dedicato un'intera sezione a come rintracciare indiziati con prescrizioni riguardanti farmaci, siringhe usa-e-getta, occhiali, attrezzature ortopediche di vario genere e via dicendo.

In quel momento il cellulare di Sachs squillò. La detective rimase in ascolto per qualche secondo. "Okay, un quarto d'ora e sono lì." Poi, a fine chiamata, disse a Rhyme: "Questo sì che è interessante".

28

Quando Amelia Sachs entrò nell'Unità di Rianimazione del Columbia-Presbyterian Hospital, vide due Pulaski.

Uno era a letto, con gli occhi spenti, la mascella penzoloni, la testa avviluppata dalle bende e inquietanti tubicini trasparenti che entravano e uscivano dal suo corpo.

L'altro era seduto al suo capezzale, scomodo sulla seggiola di plastica, altrettanto biondo, altrettanto giovane, identico nella divisa blu dell'NYPD, come quella che Ron Pulaski aveva indosso quando la detective gli aveva chiesto di guardare il cumulo di rifiuti davanti al museo afroamericano.

Che ne dice di un caffè, detective?

Sachs guardò il gemello con stupore.

"Sono Tony. Il fratello di Ron, come probabilmente avrà intuito."

"*Shalve*, detective", riuscì a dire Ron, con un certo sforzo. I centri del linguaggio non funzionavano correttamente: parlava come un ubriaco.

"Come ti senti?"

"Come *shta* Geneva?"

"Sta bene. Avrai sentito: siamo riusciti a portarla in salvo, ma il Sosco è scappato. Soffri molto, vero?"

Ron mosse debolmente la testa verso la fleboclisi. "Quella broda fa bene... Non *shento* niente."

"Guarirà."

"Guarirò", Ron riecheggiò il fratello. Respirò a fondo, più volte, aprendo e chiudendo gli occhi.

"Un mese o giù di lì", spiegò Tony. "Un po' di terapia. Poi

tornerà in servizio. Qualche frattura, ma nessun danno interno. Testa dura, come diceva sempre papà."

"*Teshta*", ripeté Ron, sogghignando.

"Eravate insieme all'Accademia?"

"Infatti."

"Qual è il *tuo* distretto?"

"Il Sesto", rispose Tony.

Il Sesto Distretto era nel cuore del West Greenwich Village, dove scarseggiavano gli scippi, i furti d'auto e lo spaccio. Qualche effrazione, ma più che altro diverbi fra coppie gay, o liti tra artisti e scrittori che si erano dimenticati di prendere i loro psicofarmaci. Il Sesto era anche la sede della Bomb Squad.

Tony era scosso, certo, ma anche carico di rabbia. "Quel tipo ha infierito su di lui anche quando era a terra. Non era necessario."

"Ma *forshe*", intervenne Ron, "*coshì* ha perso tempo. E non ha potuto far niente a Geneva."

Sachs sorrise. "Sei il tipo che vede sempre il bicchiere mezzo pieno, eh?" Preferì tacere che il Sosco 109 lo aveva quasi ucciso solo per creare un diversivo usando un proiettile della sua pistola.

"Una *shpecie*... Ringrazi *Sheneva*... *Gen*-eva da parte mia. Per il libro." Ron non riusciva a muovere la testa, ma con gli occhi ammiccò in direzione del comodino, su cui era appoggiato *Il buio oltre la siepe*. "Me lo *shta* leggendo Tony. *She* la cava bene anche con le parole difficili."

Il fratello rise. "Stronzo."

"Allora, che cosa ci puoi dire, Ron? Quel tipo è abile ed è ancora a piede libero. Ci serve qualche informazione."

"Non *saprei*, *shign*... detective. Ero nel vicolo. Lui è venuto fuori da dietro la *casha*. A tardim... a tradimento. Ho girato l'angolo e lui mi è *shaltato addossho* con in faccia... un *passhamontagna*. E poi lo *shf*... lo *shf*... la mazza. Troppo veloce. Non l'ho neanche *vishta*. Knock out." Chiuse gli occhi. "Ero troppo vicino al muro. Non ci casco più."

Non lo sapevi, pensò la detective, *adesso lo sai.*

"*Woosh.*" Ron fece una smorfia.

"Stai bene?" gli chiese il fratello.

"Bene."

"Hai sentito un *woosh*", lo incoraggiò Sachs, avvicinandosi al letto con la sedia.

"Cosa?"

"Hai sentito un *woosh*", ripeté lei.

"Già. Proprio, *shignora*. No *shignora*, detective."

"Non importa, Ron, chiamami come vuoi. Hai visto qualcosa? Qualsiasi cosa?"

"Quell'arma. Come una mazza. No *ammazza*, ah. Una mazza da *baseball*. In faccia. Oh, l'ho già detto. E *shono* andato giù, *shignora*, no, detective."

"Okay, Ron. Che cosa ricordi, poi?"

"Niente. Ero a terra. Mi dicevo: ora prende la mia arma. Cercavo di tenermela. Da... da manuale: non perdere l'arma. Mai perdere l'arma. Ma niente. Lui me l'ha tolta. Io ero morto. Ne ero certo. Ero morto."

"Che cosa ricordi di avere visto?" chiese lei, con voce gentile.

"Un *trangolo*."

"Cosa?"

"No *trangolo*, *tri-angolo*. Cartone. Per terra. Non mi potevo muovere. Vedevo solo quello."

"E questo cartone... era del Sosco?"

"Il *trangolo*? No, voglio dire triangolo. No, rifiuti. Non vedevo altro. Ho provato a muovermi. Invece niente."

Sachs gli ricordò: "Ti abbiamo trovato disteso sulla schiena, Ron".

"Ah, *shì*? Di *shchiena*?"

"Ripensaci: hai visto il cielo, forse?"

Ron strinse gli occhi.

Il cuore della detective accelerò.

"*Shh...*"

"Cosa?"

"Negli occhi. Avevo *shh...*"

"Sangue?" suggerì il fratello.

"Già. Non vedevo niente. Niente *trangoli*, niente *cashe*. Aveva la mia arma. Per qualche minuto era vicino poi non ricordo altro."

"Era vicino? Quanto?"

"Non *sho*. Non vicino. Non ci vedevo. Troppo *shh*..."

Sachs annuì. Il poveretto era esausto. Respirava a fatica e gli occhi erano più spenti di quando lei era arrivata. La detective si alzò. "Lo lascio riposare." Poi chiese: "Hai sentito parlare di Terry Dobyns?"

"No, è...? Chi è?" Con una smorfia, il poliziotto ferito ripeté: "Chi è?"

"Psicologo del dipartimento." Sachs sorrise. "Può esserti d'aiuto. Dovresti parlargli. Lui sa il fatto suo."

Ron disse: "Io non ho..."

"Agente?" disse lei, in tono severo.

Ron alzò un sopracciglio.

"È un ordine."

"*Shisshign*... cioè... *shignora*."

"Me ne preoccupo io", promise Tony.

Amelia si mise la borsa in spalla e andò verso la porta, fermandosi prima di uscire. Si girò. "Ron?"

"*Cosha?*"

Lei tornò al suo capezzale e si sedette di nuovo. "Ron, hai detto che il Sosco è rimasto vicino a te per qualche minuto."

"Già."

"Be', se non potevi vederlo, con il sangue negli occhi, come facevi a sapere che era vicino?"

Il giovane poliziotto aggrottò la fronte. "Oh... è vero. C'è una *cosha* che ho dimenticato di dirle."

"Il nostro amico ha un'abitudine, Rhyme", esordì Amelia Sachs, rientrata in laboratorio.

"E sarebbe?"

"Fischia."

"Per chiamare il taxi?"

"Musica. Pulaski lo ha sentito. Dopo che è stato colpito la prima volta, mentre era steso a terra, il Sosco gli ha sottratto la pistola e, immagino, ha perso qualche minuto per preparare il trucco con il proiettile e la sigaretta. Intanto fischiettava."

"Nessun professionista fischietta sul lavoro", osservò Rhyme.

"Di solito no. Ma l'ho sentito anch'io. Nella casa sicura di Elizabeth Street. Pensavo che fosse una radio. È pure bravo."

"Come sta la recluta?" intervenne Sellitto. Era un po' che non si toccava la guancia, ma era ancora piuttosto teso.

"Dicono che si rimetterà. Gli ci vorrà un mese di terapia, più o meno. Gli ho detto di parlare con Terry Dobyns. Ron non era molto reattivo, ma c'era suo fratello a prendersene cura. Fratello gemello. E anche lui è un poliziotto."

Rhyme non era sorpreso. Entrare in polizia spesso era un vizio di famiglia. Fare lo sbirro poteva essere parte del codice genetico.

Sellitto scosse il capo alla notizia del fratello. Sembrava ancora più turbato, come se fosse colpa sua che tutta una famiglia dovesse soffrire per quell'aggressione.

Ma non c'era tempo per affrontare i demoni che tormentavano il detective. Rhyme disse: "D'accordo. Abbiamo una nuova informazione. Vediamo di usarla".

"Come?" lo interrogò Cooper.

"L'assassinio di Charlie Tucker è la pista più diretta che abbiamo su Mister 109. Quindi chiamiamo il Texas."

"E ricordatevi di Alamo", aggiunse Sachs, premendo il tasto dell'altoparlante sul telefono.

"'nto?"

"Ehi, salve, J.T. Qui Lincoln Rhyme da New York." Parlare con uno del Texas che come nome usava solo le iniziali, per non dire del suo accento, induceva all'uso di espressioni quali "Ehi, salve".

"Oh, sissignore, come andiamo? Sa, ho letto di lei dopo che abbiamo parlato l'ultima volta. Non sapevo che fosse famoso."

"Sono solo un ex impiegato statale", disse, con una modestia falsa come Giuda. "Non molto di più. Ha avuto più fortuna, con quella fotografia che le ho mandato?"

"Mi spiace, detective Rhyme. Il fatto è che assomiglia a metà dei tipi bianchi che si sono diplomati qui da noi. E poi, come nella maggior parte dei luoghi di reclusione, c'è un continuo andirivieni. E non abbiamo quasi più nessuno che fosse in servizio quando Charlie Tucker fu ucciso."

"Abbiamo qualche altra informazione su di lui, che potrebbe accorciare la lista. Ce l'ha un minuto?"

"Spari."

"È possibile che abbia un'infiammazione agli occhi. Usa regolarmente il Murine. Potrebbe essere un fatto recente, ma potrebbe anche risalire a quando era detenuto. E pensiamo che abbia l'abitudine di fischiare."

"Fischiare? Dietro le donne?"

"No, musica. Canzoni."

"Oh, okay. Resti in linea." Cinque minuti dopo, incredibilmente lunghi, J.T. tornò all'apparecchio. "Mi spiace, nessuno ricorda uno che fischia o ha problemi agli occhi, non in particolare. Ma continuiamo a cercare."

Rhyme lo ringraziò e diede ordine al sistema di disconnettere. Fissò il tabellone degli indizi, provando un'intensa frustrazione.

Nel primo Novecento, uno dei più grandi criminalisti mai vissuti, il francese Edmond Locard, propose il principio dello scambio. Secondo il principio di Locard, in ogni scena del crimine c'è uno scambio di tracce tra il criminale e la scena o il criminale e la vittima. Trovare ciò che è stato scambiato è l'obiettivo dell'investigatore forense. Il principio di Locard, tuttavia, non garantisce che sia sufficiente identificare la natura dello scambio per scoprire l'indirizzo di casa del colpevole.

Rhyme sospirò. D'altra parte, sapeva che non sarebbe stato facile.

Che cosa avevano a disposizione? Un identikit realizzato al computer, un collirio, una possibile abitudine, un rancore maturato nei confronti di un secondino.

Che altro avevano?

Rhyme aggrottò la fronte, fissando la dodicesima carta dei tarocchi.

L'Impiccato non si riferisce a un uomo soggetto a punizione.

Forse no, ma raffigura pur sempre un uomo appeso alla forca. Qualcosa scattò nella mente del criminalista. Tornò a guardare il tabellone. Osservò: lo sfollagente, la trappola elettrica di Elizabeth Street, il gas venefico, i proiettili concentrati intorno al cuore di Barry, il linciaggio di Charlie Tucker, le fibre di corda con tracce di sangue...

SCENA DI POTTER'S FIELD (1868)

• Taverna di Gallows Heights, Upper West Side, quartiere ambiguo in quegli anni.
• Probabile luogo di incontro per Boss Tweed e altri politici corrotti di New York.
• Charles Singleton vi andò il 15 luglio 1868.
• Incendiato dopo esplosione, presumibilmente dopo visita di Charles. Per nascondere suo segreto?
• Corpo in cantina, uomo, presumibilmente ucciso da Charles Singleton:
 * Colpito alla fronte da Navy Colt cal. 36 caricata con pallottola cal. 39 (tipo di arma di proprietà di Charles Singleton).
 * Monete d'oro.
 * Uomo armato di Derringer.
 * Nessuna identificazione.
 * Anello con nome WINSKINSKIE: significa "custode" o "guardiano della porta" in lingua indiani Delaware. Si ricercano altri significati.

SCENA DI EAST HARLEM (APPARTAMENTO PROZIA DI GENEVA)

• Usata sigaretta e proiettile 9mm come congegno esplosivo per distrarre agenti. Marca Merit non rintracciabile.
• Impronte di frizione: nessuna. Solo di guanti.
• Ordigno a gas venefico:
 * Contenitore in vetro, foglio di alluminio, portacandele. Irrintracciabili.
 * Cianuro e acido solforico, entrambi senza indicazioni. Irrintracciabili.
• Liquido chiaro simile a quello trovato in Elizabeth Street:
• Identificato come Murine.
• Scaglie di vernice arancione. Si finge operaio di cantiere o stradale?

ELIZABETH STREET SCENA DELLA CASA SICURA

• Ha usato trappola elettrica.
• Impronte digitali: nessuna. Solo impronte di guanti.
• Videocamera di sicurezza e monitor: nessuna traccia.
• Mazzo di tarocchi, mancante della dodicesima carta: nessuna traccia.
• Schizzo di mappa del museo dove G. Settle è stata aggredita e di edifici vicino.
• Tracce:
 * Falafel e yogurt.
 * Frammenti di legno della scrivania con tracce di acido solforico.
 * Liquido chiaro, non esplosivo. Inviato a laboratorio FBI.
 * Altre fibre di corda. Garrotta?
 * Carbonio puro sulla mappa.
• Casa sicura affittata in contanti a Billy Todd Hammil. Corrisponde a descrizione di Sosco 109. Nessuna traccia su un vero Hammil.

MUSEO AFROAMERICANO SCENA DEL CRIMINE

• Set da stupro:
 * Carta dei tarocchi, dodicesima del mazzo, l'Impiccato, significato: ricerca spirituale.
 * Sacchetto con *smiley*.
  – Troppo generico per rintracciarlo.
 * Taglierino.
 * Preservativi Trojan.
 * Nastro da pacchi.
 * Profumo di gelsomino.
 * Articolo ignoto da 5,95$.
  – Probabilmente passamontagna.
 * Scontrino, indicante negozio o minimarket a New York City.
 * Probabile acquisto in negozio in Mulberry Street, Little Italy. Sosco identificato da commessa.

• Impronte digitali:
 * Sosco indossa guanti di lattice o vinile.
 * Impronte su oggetti in set da stupro appartenenti a persona con mani piccole, probabilmente cassiera.

• Residui:
 * Fibre di corda di cotone, alcune con tracce di sangue umano. Garrotta?
  – Nessun fabbricante.
  – Inviato a CODIS.
  – Nessuna corrispondenza DNA a CODIS.

* Popcorn e zucchero filato con tracce di urina di cane.

• Armi:
* Manganello o arma arti marziali.
* Pistola North American Arms cal. 22, rimfire magnum, Black Widow o Mini-Master.
* Fabbrica da solo i proiettili, cartucce riempite di aghi. Nessuna corrispondenza IBIS o DRUGFIRE.

• Movente:
* Incerto. Stupro: probabilmente messinscena.
* Vero movente potrebbe essere furto microfiche con *Coloreds'Weekly Illustrated*, numero del 23 luglio 1868, e assassinio G. Settle per suo interesse in articolo, ragioni sconosciute. Articolo riguarda suo antenato Charles Singleton (vedi tabella corrispondente).
* Vittima bibliotecario riferì interesse di altra persona per articolo.
– Richiesti tabulati telefono bibliotecario per verificare questo. Nessuna pista.
– Richieste informazioni da dipendenti su altre persone interessate articolo. Nessuna pista.
* Ricerca copia articolo.
– Da molte fonti conferma interesse altra persona per articolo. Nessuna indicazione di sua identità. Maggior parte di copie sparite o distrutte. Localizzata una. (Vedi tabella corrispondente.)
* Conclusione: G. Settle presumibilmente ancora in pericolo.

• Profilo di episodio inviato a VICAP e NCIC.
* Omicidio ad Amarillo, TX, cinque anni fa. Simile M.O.: messinscena (apparente delitto rituale, vero movente ignoto).
* Omicidio in Ohio, tre anni fa. Simile M.O.: messinscena (apparente delitto sessuale, vero movente probabile assassinio su commissione). Materiale scomparso.

PROFILO SOSCO 109

• Maschio bianco.
• Altezza 1,80 m. Peso 90 kg.
• Voce media.
• Usa cellulare per avvicinarsi a vittima.
• Indossa scarpe marrone chiaro Bass, vecchie di tre anni o più. Piede destro rivolto leggermente verso l'esterno.
• Profumo di gelsomino.
• Pantaloni scuri.
• Passamontagna scuro.
• Colpisce innocenti come diversivo per uccidere e fuggire.
• Probabile assassino a pagamento.
• Forse ex detenuto di Amarillo, Texas.
• Parla con accento del sud.
• Capelli corti, castano chiaro. Non ha baffi né barba.
• Aspetto anonimo.
• Visto indossare impermeabile scuro.
• Probabilmente non fumatore abituale.
• Operaio cantiere stradale?
• Usa Murine.
• Fischia.

PROFILO MANDANTE DI SOSCO 109

• Nessuna informazione disponibile.

PROFILO COMPLICE DI SOSCO 109

• Maschio nero.
• Tra i 35 e i 45 anni.
• Altezza 1,80 m.
• Corporatura robusta.
• Indossa giacca verde mimetica militare.
• Ex detenuto.
• Zoppica.
• Risulta armato.
• Non ha baffi né barba.
• Berretto nero.
• In attesa di altri testimoni e videoregistrazioni.
* Video inconclusivo. Inviato al laboratorio per analisi.
• Scarpe vecchie.

PROFILO DI CHARLES SINGLETON

• Ex schiavo, antenato di G. Settle. Sposato, un figlio.

Frutteto fuori New York donato da ex padrone. Lavora come insegnante. Sostiene movimento diritti civili.

- Accusato di furto nel 1868, argomento dell'articolo sulla microfiche rubata.
- Ha un segreto possibilmente collegato al caso. Preoccupato per tragiche conseguenze se rivelato.
- Partecipa a incontri a Gallows Heights, quartiere di New York.
  - * Coinvolto in attività rischiose?
- Crimine, come riferito da *Coloreds' Weekly Illustrated*:
  - * Charles arrestato da Det. William Simms per furto grossa somma da Freedmen's Trust, New York: scassinata cassaforte, visto allontanarsi da testimoni. Suoi attrezzi trovati nei pressi. Maggior parte di somma recuperata. Condannato a cinque anni di carcere. Nessuna notizia dopo scarcerazione. Possibile uso di contatti con leader diritti civili allo scopo di avere accesso al Trust.
- Corrispondenza di Charles:
  - * Lettera 1, a moglie. Re: Ribellione alla leva, 1863. Forte sentimento anti-nero nello stato di NY, linciaggi, incendi. Proprietà di neri a rischio.
  - * Lettera 2, a moglie. Re: Charles in battaglia Appomattox, alla fine di Guerra Civile.
  - * Lettera 3, a moglie. Re: Coinvolto in movimento diritti civili. Minacciato per questo lavoro. Preoccupato da segreto.
  - * Lettera 4, a moglie. Andato a Potter's Field in cerca di "giustizia". Risultati disastrosi. Verità ora nascosta a Potter's Field. Il suo segreto è causa di tutto questo dolore.

"Oh, accidenti!" esclamò.

"Lincoln, qual è il problema?" gli chiese Cooper, preoccupato.

Rhyme gridò: "Comando: rifai il numero".

Sullo schermo il computer rispose:

NON HO CAPITO COSA HAI DETTO.
CHE COSA VUOI CHE FACCIA?

"Ricomponi il numero."

NON HO CAPITO COSA HAI DETTO.

"Vaffanculo. Mel, Sachs... qualcuno rifaccia il numero!"

Cooper obbedì e qualche minuto dopo il criminalista era di nuovo a colloquio con il direttore del carcere di Amarillo.

"J.T., sono di nuovo Lincoln."

"Sissignore."

"Scordiamoci i detenuti. Voglio sapere degli *agenti di custodia.*"

"Gli agenti di custodia?"

"Qualcuno che faceva parte del vostro staff. Che aveva problemi agli occhi. Che fischiava. E potrebbe avere lavorato al Braccio della Morte nel periodo in cui Tucker è stato ucciso, o poco prima."

"Non abbiamo pensato ai *dipendenti*. E anche in questo caso, la maggior parte del nostro attuale staff non era ancora in servizio, cinque o sei anni fa. Ma resti in linea. Chiedo in giro."

Era stata l'immagine dell'Impiccato a suggerirgli quell'idea. Dopo di che Rhyme aveva considerato le armi e le tecniche usate dal Sosco 109. Erano tutti metodi impiegati nelle condanne a morte: gas di cianuro, elettricità, impiccagione, proiettili al cuore come un plotone di esecuzione. E l'arma di cui il Sosco si serviva per rendere incoscienti le vittime era uno sfollagente, come quello in dotazione ai secondini.

Poco dopo dall'altoparlante si udì nuovamente l'accento texano del direttore della prigione. "Ehi, salve, detective Rhyme."

"Sono tutto orecchi, J.T."

"A qualcuno suona familiare. Ho chiamato a casa uno dei nostri agenti in pensione, che si occupava delle esecuzioni. Un certo Pepper. Sta venendo nel mio ufficio, abita vicino. Sarà qui tra pochi minuti e le daremo un colpo di telefono."

Un'altra occhiata alla carta dei tarocchi.

Un cambio di direzione.

Dieci interminabili minuti dopo, il telefono squillò.

Ci fu un rapido scambio di presentazioni. L'ex agente di custodia Halbert Pepper del dipartimento di giustizia del Texas aveva un accento tale che in confronto quello di J.T. Beauchamp sembrava l'inglese della regina. "Magari vi posso dare una mano, a voi."

"Mi dica", incalzò Rhyme.

"Fino a circa cinque anni fa, avevamo un addetto al controllo esecuzioni che corrisponde alla vostra descrizione. Gli bruciavano gli occhi e fischiava di continuo. Io stavo quasi andando in pensione, ma per un po' ho lavorato con lui."

"Chi è?"

"Uno che si chiama Thompson Boyd."

Parte Quarta

IL MORTO CHE CAMMINA

29

Dall'altoparlante, Pepper raccontava: "Boyd è cresciuto da queste parti. Il padre era un *wildcatter*..."

"Petrolio?"

"Operaio ai pozzi, sì. Madre casalinga. Figlio unico. Infanzia normale, credo. Neanche male, a sentire lui. Raccontava sempre della famiglia, ci era affezionato. Si preoccupava molto della madre, che aveva perso un braccio o una gamba o nonsoché in un tornado. Le stava sempre appresso. Tipo una volta, mi ha raccontato, c'è stato un ragazzo che l'aveva presa in giro per strada e Boyd è andato a cercarlo e gli ha detto che se non chiedeva scusa gli avrebbe ficcato un crotalo nel letto. Comunque, dopo il liceo e un paio d'anni di college, Boyd è andato a lavorare nella compagnia petrolifera, come il padre. Ma per poco, perché c'è stato un taglio del personale ed è stato licenziato. E anche suo padre. Erano tempi duri e non si trovava più lavoro, così lui se n'è andato dal Texas. Non so dove. Si è trovato un lavoro in una prigione. Ha cominciato come secondino. Poi un giorno c'è stato un problema, il loro addetto alle esecuzioni si è ammalato, credo, e non c'era nessun altro a cui rivolgersi, allora Boyd l'ha fatto lui. Il fritto gli è venuto così bene..."

"Il cosa?"

"Scusi. L'esecuzione alla sedia elettrica gli è venuta così bene che gli hanno dato l'incarico. Lui è rimasto lì un po', poi ha cominciato a viaggiare da uno Stato all'altro. Era molto richiesto. È diventato un esperto di esecuzioni. Sapeva fare le sedie..."

"Sedie elettriche?"

"Come la nostra Ol' Sparky qui, sissignore, quella famosa. E sapeva anche fare le camere: era un esperto del gas. Ed era capace di annodare un cappio come si deve, ce n'è pochi in tutti gli Stati Uniti che sono qualificati per questo genere di lavoro, me lo lasci dire. Poi qui è venuto libero il posto di addetto al controllo esecuzioni e lui lo ha preso al volo. Siamo passati alle iniezioni letali, come quasi dappertutto, e lui è diventato un mago anche in quello. Si è pure documentato per rispondere alle proteste: c'è gente che dice che le iniezioni letali sono dolorose. Tutti quei coglioni di ecologisti e Democratici, che non sanno un accidente. Voglio dire, noi avevamo queste..."

"Diceva di Boyd?" chiese Lincoln Rhyme, impaziente.

"Sissignore, scusi. Allora lui torna nel Texas e tutto va per il meglio. Nessuno gli fa caso. Lui è come se fosse invisibile: qui lo chiamavamo Tipo Qualunque. Ma poi gli è successo qualcosa. È cambiato qualcosa. Dopo un po' ha cominciato a essere strano."

"In che senso?"

"Più esecuzioni faceva, più andava fuori di testa. Era come assente, come se non fosse veramente qui. Le faccio un esempio. Le ho detto che era molto legato alla famiglia. Andavano molto d'accordo. Ecco, i suoi sono rimasti uccisi tutti in un incidente d'auto, compresa la zia, e Boyd non ha battuto ciglio. Accidenti, neanche è andato al funerale. Non è che era sotto choc, no. Era come se non gli importasse. Si è presentato al lavoro, con tutti gli altri che sapevano dell'incidente e gli chiedevano che cosa fosse venuto a fare. Mancavano quarantott'ore alla nuova esecuzione. Avrebbe potuto prendersi un paio di giorni liberi. Ma lui non ha voluto. Ha detto che poi sarebbe andato al cimitero. Non so se l'ha mai fatto. Insomma, diventava sempre più come i *detenuti*. Ci pensava di continuo. Non si fa. Non fa bene alla salute. Invece di passare il tempo con le guardie, parlava ai condannati. Li chiamava 'la mia gente'. Dicono che una volta si è pure seduto sulla nostra sedia elettrica, che sta in una specie di museo. Per vedere che effetto faceva. Si è addormentato, pensi un po'. Qualcuno gli ha chiesto che cosa si sentiva a stare su una sedia elettrica e lui ha detto che non si sentiva niente. Solo una specie di torpore. Lo diceva spesso, negli ultimi tempi, che sentiva il torpore."

"Ha detto che i suoi genitori sono rimasti uccisi. Viveva da loro?"

"Credo di sì."

"La casa è occupata?"

Anche nell'ufficio del direttore del carcere c'era un altoparlante. J.T. Beauchamp intervenne. "Lo scopro subito, signore." Fece una domanda a qualcuno. "Un minuto o due e glielo dico, signor Rhyme."

"Può scoprire anche se ha parenti ancora vivi nell'area?"

"Sissignore."

Sachs domandò: "Ricorda se fischiava spesso, agente Pepper?"

"Sissignora. Ed era proprio bravo. Ogni tanto fischiava un paio di canzoni ai condannati, prima dell'esecuzione."

"Che cosa mi dice dei suoi occhi?"

"Anche quello", rispose Pepper. "Gli bruciavano sempre. Dicono che una volta mentre stava facendo una sedia qualcosa è andato storto. Ogni tanto succede. C'è stato un principio di incendio..."

"Il condannato?" chiese Sachs, con una smorfia.

"Proprio così, signora. Ha preso fuoco. Non so se fosse già morto o incosciente. Non lo sa nessuno. Si muoveva ancora, ma lo fanno sempre. Allora Thompson ha preso un fucile: voleva sparare a quel disgraziato, per non farlo soffrire. Questo non fa parte della procedura, ve lo dico io. Uccidere un condannato prima che muoia durante l'esecuzione è considerato omicidio. Ma Boyd voleva farlo lo stesso. Non poteva lasciare che uno della 'sua gente' crepasse così. L'incendio però si è propagato. C'era l'isolamento del cavo o qualcosa di plastica che bruciava, fatto sta che i fumi hanno steso Boyd. Per un paio di giorni è rimasto cieco."

"E il condannato?"

"Non c'è stato bisogno di spararglì, è bastata la corrente ad ammazzarlo."

"Boyd se n'è andato cinque anni fa?"

"Già", fece Pepper. "Ci ha mollati. Credo sia andato da

qualche parte, in una prigione, nel Midwest. Non ho più saputo niente di lui."

Midwest. Ohio, forse. Dove aveva avuto luogo l'altro omicidio corrispondente al profilo. "Chiama qualcuno all'Ohio Corrections", sussurrò a Cooper il criminalista. Il tecnico fece cenno di sì e prese un altro telefono.

"Che cosa mi può dire di Charlie Tucker, il secondino ucciso? Boyd se n'è andato all'epoca del delitto."

"Sissignore, è così."

"C'era cattivo sangue, tra i due?"

"Charlie ha lavorato sotto Boyd per un anno, prima di andare in pensione. Solo che Charlie era quello che si chiama un baciabibbie, un battista molto praticante. Faceva le prediche ai condannati, diceva loro che sarebbero andati all'inferno e così via. Ci andava pesante. A Boyd non andava giù."

"Allora Boyd potrebbe averlo ucciso per fargli pagare i maltrattamenti ai condannati?"

La mia gente...

"Può anche darsi."

"E l'identikit che abbiamo mandato. Potrebbe essere Boyd?"

"J.T. me l'ha appena fatto vedere", rispose Pepper. "E sì, potrebbe essere lui. Era più grosso, più grasso, voglio dire, a quei tempi. Aveva i capelli rasati e la barbetta. Lo facevamo in tanti, per sembrare minacciosi quanto i detenuti."

"E poi", intervenne il direttore, "stavamo cercando tra i carcerati, non tra i secondini."

Un mio errore, pensò Rhyme, con rabbia.

"Be', accidenti..." Era di nuovo la voce del direttore.

"Cosa c'è, J.T.?"

"La ragazza è andata a prendere la scheda di Boyd all'Ufficio Personale, ma..."

"È sparita?"

"Eh, sì."

"Quindi ha rubato la sua scheda per nascondere il collegamento con l'assassinio di Charlie Tucker", concluse Sellitto.

"Così pare", concordò J.T. Beauchamp.

Rhyme scosse il capo. "E si preoccupa delle impronte perché sono nell'archivio dei dipendenti statali, non in quelli dei criminali."

"Resti in linea", disse il direttore. Stava parlando con una donna. Tornò al telefono. "Era l'archivio di contea. Boyd ha venduto la casa di famiglia cinque anni fa. Non ha comprato nient'altro in questo Stato. Almeno, non sotto il suo nome. Deve avere incassato i contanti e poi è scomparso. E non risulta che abbia altri parenti."

"Qual è il suo nome completo?" domandò Rhyme.

Fu Pepper a rispondere. "Mi pare che il secondo nome cominciasse con la G, ma non so per che cosa stesse." Poi aggiunse: "Una cosa posso dire di lui: Thompson Boyd sapeva il fatto suo. Conosceva l'EP a menadito".

"EP?"

"Protocollo di Esecuzione. Un librone con tutte le regole da seguire per una condanna a morte. Tutti quelli che lavoravano con lui dovevano impararselo a memoria. Li faceva andare avanti e indietro ripetendo: 'Devo farlo secondo le regole, devo farlo secondo le regole...' Boyd diceva sempre che quando si tratta di dare la morte non si possono prendere le scorciatoie."

Mel Cooper riagganciò.

"Ohio?" chiese Rhyme.

Il tecnico annuì. "Keegan Falls Maximum Security. Thompson Boyd ci ha lavorato un anno solo. Il direttore se lo ricorda per via del collirio. E ricorda che fischiava. Dice che Boyd è stato un problema fin dall'inizio. Litigava con le guardie per il trattamento dei prigionieri. Socializzava coi detenuti, il che è contro le regole. Il direttore pensa che stesse prendendo contatti da usare in seguito, per lavorare come assassino su commissione."

"Compreso l'uomo che lo ha assunto per eliminare quel testimone."

"Potrebbe essere."

"E la sua scheda laggiù? Rubata?"

"Sparita, infatti. Nessuno sa dove vivesse. Nessuno sapeva mai niente di lui. Si teneva fuori dai radar."

Tipo Qualunque.

"Be', ormai non è più un problema del Texas o dell'Ohio. È un *nostro* problema. Fai una ricerca completa."

"D'accordo."

Cooper cominciò una ricerca standard: fatti, motorizzazione, hotel, multe, tasse... qualsiasi cosa. In quindici minuti apparvero le risposte. C'erano dati relativi a vari Thompson G. Boyd e a un T.G. Boyd. Ma le loro età e descrizioni non corrispondevano a quelle del sospetto. Il tecnico tentò anche con altre grafie del nome, ma ottenne gli stessi risultati.

"Alias?" propose Rhyme. La maggior parte dei criminali professionisti, in particolare gli assassini a contratto, ne usavano abitualmente. Di solito, come si fa con le password dei computer o i codici bancomat, usavano varianti di un nome che per loro significava qualcosa. Quando li si scopriva, ci si prendeva a calci per l'ovvietà della scelta. Ma di solito era impossibile indovinare. Ci provarono ugualmente, combinando i nomi in modo diverso: Thompson era del resto più comune come cognome che come nome di battesimo. Cooper tentò anche l'uso di un generatore di anagrammi utilizzando le lettere che componevano Thompson Boyd, ma non approdò a nulla.

Niente, pensava Rhyme, tormentato dalla frustrazione. *Conosciamo il suo nome, conosciamo la sua faccia, sappiamo che è in città...*

Ma non riusciamo a trovarlo.

Sachs guardò il tabellone e chinò la testa di lato. Disse: "Billy Todd Hammil".

"Chi?" chiese il criminalista.

"Il nome che ha usato per affittare la casa in Elizabeth Street."

"Ebbene?"

La detective sfogliò i tabulati. "È morto sei anni fa."

"Dice anche dove?"

"No, ma scommetto che è morto nel Texas."

Amelia chiamò di nuovo la prigione. Riagganciò poco dopo e annunciò: "Eccoci: ha ucciso un commesso durante una rapina dodici anni fa. E Boyd si è occupato della sua esecuzione. A quanto pare, ha uno strano collegamento con le persone che ha ucciso. Se il suo *modus operandi* riprende quello delle esecuzioni, perché non potrebbe usare le identità dei condannati?"

A Rhyme non importava dello "strano collegamento", ma qualunque fossero le ragioni di Boyd, c'era una logica nella proposta di Sachs. Abbaiò: "Fatevi dare una lista delle persone di cui ha eseguito la sentenza e confrontatela con la motorizzazione. Cominciate dai condannati nel Texas e poi passate agli altri Stati".

J.T. Beauchamp inviò loro una lista di settantanove detenuti che Thompson Boyd aveva messo a morte come addetto al controllo esecuzioni nel Texas.

"Così tanti?" chiese Sachs, spaventata. Come poliziotta, non avrebbe esitato a sparare per uccidere, quando si trattava di salvare delle vite. Ma Rhyme sapeva che la detective aveva seri dubbi sulla pena di morte, perché spesso veniva inflitta a seguito di processi in cui le prove erano indiziarie, carenti o addirittura contraffatte.

Rhyme pensò invece a un'altra implicazione: in qualche momento, mentre eseguiva quelle quasi ottanta sentenze, Thompson Boyd aveva perso ogni distinzione tra la vita e la morte.

Ecco, i suoi sono rimasti uccisi tutti in un incidente d'auto, compresa la zia, e Boyd non ha battuto ciglio. Accidenti, neanche è andato al funerale.

Cooper confrontò i nomi dei condannati di sesso maschile con la motorizzazione e gli altri archivi dello Stato di New York. Niente.

"Merda", imprecò Rhyme. "Dovremo trovare in quali altri Stati ha lavorato e chi ha messo a morte. Ci vorrà una vita." Poi gli venne un'idea. "Aspettate. Le donne."

"Cosa?" domandò Sachs.

"Proviamo con le *donne* condannate. Varianti dei loro nomi."

Cooper provò con quella porzione più breve della lista, passando in esame i nomi con tutte le loro possibili grafie. "Okay, potremmo avere qualcosa", disse il tecnico, emozionato. "Otto anni fa una donna di nome Randi Rae Silling, una prostituta che aveva derubato e ucciso due suoi clienti, fu giustiziata ad Amarillo. La motorizzazione di New York ha lo stesso nome, ma Randy è scritto con la Y e il secondo nome è R-a-y. Età e descrizione corrispondono. Indirizzo nel Queens, Astoria. Ha una Buick Century blu, vecchia di tre anni."

Rhyme ordinò: "Mandiamo in zona qualcuno in borghese a fare vedere l'identikit".

Cooper chiamò il viceispettore che comandava il distretto locale, il 114, sotto cui ricadeva il quartiere di Astoria, prevalentemente abitato da greci. Il tecnico illustrò il caso e trasmise l'immagine di Boyd. Il viceispettore assicurò che avrebbe mandato agenti in borghese perché setacciassero senza dare troppo nell'occhio i vicini di casa di Randy Silling.

Per una tesa mezz'ora, senza notizie dalla squadra nel Queens, Cooper, Sachs e Sellitto contattarono i pubblici registri nel Texas, nell'Ohio e a New York, in cerca di informazioni sul conto di Boyd, Hammil o Silling.

Niente.

Finalmente arrivò una chiamata dal distretto 114. "Capitano?" disse il viceispettore. Molti poliziotti anziani si rivolgevano a Rhyme usando il suo vecchio grado.

"Mi dica."

"Abbiamo due persone che confermano che l'uomo vive all'indirizzo della motorizzazione. Cosa suggerisce in termini di priorità per l'avvicinamento?"

Burocrati, pensò Rhyme. Ma si astenne da qualsiasi risposta caustica e preferì un più allegro: "Inchiodiamogli il culo".

30

Una dozzina di agenti dell'Emergency Services Unit si stava disponendo sul retro dell'edificio di sei piani sulla 14th Street ad Astoria, nel Queens, dove Thompson Boyd risultava avere un appartamento.

Sachs, Sellitto e Bo Haumann si trovavano dietro a un furgone senza contrassegni, dove era stato frettolosamente allestita la CP, la postazione di comando dell'ESU.

"Ci siamo, Rhyme", disse Sachs sottovoce, al microfono.

"Ma lui c'è?" chiese impaziente il criminalista.

"Abbiamo l'S&S in posizione... Aspetta. Arriva un rapporto."

Un agente dell'unità di ricerca e sorveglianza li raggiunse.

"Avete guardato dentro?" domandò Haumann.

"Negativo, signore. Ha oscurato tutte le finestre sul davanti."

L'agente, che faceva parte della Squadra 1, spiegò che si era avvicinato quanto possibile alle finestre sulla facciata. La squadra 2 era sul retro. "Ho sentito dei rumori", riferì l'uomo della S&S, "voci, acqua che scorreva. Bambini, direi."

"Bambini, maledizione", imprecò Haumann.

"Poteva essere la radio o la tv. Non si riusciva a capire."

Haumann fece un cenno di assenso. "CP a S&S 2. Rapporto."

"S&S 2. Scricchiolio dietro la finestra, lieve. Non vedo nessuno nella camera da letto sul retro. Ma ho scarsa visuale. Luci accese davanti. Sento voci, credo. Musica. K."

"Giocattoli di bambini, qualcosa del genere?"

"Negativo. Ma la mia visuale è limitata a dieci gradi. Non vedo altro."

"Movimenti?"

"Negativo."

"Roger. Infrarosso?" I detector a infrarossi permettono di localizzare animali, esseri umani o altre fonti di calore all'interno di una stanza.

Un terzo tecnico della S&S stava seguendo su un monitor la scansione dell'appartamento. "Ho qualche indicazione termica, ma troppo debole per identificare la fonte. K."

"Suoni, K?"

"Scricchiolii e cigolii. Potrebbe trattarsi di assestamenti della struttura, apparecchiature, aria condizionata. Oppure potrebbe essere lui che cammina o sposta una sedia. Presumo che sia in casa, ma non saprei dire dove. L'appartamento è oscurato. K."

"Okay, S&S, continuate il monitoraggio. Chiudo."

Sachs parlò al suo microfono. "Rhyme, hai sentito?"

"E come facevo?" ribatté lui, irritato.

"Pare ci sia attività, nell'appartamento."

"L'ultima cosa di cui abbiamo bisogno è uno scontro a fuoco", disse il criminalista, contrariato. Un confronto tattico era uno dei modi migliori e più efficaci per distruggere tracce e indizi sulla scena. "Dobbiamo salvaguardare quante più tracce possibili: potrebbe essere la nostra unica opportunità di scoprire chi siano il mandante e il complice."

Haumann guardò di nuovo l'appartamento. Non sembrava contento. E Sachs, che in fondo al suo cuore era per metà un agente tattico, capiva perché. Sarebbe stata un'operazione difficile, che richiedeva molti agenti. Il Sosco aveva due finestre sulla facciata, tre sul retro e sei di lato. Boyd avrebbe potuto facilmente tentare la fuga da una di esse. Accanto c'era un altro edificio a poco più di un metro di distanza: se Boyd fosse riuscito a raggiungere il tetto, sarebbe stato un gioco da ragazzi per lui saltare da una costruzione all'altra. Oppure, avrebbe potuto trovare un punto tra la facciata e il cornicione, da cui tenere sotto tiro chiunque si trovasse sotto di lui. C'erano altre case sull'altro lato dell'edificio e, in caso di sparatoria, un proiettile vagante avrebbe potuto ferire o uccidere un innocente. Senza contare che Boyd avrebbe potuto sparare intenzionalmente sugli altri edifici: Sachs ricordava la sua propensione a usare i passanti come bersaglio, pur di creare diversivi. Non c'era ragione di pensare che si sarebbe comportato diversamente, in questa situazione. Si rendeva necessaria un'evacuazione generale prima dell'attacco.

Via radio, Haumann segnalò: "Abbiamo controllato l'atrio. Non sembrano esserci videocamere come quella di Elizabeth Street. Non si accorgerà che stiamo arrivando". Ma poi aggiunse, cupo: "A meno che non abbia qualche altro sistema di sorveglianza. Può darsi benissimo, conoscendo quel bastardo".

Sachs sentì un respiro accanto a sé e si voltò. Con il giubbotto antiproiettile indosso e la mano appoggiata distrattamente sul calcio del revolver nella fondina, Lon Sellitto stava guardando l'appartamento del Sosco. Anche lui sembrava a disagio, ma Amelia sapeva che non era per la difficoltà dell'operazione. Si vedeva che era tormentato. Come detective anziano, non c'era ragione che partecipasse attivamente all'assalto. In effetti, visto il fisico poco prestante e la scarsa abilità con le armi, c'erano delle ottime ragioni perché *non* vi prendesse parte.

Ma non era una questione di logica. Sachs lo vedeva toccarsi la macchia di sangue fantasma sulla guancia e non aveva dubbi che stesse rivivendo i due eventi traumatici del giorno prima: la morte del dottor Barry e il colpo accidentale partito dal revolver. Per Lon Sellitto era "l'ora del pugno".

Quella era un'espressione coniata dal padre di Amelia. L'agente Sachs aveva provato più volte il proprio coraggio, ma ancora di più ne aveva dimostrato nell'ultima battaglia, quella contro il cancro che lo aveva ucciso, ma non piegato. In quel periodo, sua figlia era già entrata nella polizia e faceva tesoro dei suoi consigli. Una volta lui le aveva spiegato che, presto o tardi, si sarebbe trovata in situazioni in cui non avrebbe potuto fare altro che affrontare un rischio o giocare il tutto per tutto. "Io la chiamo 'l'ora del pugno', Amie. Quando devi farti largo con la forza. Può capitarti quando affronti un criminale, o un partner, o l'intero

NYPD." Ma a volte, aveva detto, la vera battaglia è dentro di te.

Sellitto sapeva che cosa doveva fare. *Doveva* essere il primo a entrare da quella porta. Ma, dopo quanto era accaduto al museo il giorno prima, era paralizzato dalla paura.

L'ora del pugno... Ce l'avrebbe fatta oppure no?

Haumann suddivise i suoi agenti in tre squadre. Ne mise altri a bloccare il traffico agli incroci. E ne posizionò uno nell'ombra, accanto al portone della casa, per intercettare chiunque vi entrasse e per fermare lo stesso Boyd, qualora avesse deciso di uscire, ignaro di tutto. Un agente salì sul tetto. Altri agenti dell'S&S occuparono gli appartamenti vicini, nell'eventualità che Boyd si fosse preparato una via di fuga analoga a quella di Elizabeth Street.

Haumann si rivolse a Sachs: "Tu vieni con noi?"

"Certo", rispose lei. "Devo proteggere la scena del crimine. Ancora non sappiamo chi sia il mandante di quel figlio di puttana e dobbiamo scoprirlo."

"Di che squadra vuoi far parte?"

"Di quella che butta giù la porta."

"La squadra di Jenkins, allora."

"Sissignore." E rammentò ad Haumann del rischio che Boyd colpisse dei civili per coprirsi la fuga.

Il capo dell'ESU annuì. "Devo far evacuare le case. O almeno allontanare la gente dalle finestre e dalle strade."

Nessuno se ne voleva occupare. Gli agenti dell'ESU erano cow-boy, mentre ad Haumann serviva un volontario che si offrisse come cuoco.

Una voce ruppe il silenzio. "Accidenti, me ne occupo io." Era Lon Sellitto. "L'ideale per un vecchietto come me."

Sachs lo guardò. Il detective aveva affrontato l'ora del pugno e aveva perso. I suoi nervi avevano ceduto. Sorrideva come se niente fosse, ma quello era il sorriso più triste che la detective avesse mai visto in vita sua.

Il capo dell'ESU disse alla radio: "A tutte le squadre: dispiegatevi sul perimetro. S&S, segnalatemi ogni cambiamento. K".

"Roger."

Al suo microfono, Sachs comunicò: "Andiamo dentro, Rhyme. Ti tengo informato".

"Ricevuto", disse il criminalista, teso.

Non aggiunse altro. A Rhyme non piaceva che Sachs andasse in combattimento. Ma conosceva lo spirito che l'animava e sapeva che le minacce a persone innocenti la facevano infuriare. Per lei era importante che individui come Thompson Boyd fossero assicurati alla giustizia. Faceva parte della sua natura e Rhyme non le aveva mai chiesto di tirarsi indietro in situazioni del genere.

Ma questo non significava che ne fosse felice.

Le considerazioni su Lincoln Rhyme sfumarono al momento di prendere posizione. Sachs e Sellitto percorsero il vicolo, lei per unirsi alla squadra di entrata, lui per continuare il giro delle case e convincere gli inquilini a tenersi al riparo. Il suo sorriso fasullo era svanito. Ora la sua faccia era gonfia e sudaticcia, a dispetto del freddo. Il tenente se l'asciugò, grattò l'invisibile macchia di sangue e si accorse che la detective lo stava guardando. "Giubbotto del cazzo. Tiene un caldo..."

"Insopportabile", completò Sachs.

Proseguirono lungo il vicolo, fino al retro della casa di Boyd. D'un tratto lei afferrò il braccio di Sellitto e lo tirò indietro. "C'è qualcuno che ci guarda..." Ma mentre si spostavano verso il muro, Sachs inciampò in un sacco della spazzatura e cadde pesantemente a terra. Soffocò un gemito e, con una smorfia, si massaggiò il ginocchio.

"Stai bene?"

"Okay." Amelia si rialzò in piedi, con un'espressione di dolore sul viso. Ansante, comunicò via radio: "5-8-8-5. Ho visto movimento a una finestra del primo piano, sul retro dell'edificio. S&S, potete confermare?"

"Nessun ostile. È uno dei nostri. K."

"Roger, chiudo."

La detective riprese a camminare, zoppicando.

"Amelia, ti sei fatta male."

"Non è niente."

"Dillo a Bo."

"Non è un problema."

Il fatto che lei soffrisse di artrite era ben noto alla cerchia comprendente Rhyme, Mel Cooper e Sellitto, ma non al di fuori. Lei faceva di tutto per nascondere la malattia, nel timore che i superiori, venendolo a sapere, la mettessero in panchina per motivi di salute. Si frugò in una tasca dei pantaloni e prese una scatola di antidolorifici. Aprì un blister con i denti e ne inghiottì un paio.

Dalla radio giunse la voce di Haumann: "Tutte le squadre in formazione, K".

Sachs doveva raggiungere la squadra di entrata. Zoppicava ancora di più.

Sellitto la fermò. "Non puoi entrare."

"Non devo catturare io il sospetto, Lon, devo solo proteggere la scena del crimine."

Il detective si voltò verso il furgone del comando, sperando di trovare qualcuno a cui chiedere lumi, ma Haumann e gli altri erano già in posizione.

"Sto bene. Sto meglio", insistette Sachs. E riprese a zoppicare.

Da uno degli agenti della Squadra A giunse un sussurro: "Detective, è pronta?"

"Sì."

"No, non lo è", la smentì Sellitto. "Lei si occuperà dei civili, vengo io con voi, ragazzi."

"Lei?"

"Sì, io. Qualche cazzo di problema?"

"Nossignore."

"Lon", mormorò Amelia. "Sto bene."

"Me ne intendo abbastanza di scene del crimine da proteggere questa", garantì il corpulento detective. "Rhyme mi ha fatto il culo per anni."

"Non devo fare uno sprint", gli fece notare lei.

"Già, forse no. Ma puoi inginocchiarti in posizione di tiro, se ti spara addosso con la sua pistola del cazzo?"

"Sì, posso", rispose lei, in tono deciso.

"Be', io credo di no. Perciò smettila di discutere e porta in salvo i civili." Sellitto strinse il giubbotto antiproiettile sulla pancia ed estrasse il revolver.

Sachs esitò.

"È un ordine, detective."

Lei lo guardò torva. Ma per quanto si considerasse indipendente (o rinnegata, avrebbe detto qualcuno), la "figlia del portatile" conosceva il suo posto nei ranghi del dipartimento. "D'accordo. Ma prendi questa." Estrasse la sua Glock da quindici colpi e la consegnò a Sellitto, insieme a un caricatore di riserva, prendendo in cambio il revolver da sei colpi.

Sellitto guardò l'automatica. Era una grossa pistola con un grilletto delicato quanto l'ala di una falena. Se non l'avesse maneggiata correttamente, come gli era capitato il giorno prima in Elizabeth Street, avrebbe potuto ammazzare se stesso o uno degli agenti della squadra. Si grattò ancora una volta la guancia, poi guardò la casa e si affrettò a raggiungere gli altri.

Sachs attraversò la strada per riprendere il lavoro interrotto da Lon. Si voltò indietro: la squadra era in movimento. Si rimise in cammino.

Non zoppicava più.

La verità era che stava benissimo, eccetto la delusione di non fare parte della squadra di entrata. Ma aveva dovuto simulare la caduta e il dolore al ginocchio per il bene di Sellitto. L'unico modo che aveva di salvarlo da se stesso era costringerlo a prendere il suo posto nella squadra. Aveva valutato i rischi e aveva deciso che fossero minimi. Sellitto non sarebbe stato pericoloso, né per sé né per gli altri. Dopotutto erano in tanti, tutti equipaggiati con giubbotti antiproiettile, e il sospetto non si aspettava l'irruzione. Quanto al tenente, sembrava tenere sotto controllo le proprie paure: Amelia aveva visto come aveva preso in mano la Glock, quasi con un senso di liberazione, e come i suoi occhi attenti avevano studiato la casa del sospetto.

Non c'era scelta. Sellitto era un gran poliziotto. Ma se avesse cominciato a esitare, avrebbe smesso di esserlo e la sua vita sarebbe finita. Quelle schegge di dubbio potevano infettargli l'anima. Sachs lo sapeva: per lei era una battaglia continua. Se non riusciva a riportare il tenente sul campo, subito, lui si sarebbe arreso.

Affrettò il passo. Dopotutto, il suo compito non era meno importante. Doveva sbrigarsi a sgombrare le case sull'altro lato della strada. La squadra poteva fare irruzione da un momento all'altro. La detective cominciò a suonare i campanelli, allontanando gli inquilini dalle finestre e assicurandosi che si chiudessero in casa a chiave. Poi segnalò a Bo Haumann, sulla frequenza tattica di sicurezza, che la situazione nelle abitazioni vicine era sotto controllo. Avrebbe continuato con quelle più lontane, avanti e indietro lungo la strada.

"Okay. Noi entriamo", annunciò Haumann, deciso, e chiuse la comunicazione.

Sachs proseguì sulla strada. Sentì l'unghia conficcarsi nella carne del pollice e rifletté sull'ironia delle circostanze: Sellitto era nervoso quando doveva affrontare una sparatoria, Amelia Sachs quando doveva starne fuori.

31

Lon Sellitto seguì i quattro agenti nella semioscurità delle scale, fino al pianerottolo del primo piano. Ansante, si fermò per riprendere fiato.

Gli agenti si raggrupparono, in attesa che Haumann segnalasse che all'appartamento era stata tolta la corrente. Nessuno voleva correre il rischio di restare folgorato.

Mentre aspettava, il tenente fece i conti con se stesso.

Ti senti pronto per questo?

Pensaci. È il momento di decidere. Prendi o lasci?

Tap, tap, tap…

Tutto gli turbinava nella mente: il sangue che gli schizzava oscenamente addosso, gli aghi dei proiettili che laceravano la carne della vittima, gli occhi pieni di vita un istante prima e appannati dalla morte un istante dopo. La gelida ondata di panico assoluto, quando la porta della cantina di Elizabeth Street si era aperta e il colpo era partito dal revolver, assordante, con un violento rinculo. E Amelia Sachs che si accovacciava, con la mano pronta sulla sua pistola, mentre il proiettile scheggiava un muro a poche decine di centimetri da lei.

Un proiettile sparato dalla mia dannata pistola!

Che cosa mi sta succedendo? si domandò Sellitto. Aveva perso il controllo dei nervi? Rise amaramente tra sé, pensando a Rhyme, che aveva perso, letteralmente, il controllo dei nervi nella spina dorsale.

Be', cazzo, Rhyme ha saputo affrontare quello che gli è capitato. Perché non posso riuscirci io?

Era una domanda che esigeva una risposta. Il tenente sapeva che, se avesse combinato qualche cazzata durante l'irruzione, c'era il rischio che qualcuno restasse ucciso. Non era un'ipotesi fantasiosa, visto che avevano a che fare con un assassino senza scrupoli. D'altra parte, se si fosse tirato indietro, se avesse abbandonato il suo posto, sarebbe stata la fine della sua carriera. Ma almeno non avrebbe messo a repentaglio la vita di nessuno.

Ce la puoi fare? si domandò.

"Detective", lo informò il capo della squadra, "entriamo fra trenta secondi. Abbattiamo la porta, ci sparpagliamo e rendiamo sicuro l'appartamento. Lei può entrare dopo e occuparsi della scena. Va bene?"

Prendi o lasci? si chiese il tenente. *Puoi scendere le scale. Non è difficile. Puoi restituire il distintivo e cercarti un posto come consulente per la sicurezza per qualche società. Puoi guadagnare il doppio del tuo attuale stipendio.*

Nessuno ti sparerà più addosso.

Tap, tap, tap...

Non vedrai più la vita svanire dagli occhi di un uomo a un passo da te.

Tap...

"Va bene?" ripeté il capo della squadra.

Sellitto lo guardò. "No", sussurrò. "No."

L'agente dell'ESU era perplesso.

Il detective aggiunse: "Buttate giù la porta con l'ariete, poi entro io. Per primo".

"Ma..."

"Ha sentito il detective Sachs: questo killer non lavora da solo. Dobbiamo assolutamente risalire al suo fottuto mandante. So cosa cercare e posso preservare la scena se lui tenta di incasinarla."

"Mi lasci chiamare il comando..." disse l'agente, dubbioso.

"Agente", replicò calmo il detective, "si fa come ho detto. Sono il più anziano, qui."

"La... decisione è sua."

Sellitto pensò che l'agente stesse per dire: "La pelle è sua".

"Appena tolgono la corrente, entriamo", riprese l'uomo dell'ESU. Indossò la maschera antigas, imitato dagli altri, compreso Sellitto. Il tenente strinse le dita intorno alla

Glock di Sachs, lasciando l'indice fuori dal ponticello per evitare di premere il grilletto accidentalmente, e si appostò di fianco alla porta.

Nell'auricolare sentì: "Togliamo la corrente fra tre... due... uno..."

Il capo della squadra batté la mano sulla spalla del robusto agente che reggeva l'ariete. Questi fece ondeggiare in aria l'attrezzo e lo abbatté contro la porta, fracassandola.

Con l'adrenalina alle stelle, scordandosi del killer e della scena, Sellitto fece irruzione nell'appartamento, coperto dagli agenti. I quattro uomini entrarono subito dopo di lui, aprirono le porte a calci e guardarono nelle singole stanze, mentre la squadra 2 penetrava nell'appartamento dalla cucina.

Nessun segno della presenza di Boyd. C'era solo un televisore acceso, sintonizzato su una sitcom. Era quella la fonte tanto delle voci quanto del calore segnalati dalla S&S.

Molto probabile.

Ma forse no.

Sellitto si guardò a destra e a sinistra, poi entrò nel piccolo soggiorno. Non vedeva nessuno. Puntò alla scrivania di Boyd, ingombra di indizi: fogli di carta, munizioni, parecchie buste, segmenti di cavo rivestito in plastica, un timer digitale, una radio a transistor, una corda. Con un fazzoletto, Sellitto controllò un armadietto metallico vicino alla scrivania, verificando che non ci fossero trappole. Sembrava sicuro. Lo aprì, trovandovi vari contenitori di vetro e di plastica. Due pistole. Mazzette di banconote, nuove, per un totale che il detective stimò intorno ai centomila dollari.

"Qui tutto tranquillo", annunciò uno degli agenti. Un altro gli fece eco, da una seconda stanza.

Poi una voce: "Capo Squadra 1 a CP. Scena sotto controllo".

Sellitto scoppiò in una sonora risata. Ce l'aveva fatta. Aveva superato la fottuta crisi che lo stava torturando.

Ma non ridere troppo, si disse. *Questa gita ha una ragione precisa, ricordi? Hai del lavoro da fare. Quindi preserva gli indizi del cazzo.*

Ma, mentre perlustrava la casa, si accorse che qualcosa non andava.

Che cosa?
Controllò in cucina, in anticamera, in soggiorno. Che cosa c'era di strano? Qualcosa.
Poi gli venne in mente.
La radio a transistor.
Ne fabbricavano ancora? Be', se sì, non se ne vedevano più molte in giro, con tutti quegli apparecchi più moderni che ormai costavano poco: radioregistratori, lettori CD, lettori MP3.
Merda, è una trappola esplosiva! E accanto c'era un contenitore di vetro sigillato contenente un liquido chiaro, che, per quello che Sellitto ricordava delle lezioni di scienze, poteva essere acido.
"Cristo!"
Quanto poteva mancare all'esplosione? Un minuto? Due?
Uno degli agenti chiese: "Cosa...?"
"Una bomba! Uscite tutti!" gridò il detective, strappandosi la maschera antigas.
"Tutti fuori!" gridò a sua volta l'agente.
Sellitto lo ignorò. Quando si prepara un ordigno esplosivo di fortuna, non ci si preoccupa delle impronte digitali o di altri indizi, perché tutto poi viene cancellato dall'esplosione. Ormai erano al corrente dell'identità del Sosco, ma potevano esserci altre tracce o impronte in grado di condurli al complice o al mandante.
"Chiamate la Bomb Squad", trasmise qualcuno.
"Silenzio. Ho da fare!"
Sulla radio a transistor c'era un interruttore di accensione, ma Sellitto riteneva poco probabile che fosse quello a disattivare l'esplosivo.
Quanto tempo? Quanto tempo?
Qual era un tempo ragionevole perché Boyd entrasse nell'appartamento e disattivasse la propria trappola?
Rimossa la parte posteriore della radio, Sellitto trovò all'interno un mezzo candelotto di dinamite. Non era esplosivo al plastico, ma era più che sufficiente a fargli perdere le mani e la vista. Non c'era alcun display: solo nei film le bombe sono munite di un comodo quadrante che visualizza il conto alla rovescia fino allo zero. Nella realtà, c'erano solo dei microprocessori e nessun display.

Sellitto tenne la dinamite in posizione con un'unghia, per non alterare le impronte, e cercò di asportare il detonatore.

Non si vedevano detonatori secondari. E nemmeno...

L'esplosione, assordante, riecheggiò nel bagno dell'appartamento, facendo vibrare le piastrelle.

"Cos'è stato?" chiese Haumann via radio. "Qualcuno ha sparato? Ci sono spari? Unità a rapporto."

"Esplosione nel bagno", segnalò qualcuno. "Medici sulla scena. Personale medico sulla scena!"

"Negativo, negativo. Prendetevela calma." Sellitto stava risciacquando le dita ustionate sotto l'acqua corrente. "Mi basta un cerotto."

"È lei, tenente?"

"Sì. Era solo il detonatore. Boyd ha lasciato nell'appartamento una trappola esplosiva per distruggere le tracce. Sono riuscito a salvare quasi tutto..." Si premette la mano sotto l'ascella. "Cazzo, quanto brucia."

"Quant'era grande l'ordigno?" chiese Haumann.

Sellitto si girò verso il soggiorno. "Abbastanza da far saltare un contenitore con dentro almeno cinque litri di acido. Ci sono vasetti di polvere, probabilmente cianuro. L'esplosione avrebbe cancellato ogni indizio e chiunque ci stesse vicino."

Gli agenti dell'ESU guardarono il tenente con gratitudine. Uno di loro disse: "Accidenti, mi piacerebbe farlo fuori di persona, questo killer".

Haumann, come sempre distaccato, andò subito al sodo: "Stato del Sosco?"

"Nessun segno. Il calore visto agli infrarossi veniva dal frigorifero, dalla tv e dal sole sui mobili", comunicò uno degli agenti.

Sellitto guardò il soggiorno, poi trasmise: "Ho un'idea, Bo".

"E sarebbe?"

"Rimettiamo subito a posto la porta. Lasciami qui un paio di agenti e libera le strade. Potrebbe tornare a casa. Sarebbe una buona occasione per beccarlo."

"Roger, Lon. Mi piace. Muoviamoci. Chi sa fare il carpentiere?"

"Faccio io", disse Sellitto. "Uno dei miei hobby. Ho solo bisogno di qualche attrezzo. Ma che cazzo di squadra è questa? Nessuno che abbia un fottuto cerotto?"

In strada, Amelia Sachs stava ascoltando lo scambio di trasmissioni. A quanto pareva, il suo piano per Sellitto aveva funzionato, anche meglio di quanto sperasse. Non aveva capito esattamente che cosa fosse successo, ma era chiaro che il tenente aveva ritrovato il proprio coraggio. Gli si sentiva una rinata sicurezza nella voce.

La detective diede conferma di avere ricevuto la comunicazione riguardo al nuovo piano, ossia togliere la polizia dalla strada e aspettare Boyd al varco. Aggiunse che avrebbe finito di avvisare gli occupanti delle ultime case in fondo alla strada, poi avrebbe raggiunto gli altri per l'agguato. Bussò a una porta e avvisò la donna che venne ad aprire che, per la sua sicurezza, doveva tenersi lontana dalle finestre: era in corso un'operazione di polizia sull'altro lato della strada.

La donna sgranò gli occhi. "È pericoloso?"

Sachs le rispose con le frasi di prammatica, vaghe e rassicuranti: era solo una misura cautelativa, non c'era ragione di allarmarsi e così via. Metà del lavoro di un poliziotto consiste in pubbliche relazioni. A volte molto più di metà. Amelia aveva notato alcuni giocattoli in giardino. Chiese alla donna se i suoi figli erano in casa.

Fu in quel momento che Sachs scorse un uomo emergere da un vicolo, diretto a passo lento verso il bungalow, a testa bassa, con indosso un lungo soprabito e un cappello in testa. Non lo si vedeva in faccia.

La donna aveva un tono preoccupato. "Al momento ci siamo solo il mio ragazzo e io. Le bambine sono a scuola. Di solito tornano a casa da sole. Devo forse andarle a prendere io?"

"Signora, vede quell'uomo sull'altro lato della strada?"

La donna fece un passo avanti e guardò. "Lui?"

"Lo conosce?"

"Certo. Vive in quel palazzo là."

"Come si chiama?"

"Larry Tang."
"Oh, è cinese?"
"Credo. O giapponese, o qualcosa di simile."
Sachs si rilassò.
"Non è che ha fatto qualcosa?"
"No, no. Per quanto riguarda le sue bambine, credo sarebbe meglio se..."
Oh, Gesù.
Guardando alle spalle della donna, Amelia Sachs vedeva l'interno di una cameretta che qualcuno stava imbiancando. Sulla parete erano stati dipinti di fresco alcuni personaggi dei cartoni animati. Uno era Tigger, da *Winnie-the-Pooh*.
La vernice arancione sulla parete era identica a quella dei campioni trovati vicino alla casa della prozia di Geneva, ad Harlem. Un arancione smagliante.
Poi la detective guardò sul pavimento dell'ingresso. Su un quadrato di fogli di giornale c'era un paio di scarpe. Marrone chiaro. Si vedeva la marca, Bass. Numero 44 a una prima occhiata.
Amelia Sachs intuì immediatamente che il ragazzo a cui si riferiva la donna doveva essere Thompson Boyd e che l'appartamento in fondo alla strada non era la residenza del Sosco, ma solo una delle sue case sicure. La ragione per cui era vuoto, in quel momento, era che Boyd era da qualche parte in quel bungalow.

32

Amelia Sachs pensò: *Porta fuori questa donna. Non ha lo sguardo colpevole. Lei non c'entra niente.*

Pensò: *Certo che Boyd è armato.*

Pensò: *E io ho appena scambiato la mia Glock per un revolver con sei colpi del cazzo.*

Portala fuori di qui. Svelta!

La mano della poliziotta scivolò alla cintola, dove teneva la piccola pistola di Sellitto. "Oh, un'altra cosa, signora", disse, con voce calma. "Ho visto un furgone in strada. Non è che lei sa di chi è?"

Cos'è questo rumore? si domandò Sachs. Qualcosa dall'interno della casa. Un suono metallico. Ma non era il rumore di un'arma, era meno secco.

"Un furgone?"

"Sì, da qui non può vederlo. Sta dietro quell'albero." Sachs fece un passo indietro, invitandola a uscire. "Può uscire a dare un'occhiata? Sarebbe di grande aiuto."

Ma la donna rimase dove stava, sulla porta di casa, occhieggiando verso destra. Era da lì che proveniva il rumore. "Tesoro?" La donna si accigliò. "Cosa c'è?"

Sachs si rese conto che quel rumore metallico veniva dalla veneziana. Boyd aveva sentito la conversazione e aveva guardato dalla finestra. E aveva visto gli agenti dell'ESU o un'auto della polizia vicino alla sua casa sicura.

"È molto importante", insistette Sachs. "Se solo lei potesse..."

Ma la donna era come paralizzata, con gli occhi spalancati. "No, Tom! Che cosa..."

"Signora, venga qui!" gridò la detective, estraendo la Smith & Wesson. "Subito! È in pericolo!"

"Che cosa fai con quella? Tom!" La donna fece un passo indietro, restando nel corridoio, immobile come un coniglio davanti ai fari di un'auto. "No!"

"Stia giù!" sussurrò Sachs, chinandosi in avanti per entrare nella casa. Poi, ad alta voce: "Boyd, ascoltami. Se hai un'arma, gettala. Buttala fuori, dove posso vederla. Sdraiati sul pavimento. Subito! Qui è pieno di agenti!"

Il silenzio era rotto solo dai singhiozzi della donna.

Amelia fece una rapida finta, tenendosi bassa e guardando a sinistra dietro l'angolo. Intravide l'uomo, con il volto rilassato e una grossa pistola nera in mano. Non era la piccola North American calibro 22 magnum, ma un'automatica, probabilmente con munizioni convenzionali e un caricatore da quindici colpi. La detective si gettò al riparo. Boyd se l'aspettava ad altezza uomo e i suoi due proiettili la mancarono, seppure di pochi centimetri. Intonaco e schegge di legno volarono in aria. La donna stava urlando a pieni polmoni e continuava a guardare alternativamente Sachs e Boyd. "No, no, no!"

"Getta via la pistola!" intimò la detective.

"Tom, ti prego! Che succede?"

La poliziotta cercò di attirare l'attenzione della donna. "Stia giù, signora!"

Un lungo momento di silenzio assoluto. Che cosa stava combinando Boyd? Sembrava che stesse studiando la mossa successiva.

Poi sparò un altro colpo, uno solo.

Sachs sobbalzò, ma il proiettile la mancò. Passò molto lontano da lei, senza nemmeno colpire il muro.

Perché Boyd non stava affatto mirando a lei. La pallottola aveva centrato il suo bersaglio.

La donna cadde in ginocchio, premendosi le mani sulla coscia, da cui il sangue sgorgava copioso. "Tom", mormorò, "perché? Oh, Tom!" Cadde sulla schiena, stringendosi la gamba ferita, scossa dai gemiti.

Proprio come al museo, Boyd aveva sparato a una donna per proteggersi la fuga. Solo che stavolta era la sua ragazza.

Sachs sentì infrangersi il vetro della finestra.

La donna continuava a mormorare parole incomprensibili.

La detective chiamò Haumann via radio, comunicandogli l'indirizzo e le condizioni della vittima perché mandasse immediatamente soccorsi e rinforzi. Ma, pensò, ci sarebbe voluto qualche minuto perché i medici arrivassero. *Devo salvarla. Un laccio rallenterà la perdita di sangue. Posso salvarla.*

E subito dopo: *No, non posso permettergli di scappare.* Diede una rapida occhiata all'esterno, tenendosi bassa. Boyd era saltato in giardino.

Sachs esitò. La donna era svenuta. Non stava più coprendo la ferita con la mano e il sangue stava formando una pozza sotto il suo corpo.

Cristo...

Fece per soccorrerla. Ma si trattenne. *No, lo sai che cosa devi fare.* Amelia Sachs corse alla finestra. Diede un'altra occhiata, rapida anche stavolta, nel caso Boyd fosse in agguato. Invece no: il killer si aspettava che lei soccorresse la donna. La detective lo vide correre sui ciottoli del vicolo, senza voltarsi indietro.

Abbassò gli occhi: era un salto di due metri. Il dolore per la caduta prima dell'irruzione era simulato, ma la sua artrite cronica no.

Oh, accidenti!

Si arrampicò sul davanzale, tenendosi alla larga dai vetri rotti. Gettò fuori le gambe e si spinse giù, tenendo le ginocchia piegate per ammorbidire l'impatto della caduta. Ma la finestra era troppo alta per lei e all'atterraggio la gamba sinistra cedette sotto il suo peso. Si ritrovò distesa sull'erba e la ghiaia.

Gemente di dolore, ansante, si impose di alzarsi e inseguire Boyd, nonostante ora zoppicasse sul serio. *Così impari a mentire*, pensò.

Facendosi largo tra i cespugli anemici, Sachs uscì dal giardino e raggiunse il vicolo dietro al bungalow. Guardò a destra e a sinistra. Di Boyd neanche l'ombra.

Poi, a una trentina di metri, vide un cancello di legno che si apriva. Era tipico di quella vecchia zona di New York. Nei vicoli dietro le case c'erano i box, piccole costruzioni isolate e prive di riscaldamento. Aveva senso: la S&S non aveva trovato traccia della Buick del Sosco nei dintorni. Doveva essere in un box. Mentre correva, rallentata dalla gamba zoppicante, Sachs indicò la propria posizione alla CP.

"Ricevuto, 5-8-8-5. Stiamo arrivando, K."

Mantenendo a stento l'equilibrio sull'acciottolato, aprì il tamburo del revolver, scoprendo con disappunto che Sellitto era parsimonioso con i proiettili. La prima camera era vuota.

Cinque colpi.

Contro almeno il triplo nell'automatica di Boyd. Sempre che non avesse uno o due caricatori di riserva nelle tasche.

Sachs sentì avviarsi un motore e, un attimo dopo, vide sbucare dal box la Buick blu, a marcia indietro. Il vicolo era troppo stretto perché Boyd potesse uscire e svoltare in un unico movimento. Dovette fare manovra, andare avanti, poi rimettere la marcia indietro. Questo diede ad Amelia il tempo di guadagnare una ventina di metri.

Boyd completò la manovra e, con la porta del box che faceva da scudo tra la Buick e l'inseguitrice, accelerò.

Sachs si gettò sull'acciottolato. L'unico bersaglio che poteva colpire, da sotto la porta del garage, erano gli pneumatici posteriori.

Sdraiata a terra, Sachs mirò sulla ruota destra.

Una delle regole in caso di conflitto a fuoco in città, è di sparare solo se si conosce il *backdrop*, vale a dire dove finirà il proiettile qualora si manchi o si trapassi il bersaglio. Mentre l'auto di Boyd si allontanava, Sachs considerò il protocollo per una frazione di secondo, quindi, pensando a Geneva Settle, stabilì una nuova regola tutta sua: *Questo stronzo non se ne va*.

Regolò l'arma a colpo singolo, quindi con una maggiore sensibilità del grilletto. Prese la mira ed esplose due colpi, uno leggermente più alto dell'altro. I proiettili sibilarono sotto la porta del garage e almeno uno dei due perforò una gomma. La Buick sbandò verso destra, schiantandosi contro il muro.

Sachs si alzò in piedi e, con una smorfia di dolore, corse verso l'auto. Si fermò un istante sulla porta del box, per guardare meglio. Entrambi gli pneumatici di destra erano a terra: un proiettile aveva colpito quello posteriore, l'altro quello anteriore. Boyd tentò di fare marcia indietro, ma la ruota anteriore si era stortata ed era rimasta incastrata nella carrozzeria. Il killer aprì la portiera e scese dalla Buick. La canna della sua automatica descrisse un movimento circolare, in cerca di un bersaglio.

"Boyd, getta la pistola!"

Per tutta risposta, il killer sparò cinque o sei colpi verso la porta del box. Sachs rispose con un unico proiettile, che raggiunse la carrozzeria a pochi centimetri da Boyd.

La detective fece una capriola verso destra e si rialzò rapidamente. Il killer stava correndo verso la strada su cui sfociava il vicolo.

Ora Sachs poteva vedere il *backdrop*: un muro di mattoni dall'altro lato della strada. Sparò un altro colpo.

Ma in quell'istante Boyd si scansò, quasi come se si aspettasse quella mossa. Rispose al fuoco con uno sbarramento di proiettili. Sachs si gettò di nuovo sull'acciottolato, fracassando la radio sotto di sé. Il killer svoltò l'angolo, a sinistra.

Un solo colpo rimasto. *Avrei dovuto usarne solo uno per la gomma*, si rimproverò. E ripartì all'inseguimento, per quanto rallentata dal dolore alla gamba.

Si fermò sull'angolo tra il vicolo e il marciapiede e diede una rapida occhiata verso sinistra. Scorse la sagoma di Boyd in fuga.

Prese la radio Motorola e premette il pulsante di trasmissione. Niente da fare, era rotta. *Merda*. Chiamare il 911, il numero di emergenza, dal cellulare? Troppo da spiegare, troppo poco tempo per trasmettere un messaggio. Forse qualcuno nelle case vicine aveva già chiamato la polizia, sentendo gli spari. Sachs riprese la corsa, senza fiato, trascinando la gamba sofferente.

In fondo all'isolato, all'incrocio, un'auto della polizia si fermò. Gli agenti non scesero: non avevano sentito gli spari e non sapevano che il killer e la detective erano su quella strada.

Anche Boyd vide l'auto. Si fermò di colpo e scavalcò una bassa recinzione, infilandosi sotto la scala che saliva fino al portone. Si udirono dei rumori: stava prendendo a calci la porta della cantina.

Sachs fece cenno agli agenti, che stavano guardando la strada perpendicolare, nelle due direzioni, e non la videro.

Fu in quel momento che dalla casa, proprio sopra Boyd, uscì una giovane coppia. Il ragazzo richiuse il portone e tirò su la cerniera lampo del giaccone per proteggersi dal freddo. La ragazza lo prese sottobraccio. Stavano per scendere i gradini.

Boyd smise di prendere a calci la porta della cantina.

Oh, no…

Sachs intuì che cosa stava per accadere. Non poteva vedere il killer, ma immaginava cosa avrebbe fatto. Ormai doveva avere scorto la coppia. Avrebbe sparato a uno dei due, o a entrambi, quindi si sarebbe appropriato delle chiavi e si sarebbe rifugiato nel loro appartamento, sperando una volta di più che la polizia dividesse le proprie forze per soccorrere i feriti.

"State giù!" gridò la detective.

A una trentina di metri da lei, la coppia non la sentì.

In quel momento Boyd doveva essere pronto all'azione, in attesa che arrivassero a tiro.

"State giù!"

Sachs zoppicò verso di loro.

La coppia l'aveva vista, ma non capiva che cosa stesse dicendo. I due la guardavano perplessi.

"State giù!" ripeté.

Il ragazzo si portò la mano all'orecchio, scuotendo il capo.

Sachs si fermò, inspirò a fondo e sparò il suo ultimo colpo in un bidone della spazzatura a sei metri dalla coppia.

La ragazza lanciò un grido. I due si affrettarono a rientrare nella casa. Il portone sbatté.

Se non altro era riuscita a…

Accanto a Sachs, un blocco di arenaria esplose, investendola di schegge di piombo caldo e di pietra. Mezzo secondo dopo, sentì un'altra detonazione dalla pistola di Boyd. Un colpo dopo l'altro, il killer la stava costringendo a indietreggiare. I proiettili arrivavano a poche decine di centimetri da lei. La detective si gettò in un giardino, saltando oltre la bassa recinzione e inciampando tra i Bambi e i nanetti di gesso nel prato. Un proiettile colpì il giubbotto antiproiettile, togliendole l'aria dai polmoni. Amelia cadde pesantemente in un'aiuola. Altri proiettili spazzarono il giardino.

Poi Boyd si voltò verso l'auto della polizia, bersagliandola di colpi: centrò le gomme e costrinse i due agenti e cercare riparo dietro il veicolo. Quantomeno, ora avrebbero dovuto comunicare via radio che erano sotto tiro e chiamare rinforzi.

Questo implicava che ora l'unica via d'uscita per Boyd era... dalla parte di Sachs. La detective cercò riparo dietro ai cespugli. Boyd aveva smesso di sparare, ma si sentivano i suoi passi, sempre più vicini. Sei o sette metri, stimò lei. Poi tre. Si aspettava di trovarsi faccia a faccia con lui da un momento all'altro, e subito dopo di vedere la canna della sua pistola. In quel momento sarebbe morta...

Thud.

Thud.

Appoggiandosi a un gomito, Amelia Sachs vide che il killer stava prendendo a calci un'altra porta, che cominciava a cedere. La sua espressione era incredibilmente calma, come quella dell'Impiccato dei tarocchi che intendeva lasciare accanto al corpo di Geneva. Doveva essersi convinto di averla colpita, perché aveva perso ogni interesse nei suoi confronti e si stava concentrando sulla porta.

I poliziotti si avvicinavano a piedi, con molta cautela, perché ogni tanto Boyd si interrompeva, il tempo di sparare uno o due colpi nella loro direzione.

Anche lui sarebbe rimasto presto senza colpi, pensò Sachs. Probabilmente...

Boyd espulse il caricatore dalla pistola e ne inserì un altro.

Okay, be'...

Sachs poteva restarsene dov'era, al sicuro, nella speranza che i rinforzi arrivassero prima che il killer riuscisse a scappare.

Ma ripensò alla brunetta nel bungalow, distesa in una pozza di sangue. Ormai poteva essere morta. Ripensò al giovane poliziotto vittima della scarica elettrica, al bibliotecario ucciso il giorno prima, alla giovane recluta, Pulaski, con il volto massacrato. E, più di ogni altro, pensò a quella povera ragazza, Geneva Settle, la cui vita sarebbe stata a rischio ogni minuto, fintanto che Boyd fosse rimasto a piede libero.

Con la pistola scarica in pugno, Amelia Sachs prese una decisione.

Thompson Boyd diede un altro potente calcio alla porta. Era quasi fatta. Tra poco sarebbe entrato e…

"Non ti muovere, Boyd. Getta la pistola."

Sorpreso, il killer voltò la testa, battendo le palpebre sugli occhi infiammati. Abbassò il piede, già pronto per un altro calcio.

Be', e questa chi è?

Tenendo bassa la pistola, si girò lentamente a guardarla. Sì, era come pensava: era la poliziotta che aveva visto al museo il giorno prima, quella che andava avanti e indietro, avanti e indietro, muovendosi come un crotalo. Capelli rossi, tuta bianca. Quella che lui aveva provato piacere a guardare, quella che aveva ammirato. C'era molto da ammirare in lei, rifletté Boyd. E sapeva anche sparare, quella donna.

C'era da stupirsi che fosse ancora viva. Il killer credeva di averla abbattuta.

"Boyd, non esiterò a sparare. Getta la pistola e sdraiati sul marciapiede."

Il killer considerò la possibilità di dare qualche altro calcio alla porta, nel caso fosse sul punto di cedere. Poi sarebbe uscito dal retro, nei vicoli. Forse dentro c'era qualcuno che aveva una macchina. Avrebbe potuto prendergli le chiavi, dopo avergli sparato per rallentare la polizia. E scappare.

Ma, naturalmente, restava aperta una domanda: alla poliziotta erano rimasti dei colpi?

"Mi hai sentito, Boyd?"

"Allora sei tu", disse lui, socchiudendo le palpebre sugli occhi sofferenti. Era un po' che non metteva il Murine. "Lo avevo pensato."

Lei aggrottò la fronte. Non capiva cosa dicesse. Forse si stava domandando se si fossero visti prima, si stava chiedendo come facesse lui a conoscerla.

Boyd stava attento a non muoversi. Prima doveva capire come stavano le cose. Spararle oppure no? Ma se lui avesse fatto anche un minimo movimento e se lei avesse avuto la pistola carica, gli avrebbe sparato. Non ne aveva il minimo dubbio. Quella donna non avrebbe esitato.

Ti danno la morte, rapida come un bacio…

Ragionò: la pistola della donna era una Smith & Wesson calibro 38 Special. Lei aveva sparato cinque colpi. Thompson Boyd teneva sempre il conto dei proiettili. Sapeva, per esempio, di avere al momento otto colpi nella pistola e altri quattordici in tasca, nel caricatore di riserva.

La donna aveva ricaricato l'arma? E, se non lo aveva fatto, le era rimasto ancora un proiettile?

Certi poliziotti tenevano vuota la camera in corrispondenza del cane del proprio revolver, nella rara eventualità che la pistola cadesse e sparasse accidentalmente. Ma lei non sembrava il tipo: conosceva le armi troppo bene. Non avrebbe mai lasciato cadere la pistola. Inoltre, se era impegnata in un lavoro tattico, avrebbe voluto il maggior numero di colpi a disposizione. No, lei non era uno sbirro da cinque colpi.

"Boyd, non te lo ripeto un'altra volta!"

D'altra parte, rifletteva il killer, quella non era la sua pistola. Il giorno prima, al museo, la donna aveva con sé un'automatica, una Glock. E alla cintola aveva ancora la fondina della Glock. Che la Smittie fosse un'arma di riserva? Ai vecchi tempi, quando i poliziotti usavano i revolver, tenevano una seconda pistola in una fondina alla caviglia. Ma al giorno d'oggi, con la possibilità di usare pistole automatiche da almeno dodici colpi, più i caricatori di riserva, nessuno lo faceva più.

No, Boyd era pronto a scommettere che avesse perso la Glock o l'avesse prestata a qualcuno. In cambio le avevano dato la Smittie, che probabilmente la donna non aveva potuto ricaricare. La domanda successiva era: la persona da cui lei aveva avuto in prestito il revolver, era uno sbirro da cinque colpi? Questo, naturalmente, lui non poteva saperlo.

Quindi gli restava da chiedersi che persona fosse lei. Boyd ripensò al museo, dove l'aveva vista esaminare la scena muovendosi come un serpente a sonagli. Ripensò a quando l'aveva rivista nell'ingresso della casa in Elizabeth Street, pronta a dargli la caccia. E al fatto che lo aveva inseguito fin lì, lasciando Jeanne a morire dissanguata.

Decise che la poliziotta stava bluffando. Se avesse avuto ancora un colpo, a quel punto gli avrebbe sparato.

"Hai finito le munizioni", le disse. E le puntò contro la sua pistola.

Lei fece una smorfia e abbassò il revolver. Boyd aveva indovinato. Doveva ucciderla? No, solo ferirla. Ma qual era il punto migliore in cui colpirla? Un punto che le procurasse dolore e mettesse in pericolo la sua vita. Che la facesse urlare e perdere sangue copiosamente, attirando l'attenzione. Stava considerando una gamba. Quella da cui zoppicava. Al ginocchio. E, una volta che fosse stata a terra, le avrebbe sparato di nuovo, alla spalla. Poi se ne sarebbe andato.

"Allora hai vinto tu", disse la poliziotta. "E adesso? Sono un ostaggio?"

Non ci aveva pensato. Esitò. Aveva senso? Gli sarebbe servito? Di solito gli ostaggi erano più un peso che altro.

No, meglio spararle. Cominciò a esercitare la pressione sul grilletto, mentre la donna appoggiava sul marciapiede l'inutile revolver. Lui la guardò, pensando: *C'è qualcosa che non va... Cosa?*

La donna aveva tenuto il revolver nella mano *sinistra*. Ma la fondina era sul fianco *destro*.

Gli occhi di Thompson tornarono su di lei. Gli si mozzò il respiro quando vide il bagliore del coltello che stava volando verso la sua faccia. Lei lo aveva lanciato con la mano destra, mentre lui si era distratto per guardare il revolver.

La lama non si conficcò nel corpo di Boyd, non gli fece nemmeno un graffio, ma fu il manico a colpirlo allo zigomo. La donna aveva mirato ai suoi poveri occhi. Il killer si riparò, d'istinto, alzando un braccio per proteggersi. Prima che potesse fare un passo indietro e prendere la mira, lei gli fu addosso, brandendo una pietra raccolta dal giardino. Boyd sentì un colpo violento e doloroso alla tempia.

Premette il grilletto. La pistola sparò, ma il proiettile non la colpì. Boyd non ebbe il tempo di sparare di nuovo: la pietra si abbatté sulla sua mano destra, disarmandolo. Il killer lanciò un ululato e strinse le dita doloranti con l'altra mano.

Pensando che lei ora avrebbe cercato di prendere la pistola, tentò di ostacolarla. Ma alla poliziotta la pistola non interessava, aveva già l'arma che le serviva. La pietra calò nuovamente sulla faccia di Boyd.

"No, no..."

Boyd cercò di colpirla, ma lei era alta e forte. Un'altra sassata lo mise in ginocchio, poi a terra, disteso su un fianco, ridotto a cercare di proteggersi dai colpi.

"Ferma, ferma..." gemette. Ma in risposta gli arrivò un altro colpo alla guancia. Sentì un urlo di rabbia salirgli dalla gola.

Ti può dare la morte...

Che cosa stava facendo quella donna? si chiedeva il killer in preda allo choc. Aveva vinto lei. Perché infieriva, disobbedendo alle regole? Come poteva? Non era secondo le regole.

...rapida come un bacio.

In effetti, quando i due poliziotti sopraggiunsero, solo uno dei due afferrò Thompson Boyd e lo ammanettò. L'altro circondò Amelia Sachs con un braccio e dovette faticare per strapparle di mano la pietra insanguinata.

Attraverso il muro di dolore e lo scampanellio nelle orecchie, Thompson sentì la voce dello sbirro che ripeteva: "Tutto okay, detective, tutto okay. L'ha preso. Tutto a posto, si rilassi. Lui non va da nessuna parte, non va da nessuna parte, non va da nessuna parte..."

33

Ti prego, ti prego...

Amelia Sachs tornò al bungalow di Boyd correndo più veloce che poteva, senza dare ascolto alle congratulazioni dei colleghi e facendo di tutto per ignorare anche il dolore alla gamba.

Madida di sudore e ansimante, appena vide un medico dell'EMS si diresse verso di lui per domandargli: "La donna nella casa?"

"Quella casa?" fece il medico, accennando al bungalow.

"Sì. La brunetta che ci abita."

"Oh, lei. Temo di avere brutte notizie."

Sachs inspirò a fondo. Provò un brivido di orrore, come ghiaccio sulla pelle. Aveva catturato Boyd, ma la donna che avrebbe potuto salvare era morta. La detective si conficcò l'unghia dell'indice nella cuticola del pollice e sentì dolore, sentì il sangue. E pensò: *Ho fatto la stessa cosa che ha fatto Boyd. Ho sacrificato la vita di un innocente in nome del mio lavoro.*

"Le hanno sparato", continuò il medico.

"Lo so", sussurrò la detective. Guardò per terra. *Oddio, non sarà facile vivere con questo sulla coscienza...*

"Non deve preoccuparsi."

"Non devo...?"

"Se la caverà."

Sachs aggrottò la fronte. "Ha detto che aveva brutte notizie."

"Be', non è che farsi sparare sia una bella notizia."

"Cristo, lo so che le hanno sparato! Ero lì quando è successo."

"Oh!"
"Pensavo volesse dirmi che era morta."
"Nah. Ha perso molto sangue, ma siamo arrivati in tempo. Se la caverà. È al pronto soccorso del St. Luke, adesso. In condizioni stabili."
Brutte notizie...
Sachs si allontanò, zoppicante. Trovò Sellitto e Haumann di fronte alla casa sicura.
"Lo hai arrestato con una pistola scarica?" le chiese il capo dell'ESU, incredulo.
"In realtà l'ho arrestato con un sasso."
Haumann fece un cenno di assenso con un sopracciglio inarcato, il massimo dell'apprezzamento che fosse in grado di esprimere.
"Boyd ha detto qualcosa?" chiese Sachs.
"Solo che aveva capito i suoi diritti. Poi si è chiuso come un'ostrica."
La detective e il tenente si scambiarono di nuovo le pistole. Sachs controllò la sua Glock e la rimise nella fondina. "Com'è la storia delle case?" domandò.
Haumann si passò le dita sui capelli a spazzola e rispose: "A quanto pare, il bungalow è affittato a nome della sua ragazza, Jeanne Starke, madre di due bambine. Non figlie di Boyd. Abbiamo chiamato la protezione minori. Questo appartamento, invece, era una casa sicura. Piena di ferri del mestiere, come puoi immaginare".
"Sarà meglio che esamini la scena", stabilì Sachs.
"L'abbiamo preservata", disse Haumann. Poi indicò Sellitto. "O meglio, *lui* l'ha preservata. Ora devo fare rapporto ai superiori. Ti trovo ancora qui, dopo? Vorranno anche la tua dichiarazione."
Sachs annuì. Lei e Sellitto si diressero verso la casa sicura, divisi da uno spesso muro di silenzio. Poi il tenente le guardò la gamba e disse: "Hai ripreso a zoppicare".
"Ripreso?"
"Sì. Quando stavi facendo il giro delle case, dall'altra parte della strada, ti ho visto dalla finestra. Camminavi bene."
"Ogni tanto va a posto da sola."
Sellitto si strinse nelle spalle. "Strano, vero?"

"Strano."

Sellitto sapeva benissimo che cosa lei aveva fatto per lui. Glielo stava facendo capire. Poi aggiunse: "Okay, abbiamo preso il killer. Ma questa è solo metà del lavoro. Dobbiamo trovare lo stronzo che lo paga e il complice. Che, dobbiamo presumere, vorrà completare il lavoro rimasto in sospeso. Forza, detective: sulla griglia", fece in tono burbero, imitando Rhyme.

Quello era il miglior ringraziamento possibile, da parte di Sellitto: il fatto che fosse tornato a essere se stesso.

Spesso l'indizio più importante è l'ultimo che si trova.

Qualsiasi buon esperto della Scientifica, valutata la scena del crimine, comincia innanzitutto a occuparsi degli indizi più fragili o volatili, quelli che possono essere contaminati dalla pioggia o dispersi dal vento, lasciando per dopo quelli più ovvi, come la proverbiale pistola fumante. Se la scena è ben preservata, era solito dire Rhyme, la roba buona rimane dov'è.

Tanto nella residenza di Boyd quanto nella casa sicura, Amelia Sachs aveva raccolto impronte latenti, rastrellato indizi, raccolto in bagno campioni di fluidi per l'analisi del DNA, raschiato il pavimento e le superfici dei mobili, asportato porzioni del tappeto per l'analisi delle fibre, fotografato e ripreso integralmente le due scene. Fatto questo, aveva finalmente potuto dedicarsi agli indizi più evidenti. Aveva ordinato il trasporto dell'acido e del cianuro al deposito del materiale a rischio nel Bronx e studiato l'ordigno costruito con la radio a transistor. Quindi aveva esaminato e classificato armi, munizioni, contanti, rotoli di corda, attrezzi e dozzine di altri oggetti che sarebbero potuti tornare utili.

Per ultima, prese un piccola busta bianca appoggiata su uno scaffale vicino all'ingresso della casa sicura.

All'interno c'era una lettera, consistente in un unico foglio di carta.

La detective la lesse. Non riuscì a trattenere una risata. La lesse di nuovo. Telefonò a Rhyme, pensando: *Accidenti se eravamo fuori strada!*

"Dunque", disse Rhyme a Cooper, guardando lo schermo del computer, "scommetto cento dollari che troverai di nuovo carbonio puro, come quello sullo schizzo trovato sotto il cuscino in Elizabeth Street. Ci stai?"

L'apparecchiatura emise un segnale acustico. "Troppo tardi", rispose Cooper. Lo schema degli elementi apparve su una finestra davanti a loro. "Ma non avrei scommesso comunque." Si tolse gli occhiali e aggiunse: "Sì, carbonio. Al cento per cento".

Carbonio. Poteva trattarsi di carbonella, di cenere o di un'infinità di altre sostanze.

Ma poteva anche essere polvere di diamanti.

"Com'è l'ultimo abominio linguistico del marketing?" Il criminalista era tornato di buon umore. "Su questo punto eravamo *a centottanta gradi.*"

Oh, non si erano sbagliati a identificare Boyd come il killer, né sul fatto che fosse stato pagato per uccidere Geneva. No, era sul movente che avevano preso un granchio. Tutte le loro ipotesi sui movimenti per i diritti civili del diciannovesimo secolo, sulle possibili implicazioni attuali del furto al Freedmen's Trust per il quale Charles Singleton era stato processato... quelle sì che erano tutte campate in aria.

Geneva Settle era stata condannata a morte semplicemente perché aveva visto qualcosa che non doveva vedere: la preparazione di un furto di pietre preziose.

La lettera che Amelia aveva trovato nella casa sicura di Boyd conteneva un diagramma di vari edifici di Midtown, incluso il museo afroamericano. Un appunto a margine indicava:

Ragazza nera, quarto piano a questa finestra, 2 ottobre, circa 8,30. Ha visto mio furgone delle consegne quando parcheggiato lui in il vicolo dietro Jewelry Echange. Ha visto abbastanza da indovinare piano mio. Uccidila.

La finestra della biblioteca, segnata con un circoletto, era quella vicino al lettore di microfiches davanti al quale era seduta Geneva.

A parte l'errore di ortografia, Echange invece di Exchange, il linguaggio usato era piuttosto singolare. Il che, per un criminalista, era un vantaggio: era sempre più facile identificare un elemento strano che un fattore comune. Rhyme aveva ordinato a Cooper di trasmettere copia della lettera a Parker Kincaid, un esperto dell'FBI che ora lavorava in proprio a Washington D.C. Come Rhyme, anche Kincaid veniva chiamato a fare da consulente dai suoi precedenti datori di lavoro e da altri organi di sicurezza, perché esaminasse documenti e calligrafie. Kincaid aveva risposto via e-mail che se ne sarebbe occupato quanto prima.

Riguardando la lettera, Amelia Sachs scosse il capo, indispettita. Non aveva dimenticato di quando lei e Pulaski avevano avvicinato l'uomo armato fuori dall'American Jewelry Exchange, quello che era risultato essere una guardia di sicurezza. L'uomo aveva parlato loro dei milioni di dollari in diamanti che arrivavano ogni giorno da Amsterdam e Gerusalemme. "Avrei dovuto dirlo", si rammaricò.

Ma chi avrebbe potuto immaginare che Thompson Boyd fosse stato assunto per uccidere la ragazza solo perché lei aveva guardato fuori da una finestra nel momento sbagliato?

"Perché rubare le microfiches allora?" domandò Sellitto.

"Per depistarci, naturalmente. E ci sono riusciti in pieno." Rhyme sospirò. "Abbiamo girato a vuoto, pensando a un intrigo riguardante la Costituzione. Probabilmente Boyd non aveva la più pallida idea di cosa stesse leggendo Geneva." Il criminalista si rivolse alla ragazza, seduta su una sedia con una tazza di cioccolata calda tra le mani. "Qualcuno, probabilmente l'autore della lettera, ti ha visto dalla strada. Questo qualcuno, oppure lo stesso Boyd, ha contattato il bibliotecario per scoprire chi tu fossi e quando saresti tornata, in modo da tenderti un agguato. Il dottor Barry è stato ucciso perché avrebbe potuto collegarti a loro… Adesso ripensa a una settimana fa. Alle otto e trenta hai guardato fuori dalla finestra e hai visto un furgone nel vicolo, con accanto qualcuno. Te ne ricordi?"

La ragazza abbassò gli occhi a terra. "Non lo so. Guardavo spesso fuori. Quando mi stancavo di leggere mi alzavo e facevo due passi. Non ricordo niente di preciso."

Sachs le parlò per una decina di minuti, cercando di farle

tornare in mente un'immagine. Ma la ragazza non riusciva a ricordare una persona precisa o un furgone intravisti una settimana prima in mezzo al traffico di Midtown.

Rhyme telefonò al direttore dell'American Jewelry Exchange e gli riferì quanto avevano scoperto. Gli chiese se avesse sospetti su chi stesse progettando un furto, ma il direttore rispose: "Cazzo, proprio non ne ho idea. Capita più spesso di quanto si possa immaginare".

"Abbiamo trovato tracce di carbonio puro su alcuni reperti. Riteniamo che si tratti di polvere di diamanti."

"Questo significa che si sono appostati nel vicolo vicino all'area di carico e scarico. Dall'esterno nessuno può avvicinarsi alla sala dei tagliatori. Ma quando si lavorano i diamanti si produce polvere, che poi finisce nei sacchetti degli aspirapolvere, insieme a tutti gli altri rifiuti." Il direttore ridacchiò: non sembrava particolarmente preoccupato al pensiero di un'imminente rapina. "Le dirò, chiunque sia, dev'essere gente con le palle. Abbiamo il migliore servizio di sicurezza di tutta la città. Tutti pensano che sia come alla tv. C'è gente che viene ad acquistare l'anello per la fidanzata e ci chiede dove sono i raggi che si vedono solo con gli occhiali speciali. Be', la risposta è che i raggi invisibili sono cazzate. Perché se si potessero vedere con i fottuti occhiali speciali i ladri se li comprerebbero subito e ci girerebbero intorno. I veri allarmi sono completamente diversi. Scattano anche solo se una mosca molla una scoreggia in una camera blindata. Ma il fatto è che il sistema è a tenuta stagna e nemmeno una mosca riuscirebbe a entrarci."

Tolta la comunicazione, Rhyme esclamò: "Avrei dovuto pensarci prima! Guardate il tabellone. Guardate che cosa abbiamo trovato nella prima casa sicura". E tornò a osservare lo schizzo trovato in Elizabeth Street. L'American Jewelry Exchange appariva molto più dettagliato rispetto al museo, così come i vicoli, le aree di carico e le entrate dei palazzi circostanti.

Alla centrale, due detective avevano messo Boyd sotto torchio, sperando di cavargli di bocca il nome del mandante e di identificare l'organizzatore del colpo. Ma era come interrogare un muro di pietra.

Sellitto aveva chiesto all'NYPD se fossero state segnalate attività sospette nel distretto in cui si concentrava il commercio di pietre preziose: non risultava niente di significativo. Fred Dellray aveva interrotto temporaneamente le sue indagini sulle minacce di attentati terroristici per controllare gli archivi dell'FBI in merito a indagini in corso su furti di gioielli. Non trattandosi di reati federali, i casi riportati non erano molti. Ma alcuni casi di riciclaggio di denaro sporco relativi al settore delle pietre preziose erano tuttora aperti e Dellray aveva promesso che ne avrebbe portato al più presto i rapporti.

A quel punto, la squadra di Rhyme rivolse la propria attenzione alla casa sicura e al bungalow di Boyd, nella speranza di trovare tracce del cervello del colpo. Esaminarono le pistole, i prodotti chimici, gli attrezzi e gli altri reperti, senza trovare niente di nuovo se non altre scaglie di vernice arancione, macchie di acido, briciole di falafel e tracce di yogurt, evidentemente il cibo preferito del killer.

Controllarono i numeri di serie delle banconote, ma il Tesoro non fornì alcuna informazione utile. Sul denaro non c'erano impronte. Ritirare una somma del genere da un conto bancario poteva essere rischioso, per il mandante di Boyd: le leggi antiriciclaggio imponevano controlli molto stretti. Ma una verifica sui prelievi recenti di quell'entità non approdò a nulla.

Curioso, rifletté Rhyme. Il mandante doveva avere incassato solo piccole somme volta per volta, per mettere insieme il compenso di Boyd.

In apparenza, il Sosco era una delle poche persone al mondo a non possedere un telefono cellulare. O quantomeno si era servito di un'unità prepagata, anonima e irrintracciabile, di cui si era disfatto prima di essere catturato. Né vi era nulla di sospetto nei tabulati telefonici di Jeanne Starke, a parte cinque o sei telefonate a telefoni pubblici di Manhattan, del Queens o di Brooklyn, ma senza uno schema riconoscibile.

L'azione eroica di Amelia, tuttavia, aveva permesso di salvare qualche valido indizio: le impronte digitali sulla dinamite e all'interno della radio a transistor. Dagli archivi IAFIS dell'FBI spuntò un nome: quello di Jon Earle Wilson, arrestato nell'Ohio e nel New Jersey con un assortimento di accuse che andavano dall'incendio doloso alla fabbricazione di bombe, fino alla frode assicurativa. Ma Wilson era sparito dal radar dei federali. L'ultimo domicilio conosciuto, riferì Cooper, era a Brooklyn, ma l'appartamento risultava sfitto.

"Non mi interessa l'*ultimo* indirizzo, voglio quello *attuale*. Metti al lavoro l'FBI anche su questo."

"Provvedo."

Suonò il campanello. Con il mandante e il complice ancora a piede libero, tutti erano sul piede di guerra. Sellitto andò cautamente ad aprire. Alla porta c'era un ragazzo afroamericano sui quindici anni, con indosso pantaloni a metà polpaccio e una maglietta dei Knicks. Il teenager aveva con sé un pesante sacchetto di plastica. Batté le palpebre sorpreso alla vista di Lincoln Rhyme, e poi delle altre persone riunite nel laboratorio.

"*Yo, yo*, Geneva, come va?"

Lei lo guardò perplessa.

"*Yo*, sono Rudy." Il ragazzo rise. "Non ti ricordi di me?"

Geneva annuì. "Sì, credo di sì... Sei..."

"Il fratello di Ronelle."

La ragazza si voltò verso Rhyme. "Una mia compagna di scuola." Poi chiese a Rudy: "Come facevi a sapere dov'ero?"

"Gira la voce. Ronee l'ha saputo da qualcuno."

"Probabilmente Keesh", spiegò Geneva al criminalista. "A lei l'ho detto."

Il ragazzo si guardò intorno per un attimo. "*Yo*. È solo che le ragazze hanno raccolto un po' di roba per te. Sai, visto che non vai a scuola e tutto quanto, hanno pensato che volevi qualcosa da leggere. Io ho detto, cavolo, datele un GameBoy, ma loro hanno detto: 'No, a lei piacciono i libri', allora mi hanno dato questi."

"Davvero?"

"Parola. Niente compiti o stronzate del genere. Roba da leggere se ti va."

"Chi?"

"Ronelle e altre ragazze, non lo so. Ecco qui. Pesa una tonnellata."

Geneva prese il sacchetto.

"Mi hanno detto di dirti che è tutto *cool*."

Geneva fece una risatina amara e ringraziò il teenager, dicendogli di salutare le compagne di scuola da parte sua. Rudy se ne andò. La ragazza guardò nel sacchetto e ne pescò un libro di Laura Ingalls Wilder. "Non so cosa gli è venuto in mente", disse, con un'altra risatina, lasciandolo cadere nel sacchetto. "Questo l'avrò letto sette anni fa. Ma è stato carino da parte loro."

"È utile", fu il commento di Thom. "Non è che qui ci sia molto da leggere." Lanciò un'occhiata di rimprovero a Rhyme. "Sto lavorando su di lui. Musica ne ascolta parecchia, adesso. Minaccia persino di scrivere qualche canzone lui stesso. Ma leggere narrativa… A questo non ci siamo ancora arrivati."

Geneva sorrise e trascinò il sacchetto in corridoio.

"Grazie per avere esposto i panni sporchi, Thom", fece Rhyme. "Credo che Geneva preferisca leggere, piuttosto che ascoltare le tue noiose ramanzine. Quanto al mio tempo libero, non credo di averne molto, con tutti gli assassini che devo prendere." Il criminalista tornò a guardare il tabellone.

RESIDENZA DI THOMPSON BOYD E CASA SICURA PRIMARIA

- Ancora falafel, yogurt e vernice arancione.
- Contanti (compenso per lavoro?), 100.000 $ in banconote nuove. Non rintracciabili. Probabili piccoli prelievi dilazionati nel tempo.
- Armi (pistole, sfollagente, corda) ricollegabili a precedenti scene del crimine.
- Acido e cianuro collegati a precedenti scene del crimine. Produttori non identificabili.
- Nessun cellulare. Tabulati telefonici non sono d'aiuto.
- Lettera che commissiona eliminazione G. Settle in quanto testimone di progettazione furto di gioielli. Ancora tracce di carbonio puro, identificato come polvere di diamanti.
  * Inviata a Parker Kincaid a Washington D.C. per esame.
- Ordigno esplosivo di fortuna. Impronte di Jon Earle Wilson, con precedenti per fabbricazione di bombe. Attualmente ricercato.

SCENA DI POTTER'S FIELD (1868)

- Taverna di Gallows Heights, Upper West Side, quartiere ambiguo in quegli anni.
- Probabile luogo di incontro per Boss Tweed e altri politici corrotti di New York.
- Charles Singleton vi andò il 15 luglio 1868.
- Incendiato dopo esplosione, presumibilmente dopo visita di Charles. Per nascondere suo segreto?
- Corpo in cantina, uomo, presumibilmente ucciso da Charles Singleton:
  * Colpito alla fronte da Navy Colt cal. 36 caricata con pallottola cal. 39 (tipo di arma di proprietà di Charles Singleton).
  * Monete d'oro.
  * Uomo armato di Derringer.
  * Nessuna identificazione.
  * Anello con nome WINSKINSKIE: significa "custode" o "guardiano della porta" in lingua indiani Delaware. Si ricercano altri significati.

SCENA DI EAST HARLEM (APPARTAMENTO PROZIA DI GENEVA)

- Usata sigaretta e proiettile 9mm come congegno esplosivo per distrarre agenti. Marca Merit non rintracciabile.
- Impronte di frizione: nessuna. Solo di guanti.
- Ordigno a gas venefico:
  * Contenitore in vetro, foglio di alluminio, portacandele. Irrintracciabili.
  * Cianuro e acido solforico, entrambi senza indicazioni. Irrintracciabili.
- Liquido chiaro simile a quello trovato in Elizabeth Street:
  * Identificato come Murine.
- Scaglie di vernice arancione. Si finge operaio di cantiere o stradale?

ELIZABETH STREET SCENA DELLA CASA SICURA

- Ha usato trappola elettrica.
- Impronte digitali: nessuna. Solo impronte di guanti.
- Videocamera di sicurezza e monitor: nessuna traccia.
- Mazzo di tarocchi, mancante della dodicesima carta: nessuna traccia.
- Schizzo di mappa del museo dove G. Settle è stata aggredita e di edifici vicino.
- Tracce:
  * Falafel e yogurt.
  * Frammenti di legno della scrivania con tracce di acido solforico.
  * Liquido chiaro, non esplosivo. Inviato a laboratorio FBI.
  * Altre fibre di corda. Garrotta?
  * Carbonio puro sulla mappa.
- Casa sicura affittata in contanti a Billy Todd Hammil. Corrisponde a descrizione di Sosco 109. Nessuna traccia su un vero Hammil.

MUSEO AFROAMERICANO SCENA DEL CRIMINE

- Set da stupro:
  * Carta dei tarocchi, dodicesima del mazzo, l'Impiccato, significato: ricerca spirituale.
  * Sacchetto con *smiley*.
    – Troppo generico per rintracciarlo.
  * Taglierino.
  * Preservativi Trojan.
  * Nastro da pacchi.
  * Profumo di gelsomino.
  * Articolo ignoto da 5,95$.
    – Probabilmente passamontagna.
  * Scontrino, indicante negozio o minimarket a New York City.
  * Probabile acquisto in negozio in Mulberry Street, Little Italy. Sosco identificato da commessa.

- Impronte digitali:
  * Sosco indossa guanti di lattice o vinile.
  * Impronte su oggetti in set da stupro appartenenti a persona con mani piccole, probabilmente cassiera.

- Residui:
  * Fibre di corda di cotone, alcune con tracce di sangue umano. Garrotta?
    – Nessun fabbricante.
    – Inviato a CODIS.
    – Nessuna corrispondenza DNA a CODIS.
  * Popcorn e zucchero filato con tracce di urina di cane.

- Armi:
  * Manganello o arma arti marziali.
  * Pistola North American Arms cal. 22, rimfire magnum, Black Widow o Mini-Master.
  * Fabbrica da solo i proiettili, cartucce riempite di aghi. Nessuna corrispondenza IBIS o DRUGFIRE.

- Movente:
  * Incerto. Stupro: probabilmente messinscena.
  * Vero movente potrebbe essere furto microfiche con *Coloreds' Weekly Illustrated*, numero del 23 luglio 1868, e assassinio G. Settle per suo interesse in articolo, ragioni sconosciute. Articolo riguarda suo antenato Charles Singleton (vedi tabella corrispondente).
  * Vittima bibliotecario riferì interesse di altra persona per articolo.
    – Richiesti tabulati telefono bibliotecario per verificare questo.
    Nessuna pista.
    – Richieste informazioni da dipendenti su altre persone interessate articolo.
    Nessuna pista.
  * Ricerca copia articolo.
    – Da molte fonti conferma interesse altra persona per articolo. Nessuna indicazione di sua identità. Maggior parte di copie sparite o distrutte. Localizzata una. (Vedi tabella corrispondente.)
  * Conclusione: G. Settle presumibilmente ancora in pericolo.

- Profilo di episodio inviato a VICAP e NCIC.
  * Omicidio ad Amarillo, TX, cinque anni fa. Simile M.O.: messinscena (apparente delitto rituale, vero movente ignoto).
  * Omicidio in Ohio, tre anni fa. Simile M.O.: messinscena (apparente delitto sessuale, vero movente probabile assassinio su commissione). Materiale scomparso.

PROFILO SOSCO 109

- Maschio bianco.
- Altezza 1,80 m. Peso 90 kg.
- Voce media.
- Usa cellulare per avvicinarsi a vittima.
- Indossa scarpe marrone chiaro Bass, vecchie di tre anni o più. Piede destro rivolto leggermente verso l'esterno.
- Profumo di gelsomino.
- Pantaloni scuri.
- Passamontagna scuro.
- Colpisce innocenti come diversivo per uccidere e fuggire.
- Probabile assassino a pagamento.
- Forse ex detenuto di Amarillo, Texas.
- Parla con accento del sud.
- Capelli corti, castano chiaro. Non ha baffi né barba.
- Aspetto anonimo.
- Visto indossare impermeabile scuro.
- Probabilmente non fumatore abituale.
- Operaio cantiere, stradale?
- Usa Murine.
- Fischia.

PROFILO MANDANTE DI SOSCO 109

- Nessuna informazione disponibile.

PROFILO COMPLICE DI SOSCO 109

- Maschio nero.
- Tra i 35 e i 45 anni.
- Altezza 1,80 m.
- Corporatura robusta.
- Indossa giacca verde mimetica militare.
- Ex detenuto.
- Zoppica.
- Risulta armato.
- Non ha baffi né barba.
- Berretto nero.
- In attesa di altri testimoni e videoregistrazioni.
  * Video inconclusivo. Inviato al laboratorio per analisi.
- Scarpe vecchie.

PROFILO DI CHARLES SINGLETON

- Ex schiavo, antenato di G. Settle. Sposato, un figlio. Frutteto fuori New York donato da ex padrone. Lavora come insegnante. Sostiene movimento diritti civili.
- Accusato di furto nel 1868, argomento dell'articolo sulla microfiche rubata.
- Ha un segreto possibilmente collegato al caso. Preoccupato per tragiche conseguenze se rivelato.
- Partecipa a incontri a Gallows Heights, quartiere di New York.
  * Coinvolto in attività rischiose?
- Crimine, come riferito da *Coloreds' Weekly Illustrated*:
  * Charles arrestato da Det.

William Simms per furto grossa somma da Freedmen's Trust, New York: scassinata cassaforte, visto allontanarsi da testimoni. Suoi attrezzi trovati nei pressi. Maggior parte di somma recuperata. Condannato a cinque anni di carcere. Nessuna notizia dopo scarcerazione. Possibile uso di contatti con leader diritti civili allo scopo di avere accesso al Trust.

- Corrispondenza di Charles:
  * Lettera 1, a moglie. Re: Ribellione alla leva, 1863. Forte sentimento anti-nero nello Stato di NY, linciaggi, incendi. Proprietà di neri a rischio.
  * Lettera 2, a moglie. Re: Charles in battaglia Appomattox, alla fine di Guerra Civile.
  * Lettera 3, a moglie. Re: Coinvolto in movimento diritti civili. Minacciato per questo lavoro. Preoccupato da segreto.
  * Lettera 4, a moglie. Andato a Potter's Field in cerca di "giustizia". Risultati disastrosi. Verità ora nascosta a Potter's Field. Il suo segreto è causa di tutto questo dolore.

34

Jax stava di nuovo facendo il barbone.

Non era più uno schizofrenico con un carrello della spesa. In questa occasione impersonava il tipico reduce di guerra disoccupato e infelice, con un berretto dei Mets rovesciato sul marciapiede sporco. In totale, Dio ve ne renda merito, aveva raccolto trentasette centesimi.

Morti di fame!

Niente più giacca mimetica verde o felpa grigia: ora Graffiti King indossava una polverosa T-shirt nera sotto una lacera giacca sportiva beige recuperata tra l'immondizia, come un autentico homeless. Se ne stava seduto su una panchina con vista sulla casa di Central Park West, con in mano una lattina avvolta in un sacchetto di carta marrone pieno di macchie. Avrebbe dovuto essere whisky, Jax lo avrebbe preferito. Invece era solo tè alla pesca.

Graffiti King si appoggiò allo schienale della panchina, come se stesse pensando quale posto di lavoro andarsi a cercare, mentre si godeva la fredda giornata d'autunno e sorseggiava la sua bibita. Si accese una sigaretta e sbuffò il fumo verso l'aria eccezionalmente limpida.

Stava guardando il ragazzo magrissimo della Langston Hughes che si allontanava dalla casa dopo avere consegnato il sacchetto a Geneva Settle. Non si vedeva nessuno che guardasse fuori, ma questo non escludeva che lo stessero facendo. In ogni caso, in strada c'erano due auto della polizia, una di pattuglia e un'altra senza contrassegni, quest'ultima parcheggiata vicino alla rampa per la sedia a rotelle. Jax era rimasto a un isolato di distanza, in attesa che il teenager facesse la sua commissione.

Il ragazzo lo raggiunse e si sedette sulla panchina, accanto al sanguinario Graffiti King in veste da barbone.

"*Yo, yo*, uomo."

"Perché voi ragazzi continuate a dire *yo*?" chiese Jax irritato. "E perché cazzo dovete sempre dirlo due volte?"

"Lo dicono tutti. Che problema c'è, uomo?"

"Le hai dato il sacchetto?"

"Che cosa c'entra il tipo senza gambe?"

"Chi?"

"Lì dentro c'è un tipo senza gambe. O forse ce le ha ma non funzionano."

Jax non sapeva di che cosa stesse parlando. Avrebbe preferito servirsi di un tipo più sveglio, ma quello era l'unico che avesse trovato intorno al cortile della Langston Hughes che avesse a che fare con Geneva Settle: sua sorella era più o meno una sua compagna di classe. Graffiti King ripeté la domanda: "Gliel'hai dato il sacchetto?"

"Gliel'ho dato, sì."

"Che cos'ha detto?"

"Non so, cazzate, tipo grazie. Non so."

"Ti ha creduto?"

"Prima non mi ha riconosciuto, poi tutto *cool*, seh. Quando ho detto di mia sorella."

Jax diede al ragazzo qualche banconota.

"Liscio... *Yo*, se hai altro da farmi fare, uomo, io ci sto. Io..."

"Vattene."

Rudy alzò le spalle e si alzò in piedi.

Jax disse: "Aspetta".

Il ragazzo si girò, strascicando i piedi.

"Lei com'era?"

"La troietta? Che faccia ha?"

No, non era quello che Jax voleva sapere. Ma non sapeva come formulare la domanda. Poi decise di lasciar perdere e scosse la testa. "Niente. Vai."

"Ci vediamo, uomo."

Rudy se ne andò.

Jax avrebbe voluto restare dov'era. Ma sarebbe stato un errore. Meglio prendere il largo. In un modo o nell'altro, presto avrebbe saputo che cosa sarebbe successo quando la ragazza avesse guardato nel sacchetto.

Geneva era seduta sul letto, con gli occhi chiusi, chiedendosi perché si sentisse così bene.

Be', l'assassino lo avevano preso. Ma naturalmente non poteva essere quella l'unica ragione, dato che il mandante era ancora in giro, da qualche parte. E poi c'era l'uomo con la pistola, quello con la giacca mimetica che aveva visto fuori dal cortile della scuola.

Avrebbe dovuto essere terrorizzata, depressa.

Ma non era così. Si sentiva libera, piena di entusiasmo.

Perché?

E poi capì: perché aveva condiviso il suo segreto. Si era liberata del fardello di vivere da sola, di nascondere la verità sui suoi genitori. E nessuno aveva provato orrore o spavento per la sua bugia. Il signor Rhyme e Amelia l'avevano persino spalleggiata. E anche il detective Bell. Non avevano fatto storie e non l'avevano sputtanata di fronte alla consulente.

E questo la faceva sentire maledettamente bene. Era stata dura portarsi dentro quel segreto, così come Charles aveva fatto con il suo, qualunque esso fosse. Se l'ex schiavo lo avesse rivelato a qualcuno, si sarebbe risparmiato il dolore che ne era seguito? Stando alla sua lettera, lui pensava di sì.

Geneva guardò il sacchetto di libri che le ragazze della Langston Hughes le avevano fatto arrivare. Mossa dalla curiosità, ci diede un'occhiata. Sollevò il sacchetto e lo depose sul letto: effettivamente pesava una tonnellata.

Riprese in mano il libro di Laura Ingalls Wilder. Poi quello sotto, e le venne da ridere. Era ancora più strano: un giallo per ragazzi con Nancy Drew. Che scelta assurda. Guardò gli altri titoli: erano libri di Judy Blume, Dr. Seuss, Pat McDonald... Libri per bambini. Ottimi autori, certo, li aveva letti tutti, ma parecchi anni prima. Che storia era? Eppure Ronelle e le altre conoscevano i suoi gusti. Gli ultimi libri che Geneva aveva letto per il proprio divertimento erano romanzi per adulti: *Quel che resta del giorno* di Kazuo Ishiguro e *La donna del tenente francese* di John Fowles. Quelli nel sacchetto erano i libri che leggeva quando aveva sei anni.

Forse c'era qualcosa di meglio sul fondo. Affondò le mani nel sacchetto.

Sobbalzò, sentendo bussare alla porta.

"Avanti."

Thom entrò portando una Pepsi e qualche merendina su un vassoio. "Salve."

"Salve."

"Ho pensato che avessi bisogno di essere rifocillata." Thom le aprì la lattina. Stava per versarne il contenuto in un bicchiere, ma lei lo fermò.

"La lattina va bene." Geneva voleva conservare tutti i vuoti, per sapere esattamente quanto avrebbe dovuto rifondere al signor Rhyme.

"E un po'... di cibo sano", disse Thom, porgendole un Kit Kat.

Risero entrambi.

"Magari dopo."

Cercavano tutti di farla ingrassare. Il fatto era che lei era abituata a digiunare. Si mangiava quando si era a tavola in famiglia, non chini su un tavolo in una cantina, mentre si leggeva un libro o si prendevano appunti per una tesina su Hemingway.

Geneva sorseggiò la bibita, mentre Thom prendeva i libri dal sacchetto e glieli passava a uno a uno. C'era un romanzo di C.S. Lewis. E un altro: *Il giardino segreto*.

Ancora niente per adulti.

"C'è n'è uno grosso, sul fondo", disse Thom, tirando fuori l'ultimo. Era un libro di Harry Potter, il primo della serie. Geneva lo aveva letto quando era uscito. "Lo vuoi?"

Lei esitò. "Ma sì."

Thom le consegnò il pesante volume.

Un tipo sui quarant'anni che stava facendo jogging incrociò Jax sul suo percorso e gli lanciò uno sguardo. Un reduce senza casa, con una giacca trovata fra i rifiuti, una pistola nel calzino e trentasette centesimi di elemosina in tasca.

L'uomo non cambiò espressione, si limitò a deviare leggermente, in modo da mettere qualche decina di centimetri in più tra sé e il grosso nero. Una deviazione quasi impercettibile, ma evidentissima per Jax, come se lo sconosciuto si fosse voltato a gridargli: "Stai alla larga, sporco negro".

Jax ne aveva le palle piene di quell'atteggiamento. Sempre lo stesso. Sarebbe mai cambiato?

Sì. No.

Chi diavolo lo sapeva?

Jax si chinò in avanti e, con noncuranza, si sistemò la pistola nel calzino: l'arma gli batteva fastidiosamente contro la caviglia. Poi riprese il cammino, rallentato dalla gamba zoppa.

"*Yo*, ce l'hai degli spiccioli?" fece una voce alle sue spalle.

Si voltò. Era un uomo dalla pelle molto scura, alto e curvo, a tre metri da lui.

Il mendicante ripeté: "*Yo*, spiccioli, uomo?"

Jax lo ignorò, pensando: *Questa è buona. Tutto il giorno a fingere di chiedere la carità ed ecco che trovo un mendicante sul serio. Mi sta bene.*

"*Yo*, spiccioli?"

Jax rispose in tono brusco: "No, non ne ho".

"Andiamo, ce li hanno tutti degli spiccioli. E non piacciono a nessuno. Tutti se li vogliono togliere dalle palle: pesano troppo e non ci compri un cazzo. Ti faccio un favore, fratello. Andiamo."

"Levati dai coglioni."

"Non mangio da due giorni."

"Certo che no", ribatté Jax. "Perché hai speso tutto da Calvin Klein." Guardò i vestiti dell'uomo: una tuta blu Adidas, un po' logora ma decente. "Trovati un lavoro."

"*Hokay*", fece il mendicante. "Non vuoi darmi gli spiccioli. Allora dammi le mani, stronzo."

"Le...?"

Jax si sentì spazzare via le gambe e cadde a faccia in giù sul marciapiede. Prima che potesse portare la mano alla pistola, si ritrovò le mani immobilizzate dietro la schiena e avvertì la pressione di una canna metallica dietro l'orecchio. "Cazzo fai, uomo?"

"Chiudi il becco."

Le mani dello sconosciuto lo perquisirono, fino a scovare la pistola nel calzino. Un paio di manette gli scattò intorno ai polsi. Si sentì sollevare e si ritrovò seduto, con un tesserino dell'FBI sotto il naso.

"Oh, cazzo", mormorò Jax, sentendosi crollare il mondo addosso. "Non ci voleva questa merda."

"Be', sai una cosa, amico? C'è altro letame in arrivo, quindi facci l'abitudine." L'agente dell'FBI si alzò in piedi. Un attimo dopo, Graffiti King lo sentì dire: "Qui Dellray. Sono fuori. Credo di avere beccato l'amico di Boyd. L'ho visto mentre dava dei soldi a un ragazzo nero uscito dalla casa di Lincoln. Che ci faceva?... Un sacchetto? Cazzo, è una bomba! Forse gas. Boyd lo ha pagato per farla entrare dentro casa. Fai uscire tutti e chiama un 10-33... E qualcuno porti subito via Geneva!"

Nel laboratorio di Rhyme, l'omone sedeva ammanettato e coi piedi legati a una sedia, circondato da Dellray, Rhyme, Bell, Sachs e Sellitto. Gli erano stati tolti la pistola, il portafoglio, un coltello, un cellulare, le sigarette e i soldi.

Per mezz'ora il caos aveva regnato all'indirizzo di Lincoln Rhyme. Bell e Sachs avevano letteralmente sollevato Geneva di peso e l'avevano caricata sulla Crown Vic, che era partita a razzo nell'eventualità che ci fosse qualcun altro in agguato all'esterno. La casa era stata evacuata e uomini della Bomb Squad, equipaggiati con le tute anticontaminazione, erano saliti al piano superiore per esaminare i libri ai raggi X. Nessun esplosivo, nessun gas venefico. Erano soltanto libri. Lo scopo, ne dedusse Rhyme, doveva essere quello di *far credere* che ci fosse qualcosa e attirare tutti allo scoperto, permettendo al complice di Boyd di entrare dal retro o mescolarsi a poliziotti o pompieri, nella speranza di uccidere Geneva.

Dunque era quello l'uomo di cui Dellray aveva sentito parlare il giorno prima, quello che aveva quasi avuto la ragazza nel mirino fuori dal cortile della Langston Hughes High School. Quello che aveva scoperto dove lei abitava e che l'aveva seguita fin lì per portare a termine un nuovo attentato contro la sua vita.

Ed era anche l'uomo, sperava Rhyme, che avrebbe potuto indicare loro il mandante di Boyd.

Il criminalista esaminò con attenzione quel tipo robusto dall'aria truce. La giacca mimetica militare era stata soppiantata da un'altra marrone, sportiva e malconcia. Il complice di Boyd, pensò Rhyme, doveva avere presunto che la sua tenuta del giorno prima non fosse passata inosservata.

L'individuo teneva gli occhi bassi, umiliato dall'arresto ma per nulla intimidito dalla falange di poliziotti che aveva intorno. Finalmente aprì la bocca e disse: "Sentite, voi non..."

"Shhhh", lo zittì Dellray, intimidatorio, continuando a frugare nel portafoglio mentre raccontava ai presenti l'accaduto. Stava venendo a portare i rapporti dell'FBI sul riciclaggio, quando aveva visto un teenager uscire dalla casa. "Ho visto il bestione che passava dei soldi al ragazzo e poi alzava il culo dalla panchina. Descrizione e gamba zoppa corrispondevano. Mi sono insospettito, specie per il gonfiore alla caviglia." L'agente indicò la piccola calibro 32 che aveva trovato nel calzino del complice. Per avvicinarlo, Dellray si era tolto la giacca, ci aveva avvolto le cartellette e le aveva nascoste dietro un cespuglio. Poi si era sporcato di terra la tuta per sembrare un mendicante, il ruolo che lo aveva reso celebre a New York nei suoi anni da agente di infiltrazione, e in quel modo si era avvicinato al sospetto per arrestarlo.

"Voglio dire una cosa", riprese l'individuo.

Dellray gli puntò contro un dito minaccioso. "Apri bocca quando te lo diciamo noi. Siamo d'accordo su questo?"

"Io..."

"*Siamo* d'accordo?"

L'energumeno annuì, scuro in volto.

L'agente dell'FBI mostrò ciò che aveva trovato nel portafoglio: denaro, qualche foto di famiglia, un'istantanea sbiadita. "E questo cos'è?"

"La mia sigla."

L'agente avvicinò la foto a Rhyme. Era una parete della metropolitana di New York. Su un graffito colorato si leggeva JAX 157.

"Un graffitaro", commentò Sachs. "Piuttosto bravo."
"Ti fai ancora chiamare Jax?" chiese Rhyme.
"Di solito."
Dellray mostrò ai presenti una carta di identità. "Puoi essere Jax per la brava gente della Transit Authority, ma per il resto del mondo ti chiami Alonzo Jackson. Noto anche come Detenuto 220934 presso il Department of Correction della bella città di Alden, nello Stato di New York."
"È a Buffalo, vero?" domandò Rhyme.
Jackson annuì.
"Di nuovo una prigione. È lì che lo hai conosciuto?"
"Chi?"
"Thompson Boyd."
"Non conosco nessun Boyd."
Dellray abbaiò: "E allora chi ti ha preso per questo lavoro?"
"Non so di che lavoro parla." Jackson sembrava sinceramente confuso. "E tutta quella storia del gas. Io..."
"Stavi cercando Geneva Settle. Ieri hai comprato un'arma e sei andato fuori dalla sua scuola", gli fece presente Sellitto.
"Seh, è vero." Jackson sembrava sorpreso dal livello delle informazioni di cui disponevano.
"E sei venuto qui", riprese Dellray. "Questo è il lavoro di cui parlo."
"Non c'è nessun lavoro. Non capisco cosa dice. Davvero."
"E questa storia dei libri?" chiese Sellitto.
"Li leggeva mia figlia, quando era piccola. Erano per lei."
L'agente mormorò. "Splendido. Ma adesso spiegaci perché hai pagato qualcuno per farli consegnare a..." Esitò e corrugò la fronte. Per una volta, Fred Dellray era senza parole.
Rhyme domandò: "Stai dicendo..."
"Proprio così", sospirò Jax. "Geneva è mia figlia."

35

"Da principio", disse Rhyme.

"Okay. Ecco qui: sei anni fa mi sono beccato dai sei ai nove anni a Wende", raccontò Jackson, riferendosi al carcere di massima sicurezza di Buffalo.

"Per cosa?" volle sapere Dellray. "Quell'AR e omicidio di cui abbiamo sentito parlare?"

"Rapina a mano armata", precisò Jackson, "possesso di arma da fuoco e aggressione."

"E il 25-25? L'omicidio?"

"Quello no", sottolineò l'uomo, deciso. "Il tentato omicidio è stato ridotto ad aggressione. E non ero nemmeno stato io."

"Questa non l'avevo mai sentita", fece l'agente dell'FBI.

"E la rapina invece?" domandò Sellitto.

Una smorfia. "Seh."

"Continua."

"L'anno scorso mi hanno passato ad Alden, minima sicurezza. Potevo uscire per andare a lavorare e studiare. Sette settimane fa mi hanno dato la libertà condizionata."

"Dicci dell'AR."

"Okay. Un po' di anni fa lavoravo di vernice, ad Harlem."

"Graffiti?" chiese Rhyme, pensando alla fotografia.

"Imbiancavo case." Jax rise. "Non si facevano soldi coi graffiti, se non eri Keith Haring o uno dei suoi. E loro non erano veri graffitari. Solo che ero strangolato dai debiti. Ecco, Venus, la madre di Geneva, aveva i suoi problemi. Prima la coca, poi i *cookies*, sapete, il crack. E ci servivano i soldi per le cauzioni e gli avvocati." L'espressione di dolore era genuina. "Si capiva che aveva dei problemi già quando ci siamo messi insieme. Ma, sapete, non c'è niente come essere innamorati per non vedere le cose. In ogni caso, ci stavano per sbattere fuori a calci dal nostro appartamento e io non avevo soldi per pagare i vestiti e i libri di scuola a Geneva. A volte nemmeno per comprare da mangiare. La ragazza doveva vivere una vita normale. Speravo di mettere insieme un po' di *benjamins* per far disintossicare Venus, rimetterla in sesto. Ma lei non voleva e io avrei dovuto portarle via Geneva, per darle una casa decente.

"È successo che un tipo, Joey Stokes, mi ha detto di questo affare a Buffalo. Aveva saputo che tutti i sabati un furgone blindato trasportava gli incassi dei centri commerciali fuori città, con solo un paio di guardie svogliate a bordo. Doveva essere un giochetto. Joey e io siamo partiti il sabato mattina, convinti che a sera saremmo tornati a casa con cinquanta o sessantamila dollari a testa." Jax scosse tristemente il capo. "Non so chi me l'ha fatto fare di starlo a sentire. Appena l'autista ha consegnato i soldi, tutto è andato storto. Aveva un segnale di emergenza di cui non sapevamo niente. In un attimo si sono sentite le sirene dappertutto.

"Siamo fuggiti verso sud, ma siamo rimasti bloccati a un passaggio a livello che non avevamo messo in conto, con un treno merci fermo. Abbiamo girato la macchina e abbiamo preso delle stradine che non erano neanche sulla carta. Ci siamo ritrovati in mezzo ai campi, con due gomme a terra. Abbiamo continuato a scappare a piedi. Gli sbirri ci hanno raggiunto mezz'ora dopo. Joey ha detto: 'Spariamogli'. E io ho detto di no e li ho chiamati per consegnarmi. Ma Joey ha perso la testa e mi ha sparato in una gamba. La polizia di Stato ha pensato che stessimo sparando *a loro*. Ecco il tentato omicidio."

"Il crimine non paga", fece Dellray, da quel filosofo dilettante che era.

"Ci hanno tenuti in custodia per una settimana e sono passati dieci giorni prima che ci facessero fare una chiamata. E neanche allora sono riuscito a chiamare Venus: ci avevano tagliato il telefono. Il mio avvocato era d'ufficio e non ha fatto un cazzo. Ho chiamato degli amici, ma nessuno riusciva a trovare né Venus né Geneva. Le avevano sfrattate. Ho scritto dalla prigione: le lettere mi tornavano indietro. Ho chiamato tutti quelli che mi venivano in mente. Volevo trovarle a ogni costo. La madre di Geneva aveva già perso un bambino in gravidanza. E quando sono finito in galera, ho perso anche mia figlia. Rivolevo la mia famiglia.

"Quando mi hanno rilasciato, sono tornato a cercarla. Ho speso tutti i soldi che avevo per comprare un computer. Volevo vedere se riuscivo a trovarla via Internet. Ma non ho avuto fortuna. Ho saputo solo che Venus era morta e Geneva era scomparsa. È troppo facile sparire tra le crepe di Harlem. Non sono riuscito nemmeno a trovare mia zia, con cui sapevo che era stata per un po'. Poi ieri mattina mi ha chiamato una donna che conoscevo, una che lavora a Midtown e che sapeva che cercavo mia figlia. Aveva visto il casino al museo dei neri e aveva sentito che una ragazza di sedici anni di nome Geneva era stata aggredita. Ho chiesto a un tale dalle parti di Uptown, che si è informato sulle scuole. Ho saputo che Geneva andava alla Langston Hughes e sono andato a cercarla."

"Ed è lì che ti hanno visto", concluse Sellitto. "Vicino al cortile."

"Infatti. Ero io. Quando mi siete corsi dietro, sono scappato. Allora sono tornato indietro e da un ragazzo ho saputo dove abita, a West Harlem, vicino a Morningside. Ci sono andato stamattina, volevo portarle i libri. Ma poi ho visto che lui la metteva in macchina e se ne andava." Accennò a Bell.

Il detective si accigliò. "Eri tu che spingevi il carrello del supermercato."

"Seh. Era una facciata. Poi ho preso un taxi e vi ho seguiti."

"Con una pistola", puntualizzò Bell.

"Qualcuno ha cercato di fare del male a mia figlia", sbottò Jax. "Accidenti, sì, mi sono trovato un pezzo. Non volevo che le accadesse niente."

"Te ne sei servito?" chiese Rhyme. "Della pistola?"

"No."

"Controlleremo."

"L'ho usata solo per spaventare uno stronzetto che mi ha detto dove abitava Geneva, un ragazzo di nome Kevin che ha parlato male di lei. Gliel'ho fatta fare sotto. Se lo meritava. Non ho fatto altro. Be', sì, l'ho strapazzato un po'. Potete andare a chiederglielo."

"Come si chiama la donna che ti ha chiamato ieri?"

"Betty Carlson. Lavora vicino al museo." Accennò al cellulare. "Trovate il numero tra le chiamate ricevute. 718... è il prefisso di zona."

Sellitto prese il cellulare di Jax e andò in corridoio.

"Che cosa ci racconti della tua famiglia a Chicago?"

"La mia cosa?" fece l'uomo, confuso.

"La madre di Geneva ha detto alla ragazza che ti eri trasferito a Chicago, con un'altra. Ti eri risposato."

Jax chiuse gli occhi e fece un'espressione di disgusto. "No... no... Era una palla. Non ci sono mai stato a Chicago. Venus glielo ha detto per mettermela contro. Quella donna... ma chi me l'ha fatto fare di innamorarmene?"

Rhyme guardò Cooper. "Chiama il Department of Correction."

"No, no, vi prego." Jax era disperato. "Ho violato le norme. Non posso allontanarmi più di quaranta chilometri da Buffalo. Ho chiesto due volte il permesso di uscire dalla giurisdizione e tutt'e due le volte me lo hanno negato. Sono venuto lo stesso."

"Posso esaminare il database del DOC", considerò Cooper. "Sembrerà un controllo di routine. Non se ne accorgeranno neanche."

Rhyme assentì.

Poco dopo, una fotografia di Alonzo Jackson apparve sullo schermo, accompagnata dalla sua fedina penale. Cooper la lesse e riferì: "La scheda conferma quello che ha detto. Libertà condizionata per buona condotta. In prigione ha conseguito anche dei titoli di studio. Come parente più prossima è indicata una figlia, Geneva Settle".

"Grazie al cielo", fece Jax sollevato.

"E quei libri?"

"Non potevo certo presentarmi qui e dirvi chi ero. Mi avreste rispedito in galera. Allora ho trovato un po' di copie di libri che Geneva ha letto quando era piccola. Così avrebbe capito che il biglietto veniva da me."

"Quale biglietto?"

"Le ho scritto un biglietto e l'ho messo in uno dei libri."

Cooper frugò nel sacchetto. In una copia consunta de *Il giardino segreto* c'era un foglio di carta su cui, con grafia diligente, si leggevano le parole:

Gen, piccola, è tuo padre che ti scrive. Per favore, chiamami.

Seguiva il suo numero di telefono.

Sellitto riapparve sulla soglia. "Ho parlato con quella Carlson. Tutto corrisponde."

Rhyme domandò: "Non eri sposato con la madre di Geneva. Per questo il cognome di tua figlia non è Jackson".

"Infatti."

"Dove vivi?" chiese Bell.

"Ho una stanza ad Harlem. Sulla 136th. Una volta trovata Geneva, volevo portarla a Buffalo per un po', in attesa del permesso di tornare a New York." Rhyme colse un profondo dolore nel suo sguardo. "Ma ormai non credo di avere molte possibilità."

"Perché?" gli chiese Sachs.

Jax fece un sorriso malinconico. "Ho visto dove vive, quella bella casa vicino a Morningside. Naturalmente sono felice per lei, sul serio. Avrà due bravi genitori adottivi che si prenderanno cura di lei, forse anche un fratello o una sorella. Lei lo ha sempre desiderato, anche se è andata male, quando Venus ha perso il bambino. Chi glielo fa fare a Geneva di tornare con me? Ha la vita che si merita, tutto quello che io non ho potuto darle."

Rhyme guardò Sachs con un sopracciglio inarcato. Jax non se ne accorse. La sua storia sembrava plausibile, ma il criminalista conservava il suo scetticismo da poliziotto. "Voglio farti un paio di domande."

"Faccia pure."

"Chi è quella zia di cui hai parlato?"

"La sorella di mio padre, Lilly Hall. Mi ha aiutato a crescerla. È rimasta vedova due volte. Dovrebbe avere compiuto da poco i novant'anni. In agosto, se è ancora viva."

Rhyme ignorava che età avesse o quando fosse il suo compleanno, ma il nome era quello della prozia di Geneva. "Sì, è ancora viva."

Un sorriso. "Mi fa piacere. Ho sentito la sua mancanza. Non sono riuscito a trovare neanche lei."

"Hai detto a Geneva qualcosa sulla gente da chiamare 'signore'", intervenne Bell. "Che cos'era?"

"Fin da quando era piccola, le ho sempre detto di guardare la gente negli occhi e di essere rispettosa. Ma di non chiamare mai nessuno 'signore' o 'signora', se non se lo guadagnavano."

Bell fece cenni di assenso a Rhyme e Sachs.

Il criminalista chiese: "Chi è Charles Singleton?"

Jax batté le palpebre, sorpreso. "E di lui come avete fatto a saperlo?"

"Rispondi alla domanda, tu", incalzò Dellray.

"Era il mio... non saprei, bis-bis-bis-bisnonno, o qualcosa del genere."

"Vai avanti", lo incoraggiò Rhyme.

"Be', era uno schiavo, in Virginia. Il padrone liberò lui e la moglie e gli diede una fattoria al nord. Poi lui andò volontario nella Guerra Civile, sapete, come in quel film, *Glory*. Tornò a casa, coltivò il suo frutteto, insegnò nella sua scuola agli africani liberati. Fece un po' di soldi vendendo sidro agli operai dei cantieri navali vicino alla fattoria. So che gli diedero delle medaglie, in guerra. Conobbe persino Abraham Lincoln, una volta, a Richmond, quando ci arrivarono le truppe dell'Unione. O almeno questo mi ha raccontato mio nonno." Un'altra risata malinconica. "Poi Charles si fece arrestare per avere rubato dell'oro o degli stipendi e finì in galera. Proprio come me."

"Sai che ne è stato di lui, dopo la prigione?"

"No. Questo non l'ho mai saputo. Allora, adesso ci credete che sono il padre di Geneva?"

Dellray guardò Rhyme, con un sopracciglio sollevato.

Il criminalista squadrò Alonzo Jackson. "Quasi. Un'ultima cosa. Apri la bocca."

"Sei mio *padre*?"

Senza fiato, ancora confusa dalla notizia, Geneva sentiva il cuore battere forte. Lo guardò attentamente, scrutando i suoi lineamenti, le spalle, le mani. La prima reazione era stata di assoluta incredulità. Ma ora non poteva negare di riconoscere l'anello di granato che sua madre gli aveva regalato una volta per Natale, quando ancora lo festeggiavano. Tuttavia il ricordo con cui confrontava l'uomo che aveva di fronte era un'immagine vaga, come quando si guarda qualcuno contro luce.

Nonostante la patente, la foto di famiglia in cui la si vedeva da bambina con i genitori e l'istantanea di uno dei vecchi graffiti di Jax, a tagliare la testa al toro fu il test del DNA che fece il signor Cooper. A quel punto, Geneva non aveva più dubbi sulla sua parentela con quell'uomo.

Erano da soli al piano di sopra, soli a parte il detective Bell, l'ombra protettiva di Geneva. Gli altri poliziotti erano rimasti di sotto, a cercare di capire chi ci fosse dietro il furto al Jewelry Exchange.

Ma per il momento la ragazza non pensava al signor Rhyme, ad Amelia e a tutti gli altri, e nemmeno all'assassino e a tutto quanto era avvenuto negli ultimi giorni. Le domande che la tormentavano erano come fosse arrivato suo padre fin lì, e perché.

E, cosa più importante, che cosa ciò significasse per lei.

Dal sacchetto di plastica tirò fuori il libro del Dr. Seuss. "Non leggo più libri per bambini." Era l'unica cosa che le venisse da dire. "Ho compiuto sedici anni due mesi fa." Forse, dentro di sé, voleva fargli pesare tutti i compleanni che aveva trascorso da sola.

"Te li ho fatti avere solo perché potessi capire che ero io. Lo so che sei troppo grande per leggerli."

"E che mi dici della tua altra famiglia?"

Jax scosse il capo. "Mi hanno detto che cosa ti ha raccontato Venus, Genie."

Alla ragazza non piacque affatto che lui usasse quel nomignolo, che stava tanto per Geneva quanto per "genio".

"Si è inventata tutto", insistette lui. "Per metterti contro di me. No, no, Genie, non ti avrei mai abbandonato. Sono finito in galera."

"In galera?"

"Esatto, miss", confermò Roland Bell. "Abbiamo controllato i dossier. È stato arrestato il giorno in cui tua madre ti ha detto che vi ha abbandonato. Ed è stato in prigione da allora. Ne è uscito sette settimane fa."

Jax le raccontò della rapina, del disperato tentativo di racimolare il denaro per migliorare la loro vita e aiutare la madre di Geneva. Ma lei aveva già sentito quelle parole, ormai abusate, usurate. Erano le solite scuse zoppicanti che si sentivano spesso ad Harlem, dal tipo che spacciava il crack, da quello che rubava nei negozi, da quello con il sussidio di disoccupazione che si faceva beccare a lavorare in nero.

L'ho fatto per te, piccola mia…

Geneva riguardò il libro. Era di seconda mano. Per chi era stato comprato, in origine? Dov'era adesso il genitore che lo aveva acquistato? In carcere, a lavare i piatti, al volante di una Lexus o alla testa di un'équipe di neurochirurghi?

E magari suo padre l'aveva rubato in un negozio di libri usati.

"Sono tornato a cercarti, Genie. Ero disperato. E lo sono stato ancora di più quando Betty mi ha telefonato e mi ha detto che ti avevano aggredita. Che cosa è successo? Chi ce l'ha con te? Nessuno me l'ha detto."

"Ho visto qualcosa", disse lei, elusiva. Non voleva fargli sapere altro. "Forse qualcuno che stava commettendo un crimine." Geneva non aveva interesse a proseguire la conversazione su quel versante. "Lo sai che la mamma è morta."

Lui annuì. "Non l'ho saputo finché non sono tornato. L'ho sentito quando sono arrivato ad Harlem. Ma non ne sono rimasto sorpreso. Era una donna con molti problemi. Forse è più felice dov'è adesso."

Geneva non ne era convinta. E, in ogni caso, nessun paradiso sarebbe bastato a ripagare la madre della tristezza di morire sola come un cane, con il corpo rinsecchito ma la faccia gonfia come una luna gialla. Né avrebbe potuto ripagarla dell'infelicità dei suoi ultimi anni, quando si faceva sbattere sulle scale per un po' di crack, mentre la figlia aspettava fuori dal portone.

Di tutto questo Geneva non disse nulla.

Lui sorrise. "Niente male la casa in cui abiti."

"Era un alloggio temporaneo. Non ci vivo più."

"Davvero? E dove vivi adesso?"

"Ancora non lo so."

Geneva si pentì di quella frase. Si rese conto di avergli lasciato uno spiraglio.

Lui ne approfittò subito. "Chiederò di potermi trasferire a New York. Con una famiglia qui, non mi faranno storie per la libertà condizionata."

"Non ce l'hai una famiglia qui. Non più."

"Lo so che sei arrabbiata con me, piccola. Ma rimedierò. Io..."

Geneva gettò il libro per terra. "Sei anni e niente. Non una parola, una telefonata, una lettera." Infuriata, sentì gli occhi riempirsi di lacrime. Le asciugò con le mani tremanti.

"E a quale indirizzo avrei potuto scrivere?" mormorò lui. "Dove avrei potuto telefonarvi? Ho provato a mettermi in contatto con voi ininterrottamente per sei anni. Ti posso far vedere la montagna di lettere respinte al mittente. Un centinaio, forse. Ho provato tutto quello che sono riuscito a immaginare. Solo che non sono riuscito a trovarti."

"Be', tante grazie per le tue scuse. Sempre che lo siano. Ma adesso credo sia meglio se te ne vai."

"No, piccola, lascia che..."

"Niente 'piccola', niente 'Genie', niente 'figlia'."

"Rimedierò", ripeté lui. Si asciugò gli occhi.

Geneva non provava assolutamente niente di fronte al suo dolore, se di questo si trattava. Niente, a parte la rabbia. "Vattene!"

"Ma, piccola, io..."

"No. Vattene e basta."

Una volta di più il detective del North Carolina, l'esperto di protezione, fece il suo lavoro senza esitazioni o ripensamenti. Si alzò e senza dire una parola, ma con decisione, accompagnò alla porta il padre di Geneva. Le rivolse un sorriso rassicurante, chiuse la porta dietro le spalle dell'uomo e lasciò la ragazza sola con se stessa.

36

Mentre la ragazza e suo padre erano al piano di sopra, Rhyme e la sua squadra avevano continuato a seguire la pista dei ladri di gioielli.

Senza alcun successo.

Il materiale che Fred Dellray aveva portato a proposito di riciclaggio di denaro sporco nel settore delle pietre preziose riguardava operazioni di poco conto, nessuna delle quali faceva capo a Midtown. Né dall'Interpol né dalle forze di polizia locali erano giunti rapporti che potessero contribuire all'indagine.

Il criminalista stava cedendo alla frustrazione, quando il suo telefono squillò.

"Qui Rhyme."

"Lincoln, sono Parker."

Era il grafologo che aveva analizzato la lettera trovata nella casa sicura di Boyd. Parker Kincaid e Rhyme si scambiarono notizie sulla salute e sulla famiglia. La compagna di Kincaid, l'agente Margaret Lukas dell'FBI, stava bene, e così Stephie e Robby, i due figli del grafologo.

Sachs lo salutò a sua volta, dopo di che Kincaid venne al sodo. "Ho lavorato senza posa alla tua lettera da quando mi hai mandato la scansione. Ho elaborato un profilo dell'autore."

Nella pratica più seria della grafologia non si tenta di determinare la personalità di chi scrive. L'obiettivo principale è confrontare tra loro documenti diversi, in particolare nei casi di contraffazione. Ma non era questo che interessava a Rhyme in quel momento. Parker Kincaid si riferiva alla deduzione di caratteristiche dell'autore della lettera in base al linguaggio impiegato, che in quel caso era piuttosto insolito, come Rhyme aveva notato immediatamente. Valutazioni di quel genere potevano rivelarsi preziose per l'identificazione dei sospetti: per esempio, l'analisi grammaticale e sintattica del biglietto con cui era stato chiesto il riscatto nel rapimento Lindbergh aveva fornito un profilo perfetto del sequestratore, Bruno Hauptmann.

Con il tipico entusiasmo che profondeva nel suo lavoro, Kincaid proseguì. "Ho trovato alcune cose interessanti. Avete davanti la lettera?"

"Ce l'abbiamo sotto gli occhi."

Ragazza nera, quarto piano a questa finestra, 2 ottobre, circa 8,30. Ha visto mio furgone delle consegne quando parcheggiato lui in il vicolo dietro Jewelry Echange. Ha visto abbastanza da indovinare piano mio. Uccidila.

"Per cominciare", rilevò Kincaid, "l'autore è nato all'estero: si vede dalla sintassi goffa e dall'errore di ortografia. Inoltre ha indicato la data come '2 ottobre' invece che 'ottobre 2' e l'ora come '8,30', non come '8,30 a.m.', il che significa che ragiona in termini di ventiquattr'ore. Tutto questo sarebbe insolito, per un americano. E ora un altro punto importante: quest'uomo..."

"O questa donna", lo interruppe Rhyme.

"Direi che si tratta di un uomo", lo smentì Kincaid. "Poi ti dico perché. Intanto, ha usato il pronome maschile 'lui' riferendosi apparentemente al furgone, il che è tipico di parecchie lingue straniere. Ma ciò che restringe la scelta è la costruzione del genitivo."

"La *che*?" fece Rhyme.

"La costruzione del genitivo, vale a dire l'uso degli aggettivi possessivi. Il vostro Sosco a un certo punto ha scritto 'mio furgone delle consegne'."

Il criminalista guardò il messaggio. "Vedo."

"Ma poi ha scritto 'piano mio'. Mi fa pensare che la lingua madre del vostro ragazzo sia l'arabo."

"L'arabo?"

"Con una probabilità del novanta per cento, direi. In arabo c'è una costruzione del genitivo chiamata *i.dafaah*. Per indicare il possessivo, per esempio 'la macchina di John', si dice 'la macchina *John*'. La costruzione si accorda con 'piano mio'. Ma la regola vale solo quando l'oggetto posseduto è indicato da una parola sola. 'Furgone delle consegne' non funziona in arabo, quindi lui scrive semplicemente 'mio furgone delle consegne'. L'altro indizio è l'utilizzo dell'articolo: 'in il vicolo' anziché 'in un vicolo'. È piuttosto comune in chi parla arabo, dove non si usano gli articoli indeterminativi, ma solo quelli determinativi. Vale anche per la lingua gallese, ma non credo che il vostro ragazzo venga da Cardiff."

"Ottimo, Parker", apprezzò Sachs. "Molto sottile, ma valido."

Una risatina risuonò dall'altoparlante. "Ti dirò, Amelia: tutti in questo campo ci siamo dovuti studiare l'arabo, da qualche anno a questa parte."

"È per questo che pensi si tratti di un uomo."

"Quante criminali arabe vi capita di vedere?"

"Non molte... C'è altro?"

"Fatemi avere altri campioni e ve li potrò confrontare, se volete."

"Speriamo." Rhyme ringraziò il grafologo e chiuse la comunicazione. Poi guardò il tabellone, scosse il capo e rise sprezzante.

"Che cosa stai pensando, Rhyme?"

"L'avete capito che cos'ha in mente, vero?" chiese il criminalista, in tono cupo.

Sachs annuì. "Non ha intenzione di svaligiare l'American Jewelry Exchange. Vuole farlo saltare in aria."

"Già."

"Ma certo", osservò Dellray. "I rapporti che abbiamo avuto su possibili attentati a bersagli israeliani."

Sachs disse: "La guardia di fronte al museo ha detto che ricevono ogni giorno consegne di diamanti da Gerusalemme... Okay, faccio evacuare l'Exchange e chiamo gli artificieri". E prese il cellulare.

Rhyme guardò di nuovo il tabellone e si rivolse a Sellitto e a Cooper: "Falafel e yogurt... e un furgone delle consegne. Scoprite se intorno ci sono ristoranti mediorientali che fanno servizio a domicilio e quando. E che tipo di furgoni usano".

Dellray non parve convinto. "Mezza città mangia quella roba. Puoi trovare kebab e falafel a ogni angolo. Ci sono..." Gli occhi dell'agente incrociarono quelli di Rhyme.

"Gli ambulanti!"

"Ne ho visti almeno mezza dozzina intorno al museo", ricordò Sellitto.

"*Perfetto* per la sorveglianza!" esclamò il criminalista. "E un'ottima copertura! Consegna il cibo tutti i giorni e nessuno gli fa caso. Voglio sapere chi rifornisce gli ambulanti. Sbrighiamoci!"

Stando all'ufficio sanitario, solo due compagnie rifornivano di cibo mediorientale gli ambulanti dell'isolato intorno al Jewelry Exchange. Ironia della sorte, quella più grossa era gestita da due fratelli ebrei: due assidui frequentatori del tempio, la cui famiglia viveva in Israele. Difficile sospettare di loro.

L'altra compagnia non controllava chioschi o carretti, ma a Midtown ne riforniva a dozzine. La sua merce erano rollini, kebab e felafel, così come hot dog di carne di maiale (cibo pagano ma economicamente vantaggioso), condimenti e bibite. La sede era in un ristorante-tavola calda sulla Broad Street. I titolari avevano un dipendente che si occupava delle consegne in giro per la città.

Circondati da Dellray e da una decina tra agenti dell'FBI e poliziotti, i titolari si mostrarono estremamente, quasi disperatamente, disposti a cooperare. Il dipendente si chiamava Bani al-Dahab, era di nazionalità saudita e il suo permesso di soggiorno era scaduto da parecchio tempo. Aveva svolto una qualche professione a Gedda, poi aveva lavorato come tecnico negli Stati Uniti. Ma, una volta scaduto il permesso, aveva dovuto accettare qualsiasi impiego, dal cuoco al fattorino. Era lui a occuparsi delle consegne tra Manhattan e Brooklyn.

L'American Jewelry Exchange era stato evacuato e setacciato, ma non vi era stata trovata alcuna bomba. La polizia ricercava attivamente il furgone che, a detta dei titolari, poteva essere in qualsiasi punto della città: al-Dahab era libero di decidere da sé il percorso delle consegne.

Era in momenti come questi che Rhyme si sarebbe messo a passeggiare avanti e indietro, se solo avesse potuto. Dove diavolo era al-Dahab? Era al volante di un furgone carico di esplosivi? Aveva forse abbandonato l'idea di un attentato al Jewelry Exchange per passare a qualche bersaglio secondario, una sinagoga o un ufficio della compagnia aerea El-Al?

"Facciamo portare qui Boyd e mettiamolo sotto pressione", sbottò il criminalista. "Voglio sapere dove diavolo è quell'uomo!"

Fu in quel momento che suonò il telefono di Mel Cooper.

Poi quello di Sellitto e, subito dopo, quello di Amelia Sachs.

E infine anche quello del laboratorio.

A chiamare erano persone diverse, ma il messaggio era lo stesso.

La domanda di Rhyme aveva trovato risposta.

Solo l'autista era morto.

Il che, considerando l'intensità dell'esplosione e il fatto che il furgone si trovasse all'incrocio tra la 9th Avenue e la 54th Street, circondato da altri veicoli, aveva del miracoloso.

L'esplosione si era diretta soprattutto verso l'alto, attraverso il tetto e i finestrini, e aveva scagliato in aria schegge di metallo e di vetro che avevano ferito decine di passanti. Ma il danno maggiore era stato all'interno dell'E250. Il furgone in fiamme aveva proseguito per inerzia fin sul marciapiede, terminando la sua corsa contro un lampione. Una squadra di pompieri della 8th Avenue aveva rapidamente avuto ragione delle fiamme e provveduto a trattenere la folla. Quanto all'uomo alla guida, era inutile tentare di salvarlo. I due pezzi più grossi del suo corpo erano distanti parecchi metri l'uno dall'altro.

La Bomb Squad aveva transennato la scena dell'esplosione e alla polizia non era rimasto altro da fare che attendere il medico legale e la Scientifica.

"Questo odore cos'è?" chiedeva il detective di Midtown North, un uomo alto e stempiato. Provava sgomento e sorpresa al tempo stesso: l'aria sapeva di carne bruciata. Solo che l'odore era molto gradevole.

Uno degli artificieri guardò la faccia verde del detective e si mise a ridere. "Rollini", gli spiegò.

"Che cosa?" fece il poliziotto, pensando che fosse l'acronimo di qualcosa, tipo FOOPI, Fottuto Oltre Ogni Possibile Identificazione.

"Guardi." L'uomo della Bomb Squad raccolse con le mani guantate di lattice un pezzo di carne bruciata. L'annusò. "Appetitoso."

Il detective di Midtwon North rise, cercando di dissimulare i conati di vomito.

"È agnello."

"È...?"

"L'autista faceva consegne di cibo. Era il suo lavoro. Il retro del furgone era carico di carne, falafel e altra roba del genere."

"Oh." Al poliziotto la nausea non diminuiva.

Proprio allora arrivò una Camaro SS, un diavolo di macchina. Il veicolo frenò, slittando sull'asfalto e fermandosi a contatto con il nastro giallo della polizia. Ne scese una rossa mozzafiato che osservò la scena e fece un cenno al detective.

"Ehi", fece questi.

La poliziotta collegò una cuffia alla radio Motorola e fece un cenno all'autobus della Crime Scene, che si fermò accanto alla macchina. La donna annusò l'aria e inspirò profondamente. Parve compiaciuta. "Non ho ancora esaminato la scena, Rhyme", disse nel piccolo microfono della cuffia. "Ma dall'odore direi che lo abbiamo trovato."

In quel momento il detective alto e stempiato deglutì e disse: "Ecco... Torno subito". Si precipitò in un vicino Starbucks, pregando di arrivare in tempo al bagno.

Con il detective Bell al suo fianco, Geneva entrò nel laboratorio del signor Rhyme. Suo padre la stava fissando con quei suoi occhi da cane bastonato.

Accidenti.

La ragazza distolse lo sguardo.
Rhyme annunciò: "Ci sono notizie. Il mandante di Boyd è morto".
"Morto? Il ladro di gioielli?"
"Le cose non erano come sembravano. Ci siamo... be', *mi sono* sbagliato. Pensavo che fosse una rapina, invece era un attentato."
"Terroristico?"
Rhyme passò la parola ad Amelia, che teneva in mano una cartelletta di plastica. All'interno, spiegò, c'era una lettera indirizzata al *New York Times*, in cui si proclamava che l'esplosione all'American Jewelry Exchange era un altro passo nella guerra santa contro l'Israele sionista e i suoi alleati. Il tipo di carta era identico a quello su cui erano stati tracciati lo schizzo della West 55th Street e la condanna a morte di Geneva.
"Chi era?" chiese la ragazza, cercando di ricordare se avesse notato un furgone e un mediorientale nel vicolo vicino al museo, una settimana prima. Non ci riuscì.
"Un clandestino saudita", disse il detective Sellitto. "Lavorava per un ristorante. Naturalmente i proprietari se la stanno facendo sotto. Pensano che li consideriamo un covo di Al Qaeda, o roba del genere." Ridacchiò. "Il che non si può escludere. Controlleremo. Ma sembrano puliti: sono cittadini americani, vivono qui da anni, hanno persino un paio di figli nell'esercito. E direi proprio che in questo momento sono parecchio nervosi."
L'elemento più importante riguardo all'attentatore, riferì Amelia, era che Bani al-Dahab non risultava associato a nessun presunto terrorista. La donna con cui usciva e i compagni di lavoro avevano dichiarato che, per quanto ne sapevano, l'uomo non aveva contatti con potenziali cellule terroriste. La sua moschea era dedita alla religione e politicamente moderata. Amelia aveva persino ispezionato il suo appartamento nel Queens, senza trovare alcun indizio di legami con il terrorismo. In ogni caso, i tabulati della compagnia telefonica relativi al suo numero erano ancora al vaglio, nell'eventualità di connessioni con il fondamentalismo.

"Continuiamo a valutare gli indizi", intervenne Rhyme, "ma siamo sicuri al novantanove per cento che lavorasse da solo. Il che significa che puoi stare tranquilla."

Il criminalista spostò la sedia a rotelle verso il tavolo dei reperti ed esaminò alcuni sacchetti di plastica contenenti frammenti di metallo annerito e plastica bruciata. Poi si rivolse al signor Cooper. "Aggiungilo alla lista, Mel: l'esplosivo era TOVEX e disponiamo di resti del ricevitore: la confezione, dei cavi e, in minima parte, del detonatore. Tutto contenuto in una scatola dell'UPS indirizzata all'American Jewelry Exchange, all'attenzione del direttore."

"Ma perché è esploso prima?" domandò Jax Jackson.

Lincoln Rhyme spiegò che era molto pericoloso usare una bomba radiocontrollata in città, perché c'erano troppe onde radio ambientali, provenienti dai detonatori nei cantieri, dai walkie-talkie e da centinaia di altre fonti.

Il detective Sellitto aggiunse: "Può anche darsi che si sia suicidato. Forse è venuto a sapere che Boyd era stato arrestato, o che il Jewelry Exchange era sotto controllo. Avrà pensato che stessimo per prenderlo".

Geneva si sentiva confusa, a disagio. D'un tratto, tutte quelle persone le sembravano estranee. La ragione per cui si era rifugiata in quella casa non sussisteva più. Quanto a suo padre, le sembrava ancora più alieno della polizia. Avrebbe voluto tornare nella sua stanzetta in cantina, con i suoi libri e i suoi progetti per il futuro, il college, i sogni di Firenze e Parigi.

Ma poi si accorse che Amelia la stava fissando. "Che cosa farai adesso?" le chiese la poliziotta.

Geneva guardò il padre. Che cosa sarebbe successo? Aveva un genitore, certo, ma era un ex detenuto, che non aveva nemmeno il permesso di stare in città. Probabilmente avrebbero cercato lo stesso di metterla in una comunità.

Amelia guardò Lincoln Rhyme. "Perché non ci atteniamo al piano, fino a quando non si chiarisce tutto? Geneva potrebbe restare qui per un po'."

"Qui?" chiese la ragazza.

"Tuo padre deve tornare a Buffalo e risolvere la sua situazione."

Non che vivere con lui fosse un'opzione accettabile, dal punto di vista di Geneva. Ma la ragazza lo tenne per sé.

"Eccellente idea", approvò Thom, con convinzione. "Credo che sia bene così. Resterai da noi."

"Per te va bene?" chiese Amelia a Geneva.

La ragazza non capiva perché la volessero con loro. In un primo momento fu sospettosa. Ma dovette considerare che, dopo avere vissuto da sola tanto a lungo, il sospetto la seguiva come un'ombra. Pensò a un'altra regola valida per vite come la sua. *Ti prendi la famiglia che trovi.*

"Certo", rispose Geneva.

Ammanettato, Thompson Boyd fu condotto nel laboratorio di Rhyme. In quel momento, Geneva era al piano di sopra, affidata alle cure di Barbe Lynch.

Raramente il criminalista incontrava gli assassini di persona. Era uno scienziato e l'unica passione nel suo lavoro era la caccia, non l'incarnazione fisica del sospetto. Non amava vantarsi di fronte all'uomo o alla donna che catturava. Le scuse o le suppliche non lo commuovevano, le minacce non lo toccavano.

Ma in questo caso doveva accertarsi che Geneva Settle fosse al sicuro. E voleva saperlo dall'uomo che aveva cercato di ucciderla.

Sul volto di Boyd c'erano ancora i lividi e i cerotti lasciatigli dallo scontro con Amelia al momento dell'arresto. Il killer si guardò intorno: l'equipaggiamento, i tabelloni...

La sedia a rotelle.

Boyd non diede il minimo segno di emozione, di sorpresa o di interesse. Nemmeno quando vide Sachs: era come se avesse dimenticato che lei gli aveva quasi spaccato il cranio a sassate.

Qualcuno gli ha chiesto che cosa si sentiva a stare su una sedia elettrica e lui ha detto che non si sentiva niente. Solo una specie di torpore. Lo diceva spesso, negli ultimi tempi, che sentiva il torpore.

Il killer domandò: "Come mi avete trovato?"

"Un paio di dettagli", fu la risposta di Rhyme. "Per cominciare, hai sbagliato a scegliere la carta dei tarocchi da lasciare come indizio. Mi ha fatto pensare alle esecuzioni."

"L'Impiccato." Boyd assentì. "Ha ragione. Non ci avevo pensato. Mi era sembrata una carta inquietante. Serviva a depistarvi."

Rhyme proseguì: "Ma è stato grazie alla tua abitudine che ti abbiamo identificato".

"Abitudine?"

"Di fischiare."

"Già. Cerco di evitarlo, sul lavoro. Ma ogni tanto mi scappa. Allora avete parlato..."

"Con qualcuno nel Texas."

Boyd assentì, guardando Rhyme con gli occhi infiammati. "Quindi saprete di Charlie Tucker. Che essere spregevole! Rendeva miserabili gli ultimi giorni di vita della mia gente. Gli diceva che sarebbero bruciati all'inferno, farneticava di Gesù e quant'altro."

La mia gente...

Sachs chiese: "È stato Bani al-Dahab ad assumerti. Lavorava da solo?"

Boyd batté le palpebre, sorpreso. Quello era il suo primo cenno di emozione. "Come...?" Si zittì.

"La bomba è esplosa in anticipo. O forse si è ucciso."

Boyd scosse la testa. "No, non era un kamikaze. La bomba dev'essere esplosa accidentalmente. Non ci stava abbastanza attento. Una testa calda, sapete? Non faceva le cose secondo le regole. L'avrà innescata troppo presto."

"Come l'hai incontrato?"

"Mi ha chiamato lui. Probabilmente ha avuto il mio nome da qualcuno in prigione, membri della Nazione Islamica."

Dunque era così che era andata. Rhyme si domandò come un secondino del Texas si potesse mettere in affari con i terroristi islamici.

"Sono pazzi", commentò Boyd, "ma hanno un sacco di soldi, quegli arabi."

"E Jon Earle Wilson? È lui che fabbrica le bombe?"

"Johnny, sissignore." Un'altra sorpresa. "Sapete anche di lui? Devo dire che siete bravi."

"Dove si trova?"

"Questo non lo so, davvero. Ci lasciavamo messaggi da cabine telefoniche a caselle vocali. E ci incontravamo in pubblico. Scambiavamo giusto due parole."

"L'FBI ti interrogherà sul conto di al-Dahab e dell'attentato. Ma noi vogliamo sapere di Geneva. C'è qualcun altro che potrebbe volerle fare del male?"

Boyd fece cenno di no. "Da quanto mi ha detto, al-Dahab lavorava in proprio. Sospetto che ogni tanto parlasse con qualcuno in Medio Oriente, ma qui da noi era solo. Non si fidava di nessuno." L'accento del Texas andava e veniva, come se Boyd si fosse esercitato a nasconderlo.

"Se stai mentendo", fece Sachs, minacciosa, "se le accade qualcosa, faremo in modo che il resto della tua vita sia un incubo."

"Come?" fece Boyd. Sembrava sinceramente curioso.

"Hai ucciso il bibliotecario, il dottor Barry. Hai sparato a dei poliziotti, cercando di ucciderli. Ti aspettano parecchi ergastoli consecutivi. E stiamo indagando sulla morte di una ragazza ieri in Canal Street: qualcuno l'ha spinta davanti a un autobus mentre eri in fuga da Elizabeth Street. Stiamo mostrando la tua foto ai testimoni. Resterai in cella per l'eternità."

Boyd alzò le spalle. "Non me ne importa niente."

"Non te ne importa?" chiese Sachs.

"Lo so che non mi potete capire. Non ve ne faccio una colpa. Ma, vedete... a me non frega niente della prigione. Non mi frega niente di *niente*. Non mi potete toccare. Io sono già morto. Ammazzare qualcuno per me non fa differenza. Salvare una vita non fa differenza." Guardò Amelia Sachs, che lo stava fissando. "Lo vedo come mi guarda. Si sta chiedendo: 'Che razza di mostro è questo?' Be', il fatto è che siete stati tutti voi a farmi diventare così."

"Noi?" chiese lei.

"Oh, sì, signora... Lo sapete che lavoro facevo?"

"Addetto al controllo delle esecuzioni", rispose Rhyme.

"Sissignore. Vi dico una cosa su quella professione. In questi nostri Stati Uniti d'America potete trovare i nomi di tutti gli esseri umani giustiziati legalmente. Che sono parecchi. E potete trovare i nomi di tutti i governatori che hanno atteso fino a mezzanotte, o qualunque ora fosse, per concedere la grazia se gliene veniva voglia. Potete trovare i nomi di tutte le vittime che il condannato ha ucciso e, spesso, i nomi dei loro parenti più prossimi. Ma sapete quali sono gli unici nomi che non troverete?" Boyd guardò i volti intorno a sé. "I nostri. Noi che premiamo il bottone, i boia, veniamo dimenticati. Pensano tutti agli effetti che la pena capitale ha sulla famiglia del condannato. O sulla società. O sui parenti delle vittime. Per non parlare di tutto il circo che si solleva intorno all'uomo o alla donna nel Braccio della Morte. Ma nessuno spreca una goccia di sudore per noi boia. Nessuno si ferma mai a pensare che cosa capita a noi.

"Giorno dopo giorno, viviamo con la nostra gente, uomini e anche donne, certo, che stanno per morire. Li conosciamo. Ci parliamo assieme. C'è il nero che ci chiede come mai il bianco che ha commesso lo stesso crimine se la cava con l'ergastolo o anche meno, mentre lui è condannato a morte. C'è il messicano che giura che quella ragazza non l'ha stuprata e uccisa lui: si stava facendo una birra al 7-Eleven quando è arrivata la polizia e prima che se ne rendesse conto era già nel Braccio della Morte. E un anno dopo che è finito sottoterra fanno un test del DNA e scoprono che è vero, che hanno preso l'uomo sbagliato e condannato un innocente. Naturalmente anche i colpevoli sono esseri umani. Vivi insieme a loro, giorno dopo giorno. Sei gentile con loro perché loro sono gentili con te. Arrivi a conoscerli. E poi... e poi li uccidi. Tu, tutto da solo. Con le tue stesse mani, premendo il bottone, girando l'interruttore... Questo ti cambia.

"Sapete come si dice? L'avrete sentito: 'Il morto che cammina'. Dovrebbe essere riferito ai prigionieri. Ma in realtà siamo noi. I boia. I morti siamo noi."

Sachs disse, sottovoce: "Ma la tua ragazza. Come hai potuto spararle?"

Boyd tacque. Per la prima volta una nube gli oscurò il viso. "Ho riflettuto se premere il grilletto. Speravo di *sentire* che non avrei dovuto, che lei per me contava troppo. Che avrei dovuto lasciarla stare, lasciarla andare e cercare di cavarmela da solo." Scosse la testa. "Non è successo. L'ho guardata e l'unica cosa che ho sentito è stata il torpore. E ho saputo che spararle aveva senso."

"E se a casa ci fossero state le bambine?" Sachs deglutì. "Avresti sparato anche a loro, per scappare?"

Lui rifletté un momento. "Be', signora, credo che *quello* avrebbe funzionato, non le pare? Invece di inseguirmi, si sarebbe fermata a soccorrerle. Come diceva mio padre, tutta questione di dove si mette la virgola dei decimali."

La nube sembrò allontanarglisi dal viso, come se finalmente avesse avuto una risposta o fosse giunto alla soluzione di un dilemma che lo aveva tormentato a lungo.

L'Impiccato... Frequentemente, la carta predice la resa di fronte all'esperienza, la fine di una lotta, l'accettazione.

Boyd guardò il criminalista. "Adesso, se non le spiace, penso che sia ora che io torni a casa."

"A casa?"

Il killer li guardò in faccia, con un'espressione strana. "In prigione."

Come per dire: cos'altro poteva intendere?

Padre e figlia scesero dal treno della Linea C sulla 135th Street e si incamminarono in direzione est, alla volta della Langston Hughes High.

Geneva avrebbe preferito andare da sola, ma lui aveva insistito per scortarla e tanto il signor Rhyme quanto il detective Bell si erano detti d'accordo. E poi, aveva pensato la ragazza, l'indomani suo padre sarebbe tornato a Buffalo. Poteva ancora sopportarlo per un'ora o due.

"Mi piaceva scrivere sui treni della C", diceva lui, guardando verso la stazione della metropolitana. "La vernice aderiva che era un piacere... E sapevo che l'avrebbe vista un sacco di gente. Nel 1976 ho fatto un 'capo all'altro'. Era l'anno del Bicentenario. In porto c'erano quelle grandi navi: ne ho dipinta una, insieme alla Statua della Libertà." Rise. "La Transit Authority non la fece cancellare prima di una settimana, mi hanno detto. Forse avevano da fare, ma a me piace pensare che a qualcuno fosse piaciuto e lo avessero lasciato un po' di più del solito."

Geneva emise un monosillabo indistinto. Per quanto ne sapeva, era *lei* che aveva qualcosa da raccontare a *lui*. Un isolato più in là vide le impalcature davanti all'edificio in cui lavorava prima di essere licenziata. Che cosa avrebbe detto suo padre se avesse saputo che si era fatta pagare per *togliere* i graffiti? Poteva averne persino cancellato uno dei suoi. Fu tentata di dirglielo. Ma non lo fece.

Al primo telefono pubblico funzionante che trovarono sul Frederick Douglass Boulevard, Geneva si fermò a cercare degli spiccioli. Suo padre le offrì il proprio cellulare.

"Non importa."

"Prendilo."

Lei lo ignorò, mise le monetine nell'apparecchio pubblico e chiamò Lakeesha. Suo padre si rimise in tasca il cellulare e passeggiò sul marciapiede, guardandosi intorno come un bambino al banco dei dolciumi di una *bodega*.

Si voltò verso il telefono quando sentì rispondere l'amica: "'nto?"

"Ciao, Keesh. È tutto finito." E le raccontò del Jewelry Exchange e dell'attentato.

"Era questa la storia? Accidenti! Un terrorista? Cazzo, che paura. Tu sei okay?"

"Tutto liscio, davvero."

Geneva sentì un'altra voce, maschile, che diceva qualcosa a Keesh. L'amica coprì il ricevitore con una mano. Non si riusciva a sentire che cosa dicessero, ma sembrava una discussione piuttosto accesa.

"Ci sei, Keesh?"

"Seh."

"Chi era?"

"Nessuno. Dove sei? Non sei di nuovo nella tua cantina, vero?"

"Sono ancora dove ti ho detto, a casa del poliziotto, sai, quello sulla sedia a rotelle, e della sua ragazza."

"Sei lì, ora?"

"No, sono ad Uptown. Sto andando a scuola."

"Adesso?"

"Mi faccio dare i compiti."

L'amica tacque per un istante. Poi: "Senti: ti becco a scuola. Voglio vederti, ragazza. Quand'è che sarai lì?"

Geneva guardò il padre, che se ne stava con le mani in tasca a fissare la strada. Decise di non parlare di lui a Keesha, né a chiunque altro. Non ancora.
"Facciamo domani, Keesh. Adesso non ho tempo."
"'cidenti, bella."
"Davvero. Domani è meglio."
"Come vuoi."
Geneva sentì il *click*. L'amica aveva riagganciato. Ma la ragazza rimase al telefono qualche secondo ancora, per non tornare subito dal padre.
Poi lo raggiunse e ripresero il cammino.
"Lo sai cosa c'è da quella parte, a tre o quattro isolati?" chiese lui, indicando a nord. "La Strada dello Sforzo. Ci sei mai stata?"
"No", rispose lei, a bassa voce.
"Un giorno o l'altro ti ci porto. Cent'anni fa c'era un imprenditore che si chiamava King, che costruì tre grossi condomini e centinaia di villette. Chiamò tre dei migliori architetti del Paese e li mise al lavoro. Belle case. King Model Homes, era il loro vero nome. Erano belle ma costose e si doveva fare un bello sforzo per riuscire a viverci: per questo la chiamarono la Strada dello Sforzo. Per un po' ci abitò W.C. Handy. Lo sai chi è? Uno dei padri del blues. Il musicista più tosto che sia mai vissuto. Una volta ci ho fatto un murale. Te l'ho mai raccontato? Mi ci sono voluti trenta spray. E non l'ho fatto di corsa: ci ho messo due giorni. Ho fatto un ritratto di W.C. in persona, preso da una foto del *Times*." Indicò a nord. "Era lì per..."
Lei si fermò, mettendosi le mani sui fianchi. "Basta!"
"Genie?"
"Falla finita. Non lo voglio sentire."
"Tu..."
"Non mi interessano le tue storie."
"Ce l'hai con me, tesoro. Ti capisco. Senti, ho fatto uno sbaglio." La voce del padre era rotta dall'emozione. "Ma è acqua passata. Sono diverso, adesso. Tutto sarà diverso. Non metterò mai nessun altro davanti a te, come quando stavo con tua mamma. Sei tu quella che avrei dovuto salvare, e non certo facendo quel viaggetto a Buffalo."

"No! Non capisci! Non c'entra quello che hai fatto. Sono io che non voglio entrare nel tuo maledetto mondo. Non mi interessa la Strada dello Sforzo, l'Apollo o il Cotton Club. O l'Harlem Renaissance. Nemmeno mi piace, Harlem. La detesto. Non è altro che pistole, crack, stupri e gente che impazzisce per il basket o la bigiotteria da quattro soldi. Ragazze che non pensano altro che alle treccine e alle extension e..."

"E a Wall Street c'è l'*insider trading*, nel New Jersey la mafia, a Westchester gli accampamenti di roulotte", ribatté lui.

Lei non lo ascoltò. "E ragazzi che hanno solo in mente di portarsi a letto le ragazze. E gente ignorante a cui non frega niente di come parla. E..."

"Cos'è che non va nel vernacolare afroamericano?"

Lei batté le palpebre. "E tu come fai a saperlo?" Suo padre non aveva mai parlato la lingua del ghetto, si era sempre fatto il culo a studiare, almeno fino a quando non aveva mollato la scuola per cominciare la sua "carriera" di imbrattatore della pubblica proprietà. Ma la maggior parte della gente che viveva ad Harlem non sapeva che il nome ufficiale della loro lingua fosse "inglese vernacolare afroamericano".

"Quando ero dentro", spiegò lui, "ho preso il diploma superiore e ho fatto un anno di college."

Lei non disse nulla.

"Mi sono interessato soprattutto alla lettura e alle parole. Non credo che mi aiuterà a trovare un lavoro, ma era quello che mi interessava. I libri mi sono sempre piaciuti, lo sai. Sono stato io a farti cominciare a leggere. Ho studiato l'inglese standard. Ma ho anche studiato il vernacolare. E non ci vedo niente di male."

"Ma tu non lo parli", gli fece notare lei, severa.

"Non sono cresciuto parlando quella lingua. E neanche il francese o il mandingo, se è per questo."

"Non ne posso più di quelli che parlano in quel modo."

Lui alzò le spalle. "Alcuni termini sono identici all'inglese arcaico, quello dei re o delle traduzioni della Bibbia. Non sono roba da neri, come pensa certa gente. Ci sono forme che si trovano anche in Shakespeare."

Lei rise: "Prova tu a trovarti un lavoro, parlando il vernacolare".

"Be', e se a cercare quel lavoro fosse un francese o un russo, non pensi che il capo gli darebbe una possibilità, per vedere se sono bravi e se lavorano sodo, anche se parlano l'inglese in modo diverso? A meno che il capo non usi la lingua come pretesto per non dargli il lavoro." Rise. "A New York, nei prossimi anni, la gente farà bene a studiare un po' di spagnolo e di cinese. Perché non il vernacolare?"

La logica del padre faceva infuriare Geneva ancora di più.

"A me piace la nostra lingua, Genie. A me suona naturale. Senti, hai tutto il diritto di avercela con me per quello che ho fatto. Ma non per quello che sono o per l'ambiente in cui sono cresciuto. Questa è la mia casa. E lo sai che cosa si fa in casa propria? Si cambia quello che si può cambiare e si impara a essere orgogliosi di quello che non si può cambiare."

Geneva chiuse gli occhi e si portò le mani al viso. Per anni e anni aveva sognato di avere un genitore, non pretendeva nemmeno il lusso di averne due. Voleva solo una persona che fosse a casa quando lei tornava al pomeriggio, che riguardasse i compiti con lei, che la svegliasse al mattino. E quando si era rassegnata al fatto che ciò non sarebbe mai successo, quando finalmente era riuscita a costruirsi una vita indipendente e, col sudore della fronte, a prepararsi a lasciare quel posto abbandonato da Dio, ecco che il passato ritornava, per imbrigliarla, soffocarla e trascinarla indietro.

"Ma non è questo che voglio", disse in un sussurro. "Voglio qualcosa di più di questo maledetto casino." Accennò con una mano alle strade intorno a loro.

"Oh, Geneva, lo capisco. Tutto quello che spero è che possiamo passare insieme un paio di anni belli, prima che tu te ne vada per il mondo. Dammi una possibilità di rimediare a ciò che ti abbiamo fatto, tua madre e io. Ti meriti tutto. Ma tesoro, devo chiedertelo, quale posto è veramente perfetto? Dov'è che le strade sono lastricate d'oro? Dov'è che tutti amano il proprio prossimo?" Rise. "Ti pare un casino, qui? Be', hai ragione. Ma dov'è che non è un casino, piccola? Dove?"

La circondò con un braccio. Geneva si irrigidì, ma non fece resistenza. Si rimisero a camminare verso la scuola.

Da mezz'ora, finito il suo turno alla cassa di un ristorante del centro, Lakeesha Scott era seduta su una panchina di Marcus Garvey Park. Si accese un'altra Merit, pensando: *Ci sono cose che facciamo perché ne abbiamo voglia e altre che facciamo perché ci tocca. Questione di sopravvivenza.*

E quello che stava per fare rientrava nella seconda categoria.

Perché cazzo Geneva, dopo tutte quelle stronzate di andarsene per non tornare mai più, non le aveva detto che voleva andare a Detroit o in Alabama? *Spiacente, Keesh, non ci vedremo più. Nel senso di* mai più. *Tanti saluti.*

In quel modo, tutto il problema del cazzo si sarebbe risolto.

Perché, perché, perché?

Peggio ancora, Gen aveva dovuto pure dirle esattamente dove sarebbe stata nelle prossime ore. Keesh non aveva più scuse per non trovarla. Oh, quando si erano sentite poco prima, lei aveva fatto la spiritosa, perché l'amica non capisse che c'erano casini. Ma in quel momento, seduta da sola sulla panchina, la ragazza sprofondava nel dolore.

Mi sento da schifo.

Ma non ho scelta.

Cose da fare perché ci tocca.

Andiamo, si disse Keesha. *Devi superarlo. Andiamo. Datti una mossa...*

Schiacciò la sigaretta e lasciò il parco, diretta prima a ovest e poi a nord, sulla Malcolm X, superando una chiesa dopo l'altra. Erano dappertutto: Mt. Morris Ascension, Bethelite Community, Ephesus Adventist Church, chiese battiste, parecchie. Una moschea o due, una sinagoga.

E negozi: Papaya King, un erborista, un negozio che affittava smoking, una bottega che cambiava assegni. E poi il garage di una misera compagnia di taxi, con il proprietario seduto fuori, con in mano il microfono della radio tenuto insieme con lo scotch e il cavo che scompariva all'interno dell'ufficio buio. L'uomo le sorrise, amichevole. Quanto li invidiava, Lakeesha. I reverendi davanti alle loro cupe vetrine, sotto le croci al neon; gli uomini che ficcavano hot dog nei panini fumanti, senza un pensiero al mondo; il grassone sulla sua sedia mezza rotta, con la sigaretta e il microfono che perdeva i pezzi.

Loro non devono tradire nessuno, pensava Keesh.

Loro non devono tradire quella che per anni è stata la loro migliore amica, pensava, masticando il suo chewing-gum, stringendo la tracolla della borsa con le sue dita tozze dalle unghie nere e gialle, ignorando tre ragazzi dominicani.

"Psssst."

Sentì mormorare "Tettona", "Troiona".

"Psssst."

Keesh affondò la mano nella borsa e afferrò il coltello a serramanico. Era quasi tentata di fare scattare la lama, giusto per fargli paura. Li guardò torva, ma lasciò dov'era il suo coltello lungo e affilato. Avrebbe trovato già abbastanza casino a scuola. Meglio lasciar perdere, stavolta.

"Psssst."

La ragazza proseguì, aprendo un altro pacchetto di chewing-gum con dita nervose. Se ne mise in bocca due. E cercò di trarre energia dalla rabbia.

Incazzati, ragazza. Pensa a tutto quello di Geneva che ti sta sulle palle. Pensa a tutto quello che lei sarà e tu non potrai mai diventare. Le dava fastidio che fosse così intelligente, che andasse a scuola tutti i fottuti giorni, che mantenesse quella figura snella da ragazza bianca senza sembrare una con l'AIDS, che riuscisse a non aprire mai le gambe e spronasse le altre a fare lo stesso.

Che si comportasse come se fosse meglio di tutte loro.

Ma non lo era. Geneva Settle era una delle tante ragazze con la madre tossica e il padre scappato di casa.

Una di noi.

Incazzati perché lei ti può guardare negli occhi e dirti: "Ce la puoi fare, ragazza, ce la puoi fare, ce la puoi fare, puoi andartene da qui, il mondo è lì che ti aspetta".

E invece no, troietta, qualche volta non ce la puoi fare. *Qualche volta la cosa è più grossa di te. Ti ci vuole aiuto per uscirne. Ti ci vuole qualcuno con i* benjamins, *qualcuno che ti guardi le spalle.*

E per un momento la rabbia verso Geneva le ribollì dentro. Lakeesha strinse la tracolla con più forza.

Ma la rabbia non durò. Svanì nell'aria, come il talco che

spruzzava sul culo dei suoi cuginetti gemelli quando gli cambiava i pannolini.

Mentre oltrepassava Lenox Terrace, come avvolta in una nebbia, avvicinandosi alla scuola dove presto sarebbe arrivata Geneva Settle, si rese conto che non poteva fare appello né alla rabbia né alle scuse.

Poteva fare appello solo alla sopravvivenza.

A volte devi pensare solo a te stessa e prendere la mano che ti viene tesa.

Cosa da fare perché ci tocca…

37

A scuola, Geneva Settle si fece assegnare i compiti e, guarda un po', scoprì che il nuovo tema di linguistica riguardava un romanzo di Claude McKay del 1928, *Home to Harlem*, che era stato il primo bestseller di un autore nero.

"Non potrei avere e.e. cummings?" chiese lei. "Oppure John Cheever?"

"Stiamo studiando la letteratura afroamericana, Gen", le fece presente l'insegnante di linguistica, sorridendo.

"Allora Frank Yerby", contrattò lei. "Oppure Octavia Butler."

"Ah, sono autori grandissimi, Gen, ma non scrivono di Harlem. Ed è questo l'argomento del corso. Ti ho assegnato McKay perché pensavo che ti sarebbe piaciuto: è uno degli scrittori più controversi usciti dal Renaissance. McKay andò controcorrente, trattando gli aspetti più oscuri di Harlem, quelli più primitivi. Il che diede fastidio a Dubois e a parecchi pensatori dell'epoca. Mi sembra il tuo terreno."

Forse, pensò lei, cinicamente, *mio padre potrebbe aiutarmi a interpretarlo, visto che ama tanto quel quartiere e il suo gergo.*

"Provaci", la incoraggiò il professore. "Potrebbe piacerti."

Oh, no, di sicuro, pensò Geneva.

Ritrovò il padre fuori dalla scuola. Raggiunsero la fermata dell'autobus e chiusero gli occhi quando furono investiti da una ventata di aria gelida e polverosa. Erano giunti a una specie di tregua e Geneva accettò di farsi portare in un ristorante giamaicano in cui lui sognava di tornare da sei anni a quella parte.

“Dici che c’è ancora?” gli chiese lei, fredda.

“Non so. Ma qualcosa troveremo. Sarà un’avventura.”

“Non è che ho molto tempo.” Rabbrividì dal freddo.

“Quando arriva ’sto bus?” chiese Alonzo Jackson.

Geneva guardò dall’altra parte della strada e si fece scura in volto. *Oh, no...* Stava arrivando Lakeesha. Era tipico: non era stata a sentirla ed era venuta lo stesso.

Keesh le fece un cenno di saluto.

“Chi è?” chiese il padre.

“La mia amica.”

Lakeesha guardò perplessa l’uomo, poi fece cenno a Geneva di raggiungerla.

Cos’è che non va?

L’amica sorrideva, ma era chiaro che le stava passando qualcosa per la testa. Forse si stava chiedendo che cosa ci facesse Geneva con quell’uomo più grande di lei.

“Aspettami qui”, disse al padre, e attraversò la strada.

Lakeesha batté le palpebre e parve tirare un lungo sospiro. Aprì la borsa e vi cercò qualcosa.

Cos’è questa storia? si domandò Geneva, fermandosi sul marciapiede.

L’amica esitò, poi la raggiunse. “Gen”, le disse, con lo sguardo cupo.

Geneva aggrottò la fronte. “Ehi, cosa...?”

Keesh si bloccò, quando un’auto si fermò accanto al marciapiede. Sorpresa, Geneva riconobbe al volante la signora Barton, la consulente della scuola, che le fece cenno di avvicinarsi. La ragazza, titubante, disse a Keesh di aspettare un momento e si avvicinò al finestrino.

“Ciao, Geneva. Abbiamo sentito la tua mancanza.”

“Salve”, disse lei, cauta. Non ricordava che cosa la donna sapesse o non sapesse dei suoi genitori.

“L’assistente del signor Rhyme mi ha detto che l’uomo che voleva farti del male è stato preso. E che i tuoi genitori sono tornati, finalmente.”

“Mio padre.” Geneva lo indicò. “Eccolo lì.”

La consulente guardò l’omone con la T-shirt e la giacca malridotta. “E va tutto bene?”

Troppo lontana per sentirle, Lakeesha le guardava con

aria sempre più inquieta. Al telefono sembrava allegra, ma Geneva cominciava a sospettare che fosse una facciata. E chi era il tipo con cui stava parlando prima?

Nessuno…

Non credo proprio.

"Geneva?" fece la signora Barton. "Tutto bene?"

La ragazza tornò a guardare la consulente. "Mi scusi. Sì, tutto bene."

La donna riesaminò il padre di Geneva, poi si voltò di nuovo verso la ragazza, che sfuggì il suo sguardo.

"C'è qualcosa che mi vuoi dire?"

"Uhm…"

"Che storia c'è dietro?"

"Io…"

Era una di quelle situazioni in cui la verità avrebbe finito per emergere, qualunque cosa si facesse. "Okay, senta, signora Barton, non sono stata completamente sincera. Mio padre non è un professore. Era in prigione. Ma è stato rilasciato."

"E tu dove vivevi?"

"Da sola."

Senza esprimere giudizi, la donna fece un cenno di comprensione con la testa. "Tua madre?"

"Morta."

La signora Barton assunse un'espressione corrucciata. "Mi spiace… E sarà lui a prenderti in custodia, adesso?"

"Non ne abbiamo ancora parlato. Deve ancora chiarire delle questioni legali." Lo aveva detto per guadagnare tempo. Tra sé, Geneva aveva già formulato una specie di piano: suo padre poteva tornare in città, assumere legalmente la sua custodia, ma continuare a lasciarla vivere da sola. "Per qualche giorno sarò ancora ospite dal signor Rhyme e da Amelia."

La donna rivolse un'altra occhiata al padre, che rispose con un lieve sorriso.

"Mi sembra piuttosto insolito."

In tono di sfida, Geneva disse: "Non voglio andare in comunità. Non voglio perdere tutto quello per cui ho lavorato. Scapperò via. Io…"

"Ehi, vacci piano." La consulente sorrise. "Non penso sia il momento di discuterne. Ne hai già passate a sufficienza. Ne riparleremo tra qualche giorno. Adesso dove vai?"

"Dal signor Rhyme."

"Vi do un passaggio."

Geneva fece cenno al padre, che si avvicinò all'auto. La ragazza fece le presentazioni.

"Piacere di conoscerla, signora. La ringrazio per essersi preoccupata di Geneva."

"Su, salite in macchina."

Geneva si voltò. Keesh era ancora lì. Le gridò: "Devo andare. Ti chiamo". E mimò la cornetta di un telefono.

Lakeesha, incerta, fece cenno di sì e tirò fuori la mano dalla borsa.

Geneva si mise sul sedile posteriore, dietro al padre. Si guardò indietro e dal lunotto vide il volto cupo di Keesh.

Poi la signora Barton riavviò la macchina e si allontanò dal marciapiede, mentre il padre di Geneva ricominciava con le sue ridicole e interminabili lezioni di storia. "Lo sapete che una volta ho fatto un lavoro sui Collier Brothers? Homer e Langley. Vivevano sull'angolo tra la 128th e la 5th. Le persone più strane che ci fossero… vivevano come reclusi. Avevano una paura matta del crimine e si erano barricati nel loro appartamento, che avevano riempito di trappole. Non buttavano via mai niente. Uno di loro è finito sepolto sotto una pila di giornali che aveva accumulato. Quando morirono, la polizia ha dovuto portare fuori tonnellate di rifiuti da casa loro." Chiese: "Ne avete mai sentito parlare?"

La consulente disse che le sembrava di sì.

Geneva rispose: "No". E pensò: *E non me ne frega niente.*

Lincoln Rhyme stava dando a Mel Cooper istruzioni per la classificazione dei reperti raccolti sul sito dell'esplosione, e nel frattempo esaminava i rapporti delle analisi che aveva ricevuto.

Una squadra federale agli ordini di Dellray aveva rintracciato e arrestato Jon Earle Wilson, l'uomo le cui impronte digitali si trovavano nella radio a transistor di Boyd. Un paio di agenti lo stavano portando da Rhyme. L'interrogatorio avrebbe consolidato il caso contro Thompson Boyd.

A quel punto squillò il telefono del detective del North Carolina. "Qui Bell… Cosa c'è, Luis?" Chinò la testa di lato, mentre ascoltava.

Luis…

Doveva trattarsi di Luis Martinez, incaricato di pedinare Geneva e suo padre mentre andavano dalla casa di Rhyme alla Langston Hughes. Non che dubitassero che Alonzo Jackson detto Jax fosse davvero il padre della ragazza, né che il terrorista lavorasse da solo. Non di meno, né Bell né Rhyme avevano intenzione di lasciare circolare Geneva senza protezione, almeno nell'immediato futuro.

Tuttavia qualcosa non andava: Rhyme lo capiva dallo sguardo di Bell. Il detective disse a Cooper: "Ci serve subito il controllo di una targa". E annotò frettolosamente un numero, che passò al tecnico.

"Che succede?" domandò Sachs.

"Geneva e suo padre erano a una fermata dell'autobus vicino alla scuola. Una macchina si è fermata e loro sono saliti a bordo. Luis li stava seguendo a piedi. Non se lo aspettava e non ha fatto in tempo a fermarli."

"Chi c'era sulla macchina?"

"Una robusta donna nera. Da come l'ha descritta, potrebbe essere la consulente, la signora Barton."

Non sarà niente di cui preoccuparsi, rifletté Rhyme. Forse la donna li aveva visti alla fermata dell'autobus e aveva offerto loro un passaggio.

Le informazioni dalla motorizzazione apparvero sullo schermo.

"Che cosa abbiamo, Mel?" domandò il criminalista.

Cooper, accigliato, batté ancora sulla tastiera. Poi si voltò, con gli occhi sgranati dietro le spesse lenti. "Un problema. Abbiamo un problema."

L'auto della signora Barton avanzava piano nel traffico serale di South-Central Harlem. Rallentarono, mentre costeggiavano uno dei tanti cantieri.

"Guardate qua", disse il padre di Geneva, indicando il cartellone dell'impresa che gestiva i lavori. "Imprenditori, banchieri, architetti." Rise amaramente. "E scommetto che nessuno di loro è nero."

Che noia, pensò Geneva. Avrebbe voluto farlo tacere. *Sempre con quella nostalgia del passato...*

La consulente diede una rapida occhiata al cantiere. "Se ne vedono parecchi, da queste parti." Frenò e svoltò in un vicolo tra un vecchio edificio in demolizione e gli scavi di un altro cantiere.

Il padre di Geneva la guardò, interrogativo.

"Scorciatoia", spiegò la donna.

Ma l'uomo si guardò intorno. "Scorciatoia?"

"Per evitare il traffico verso sud."

Lui sbirciò di nuovo fuori, dubbioso, poi sbottò: "Stronzate".

"Papà!" fece Geneva.

"La conosco, questa zona. Più avanti la strada è chiusa. Stanno buttando giù una vecchia fabbrica."

"No", disse la signora Barton. "Ci sono passata prima e..."

Ma il padre afferrò il freno a mano e lo tirò verso l'alto con tutte le sue forze. Poi girò bruscamente il volante verso sinistra. L'auto sbandò, slittò sull'asfalto e andò a finire contro un muro di mattoni, con un suono stridente di plastica e metallo.

Afferrando la consulente per un braccio, l'uomo gridò: "È una di loro, piccola. Vuole farti del male. Scappa, corri!"

"Papà, no, sei pazzo? Non puoi..."

Ma la conferma arrivò un attimo dopo, quando da una tasca della donna spuntò una pistola. La signora Barton puntò l'arma contro il petto del padre di Geneva e premette il grilletto.

L'uomo batté le palpebre, sotto choc, portandosi la mano alla ferita. "Oh! Oh, mio Dio..." sussurrò.

Geneva si inchiodò allo schienale, mentre la donna puntava la pistola argentata verso di lei. Proprio mentre faceva fuoco, il padre colpì la falsa consulente con un pugno alla mascella, lasciandola stordita.

La fiammata e la polvere da sparo raggiunsero il viso della

ragazza, ma il proiettile la mancò, sfracellando il lunotto posteriore in migliaia di piccole schegge.

"Corri, piccola!" mormorò il padre, prima di accasciarsi sul cruscotto.

Mettetela sotto, fatela a fette, la troietta…

Singhiozzando, Geneva strisciò fuori dal lunotto posteriore e cadde sull'asfalto. Si rimise faticosamente in piedi e cominciò a correre, inoltrandosi nell'oscurità dell'edificio in demolizione.

38

Alina Frazier, la donna che impersonava la consulente Patricia Barton, non aveva la freddezza del suo socio. Thompson Boyd era il ghiaccio fatto persona. Non perdeva mai la calma. Alina, al contrario, era sempre stata un tipo emotivo. Imprecò furibonda mentre strisciava sopra il corpo inerte del padre di Geneva per scendere dall'auto, dal lato del passeggero.

Si guardò a destra e a sinistra, cercando la ragazza.

La infuriava il fatto che Boyd fosse in galera. La infuriava che la ragazza fosse riuscita a scappare.

Respirò a fondo, scrutando il vicolo deserto. La caccia era cominciata. Dove poteva essere andata, la troietta?

Un lampo di grigio alla sua destra. Geneva era sgusciata da dietro un vecchio cassone blu ingombro di macerie, per scomparire nel cantiere. Ansimante, la donna si lanciò all'inseguimento. Era robusta, certo, ma anche forte e veloce. La prigione poteva indebolire una persona oppure renderla di pietra. Lei aveva scelto la seconda opzione.

Nei primi anni Novanta, Alina Frazier era una *gangsta*, leader di un branco di ragazze che si aggirava tra Times Square e l'Upper West Side. In quella zona, turiste e residenti si sarebbero insospettite vedendo avvicinarsi un pugno di ragazzi sui quindici anni, ma non avrebbero mai sospettato di un chiassoso gruppetto di *sistas*, con tanto di sacchetti di Daffy Dan e Macy's. Non prima che comparissero pistole e coltelli e le ricche troie si trovassero alleggerite di gioielli e contanti. Dopo qualche intervallo in riformatorio, Alina l'aveva fatta grossa ed era finita in galera per omicidio preterintenzionale. Doveva essere omicidio e basta, ma all'accusa c'era un giovane inesperto che aveva fatto casino. Una volta scarcerata, la *gansgta* era tornata a New York e, tramite il tipo con cui stava, aveva conosciuto il suo futuro complice. Quando Alina aveva tagliato i ponti con quell'imbecille, Boyd l'aveva chiamata.

In un primo momento aveva pensato che fosse uno di quei bianchi a cui piacciono le nere. Ma quando si erano visti per un caffè, lui non le aveva fatto alcuna avance. L'aveva fissata con quei suoi occhi strani e vacui e le aveva detto che gli avrebbe potuto fare comodo una donna, in certi lavori. Era interessata?

"Lavori?" aveva domandato lei. Pensava ad armi, pensava a droga, pensava a ricettazione di televisori.

Ma sottovoce Boyd le aveva spiegato quale fosse il suo ramo.

Lei era perplessa.

Poi lui aveva aggiunto che in un giorno di lavoro la quota di Alina poteva superare i cinquantamila dollari.

Una breve pausa di silenzio, poi un sogghigno e la sua risposta: "Ci sto".

Ma per il lavoro di Geneva Settle il compenso che sarebbe loro toccato era cinque volte quella somma. Un prezzo nemmeno troppo alto, considerando che era stato l'incarico più difficile che gli fosse mai capitato. Dopo il fallito tentativo al museo, Boyd aveva contattato la complice chiedendole aiuto, offrendole addirittura cinquantamila dollari extra nel caso avesse ucciso la ragazza di persona. Alina Frazier, sempre la più astuta nelle bande in cui aveva lavorato, se n'era venuta fuori con un'idea: presentarsi alla scuola dietro una facciata da consulente, con false credenziali del provveditorato agli studi. Aveva cominciato a chiamare le scuole pubbliche, chiedendo di parlare agli insegnanti di Geneva Settle e sentendosi rispondere variazioni sul tema: "Non è iscritta da noi. Spiacente". Fino alla Langston Hughes High School, dove qualche impiegato le aveva detto che, sì, quella era la scuola di Geneva. Per essere credibile nella parte, alla Frazier era bastato indossare un tailleur da quattro soldi, appendere il falso documento del provveditorato sul petto abbondante e fare ingresso al liceo come se fosse casa sua.

In quella sede aveva saputo dei misteriosi genitori della ragazza, dell'appartamento sulla 118th Street e, grazie al detective Bell e agli altri sbirri, della casa sulla Central Park West in cui Geneva veniva custodita. Aveva passato quelle informazioni a Boyd per aiutarlo a progettare il delitto.

Alina aveva fatto la posta fuori dalla casa della ragazza vicino a Morningside, finché non era diventato troppo rischioso, con tutta la sorveglianza cui Geneva veniva sottoposta. Era stata addirittura fermata dalla polizia, quando un'autopattuglia aveva bloccato la sua macchina, ma per fortuna non era lei che stavano cercando.

La donna era riuscita a convincere una delle guardie del liceo a consegnarle la videoregistrazione dell'impianto di sicurezza. Con la videocassetta, aveva potuto introdursi nella casa dello storpio, dove aveva acquisito ulteriori informazioni sul conto della ragazza.

Ma poi Thompson Boyd si era fatto beccare. Le aveva detto più volte quanto fossero bravi gli sbirri. E ora toccava ad Alina Frazier finire il lavoro, se voleva il resto dei 125.000 dollari.

Col fiato mozzo, la donnona si fermò a una decina di metri dalla rampa che scendeva fino al livello delle fondazioni dello scavo. Con il sole del tramonto negli occhi, cercò di localizzare la ragazza.

Dai, troietta, fatti vedere.

Poi colse un altro movimento. Geneva cercava di raggiungere il lato opposto del cantiere deserto, strisciando veloce sul terreno al riparo di betoniere, caterpillar, cumuli di travi e sacchi di cemento. La ragazza scomparve dietro un barile di nafta.

Alina Frazier si appostò nell'ombra, scegliendo il punto con la visuale migliore. Mirò sul barile e sparò. L'impatto del proiettile sul metallo riecheggiò sonoro nel silenzio. Le parve che si sollevasse in aria una nuvoletta di terra.

Che il proiettile avesse colpito anche la ragazza?

Invece no: Geneva era ancora in piedi e correva a più non posso in direzione di un basso cumulo di macerie: mattoni, pietre, tubi. Un attimo prima che vi sparisse dietro, la donna sparò di nuovo.

La ragazza scomparve dietro il cumulo con un grido acuto. Qualcosa volò in aria. Era terra? Oppure polvere? O sangue?

L'aveva centrata? Alina aveva una buona mira: lei e il suo ex fidanzato, che trafficava in armi dal Nevada, avevano trascorso ore e ore a esercitarsi sui topi negli edifici abbandonati della periferia, per collaudare i prodotti. Aveva l'impressione di avere colpito il bersaglio. Doveva controllare, ma non poteva permettersi di perdere tempo: gli spari si erano sentiti.

Certo, qualcuno di quelli che vivevano lì intorno li avrebbe ignorati e qualcun altro avrebbe pensato che gli operai fossero ancora al lavoro con i loro macchinari. Ma, da un momento all'altro, qualche cittadino coscienzioso avrebbe inevitabilmente chiamato il 911.

Be', andiamo a vedere...

Alina scese lentamente lungo la rampa ripidissima destinata ai camion, stando attenta a non cadere. D'un tratto, un clacson si fece sentire dal vicolo, dietro e sopra di lei. Il clacson della sua auto.

Cazzo, pensò lei, rabbiosa. Il padre della ragazza era ancora vivo.

La donna esitò. Poi si decise. Era il momento di alzare i tacchi. E di farla finita col paparino. Probabilmente Geneva era stata colpita e non sarebbe sopravvissuta a lungo. Ma anche se fosse rimasta illesa, non sarebbe stato difficile rintracciarla in un secondo tempo. Ci sarebbero state mille altre occasioni.

Clacson del cazzo... Il rumore era ancora più forte degli spari, e presto avrebbe attirato l'attenzione di qualcuno. E, peggio ancora, avrebbe potuto coprire il rumore di sirene in avvicinamento.

Alina Frazier risalì la rampa, ansante per lo sforzo. Ma quando arrivò alla macchina ebbe la sorpresa di trovarla vuota. Il padre di Geneva non era lì. Una scia di sangue si allontanava dal sedile del passeggero. Alina la seguì con lo sguardo fino a un vicolo – dove vide il corpo dell'uomo disteso a terra – poi di nuovo nella macchina. Il crick era stato piazzato tra il sedile e il volante, in modo da tenere premuto il clacson.

Furiosa, la donna tolse il crick dal clacson.

Il suono assordante si interruppe.

Alina gettò il crick sul sedile posteriore e si voltò verso l'uomo. Era morto? Be', in caso contrario, lo sarebbe stato presto.

La donna camminò verso di lui, con la pistola sul fianco. Si fermò, sospettosa. Come aveva fatto un uomo così gravemente ferito come quel disgraziato ad aprire il bagagliaio, a prendere il crick e a collocarlo sul volante?

La complice di Boyd si guardò intorno.

Vide un movimento alla sua destra e sentì lo spostamento d'aria mentre il crick si abbatteva sul suo polso, con una scarica di dolore che le si diffuse in tutto il corpo e le mozzò il respiro. La pistola le volò via. La donna lanciò un urlo e cadde in ginocchio, cercando di recuperare l'arma con la mano sinistra.

Appena riuscì ad afferrarla, Geneva calò di nuovo l'attrezzo sulla sua spalla, con un sonoro *clonk*. Alina Frazier rotolò a terra e la pistola le sfuggì nuovamente di mano, stavolta fuori portata. Accecata dal dolore e dall'ira, la donna si gettò in avanti, placcando la ragazza prima che potesse colpirla una terza volta. Geneva cadde pesantemente a terra. L'impatto la lasciò senza fiato.

Ansante, singhiozzante, la donna si trascinò verso l'arma, cercò di raggiungere la pistola, ma Geneva le afferrò la mano destra e le addentò il polso. Il dolore le sorse dal profondo, come un urlo. Alina colpì la ragazza alla mascella con la sinistra, strappandole un grido. La ragazza cadde sulla schiena, impotente, gli occhi inondati di lacrime.

Alina si rialzò faticosamente in piedi, reggendosi il polso spezzato e sanguinante con la sinistra. Diede un calcio al ventre di Geneva, che fu scossa da conati di vomito. Vide la pistola, tre metri più in là.

Non mi serve, non la voglio. Mi basta il crick.

Ribollente di rabbia, raccolse l'attrezzo e si apprestò a colpire. Guardò la ragazza con autentico odio e sollevò l'attrezzo sopra la sua testa. Geneva si rannicchiò, coprendosi il viso con le mani.

Poi una voce alle sue spalle gridò: "No!"

Alina si voltò e vide la poliziotta dai capelli rossi che aveva conosciuto a casa dello storpio. Stava avanzando lentamente, reggendo una pesante pistola con entrambe le mani.

Gli occhi di Alina Frazier corsero al vicino revolver.

"Dammi una scusa", disse la poliziotta. "Mi piacerebbe proprio."

La donna lasciò cadere il crick e, ormai esausta, si accasciò a terra, mettendosi a sedere. Si strinse il polso dolente con l'altra mano.

La poliziotta si avvicinò e allontanò a calci il revolver e il crick.

Geneva si rimise in piedi e barcollò fino a due infermieri che stavano correndo verso di loro. Li indirizzò verso il padre.

Con gli occhi umidi di lacrime, Alina Frazier disse: "Ho bisogno di un dottore".

"Dovrai aspettare il tuo turno", le rispose la poliziotta, mettendole ai polsi un paio di manette di plastica. Il che, date le circostanze, le parve un gesto di riguardo.

"È in condizioni stabili", annunciò Lon Sellitto, dopo la telefonata dall'agente in servizio presso il Columbia-Presbyterian Hospital. "Non sapeva che cosa volesse dire, ma queste sono le notizie."

Rhyme annuì. Qualunque fossero le condizioni "stabili", se non altro significava che Jax Jackson era vivo, il che era un bene per Geneva. Lei stessa era stata sottoposta a cure per le contusioni e le abrasioni riportate, e successivamente, dimessa.

La corsa contro il tempo per salvarla dalla complice di Boyd si era giocata al fotofinish. Dal controllo della targa presso la motorizzazione, Mel Cooper aveva scoperto che l'auto su cui erano saliti Geneva e suo padre era intestata a una certa Alina Frazier. Dai database della polizia locale e statale, era risultato che la donna aveva precedenti per omicidio in Ohio e per aggressioni a mano armata a New York, in aggiunta a una serie di reati scontati in riformatorio.

Sellitto aveva ordinato una ricerca di emergenza del veicolo della Frazier, mettendo in allarme tutti i poliziotti dell'area. Poco dopo, un agente del traffico aveva comunicato che l'auto era stata avvistata nei pressi di un edificio in demolizione a South Harlem. Dalla zona era giunta una segnalazione riguardo ad alcuni colpi di arma da fuoco. Amelia Sachs era saltata sulla sua Camaro ed era arrivata giusto un attimo prima che la Frazier sfondasse il cranio di Geneva a colpi di crick.

La donna era stata sottoposta a interrogatorio, ma la sua disponibilità a collaborare non era superiore a quella del complice. Rhyme sospettava che chiunque, prima di tradire Thompson Boyd, ci avrebbe pensato a lungo. Specie in prigione, visti i suoi contatti nell'ambiente carcerario.

E ora Geneva era finalmente al sicuro, oppure no? Molto probabilmente sì, con due killer in manette e il mandante a brandelli. Sachs aveva perquisito anche l'appartamento di Alina Frazier e non vi aveva trovato niente, a parte armi e denaro contante.

Nessuna informazione che suggerisse che qualcun altro volesse morta Geneva Settle. Jon Earle Wilson, l'ex detenuto del New Jersey che aveva fabbricato la trappola esplosiva in casa di Boyd nel Queens, stava per essere condotto da Rhyme. Ciononostante, Bell aveva assegnato alla protezione di Geneva un agente in uniforme a bordo di un'auto di pattuglia.

Un computer emise un vivace segnale acustico, attirando l'attenzione di Cooper sullo schermo. Il tecnico aprì un'e-mail. "Ah, il mistero è risolto", comunicò.

"Di quale mistero si tratterebbe?" chiese Rhyme, in tono burbero. Il suo umore, sempre volubile, tendeva a incupirsi alla fine di un'indagine, quando la noia cominciava a fare capolino.

"Winskinskie." Era la parola indiana incisa sull'anello trovato al dito del morto sotto le rovine della taverna chiamata Potter's Field.

"Ebbene?"

"Un messaggio da un professore della University of Maryland. A parte la traduzione letterale dalla lingua degli indiani Delaware, 'Winskinskie' era un titolo impiegato nella Tammany Hall."

"Titolo?"

"Pressappoco un luogotenente. Boss Tweed era il 'Grand Sachem', il grande capo. Il nostro defunto", Cooper ammiccò verso il teschio e le ossa che Sachs aveva trovato nella cisterna, "era il 'Winskinskie', il custode della porta."

"Tammany Hall..." rifletté Rhyme. La sua mente tornò indietro nel tempo, a molto prima dell'indagine in corso, verso il mondo color seppia della New York del diciannovesimo secolo. "E Tweed bazzicava il Potter's Field. Dunque c'erano Boss Tweed e la corrotta macchina politica della Tammany Hall dietro la falsa accusa a Charles Singleton." Il criminalista ordinò a Cooper di trascrivere le ultime scoperte sui tabelloni. Poi ponderò ulteriormente le informazioni. Assentì: "Interessante".

Sellitto alzò le spalle. "Il caso è finito, Linc. Il killer, anzi, il killer e *la* killer sono stati arrestati. Il terrorista è morto. Che cosa c'è di tanto interessante in qualcosa che è accaduto cent'anni fa?"

"Quasi *centoquarant'anni* fa, Lon. Vediamo di essere accurati." Il criminalista guardava attento e corrucciato il tabellone, gli schizzi e il volto placido dell'Impiccato. "E la risposta alla tua domanda è: lo sai quanto detesto lasciare dettagli in sospeso."

"Sì, ma cosa c'è di sospeso?"

"Qual è l'elemento che abbiamo dimenticato nel furore della battaglia, Lon, se vogliamo avventurarci in un campo minato pieno di cliché?"

"Mi arrendo", dichiarò Sellitto.

"Il segreto di Charles Singleton. Non so voi, ma per quanto mi riguarda, anche se non ha nulla a che vedere con le leggi costituzionali o il terrorismo di matrice islamica, io muoio dalla voglia di sapere quale fosse. Credo che dovremmo scoprirlo."

SCENA DELL'ESPLOSIONE DEL FURGONE

- Furgone affidato a Bani al-Dahab (vedi profilo).
- Consegnava cibo a ristoranti e ambulanti mediorientali.
- Recuperata lettera di rivendicazione per attentato al Jewelry Exchange. Tipo di carta corrisponde a schizzi e lettere precedenti.
- Recuperati componenti ordigno esplosivo: residui di Tovex, cavi, batteria, detonatore radioricevente, porzioni di confezione, scatola UPS.

RESIDENZA DI THOMPSON BOYD E CASA SICURA PRIMARIA

- Ancora falafel, yogurt e vernice arancione.
- Contanti (compenso per lavoro?), 100.000 $ in banconote nuove. Non rintracciabili. Probabili piccoli prelievi dilazionati nel tempo.
- Armi (pistole, sfollagente, corda) ricollegabili a precedenti scene del crimine.
- Acido e cianuro collegati a precedenti scene del crimine. Produttori non identificabili.
- Nessun cellulare. Tabulati telefonici non sono d'aiuto.
- Lettera che commissiona eliminazione G. Settle in quanto testimone di progettazione furto di gioielli. Ancora tracce di carbonio puro, identificato come polvere di diamanti.
  * Inviata a Parker Kincaid a Washington D.C. per esame.
  * Lingua madre dell'autore: molto probabilmente arabo.
- Ordigno esplosivo di fortuna, come trappola. Impronte di Jon Earle Wilson, con precedenti per fabbricazione di bombe.
  * Localizzato. In attesa di interrogatorio da Rhyme.

SCENA DI POTTER'S FIELD (1868)

- Taverna di Gallows Heights, Upper West Side, quartiere ambiguo in quegli anni.
- Probabile luogo di incontro per Boss Tweed e altri politici corrotti di New York.
- Charles Singleton vi andò il 15 luglio 1868.
- Incendiato dopo esplosione, presumibilmente dopo visita di Charles. Per nascondere suo segreto?
- Corpo in cantina, uomo, presumibilmente ucciso da Charles Singleton:
  * Colpito alla fronte da Navy Colt cal. 36 caricata con pallottola cal. 39 (tipo di arma di proprietà di Charles Singleton).
  * Monete d'oro.
  * Uomo armato di Derringer.
  * Nessuna identificazione.
  * Anello con nome WINSKINSKIE: significa "custode" o "guardiano della porta" in lingua indiani Delaware. Si ricercano altri significati.
    – Titolo di un luogotenente di Boss Tweed nella macchina politica della Tammany Hall.

PROFILO SOSCO 109

- Identificato come Thompson G. Boyd, ex addetto al controllo delle esecuzioni ad Amarillo, Texas.
- Attualmente sotto custodia.

PROFILO MANDANTE DI SOSCO 109

- Bani al-Dahab, di nazionalità saudita con visto scaduto.
- Deceduto.
- Esame di appartamento non rivela ulteriori connessioni terroristiche. Attualmente al vaglio tabulati telefonici.
- Datori di lavoro sotto indagine per eventuali collegamenti terroristici.

PROFILO COMPLICE DI SOSCO 109

- Identificato non come l'uomo originariamente descritto, bensì come Alina Frazier, attualmente sotto custodia.
- Esame di appartamento ha rivelato armi e denaro, nient'altro di rilevante ai fini del caso.

PROFILO DI CHARLES SINGLETON

- Ex schiavo, antenato di G. Settle. Sposato, un figlio. Frutteto fuori New York donato da ex padrone. Lavora come insegnante. Sostiene movimento diritti civili.
- Accusato di furto nel 1868, argomento dell'articolo sulla microfiche rubata.
- Ha un segreto possibilmente collegato al caso. Preoccupato per tragiche conseguenze se rivelato.

- Partecipa a incontri a Gallows Heights, quartiere di New York.
* Coinvolto in attività rischiose?
- Crimine, come riferito da *Coloreds' Weekly Illustrated*:
* Charles arrestato da Det. William Simms per furto grossa somma da Freedmen's Trust, New York: scassinata cassaforte, visto allontanarsi da testimoni. Suoi attrezzi trovati nei pressi. Maggior parte di somma recuperata. Condannato a cinque anni di carcere. Nessuna notizia dopo scarcerazione. Possibile uso di contatti con leader diritti civili allo scopo di avere accesso al Trust.
- Corrispondenza di Charles:
* Lettera 1, a moglie. Re: Ribellione alla leva, 1863. Forte sentimento anti-nero nello Stato di NY, linciaggi, incendi. Proprietà di neri a rischio.
* Lettera 2, a moglie. Re: Charles in battaglia Appomattox, alla fine di Guerra Civile.
* Lettera 3, a moglie. Re: Coinvolto in movimento diritti civili. Minacciato per questo lavoro. Preoccupato da segreto.
* Lettera 4, a moglie. Andato a Potter's Field in cerca di "giustizia". Risultati disastrosi. Verità ora nascosta a Potter's Field. Il suo segreto è causa di tutto questo dolore.

PARTE QUINTA

IL SEGRETO DELLO SCHIAVO

Da venerdì 12 ottobre a venerdì 26 ottobre

39

In uno dei suoi due uffici di Manhattan, un uomo bianco di cinquantaquattro anni, con un vestito Brooks Brothers su un fisico solido e allenato, era in preda a un dilemma interiore.

Sì o no?

La domanda era importante: letteralmente, una questione di vita o di morte.

William Ashberry Jr. si appoggiò allo schienale della poltroncina di pelle e guardò fuori dalla finestra, verso l'orizzonte del New Jersey. Non era un ufficio elegante e raffinato come quello di Lower Manhattan, ma era il suo preferito. Quella stanza di sette metri per dieci si trovava nell'Upper West Side, nella storica Sanford Mansion, di proprietà della banca di cui era manager anziano.

Rifletté: *Sì o no?*

Ashberry era un finanziere e un imprenditore della vecchia scuola, il che significava, per esempio, che aveva ignorato le lusinghe di Internet all'alba della *new economy* e non aveva perso nemmeno una notte di sonno quando dopo breve tempo era arrivato il tramonto. Si era limitato a consolare i clienti che non gli avevano dato ascolto. Quel rifiuto di farsi sedurre dalle mode passeggere, combinato a solidi investimenti in compagnie *blue chips* e, soprattutto, in proprietà immobiliari a New York City, aveva assicurato ingenti somme di denaro a lui e alla Sanford Bank and Trust.

Vecchia scuola, d'accordo, ma fino a un certo punto. Oh, il suo stile di vita era garantito da uno stipendio annuale milionario, integrato dai cospicui bonus su cui si reggeva Wall Street: case in quantità, iscrizione ai migliori country club, figlie graziose e beneducate, appartenenza a varie organizzazioni di beneficenza a cui lui e sua moglie si compiacevano di dare il loro contributo. E non era da trascurare il Grumman privato che gli permetteva comodi e frequenti trasferimenti oltreoceano.

Tuttavia Ashberry non era il tipico manager che si può trovare su *Forbes*. Bastava grattare la superficie per ritrovare il ragazzo tosto venuto da South Philly, Philadelphia, il cui padre lavorava sodo in fabbrica e il cui nonno lavorava ancora più sodo prima per Angelo Bruno, detto "Docile Don", e poi per Phil "Chicken Man" Testa. Lo stesso Ashberry aveva frequentato cattive compagnie. Aveva fatto i suoi primi soldi usando la testa e il coltello e sulla sua coscienza c'erano alcune cose che avrebbero potuto procurargli non pochi problemi, se lui non avesse provveduto a tenerle sepolte per sempre. Ma, poco dopo avere compiuto i vent'anni, Ashberry aveva avuto la presenza di spirito di capire che, se avesse continuato con il pizzo, lo strozzinaggio e la sua vita tra Dickson Street e Reed Street a Philadelphia, ci avrebbe guadagnato un biglietto di sola andata per la prigione. Se avesse continuato a fare le stesse cose nel mondo degli affari, tra Lower Broadway e Upper West Side a Manhattan, sarebbe diventato schifosamente ricco e avrebbe potuto persino puntare alla politica, a livello statale o nazionale. Avrebbe potuto anche cercare di soffiare il posto a Frank Rizzo. Perché no?

Perciò aveva frequentato la facoltà di legge, studiando di notte. Si era procurato una licenza di agente immobiliare e un posto alla Sanford Bank, cominciando dal basso, allo sportello, per poi fare carriera. I soldi avevano iniziato ad arrivare, piano all'inizio, poi con un flusso costante. E poi era stato promosso alla punta di diamante della banca, il ramo immobiliare. Con il suo approccio diretto e brutale aveva sbaragliato la concorrenza, tanto all'esterno quanto all'interno della banca. Con ogni mezzo, era riuscito infine ad assumere il controllo della Sanford Foundation, il lato filantropico della banca, che aveva scoperto essere il modo migliore per guadagnarsi amicizie in politica.

Un'altra occhiata all'orizzonte del Jersey, un altro momento di dilemma interiore. Si lisciò compulsivamente i pantaloni sulle cosce, irrobustite dal tennis, dal jogging, dal golf, dallo yachting...

Sì o no?

Vita e morte...

In fondo al suo cuore, Bill Ashberry non aveva mai lasciato la 17th Street di Philadelphia. Non aveva smesso di giocare con i duri.

Con gente come Thompson Boyd, per fare un nome.

Ashberry aveva avuto il contatto tramite uno specialista di incendi dolosi che anni prima aveva commesso l'errore di bruciargli una delle sue proprietà commerciali e si era fatto beccare. Dopo che Ashberry aveva capito di dover uccidere Geneva Settle, aveva assunto un occhio privato per rintracciare l'incendiario, in libertà sulla parola, e gli aveva versato ventimila dollari perché lo mettesse in contatto con un killer professionista. L'incendiario (un individuo malvestito e con i capelli a *mullet*, per l'amor di Dio!) gli aveva parlato di Boyd. La scelta aveva impressionato Ashberry: il killer faceva davvero paura, ma non perché fosse uno schizzato come certi tipi di South Philly. No, faceva paura perché era così maledettamente *calmo*. Non c'era una scintilla di emozione nei suoi occhi, non gli sfuggiva di bocca nemmeno un'imprecazione.

Il banchiere gli aveva spiegato di cosa avesse bisogno e si era accordato per il pagamento: un quarto di milione di dollari. Nemmeno quella cifra aveva avuto il potere di fargli battere ciglio. Boyd sembrava più interessato (eccitato era una parola grossa) alla prospettiva di uccidere una ragazzina, esperienza nuova per lui.

Dapprima era sembrato che Boyd fosse sulla strada giusta e che la ragazza sarebbe morta molto presto, portando con sé tutti i problemi di Ashberry.

E invece, il disastro: Boyd e la sua complice, quella Frazier, erano finiti in galera.

Da qui il dilemma. *Sì, no...*

Doveva provvedere di persona all'assassinio di Geneva Settle?

Malgrado la sua personalità da zombie, Boyd era tanto

astuto quanto spaventoso. Conosceva il mestiere di uccidere, sapeva come lavoravano gli investigatori e come usare un movente per depistare la polizia. Ne aveva inventati parecchi, al solo scopo di confondere gli sbirri. In primo luogo, il tentativo di stupro, che non aveva funzionato. Il secondo era più sottile. Boyd aveva messo i semi dove oggigiorno era più facile che germogliassero: una trama terroristica. Il killer e la sua complice avevano trovato un povero disgraziato di arabo che faceva consegne di cibi mediorientali dalle parti del Jewelry Exchange, l'edificio di faccia a quello in cui Geneva Settle avrebbe dovuto essere uccisa. Boyd aveva localizzato il ristorante per cui lavorava, lo aveva sorvegliato e aveva identificato il furgone. Dopo di che, insieme alla sua complice, aveva disseminato una serie di indizi per incastrare l'arabo come terrorista: tutto lasciava intendere che fosse in preparazione un attentato e che l'ignaro Bani al-Dahab volesse Geneva morta perché lei lo aveva visto pianificare l'attacco.

Boyd aveva avuto cura di rubare fogli di carta da ufficio dai bidoni dei rifiuti del Jewelry Exchange: vi aveva tracciato schizzi dell'area e su uno aveva aggiunto persino un appunto sulla ragazza, scritto in un inglese dalle sfumature mediorientali (qui gli era stato d'aiuto un sito Internet sulla lingua araba) con l'intento di farsi beffe dei poliziotti. Il killer aveva intenzione di seminare gli indizi sulle sue scene del crimine, ma alla fine era andata anche meglio: la polizia stessa li aveva trovati nelle case sicure di Boyd *prima ancora* che lui li seminasse, il che aveva conferito maggiore credibilità alla pista terroristica. Il killer e la complice avevano usato il cibo orientale come indizio e avevano persino fatto chiamate anonime all'FBI dalle cabine pubbliche, per alimentare il timore di attentati.

Boyd non aveva intenzione di andare oltre, con quella sua sciarada per la polizia. Ma poi una maledetta poliziotta, quella detective Sachs, si era presentata alla fondazione per rovistare negli archivi! Ashberry ricordava ancora quanto gli era costato rimanere calmo a chiacchierare con la bella rossa, lasciandola libera di guardare dove le pareva e piaceva. Aveva dovuto fare ricorso alla sua forza di volontà per non scendere nei sotterranei e chiedere che cosa stesse cercando.

Ma avrebbe corso il rischio di destare sospetti. Le aveva concesso di prendere del materiale e, quando lei se n'era andata, aveva controllato di che cosa si trattasse. Non gli era parso niente di eccessivamente preoccupante.

Cionondimeno, la presenza della detective Sachs alla fondazione e il fatto che avesse voluto esaminare quel materiale aveva fatto capire al banchiere che gli sbirri non avevano ancora abboccato all'amo del terrorismo. Ashberry aveva immediatamente chiamato Boyd, chiedendogli di dare più corpo alla storia. Sicché il killer aveva comprato una bomba da Jon Earle Wilson, l'incendiario che aveva messo in contatto tra loro Ashberry e Boyd. L'ordigno era stato collocato nel furgone, insieme a una delirante lettera indirizzata al *New York Times*, in cui si parlava di sionismo. Il killer era stato arrestato poco dopo, ma la sua socia, quella nera di Harlem, aveva fatto detonare la bomba. Così il messaggio per la polizia era stato chiaro: terrorismo.

E, dato che l'arabo era morto, gli sbirri avrebbero sospeso la protezione per la ragazza. Così Alina Frazier avrebbe avuto modo di finire il lavoro.

Ma la polizia l'aveva battuta in astuzia e anche lei si era fatta arrestare.

La grande domanda, a questo punto, era: la polizia si era finalmente convinta che la ragazza non corresse altri pericoli, ora che l'artefice del piano risultava morto e i due killer erano in galera?

Ashberry decise che forse non ne erano pienamente convinti, ma in ogni caso avrebbero abbassato le difese.

Pertanto, qual era il livello di rischio, se lui avesse proseguito?

Minimo, decise.

Geneva Settle sarebbe morta.

Quindi ad Ashberry occorreva solo un'occasione. Boyd gli aveva detto che la ragazza aveva lasciato il suo appartamento a West Harlem e si era stabilita altrove. L'unica pista di cui disponeva il manager era la scuola.

Si alzò in piedi, uscì dall'ufficio e prese l'elegante ascensore del palazzo, che lo portò al piano terra. Poi fece due passi sulla Broadway e trovò un telefono pubblico. ("Sempre telefoni pubblici, mai linee fisse private e mai, assolutamente mai, cellulari." *Grazie, Thompson*.)

Ashberry si fece dare il numero dal servizio clienti e chiamò la scuola.

Una donna gli rispose: "Langston Hughes High".

Il manager guardò la fiancata di un camion di passaggio e disse: "Sono il detective Steve Macy del dipartimento di polizia. Devo parlare con la direzione".

Un attimo dopo si trovò in linea con il vicedirettore.

Una voce maschile gli rispose concitata: "In che cosa posso esserle utile?" In sottofondo si sentivano decine di voci. Ashberry stesso aveva odiato ogni singolo minuto che aveva passato a scuola.

Il manager si identificò nuovamente come poliziotto e aggiunse: "Mi sto occupando dell'indagine che riguarda una vostra alunna, Geneva Settle".

"Oh, sì, la testimone, giusto?"

"Esatto. Devo farle arrivare alcuni incartamenti, questo pomeriggio. Al procuratore distrettuale occorre la sua firma su una dichiarazione, per provvedere all'incriminazione delle persone coinvolte. Posso parlare alla ragazza?"

"Certo. Rimanga in linea."

Vi fu una pausa, durante la quale il vicedirettore chiese qualcosa a qualcun altro nella stanza riguardo agli orari della ragazza. Ashberry sentì dire che era assente. Il vicedirettore tornò all'apparecchio. "Non è a scuola, oggi. Tornerà lunedì."

"Oh. La trovo a casa?"

"Aspetti un minuto..."

Si udì un'altra voce, che dava qualche suggerimento al vicedirettore.

Per favore, pensò Ashberry.

L'uomo tornò al telefono. "Uno dei suoi insegnanti pensa che oggi pomeriggio sia alla Columbia University, per lavorare a un suo progetto."

"All'università?"

"Sì. Provi da un certo professor Mathers. Mi spiace, ma non so il nome di battesimo."

Il vicedirettore sembrava preoccupato. Per essere sicuro che non chiamasse la polizia per verificare la sua identità,

Ashberry lasciò intendere che la cosa non fosse poi così importante: "Vorrà dire che lo dirò agli agenti che la sorvegliano. La ringrazio".

"Prego. Buona giornata."

Ashberry riagganciò, ma rimase nella cabina telefonica, lo sguardo rivolto alla strada. Voleva solo procurarsi il suo indirizzo, ma aveva avuto una fortuna insperata. Anche se il vicedirettore non era parso sorpreso quando gli aveva parlato di poliziotti di sorveglianza. Questo sottintendeva che ci fosse ancora qualcuno a vegliare su Geneva Settle. Il manager si ripromise di tenerne conto. Chiamò il centralino della Columbia University e apprese che il professor Mathers sarebbe stato nel suo ufficio dall'una alle sei.

Per quanto vi si sarebbe trattenuta, Geneva? Ashberry si augurò che fosse a lungo, dal momento che lui aveva parecchie cose da fare.

Alle quattro e mezza di quel pomeriggio, William Ashberry attraversava Harlem a bordo della sua BMW M5, guardandosi intorno. Per lui quel luogo non aveva alcun significato sul piano razziale o culturale. Lo vedeva solo come un'opportunità. Per il banchiere, il valore di un uomo si misurava dalla tempestività con cui pagava i propri debiti. In particolare, da un punto di vista personale, dalla tempestività nei pagamenti degli affitti o delle ipoteche sui progetti immobiliari che la Sanford Bank stava gestendo ad Harlem. Che l'affittuario fosse nero o ispanico, o bianco o asiatico, se fosse un trafficante di droga o un manager, a lui non importava. Fintanto che pagava quell'assegno mensile.

Ora, sulla 125th Street, oltrepassò uno degli edifici che la sua banca stava ristrutturando. I graffiti erano stati cancellati, gli interni svuotati. Il materiale da costruzione era ammucchiato al piano terra. I vecchi affittuari avevano ricevuto incentivi perché si trasferissero. Qualcuno, riluttante, aveva dovuto essere "convinto" ma aveva presto colto l'allusione. Molti nuovi affittuari avevano già firmato onerosi contratti, malgrado i lavori non fossero ancora finiti: non si sarebbero conclusi prima di altri sei mesi.

Ashberry guardò gli ambulanti in un'affollata strada commerciale. Non avevano quello che gli serviva. Continuò la sua ricerca, l'ultimo compito da svolgere in un pomeriggio che si poteva definire frenetico. Dopo avere lasciato l'ufficio alla Sanford Foundation, aveva raggiunto la casa dei suoi weekend, nel New Jersey. Qui aveva aperto l'armadietto dei fucili. Ne aveva tirato fuori una doppietta. Sul tavolo da lavoro in garage aveva segato le canne, un lavoro sorprendentemente faticoso che gli era costato una mezza dozzina di lame della sega elettrica. L'arma, accorciata, non superava i cinquantacinque centimetri di lunghezza. Gettate le canne nello stagno dietro la casa, il banchiere aveva pensato che su quello stesso molo, l'anno successivo, dopo la laurea al Vassar, si sarebbe sposata la sua figlia maggiore.

Il manager si era trattenuto a lungo in riva allo stagno, guardando i riflessi del sole sull'acqua fredda e azzurra. Poi aveva caricato il fucile a canne mozze e lo aveva messo in una scatola di cartone, insieme a una dozzina di cartucce, sotto uno strato di vecchi libri, giornali e riviste. Non gli serviva altro. Il professore e Geneva non avrebbero vissuto abbastanza da guardarci dentro.

Con indosso una giacca sportiva e vestiti male abbinati, i capelli lisciati all'indietro e un paio di occhiali comprati in un drugstore (il miglior travestimento che fosse riuscito a improvvisare), Ashberry aveva attraversato il George Washington Bridge e si era inoltrato in Harlem, per cercare l'ultimo elemento necessario alla messinscena.

Ah, ecco...

Il banchiere parcheggiò e scese dall'auto. Da un imperturbabile venditore ambulante della Nazione Islamica acquistò una *kefiah*. Ashberry tenne il copricapo tra le mani guantate (*Grazie ancora, Thompson*) e tornò alla macchina.

Nessuno lo guardava. Si chinò a sfregare la *kefiah* per terra, davanti a una cabina telefonica dove di sicuro era passata parecchia gente. Il copricapo si sarebbe riempito di terra e altri indizi. L'ideale sarebbe stato che raccogliesse anche dei capelli, suggerendo alla polizia nuove false piste da seguire nell'ambito della trama terroristica. Ashberry passò la *kefiah* sul ricevitore, perché vi restassero tracce di saliva e sudore per i campioni di DNA.

Il banchiere ficcò il copricapo nello scatolone, insieme all'arma, ai libri e alle riviste, quindi risalì in macchina e si diresse verso Morningside Heights e il campus della Columbia.

Trovò il vecchio edificio della facoltà che ospitava l'ufficio di Mathers. Ashberry notò un'auto della polizia parcheggiata proprio di fronte, con un agente seduto al volante, gli occhi fissi sulla strada. Quindi c'era qualcuno a sorvegliarla.

Be', non era un grande problema. Era uscito da situazioni peggiori, tanto nelle strade di South Philly quanto nelle stanze del potere di Wall Street. La sorpresa era il miglior vantaggio. Con un'azione inaspettata si poteva avere ragione di forze superiori.

Proseguì oltre, fece un'inversione a U e parcheggiò dietro l'edificio, lasciando l'auto fuori vista e orientata verso la strada, pronta per la fuga. Scese e si guardò intorno. Sì, poteva funzionare. Poteva avvicinarsi di lato e sgattaiolare dalla porta principale mentre l'agente guardava altrove.

Quanto alla via di fuga, c'era una porta sul retro della facoltà. E c'erano due finestre al piano terra. Se anche lo sbirro si fosse precipitato verso l'edificio appena avesse udito gli spari, Ashberry avrebbe potuto colpirlo da una di quelle finestre. In ogni caso, gli restava tutto il tempo per lasciar cadere la *kefiah* a mo' di indizio e salire in macchina prima che arrivassero altri poliziotti.

Trovò un telefono pubblico, da cui chiamò il centralino dell'università.

"Columbia University", rispose una voce.

"Il professor Mathers, per favore."

"Un momento."

Si udì una voce dall'inflessione nera. "Pronto?"

"Professor Mathers?"

"Sono io."

Impersonando nuovamente Steve Macy, Ashberry si presentò come uno scrittore di Philadelphia, impegnato in una ricerca presso la Lehman Library, la biblioteca della Columbia University dedicata alle scienze sociali e al giornalismo. La Sanford Foundation aveva versato parecchi soldi a biblioteche e università come quella. Ashberry si era occupato personalmente della Columbia University e, all'occorrenza, avrebbe saputo sostenere la parte in modo credibile. Disse che uno dei bibliotecari aveva saputo che Mathers si stava occupando della storia di New York nel diciannovesimo secolo, in particolare del periodo della Ricostruzione. Era così?

Il professore rise, sorpreso. "In effetti sì. Non è per me, sto aiutando una studentessa liceale. È qui con me, ora."

Grazie a Dio. La ragazza era ancora lì. Poteva farla finita in quattro e quattr'otto e riprendere a vivere la sua vita.

Ashberry disse di avere portato con sé parecchio materiale da Philadelphia. A lui e alla studentessa poteva interessare darci un'occhiata?

Il professore rispose di sì, lo ringraziò e gli domandò quando ritenesse conveniente passare.

Quando aveva diciassette anni, Bill Ashberry aveva tenuto un taglierino appoggiato alla gola di un anziano negoziante che tardava a pagare il pizzo. Gli aveva detto che avrebbe fatto un taglio di due centimetri per ogni giorno di ritardo, a meno che non tirasse subito fuori i soldi. La sua voce era calmissima allora, come lo era in quel momento, quando disse a Mathers: "Parto stasera, ma potrei fare un salto adesso. Può fare delle fotocopie, se ha una Xerox".

"Sì, ce l'ho."

"Sono da lei tra qualche minuto."

Riappesero. Ashberry tuffò una mano tra libri e riviste e mise la sicura al fucile. Poi prese in braccio la scatola e si avviò tra i turbini di aria gelida e foglie gialle.

40

"Professore?"

"È lei Steve Macy?" domandò il docente, un uomo dall'aria trasandata con papillon e giacca di tweed, seduto a una scrivania dietro un cumulo di carte.

Ashberry sorrise. "Sì, professore."

"Io sono Richard Mathers. E lei è Geneva Settle."

Una teenager bassa, dalla pelle scura quanto quella del professore, gli rivolse un'occhiata e un cenno di saluto. Poi fissò la scatola di cartone. Era così giovane. Sarebbe davvero riuscito a ucciderla?

Gli tornò alla mente un'immagine fugace del matrimonio della figlia sul molo della casa di campagna, seguito da una serie di pensieri rapidissimi: la Mercedes AMG che sua moglie sognava, l'iscrizione all'Augusta Golf Club, la cena che aveva in programma a *L'Etoile*, cui il *New York Times* aveva da poco attribuito tre stellette...

Quei pensieri risposero al suo interrogativo.

Ashberry appoggiò a terra la scatola. Con sollievo notò che nell'ufficio non c'erano sbirri. Strinse la mano al docente. E pensò: *Cazzo, possono rilevare le impronte dalla pelle!* Dopo avergli sparato, avrebbe dovuto pulire la mano del professore. Ricordava ciò che gli aveva detto Thompson Boyd: "Quando si tratta di uccidere, bisogna fare tutto secondo le regole, altrimenti è meglio lasciar perdere".

Il banchiere sorrise alla ragazza. Ma non le strinse la mano. Si guardò intorno, valutando da dove sarebbe stato meglio sparare.

"Scusi il disordine", disse Mathers.

"Il mio ufficio non è messo meglio", replicò Ashberry con una risatina.

La stanza era ingombra di libri, pubblicazioni di vario genere e mucchi di fotografie. Alle pareti erano appesi vari attestati: contrariamente a quanto Ashberry pensava, Mathers non era un professore di storia, bensì di legge. E doveva essere piuttosto noto: il manager vide una foto in cui il docente era al fianco di Bill Clinton e un'altra in cui era insieme all'ex sindaco Giuliani.

Di fronte a quelle fotografie, il rimorso rialzò la testa, ma solo per un breve istante. Ashberry si sentiva meglio al pensiero di trovarsi nella stessa stanza con due cadaveri.

Chiacchierarono per qualche minuto. Il banchiere si tenne sul vago, parlando di università e di biblioteche di Philadelphia ma evitando qualsiasi commento diretto riguardo all'oggetto dei propri studi. Fu lui a guidare l'offensiva, chiedendo al professore: "Su che cosa sta facendo ricerche?"

Mathers lasciò la parola a Geneva, che raccontò del suo antenato, Charles Singleton, un ex schiavo. "È molto strano. La polizia pensava che ci fosse un legame tra quello che gli è successo e alcuni crimini appena commessi. Ma poi è venuto fuori che non c'era niente di vero. Però siamo tutti curiosi di scoprire che cosa gli è successo. Nessuno sembra saperlo."

"Diamo un'occhiata a quello che ha portato", propose Mathers, facendo spazio su un tavolino davanti alla sua scrivania. "Le prendo una sedia."

Ci siamo, pensò Ashberry. Il cuore accelerò i battiti.

Ricordò il taglierino sul collo del negoziante: quattro centimetri, due al giorno per due giorni di ritardo col pizzo. Ashberry nemmeno lo aveva sentito gridare.

Ricordò tutti gli anni di duro lavoro per arrivare a occupare la sua attuale posizione.

Ricordò gli occhi vacui di Thompson Boyd.

D'un tratto si sentì calmissimo.

Mathers uscì in corridoio. Il banchiere intanto sbirciò fuori dalla finestra. Il poliziotto era sempre al suo posto, una quindicina di metri più in là. Le mura dell'edificio erano così spesse che forse non avrebbe neppure sentito gli spari.

Si chinò sulla scatola, frugando rumorosamente in mezzo alla carta.

"Ha trovato delle fotografie?" chiese Geneva, dietro la scrivania. "Mi piacerebbe vedere che aspetto aveva il quartiere a quei tempi."

"Dovrei averne qualcuna."

"Caffè?" propose Mathers, dal corridoio.

"No, grazie."

Ashberry si voltò verso la porta.

Ora!

Fece per alzarsi, estraendo il fucile a canne mozze dalla scatola, preoccupandosi di tenerlo fuori vista da Geneva. Mirò verso la porta. Il dito si strinse intorno al grilletto.

Ma qualcosa non andava. Mathers non ricompariva.

Fu in quel momento che Ashberry sentì qualcosa di metallico toccargli l'orecchio.

"William Ashberry, lei è in arresto. Sono armata."

Era la ragazza, ma ora la sua voce era diversa. Una voce da adulta. "Metta l'arma sulla scrivania. Lentamente."

Ashberry si raggelò. "Ma..."

"Il fucile. Lo metta giù." La ragazza gli solleticò l'orecchio con la pistola. "Sono della polizia e sono pronta a usare la mia pistola."

Oh, signore, no! Era una trappola!

"Stia a sentire, adesso: faccia quello che le dice." Era il professore, anche se ovviamente non era il vero Mathers, ma uno sbirro che aveva preso il suo posto.

Ashberry si voltò: l'uomo era rientrato da una porta laterale. Portava un distintivo dell'FBI appeso al collo e anche lui aveva una pistola.

Come diavolo hanno fatto a scoprirmi? si chiese il banchiere, sconcertato.

"E non sposti quell'arma di un millimetro. Siamo d'accordo su questo?"

"Non glielo dirò un'altra volta", disse la ragazza, con voce calma. "La metta giù."

Ashberry non si mosse.

Ripensò a suo nonno, il gangster. Ripensò alle urla del negoziante. Ripensò al matrimonio di sua figlia.

Che cosa avrebbe fatto Thompson Boyd?

Avrebbe seguito le regole e si sarebbe arreso.

Col cazzo. Ashberry si accovacciò e si voltò come un fulmine, sollevando l'arma.

Qualcuno gridò: "No!"

Fu l'ultima parola che sentì.

41

"Niente male la vista", fu il commento di Thom.

Lincoln Rhyme guardò fuori dalla finestra, verso il fiume Hudson. Sulla riva opposta c'erano gli scogli di Palisades e, più in là, le colline del New Jersey. Forse anche la Pennsylvania. Distolse immediatamente lo sguardo, come per dire che tanto i panorami quanto le persone che li indicavano lo annoiavano a morte.

Erano nell'ufficio del defunto William Ashberry presso la Sanford Foundation, in cima alla Sanford Mansion sulla West 82nd Street. La borsa di New York stava ancora cercando di incassare il colpo della duplice notizia: non solo il banchiere era morto, ma risultava implicato in una serie di crimini commessi nel corso degli ultimi giorni. Non che per questo la comunità finanziaria intendesse fermarsi: dopo che i manager della Enron e della Global Crossing avevano tradito azionisti e dipendenti, la morte del manager corrotto di una società che *non era* in bancarotta non faceva quasi più notizia.

Amelia Sachs aveva già passato in esame l'ufficio, ricavando diversi indizi che collegavano Ashberry a Boyd. Alcuni punti della stanza erano stati delimitati dai nastri della polizia. La riunione aveva luogo nello spazio libero della stanza, accanto a finestre dai vetri a piombo e pannelli in palissandro.

Seduto accanto a Rhyme e a Thom c'erano Geneva Settle e l'avvocato Wesley Goades. Il criminalista era divertito al pensiero che, in certi momenti, aveva sospettato che Goades potesse essere complice di Boyd, in parte per il fatto che si fosse affrettato a comparire a casa sua, in cerca di Geneva, in parte per la vicenda del Quattordicesimo Emendamento.

Dopotutto, l'avvocato poteva avere un attivo interesse nel tutelare un importante strumento di difesa dei diritti civili. Inoltre, Rhyme aveva temuto che la lealtà dell'avvocato nei confronti di qualcuna delle compagnie di assicurazioni per cui aveva lavorato potesse essere motivo di un tradimento nei confronti di Geneva.

Ma, dal momento che il criminalista aveva tenuto per sé i propri sospetti, non occorreva che se ne scusasse. Dopo la svolta inaspettata dell'indagine, Rhyme aveva suggerito che l'avvocato fosse chiamato a occuparsi degli aspetti legali del caso. Geneva Settle, naturalmente, era stata subito d'accordo.

Dall'altra parte del tavolino di marmo c'erano Gregory Hanson, presidente della Sanford Bank and Trust, la sua assistente Stella Turner e l'avvocato Anthony Cole dello studio legale della Sanford, un distinto quarantacinquenne che, come gli altri due, trasudava inquietudine. I tre, riteneva Rhyme, dovevano essere sulle spine fin dalla sera precedente, quando lui aveva telefonato a Hanson per discutere "il caso Ashberry".

Hanson aveva acconsentito a un incontro, ma aveva tenuto a precisare che non era meno sconvolto di chiunque altro alla notizia della morte del manager nella sparatoria alla Columbia University di qualche giorno prima. Non ne sapeva niente, come non sapeva niente di furti di gioielli o attentati terroristici, a parte ciò che aveva letto sui giornali. Che cosa volevano esattamente Rhyme e la polizia?

Il criminalista aveva risposto rispolverando il suo poliziese: "Solo le risposte ad alcune domande di routine".

Terminati i convenevoli Hanson domandò: "Potrebbe spiegarci di che cosa si tratta?"

Rhyme venne subito al punto: spiegò che William Ashberry aveva assunto il killer professionista Thompson Boyd perché uccidesse Geneva Settle.

Tre paia di occhi guardarono con orrore la ragazzina magra seduta di fronte a loro. Lei sostenne i loro sguardi senza battere ciglio.

Il criminalista continuò: Ashberry riteneva vitale che nessuno conoscesse la ragione per cui aveva ordinato la morte di Geneva. Pertanto il banchiere e il killer avevano fabbricato diversi falsi moventi. In origine, l'assassinio doveva apparire come un tragico tentativo di stupro. Ma Rhyme non si era lasciato ingannare. Nel proseguimento delle indagini, era emersa quella che era sembrata la vera ragione: Geneva sarebbe stata testimone dei preparativi di un attentato terroristico.

"Ma anche in questa versione c'erano punti oscuri. La morte del presunto terrorista avrebbe dovuto porre fine ai tentativi di uccidere Geneva, ma non è stato così. La complice di Boyd ci ha provato di nuovo. C'era qualcos'altro. Abbiamo rintracciato nel New Jersey l'uomo che aveva venduto la bomba a Boyd, un professionista degli incendi dolosi. L'FBI lo ha arrestato. Abbiamo collegato il denaro in suo possesso a quello rinvenuto nella casa sicura di Boyd. Di fronte alla complicità in omicidio, l'incendiario ha patteggiato. E ci ha detto di avere messo in contatto tra di loro Ashberry e Boyd, per..."

"Questa storia dei terroristi, però", lo interruppe l'avvocato del banchiere, scettico. "Bill Ashberry e i fondamentalisti? È..."

"Ci sto arrivando", lo interruppe a sua volta Rhyme, altrettanto secco, forse di più. E continuò la sua esposizione: le dichiarazioni del bombarolo erano sufficienti a giustificare un mandato d'arresto nei confronti di Ashberry. Per cui il criminalista e il detective Sellitto avevano deciso di attirarlo allo scoperto. Avevano messo un poliziotto alla scuola di Geneva, sotto le spoglie del vicedirettore. Chiunque avesse chiamato per chiedere notizie della studentessa si sarebbe sentito rispondere che era alla Columbia University, con un professore della facoltà di legge. Il vero docente aveva accettato di mettere a disposizione della polizia non solo il proprio nome, ma anche il suo ufficio. Fred Dellray e Jonette Monroe, l'agente sotto copertura della Langston Hughes High School, erano stati ben lieti di impersonare il professore e la studentessa. Avevano fatto un lavoro rapido ma efficace, realizzando addirittura con Photoshop delle false fotografie di Dellray in compagnia di Bill Clinton e Rudy Giuliani, in modo che Ashberry non si rendesse conto dello scambio di persona.

Rhyme concluse la sua esposizione descrivendo il tentativo di omicidio nell'ufficio di Mathers. Scosse il capo. "Avrei dovuto capire che il mandante doveva avere legami con una banca. Gli era stato possibile incassare grosse somme di denaro alterando i registri. Ma qual era il suo obiettivo?" Guardò l'avvocato Cole. "Non mi risulta che gli Episcopaliani siano dediti al terrorismo fondamentalista."

Nessuno sorrise. *Banchieri, avvocati...* pensò Rhyme. *Niente senso dell'umorismo*. Continuò: "Per cui ho riesaminato gli indizi e ho notato un dettaglio preoccupante: non c'era nessuna radiotrasmittente per far detonare la bomba. Avrebbero dovuto essercene i resti nel furgone, e invece no. Per quale motivo? Una possibile spiegazione era che Boyd e la sua complice avessero sistemato la bomba a bordo del veicolo e si fossero tenuti la trasmittente, per uccidere il fattorino arabo come diversivo e impedirci di scoprire la vera ragione per cui Geneva doveva essere uccisa".

"Okay", disse Hanson. "La vera ragione. E qual era?"

"Ci ho dovuto riflettere a lungo. In un primo momento ho pensato che forse Geneva avesse assistito a uno sfratto illegale in uno degli edifici in ristrutturazione da cui cancellava i graffiti. Ma ho verificato che la Sanford Bank non era proprietaria dei palazzi in cui lei aveva lavorato. Quindi che cosa ci restava? Soltanto la pista che avevamo seguito fin dall'inizio..."

Raccontò della copia su microfiche del *Colored's Weekly Illustrated* che Boyd aveva sottratto. "Mi ero dimenticato che già prima qualcuno aveva cercato di rintracciare le copie di quella rivista. Sembrava che Geneva avesse visto il furgone e un terrorista. Io credo invece che le cose siano andate diversamente: Ashberry deve avere trovato casualmente quell'articolo quando l'archivio della Sanford Foundation è stato riordinato il mese scorso. Fece ulteriori ricerche e scoprì qualcosa di molto preoccupante, qualcosa che avrebbe potuto rovinarlo. Distrusse la copia conservata negli archivi della fondazione e decise che avrebbe dovuto fare lo stesso con tutte le altre esistenti. Nel corso delle ultime settimane riuscì a trovarle quasi tutte, ma gliene restava ancora una: il bibliotecario del museo afroamericano di Midtown stava cercando le microfiche in archivio e gli disse che, per pura coincidenza, una studentessa era interessata proprio allo stesso numero. Ashberry capì che doveva distruggere quel-l'articolo e uccidere sia Geneva sia il bibliotecario, che avrebbe potuto risalire a lui."

"Ma ancora non capisco il perché", disse l'avvocato Cole, ormai visibilmente irritato.

A quel punto Rhyme fornì l'ultima tessera del mosaico: raccontò la storia di Charles Singleton, della fattoria che aveva avuto in regalo dal suo ex padrone, del furto al Freedmen's Trust e del misterioso segreto dell'ex schiavo. "Doveva essere quella la ragione per cui Charles era stato incastrato nel 1868. E il movente per cui Ashberry voleva uccidere Geneva."

"Un segreto?" chiese Stella Turner.

"Oh, sì. E finalmente ho capito di che cosa si trattava. Mi sono ricordato di una cosa che aveva detto il padre di Geneva: Charles insegnava in una scuola gratuita per africani nei pressi di casa sua e vendeva sidro agli operai dei vicini cantieri navali." Rhyme scosse la testa. "Avevo dato erroneamente qualcosa per scontato. Sapevamo che la fattoria era nello Stato di New York... il che era vero. Solo che era nella stessa *città* di New York."

"Dove?" chiese Hanson.

"Non è difficile capirlo", rispose Rhyme, "se si tiene a mente che in città c'erano parecchie fattorie, fino alla fine dell'Ottocento."

"Intende dire che quella fattoria era a Manhattan?"

"Non solo", disse Rhyme, con intima soddisfazione. "Era proprio sotto questo palazzo."

42

“Abbiamo trovato una pianta di Gallows Heights nell’Ottocento, in cui si vedono tre o quattro vaste proprietà alberate. Una di queste occupava la zona corrispondente a questo e altri isolati. Poco più in là, lungo la stessa strada, c’era la scuola gratuita per gli africani. Poteva essere la stessa? E sull’Hudson”, Rhyme guardò fuori dalla finestra, “proprio laggiù, sull’81st Street, c’erano i cantieri navali, i cui operai potevano essere i clienti di Charles. Dunque questa proprietà gli apparteneva? C’era un modo semplice per verificarlo. Thom ha fatto un controllo presso il catasto e ha trovato i documenti relativi al passaggio di proprietà fra ex padrone ed ex schiavo. Sì: la proprietà era davvero sua. Tutto si è chiarito. Avevamo trovato parecchi riferimenti a incontri che avevano luogo a Gallows Heights tra politici e sostenitori dei diritti civili. Ebbene, era a casa *di Charles* che si incontravano. Era quello il suo segreto: il fatto che fosse proprietario di quindici acri di terreno in piena Manhattan.”

“Ma perché doveva essere un segreto?”

“Non osava dire a nessuno che ne era proprietario. Avrebbe voluto, naturalmente. Ed era questo a tormentarlo. Era orgoglioso di possedere una grande fattoria in città, era convinto che avrebbe potuto rappresentare un modello per gli altri ex schiavi. Avrebbe potuto dimostrare loro che anche un africano poteva essere rispettato, che poteva possedere terra e lavorarla ed essere un membro della comunità. Ma Charles aveva assistito alla rivolta contro la leva, al linciaggio dei neri, agli incendi. Perciò lui e sua moglie fingevano di essere solo dei mezzadri. Charles temeva che, se si fosse scoperto che un ex schiavo era proprietario di una tenuta così vasta e in una posizione così importante, qualcuno avrebbe potuto cercare di distruggerla o, più probabilmente, di rubargliela."

"Il che", intervenne Geneva, "è esattamente ciò che è successo."

"Quando Charles fu condannato", riprese Rhyme, "tutta la sua proprietà fu confiscata e rivenduta. Questa sì che era una teoria interessante: che Charles fosse stato incastrato allo scopo di sottrargli la terra. Ma come trovare le prove? Si parla di 'casi freddi', figuriamoci un caso di centoquarant'anni fa. Eppure qualche indizio c'era. Le casseforti Exeter Strongbow, il modello che Charles era stato accusato di avere scassinato al Freedmen's Trust, erano di fabbricazione inglese. Ho chiamato un amico a Scotland Yard, che a sua volta ha parlato con un esperto forense: risulta che era impossibile aprire una cassaforte Exeter del diciannovesimo secolo solo con martello e scalpello, gli attrezzi rinvenuti sulla scena. Anche con i trapani a vapore di quei tempi sarebbero occorse tre o quattro ore di lavoro. Eppure, stando all'articolo, un testimone affermava che Charles era stato all'interno del Freedmen's Trust per non più di una ventina di minuti.

"Conclusione successiva: qualcun altro aveva svuotato la cassaforte, aveva lasciato gli attrezzi di Charles sul luogo del crimine e aveva pagato un testimone perché mentisse. Ritengo che il vero ladro fosse l'uomo che abbiamo trovato sepolto nella cantina del Potter's Field." Il criminalista raccontò dell'anello con l'incisione WINSKINSKIE e che l'uomo che lo portava faceva parte della corrotta macchina politica della Tammany Hall. "Era uno dei vari luogotenenti di Boss Tweed. Della banda faceva parte anche il detective William Simms, il poliziotto che arrestò Charles. In seguito, Simms fu accusato di corruzione e di avere fabbricato prove false a carico di diversi sospetti. Simms aveva pianificato la condanna di Charles insieme al Winskinskie, al giudice e alla pubblica accusa. E con loro divise il denaro sottratto al Freedmen's Trust. Dunque, avevamo stabilito che Charles era il legittimo proprietario di una vasta tenuta a Gallows Heights e che qualcuno lo aveva fatto condannare ingiustamente, per portargliela via." Il criminalista inarcò un sopracciglio. "La logica domanda successiva? La domanda chiave?"

Nessuno raccolse l'invito.

"Ovvio: chi c'era dietro?" fece Rhyme, severo. "Chi aveva derubato Charles? Ebbene, visto che l'obiettivo era sottrargli la tenuta, dovevo scoprire chi l'avesse acquisita."

"E chi era?" domandò Hanson, preoccupato ma al tempo stesso affascinato da quella drammatica rievocazione storica.

La sua assistente si lisciò la gonna e azzardò: "Boss Tweed?"

"No, un suo collega. Un uomo che frequentava abitualmente il Potter's Field, insieme ad altri individui famigerati dell'epoca: Jim Fisk, Jay Gould e il detective Simms." Rhyme occhieggiò le persone sedute dall'altra parte del tavolino. "Si chiamava Hiram Sanford."

La donna batté le palpebre. Un attimo dopo disse: "Il fondatore della nostra banca".

"Il solo e unico."

"Ma è ridicolo", obiettò l'avvocato Cole. "Come avrebbe potuto? Era uno dei pilastri della società newyorkese!"

"Proprio come William Ashberry?" chiese sarcastico il criminalista. "Il mondo degli affari non era molto diverso da com'è oggi. Brulicava di speculatori. Una delle lettere di Charles citava un articolo del *Tribune* di New York in cui si parlava delle bolle che scoppiavano a Wall Street. Nell'Ottocento le ferrovie erano l'equivalente delle odierne compagnie di Internet. Le loro azioni venivano sopravvalutate e le società finivano in bancarotta. Probabilmente Sanford perse la sua fortuna in quella circostanza e Tweed lo tirò fuori dai guai. Ma, data la persona che era, probabilmente volle usare il denaro di qualcun altro. Quindi Tweed e Sanford incastrarono Charles. Sanford acquistò la tenuta a una frazione minima del suo valore, abbatté la fattoria e costruì il palazzo in cui ci troviamo ora." Accennò agli isolati circostanti, fuori dalla finestra. "Dopo di che lui e i suoi eredi si arricchirono con il mercato immobiliare, o vendendo il terreno un po' alla volta."

"E Charles non poteva proclamarsi innocente e raccontare che cosa era successo?" chiese Hanson.

Rhyme sbuffò. "Un ex schiavo da solo contro i politicanti razzisti della Tammany Hall? Che speranze avrebbe avuto? Inoltre, aveva ucciso un uomo, in quella taverna."

"Allora era un assassino", disse l'avvocato Cole, balzando alle conclusioni.

"Certo che no", lo smentì Rhyme. "A lui il Winskinskie serviva vivo, per dimostrare la propria innocenza. Lo uccise solo per legittima difesa. Non gli rimase che nascondere il cadavere e coprire le tracce della sparatoria. Se lo avessero scoperto, lo avrebbero impiccato."

Hanson scosse la testa. "Solo che non ha senso. Che cosa c'entra quello che può avere fatto Hiram Sanford a quei tempi con il comportamento di William Ashberry? Certo, non giova alla nostra immagine che il fondatore della banca abbia derubato un ex schiavo. Ma la notizia non porterebbe via che una spiacevole decina di minuti in un notiziario serale. I nostri avvocati non avrebbero problemi a ridimensionare il caso. Non vale la pena di uccidere per questo."

"Ah", fece Rhyme. "Acuta osservazione. Abbiamo fatto qualche ricerca. Ashberry dirigeva la vostra divisione immobiliare, giusto?"

"Giusto."

"E se la divisione immobiliare fosse andata in fallimento, Ashberry avrebbe perso il suo posto e la sua fortuna."

"Suppongo di sì. Ma perché dovrebbe fallire? È il nostro settore più florido."

Rhyme si rivolse a Wesley Goades. "Tocca a lei."

L'avvocato di Geneva guardò i tre interlocutori dall'altra parte del tavolino, ma solo per un istante. Non riusciva mai a reggere uno sguardo. A differenza di Rhyme, Goades non si concesse lunghe spiegazioni con digressioni occasionali. Disse semplicemente: "Siamo qui per informarvi che la signorina Settle intende fare causa contro la vostra banca per ottenere un risarcimento della sua perdita".

Hanson aggrottò la fronte e guardò Cole, che parlò con aria comprensiva. "In base ai fatti che avete presentato, non andrete molto lontano con una richiesta di risarcimento per i disturbi emotivi che sono stati provocati alla signorina Settle. Vedete, il problema è che il signor Ashberry agiva per proprio conto, non in veste ufficiale. Non siamo responsabili delle sue azioni." Rivolse un'occhiata a Goades, che poteva essere o non essere d'accordo. "Come potrà spiegarvi il vostro consulente legale."

Hanson si affrettò ad aggiungere, alla volta di Geneva: "Ma noi ci rendiamo conto di quanto ha passato".

Stella Turner annuì. Sembravano entrambi sinceri.

"Le offriremo un risarcimento." Hanson sorrise. "Credo che ci troverà piuttosto generosi."

L'avvocato Cole sentì il bisogno di precisare: "Nei limiti del ragionevole".

Rhyme studiò il presidente. Gregory Hanson sembrava una persona gentile. Sui cinquant'anni, con un sorriso simpatico, da ragazzino. Probabilmente era nato per essere un uomo d'affari, un capo onesto, un padre di famiglia, competente sul lavoro, preoccupato per gli azionisti. Un uomo che non approfittava dei rimborsi spese della compagnia e che si ricordava dei compleanni dei dipendenti.

Il criminalista si sentiva quasi in colpa per quello che stava per accadere.

Wesley Goades, dal canto suo, non provava il minimo rimorso. "Signor Hanson, la perdita a cui ci riferiamo non riguarda il fatto che un vostro manager è responsabile del *tentato omicidio* della mia cliente, perché questa è la definizione giusta, e non 'disturbi emotivi'. No, in veste di erede di Charles Singleton, la signorina intende procedere al recupero delle proprietà rubate da Hiram Sanford e dei relativi danni economici..."

"Ecco..." sussurrò il presidente, con una risatina.

"...danni economici quantificabili in rendite e profitti che la vostra banca ha ricavato dalla proprietà, con decorrenza dalla data del trasferimento." Goades consultò un appunto. "Vale a dire dal 4 agosto 1868. La somma andrà a costituire un fondo a beneficio dei discendenti del signor Singleton, la cui distribuzione sarà sotto la supervisione del tribunale. Non abbiamo ancora la cifra esatta." L'avvocato alzò lo sguardo e incrociò quello di Hanson. "Ma potremmo stimarla cautelativamente intorno ai novecentosettanta milioni di dollari."

43

"È per questo che William Ashberry era disposto a uccidere", spiegò Rhyme. "Per mantenere segreto il furto della proprietà di Charles. Se si fosse scoperto e se gli eredi si fossero fatti avanti, sarebbe stata la fine della divisione immobiliare e forse la bancarotta per la Sanford Bank."

"Oh, be', ma questo è assurdo", protestò l'avvocato Cole, dall'altra parte del tavolino. I due avvocati rivali erano entrambi alti e magri, anche se quello della Sanford era più abbronzato. Il criminalista sospettava che Wesley Goades non passasse molto tempo sui campi da tennis o da golf. "Guardatevi intorno", insisteva Cole. "Gli isolati sono edificati, ogni centimetro quadrato!"

"Non abbiamo richieste per quanto riguarda le costruzioni", precisò Goades, come se fosse ovvio. "Solo per le rendite relative."

"Per centoquarant'anni?"

"Non è un problema nostro quando Sanford ha derubato Charles."

"Ma la maggior parte del terreno è stata venduta", intervenne Hanson. "In questo isolato la banca possiede solo due condomini e questo palazzo."

"Be', naturalmente condurremo un'indagine sulle proprietà vendute illegalmente dalla vostra banca."

"Ma abbiamo venduto le parcelle di terreno per centoquarant'anni."

Goades parlò rivolto al tavolino. "Come ho detto, è un *vostro* problema, non nostro."

"No", tagliò corto Cole. "Scordatevelo."

"La signorina Settle ha già moderato notevolmente le sue richieste. Si potrebbe osservare che, senza la proprietà del suo antenato, la vostra banca sarebbe già fallita nel 1868 e che alla mia cliente spettano *tutti* i guadagni della Sanford su scala mondiale. Ma non arriviamo a tanto. La signorina Settle non vuole danneggiare gli attuali azionisti."

"Maledettamente generosa", commentò Cole.

"La decisione è della signorina", precisò Goades. "Io ero propenso a farvi chiudere."

Cole si protese in avanti. "Sentite, perché non prendete la pillola della realtà? Non avete un caso. Per cominciare, è andato in prescrizione. Vi sbatteranno fuori dal tribunale a calci."

"Avete mai notato", chiese Rhyme, incapace di resistere, "come la gente tenda a sostenere a spada tratta i propri argomenti più deboli? Scusate la digressione."

"Quanto alla prescrizione", disse Goades, "abbiamo argomenti per estendere la causa sotto i principi di equità." L'avvocato aveva spiegato a Rhyme che in certi casi i limiti di tempo potevano essere estesi, nel caso l'imputato riuscisse a tenere nascosto un crimine per lungo tempo, tanto che nemmeno le vittime ne sono a conoscenza. Le circostanze valevano per esempio in caso di processi in cui giudice e accusa fossero in collusione coi malfattori, come era avvenuto per Charles Singleton.

"Ma qualsiasi cosa abbia fatto Hiram Sanford", puntualizzò Cole, "non ha niente a che vedere con il mio cliente, cioè l'attuale banca."

"Abbiamo ricostruito la proprietà della banca, risalendo alla Hiram Sanford Bank and Trust Limited, l'entità che ha acquisito la fattoria Singleton. Sanford si è servito della banca come copertura. Sfortunatamente per voi." Goades lo disse con tutta l'allegria di cui poteva essere capace un uomo che non sorrideva mai.

Cole non aveva intenzione di cedere le armi. "Be', che prove avete che la proprietà sarebbe passata ai discendenti? Il vostro Charles Singleton avrebbe potuto vendere tutto per cinquecento dollari nel 1870 e spendersi tutta la somma."

"Abbiamo le prove che era sua intenzione lasciare la fattoria alla famiglia." Rhyme si voltò verso Geneva. "Che cosa diceva Charles?"

La ragazza non aveva bisogno di consultare appunti. "In una lettera alla moglie scriveva che non avrebbe mai venduto la fattoria. Diceva: 'Vorrei che la terra passasse intatta a nostro figlio e alla sua discendenza. Professioni e commerci vanno e vengono, i mercati finanziari sono incerti, ma la terra è la grande costante di Dio, e sarà la nostra fattoria, un giorno, a dare alla nostra famiglia la rispettabilità che ancora non abbiamo agli occhi di molti. Sarà la salvezza dei nostri figli e delle generazioni a venire'."

Entusiasta del suo ruolo di *cheerleader*, Rhyme disse: "Pensate a come reagirà una giuria di fronte a questo. Nessuno riuscirà a trattenere le lacrime".

Cole si protese ancora di più in avanti, guardando rabbioso Goades. "Oh, lo so che cosa state macchinando. Volete farla sembrare una vittima. Ma questo è solo ricatto. Come tutte le altre stronzate sul risarcimento degli schiavi, vero? Mi spiace che Charles Singleton fosse uno schiavo. Mi spiace che lui, o suo padre o chiunque altro sia stato portato qui contro la sua volontà." Cole mosse una mano, come per scacciare una mosca, e guardò Geneva. "Ma, signorina, tutto questo è successo molto, molto tempo fa. Il mio bisnonno è morto di intossicazione ai polmoni, ma io non sto facendo causa alle società carbonifere del West Virginia per intascare un po' di soldi facili. Voi altri vi dovete rassegnare e vivere felici. Se dedicaste la stessa quantità di tempo..."

"Un momento", lo interruppe Hanson. Il presidente e la sua assistente si girarono entrambi verso l'avvocato della compagnia.

Cole si passò la lingua sulle labbra e tornò ad appoggiarsi allo schienale. "Chiedo scusa. Non intendevo dire quello che può essere sembrato. Lo so che ho detto 'voialtri', ma non intendevo..." Stava guardando Wesley Goades.

Ma fu Geneva a parlare. "Signor Cole, la penso allo stesso modo. Credo veramente in ciò che ha detto Frederick Douglass: 'Forse la gente potrà non avere tutto quello per cui lavora, ma di sicuro deve lavorare per quello che ha'. Non voglio soldi facili."

Cole la guardò, incerto, poi abbassò gli occhi. Geneva no. La ragazza proseguì: "Vede, ho parlato di Charles con mio padre. Ho scoperto diverse cose su di lui. Suo nonno era stato rapito dagli schiavisti, strappato alla sua famiglia nella terra degli Yoruba e condotto in Virginia. Il padre di Charles morì a quarantadue anni, perché il suo padrone giudicò che gli costasse meno comprare uno schiavo nuovo che fargli curare la polmonite. La madre invece fu venduta a una piantagione della Georgia quando lui aveva dodici anni: non la rivide mai più. Ma sa una cosa?" chiese con voce calma. "Non chiedo un centesimo per *quello*. No. È molto semplice. Qualcosa che Charles amava gli è stato portato via. E io farò tutto il possibile perché il ladro paghi per le sue colpe."

Cole mormorò un'altra scusa, ma il suo patrimonio genetico legale non gli permise di abdicare. Guardò Hanson e riprese: "Apprezzo le sue parole. Le offriremo un risarcimento per ciò che le ha fatto il signor Ashberry. Ma riguardo la proprietà non faremo un passo. Non sappiamo nemmeno se lei abbia basi legali per la sua causa. Che prove ha di essere davvero la discendente di Charles Singleton?"

Lincoln Rhyme mosse il dito sul *touchpad*, spostando la sedia a rotelle a contatto del tavolo e imponendo la propria presenza. "Nessuno si è ancora chiesto perché *io* sono qui?"

Silenzio.

"Come potrete immaginare, non esco molto spesso. Quindi, per quale motivo pensate che abbia fatto tutta questa strada?"

"Lincoln", lo redarguì Thom.

"Va bene, va bene, arrivo al punto. Reperto A."

"Quale reperto?" chiese Cole.

"Sto scherzando. La lettera." Il criminalista guardò Geneva, che aprì lo zaino e ne tirò fuori una cartelletta. La ragazza depose una fotocopia sulla scrivania.

Il lato Sanford del tavolo ne guardò il contenuto.

"Una delle lettere di Singleton?" domandò Hanson.

"Calligrafia elegante", osservò Rhyme. "Vi si dava importanza, a quei tempi. Non come oggi, con i computer e la gente che fa certi scarabocchi… va bene, scusate, basta digressioni. Questo è il punto. Ho chiesto a un collega, un esperto grafologo di nome Parker Kincaid, di confrontare la calligrafia con tutti gli scritti esistenti di pugno di Charles Singleton, compresi i documenti legali negli archivi in Virginia. Parker lavorava per l'FBI: è l'esperto cui si rivolgono gli esperti quando hanno dubbi su un documento. E ha sottoscritto un *affidavit* in cui dichiara che la grafia è la stessa di tutti i documenti a firma di Charles Singleton."

"Okay", concesse Cole. "La lettera è sua. E allora?"

"Geneva", disse Rhyme. "Che cosa diceva la lettera?"

Lei recitò a memoria: "'Eppure le mie lacrime, le macchie che vedi su questo foglio, mia cara, non sono di dolore, ma di dispiacere per la miseria che si è abbattuta su di noi'".

"Sulla lettera originale", spiegò Rhyme, "c'erano diverse macchie. Le abbiamo analizzate, rilevando lisozima, lipocalina, lattoferrina... proteine, se vi interessa, e un assortimento di enzimi, lipidi e metaboliti. Le componenti delle lacrime umane, insieme all'acqua, naturalmente. A proposito, lo sapete che la composizione della lacrime differisce sostanzialmente, se sono frutto di dolore oppure di emozioni? Queste lacrime erano dovute a una forte emozione. Lo posso dimostrare. Sospetto che una giuria troverebbe anche questo molto commovente."

Cole sospirò. "Ha fatto un test del DNA sulle macchie e i risultati coincidono con il DNA della signorina Settle."

Rhyme si strinse nelle spalle e mormorò il ritornello del giorno. "Ovvio."

Hanson guardò Cole, i cui occhi continuavano a passare dalla lettera ai propri appunti. Poi il presidente disse a Geneva: "Un milione di dollari. Le do un assegno per un milione di dollari, subito, se lei mi firma una rinuncia a qualsiasi altra richiesta".

Goades, implacabile, replicò: "La signorina Settle insiste per un risarcimento proporzionale ai danni, di cui possano beneficiare tutti i discendenti di Charles Singleton, non solo lei". Alzò per un istante gli occhi verso il presidente della banca. "Sono certo che lei non volesse sottintendere che il risarcimento fosse destinato solo a lei, per esempio come incentivo a tenere all'oscuro i suoi parenti di quanto è accaduto."

"No, no, certo che no", disse Hanson, concitato. "Mi lasci parlare al consiglio di amministrazione. Proporremo una cifra adeguata."

Goades raccolse le proprie carte e le infilò nello zaino da montagna che usava come borsa. "La causa partirà tra due settimane. Se desiderate discutere con me la creazione di un fondo per la richiedente, potete chiamarmi a questo numero." Fece scivolare un biglietto da visita sul tavolino.

Quando furono alla porta, l'avvocato della banca disse: "Geneva, aspetti, per favore. Mi spiace per quello che ho detto prima. Davvero. Era... inappropriato. Sono sinceramente dispiaciuto per quello che è successo a lei e al suo antenato. E sto ragionando anche nel *suo* interesse. Ricordi che un accordo è sicuramente la soluzione migliore per lei e per i suoi parenti. Il suo avvocato potrà spiegarle quanto a lungo si trascinerebbe una causa del genere. E quanto potrebbe essere costosa". Sorrise. "Si fidi. Siamo dalla sua parte."

Geneva lo guardò. "Le battaglie sono sempre le stesse. È solo difficile riconoscere il nemico." Si voltò e chiuse la porta.

Era chiaro che l'avvocato non aveva la minima idea di cosa lei stesse dicendo.

Il che, suppose Rhyme, dimostrava più o meno che lei aveva ragione.

44

La mattina di mercoledì l'aria dell'autunno era fredda e limpida come ghiaccio fresco.

Geneva aveva fatto visita al padre al Columbia-Presbyterian Hospital e si stava dirigendo verso la Langston Hughes High School. Aveva finito il suo compito su *Home to Harlem*. Dopotutto come libro non era male, anche se lei avrebbe ugualmente preferito occuparsi di Octavia Butler: quella donna sì che sapeva scrivere, accidenti!

Ma il meglio era che aveva potuto scrivere la sua tesina con un wordprocessor, su uno dei Toshiba nel laboratorio del signor Rhyme, che Thom le aveva insegnato a usare. A scuola i pochi computer erano sovraffollati e non li si poteva utilizzare per più di un quarto d'ora a testa. Sarebbe stato impossibile scriverci tutta una tesina. E per compiere una ricerca le bastava andare su Internet. Un miracolo. Aveva fatto in poche ore il lavoro di due giorni.

Attraversò la strada e prese la scorciatoia attraverso il cortile della scuola elementare PS 288, che le risparmiava qualche minuto di cammino tra la stazione della 8th Avenue e la Langston Hughes. La recinzione del cortile proiettava un'ombra a griglia sull'asfalto grigio chiaro. Magra com'era, la ragazza non ebbe difficoltà a sgusciare nell'apertura, grande abbastanza per farci passare un adolescente e una palla da basket. Era ancora presto e il cortile era deserto.

Geneva aveva fatto pochi metri quando qualcuno la chiamò di là della recinzione.

"*Yo*, amica."

Geneva si fermò.

Lakeesha era sul marciapiede, con indosso un paio di pantaloni verdi aderentissimi e una lunga blusa arancione attillata sulle tette. Aveva la borsa appesa a una spalla. Il sole si rifletteva sulla bigiotteria e le perline delle trecce. Aveva la stessa espressione cupa della settimana prima, quando quella pazza della Frazier aveva cercato di uccidere Geneva e suo padre.

"Ehi, ragazza, dov'eri finita?" chiese Geneva.

Keesh guardò dubbiosa la recinzione: non ci sarebbe mai passata. "Vieni di qui."

"Ci vediamo a scuola."

"No. Voglio parlare a quattr'occhi."

Geneva esitò. Dall'espressione dell'amica doveva essere qualcosa di importante. Ripassò dall'apertura e raggiunse l'amica. Si incamminarono fianco a fianco, con passo lento.

"Dov'eri finita, Keesh?" Geneva aggrottò la fronte. "Hai bigiato?"

"Non stavo bene."

"Il ciclo?"

"No, non quello. Mia mamma mi ha fatto la giustificazione." Lakeesha si guardò intorno. "Chi era quel tipo con cui eri l'altro giorno?"

"Mio padre."

"No!"

"Parola."

"Non mi avevi detto che stava a Chicago o roba del genere?"

"Una palla di mia mamma. Era in galera. Lo hanno rilasciato da poco. Mi è venuto a cercare."

"E adesso dove sta?"

"All'ospedale. L'hanno ferito."

"Sta okay?"

"Sì, passerà."

"E tu e lui? Tutto liscio?"

"Può darsi. Quasi non lo conosco."

"Accidenti, lui che salta fuori, dev'essere stato uno choc."

"L'hai detto, ragazza."

L'amica rallentò fino a fermarsi. Geneva la guardò, ma lei sfuggì il suo sguardo. Keesh infilò la mano nella borsa e prese qualcosa all'interno.

Un momento di esitazione.
"Che c'è?" chiese Geneva.
"Ecco..." mormorò Keesh, tirando fuori la mano. Tra le sue dita con le unghie dallo smalto a scacchi bianchi e neri c'era una catenina d'argento con appeso un cuore.
"Questa è..."
"Quella che mi hai dato il mese scorso per il mio compleanno."
"E me la vuoi dare indietro?"
"Non posso tenerla, Gen. E poi ti serviranno i *benjamins*. Puoi impegnarla."
"Non scherzare, ragazza. Non è roba di Tiffany."
Gli occhi dell'amica si stavano riempiendo di lacrime. Keesh abbassò la mano. "Mi trasferisco fra una settimana."
"Ti trasferisci? E dove?"
"BK."
"Brooklyn? Tutta la famiglia? E i gemelli?"
"No, loro no. Nessuno della famiglia se ne va." Gli occhi dell'amica spazzavano il marciapiede.
"Che cos'è questa storia, Keesh?"
"Ti dico cos'è successo."
"Non farmela lunga, ragazza. Di che cosa stai parlando?"
"Kevin", rispose Keesh, sottovoce.
"Kevin Cheaney?"
L'amica annuì. "Mi spiace, ragazza. Lui e io siamo innamorati. Lui ha questo posto in cui vuole andare. Io vado con lui."
Geneva tacque per un istante. Poi: "Era con lui che stavi parlando la settimana scorsa?"
Lakeesha annuì. "Senti, non l'ho fatto apposta, ma è successo. Devi capire. C'è questa cosa tra noi. Non l'ho mai provato prima. Lo so che ti piaceva. Parlavi di lui tutto il tempo. Non gli toglievi gli occhi di dosso. Eri così felice quella volta che ti ha accompagnato a casa. Oh, ragazza, non sapevo come dirtelo."
Geneva sentì un brivido nell'anima. Ma non aveva niente a che fare con la sua cotta per Kevin, che era sfumata appena lui aveva mostrato il suo vero io nell'aula di matematica. Le chiese: "Sei incinta, vero?"

Non stavo bene.

Keesh abbassò la testa e guardò la catenina che le pendeva dalle dita.

Geneva chiuse gli occhi per un istante. Poi chiese: "Da quanto?"

"Due mesi."

"Devi vedere un dottore. Ti accompagno alla clinica, ci andiamo tu e io..."

L'amica si accigliò. "Perché dovrei? Non è che non voglio avere il bambino. Lui ha detto che avrebbe usato la protezione, se volevo, ma voleva proprio avere un bambino da me. Dice che sarà come una parte di tutti e due."

"Era tanto per dire, Keesh. Ti ha preso in giro."

Lakeesha la guardò torva. "*Davvero?*"

"Parola, ragazza. Una facciata. Ha qualcosa in mente." Geneva si domandò che cosa potesse volere Kevin da Lakeesha. Da lei voleva i bei voti, ma da Keesha? Soldi, forse. Tutti a scuola sapevano quanto lei si desse da fare in due posti di lavoro, risparmiando tutti i suoi guadagni. I genitori avevano anche loro delle entrate: la madre lavorava per le poste e il padre aveva un posto di giorno alla CBS e di notte allo Sheraton Hotel. Anche suo fratello lavorava. Kevin doveva avere tenuto d'occhio i *benjamins* di famiglia. "Non è che gli hai prestato dei soldi?"

L'amica abbassò gli occhi e tacque. Voleva dire sì.

"Avevamo un patto, noi due. Dovevamo diplomarci e andare al college."

Le lacrime rigarono la faccia tonda di Keesh, piovendole sulle mani pienotte. "Oh, Gen, sei forte, sai? Ma su che pianeta vivi? Parliamo, tu e io. Del college, del lavoro che sogniamo. Ma per me sono solo parole. Tu fai le tue tesine come niente, prendi i bei voti e sei sempre la prima della classe. Lo sai che io non sono fatta così."

"Sarai tu quella che ha successo nel lavoro. Ricordi, ragazza? Io farò la professoressa squattrinata da qualche parte, mangerò tonno in scatola e Cheerios per cena. Sei tu quella che spaccherà il culo a tutti. E il tuo negozio? Il tuo spettacolo in tv? Il tuo club?"

Keesh scosse il capo, facendo oscillare le treccine.

"Merda, ragazza, era solo per dire. Il meglio che posso sperare è quello che faccio adesso: servire hamburger e insalata al TGI Friday's. O fare treccine ed extension finché non passano di moda. Che probabilmente sarà tra sei mesi."

Geneva abbozzò un debole sorriso. "Può sempre tornare di moda l'afro."

Keesha rise. "Parola. Per quella ti serve una spazzola e la lacca. Non un'artista come me." Arrotolò un'extension bionda intorno a un dito, poi abbassò le mani. Il sorriso svanì. "E mi butteranno via come una borsa vecchia. L'unico modo di uscirne è con un uomo."

"E adesso chi è che si butta giù, ragazza? Kevin ti ha raccontato un sacco di stronzate. Non hai mai parlato così."

"Lui si prende cura di me. Si sta cercando un lavoro. E mi ha promesso che manterrà il bambino. È diverso. Non è come gli altri ragazzi con cui uscivo."

"Invece sì. Non *puoi* arrenderti, Keesh. Non farlo! Almeno continua a venire a scuola. Vuoi il bambino? Okay. Ma non mollare la scuola. Puoi..."

"Non sei mia madre, ragazza", fece Keesh, acida. "So quello che faccio." Gli occhi le lampeggiavano di rabbia. Tanto più dolorosa per Geneva, che riconosceva la stessa furia con cui l'amica l'aveva difesa dalle ragazze di Delano e St. Nicholas quando se la prendevano con lei per strada.

Mettetela giù, fatela a fette, la troietta...

Poi Keesh aggiunse, a bassa voce: "Il fatto è che lui dice che non posso più andare in giro con te".

"Non puoi..."

"Kevin dice che a scuola lo hai trattato male."

"Trattato male?" Geneva rise, fredda. "Voleva che lo aiutassi a copiare. Io gli ho detto di no."

"Io gli ho detto che era una cazzata, per come io e te siamo legate e tutto quanto, ma lui non mi sta a sentire. Dice che non ti devo più vedere."

"Allora scegli lui", disse Geneva.

"Non ho scelta!" La ragazza teneva gli occhi bassi. "Non posso tenere il tuo regalo. Ecco." Piazzò il gioiellino nella mano di Geneva con un gesto rapido, come se avesse paura di scottarsi. La catenina cadde in mezzo alla sporcizia del marciapiede.

"Non farlo, Keesh. Per favore!"

Geneva tese la mano, ma le sue dita si chiusero nell'aria fredda.

45

Dieci giorni dopo la riunione con il presidente della Sanford Bank, Gregory Hanson, e il suo avvocato, Lincoln Rhyme stava parlando al telefono con Ron Pulaski. La giovane recluta era ancora in licenza per ragioni di salute, ma sarebbe tornato in servizio di lì a un mese. La memoria gli era tornata e stava dando il proprio contributo al caso contro Thompson Boyd.

"Allora, va a una festa di Halloween?" chiese Pulaski. "O qualcosa del genere?" L'aggiunta doveva essere dovuta al timore di una gaffe per avere presunto che un tetraplegico andasse alle feste.

Ma Rhyme lo rassicurò. "In effetti sì. Vado da Glenn Cunningham."

Sachs soffocò una risata.

"Davvero?" fece la recluta. "Uhm, e chi sarebbe?"

"Si informi, agente."

"Sissignore. Non mancherò."

Rhyme tolse la comunicazione e tornò a guardare il tabellone degli indizi, in cima al quale era appesa la dodicesima carta dei tarocchi, l'Impiccato.

Stava ancora guardandola quando suonò il campanello.

Lon Sellitto, probabilmente: lo aspettavano da un momento all'altro, di ritorno da una sessione di terapia. Il tenente aveva smesso di ripulirsi la macchia fantasma e di esercitarsi a estrarre la pistola come Billy the Kid, cosa di cui nessuno aveva ancora dato spiegazione a Rhyme. Il criminalista aveva cercato di saperne di più da Amelia Sachs, ma lei non aveva saputo, o non aveva voluto, dirgli molto. Andava bene lo stesso. A volte, Lincoln Rhyme ne era fermamente convinto, non occorreva conoscere tutti i dettagli.

Ma il suo visitatore non era il detective dai vestiti spiegazzati.

Rhyme guardò verso la porta e vide Geneva Settle con lo zaino appeso a una spalla. "Benvenuta", disse lui.

Sachs la salutò a sua volta, togliendosi gli occhiali protettivi che usava quando catalogava i reperti, nella fattispecie quelli della scena di un omicidio commesso quella mattina.

Wesley Goades aveva preparato tutti gli incartamenti per la causa contro la Sanford Bank e aveva detto a Geneva che si aspettava un'offerta realistica da parte di Hanson il lunedì successivo. In caso contrario, l'avvocato aveva già avvisato la controparte che il suo missile nucleare legale si sarebbe abbattuto sulla Sanford l'indomani. L'evento sarebbe stato accompagnato da una conferenza stampa e Goades era sicuro che la pubblicità negativa sarebbe durata ben più di una spiacevole decina di minuti in un notiziario serale.

Rhyme guardò la ragazza. Il tempo insolitamente caldo per la stagione rendeva impraticabili le felpe *gangsta* e il berretto, per cui Geneva indossava un paio di jeans e una T-shirt con la scritta GUESS!, indovina, a lettere luccicanti sul petto. Aveva guadagnato qualche chilo e i capelli le erano cresciuti. Si era anche truccata un po' (Rhyme si era chiesto che cosa ci fosse nel sacchetto che Thom le aveva passato di nascosto un paio di giorni prima). La ragazza aveva un bell'aspetto.

La vita di Geneva aveva raggiunto una certa stabilità. Jax Jackson aveva lasciato l'ospedale ed era sottoposto a terapia. Grazie ai buoni auspici di Sellitto, l'uomo era stato trasferito sotto la giurisdizione delle autorità newyorkesi. Ora Geneva abitava nel minuscolo appartamento del padre, esperienza non così orrenda come aveva temuto. Questo la ragazza non lo aveva confessato né a Roland Bell né a Rhyme, ma a Thom, che era diventato una specie di chioccia per la ragazza: l'aiutante la invitava spesso a casa per darle lezioni di cucina, guardare la tv e discutere di libri e di politica, tutte cose per cui Rhyme non provava il minimo interesse. Appena si fossero potuti permettere un alloggio più capiente, Geneva e suo padre avrebbero preso in casa anche Zia Lilly.

La ragazza aveva abbandonato i BigMac e nelle ore dopo la scuola aveva trovato lavoro allo studio di Goades, dove svolgeva ricerche e lavoro d'ufficio. E intanto lo aiutava ad allestire il Charles Singleton Trust, che avrebbe suddiviso il denaro del risarcimento tra i discendenti dell'ex schiavo. Non che Geneva avesse abbandonato i suoi sogni di lasciare la città alla prima occasione, per trasferirsi a Londra o Roma. Ma tutti i casi di cui Rhyme la sentiva parlare con passione riguardavano residenti di Harlem discriminati in quanto neri, latini, islamici, donne o poveri.

Inoltre Geneva era impegnata in un progetto cui si riferiva come "salvare la sua amica". Anche di questo, però, non aveva messo a parte Rhyme: la sua consulente in materia sembrava essere Amelia Sachs.

"Volevo farle vedere una cosa." La ragazza esibì un foglio di carta ingiallita, coperto da una grafia che Rhyme riconobbe immediatamente come quella di Charles Singleton.

"Un'altra lettera?" domandò Sachs.

Geneva fece cenno di sì. Maneggiava il foglio con grande cautela.

"Zia Lilly ha sentito quel nostro parente a Madison, che ci ha spedito un po' di cose che teneva in cantina. Un segnalibro di Charles, un suo paio di occhiali... e una dozzina di lettere. Questa volevo proprio mostrarvela." La ragazza era raggiante. "È stata scritta nel 1875, *dopo* che Charles uscì di prigione."

"Vediamola", disse Rhyme.

Sachs depose la lettera sullo scanner e un attimo dopo l'immagine apparve su tutti i monitor del laboratorio. La detective si mise accanto a Rhyme, appoggiandogli una mano sulla spalla. Lessero sullo schermo.

Mia amatissima Violet,

confido che avrai goduto della compagnia di tua sorella e che Joshua ed Elizabeth si siano divertiti con i cugini. Mi sembra quasi incredibile che Frederick, che ho visto l'ultima volta quando aveva nove anni, sia già alto come suo padre.

Sono lieto di dirti che tutto va bene nel nostro cottage. Questa mattina James e io abbiamo tagliato ghiaccio in riva al fiu-

me e lo abbiamo stivato in ghiacciaia, coprendo i blocchi di segatura. Poi abbiamo viaggiato per due miglia verso nord, nonostante la neve alta, per vedere il frutteto in vendita. Il prezzo è caro, ma ritengo che il venditore risponderà favorevolmente alla mia contro-offerta. Era chiaro che aveva molti dubbi al pensiero di vendere a un negro, ma quando gli ho detto che posso pagarlo in contanti senza ricevuta le sue perplessità si sono dissipate.

Il denaro è un grande parificatore.

Ti sei commossa anche tu a leggere che ieri il nostro Paese ha approvato la legge sui Diritti Civili? Hai visto i particolari? La legge garantisce che chiunque, indipendentemente dal colore, possa entrare nelle taverne, nei teatri e in qualunque luogo pubblico. Che grande giorno per la Causa! Questa è la stessa legge su cui ho scambiato molta corrispondenza lo scorso anno con Charles Sumner e Benjamin Butler, e sono convinto che qualcuna delle mie idee si sia fatta strada in questo importante documento.

Come puoi ben immaginare, tali notizie sono state per me motivo di riflessione, ripensando a quei terribili eventi di sette anni fa, quando siamo stati derubati del nostro frutteto a Gallows Heights e io sono stato ingiustamente condannato.

Eppure oggi, riflettendo su queste notizie giunte da Washington D.C. mentre siedo davanti al caminetto del nostro cottage, mi sembra che quei fatti appartengano a un mondo completamente diverso, come i sanguinosi combattimenti della Guerra o gli anni di forzata servitù in Virginia: per sempre presenti ma in qualche modo lontani, come le immagini confuse di un incubo quasi dimenticato.

Forse dentro i nostri cuori c'è un unico ripostiglio tanto per la disperazione quanto per la speranza, e riempiendolo con una si riesce a spingere fuori gli oscuri ricordi dell'altra. Stasera sono pieno unicamente di speranza.

Rammenterai che per anni mi sono ripromesso di fare di tutto pur di liberarmi delle stigmate dei tre quinti d'uomo. Quando considero gli sguardi che tuttora mi vengono rivolti a causa del mio colore, penso di non essere ancora ritenuto un uomo per intero. Ma mi avventuro a dire di essere arrivato a nove decimi d'uomo (James ha riso a lungo quando gliene ho parlato a cena) e continuo ad avere fede che vivremo abbastanza a lungo da vederci trattati come persone per intero. E se non sarà nelle nostre vite, almeno in quelle di Joshua ed Elizabeth.

Ora, mia adorata, devo darti la buonanotte e preparare una lezione per i miei studenti di domani. Dolci sogni a te e ai nostri figli, mia cara. Vivo nell'attesa del tuo ritorno.

Il tuo fedele Charles,
Croton on the Hudson,
2 marzo 1875.

Rhyme disse: "A quanto pare, Douglass e gli altri lo avevano perdonato per il furto. O avevano deciso di non credere che fosse stato lui".

"Di che legge parlava?" chiese Sachs.

"La Legge sui Diritti Civili del 1875", rispose Geneva, "che proibiva la discriminazione razziale in hotel, ristoranti, treni, teatri... in tutti i luoghi pubblici." La ragazza tuttavia scosse il capo. "Non durò a lungo. In seguito la Corte Suprema la annullò in quanto incostituzionale. Nessun'altra legge federale fu approvata per oltre cinquant'anni."

"Mi domando", disse Sachs, "se Charles fosse ancora vivo quando l'hanno annullata. Non gli sarebbe piaciuto."

Geneva si strinse nelle spalle. "Non credo che se ne sarebbe preoccupato. L'avrebbe considerata solo una sconfitta temporanea."

"La speranza che respinge il dolore", commentò Rhyme.

"Parola", disse Geneva. Guardò il suo Swatch malridotto. "Devo tornare al lavoro. Quel Wesley Goades... devo proprio dirlo: è fuori di testa. Non sorride mai, non ti guarda mai... E poi ogni tanto uno se la può anche fare la barba, no?"

Quella notte, a letto, al buio, Rhyme e Sachs guardavano la luna, una falce sottile che avrebbe dovuto essere bianca come il ghiaccio, e invece era dorata come il sole.

Certe volte parlavano, in momenti del genere. Certe volte no. Quella notte erano silenziosi.

Ci fu un movimento sul cornicione fuori dalla finestra.

Era uno dei falchi pellegrini che vi avevano fatto il nido: un maschio, una femmina e due piccoli. Di quando in quando un visitatore guardava fuori e chiedeva a Rhyme se avessero dei nomi. Lui rispondeva: "Abbiamo un patto: loro non danno un nome a me, io non ne do a loro. Funziona".

Un falco alzò la testa e guardò di lato. La sagoma si stagliava contro la luna. I movimenti dell'uccello e il suo profilo davano, per qualche ragione, un'idea di saggezza. E anche di pericolo: i falchi pellegrini adulti non hanno alcun predatore naturale e possono calare sulla preda dall'alto a duecento chilometri all'ora. Ma l'uccello chinò benignamente il capo e si acquietò. Erano creature diurne e la notte dormivano.

"Stai pensando?" chiese Sachs.

"Domani andiamo ad ascoltare della musica. C'è un *matinée*, o come si chiama un concerto pomeridiano, al Lincoln Center."

"Chi suona?"

"I Beatles, credo. O un duetto di Maria Callas ed Elton John. Non mi importa. Voglio solo mettere in imbarazzo un po' di gente girandoci intorno con la sedia a rotelle. Non mi importa chi suona, ho solo voglia di uscire. Non mi capita spesso, lo sai."

"Lo so." Sachs si voltò verso di lui e lo baciò. "Andiamoci."

Lui girò la testa verso di lei e le diede un bacio sui capelli. Lei aderì al suo corpo. Rhyme chiuse le dita intorno alla mano di lei e strinse con forza.

Lei ricambiò la stretta.

"Lo sai che cosa potremmo fare?" chiese Sachs, in tono da cospiratrice. "Potremmo portarci di straforo un po' di vino e qualcosa da mangiare. Paté e formaggio. Pane francese."

"Servono da mangiare al Lincoln Center. Me lo ricordo. Ma lo scotch è terribile. E costa un occhio. Invece potremmo..."

"Rhyme!" Sachs balzò a sedere sul letto, sconvolta.

"Qual è il problema?"

"Quello che hai fatto un momento fa."

"Ho detto che potremmo portare di straforo..."
"Non girarci intorno." Sachs cercava a tentoni l'interruttore. Lo trovò e accese la luce. Con i boxer neri e la T-shirt grigia, i capelli spettinati e gli occhi sgranati, sembrava una studentessa che si fosse appena ricordata di avere un esame l'indomani mattina alle otto.
Rhyme strinse gli occhi. "È proprio necessaria tutta questa luce?"
Sachs stava guardando in basso, verso il letto. "La mano... l'hai mossa!"
"Credo di sì."
"La mano destra! Non hai mai mosso la mano destra!"
"Curioso, vero?"
"Hai rimandato gli esami. Ma sapevi che eri in grado di farlo."
"Non lo *sapevo*. Fino a poco fa. Non volevo provarci. Temevo che non ci sarei riuscito. Stavo pensando di abbandonare gli esercizi e smettere di preoccuparmene." Si strinse nelle spalle. "Ma ho cambiato idea. Voglio fare un tentativo. Ma solo noi, niente macchine e dottori intorno."
Non da solo, aggiunse tra sé.
"E non me lo hai detto!" Lei gli diede una pacca su un braccio.
"Questa non l'ho sentita."
Risero insieme.
"È stupefacente, Rhyme", sussurrò lei, stringendolo forte. "Ce l'hai fatta. Ce l'hai proprio fatta."
"Ci provo ancora." Rhyme guardò Sachs, poi la propria mano.
Esitò, poi inviò dalla sua mente una scarica di energia diretta ai nervi della destra. Le cinque dita si mossero leggermente. E poi, incerta come un cavallino appena nato, la mano attraversò un Grand Canyon di cinque centimetri tra le lenzuola e atterrò sul polso di Sachs. Il pollice e l'indice vi si chiusero intorno.
Lei rise di gioia, con le lacrime agli occhi.
"Che ne dici?" fece lui.
"Allora continuerai gli esercizi?"
Lui annuì.

“E fissiamo i test col dottor Sherman?”

“Potremmo. Sempre che non salti fuori qualcosa. Abbiamo avuto da fare, ultimamente.”

Lei spense la luce e tornò a sdraiarsi accanto a lui. Una percezione, più che una sensazione.

In silenzio, Rhyme guardò il soffitto. Mentre il respiro di Amelia rallentava, lui corrugò la fronte, conscio di una strana sensazione al petto. Dove non avrebbe dovuto sentirne nessuna. Dapprima pensò a una delle sue sensazioni fantasma. Poi, allarmato, si domandò se non fosse in arrivo un attacco di disreflessia, o peggio. Ma si accorse che si trattava di qualcosa di completamente diverso. Qualcosa che non albergava nei muscoli o negli organi. Scienziato come sempre, analizzò empiricamente la sensazione e si accorse che era qualcosa di simile a ciò che aveva provato quando aveva visto Geneva Settle affrontare vittoriosa l’avvocato della banca. O quando aveva letto della missione di Charles Singleton in cerca di giustizia al Potter’s Field in quella terribile notte di luglio di tanti anni prima. O della sua passione per i diritti civili.

Di colpo Rhyme capì che cosa stava provando. Era semplicemente orgoglio. Come lo era stato di Geneva e del suo antenato, così ora era orgoglioso di se stesso. Con la sua dedizione agli esercizi e, quella notte, con la prova a cui si era sottoposto, si era confrontato con ciò che lo terrorizzava, con l’impossibile. Che avesse riguadagnato o meno un po’ di movimento era irrilevante. La sensazione derivava da ciò che innegabilmente aveva conquistato: la sua interezza, la stessa di cui parlava Charles nella sua lettera. Aveva preso coscienza che nessuno, politici, concittadini o il proprio corpo disobbediente, poteva fare di lui un uomo da tre quinti. Era solo una decisione personale quella di vedersi come una persona completa o parziale, e vivere la propria vita di conseguenza.

Tutto considerato, quella presa di coscienza gli sembrava quasi irrilevante, come il minimo movimento della sua mano. Ma non importava. Pensava alla sua professione: come una minuscola scaglia di vernice potesse condurre a un’auto che portava a un parcheggio dove la trascurabile impronta di una scarpa poteva rinviare a una porta su cui si trovava una fibra di un vecchio cappotto con un'impronta digitale o il bottone di un polsino, l'unica superficie che un assassino si fosse dimenticato di pulire.

Il giorno dopo, una squadra tattica bussava alla sua porta.

E giustizia era fatta, una vittima veniva salvata e una famiglia riunita. Tutto grazie a un minuscolo frammento di vernice.

Piccole vittorie, era questo che aveva detto il dottor Sherman. Piccole vittorie… In certi momenti erano tutto quello in cui si poteva sperare, pensava Rhyme, mentre il sonno si avvicinava.

Ma in quei momenti non serviva nient'altro.

Nota dell'autore

Un autore è bravo solo quanto gli amici e i professionisti che lo circondano, e io sono estremamente fortunato ad avere intorno a me un gruppo davvero meraviglioso: Will e Tina Anderson, Alex Bonham, Louise Burke, Robby Burroughs, Britt Carlson, Jane Davis, Julie Reece Deaver, Jamie Hodder-Williams, John Gilstrap, Cathy Gleason, Carolyn Mays, Emma Longhurst, Diana Mackay, Tara Parsons, Carolyn Reidy, David Rosenthal, Marysue Rucci, Deborah Schneider, Vivienne Schuster, Brigitte Smith e Kevin Smith.

Speciali ringraziamenti, come sempre, a Madelyn Warcholik.

Per quei lettori che si mettessero a sfogliare le guide nella speranza di fare due passi per Gallows Heights: potete smettere di cercare. Anche se il mio quadro della Manhattan del diciannovesimo secolo è complessivamente accurato e molti furono i villaggi dell'Upper West Side che furono assorbiti dall'espansione della città, Gallows Heights e i nefasti avvenimenti che descrivo sono frutto unicamente della mia immaginazione. Il suo nome inquietante serviva allo scopo e ho presunto che Boss Tweed e i suoi compari della Tammany Hall non se la sarebbero presa se avessi attribuito loro ulteriori misfatti. Dopotutto, come direbbe Thompson Boyd, "è solo questione di dove mettere la virgola dei decimali".

INDICE

Finito di stampare nel mese di luglio 2013
presso la Grafica Veneta S.p.A. di Trebaseleghe (PD)
Printed in Italy

BEST THRILLER

Periodico mensile, anno XIV, n. 170
Registrazione n. 124 del 7.03.2001 presso il Tribunale di Milano
Direttore responsabile: Stefano Mauri

Distribuzione per l'Italia: m-dis

JEFFERY DEAVER

È nato nel 1950 a Chicago. I suoi romanzi, bestseller internazionali tradotti in 35 lingue e pubblicati in 150 Paesi, hanno venduto nel mondo oltre 20 milioni di copie. Dal *Collezionista di ossa*, uno dei suoi più grandi successi, è stato tratto l'omonimo film con Denzel Washington. Tra i suoi ultimi libri, tutti editi da Rizzoli, *La finestra rotta* (2008), *I corpi lasciati indietro* (2009), *Requiem per una pornostar* (2010), *Notti senza sonno* (2010), *Il filo che brucia* (2010), *La figlia sbagliata* (2010), *Carta bianca* (2011), *L'addestratatore* (2011) e *Sarò la tua ombra* (2012). Il suo sito internet è www.jefferydeaver.com

BEST THRILLER

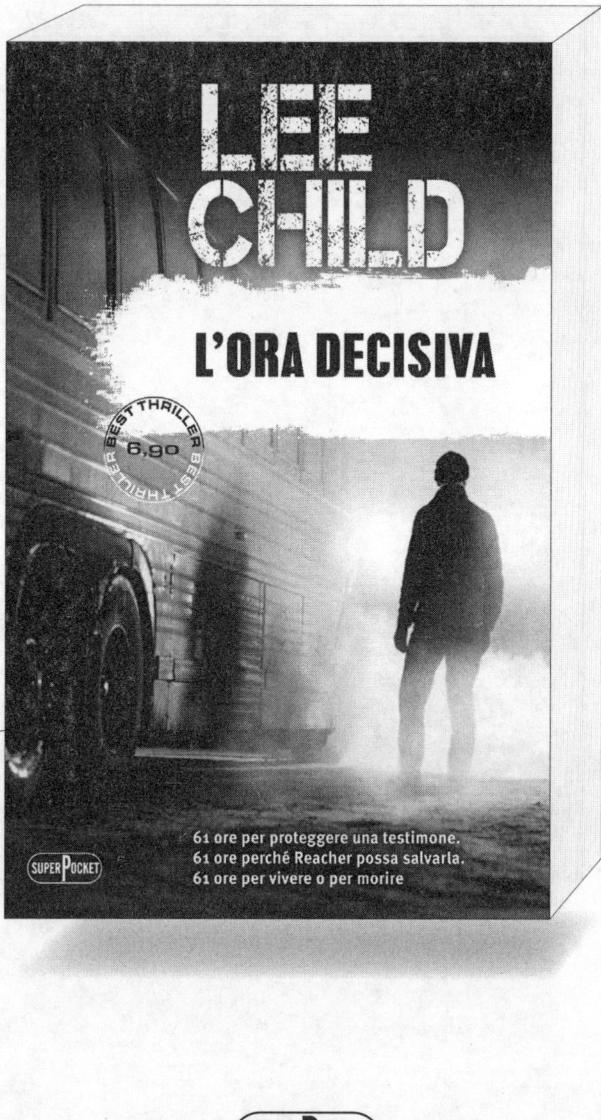

SUPER POCKET

BEST THRILLER

ULTIMI VOLUMI PUBBLICATI

James Patterson, *Qualcuno morirà*
James Rollins, *Amazzonia*
Leif G W Persson, *Uccidete il drago*
Clive Cussler, *Walhalla*
Elizabeth George, *La donna che vestiva di rosso*
Liza Marklund, *Il Lupo Rosso*
Kathy Reichs, *Le ossa del diavolo*
Jeffery Deaver, *Il filo che brucia*
Tess Gerritsen, *Il silenzio del ghiaccio*
Lee Child, *I dodici segni*
Qiu Xiaolong, *Visto per Shanghai*
James Patterson, *Come una tempesta*
Robert Ludlum, *Incidente artico*
Clive Cussler, *Cyclops*
Åsa Larsson, *Sentiero nero*
Steve Berry, *La tomba di ghiaccio*
Simon Beckett, *La voce dei morti*
Matthew Pearl, *Il ladro di libri incompiuti*
James Patterson, *Bikini*
John Ajvide Lindqvist, *Lasciami entrare*
Tom Clancy, *Contro tutti*
Tess Gerritsen, *La Fenice rossa*
Kathy Reichs, *Carne e ossa*
Lee Child, *L'ora decisiva*
Liza Marklund, *Freddo Sud*
Jeffery Deaver, *La dodicesima carta*